BASTEI
LÜBBE
TASCHENBUCH

Über die Autorin:

Berit Paton Reid, Jahrgang 1964, studierte in Berlin Sportwissenschaften. Sie lebte danach in Hamburg und im Taunus, bevor sie im Jahr 2000 Deutschland verließ. Ihre Stationen führten sie über Genf nach Dubai und Hongkong. Seit 2003 leitete sie in Dubai erfolgreich eine eigene Immobilienfirma, bis sie 2011 entschied, sich ausschließlich dem Schreiben zu widmen und damit ihre langjährige Leidenschaft zum Beruf zu machen. Berit Paton Reid hat einen erwachsenen Sohn und lebt mit ihrer Familie in Dubai. *Im Schatten der Lombardis* ist ihr erster Roman.

Berit Paton Reid

IM SCHATTEN DER LOMBARDIS

Thriller

BASTEI LÜBBE
TASCHENBUCH

BASTEI LÜBBE TASCHENBUCH
Band 17 266

Dieser Titel ist auch als E-Book erschienen

MIX
Papier aus verantwortungsvollen Quellen
FSC® C083411

Originalausgabe

Umschlaggestaltung: Massimo Peter
Satz: Urban SatzKonzept, Düsseldorf
Gesetzt aus der Garamond
Druck und Verarbeitung: CPI books GmbH, Leck – Germany
Printed in Germany
ISBN 978-3-404-17266-5

5 4 3 2 1

Im Andenken an S. L.,
der zu früh und unerwartet gegangen ist.

Ich höre auf zu leben,
aber ich habe gelebt.
Johann Wolfgang Goethe

Prolog

Januar 2011

Joel Silverstein studierte die E-Mail aus New York ein weiteres Mal. Er überlegte einen Augenblick, denn seine Zustimmung würde *alles* ändern. Ein Lächeln umspielte seine Mundwinkel. Dann antwortete Joel konzentriert und schaltete den BlackBerry sofort wieder aus.

Zufrieden durchquerte er das Wohnzimmer und öffnete die Tür zur Terrasse. Typische Geräusche des Berliner Nachtlebens drangen vermischt mit einer Brise nasskalter Winterluft herein. Er steckte sich eine Marlboro an und inhalierte tief.

Seit einem Vierteljahrhundert arbeitete Joel geduldig an seinem komplizierten Plan. Endlich schienen alle Teilchen, wie bei einem großen Puzzle, den richtigen Platz gefunden zu haben. Eben hatte er den Beginn von *Ombrage* genehmigt und *alles* auf eine Karte gesetzt.

Zurück im Wohnzimmer fiel sein Blick auf den Kandinsky. Das Bild hatte sein Großvater Julius Silverstein vor Jahrzehnten gekauft und genau an dieser Stelle aufgehängt. Es handelte sich um eine Studie zur Improvisation des *Blauen Reiters.* Der fiktive Kaufpreis war inzwischen in den zweistelligen Millionenbereich gestiegen. Der materielle Wert imponierte Joel wenig, denn dieses kleine Gemälde hatte er zu seinem Symbol erkoren.

Das leichte Chaos der Anordnung der Figuren, die Symbolik der Farben Blau, Gelb und Orange, das Spiel mit ihren Gegensätzen und verschlüsselten Botschaften sowie seine Entstehungsgeschichte *sprachen* zu ihm.

Joel liebte Wortspiele mit verdeckter Bedeutung. Wer verstand heute noch den altmodischen, eher düsteren Begriff *Ombrage*, der Schatten, Argwohn, Misstrauen und Verdacht in einer wunderschön klingenden Melodie vereinte?

Beinah ehrfürchtig – sich des wichtigen Augenblicks bewusst – setzte er sich in den Sessel direkt gegenüber dem Bild. Grübelnd führte Joel in Gedanken ein Zwiegespräch mit seinem Großvater, den er schmerzlich vermisste.

Er erinnerte sich genau an den lauen Sommerabend im Jahr 1986. *Alles* begann mit einem Spaziergang im Berliner Tiergarten. Julius erzählte ihm seine Geschichte. Sie redeten die ganze Nacht. Bei Sonnenaufgang schwor Joel, das Vermächtnis seines Großvaters weiterzuführen und erfolgreich zu beenden …

Kapitel 1

Donnerstag, 3. Februar 2011

Erste wärmere Sonnenstrahlen kämpften sich durch die Wolken, kleine lila Krokusse reckten ihre Blüten durch die tauende Schneedecke, und ein winziger Hauch von Frühling lag in der Luft.

Christian Lombardi, ältester Sohn des Bankinhabers François Lombardi aus Genf, lenkte seinen dunkelblauen Porsche Carrera 911 S die schmalen Straßen zum Grandhotel *Dolder* in Zürich hinauf. Während John Lennon *Imagine* sang, mutmaßte Christian mit seiner Frau Adrienne, warum Michael Bürer beide gestern Abend telefonisch eindringlich zu diesem Meeting zitiert hatte.

Michael Bürer war ein führender Mitarbeiter der Schweizer Nationalbank. Seit Christian Lombardi als Geschäftsführer der familieneigenen Bank vor knapp zehn Jahren nach einem Skandal in Hongkong zurücktreten musste, kreuzten sich die Wege der alten Kollegen nur gelegentlich privat.

Christian und Adrienne Lombardi betraten einige Minuten früher als vereinbart das derzeit beste Lokal der Stadt. Michael Bürer wartete bereits.

Zu Beginn tauschten sie höflich Neuigkeiten über ihre Familien, Kollegen und Schweizer Lokalpolitik aus. Trotzdem spürte Christian, wie angespannt Michael Bürer hinter seiner jovialen Mimik war. Seine Instinkte schlugen Alarm.

Gerade als er danach fragen wollte, wechselte Michael

Bürer abrupt Thema und Ton des Gesprächs. Er beugte seinen Oberkörper näher zu Christian und senkte seine Stimme um einige Nuancen. »Ich wollte wirklich wissen, wie es euch geht, wir haben lange nicht miteinander gesprochen. Dieser Lunch hat einen sehr ernsten Hintergrund. Es braut sich ein Sturm über der Lombardi Bank zusammen.«

Adrienne und Christian wechselten einen vielsagenden Blick.

»Christian, mir ist bewusst, dass du seit *damals* nicht mehr in das offizielle Tagesgeschäft bei Lombardi & Cie. eingebunden bist. Doch als engster Vertrauter deines Vaters François und Geschäftsführer Thomas Widmann weißt du genau, was in der Bank vorgeht.«

Christian nickte irritiert. »Daraus haben wir nie ein Geheimnis gemacht. Warum so förmlich, Michael? Worauf willst du mit deiner Feststellung hinaus?« Ihm war sofort klar, dass etwas Ungewöhnliches passiert sein musste. Er versuchte, die langen Erklärungen von Michael Bürer mit seiner direkten Frage abzukürzen, doch der sprach unbeirrt weiter.

»Ich muss zuerst klarstellen, dass alles, was wir besprechen, *off the record* ist.«

»Selbstverständlich«, antwortete Christian. Adrienne bestätigte diskret mit einem Augenaufschlag. Christian wusste sofort, dass ihre Neugier als Journalistin und Herausgeberin eines der führenden Wirtschaftsmagazine der Schweiz nicht weiter geweckt zu werden brauchte.

»Um dem Treffen einen privaten Rahmen zu geben, habe ich euch beide hierher gebeten.« Nun fokussierte sich Michael Bürer ganz auf Christian. »Du weißt, dass die Fed und die SEC nach der Finanzkrise begonnen haben, Revisionen bei allen Banken durchzuführen, besonders intensiv bei den großen Investmentbanken.«

»Michael, bitte, was willst du mit der Fed oder der SEC? Was haben die US-Notenbank und die US-Börsenaufsicht mit unserer Lombardi Bank zu tun? Du machst mich nervös mit deinen vielen Andeutungen.«

Michael Bürer reagierte nicht auf Christians Einwand. Bedächtig formulierte er seine Sätze weiterhin in formalem Banker-Deutsch. »Ich habe gestern von einem Insider der FED einen heißen Tipp bekommen. Levy & Lewitt, die größte amerikanische Investmentbank, hat eurer Lombardi Bank eine Anleihe ausgestellt, deren Wert heute nicht mehr exakt zu ermitteln ist. Kurz gesagt: *Trash.* Auf Anordnung der FED muss Levy & Lewitt die Lombardi Bank auffordern, das Eigenkapital in der Transaktion enorm aufzustocken, um den Wertverlust auszugleichen. L&L soll wiederum entschieden haben, noch einen Schritt weiterzugehen und den gesamten Kredit zurückzufordern.« Michael Bürer zögerte eine Sekunde, bevor er die Bombe platzen ließ. »Es besteht ein berechtigter Anspruch von einer Milliarde US-Dollar gegen die Lombardi Bank. Es handelt sich um ungedeckte – durch Hypotheken gesicherte Wertpapiere – Mortage Backed Securities.«

»Wie bitte? Das ist unmöglich!« Christians erregte Stimme senkte sich schnell wieder, bevor er seine Frage stellte. »Das Geschäft soll von der Genfer Zentrale aus getätigt worden sein?« Seine gepflegten Hände fuhren aufgeregt durch die vollen grauen Haare, seine braunen Augen flackerten unruhig. Doch das war alles an Gestik und Emotionen, was Christian Lombardi nach außen preisgab.

Michael Bürer bejahte und schwieg.

In zweifelndem Ton, fast flüsternd, fragte Christian schließlich nach: »Eine Milliarde, bist du dir ganz sicher? Das ist eine unvorstellbare Summe für eine einzige Transaktion. Wir sind eine kleine, exklusive Privatbank, keine Investmentbank. Niemand hat bei uns die Erlaubnis, erstens in dieser Höhe zu spekulieren und zweitens ohne die Zustimmung eines weiteren Partners diese Art von Geschäften zu tätigen.«

»Genau dieser Punkt bereitet uns auch Kopfzerbrechen. Eure Kontrollmechanismen haben versagt, oder es hat jemand von ganz oben gezielt manipuliert. Keine der beiden Varianten ist gut ... Und um deine Frage zu beantworten, ob wir sicher sind: Ja.«

Regungslos lauschten sie den weiteren Ausführungen von Michael Bürer. Am Ende schob Christian die gegrillte Seezunge, die er nicht angerührt hatte, von sich. Er schaute durch die breite Fensterfront des Restaurants, von der sich ein wunderschöner Panoramablick über die Stadt, den Zürichsee und die Alpen bot. Aus weiter Ferne nahm er die Hintergrundgeräusche des Restaurants wahr, während er versuchte, die Nachricht anstatt des Essens zu verdauen.

Das Leben draußen geht unbeirrt in seiner Routine weiter. Was sich verändert, ist unsere Perspektive. Was geht hier wirklich vor? Wer hat die Lombardi Bank unbemerkt in ein riesiges, spekulatives Geschäft verwickelt?

Michael Bürer polierte unterdessen seine Brillengläser und gab den Lombardis Gelegenheit, sich zu sammeln. Er registrierte erfreut, dass sich bei Christian Lombardi weder seine Professionalität, das loyale Verantwortungsgefühl noch das Äußere seit seinem Rücktritt als CEO der Lombardi Bank verändert hatten.

Zu dem anthrazitfarbenen Anzug mit feinen blauen Nadelstreifen trug er perfekt abgestimmt ein hellblaues Hemd, die dunkelblaue Krawatte mit den leicht violett schimmernden Punkten entsprach dem neuesten Trend, die schwarzen Schuhe glänzten. Seine inzwischen silbergrauen Schläfen ergänzten den seriösen Auftritt im *Dolder.*

Er könnte einem Werbekatalog der Schweizer Privatbanken entsprungen sein. Christian wäre trotz seiner zweiundsechzig Jahre der ideale CEO der Lombardi Bank, ein wirklicher Verlust für die Familie und die Branche. Mit Adrienne hat er eine außergewöhnliche Frau an seiner Seite – klug, geschäftstüchtig und elegant.

Christian Lombardi wusste nichts von einem derartigen Geschäft mit Levy & Lewitt. In Gedanken spielte er bereits unterschiedliche Möglichkeiten durch. Zwei Fragen kristallisierten sich dabei sofort heraus: Warum sollte ein Mitarbeiter der Lombardi Bank mit diesen schwer durchschaubaren und extrem riskanten amerikanischen Finanzprodukten in großem Stil handeln? Und wer könnte es gewesen sein?

Adrienne legte ihre Hand auf Christians Arm und holte ihn damit in die Wirklichkeit zurück.

Das abschließende Resümee von Michael Bürer entsprach eher einer klaren Ansage. »Ihr habt durch die Insider-Information wahrscheinlich eine Woche Zeitvorsprung, bevor euch der Margin Call von Levy & Lewitt erreichen wird, mit dem sie weiteres Kapital als Sicherheitsleistung fordern oder den gesamten Kredit kündigen werden. Ich muss dir nicht erklären, dass die Lombardi Bank von der Schweizer Nationalbank keine Hilfe erwarten kann. Uns sind die Hände gebunden. Bei Privatbanken vom alten Schlag à la Lombardi haften alle Partner unbeschränkt mit ihrem gesamten Privatvermögen.«

Christian nickte. Auf seiner Stirn zeichneten sich tiefe Falten ab.

»Fazit: Ihr müsst dieses Problem allein lösen und schnellstens eine Institution finden, die euch genügend Kapital zur

Verfügung stellen kann. Ich weiß, dass Banken sich untereinander kaum noch Geld leihen. Für die Lombardi Bank wird es ums Überleben gehen und für die Schweiz als internationales Banken-Zentrum um seine Integrität. Wir wollen keinen weiteren Skandal!«

Christian Lombardi kannte die Vorgaben der Schweizer Banken-Verordnung genau, verstand exakt die Tragweite des Gesagten und, noch wichtiger, des Ungesagten. Dem war nichts hinzuzufügen.

Mit einem deutlichen Blick auf seine Uhr signalisierte Michael Bürer das Ende des Treffens.

Adrienne ignorierte diese Geste, mischte sich erstmals höflich, aber bestimmt in das Gespräch der Männer ein. »Entschuldige, Michael, aber als Journalistin stellen sich mir die Nackenhaare auf. Wenn Levy & Lewitt diese eindeutigen Ansprüche gegen unsere Bank hat, warum erreicht diese Information zuerst die Schweizer Nationalbank? Wäre es nicht sinnvoller, die Lombardi Bank vorab zu informieren, was der normale Weg wäre, oder direkt mit dem Margin Call zu treffen und gleichzeitig an die Presse zu gehen?«

Außer einem leichten Schulterzucken zeigte Michael Bürer keine Reaktion.

Adrienne begründete ihren Einwurf. »Aus meiner journalistischen Erfahrung kann ich bezeugen, dass Informationen dieser Größenordnung äußerst selten zur passenden Zeit *zufällig* an die richtige Adresse durchsickern.«

»Adrienne, nimm es bitte nicht persönlich. Ich will euch helfen. Du stellst spekulative Fragen, vielleicht berechtigt. Wir schreiben aber keinen Leitartikel. Die Fakten sprechen für sich, und denen müsst ihr euch stellen.«

Christian verstand, dass eine Diskussion hier nichts bringen würde. Michael Bürer war dafür die falsche Adresse. Er bedankte sich zuvorkommend bei seinem Kollegen für den Tipp und das Mittagessen im *Dolder.* Längst schwirrten verschiedene Vermutungen durch seinen Kopf. Ein Gedanke, ein Name ließ ihn nicht los: Pascal. Pascal Lombardi.

Kapitel 2

Pascal Lombardi verabschiedete sich von den Kollegen des Investmentteams der größten französischen Bank mit festem Händedruck. Endlich hatte er das letzte Meeting des Tages hinter sich gebracht.

Er lockerte seine Krawatte und warf einen Blick auf die Uhr, Viertel vor eins. Zügig nahm er das nächste Taxi zum Place de la Madeleine. Dort war er mit Judith im *Senderens* verabredet. Neben leichtem Hunger spürte Pascal ein nervöses Kribbeln im Magen. Beide hatten sich das letzte Mal vor Weihnachten gesehen, das war lange sechs Wochen her.

Pascals Herz hüpfte vor Freude, als er Judith umarmte. Am Tisch schob er seinen Stuhl so dicht wie möglich an ihren. »Judith, mein Schatz, endlich habe ich dich wieder für mich«, flüsterte er in ihr Ohr. Dabei sog er den Duft ihrer dunkelbraunen Haare ein und ließ sich von ihrem Parfum umhüllen. Bei einem langen Kuss schmolz Pascal dahin. Seine Hände glitten begehrend über das enganliegende Kleid an ihrem Körper hinab.

Judith strahlte, streichelte zart sein Gesicht. Ihre Augen trafen und verloren sich zugleich. »Ich habe dich so vermisst. Trinken wir ein Glas Champagner auf das neue Jahr? Wie war dein Tag?«

Typisch Judith, alle Gedanken kommen auf einmal aus ihrem Mund. Meine süße Chaos-Queen …

Sie hielten Händchen, redeten ununterbrochen, küssten sich und nippten am Dom Perignon. Dabei genossen sie die exzellente Küche ihres kleinen Lieblingslokals. Das *Senderens* hatten sie bei ihrem ersten Rendezvous in Paris während eines Spaziergangs zufällig entdeckt.

Anfangs lästerten sie über die Art-déco-Dekoration mit den altmodischen Spiegeln, den warmen Farben, dem vielen Holz, bis der Stilmix sie gefangen hatte – wie ihre neue Liebe zueinander und beide es zu *ihrem* Lokal erkoren hatten.

Pascal hatte für diesen Lunch eine Überraschung geplant. Er begann mit einer unverfänglichen Frage nach Judiths Tochter. »Hast du entschieden, wo ihr Sophias zehnten Geburtstag feiern werdet?«

»In Florenz. Du kennst die italienischen Familien … Alle möchten beim ersten runden Geburtstag von Sophia dabei sein. Ein Kompromiss von meiner Seite.«

Pascal nickte verständnisvoll und zog Judiths Hand sanft an seinen Mund, küsste sie. »Ich würde so gern mit euch feiern. Du weißt, wie sehr ich Kinder mag …«

Bevor Judith etwas erwidern konnte, sprach Pascal weiter. Wohl wissend, sich auf gefährliches Terrain in ihrer Beziehung zu begeben. »Judith, dass wir selbst in unserem dritten Jahr weder Weihnachten noch Neujahr zusammen verbringen konnten, hat mich tief getroffen. Ich habe das Versteckspiel satt. Mein Traum ist es, mit dir wieder Hand in Hand durch Genf zu bummeln und mit euch gemeinsam in den Urlaub zu fahren. Ich möchte endlich eine Familie mit dir gründen, und ich wünsche mir ein Kind von dir.«

Judith schluckte.

»Die Zeit läuft uns davon. Ich bin inzwischen sechsundvierzig, und du wirst zweiundvierzig, die biologische Uhr tickt. Wir haben keine Zeit mehr für Spielchen. Was soll ich noch sagen oder tun? Ich liebe dich …«

Spontan umarmte Judith Pascal, schmiegte sich an ihn.

Über seinen Augen hing dieser melancholische Schleier, den sie seit ihren Teenager-Tagen unwiderstehlich fand. »Ich liebe dich auch, Pascal, aber ich kann Sophia nicht einfach aus ihrem Umfeld herausreißen. Wir haben das oft diskutiert. Mein Vater würde bei einer neuerlichen Scheidung ausrasten. Ich wünschte auch, unser Timing wäre besser gewesen.« Wehmütig schaute sie Pascal an und bemerkte, dass seine Melancholie verflogen war. »Ich wünschte, ich hätte dich wiedergetroffen, bevor ich Aron geheiratet habe. Alles wäre perfekt gewesen... Bitte lass uns nicht streiten. Wir haben das ganze Wochenende Zeit, darüber zu reden.«

Pascal hatte den Wortschwall kommentarlos über sich ergehen lassen. Wie oft hatte Judith diese Argumente schon benutzt, und wie oft hatten sie sich mit dieser oder ähnlichen Diskussionen im Kreis gedreht?

Wäre ich nicht so verliebt...

Judith küsste ihn voller Verlangen und löste damit die Spannung. Anschließend versuchte sie, ihn auch mit Worten aufzuheitern: »Vielleicht geschieht ja ein Wunder. Man sagt, wenn man ganz fest daran glaubt ...«

Pascal stieg kurz in ihre Leichtigkeit ein, imitierte Judiths Tonfall. »Soll ich jetzt beginnen, für das Wunder zu beten? Im Geist habe ich dich schon geheiratet ... Darf ich vorstellen? Meine Frau, Judith Lombardi.«

Beide lachten. Dann kam Pascal jedoch gezielt noch einmal zum Thema zurück.

»Du hast mir gerade indirekt gesagt, dass du deinem Mann wieder keinen reinen Wein eingeschenkt hast. Obwohl du versprochen hattest, die ruhigeren Tage über den Jahreswechsel dafür zu nutzen.«

Judith wich Pascals Blick aus.

Er spürte, wie der Ärger sich in seiner Kehle breitmachte:

»Schau, meine Scheidung von Francesca ist nur eine Formsache, denn wir sind seit Jahren nicht mehr als gute Freunde. Ich fühle mich nicht mehr wohl, nur auf dem Papier verheiratet zu bleiben, damit wir für den Fall der Fälle vor deiner Familie ein Alibi haben.«

»Pascal…«, versuchte Judith ihn zu beschwichtigen.

»Nein, jetzt lässt du mich bitte mal ausreden.« Er nahm Judiths Gesicht zärtlich in seine Hände und schaute tief in ihre Augen. »Judith, ist dir eigentlich klar, wie selten die Chance ist, die wir bekommen haben? Die Umstände haben unsere Liebe als Teenager zerstört. Nach zwanzig langen Jahren laufen wir uns zufällig über den Weg, und es klickt noch einmal. Seit drei Jahren basteln wir geduldig an unserer neuen Beziehung. Siehst du nicht, was sein soll? Worauf willst du noch warten? Bis wir alt und tatterig sind oder dein Vater endlich das Zeitliche gesegnet hat? Ich kann Joel nicht mehr neutral gegenübertreten, versetz dich in meine Situation. Jeden Tag in der Bank … Lass deinen Liebesbeschwörungen endlich auch Taten folgen. Wir allein tragen die Verantwortung für unser Leben…« Sanft spielte Pascal mit einer langen Strähne von Judiths Haar, wickelte sie um seine Finger.

Judith senkte ihre Augen.

»Ich habe vor Kurzem ein sehr gutes Zitat gelesen«, versuchte er die gedrückte Stimmung aufzulockern und trotzdem beim Thema zu bleiben. »›Die Art und Weise, wie wir unser Leben verpassen, ist das Leben.‹ Es trifft genau unsere Situation.« Pascal hoffte, sein wohldosierter Druck auf Judith würde ihren Entscheidungsprozess forcieren. Bisher war er verständnisvoll und geduldig gewesen. Jetzt änderte er seine Taktik.

»Ich möchte zu unserer Liebe stehen, aber ich brauche

noch etwas Zeit, bitte, Pascal ... Manchmal weiß ich nicht mehr, was richtig oder falsch ist und fühle mich verloren.« Judiths Stimme klang verzweifelt.

Diese unbedarfte Bemerkung traf Pascal hart. »Wie bitte? In der ersten Hälfte vom Satz stehst du zu unserer Liebe, nach dem Komma brauchst du mehr Zeit, und am Ende bist du verloren? Zweifelst du an uns? Was verschweigst du mir? Was hält dich in deiner unglücklichen Ehe?«

Der Verlauf ihrer Unterhaltung bestürzte Pascal. Sein Ärger schlug in Wut um. »Judith, du musst dich entscheiden, so funktioniert das nicht. Ich rolle seit Jahren den roten Teppich vor dir aus und lege mein Herz in deine Hände. Ich biete dir alles, was ich habe und will für den Rest unseres Lebens der Mann an deiner Seite sein. Sophia wird es in einer glücklichen Ehe mit einer zufriedenen Mutter auch besser gehen als in dem Theater, das ihr lebt. Es gibt keine Ausreden mehr! Pascal Lombardi ist kein Lückenbüßer, den du triffst, wenn es in deinen Terminplan passt. Du setzt mir Hörner auf! Ich bin auch nur ein Mann!« Enttäuscht knallte Pascal das kleine rote Schmuckkästchen mit den zierlichen goldenen Umrandungen vor Judith auf den Tisch. »Ich wollte dir heute einen Heiratsantrag machen und das neue Jahr mit einem Versprechen für eine gemeinsame Zukunft beginnen ...«

Judith liefen die Tränen übers Gesicht. Schluchzend lehnte sie sich an Pascal. Sie hatte weder mit seiner heftigen Reaktion noch einem Heiratsantrag gerechnet.

Der Ober, der den Verlauf des Gesprächs nicht mitbekommen hatte, verstand das als Signal. Strahlend arrangierte er ein Bouquet dunkelroter Rosen und zwei neue Gläser Champagner auf dem Tisch. Pascal wollte kein Aufsehen erregen und nickte ihm dankend zu. Dann wartete er geduldig, bis Judith sich beruhigt hatte.

»Ich will dich nicht verlieren, Pascal, ich liebe dich doch …«, stammelte sie.

Pascal küsste die Tränen aus ihren Augen weg. »Du hast bis Sonntag Zeit, meinen Antrag anzunehmen. Wir können in den nächsten Tagen besprechen, wie wir alles regeln. Ich muss dir jetzt dieses Ultimatum stellen, denn ich kann mit der Unsicherheit in unserer Beziehung und den ewigen Trennungen nicht länger leben. Es macht mich wahnsinnig.«

Schweigend hielten sie sich einige Minuten in den Armen.

»Darf ich den Ring probieren?«, fragte Judith.

»Ja, natürlich.«

Sie schnaufte ein letztes Mal in ihr Taschentuch. Unsicher lächelnd öffnete sie langsam die kleine Box.

»Gefällt er dir?«

Ihre Augen strahlten, als sie den großen, in Weißgold eingefassten Diamanten glitzern sah. Behutsam schob sie den Solitär an ihren Ringfinger. »Er ist wunderschön …« Judith schaute tief in Pascals Augen, bevor sie mit einem langen, innigen Kuss in ihrer eigenen Welt versanken.

Der typische SMS-Klingelton des BlackBerry schreckte Pascal äußerst unpassend in diesem Augenblick auf. Er erfasste flüchtig mit einem Auge, von wem die Nachricht kam. Sie war so kurz, dass er sie ungeöffnet lesen konnte.

Christian Lombardi: Bitte ruf mich sofort an, wichtig!

Nicht jetzt …

Pascal wollte den Nachmittag, den Abend und die Nacht mit Judith genießen. Seine Gefühle fuhren Achterbahn, schwankten zwischen Verzweiflung, Ärger, Eifersucht und tiefer Liebe. Er war froh, endlich konsequent die Dinge angesprochen zu haben, die ihn schon lange belasteten. Logischerweise galten seine Prioritäten deswegen einmal nicht der

Lombardi Bank. Christian musste bis morgen früh auf seinen Rückruf warten. Um nicht mehr gestört zu werden, stellte Pascal sein Handy auf *lautlos*.

Nach dem Lunch schlenderten beide eng umschlungen über den Place Vendôme zum *Ritz* hinunter. Ihre intensiven Gefühle füreinander, gemixt mit Champagner und der unterschwellig aufkeimenden Angst, sich zu verlieren, erzeugten eine vibrierende Stimmung, die sie wie ein Kokon umhüllte.

Im Hotelzimmer entlud sich der Cocktail. Sie dürsteten nach Lust und Liebe. Beide waren unersättlich und flüsterten sich all die Worte zu, die man nur in Momenten des größten Glücks oder der größten Verzweiflung ausspricht.

Kapitel 3

Christian Lombardi parkte seinen Porsche am Limmatquai. Er gierte förmlich nach Bewegung an frischer Luft.

»Lauf und nimm dir alle Zeit, die du brauchst. Ich setze mich auf eine Bank in die Sonne und spaziere danach ins *Sprüngli.*« Adrienne wusste, dass sie ihrem Mann jetzt Freiraum lassen musste.

Christian küsste sie auf die Stirn. »Komm doch mit. Gib mir nur ein paar Minuten, damit ich meine Gedanken ordnen kann. Ein Spaziergang wird uns vor der langen Rückfahrt guttun.«

Er zog seinen warmen Kaschmirmantel an und wickelte den Schal eng um den Hals. Beide Hände tief in den Manteltaschen vergraben, schritt er zügig einige Meter vor Adrienne am Utoquai entlang.

Was Martin Bürer ihm eben geflüstert hatte, könnte die Lombardi Bank in existentielle Schwierigkeiten bringen! Der Hinweis, umgehend eine Institution zu finden, die ihnen mit einem Überbrückungskredit das nötige Kapital zur Verfügung stellen konnte und damit Levy & Lewitt auszuzahlen, wäre nicht nötig gewesen. Christian kannte das Bankgeschäft selbst von der Pike auf. Die Frage zu beantworten, wer diese Ressourcen hätte *und* diskret vorgehen würde, bereitete ihm dagegen Schwierigkeiten. Dazu kam der enorme Zeitdruck. Wäre dieses Problem gelöst, wartete bereits sein Nachfolger. Zinsraten für kurzfristige Kredite waren hoch. Das bedeutete, die Rückzahlung musste so schnell wie möglich erfolgen. Eine Milliarde war keine Summe, die die Lombardi Bank mal eben berappen konnte ... Christian überforderten diese wichtigen Überlegungen momentan; ihm mangelte es an Konzentration. Zu viele Gedanken sprangen ungeordnet durch seinen Kopf. Er hielt inne und wartete auf seine Frau.

»Wenn wir wirklich einen Margin Call über eine Milliarde US-Dollar haben, kommen nur eine Hand voll Banker infrage, die das Geschäft getätigt oder bestätigt haben können. Du entscheidest viel öfter intuitiv. Wen sollte ich deiner Meinung nach zuerst ins Vertrauen ziehen?«

»Darüber habe ich auch schon nachgedacht. Die Frage sollte anders lauten: Wem kannst du vertrauen? Mit konkreten Namen kann ich nicht dienen, dazu kenne ich zu wenig Details eurer Arbeit. Warum denkst du nicht laut darüber nach? Überzeuge mich, wie du eine bohrende Journalistin oder deinen Anwalt für dich gewinnen würdest.«

»Laut ausgesprochene Gedanken sind klarer?«

»Immer. Wenn mich deine Argumente nicht überzeugen, werde ich nachfragen, keine Sorge.«

»Gute Idee. Ich werde für alle Kandidaten der Reihe nach eine Art Statement formulieren.«

»Das wird mir helfen, deinen Ansatz zu verstehen.«

»Instinktiv würde ich meinen Bruder Pascal als erste Person einweihen.«

»Warum Pascal?«

»Das Geschäft fällt klar in sein Metier. Er leitet die Asset-Management-Abteilung – die Vermögensverwaltung – der Bank. Pascal ist Partner und ein Vollblut-Banker mit kreativen, genialen Ideen. Es ist kein Geheimnis, dass die Lombardi-Familie langfristig plant, ihm in einigen Jahren die Leitung ihrer Bank zu übergeben. Ob Pascal der Auslöser dieses

Fiaskos war oder selbst hintergangen worden ist, spielt im Moment eine untergeordnete Rolle. Zuerst müssen die Fakten geklärt werden, damit wir den Kopf aus der Schlinge ziehen können. Es wird uns helfen, dass Pascal seine Karriere bei Levy & Lewitt in New York begonnen hat. Riskante Geschäfte gehörten dort zu seinem Alltag. Wir können sicher von seinen Beziehungen profitieren, um herauszufinden, was bei Levy & Lewitt intern vorgeht. Die bekannte, harte L&L-Schule hat Pascal geprägt. Er gilt in der Branche als schneller Entscheider mit sicherem Instinkt. Manche Kollegen finden ihn skrupellos, wenn er ein Geschäft mit allen Mitteln durchboxt. Damit hat er sich unter den Schweizer Bankern nicht nur Freunde gemacht, jedoch einen enormen Respekt verschafft. *Off the record …*«, imitierte Christian den Deutsch-Schweizer Dialekt von Michael Bürer, »hoffe ich inständig, dass Pascal dieses Geschäft nicht initiiert hat.«

Adrienne stupste ihrem Mann in den Rücken, der nun normal weitersprach.

»Es kommt mir ungelegen, dass er sich gerade beruflich in Paris aufhält. Übrigens hat er die SMS mit meiner Bitte um Rückruf nicht geöffnet. Das kann nur bedeuten, dass Pascal neben seinen Meetings mal wieder mit einer Frau unterwegs ist …«

»Lass ihn doch, er hat keine Familie. Er wird sich melden.«

Beide liefen einige hundert Meter nachdenklich schweigend nebeneinander her.

»Wer wäre eine Alternative zu Pascal?«, nahm Adrienne schließlich den Faden wieder auf.

»Die logische Alternative zu Pascal wäre François Lombardi, der alte Patriarch und Mehrheitseigentümer der Bank. Vater ist inzwischen vierundachtzig Jahre, noch aktiv, jedoch nicht mehr ins tägliche Geschäft involviert. Als Beteiligten kann ich ihn mit Sicherheit ausschließen. Er würde diese neuen Produkte der Finanzindustrie als der klassische, auf Sicherheit bedachte Schweizer Bankier nie anfassen. François hat *seine* Lombardi Bank erfolgreich durch die letzten Jahrzehnte geführt. Dabei hat er die geschäftlichen Aktivitäten der Bank mit Niederlassungen in Paris, London, Nassau und Singapur international ausgebaut. François wird sich furchtbar aufregen, wenn er von dem drohenden Margin Call und dem riskanten Geschäft mit den MBS hört. Gleichzeitig hat er als Erster das Recht zu wissen, was vorgefallen ist. Seine überdurchschnittliche Erfahrung sollten wir nicht unterschätzen. Er hat im Laufe seiner Karriere vielen Stürmen getrotzt und bewiesen, dass er in der Lage ist, ergebnisorientiert zu denken. Schwierige Lösungen kommen selten auf geraden Wegen.«

Adrienne blieb stehen. »Ich könnte dir nicht mehr zustimmen. François muss es umgehend erfahren. Wer ist der nächste Kandidat?«

»Du pushst mich. Bin ich auf dem Prüfstand der Presse gelandet?«

»Wir haben eine Vereinbarung geschlossen, das nächste Statement bitte. Redet ihr eigentlich alle so gestelzt, wenn es ums Geschäft geht? Du klingst schon wie Michael Bürer …«

»Präzise Wortwahl ist wichtig.«

Adrienne schmunzelte, zog dabei ihre Augenbrauen leicht nach oben und strich sich eine Haarsträhne aus dem Gesicht.

»Die konsequenteste Lösung als erster Ansprechpartner wäre der Geschäftsführer der Lombardi Bank, Thomas Widmann.«

Warum zögere ich, ihn sofort zu informieren? Eine Frage,

die Christian sich ungern stellte. *Ich muss sicherstellen, dass unsere spezielle Beziehung unser Geheimnis bleibt.*

Laut sagte er: »Thomas Widmann ist für das Tagesgeschäft verantwortlich. Zu seinem Aufgabenbereich gehört der exakte Kenntnisstand aller wichtigen Dinge, die sich innerhalb der Bank abspielen. Ich bin mit Thomas seit vielen Jahren befreundet. Den lukrativen wie verantwortungsvollen Posten des Geschäftsführers der Lombardi Bank hat er nur durch meine Unterstützung erhalten. Er kennt sein Geschäft, ist ein guter Manager und bei den Mitarbeitern der Bank beliebt. Wir treffen uns regelmäßig zum Gedankenaustausch. Auf diese Weise reflektiert Thomas schwierige Entscheidungen und holt sich gleichzeitig Rückendeckung, dessen bin ich mir bewusst. Als Geschäftsführer *muss* er von einem Deal dieser Größenordnung wissen. Ist er übergangen worden, hat er in seinem Job versagt. Gegen Thomas spricht, dass er kein Partner der Bank ist und damit nicht persönlich haftet. Gewagte geschäftliche Engagements fallen ihm deswegen leichter. In den letzten schwierigen Jahren hat er visionäre oder charismatische Entscheidungen missen lassen.«

Christian schritt plötzlich hektisch aus. Seine Unzufriedenheit war ihm deutlich anzumerken. Adrienne ließ ihn laufen. Sie erfreute sich für einen Moment an der malerischen Kulisse des Zürichsees und betrachtete die kleinen Enten, die lustig watschelnd am Wasser entlangliefen.

Männer und Frauen gehen Probleme extrem unterschiedlich an. Wir würden weniger strategisch, dafür mehr praktisch denken.

Nachdem Christian wütend einige Steine in den See gekickt hatte, kam er wieder zu Adrienne. »Der nächste Anwärter auf dem Prüfstein meines Vertrauens ist Joel Silverstein. Der Investmentanwalt ist äußerst intelligent, pragmatisch und der einzige haftende Partner, der nicht aus der Lombardi-Familie stammt. Joel hat seinen Zwanzig-Prozent-Anteil an unserer Bank von seinem Großvater Julius Silverstein 1985 übernommen. Er ist der Intimus von François. Man kann ihn als *die graue Eminenz* der Bank bezeichnen, auch wenn er kaum noch Haare hat«, setzte er frotzelnd hinterher. »Seine Karriere begann Joel Silverstein Anfang der Siebzigerjahre bei Solomon Brothers in New York. Solomon Brothers war die erste Bank, die Bonds und hypothekarisch gesicherte Wertpapiere – besagte MBS – verkaufte, ein bis dato unbekanntes Finanzinstrument. Joel ist ein Experte auf diesem Gebiet! Trotzdem ist es für mich unvorstellbar, dass er dieses Geschäft getätigt hat. Um einen Verlust in dieser Höhe einzufahren, ist er zu erfahren und gewieft. Joel steckt seit einem Vierteljahrhundert – beruflich bedingt und aus eigenem Interesse – seine Nase in alle Angelegenheiten der Lombardi Bank. Er traut niemandem blind, hinterfragt jede wichtige Entscheidung im Interesse der Kunden und der Bank. Wie kann ihm ein Trade von dieser Größenordnung entgangen sein? Oder hat er vielleicht doch damit zu tun?«

Adrienne hakte sich bei Christian ein. »Deine Gedanken sind logisch aufgebaut und gut strukturiert«, lobte sie ihren Mann.

»Es frustriert mich, alle Partner oder führenden Mitarbeiter der Bank in Genf zu verdächtigen.«

»Irgendjemand muss das Geschäft abgeschlossen haben, ob es dir gefällt oder nicht.«

»Das ist es ja.«

»Wir sind fast bis nach Tiefenbrunn spaziert. Können wir uns einige Minuten auf die Bank dort vorne setzen?«, fragte Adrienne. »Mir schmerzen die Füße. Meine hohen Stiefel sind nicht für einen langen Spaziergang geeignet.«

»Entschuldige, natürlich. Ich habe überhaupt nicht an dich gedacht. Vom Genfer Führungsteam bleibt nur noch Fabian übrig.«

»Wie schätzt du unseren Großen ein?«

»Fabian … Ich bin stolz, dass er mit sechsunddreißig Jahren den Trading-Desk der Bank leitet und finde, er gleicht mir in jungen Jahren nicht nur äußerlich, sondern auch im Arbeitsstil: korrekt, fleißig und mit großen Ambitionen.«

»Da spricht der stolze Papa … Habe ich auch einen Anteil an der guten Erziehung unseres Sohnes?«

Christian strich Adrienne durch ihre dunklen, schulterlangen Haare. »Welche Frage, Schatz …«

Ein zufriedenes Schmunzeln huschte über das Gesicht von Adrienne.

»Geschäftlich und privat liegt Fabian auf einer Wellenlänge mit seinem *Onkel* Pascal. Beide trennen altersmäßig nur zehn Jahre. Sie sind gute Freunde. Zusammen wollen sie mehr Innovationen im Geschäft. Fabian hält seit meinem Rücktritt als Geschäftsführer offiziell meine Anteile als Partner der Bank und ist sich dieser Verantwortung bewusst. Ich vertraue unserem Sohn blind. Als Leiter des Trading-Desk kann jeder Trade aber nur mit seiner Genehmigung ausgeführt werden. Weiß Fabian davon? Dagegen spricht, dass dieses Geschäft zu groß für ihn ist … Falls Fabian keine Zustimmung gegeben hat, ist klar, dass *jemand* ihn und damit die Lombardi Bank gezielt hintergangen hat. Wurde Fabians Unerfahrenheit ausgenutzt?«

Adrienne nickte nachdenklich.

»Ich werde so lange wie möglich eine schützende Hand über Fabian halten. Noch heute Abend werde ich mit ihm unter vier Augen reden«, fügte Christian seiner letzten Erklärung hinzu.

»Danke.«

Die Sonne kam hinter einer Wolke hervor, und ein glitzernder Streifen wurde von der Oberfläche des Wassers gespiegelt. Möwen zogen friedlich ihre Bahnen. Der Wind frischte auf.

Christian spürte, wie die Kälte in seinen Körper kroch. Die Sonne hatte Anfang Februar noch nicht viel Kraft. »Ist dir nicht kalt, Adrienne? Lass uns wieder Richtung Stadt zurücklaufen«, schlug er vor.

»Gern, meine Füße sind fast erfroren. Ich habe Heißhunger auf eine warme Schokolade mit einer großen Portion Sahne im *Sprüngli*.«

»Das *Sprüngli* ist eine exzellente Idee. Ich werde mir einen Cappuccino gönnen. Allein die Vorstellung lässt mir das Wasser im Mund zusammenlaufen, und den Energieschub kann ich auch gebrauchen.«

Sie liefen nebeneinander her, jeder in seine Gedanken vertieft. Christian erkannte klar, dass er mit seinen Analysen auf der Stelle trat, obwohl er zügig ausschritt. *Welche Ironie!* Dabei saugte er, einem Ertrinkenden ähnlich, die klare Luft ein. Dennoch blieb ihm ein erleichterndes Gefühl versagt. Er fühlte sich im Wirbel seiner lauten Gedanken gefangen. Mit den aufkommenden Fragen drehte er sich im Kreis, und dieser verdichtete sich zum Strudel.

Wer zum Teufel hat einen solch schwerwiegenden Fehler zu verantworten? Eine Milliarde Dollar berechtigter Anspruch von Levy & Lewitt ist eine gigantische Summe für unsere Bank! Dieser Betrag kann nicht unbemerkt durch das interne Kontrollsystem schlüpfen. Mindestens einer der Genannten muss davon Kenntnis haben. Jede Transaktion über fünf Millionen US-Dollar muss *von Fabian* oder *Pascal* und *einem weiteren Partner unterzeichnet werden!*

Gereizt hielt er inne und kickte wieder kleine Steine vom Fußweg in den See. »Adrienne, ich kann meine innere Stimme nicht mehr abschalten. Sie liefert ununterbrochen Argumente, pro und kontra. Ich denke noch mal laut.«

»Mir geht es ähnlich.«

»Warum sollten Joel Silverstein oder Thomas Widmann dieses Risiko eingehen? Thomas würde seine gut bezahlte Position aufs Spiel setzen, ohne davon direkt zu profitieren. Außerdem geht die Summe weit über seine Investment-Befugnisse hinaus. Joel wiederum tickt wie mein Vater, ihm gehören zwanzig Prozent der Bank. Die Familie Silverstein ist ebenfalls seit Generationen im Bankgeschäft tätig und sehr wohlhabend. Ich kann keine Motivation für Joel erkennen. Das bedeutet im logischen Rückschluss, dass entweder unser Sohn Fabian oder mein Bruder Pascal aktiv in das Fiasko involviert sind! Keiner von beiden hat meines Wissens einen Grund, mit einer derart riskanten Transaktion die Zukunft der Bank zu gefährden. Ich drehe die Fakten vor und zurück und nichts ergibt einen Sinn!«

Das *Café Sprüngli* am Paradeplatz war wie üblich gut besucht. Adrienne konnte einen Tisch am Fenster ergattern.

Christian rührte den Milchschaum in seinen Cappuccino. »Ich bin extrem verärgert und am meisten über mich.«

»Wieso auf dich?«

»Basieren nicht alle geschäftlichen Probleme der vergangenen Jahre auf meinem erzwungenen Rücktritt als Geschäftsführer?« Adrienne konnte gerade noch unterdrücken, ihre Augen zu rollen.

»Wie oft habe ich meine Entscheidung verflucht, den Vorstandsposten im China-Immobilien-Trust der Chen Holding akzeptiert zu haben. Nach dem Konkurs des Trusts im Jahre 2001, der den Skandal unter den Anlegern in Hongkong auslöste, musste ich aufgrund der Haftungsklausel zurücktreten. Jeder wusste, dass ich nichts mit den Geschäften der Chen-Familie zu tun hatte. Mein einziger Fehler bestand darin, unserem größten Kunden in Hongkong vertraut und die Bilanzen des Trusts nicht sorgfältig genug kontrolliert zu haben. Dass ich die Zeit dafür nicht hatte, bleibt auch nach Jahren ein schlechtes Argument.«

Ich kann es nicht mehr hören. Bitte, lass diese Depressionen nicht wieder aufkommen ...

Sie wusste als Einzige, welchen tiefen Einschnitt der Rücktritt für ihren Mann bedeutet hatte. Nach außen, selbst seiner Familie gegenüber, hatte Christian den ausgeglichenen, verständnisvollen Manager gespielt. Sein Stolz ließ nicht zu, eine persönliche Niederlage und die Frustration über den Machtverlust zuzugeben. Hinter den Kulissen sah das anders aus.

Klug agierend, nickte Adrienne verständnisvoll. Es war besser, Christian jetzt ausreden zu lassen. Sie konnte seine Worte im Schlaf vorhersagen.

»Die Chen Familie verlor viele Millionen Dollar, die sie selbst in das Geschäft investiert hatte, haftete aber nicht mit ihrem gesamten Vermögen für den Trust – im Gegensatz zu mir. Aus welcher Quelle der Anwalt der Kläger dieses Detail so schnell parat hatte und warum uns keine Zeit zum Manövrieren blieb, ist mir bis heute ein Rätsel.«

Endlich pausierte Christian und biss genussvoll in das mit dunkler Schokolade gefüllte Luxemburgerli. Dabei musterte er die beiden adrett gekleideten, angeregt plaudernden alten Damen am Nebentisch. Er musste über den Vergleich schmunzeln, der ihm spontan in den Sinn kam, und plötzlich schwang seine Stimmung um. »Adrienne«, wisperte er leise, »diese Damen stehen symbolisch für die Tradition des *Sprüngli*, wie François für die Tradition der Lombardi Bank steht.«

Sie war erleichtert. Ihr Mann entspannte sich.

»Ende des Grübelns und Lamentierens, es gibt kein Patentrezept. Pascal hat sich nicht gemeldet, ich rufe Vater an.«

Adrienne bezahlte in der Zwischenzeit und war froh, dass Christian das leidige Thema *Rücktritt* relativ schnell abgehakt hatte.

»Vater, Christian. Ich bin mit Adrienne in Zürich. Bitte organisiere heute Abend ein Meeting bei uns zu Hause mit Thomas Widmann und Joel Silverstein. Ich kann am Telefon nicht mehr sagen. Das Thema ist brisant. Wir sollten gegen neunzehn Uhr zurück sein.«

François fragte nicht nach. Er spürte an Christians Tonfall, dass er unangenehme Nachrichten mitbringen würde. »Soll Fabian auch kommen?«

»Fabian brauchen wir heute Abend nicht. Pascal ist noch in Paris und nicht zu erreichen.«

»In Ordnung, ich werde es arrangieren. Bis später und fahr bitte vorsichtig.«

Christian setzte bewusst auf die Abwesenheit von Fabian. Er hatte schmerzhaft erfahren, wie wichtig es war, geschickt zu taktieren und wollte seinen Sohn vor unbedachten Äußerungen schützen. Diese Überlegungen behielt er für sich. Sein Vater ahnte ja nicht, dass das Lebenswerk der Lombardi-Männer über fünf Generationen auf dem Spiel stand! Christian lief eine Gänsehaut über den Rücken. Ungeachtet des gigantischen Problems verspürte er eine gewisse Befriedigung darüber, dass Michael Bürer *ihn* informiert hatte. Das erste Mal in den letzten Jahren fühlte Christian, dass er wieder am richtigen Platz saß – im Cockpit. Das jagte einen Adrenalinstoß durch seinen Körper. Das Kribbeln fühlte sich verdammt gut an.

Der Klingelton der Kalender-Termin-Erinnerung seines BlackBerry ertönte.

Huang Fu Chen/Peter McGraham in Hongkong anrufen, Chinese New Year!

Christian zeigte die Nachricht seiner Frau. Das Letzte, wonach ihm gerade der Sinn stand, war ein Gespräch mit den Hongkong-Chinesen. Er trank genüsslich den letzten Schluck des Cappuccino und stockte mitten in der Bewegung. »Adrienne, das war der Hinweis, nach dem ich bisher vergeblich gesucht habe! Huang Fu Chens Investmentbank in Hongkong, die Good Fortune Securities, kann das nötige Kapital besorgen und kurzfristig helfen. Das wäre die passende Gelegenheit, ihre alte Schuld einzulösen. Noch besser, davon würde in der Schweiz keiner etwas mitbekommen ...« Christian schaute elektrisiert auf seine Uhr. »Wie spät ist es jetzt in Hongkong?«

»Neun Uhr am Abend.«

Entschlossen tippte er eine E-Mail in seinen BlackBerry.

Peter, Dir und Deiner Familie ein frohes und gesundes Neujahr aus der kalten Schweiz. Kung Hei Fat Choy! Ich nehme an, ihr genießt alle zusammen euer traditionelles Dinner. Guten Appetit! Über uns braut sich geschäftlich ein Sturm zusammen. Es ist möglich, dass ich kurzfristig nach Hongkong komme. Melde mich am Montag. Alles Liebe, Adrienne und Christian

Kapitel 4

Miranda Chen und ihr Mann Peter McGraham feierten das chinesische Neujahr traditionell mit der gesamten Familie in ihrer Villa in der Lugard Road.

Die Lugard Road war eine winzige Straße am Peak, Hongkongs exklusivster Wohngegend. Von den Bergen über der Stadt bot sich ein fantastischer Panoramablick über Victoria Harbour und die glitzernde Skyline der asiatischen Metropole.

Das Haus war traditionell mit Lampions, Schmuckketten, Drachen und Kinderfiguren in roter und goldener Farbe dekoriert: Rot steht symbolisch für Glück und Gold für Reichtum. Ein großer Mandarinenbaum schmückte den Eingangsbereich. 2011 war das Jahr des Hasen.

Seit dem Tod ihrer Mutter Jiao vor zwölf Jahren erfüllte Miranda perfekt die Rolle der Gastgeberin der Familie Chen. Miranda Chen-McGraham zählte zu den schillernden Persönlichkeiten der High Society der Stadt. Ihre Fotos konnte man regelmäßig bei Berichten über Charity-Veranstaltungen im *Hong Kong Tatler* finden.

Auf Empfehlung von François Lombardi sandte ihr Vater Huang Fu Chen die kleine Miranda im Alter von fünfzehn Jahren in das Schweizer Elite-Internat Le Rosey. Das war ein ungewöhnlicher Schritt für einen chinesischen Geschäftsmann aus Hongkong zur damaligen Zeit.

Im abgesonderten Idyll von Le Rosey nahe Lausanne wurde Miranda erwachsen. Sie lernte Tennis zu spielen, zu reiten und wurde in die faszinierende Welt der Kunst eingeführt. Fließend Französisch und perfekt Englisch zu sprechen gehörte wie Skifahren bald zu ihren Grundfähigkeiten. Miranda knüpfte Bande auf Lebenszeit zu den Kindern wohlhabender Eltern aus aller Welt, die es sich leisten konnten, ihre Sprösslinge in Le Rosey unterrichten zu lassen.

In der Schweiz verliebte Miranda sich das erste Mal, bekam ihren ersten Kuss, musste den ersten Liebeskummer überstehen, rauchte ihre erste Zigarette, trank sich ihren ersten Schwips an. Sie verwandelte sich von einem dünnen, unscheinbaren Mädchen zu einer selbstbewussten jungen Frau. Nach dem Abitur studierte sie Kunstgeschichte und Literatur in London. In den Semesterferien reiste sie durch die schönsten Städte Europas. In diesen Jahren eignete sie sich die Klasse an, die sie bis heute auszeichnete.

Während die Vorspeise serviert wurde, schweiften Mirandas dunkle, mandelförmige Augen stolz über den Esstisch, an dem inzwischen vier Generationen Chen saßen.

»Ich mag diese Frühlingsrollen nicht essen«, maulte Andrew, ihr sechsjähriger Enkel halblaut vor sich hin und stocherte mit der Gabel lustlos auf seinem Teller herum.

Das gefiel seiner Mutter Jade überhaupt nicht, was Miranda ein zartes Lächeln ins Gesicht zauberte.

Geschichte wiederholt sich, dachte sie amüsiert. *Wir versuchen, unsere Kinder zu höflichen Menschen zu erziehen. Dabei übertreiben wir manchmal, denn Kinder wollen keine kleinen Erwachsenen sein.*

»Andrew, ich habe dir erklärt, welche Bedeutung die Speisen haben. Quengle bitte nicht«, ermahnte Jade ihren Sohn liebevoll.

Andrew brabbelte seine Erwiderungen jetzt so leise vor sich hin, dass niemand etwas verstehen konnte. Widerwillig stopfte er ein Stück in seinen Mund. Seine kleinen Beine schaukelten dabei wild unter dem Tisch hin und her.

Huang Fu Chen, Mirandas Vater, saß zwischen seinen beiden aufgeweckten Urenkeln Andrew und Grace. Er sah die traditionellen, formellen Feiern mit seinen neunundachtzig Jahren gelassen. Wissend, am Ende seines Lebens zu stehen, genoss Huang Fu Chen die Tage, an denen sich die Familie komplett versammelte. Er spürte die unbändige Lebenslust und Neugier der Kleinen sowie die angespannten Nerven ihrer Eltern – seinen Enkeln. Als begnadeter Erzähler vermittelte Huang Fu Chen geschickt zwischen den Generationen. Er fesselte die Jüngsten mit spannenden Geschichten über das alte China. So auch heute, als er die abenteuerliche Flucht mit seiner Frau und Baby Miranda während der Wirren des Chinesischen Zivilkrieges 1949 von Shanghai nach Hongkong farbenfroh ausschmückte.

Huang Fu Chen, der aus einer wohlhabenden Shanghaier Familie stammte, die in diesen Jahren alles verloren hatte, musste damals sehr hart arbeiten, um seine kleine Familie zu ernähren. Konsequent hatte er in Hongkong auf die gleichen Geschäftsfelder gesetzt, in denen sein Vater und Großvater bereits in Shanghai erfolgreich gewesen waren.

Er gründete das kleine Schiffsunternehmen Chen Fortune Ship Ltd. und kurz darauf das Handelshaus Chen Fortune Trading Corporation, eine Import/Export-Firma. Beide Aktivitäten ergänzten sich perfekt. 1970 erweiterte er sein stetig wachsendes Imperium mit der Eröffnung der Investment Bank Good Fortune Securities. 1976 fasste er alle Unternehmen in der Chen Fortune Holding zusammen. Er verwirklichte seinen kühnen Traum, vom chinesischen Flüchtling zum Tycoon – in Hongkong *Tai-Pan* genannt - aufzusteigen.

Miranda war seine Prinzessin. Sie liebte und verehrte ihren Vater genauso und hoffte, dass er noch einige Jahre leben würde.

Die kleine Grace quiekte vor Vergnügen, als Huang Fu komische Grimassen schnitt und Großmutter Miranda als Kind imitierte.

Miranda gegenüber saß ihr Mann Peter McGraham, der älteste Sohn einer tonangebenden schottischen Familie, die seit Jahrzehnten in Hongkong ansässig war. Peter war in Hongkong aufgewachsen. Für sein Studium kehrte er Ende der Sechzigerjahre nach London an die Business School of Economics zurück.

Dort begegneten sich beide erstmals während einer wilden Studentenparty 1970. Miranda verliebte sich schnell in den großen blonden Mann mit den blauen Augen, der witzige, intelligente Reden hielt und obendrein noch Kantonesisch sprach. Gemeinsam kehrten sie 1972 nach Hongkong zurück und heirateten.

Huang Fu Chen warb Peter von seiner privilegierten Stellung bei Jardine ab, damit er das Bankgeschäft der Good Fortune Securities leitete. Peter wusste diese Chance zu nutzen. Seine fleißige Arbeit und kluge Strategie ließen die Good Fortune Securities über fünfunddreißig Jahre zur größten lokalen Investment Bank in Hongkong wachsen. Dieser Erfolg wurde ihm nicht geschenkt. Er arbeitete nach wie vor sehr hart, um diese Position zu behaupten.

Peter unterhielt sich gerade angeregt mit seinem Sohn Stanley.

Wahrscheinlich diskutieren sie selbst während des Neujahrs-Dinners wieder über Börsengänge oder Private Equity Deals. Hoffentlich einigen sie sich bald auf eine gemeinsame Strategie für China. Ich bin der unzähligen Diskussionen überdrüssig. Es ist die erste wirklich große geschäftliche Konfrontation zwischen ihrem Sohn, der hart an Plänen für die Erweiterung arbeitete, und ihrem Mann, der konsequent dagegen war.

Während der Hauptgang *Suckling Pig* serviert wurde, checkte Peter seinen BlackBerry. Als Miranda ihn ansah, griff er zärtlich nach ihrer Hand. »Christian Lombardi sendet uns seine Glückwünsche zum neuen Jahr, *gong hé xin xi*. Dein alter Freund aus Genf macht Andeutungen, dass die Lombardi Bank Probleme hat. Er wird eventuell kurzfristig nach Hongkong kommen.«

»Probleme? Wann will er kommen?«, fragte Miranda interessiert nach.

»Keine Ahnung. Wir haben einige Wochen nicht miteinander gesprochen. Ich hoffe, es gibt kein wirklich substantielles Problem. Die Schweizer Banken verlieren Kunden, Geschäft und zahlen nach Gerichtsurteilen in den USA horrende Strafen.«

»Das hoffe ich für ihn und die Lombardis.« Miranda lächelte Peter an. »Ich habe Christian ewig nicht mehr gesehen. In den letzten Jahren habt ihr euch nur noch im Büro getroffen. Warum lädst du ihn nicht mal wieder zu uns nach Hause ein?«

Peter zuckte entschuldigend mit den Schultern. »Das hat sich so ergeben. Stanley hat mehr Kontakt zu den Lombardis als ich. Die Geschäfte im Investmentbereich laufen über ihn und Christians jüngeren Bruder Pascal. Christian kommt nur, wenn er sich um seinen Hedgefonds kümmert. Eine brillante Idee von dir, ihn einzuladen.« Er tätschelte noch Mirandas Hand, als er sich wieder Stanley zuwandte und auch ihm von Christians Nachricht erzählte.

Wenn Peter McGraham nur den Hauch einer Ahnung

gehabt hätte, was sich nach Erwähnen des Namens *Lombardi* in Mirandas Kopf abspielte ... Aber dieses instinktive Feingefühl für die komplizierte Gefühlswelt der Frauen im Allgemeinen und Mirandas im Besonderen hatte er nie entwickelt.

Miranda hing ihren Gedanken nach und betrachtete währenddessen voller Stolz ihre Zwillinge, Stanley und Audrey, die inzwischen fünfunddreißig Jahre alt waren.

Wie die Zeit vergeht ...

Stanley hatte die geschäftlichen Ambitionen seines Vaters geerbt, dazu seine große, schlanke Statur. Er hatte volles dunkelbraunes Haar, das seine europäischen Züge unterstrich. Er war ein äußerst attraktiver Mann. Während seines Studiums in Princeton war er der Schwarm vieler Kommilitoninnen gewesen und hatte das bis zur Neige ausgelebt.

Erst als Stanley die wunderschöne Chinesin Jade Lam auf dem Campus getroffen hatte, änderte er sein Leben schlagartig. Jade war die Frau, die er unbewusst gesucht hatte. Sie faszinierte ihn. Bereits ein Jahr später hatte er sie zum Traualtar geführt. Sie waren ein Traumpaar und hatten der Familie zwei entzückende Enkelkinder geschenkt – Andrew und Grace. Inzwischen führten beide gemeinsam mit Peter die Filiale der Good Fortune Securities in Hongkong.

Jade stammte aus Peking. Sie war für eine Asiatin groß, dabei schlank gebaut und mit einem harmonischen Gesicht gesegnet. Dass Schönheit und Intelligenz sich selten paaren, war auch ein Vorurteil in diesem Teil der Welt. So wurde die begabte, scharfsinnige Bankerin oft unterschätzt.

Jade zählte zu einem *Princeling* der zweiten Generation und war stolz darauf, dass ihre Familie zur privilegierten Elite Chinas gehörte, wo die Eltern Funktionäre der Partei waren oder hohe Positionen in der Wirtschaft bekleideten. Dadurch konnten sie ihren Kindern ein Studium an den Elite-Universitäten der Welt ermöglichen.

Nach Abschluss der Universität wurde Jade von JP Morgan angestellt und wechselte später zur Citigroup. Beide Institutionen wollten von ihren exzellenten Kontakten in China profitieren, wo große Geschäfte regelmäßig innerhalb der Familien oder durch enge Beziehungen zustande kamen. Seit letztem Jahr arbeitete Jade mit der Good Fortune Securities. Sie hatte genug bei den großen Institutionen gelernt. Nun wollte sie selbst von ihrem Wissen und ihren Kontakten profitieren.

Miranda liebte ihre Schwiegertochter Jade fast so innig wie ihre Tochter Audrey – Stanleys Zwillingsschwester. Die Frauen waren beste Freundinnen, da keine Neid auf die andere entwickelte. Beide waren speziell, doch auf verschiedene Art.

Bei Audrey dominierte Mirandas chinesischer Einfluss über die europäischen Züge ihres Vaters. Sie war natürlich, legte wenig Wert auf Äußerlichkeiten wie Designer-Kleidung, Schmuck oder andere Statussymbole der Frauen. Sie unterschätzte, wie sexy sie trotzdem auf Männer wirkte. Audrey war ein Schöngeist. Manchmal kam sie Miranda wie ein verträumter Engel vor. Audrey lebte mit einer Leichtigkeit in verschiedenen Welten, die sie in ihren Gedanken und in der Wirklichkeit kreierte.

Sie besaß eine Kunstgalerie, in der sie junge Talente förderte, indem sie ihre Bilder neben den Werken von gestandenen Künstlern ausstellte. Dabei malte sie selbst und hoffte auf ihren Durchbruch. Wenn sie nicht malte, verschlang sie Bücher unterschiedlichsten Genres oder hörte klassische Musik. Sie hatte außerdem ein Faible für Innenarchitektur. Dafür ging Audrey der praktische Geschäftssinn ihres Bruders völlig ab. Selbst in der Liebe blieb sie eine Träumerin. Bisher hatte sie keinen Mann gefunden, mit dem sie sich binden wollte. Kandidaten hatte es genügend gegeben. Miranda hoffte noch auf eine glückliche Fügung in der Liebe für ihre Tochter und auf weitere Enkelkinder.

Die tiefe Bindung zwischen Audrey und Stanley trotz ihres gravierend unterschiedlichen Charakters machte Miranda glücklich. Seit die Zwillinge sprechen konnten, teilten sie Gemeinsamkeiten und hielten zusammen. Sie waren ein Herz und eine Seele. Das änderte sich weder durch Stanleys Hochzeit mit Jade noch die Geburt seiner Kinder.

Ich kann mich wirklich glücklich schätzen. Ich liebe meine Familie. Sie bedeutet mir alles.

Kapitel 5

Dunkelheit brach bereits herein, als Adrienne den Porsche zum Anwesen der Familie Lombardi im Genfer Nobelviertel Cologny herauffuhr. Der Kies knirschte unter den dicken Reifen.

Christian hatte in der letzten Stunde schweigend seine Gesprächsstrategie für das folgende Meeting ausgebrütet. Davor hatte er viele Male versucht, Pascal telefonisch zu erreichen. Erfolglos. Jetzt ließ er den Blick über den Horizont schweifen.

Unter ihm erstreckte sich der Genfer See mit der Fontäne. Um den See schlängelten sich Grandhotels, Banken, Bürogebäude und exklusive Geschäfte. Auf dem Hügel hinter der Altstadt war die Kathedrale Saint Pierre zu sehen. Die Laternen, in regelmäßigen Abständen aufgestellt, leuchteten wie Glühwürmchen im Sommer und verliehen der Szenerie etwas Geheimnisvolles. Hinter ihm erhob sich majestätisch der Mont Blanc. Christian liebte diese friedliche Kulisse.

»Danke fürs Fahren, Adrienne. Es wird sicher ein langer Abend, warte nicht auf mich. Du siehst müde aus.« Er küsste seine Frau und eilte die Stufen zur Bibliothek hinauf.

»Endlich«, begrüßte ihn François erleichtert, »du hast uns mit deiner Andeutung vielleicht einen Schrecken eingejagt.«

Christian nickte Thomas Widmann und Joel Silverstein freundlich zu. Als er ihre angespannten Mienen sah, wusste er, dass seine Sorgen berechtigt waren. Ein Bauchgefühl, dass er nicht erklären, aber auch nicht negieren konnte. Er setzte sich in den alten dunkelbraunen Sessel unter dem Fenster. Sein Lieblingsplatz.

Ihm war klar, warum Michael Bürer den Gesprächsbeginn leicht gehalten hatte. Christian Lombardi wählte den entgegengesetzten Weg. Er hatte entschieden, die Katze direkt aus dem Sack zu lassen, um Reaktionen zu provozieren. »Wir müssen heute Abend ein Thema diskutieren, das den Fortbestand der Lombardi Bank bestimmen wird.« Ohne Umschweife berichtete er, was Michael Bürer ihm in Zürich anvertraut hatte.

Entsetzte Gesichtsausdrücke waren die erste Antwort, die Christian wortlos erhielt. Draußen war es inzwischen stockdunkel. Die Silhouetten der Männer spiegelten sich in den Fensterscheiben. Weder Thomas Widmann noch Joel Silverstein machten Anstalten, sich zu äußern.

Sitzt der Schock zu tief, oder kalkulieren sie, was sie preisgeben müssen? Beide sind erfahrene Banker …

Um die Diskussion in Gang zu bringen, stellte Christian die Fragen in den Raum, die ihn auf der Rückfahrt unablässig beschäftigt hatten. »Weiß jemand von einer Transaktion in Höhe von einer Milliarde US-Dollar mit Levy & Lewitt? Wer könnte der Lombardi Bank schaden wollen und warum? Wie um Gottes willen konnte das geschehen?«

Schweigen. Die Luft im Raum war zum Zerschneiden dick. Das einzige Geräusch wurde von den Pendeln der alten Standuhr erzeugt: ein emotionsloses, rhythmisches Ding-Dong.

Diesmal brach Christian den Bann nicht. Er nahm sein Glas in die Hand, trank einen Schluck Evian und schaute fragend in die kleine Runde.

Schließlich räusperte sich Thomas Widmann. »Ich habe im Jahr 2006 fünfzig Millionen US-Dollar aus dem Eigenkapital der Bank in Mortage Backed Securities investiert.« Er stockte, warf dabei einen Seitenblick auf Joel Silverstein. »Übrigens auf Empfehlung von Joel. Das Investment hatte bis Anfang 2008 etwa die Hälfte des ursprünglichen Wertes verloren. Joel, Pascal und ich haben gemeinsam entschieden, dieses Investment in den Asset-Management-Bereich umzuschichten.« Thomas zögerte erneut, vermied diesmal aber jeden Augenkontakt. »Pascal verpackte die MBS in ein neues Produkt, das Gewinn versprach. Sein Team verkaufte es in kleinen Tranchen an Kunden mit Konten über zehn Millionen Dollar, bei denen wir Ermessensfreiheit hatten, das Portfolio zu managen. Die meisten davon waren Hold-Mail-Konten. Wir spekulierten darauf, dass sich die MBS mittelfristig wieder erholen würden.«

Stille. Man hätte im Raum eine Stecknadel fallen hören können.

»Durch diesen kleinen Buchungstrick war die Bilanz der Bank wieder sauber. Anschließend verwaltete Pascal dieses Investment. Ich war nicht mehr involviert.«

François sprang empört auf. »Wie bitte? Und wieso höre ich heute das erste Mal davon? Es geht um fünfzig Millionen Dollar meiner Bank!« Er war sichtlich aufgebracht. »Was habt ihr euch bloß dabei gedacht, dieses katastrophale Eigeninvestment an unsere Kunden weiterzugeben? Ich habe geglaubt, nur Investmentbanken handeln gelegentlich so. Nein, auch die feine alte Lombardi Bank lässt Moral missen. Die Banker vergessen mal kurz unser Credo, dass wir keine Produkte verkaufen, sondern Lösungen anbieten. Das ist ein Skandal!«

Christian war von dem unerwarteten Geständnis ebenso überrascht. »Lass uns ruhig und sachlich bleiben, wir benötigen alle Details ...«, versuchte er seinen Vater zu beschwichtigen, bevor er selbst bittere Vorwürfe an die Adresse von

Thomas Widmann richtete. »Das sind zwei fundamentale Entscheidungen, von denen ich heute zum ersten Mal höre. Zum einen, dass du für fünfzig Millionen Dollar MBS gekauft hast und ihr die Dreistigkeit besessen habt, das Produkt in die Portfolios von Kunden zu packen, als das Investment im Keller war. Von *Verkaufen* kann ja nicht die Rede sein, wenn es sich um Portfolios mit Ermessensspielraum für den Banker und Hold-Mail-Konten handelt.« Dann lenkte Christian die Aufmerksamkeit auf den technischen Aspekt. »Ihr konntet das Investment nicht direkt an die Klienten verkaufen, das widerspricht jeder Vorschrift. Wie habt ihr das Problem umgangen? Ein neues, attraktives Produkt? Nennt man das heute so, wenn man Kunden wissentlich ein Kuckucksei ins Nest legt? Und wenn ich richtig verstanden habe, hat Levy & Lewitt dabei geholfen? Obendrauf haben Joel und Pascal das gemeinsam unterstützt, eine Art Komplott geschmiedet?«

Thomas Widmann versuchte verzweifelt, sich zu verteidigen. »Du erinnerst dich sicher, dass MBS und ähnlich strukturierte Produkte damals der Renner waren. Levy & Lewitt hatte uns zugesichert, dass wir damit nicht falsch liegen können. Joels guter Riecher für Investment ist bekannt. Es hätte uns genauso mit *Madoff* treffen können, da wären wir noch viel schlechter dran gewesen.«

»Diese Argumentation kann doch nicht dein Ernst sein, Thomas!«, mischte sich François wieder ein. »Was ihr getan habt, nennt man in meinem Verständnis schlichtweg Betrug. Betrug vom CEO gemeinsam mit dem Anwalt der Bank und dem Leiter der Asset-Management-Abteilung. Ich finde keine Worte.« Ungläubig fragte er Joel: »Du hast wirklich erst den Kauf der MBS empfohlen und anschließend diese Vertuschungsaktion gedeckt? Als mein bester Freund, Anwalt und Geschäftspartner?« François senkte seinen Tonfall. »Normalerweise verhalten sich Pascal und du wie Hund und Katze. Eure Diskrepanzen behindern unsere Arbeit, und auf einmal steckt ihr unter einer Decke?«

Joel schwieg beharrlich zu allen Fragen und Anschuldigungen.

Plötzlich vibrierte François' Stimme, überschlug sich vor Erregung, als ob die Fakten in dieser Sekunde erst sein Bewusstsein erreicht hätten. »In jeder Vorstandssitzung reden wir über die Werterhaltung der Depots unserer Kunden. Wir kreieren alles Mögliche, um ihr Vermögen vor den Finanzämtern ihrer Länder legal zu sichern. Und dann verkauft ihr ihnen faule Eier? Das ist doch Wahnsinn! Absolut inakzeptabel!« François gingen die Worte aus, während seine Hände noch wild gestikulierten.

Joel Silverstein erhob sich bedächtig, ging einige Schritte in der Bibliothek auf und ab, um schließlich provozierend vor François stehen zu bleiben. »Ja, ich habe Thomas 2006 zu dem Kauf der MBS geraten, weil ich damals überzeugt war, dass es sich um ein gutes Investment handelt. Ich habe mich getäuscht, wie fast alle in unserer Branche. Um das Kapital der Bank zu erhalten, haben wir im Frühjahr 2008 beschlossen, die MBS in den Asset-Management-Bereich zu verlagern. Pascal war nach anfänglichem Zögern einverstanden und hat das mit Thomas Widmann und Levy & Lewitt direkt in New York geklärt.«

François starrte Joel erschüttert an.

Der sprach unbeirrt weiter. »Levy & Lewitt hat unsere Tranche offiziell zum Einstandspreis zurückgekauft. Damals gab es keine Käufer für diese Produkte und deshalb keinen exakten Marktpreis. Man hat uns einen kleinen Gefallen getan, wir haben eine Provision bezahlt und umgeschichtet.«

»Die ganze Transaktion ist illegal! Wenn das Produkt nur die Hälfte wert war, wie konnte euch Levy & Lewitt den vollen Preis bezahlen? Und ihr kauft den Mist noch mal zurück, für unsere Kunden? Was vermisse ich?« François gab nicht nach.

Joel reagierte genervt. Er sprach zu seinem alten Freund wie ein Lehrer zu einem Schüler, der absolut nichts versteht. »Noch mal. Das war in diesen Tagen üblich und wurde praktisch von allen Banken heimlich getan, eben weil es keinen exakten Preis gab. Wenn man etwas nicht genau benennen kann, kann man auch nicht viel danebenliegen. Was meint ihr, wie die Banken sonst so glimpflich durch diese Jahre gekommen sind? Wir alle tricksen hier und da ein bisschen ... Hört auf zu träumen, die Zeiten haben sich geändert. Willkommen im Banking des 21. Jahrhunderts!« Diese Antwort war ein absoluter Affront gegen François Lombardi. Joel pausierte kurz, lief wieder einige Schritte auf und ab, bevor er seine Stimme nochmals laut erhob. »Ihr regt euch über fünfzig Millionen Dollar auf, die wir in kleinen Tranchen in großen Portfolios versteckt haben. Zugegeben, wir können über die Moral streiten. Fakt ist, die Lombardi Bank hat keinen Verlust erlitten, und die Kunden haben nur marginale Einbußen hinnehmen müssen.«

François setzte zum Widerspruch an.

Aber Joel ließ sich jetzt nicht unterbrechen. »Ihr hattet lange keinen Kontakt zu unseren *normalen* Klienten mehr. Es ist doch so, dass viele die Produkte kaum kennen, die in ihren Portfolios stecken, geschweige denn, dass sie sie *verstehen*. Die Kunden mit den Hold-Mail-Konten wollen ihre Abrechnungen nicht einmal halbjährlich sehen. In der Regel kommen sie alle zwei Jahre bei uns vorbei. Ihr einziges Ziel besteht darin, keine Steuern zu bezahlen, von ihren jeweiligen

Finanzbehörden nicht entdeckt zu werden und im Groben den Wert ihres Kontos zu erhalten. Die machen ihre wirklichen Geschäfte mit anderen Banken. Worüber wir reden sollten, ist die Milliarde Dollar, die irgendwo verloren gegangen ist und für die die Partner der Lombardi Bank haften müssen! *Damit* habe ich ein Problem!« Joel setzte sich.

Seine Worte verfehlten ihre Wirkung nicht. Erneut füllte diese unangenehme Spannung den Raum. Jeder verarbeitete auf seine Weise das Gesagte.

Christian versuchte, Joels verbale Attacke zu ignorieren. Er wollte das Zepter der Diskussion nicht aus der Hand geben. Bisher waren sie in der eigentlichen Sache keinen Schritt vorangekommen, da hatte der alte Fuchs Joel leider recht. »Joel hat unser zentrales Problem auf den Punkt gebracht. Konzentrieren wir uns auf das Geschäft über die Milliarde mit Levy & Lewitt. Wie wir alle wissen, darf kein Banker bei uns in dieser Höhe allein ein Geschäft tätigen. Wir haben die Summe, bei der ein zweiter Partner oder der CEO zustimmen muss, mit fünf Millionen US-Dollar bewusst niedrig angesetzt, um Spekulationen vorzubeugen. Hat jemand von euch zu diesem Geschäft sein Einverständnis gegeben?«

Schweigen. Ein Schweigen, das immer drückender wurde.

Christian schüttelte den Kopf. Starke Falten zeichneten sich auf seiner Stirn ab. »Also nein. Dann bleiben im logischen Umkehrschluss nur Pascal und Fabian übrig. Mein Bruder, mein Sohn oder beide zusammen sollen das allein zu verantworten haben? Eine interessante Möglichkeit, dass sich die Eigentümer und zukünftigen Erben der Bank selbst abschießen.«

»Ist es sicher, dass der Trade in Genf getätigt wurde?« Mit dieser Frage nahm sich Joel aus der Schusslinie.

»Ich habe Michael Bürer die gleiche Frage gestellt. Ein klares Ja war seine Antwort.«

Thomas Widmann und François äußerten sich nicht.

Christian sprach weiter: »Ich werde Fabian anweisen, morgen alle Trades seit 2008 aufzulisten. Diese Transaktion wird er finden. Wer immer das eingeleitet hat, muss außerdem einen hohen Hebel angesetzt haben. Anders kann so ein großer Verlust nicht entstehen. Dessen ungeachtet, ergibt es bisher keinen Sinn für mich.«

Plötzlich war der Bann gebrochen. Die Diskussion eskalierte. Wortfetzen, Verschwörungstheorien und Mutmaßungen schwirrten durch die Bibliothek. Niemand konnte verstehen, wie ihre Bank unbemerkt in diese prekäre Lage kommen konnte. In einem einzigen Punkt waren sich alle einig: Das Investment musste ein sehr hohes Leverage haben. Nur ein Profi konnte das eingefädelt und durchgezogen haben und nur mit Hilfe eines Partners der Lombardi Bank.

Joel wirkte bei der ausufernden Diskussion ungeduldig. Erneut stand er auf. Sein Blick wechselte blitzschnell zwischen Thomas Widmann, Christian und François hin und her. »Warum reden wir um den heißen Brei herum? Wir vermuten insgeheim alle, dass Pascal hinter diesem Geschäft steht und damit für den Verlust verantwortlich ist. Als ehemaliger Investmentbanker liegen ihm riskante Deals im Blut. Ich bestehe darauf, dass wir Pascal anrufen und sofort zur Rede stellen! Wir argumentieren uns die Köpfe heiß, und er verbringt den Abend wahrscheinlich mit einer blonden oder brünetten langbeinigen Frau, die er nach seinen Meetings in Paris ausführt und mit der er seinen Spaß hat!«

Jetzt platzte Christian der Kragen. Der lange Tag mit schlechten Nachrichten, die Autofahrt nach Zürich, die anstrengende Diskussion mit Michael Bürer und die Sorgen um seinen Sohn, seinen Vater und die Bank zerrten an seinen Nerven. Er sprang aus dem Sessel und stellte sich vor Joel, sodass dieser aufschauen musste. »Seit wann steht es dir zu, über Pascals Privatleben zu urteilen? Hast *du* lange keinen Spaß gehabt? Er lebt offiziell von seiner Frau getrennt und kann tun und lassen, was er will. Und um auf deine Unterstellung zurückzukommen: Selbst vor Gericht ist jeder Mensch so lange unschuldig, bis seine Schuld bewiesen ist!«

Joel interessierte dieser Einwand nicht. »Wir diskutieren heute Abend nicht über die Methoden des Justizsystems oder schreiben an einem Manuskript für eine Seifenoper. Wir reden über den Fortbestand der Lombardi Bank. Deine Worte, Christian! Unser hauseigenes Drama! Eine Milliarde Verlust, und wir haften dafür? Hast du dir diese Zahl mal auf der Zunge zergehen lassen? Viele Nullen nach der Eins und vor dem Komma ...«

Christian ging noch einen Schritt auf Joel zu und sagte nun laut, was er seit Langem auf dem Herzen hatte und nie aussprechen wollte: »Du bist kein Lombardi und spielst dich seit Jahren auf, als wärst du der Gründer und heilige Geist der Bank, bei deinem, entschuldige bitte, vergleichsweise kleinem Anteil von zwanzig Prozent. Alle Lombardis haften zusammen für achtzig Prozent und tragen wesentlich mehr Risiko als du. Dass die Chemie zwischen euch nicht stimmt, ist kein Geheimnis, aber das geht zu weit! Dir liegt wohl immer noch auf der Leber, dass Pascal der erste Mann war, den deine Tochter geliebt hat? Du hast Pascal nicht für gut genug befunden, eine Liebe zerstört. War das dein Dank für die loyale Haltung der Lombardis seit über achtzig Jahren zu deiner Familie? Was bildest du dir eigentlich ein ...?«

François war, von den Streitenden unbemerkt, aufgestanden, stellte sich zwischen sie. Er breitete seine Arme aus. »Bitte.«

Dieses eine, leise gesprochene Wort genügte, um wieder für Ruhe zu sorgen.

Es kostete Christian viel Selbstbeherrschung, sich zu setzen. Erregt fuhr er mit den Händen durch seine Haare. Dabei beobachtete er Joel, Thomas und seinen Vater. Die Spannung im Raum war erneut greifbar. Noch nie hatten sich die Partner der Bank privat und unterhalb der Gürtellinie angegriffen. Die Nerven aller lagen blank. Männer, die Christian seit Jahrzehnten kannte, zeigten ihm heute Abend ein neues, anderes Gesicht. Keines gefiel ihm.

François strahlte zwar die Autorität des Patriarchen aus, konnte mit seinem Charisma alle Beteiligten in Schach halten, aber er wirkte müde. Nicht verwunderlich. Stand er mit vierundachtzig Jahren plötzlich am Abgrund seines Lebenswerks?

Thomas war nervös, sein rechtes Bein zuckte. Auf seiner Oberlippe glänzten Schweißperlen, und unter seinen Achselhöhlen waren dicke Schweißränder zu sehen. Es war offensichtlich, dass er sich unwohl fühlte. Kein Wunder, nach dem Geständnis über das fehlgeschlagene Investment von fünfzig Millionen Dollar, dem anschließenden skandalösen Handling und dem Verlust von einer Milliarde Dollar, von dem er als Geschäftsführer keine Ahnung hatte.

Joel dagegen war aggressiv und angriffslustig. Sicher lag er mit seiner Behauptung über Pascals Investmentstil richtig, Christians Gedanken waren in dieselbe Richtung gegangen. Aber die Art und Weise, in der er Pascal in seiner Abwesenheit persönlich beleidigt hatte, dazu seine Körperhaltung, sein Tonfall, dieses arrogante Lächeln …

All dies geisterte Christian in Bruchteilen einer Sekunde durch den Kopf.

François beendete den Abend, als er mit ruhiger Stimme

ein Machtwort sprach. »Es gibt keine Diskussion mit Pascal am Telefon. Das Thema ist viel zu sensibel, und Streit bringt uns nicht weiter. Ich werde Pascal unverzüglich aus Paris zurückkommen lassen. Morgen rede ich zuerst mit ihm allein, und danach sehen wir weiter. Es versteht sich von selbst, dass niemand außerhalb dieses Kreises von unseren Problemen erfährt. Kein Wort darf an einen Banker, Assistenten, Kunden oder gar die Presse durchsickern.«

Er schaute erst Thomas, dann Joel und schließlich Christian an, um ihre Zustimmung einzuholen. Alle nickten.

»Morgen Abend treffen wir uns wieder, dann mit Pascal und Fabian und hoffentlich allen Fakten. Wir müssen übers Wochenende eine Lösungsstrategie entwickeln. Wahrscheinlich bleiben uns nur ein oder zwei Wochen Zeit. Wir sollten uns darüber Gedanken machen, dass alles, wofür die Lombardi Bank seit Generationen bürgt, infrage gestellt zu sein scheint. Wegen einer einzigen Transaktion! Wir stehen mit dem Rücken an der Wand und können nur in eine Richtung schauen, nach vorne.« Erschöpft setzte er sich und trank sein Wasserglas in einem Zuge leer. Seine Hände zitterten leicht.

Alles war gesagt.

Joel verließ ohne ein weiteres Wort mit einem flüchtigen Kopfnicken den Raum. Die Luft erschien sofort weniger schwer.

Thomas Widmann war kreidebleich, als er sich aus dem Sessel erhob. »Es tut mir leid, dass ich euch bei den MBS hintergangen habe, ich stand unter enormem Druck. Am Ende wollte ich das Kapital der Bank sichern. Es hat niemand vorhersehen können, wie tief der Markt fallen würde. Ein unverzeihlicher Fehler, für den ich volle Verantwortung übernehme.« Thomas griff nach seinem Sakko. Mit gesenktem Blick wollte er die Bibliothek verlassen.

»Einen Moment bitte«, bat François seinen Geschäftsführer. »Thomas, ich habe dich für einen integren Menschen und exzellenten Manager gehalten. Heute Abend bin ich enttäuscht worden, dennoch stehe ich hinter dir. In den kommenden Wochen brauche ich dein volles Engagement. Wir werden uns nicht mit internen Streitigkeiten selbst ein Grab schaufeln. Nachdem wir das Problem mit Levy & Lewitt gelöst haben, müssen wir uns im Detail anschauen, was zwischen dir, Joel und Pascal ausgetüftelt worden ist. ›Das Vertrauen unserer Kunden ist unser Kapital‹, diesen alten Grundsatz der Branche habt ihr sträflich vernachlässigt.«

Thomas wirkte um Jahre gealtert. »Hinterher ist man immer klüger … Wie gesagt, ich nehme es ohne Abstriche auf mich. Morgen früh werde ich zeitig in der Bank sein. Gute Nacht.«

»Du siehst schlecht aus, Thomas«, sorgte sich Christian. »Bist du sicher, dass du Auto fahren kannst? Soll ich dir ein Taxi rufen?«

Thomas schüttelte den Kopf. »Ich habe es nicht weit, bis morgen.«

Die Tür fiel leise hinter ihm ins Schloss.

Kapitel 6

»Ich brauche einen Cognac.«

»Du trinkst Alkohol, Vater?«

»Ein Luxus, den ich mir nur noch selten gönne, aber dieses Meeting hat mir zugesetzt.«

»Dann lass uns auch eine Zigarre dazu rauchen.«

François setzte sich in seinen Sessel und strich sich nachdenklich über die schütter gewordenen weißen Haare. »Was für eine Diskussion … Ich fürchte leider, das war erst der Anfang«, resümierte er.

Christian stanzte vorsichtig ein kleines Loch in die Zigarren. Beide zündeten ihre *Hoyas de Monterreys* an und pafften einige Züge.

»Ich hielt uns für ein eingeschworenes Team, das am selben Strang zieht. Es schockiert mich, wie viel Spannungen und Vorurteile wir mit uns tragen. Selbst ich hätte Joel gegenüber fast meine Beherrschung verloren.«

»Dass Thomas uns hintergeht, Joel und Pascal es decken und dabei gemeinsame Sache machen, hätte ich gestern noch für unmöglich gehalten. Ich habe Thomas als geschäftlichen Freund von dir betrachtet. Du warst sein Mentor, hast dich für ihn als CEO stark gemacht.«

Christian zuckte mit den Schultern. »Ich habe Thomas vertraut und versucht, ihn über unsere Freundschaft ein wenig zu kontrollieren. Was soll ich sagen … Ähnliches gilt für Joel, deinen Freund. Ich habe ihn immer respektiert, seine geschäftlichen Fähigkeiten stehen außer Frage. Er ist ein mit allen Wassern gewaschener Profi, und davon hat unsere Bank profitiert. Aber irgendetwas störte mich schon lange an ihm, ohne es genau benennen zu können. Heute Abend empfand ich ihn dreist, extrem arrogant und eiskalt.«

»Fühl dich nicht angegriffen, Christian. Ich habe die Nachricht über den potentiellen Margin Call meiner Bank nicht ansatzweise verdaut. Heute Nacht werde ich in Ruhe abwägen. Wenn die Tatsachen wirklich so sind, wie Michael Bürer prophezeit hat, bleibt uns wenig Spielraum. Wir könnten eine Kapitalerhöhung durchführen, das heißt unser privates Geld einsetzen, was bei einer Milliarde unmöglich ist. Wir könnten Anteile verkaufen, was bedeutet, dass wir neue Aktionäre bekommen, oder wir besorgen uns einen Kredit und hinterlegen unsere Anteile als Sicherheit. Die beiden letzten Möglichkeiten brauchen Zeit, die wir wahrscheinlich nicht haben ...«

»Ich weiß, Vater, darüber habe ich auch nachgedacht. Lass uns abwarten, bis wir alle Fakten gesammelt haben. Was mir seit dem Geständnis von Thomas nicht mehr aus dem Kopf geht, ist, dass es kein Zufall sein kann, dass wir mit einem ähnlichen Produkt zuvor schon Geld verloren haben. War das nicht Warnung genug? Wer investiert dann noch einmal im gleichen Schema? Dazu mit viel größerem Kapital und hohem Leverage? Für jeden erfahrenen Banker ist das schlichter Wahnsinn oder Verantwortungslosigkeit.«

Jetzt schüttelte François den Kopf. »Definiere mir bitte *normalerweise*«, forderte er Christian auf, sprach aber selbst weiter. »Was ist nur mit der Welt, unserer Branche und unserer Bank im letzten Jahrzehnt geschehen? Kaum etwas entspricht mehr unseren traditionellen Werten. Die Welt ist aus den Fugen geraten. Alles dreht sich schneller und schneller, und es geht immer nur um *mehr: Mehr* Gewinn, *mehr* Zeit, *mehr* Produkte, *mehr* Kunden, *mehr* Vergnügen, *mehr* Wohlstand, *mehr* Macht ... Wohin soll dieses unendliche *MEHR* führen?« François redete sich in Fahrt. »Rückblickend war es ein Fehler, Thomas als CEO zu berufen. Diese entscheidende Position blieb zuvor stets in der Familie, und zwar aus gutem Grund. Wir leiten unser Geschäft mit einer anderen Philosophie. Unsere Reputation, gebildet über Generationen, ist ebenso wertvoll wie eine gute Bilanz. Wir sind niemandem außer uns selbst Rechenschaft schuldig. Bei Thomas ist das anders. Er spürt den Druck, Gewinn erarbeiten zu müssen, viel stärker. Und mal ehrlich, Thomas hat nicht die einfachsten Jahre mit der Finanzkrise erwischt. In dieser Situation hat er zu viel riskiert. Es entstanden Verluste, die er mit noch mehr Risiko ausgleichen wollte. Damit beginnt eine verhängnisvolle Kettenreaktion. Ich mag es heute Abend noch nicht zu Ende denken. Vielleicht hätte ich die Verantwortung damals schon Pascal übertragen sollen.«

Christian schluckte. Der letzte Kommentar seines Vaters tat weh. Er schloss indirekt ein, dass Pascal sein Kandidat war, wenn er Thomas Widmann entlassen würde. Das war nach dem heutigen Abend nur noch eine Frage von Wochen. Seine eigene Haftungsfrist nach dem Hongkong-Skandal lief im März aus. Er hatte insgeheim gehofft, wieder CEO der Lombardi Bank zu werden.

Glaubt Vater wirklich, Pascal hat das Potenzial, die Bank zu leiten? Er ist ein Investmentbanker, das passt zu ihm. Ein echter Privatbankier wird Pascal nie sein. Hat Vater mich bereits abgeschrieben? Kein guter Zeitpunkt für eine Grundsatzdiskussion ...

Diplomatisch ging Christian stattdessen auf die Bemerkungen von François ein. »Die Zeiten ändern sich und damit zwangsläufig auch die Menschen. Thomas war in den Achtzigern und Neunzigern ein erfolgreicher Manager, aber welcher halbwegs intelligente Mensch war das nicht in unserer Branche? Das waren die *Goldenen Jahre*.«

Beide pafften nachdenklich an ihren Zigarren. Kleine Rauchschwaden zogen durch die Bibliothek.

»Ich bin noch fassungslos, aber die Lombardis haben sich noch nie geschlagen gegeben. Am Ende zeigt jeder geschäftliche Rückschlag, dass die Weichen nicht mehr richtig gestellt sind. Wir haben in den letzten Jahren strategische Fehler gemacht, jetzt wird uns die Rechnung präsentiert. Diese schnell zu korrigieren wird unsere wirkliche Herausforderung sein. Darin liegt gleichzeitig unsere große Chance. Auf die Zukunft der Lombardi Bank und unserer Familie.«

»Zum Wohl, Vater. Auf uns.« François schwenkte den Cognac in seiner Hand, bevor er genussvoll daran nippte.

Woher nimmt er mit vierundachtzig Jahren die Kraft, so rational zu reagieren? Lebenserfahrung?

»Zurück zum Thema. Ich bin sicher, dass Fabian nichts mit diesem ominösen Trade zu tun hat. Das ist eine Nummer zu groß für ihn. Ich kenne meinen Sohn gut.«

»Deswegen wolltest du ihn heute Abend nicht dabei haben ... Und Pascal? Denkst du, er hat das zu verantworten?«, fragte François.

»Ehrlich? Die erste Person, die mir spontan in den Sinn kam, war Pascal. Es war aber auch der erste Name auf meiner Liste der Personen, denen ich vertrauen kann. Und er besitzt die Fähigkeiten, den Wirrwarr aufzuklären.«

»Du bist einer Antwort geschickt ausgewichen.«

»Pascal hätte das Potential und geht Risiken für Geschäfte ein. Ich weiß es wirklich nicht. Worüber ich mich ärgere, ist, dass er sich nicht gemeldet hat. Pascal ruft normalerweise kurzfristig zurück, da kann nur eine Frau im Spiel sein ... Weißt du, mit wem er das Wochenende in Paris verbringt?«

Der Ansatz eines Lächelns huschte über das müde Gesicht von François. »Deine Einschätzung von Fabian teile ich. Er ist kein Spekulant. Was Pascal betrifft: Ja, er könnte involviert sein. Ich weiß, mit wem er in Paris ist. Glaub mir, es tut nichts zur Sache. Er verführt nicht jeden Monat eine andere Frau. Pascal ist schon länger in eine Beziehung verwickelt, kämpft um eine Liebe.«

»Hat er mit dir gesprochen? Mir gegenüber hat er das nie erwähnt.«

»Hast du je gefragt? Ich bin sein Vater und ein alter Mann, der seine Augen und Ohren offenhält, zwischen den Zeilen liest ... Ich habe es durch Zufall erfahren und sehe keinen Grund, ihn zu kompromittieren.« François unterbrach das Gespräch einen Augenblick. Wehmütig schaute er auf die gerahmten Fotos seiner verstorbenen Frau Charlotte auf dem Sekretär. »Du musst verstehen, dass ich Schuldgefühle gegenüber Pascal habe. Ich habe mich zu wenig um ihn gekümmert. Als er jung war, war irgendetwas immer wichtiger ...« Er trank einen Schluck Cognac und versank erneut in der Vergangenheit. »Als du ein kleiner Junge warst und meine Charlotte noch lebte, sind wir zum Familienurlaub in exotische Länder geflogen, waren in den Bergen zum Wandern oder fuhren Ski. Wir haben abends zusammen gegessen, ferngesehen oder diskutiert und dabei die Welt verändert ... Erinnerst du dich? Das war ein *normales* Leben. Für Pascal sah das ganz anders aus. Er wurde geboren und eure Mutter starb, welche Tragik für uns alle. Heute bin ich sicher, er hat es gespürt. Ich konnte nie den Draht zu ihm finden wie zu dir. Verschanzt hinter meiner eigenen Trauer, habe ich zu spät über viele Konsequenzen nachgedacht. Jeder Mensch entwickelt sich über direkte Resonanz aus seinem Umfeld. Welche Energien hat Pascal reflektiert? Dein kleiner Bruder konnte nie die unvoreingenommene Liebe seiner Mutter spüren, die Geborgenheit im Schoß einer normalen Familie erleben. Heute frage ich dich, seinen großen Bruder: Was weißt du eigentlich von Pascal? Kennst du seine Freunde? Seid ihr jemals zusammen verreist? Habt ihr Geheimnisse unter Brüdern geteilt?« François schwieg und paffte an seiner Zigarre.

Christian spürte, dass sein Vater reden wollte, die Fragen nur rhetorisch waren.

»Ich habe mich in meine Arbeit gestürzt, um zu vergessen. Das soll keine Entschuldigung für meine vielen Fehler sein.« Er zog zu heftig an der Zigarre und hustete. Die Erinnerungen überwältigten ihn. »Charlotte und ich wünschten uns lange ein weiteres Kind. Wir glaubten, es würde unsere Liebe krönen, waren unverschämt glücklich. Als Pascal geboren wurde, mussten wir Tribut zollen. Ein Leben für das andere. Versteh mich nicht falsch, aber ich habe das Schicksal verflucht. Ich liebe Pascal, und gleichzeitig vermisse ich Charlotte unendlich. Mein Leben ist seit ihrem Tod leer geworden ...« Eine Träne lief über François' Gesicht, die er verstohlen wegwischte. »Du und Pascal, ihr habt nie wirklich zusammengelebt. Als er zu sprechen anfing, hast du dein Studium in Harvard begonnen. Kennst du Pascals Sehnsüchte, seine Schwächen, seine Gedanken? Hast du ihn jemals wirklich ernst genommen?«

Christian fühlte sich getroffen von den Worten seines Vaters. Als typischer Mann seiner Generation sprach François selten über Gefühle. Heute, da er eine geschäftliche Diskussion mit ihm erwartet hatte und seine Bank am Scheideweg stand, sprach er über die Vergangenheit der Familie. Es schien, als ob François die Nachricht vom drohenden Margin Call verdrängen wollte.

»Ich habe mich für meinen Bruder verantwortlich gefühlt, ihn auf eine Art geliebt. Gleichzeitig ist sein Geburtstag auch der Todestag unserer Mutter. Gute und schlechte Gefühle waren von Beginn an miteinander verknüpft.« Christian hielt inne.

Genug der Offenheit. Ich werde nicht von meiner Eifersucht auf Pascal und dem Frust reden, dass dem kleinen Bruder alles erlaubt war. Er konnte sich in vielen Sportarten ausprobieren, durfte zwei Jahre sorglos um die Welt reisen, als Investmentbankier nach New York gehen und Millionen verdienen. Pascal konnte sich austoben, wie viele Frauen seinen Weg kreuzten ist ungewiss ... Ich war vom Lombardi-Clan automatisch als Nachfolger auserkoren. Mein Weg war vorbestimmt, und sein Ende hieß Lombardi Bank in Genf. Ich folgte der Familientradition, bis ein kleiner Fehler mich quasi unbrauchbar machte. Meinem Ego tat der Absturz in die Bedeutungslosigkeit nicht gut. Warum fragt Vater nicht mal nach meinen *Gefühlen?*

Sensibel genug, die sentimentale Verfassung seines Vaters zu spüren, reagierte Christian höflich. »Wir sind uns erst nähergekommen, als Pascal wieder nach Genf gezogen ist. Von seinem Leben davor weiß ich wenig, das stimmt. Geheimnisse unter Brüdern haben wir nie geteilt, schade eigentlich. Wahrscheinlich war unser Altersunterschied zu groß.« Christian blies einige Kringel in die Luft und wechselte das Thema. »Wenn ich ehrlich bin, verstehe ich Pascals private Verhältnisse nicht. Ich mag seine Frau Francesca. Sie hat Pep, ist attraktiv und obendrein intelligent und erfolgreich. Dass sie keine Kinder bekommen konnte, ist sicher problematisch, aber kein Trennungsgrund, wenn man sich liebt. Er lebt seit Jahren von ihr getrennt, warum lässt er sich nicht scheiden? Auf mich wirkt sein Verhalten wie Festhalten und Weitersuchen. Ich dachte, dass er mit jungen, attraktiven Frauen ausgeht ... Dass er eine heimliche Affäre hat – ich nehme an, mit einer verheirateten Frau – ist eine Überraschung. Er scheint keine glückliche Hand in der Liebe zu haben.«

François schaute bekümmert, als er antwortete. »Pascals Leben ist komplexer und komplizierter, als du ahnst. Er liebt dich, Christian, und beneidet dich um deine Familie, deine Kinder. Ich wünschte, er hätte einen ähnlichen Rückhalt. Im Moment deutet alles darauf hin, dass Pascal an diesem Verlust zumindest beteiligt ist. Aber Pascal arbeitet bei aller Risikobereitschaft nicht ohne sein Gehirn, ansonsten wäre er bei Levy & Lewitt nicht erfolgreich gewesen.«

»Stimmt.«

Er beschäftigt sich immer nur mit Pascal, entschuldigt alles. Existiere ich nicht?

»Glaubst du wirklich, Pascal hat die Philosophie der Lombardis verinnerlicht? Ich konnte nie das Gefühl abschütteln, dass mein Bruder permanent unter Druck steht und uns etwas beweisen will.«

Christian konnte nicht umhin, diese kleine Spitze gegen Pascal zu setzen.

François' Augenlider flatterten. »Du musst verstehen, er wird immer dein kleiner Bruder bleiben, egal wie alt ihr seid. Du hast Akzente gesetzt in Bezug auf Erfolg und Familie, an denen er sich misst. Für mich ist es faszinierend, dass meine Söhne verschieden sind und jedes Leben anders verläuft ...« François wurde melancholisch, sprach mehr zu sich selbst. »Pascal erinnert mich im Aussehen und seinem Charakter nach stark an meinen Großvater Eduardo – und der hat unser kleines Handelshaus zu Beginn des letzten Jahrhunderts zu *der* Lombardi Bank aufblühen lassen. Glaub mir, von dem, was Pascal nach außen zeigt, ist das meiste nur Fassade. Er versteckt seine wirklichen Gefühle und kämpft um seine Träume. Pascal ist mehr ein Lombardi, als er sich selbst eingestehen würde.« François zog noch einmal tief an seiner Zigarre, bevor er den Rest in den Aschenbecher legte. Dann schaute er Christian in die Augen. »Mein Instinkt sagt mir, dass an der Geschichte etwas nicht stimmt. Alles erscheint bizarr, die Summen sind zu groß. Niemand weiß etwas Genaues ... War Michael Bürer sicher, dass der Anspruch von Levy & Lewitt berechtigt ist?«

»Er hat meine Frage danach ausdrücklich bejaht.«

François nickte. »Ruf Pascal bitte noch einmal an. Er soll so schnell wie möglich nach Genf zurückkommen. Erzähl ihm in groben Zügen, worum es geht, keine Details. Er muss nur die Tragweite verstehen – und bitte keine Diskussion am Telefon. Die Frau, mit der er das Wochenende verbringt, soll nicht wissen, in welchen Problemen wir stecken.«

Christian griff sofort seinen BlackBerry und wählte Pascals Nummer. Das Telefon am anderen Ende klingelte und klingelte. »Pascal ist nicht erreichbar ... Willst du mir nicht doch sagen, mit wem er in Paris ist?«

François winkte ab und erhob sich aus seinem Sessel. »Frag ihn morgen selbst. Kontaktiere Pascal bitte weiter, bis du ihn gesprochen hast. Sende ihm sicherheitshalber eine weitere SMS. Spätestens morgen Mittag muss dein Bruder wieder in Genf sein.«

Kapitel 7

Nacht von Donnerstag, 3. Februar 2011, auf Freitag, 4. Februar 2011

Pascal und Judith waren irgendwann erschöpft eingeschlafen.

Kurz vor zwei Uhr am Morgen wachte Pascal wieder auf. Judith saß im Bett und beobachtete ihn. »Warum schläfst du nicht?«, fragte er irritiert.

»Mir gehen viele Dinge durch den Kopf. Ich liebe dich.« Sie küsste Pascal zärtlich. »Nehmen wir ein Bad zusammen?«

Pascal stimmte verschlafen zu. Während Judith das Wasser in die Wanne laufen ließ, schloss er seine Augen und träumte.

Der Heiratsantrag war danebengegangen, aber Judith hatte ihm versprochen, sich endgültig von ihrem Mann zu trennen. Sie hatten fantastischen Sex miteinander gehabt ... Mitten in diesen glücklichen Bildern fiel ihm plötzlich die Nachricht von Christian wieder ein. Automatisch griff er nach seinem BlackBerry. Zehn verpasste Anrufe, SMS und BBM von seiner ganzen Familie! Sein Bruder hatte viele Male versucht, ihn zu erreichen, ebenso Geschäftsführer Thomas Widmann. Die letzte SMS von Thomas klang panisch: *Muss Dich dringend sprechen, Desaster mit den MBS, stehe unter enormem Druck. Melde Dich bitte umgehend! Thomas*

Was ist in Genf passiert?

Hellwach schaute Pascal auf seine Uhr, zwei Uhr zehn am

Morgen. Zu spät, um anzurufen. Das schlechte Gewissen packte ihn. Einmal rief er nicht zurück, stellte sein Privatleben vor die Bank, Himmel Herrgott!

Beunruhigt tippte er zuerst eine SMS an Christian: *Entschuldige, Handy war aus, rufe Dich morgen früh an.*

Wenige Sekunden später blinkte eine Antwort auf seinem BlackBerry: *Wir müssen sofort reden.*

Um diese Zeit? Bin nicht allein ...

Geh aus dem Zimmer! Glaubst Du, ich versuche Dich aus Spaß die ganze Nacht zu erreichen?

Pascal sprang aus dem Bett, steckte seinen Kopf ins Badezimmer. Judith räkelte sich bereits verführerisch im Schaumbad. »Judith, gib mir fünf Minuten, ich muss Christian anrufen«, und schloss die Tür wieder. Hektisch drückte er die Kurzwahl-Taste *C* für Christian. Der meldete sich nach dem ersten Klingelton. »Okay, jetzt können wir reden. Was ist los?«

»Endlich ... Pascal, wir haben ein Problem, über das ich am Telefon nicht im Detail sprechen kann. Grob umrissen geht es um einen unvorstellbar großen Verlust mit MBS gegenüber Levy & Lewitt. Es droht ein Margin Call.«

»Wie bitte?«

»Ja ... Angeblich wissen weder Thomas noch Joel von einem Trade. Wir brauchen dich in Genf. Nimm den ersten Flieger, den du kriegen kannst. Ich nehme an, du weißt worum es geht ...«

In Pascals Magen breitete sich ein ungutes Gefühl aus. »Mir schwant etwas ...«

»Nicht übers Telefon und kein Wort zu irgendjemand. François will dich zuerst allein sprechen, spätestens am Mittag.«

»Verstanden ... Ich werde da sein.«

Grübelnd stieg Pascal zu Judith ins Bad. Die unbefangene Stimmung war verflogen. Er betrachtete verliebt seine Judith – ihre nassen Haare, die ihr verstrubbelt ins erhitzte Gesicht fielen, die glücklich funkelnden Augen, ihr wohlgeformter, halb vom Schaum bedeckter Busen. Er küsste liebevoll ihre Zehen, bevor er mit der Nachricht herausrückte. »Judith, ich muss morgen früh nach Genf zurück. Es scheint eine große Geschichte schiefgelaufen zu sein. Christian hat noch nie mitten in der Nacht mit mir telefoniert.«

Judith schaute ungläubig. »Du musst heute früh schon fliegen?«

»Tut mir leid, ja.«

»Kann man wohl nichts machen … Könnte ich nach Genf mitkommen?«

Judith wusste, wie verliebt Pascal war und wie sehr er dem Wochenende in Paris entgegengefiebert hatte. Zum ersten Mal verfluchte *sie* ihr Versteckspiel. Pascal hatte recht, es war an der Zeit, die Dinge geradezurücken. Judith plagten viele Ängste, über die sie nicht sprach, und seit dem Ultimatum von Pascal heute Nachmittag blieb ihr wenig Flexibilität. Verständlich nach drei Jahren. In der Sekunde nahm sie sich fest vor, mit ihrem Mann zu reden. Sie wollte nicht riskieren, Pascal noch einmal zu verlieren.

Pascal spritzte Badeschaum in ihr Gesicht. »Süße, wo bist du mit deinen Gedanken?«, neckte er sie. »Es ist keine gute Idee, wenn du morgen mit nach Genf kommst. Ich werde den ganzen Tag beschäftigt sein.«

»Was ist passiert?«

»Ich weiß es wirklich nicht.«

Das war eine Antwort, die Judith nicht gefiel. Pascal konnte es deutlich an ihren Gesichtszügen ablesen. Wohl wissend, was für ihre Beziehung auf dem Spiel stand, wägte er laut ab. »Aber du könntest am Samstagabend nachkommen, denn Sonntag sind die Finanzmärkte geschlossen. Es bleibt uns ein Tag.«

»Das klingt nach einem Plan.« Judith lächelte wieder.

»Statt Paris mal wieder Genf. Wir zünden den Kamin im Penthouse an, trinken Wein, schauen Movies und lassen das Bett beben.«

Judith küsste Pascal zärtlich. »Klingt verführerisch, mein Schatz. Paris läuft nicht weg.«

Zurück im Bett schloss Pascal eine glückliche Judith in seine Arme. Er hielt sie umschlungen, bis sie eingeschlafen war. Dann verschwand er mit seinem BlackBerry im Badezimmer. Seine Gedanken waren längst zum Geschäft mit den MBS gedriftet. Er war zuversichtlich, das Problem schnell lösen zu können. Das Wenige, was Christian preisgegeben hatte, klang paradox.

Es muss sich um einen Irrtum handeln!

Er hatte im Sommer 2008 MBS im großen Stil gekauft. Nur beste Büros, Geschäfte und Wohnungen in den AAA-Lagen von New York, fast alle in Manhattan und das zu einem Discount von fünfzig Prozent. Es war ein ganz besonderer Deal. Bei den letzten Abrechnungen waren die Werte nicht, wie erhofft, gestiegen, sie dümpelten eher vor sich hin. Diese Anlagen konnten nicht in einem Quartal um fünfzig Prozent gefallen sein.

Ein Margin Call? Unmöglich!

Pascal kalkulierte. New York lag zeitmäßig sechs Stunden zurück, es war jetzt neun Uhr abends. Er schickte eine E-Mail an Ted Blumfeld, seiner Gegenpartei von Levy & Lewitt: *Ted, erbitte dringend eine exakte Bewertung meiner MBS, wichtig! Brauche die Information noch heute Abend. Was ist los bei euch? Danke und Grüße, Pascal*

Pascal überlegte, welche Schritte er morgen in Genf zuerst einleiten müsste.

Um einem eventuellen Missverständnis vorzubeugen, sandte er eine Nachricht per BlackBerry Messenger an Fabian Lombardi: *Bitte keine Information über die Transaktionen mit dem Dummy-Konto, auch nicht an Deinen Vater, bevor wir geredet haben. Bin morgen im Büro! Danke, P.*

Mit Fabian kommunizierte er schon lange unkonventionell über BBM. So vermied er, dass die Nachrichten automatisch auf dem Sicherheitsserver der Bank gespeichert wurden. Das Risiko, dass Fabian mit der kurzen Nachricht nichts anfangen konnte, musste er eingehen.

Die nächste Nachricht ging an Thomas Widmann, er antwortete auf seine SMS: *Bin Freitag (morgen) wieder in Genf, muss Dich dringend sprechen. Meeting um 8.30 Uhr in Deinem Büro? Gruß, Pascal*

Einige Minuten später kam eine Antwort von Ted Blumfeld. Pascal atmete erleichtert auf. Die Freude währte nur kurz, denn es handelte sich um eine automatisch generierte E-Mail: *Im Urlaub bis Montag, den 14. Februar. Bin klettern in den bolivianischen Bergen bei La Paz. Kein Zugriff auf E-Mails. Für dringende Angelegenheiten kontaktieren Sie bitte …*

Pascal fluchte. Nur Ted hätte ihn sofort aus dem beginnenden Albtraum erlösen können. Das Geschäft war exklusiv zwischen ihnen geschlossen worden, auf höchster Ebene. Pascal kannte seine ehemalige Firma gut, hatte vorsichtig agiert.

Unzufrieden schob er das Problem einen Moment gedanklich zur Seite. Er loggte sich bei *Swiss* ein und buchte online den ersten Flug um sechs Uhr dreißig nach Genf. Inzwischen war es drei Uhr dreißig. Ihm blieben knapp neunzig Minuten, bevor er das Hotel in Richtung Flughafen verlassen musste. Aufgewühlt lag er im Bett und drehte in Gedanken die wenigen Informationen hin und her. Pascal sah unter Umständen eine Menge Ärger auf sich zukommen – und alles nur für Judith …

Judith, die beständig sein Leben kreuzte und die er nun endlich heiraten wollte. Pascal sehnte sich danach, eine Familie mit Kindern zu haben. Er hatte so viel Liebe zu geben. Über diese Gedanken fiel er in einen unruhigen Schlaf.

Als der Wecker im Handy klingelte, warf er einen sehnsuchtsvollen Blick auf die tief schlafende Judith und schälte sich aus dem Bett. In wenigen Minuten war er angezogen.

Bis Samstag, ich liebe Dich, Cherie, schrieb er mit ihrem roten Lippenstift quer über den Spiegel im Badezimmer, bevor er das Hotel verließ.

Kapitel 8

Thomas Widmann wälzte sich im Bett hin und her, schwitzte. Die Ereignisse überschlugen sich, und die Angst vor den folgenschweren Konsequenzen raubte ihm den Schlaf. Er versuchte Ruhe zu finden und lauschte dem gleichmäßigen Atemrhythmus seiner Frau Carola, vergeblich.

Nach einer Stunde gab er auf und schlich ins Wohnzimmer. Gedankenlos legte er die CD *Adele 21* ein, die ihm seine älteste Tochter Melanie zu Weihnachten geschenkt hatte. Ihn berührten die melancholischen Songs der jungen Frau.

Heute Nacht musste er sich Tatsachen stellen, die er über Jahre verdrängt hatte. Wenn Pascal Lombardi morgen zurück nach Genf kam und alle Karten auf den Tisch legte, waren seine Stunden als Geschäftsführer der Bank gezählt. Ihm wurde schmerzlich bewusst, welch fatale Fehlentscheidungen er in den letzten Jahren getroffen hatte. Er fühlte sich einsam. Seine anfängliche Verzweiflung entwickelte sich zu einer Depression.

Was wusste er eigentlich noch von seinen Prinzessinnen, die er innig liebte und für die er einmal die Welt bedeutet hatte? Sie waren flügge geworden, und irgendwo auf diesem Weg hatten sie den engen Kontakt verloren. Sein Blick wanderte durch das Wohnzimmer, blieb an den Fotos der Kinder hängen: Geburtstage, Schulabschluss, Urlaube, Familienfeiern …

Adele sang *Someone Like You*: »Don't forget me, I beg, I remember you said ›Sometimes it lasts in love but sometimes it hurts instead.‹« *Warum habe ich so wenig Zeit mit meinen Lieben verbracht? Ich habe ihnen ein sorgenfreies Leben ermöglicht, meinen Töchtern die beste Ausbildung, das schöne Haus ... Was bleibt für mich, jetzt, da meine Karriere einem dunklen Ende entgegensteuert? Melanie und Vanessa sind erwachsen, Carola hat ihr Leben allein arrangiert. Übrig geblieben sind ein paar gemeinsame Wochenenden mit der Familie – im Winter in Megève zum Skifahren, im Sommer wandern in den Bergen oder wir gönnen uns gelegentlich ein exquisites Abendessen ... Wann ist die Liebe verloren gegangen und der Vertrautheit gewichen? Wann ersetzte Gewohnheit auch die Vertrautheit? Wann habe ich das letzte Mal wirklich mit Carola geredet? Von aufregenden Liebesnächten ganz zu schweigen, die gehören schon lange der Vergangenheit an ... War meine Karriere diesen Preis wert?*

Was würde er heute Nacht dafür geben, die Uhr der Zeit zurückdrehen zu können! Mit entsetzlicher Klarheit wurde sich der erfolgreiche Manager der Leere in seinem Leben bewusst.

Seine Augen fanden die Bar und den Single-Malt Whisky gleichzeitig. *Macallan*, Fine Oak. Die Flasche stand unberührt seit Jahren dort und wartete geduldig, endlich geöffnet zu werden. Der Whisky war mindestens zwanzig Jahre alt, ein Relikt aus glücklichen Zeiten. Thomas war kein Freund von hartem Alkohol. In den letzten Jahren hatte er sich angewöhnt, regelmäßig eine gute Flasche Wein zu genießen. Heute Nacht jedoch war alles anders. Die Sorgen türmten sich zu riesigen Bergen auf. Die amberfarbene Flüssigkeit leuchtete einladend. Thomas schenkte sich einen doppelten Whisky ein. Brennend rannte der erste Schluck seine Kehle hinunter. Er schüttelte sich. Der Nachgeschmack war schon besser, weicher. In Gedanken wanderte er zu seinen Anfangsjahren als Banker zurück.

Thomas analysierte bereits während des Studiums selbstkritisch, dass es ihm an beruflicher Brillanz fehlen würde. Er war kein Genius. Trotzdem wollte er als Banker Karriere machen. Nach Meinung seines Vaters brachte er die Grundvoraussetzungen für diesen Beruf mit. Er war diszipliniert, fleißig und prinzipientreu sowie mit dem Glück der Schweizer Nationalität ausgestattet.

In den frühen Achtzigerjahren hatte er den wirtschaftlichen Boom im Rücken, war zur richtigen Zeit am richtigen Platz. In den Neunzigern gelang ihm der Aufstieg in die Führungsetagen. Es waren die Jahre, in denen man wenig falsche Entscheidungen in seiner Branche treffen konnte. Integrität und Fleiß galten als Qualität, und der Standort Schweiz war die feinste Adresse. Mit dem nötigen Quäntchen Glück stieg er bis zum CEO der Lombardi Bank auf. Den Höhepunkt seiner beruflichen Laufbahn hatte er zu diesem Zeitpunkt lange überschritten.

Thomas war müde. Er spürte, dass der Moment gekommen war, in dem er loslassen musste. Es war zu spät, um geschäftliche Fehler rückgängig zu machen. Heute Abend hatte er die letzte Möglichkeit verstreichen lassen. Wieder hatte er aus Loyalität geschwiegen. Oder war er einfach nur feige?

Der zweite Whisky half, und Thomas vergaß die unbequemen Fragen für einen Moment. Der weiche, blumige Geschmack nach Sherry und Honig, die wohlige Wärme, die sich in seinem Inneren ausbreitete, als er langsam in seinen Körper hineinlief, entspannte ihn. Adele sang. Er gönnte sich einen dritten Drink. Das Leben erschien plötzlich weniger schwer. Betörend echt suggerierte der Alkohol das behagliche

Gefühl einer Umarmung. Seine Überlegungen drifteten zu den verhängnisvollen Tagen im April 2008 in New York zurück …

Pascal Lombardi war nach New York geflogen, um Ted Blumfeld von Levy & Lewitt zu treffen und mit ihm einen Konsens über sein fehlgeschlagenes Investment der MBS auszuhandeln. Er scheiterte und bat Thomas, sofort nachzukommen.

In New York erfuhr Thomas, dass Ted Blumfeld die MBS der Lombardi Bank nur zurückkaufen und wieder an die Asset-Management-Abteilung der Lombardi Bank verkaufen würde, wenn sich beide Seiten auch in einem anderen Geschäft einigen könnten.

»Um welchen anderen Deal geht es? Wieso koppelt Ted Blumfeld Geschäfte, die nichts miteinander zu tun haben?«

Pascal hatte frustriert abgewunken. »Weil Levy & Lewitt nur Geschäfte macht, bei denen sie einen Vorteil haben oder ein internes Problem lösen können *und*, noch wichtiger, Geld verdienen. Glaubst du, die interessieren sich für unser kleines Mini-Problem-Investment von fünfzig Millionen Dollar?«

»Komm, Pascal, ich bin nicht nach New York geflogen, um mir eine Absage zu holen. Ich muss das Problem mit dem fehlgeschlagenen MBS-Investment lösen, wenn ich François weiter in die Augen schauen und meinen Job behalten will. Was kann ich zu einer einvernehmlichen Lösung mit L&L beitragen? Worum geht es in dem anderen Geschäft, dass er uns so explizit anbietet?«

»Ted Blumfeld hat selbst ein Problem – er nennt es eine einmalige Chance – mit einem Pensionsfonds, der im riesigen Stil MBS gekauft hat und jetzt panikartig aussteigen will. Ted hat mir die Unterlagen gezeigt, es handelt sich ausschließlich um Top-Immobilien in Manhattan, Büros und Geschäfte. Der Wert im Portfolio betrug im Jahr 2006 über vier Milliarden US-Dollar. Davon sind fünfzig Prozent finanziert und in MBS als Paket zusammengefasst. Die MBS waren vor einem Jahr zwei Milliarden US-Dollar wert. Ted bietet sie uns für die Hälfte, also für eine Milliarde, an. Dazu offeriert er ein Leverage von achtzig Prozent. L&L würde die Finanzierung selbst stellen. Ich habe den Due-Diligence-Report gründlich studiert und war überzeugt, dass wir für unsere Kunden dieses Produkt einkaufen sollten. Es ist ein sensationelles Angebot.«

»Warum hast du deine Meinung geändert?«

»Wir lösen unser Problem, wenn wir ihm helfen, seins zu lösen. Er kann auf die Schnelle keinen Käufer finden, steht unter Zeitdruck.«

Thomas schüttelte den Kopf. »Das klingt nicht nach Levy & Lewitt ...«

Pascal holte weiter aus. »Wir kaufen den Fonds mit großem Discount ein. Die Immobilien haben einen wesentlich höheren Wert, befinden sich in 1-A-Lagen, haben andere Eigentümer als deine MBS. Diese Kunden zahlen ihre Kredite zurück, ansonsten kann man die Kreditwürdigkeit Amerikas völlig vergessen.«

»Pascal, hast du wirklich alle Stärken und Schwächen analysiert und das Risiko neutral bewertet? Und selbst wenn wir das bejahen, in diesen Zeiten und bei diesen Produkten bleibt immer ein hohes Restrisiko bestehen. Warum sollten wir das eingehen? Eine Milliarde ist eine Menge Geld.«, hakte Thomas nach.

Pascal musterte seinen Geschäftsführer lange, bevor er antwortete. »Eine Milliarde entspricht zwanzig Prozent des

Wertes unserer Bank. Ja, ich habe die Due Diligence sorgfältig durchgeführt. Es ist meine Aufgabe, als Leiter von Asset-Management gewinnbringende Investments zu finden. Unsere Kunden wollen mit ihrem Geld noch mehr Geld verdienen, und die Konkurrenz schläft nicht. Du weißt, wie schwer wir uns mit traditionellen Produkten in den letzten Jahren getan haben. Im Vergleich zu anderen Banken, die aggressiver und risikofreudiger waren, haben wir deutlich schlechter abgeschnitten.«

Diesem Argument musste Thomas zähneknirschend zustimmen. Pascal hatte den Schwachpunkt der Lombardi Bank klar analysiert. »Wem sagst du das ... Aber noch einmal, wo liegt das eigentliche Problem?«

»Im Detail, im Kleingedruckten. Mein Team hat die von uns gemanagten Konten gecheckt und die nötigen zweihundert Millionen US-Dollar quasi eingesammelt ... Zum Schluss stellte sich jedoch heraus, dass Levy & Lewitt auf eine Haftung der Lombardi Bank für den Kredit von achthundert Millionen US-Dollar besteht. Wie du weißt, ist das nicht üblich, denn es ist eine In-House-Finanzierung. Als ich gemerkt habe, dass kein Weg an dieser Bankgarantie vorbeiführt, wollte ich aus dem Geschäft wieder aussteigen. Ich hasse die aggressive Vorgehensweise von L&L. Daraufhin hat mir Ted unseren kleinen Deal gestrichen ...«

»Das nennt man Erpressung, Pascal.«

»So direkt würde ich es nicht sagen, aber eine Hand wäscht die andere. Wir sind nicht an der Uni, sondern an der Wall Street. Vielleicht kannst du als Geschäftsführer der Lombardi Bank besser mit Ted Blumfeld verhandeln. Du hast die MBS von ihm gekauft. Meine Karten sind verspielt. Ich habe ein Meeting zwischen Ted und dir morgen früh um zehn Uhr arrangiert.«

Damit war das Thema für Pascal beendet.

Thomas spazierte verbittert durch New York. Schließlich rang er sich durch, Joel in Genf anzurufen und ihn vollständig über die Vorgänge zu informieren.

Er war der Anwalt der Bank, und der Handel war ursprünglich seine Idee gewesen. Thomas bat Joel inständig um Hilfe, Druck auf Ted Blumfeld auszuüben, den kleinen Handel ohne die Kopplung an den großen Deal abzuschließen oder auf die Bankgarantie zu verzichten.

Joel reagierte ungehalten. Er drohte, wenn Thomas nicht mit dem abgesprochenen Geschäft nach Genf zurückkehren würde, müsste er François Lombardi informieren, dass seine Bank fünfzig Millionen US-Dollar Eigenkapital verloren hatte. Das würde ihn den Posten des Geschäftsführers kosten. Außerdem könnte Joel nicht nachvollziehen, warum Pascal und er keine Bankgarantie unterschreiben wollten, wenn das Investment perfekt sei. Das Risiko wäre kalkulierbar, und man würde Geld für die Kunden und die Bank verdienen …

Nach diesem Gespräch lief Thomas eine weitere Stunde durch New York, bevor er Pascal noch einmal traf.

Thomas berichtete von dem Telefonat und schlug vor, die geforderte Bankgarantie an Levy & Lewitt auszustellen. Dabei konnten beide nur gewinnen, Joel hätte es abgesegnet. Er würde sein Problem mit den MBS loswerden, seinen Job als Geschäftsführer behalten, und Pascal hätte ein fantastisches Investment für seine Kunden – eine klassische Win-Win-Situation.

Pascal akzeptierte.

Über seine damaligen Ambitionen konnte Thomas heute nur den Kopf schütteln. Er trank den nächsten Whisky.

Es schien, dass eine verhältnismäßig kleine falsche Kapitalanlage, die er damals nicht eingestehen wollte, nun eine lawinenartige Katastrophe ausgelöst hatte. Was ihm unklar blieb, war der extrem hohe Wertverlust der MBS. Die Immobilienpreise in Manhattan waren seines Wissens in den letzten sechs Monaten nicht stark gefallen.

»Zu viele Ungereimtheiten«, brabbelte er vor sich hin, »oder benebelt mich der Whisky langsam? Wer hat eigentlich wen in New York und heute Abend vorgeführt?«

Thomas war bewusst, dass seine Tage bei der Lombardi Bank gezählt waren. François und Christian würden erfahren, dass er von dem Investment mit Levy & Lewitt wusste, indirekt der Auslöser war, es genehmigt hatte. Zudem war sein Schweigen heute Abend Betrug auf der ganzen Linie. Er hatte gegen alle Wertvorstellungen verstoßen. Mit jedem Versuch, es wieder einzurenken, hatte er die Sache verschlimmert.

»Ich habe alle angelogen, ich bin ein Versager«, lallte er in Richtung der Single-Malt-Flasche. »Macallan, ich rede mit dir ...« Er schenkte sich mit zittrigen Händen einen weiteren Doppelten ein. Thomas hielt die Flasche wie ein Baby in seinen Armen und lallte weiter Erklärungen. »Wenn die ganze Kohle weg ist, ist auch meine Karriere im Keller. Verstehst du das, Macallan?«

Die Flasche nickte schwankend.

»Ich bin der größte Trottel, mein Name ist ruiniert, mein Leben verpfuscht, mit achtundfünfzig! Und warum? Weil ich für andere Leute Geld verdienen und mir den Traum von einer kleinen Partnerschaft in der Lombardi Bank erfüllen wollte! Scheiß Macht! Scheiß Partnerschaft! Alles Scheiße!«

Ihm kam das Gespräch mit François Lombardi vor seiner Ernennung als CEO in den Sinn, auch wenn alles um ihn herum im Nebel zu versinken begann: »Bring die Bank nach dem Skandal wieder auf Vordermann. Folge den intelligenten Ideen von Pascal und Joel, aber kontrolliere beide. Bevor Pascal CEO wird, mache ich dich zum Partner. Ich überschreibe dir einen Fünf-Prozent-Anteil aus meinem Aktienpaket. Damit kannst du finanziell ausgesorgt in Rente gehen. Es liegt in deinen Händen.«

Heute wusste Thomas, dass er emotional wie eine Zitrone zwischen den Partnern, der Geschäftsleitung und den Kunden ausgequetscht worden war. Er war gnadenlos gescheitert.

Hämisch fluchte er zu dem alten Schotten, wie er die Whiskyflasche inzwischen nannte: »Ich halte meinen Kopf für Millionäre und Milliardäre hin, die unser Banksystem clever nutzen. Geht es gut, werden sie noch reicher. Geht es schief, sind Manager wie ich schuld. Ist das nicht eine perfekte Komödie? Filmreif, leider ist Genf nicht Hollywood ... Aber ich Idiot wollte unbedingt in diesem Film mitspielen, als Hauptdarsteller!« Er rülpste laut.

Kurz vor drei Uhr am Morgen blinkte sein BlackBerry.

Bin Freitag wieder in Genf, muss Dich dringend sprechen. Meeting um 8.30 Uhr in Deinem Büro? Gruß, Pascal

Thomas atmete auf. Am Abend hatte er, aus Rücksicht auf Pascal und um sich selbst zu schützen, geschwiegen. Er verstand nicht exakt, was zwischen Levy & Lewitt und der Lombardi Bank vorging. Das konnte er schlecht zugeben, denn sein Job war es, genau *das* zu wissen ...

Nach einem weiteren Schluck direkt aus der Flasche verlor er sich in der klaren Erkenntnis, diesen Weg selbst ausgesucht zu haben. Er wollte unbedingt zur Liga der Reichen und Mächtigen gehören und die verführerische Luft der Macht schnuppern. Am Ende wollte er ein kleines Stück vom Kuchen abbekommen. Bis das Karussell schneller und schneller drehte und ihn abwarf. Jetzt befand er sich im freien Fall …

Kapitel 9

Freitag, 4. Februar

Der permanente Weckton des BlackBerry riss Thomas Widmann aus seinen wirren Träumen.

Er fand sich auf dem Sofa mit steifem Hals, pochenden Kopfschmerzen und einem ausgetrockneten Mund wieder. Die Welt um ihn herum schwankte im doppelten Sinne. Die halbleere Whiskyflasche auf dem Teppichboden ließ den Exzess der letzten Nacht ahnen. Sein Erinnerungsvermögen bestand aus vielen schwarzen Flecken, nur der Song von Adele schwirrte noch unentwegt durch seinen Kopf. *Don't forget me, I beg, I remember you said »Sometimes it lasts in love but sometimes it hurts instead ...«*

Thomas stöhnte, stützte seinen Kopf mit beiden Händen. Langsam bewegte er die Augen, schaute sich im Wohnzimmer um und erschrak. Seine Aktentasche war geöffnet, Papiere lagen verstreut auf dem Boden, daneben sein Laptop und seine SIG SAUER P220! Wie kam die Pistole, die er als Reserveoffizier der Schweizer Armee zu Hause aufbewahren musste, in sein Wohnzimmer? Heiliger Strohsack ...

Ein fordernder Brechreiz ließ Thomas auf wackligen Beinen ins Badezimmer wanken. Er ekelte sich vorm Übergeben und konnte es mit letzter Energie unterdrücken. Schnell schluckte er einige Aspirin-Tabletten und trank ein Glas Wasser. Aus dem Spiegel schaute ihn ein kalkweißes Gesicht mit rot unterlaufenen Augen an. Er flüchtete unter die Dusche.

Das Wasser prickelte auf seiner Haut. Thomas drehte den Strahl kälter und kälter, bis er seine Schmerzgrenze erreicht hatte und langsam wieder zu sich kam. Trotzdem gelang es ihm nicht, die Lücken in seinen Erinnerungen zu füllen. Inzwischen war es ihm egal.

Mechanisch zog er seinen dunkelgrauen *Boss*-Anzug an, ein helles Hemd, eine passende Krawatte, schwarze Socken, schwarze Schuhe.

Ihm war immer noch hundeelend. Unkoordiniert stopfte er alles auf dem Boden Liegende in seine Aktentasche. Dann kippte er den Rest des Whiskys angeekelt in den Ausguss, warf die leere Flasche in den Müll und spülte das Glas ab. Als er den Kühlschrank öffnete, rebellierte sein Magen sofort. Er hatte keine Ahnung, wie er den Tag überstehen sollte.

Seine Frau schlief friedlich.

Pünktlich um sechs Uhr dreißig fuhr er wie in Trance und mit einer gehörigen Portion Restalkohol im Blut seinen Mercedes aus der Garage der Villa in Hermance in Richtung Genfer Innenstadt.

Wie oft habe ich die Strecke zur Lombardi Bank zurückgelegt? Bald hat auch das ein Ende.

Depressive Gedanken blieben seine engsten Begleiter. Thomas parkte sein Auto in der Tiefgarage, nahm den Fahrstuhl in die fünfte Etage und trottete in sein Büro. Als er langsam auf seinen Schreibtisch zuging, sah er Joel Silverstein auf seinem Stuhl sitzen. Thomas rieb sich die Augen. »Mann oh Mann, der Alkohol macht mir zu schaffen, ich sehe schon ein Gespenst auf meinem Stuhl sitzen«, brabbelte er leise vor sich hin.

Als der vermeintliche Geist zu sprechen begann, blieb Thomas wie angewurzelt stehen.

»Guten Morgen! Wir haben wichtige Dinge zu besprechen. Setz dich«, forderte Joel den perplexen Thomas Widmann auf und erhob sich von dessen Platz.

Thomas befolgte die Anweisung wie unter Hypnose.

»Bei der Fahne musst du gestern einen gezischt haben. Probleme?«

Der sarkastische Unterton klang lauter in Thomas' Ohren als die Worte selbst. »Das geht dich nichts an, Joel ... Was machst du um diese Zeit in meinem Büro?«

»Freitags bist du in der Regel früh hier, warum sollte es heute anders sein? Ich möchte dir ungestört einen Vorschlag unterbreiten. Du hilfst mir, ich helfe dir ...«

Thomas winkte resigniert ab. »Ähnliche Worte habe ich vor Jahren schon mal gehört. Das hat mich in den größten Schlamassel meines Lebens gebracht. Was weißt du schon von meinen Sorgen? Lass mich allein, Joel ...«

Der rührte sich keinen Zentimeter und taxierte den Geschäftsführer der Lombardi Bank ungeniert aus seinen kleinen Augen hinter dicken Brillengläsern, bevor er unaufgefordert weitersprach. »Deine Tage in der Lombardi Bank sind gezählt, und damit geht deine Karriere zu Ende. Was hast du noch zu verlieren? Was ich dir vorschlage, werde ich nicht wiederholen.«

Thomas fühlte den aufsteigenden Brechreiz. Ihm fehlte die Kraft, mit Joel zu streiten.

Soll er doch sagen, was er zu sagen hat. Das bedeutet ja nicht, dass ich zustimme. Vielleicht die schnellste Möglichkeit, den lästigen Silverstein loszuwerden ...

»Ich höre.«

»Geht doch ... 2008 hast du in New York mit Pascal zusammen eine Bankgarantie der Lombardi Bank über achthundert Millionen Dollar an Levy & Lewitt unterschrieben. Es ging um das Eine-Milliarde-Geschäft mit den MBS in

Manhattan. Du hast weder die Details des Vertrages gründlich studiert, noch eine Due-Diligence-Prüfung gemacht! Blind hast du Pascal Lombardi die Geschichte abgekauft und mit ihm unterschrieben! Warum?« Joel beantwortete die Frage selbst. »Um deinen Kopf wegen des fehlgeschlagenen Fünfzig-Millionen-Dollar-Investments aus der Schlinge zu ziehen! Was für ein idiotischer Versuch!«

Thomas stand der Mund offen. Dieser Attacke am frühen Morgen war er nicht gewachsen. Joel schoss mit vollem Kaliber gegen ihn. Mühsam bewahrte er Haltung. »Woher kennst du alle diese Details?«

»Im Gegensatz zu dir mache ich meine Hausaufgaben. Pascal hat dich klassisch vorgeführt, aber das steht auf einem anderen Blatt. Du, Thomas Widmann, hast Pascal das Geschäft zurückgebracht. Levy & Lewitt fordert jetzt die vollständige Rückzahlung des Kredits. Die MBS sind nichts mehr wert und das bedeutet dein Ende als Geschäftsführer. Pascal ist ein Lombardi, er wird den Sturm überstehen. Für dich ist es der berufliche Kahlschlag. Ende, bye, bye, Karriere …«

Die tiefe Befriedigung, die aus Joels Worten sprach, weckte Thomas auf.

Was will Joel von mir? Er hat mich damals persönlich am Telefon aufgefordert, den Vertrag zu unterschreiben. Wieso mimte er gestern Abend den Ahnungslosen?

»Es scheint dich ja mehr zu befriedigen als zu beunruhigen. Du verlierst schließlich als Teilhaber auch viel Geld.« Thomas war auf einmal seltsam ruhig, beherrschte seine Gedanken wieder.

»Das lass mal meine Sorge sein«, fiel Joel ihm ins Wort und musterte Thomas ein weiteres Mal. »Ich kann dir einen Ausweg offerieren. Interesse?«

Thomas zuckte nur leicht mit den Schultern. »An den

Weihnachtsmann glaube ich schon lange nicht mehr, aber bitte ...«

»Ted Blumfeld wäre bereit zu bestätigen, dass der Eine-Milliarde-MBS-Deal von Pascal allein initiiert worden ist. Er könnte auch noch einen Schritt weiter gehen und erklären, dass Pascal dich zu der Unterschrift gezwungen hat.«

»Wie soll das funktionieren?«

»Wir erfinden die Geschichte, dass Pascal dich mit dem kleinen MBS-Deal erpresst hat. Das würden die anderen Lombardis verstehen. Sie haben sich gestern schon den Kopf zerbrochen, wieso Pascal mit uns gemeinsame Sache gemacht hat, obwohl er mich nicht ausstehen kann. Damit wäre plötzlich alles schlüssig. Sicher müsstest du nach außen als CEO die Verantwortung tragen und wirst entlassen, aber intern kannst du eine hohe Abfindung aushandeln ... Um den Namen Lombardi ohne Makel zu halten, zahlen sie dir mit Sicherheit viele Millionen. Damit kannst du dich zur Ruhe setzen.«

Thomas schwieg und überlegte. Es fiel ihm schwer, sich zu konzentrieren und die logische Frage zu formulieren: »Wieso will Ted Blumfeld für mich und gegen Pascal aussagen?«

Joel schüttelte den Kopf. »Falsche Frage, falscher Ansatz. Warum konzentrierst du dich zur Abwechslung nicht mal darauf, deine Probleme zu lösen?«

Thomas ärgerte sich über die dreiste Zurechtweisung von Joel. »Verstehe ich richtig, dass du mir vorschlägst, mich noch tiefer in Lügen zu verstricken? Dass ich gegen die Menschen vorgehen soll, die meine Arbeitgeber und Freunde sind? Mir vertrauen? Woher nimmst du diese irrwitzigen Ideen, Joel? Ich habe dich für François' Freund, loyalen Teilhaber und korrekten Anwalt gehalten ... Wer bist du wirklich?«

»Ich stehe nicht zur Debatte!«, fuhr Joel ihm harsch ins Wort. »Und eine kleine philosophische Nachhilfe für dich:

Was wir wahrnehmen, sind unsere Illusionen und Wunschvorstellungen. Wir sehen, was wir sehen wollen …«

Thomas fröstelte. »Und was willst du im Gegenzug? Du bist kein Samariter, Joel, da täuschen mich auch die sogenannten Illusionen nicht.«

Joel zauberte aus der Innentasche seines Anzugs einen Vertrag. »Ich brauche eine Unterschrift von dir.«

»Eine Unterschrift? Wofür?«

»Eine alte Geschichte, über achtzig Jahre her, die dich nichts angeht.«

Thomas wurde das Theater zu viel. Der pochende Schmerz meldete sich erneut. Er wollte seine Ruhe. Joel spürte den Stimmungswechsel, ignorierte ihn aber. »Ein Gefallen in Form einer Unterschrift von dir an mich. Niemand nimmt Schaden, und du hast wieder eine Zukunft.«

Thomas schwieg. Er versuchte, den Vorschlag in den richtigen Kontext zu setzen. Seine Gedanken bewegten sich nur schwerfällig. Plötzlich explodierte der zurückhaltende Banker und schrie laut: »Ein kleiner Gefallen, der dich sicher unermesslich reich machen wird! Es geht doch immer nur um Geld und Macht! Etwas anderes interessiert dich doch nicht! Raus hier!«

Joel war um den Schreibtisch gelaufen, stand direkt vor Thomas. Er musste zu ihm aufschauen. »Noch mal. Ich stehe nicht zur Debatte!« Dann drohte er: »Deine Arbeitstage in unserer Branche sind gezählt. Ich hatte lange Geduld, spiele seit Jahren dieses Theater – *Private Banking* genannt – mit, aber nun schlägt meine Stunde! Ich gebe dir die einmalige Chance, deinen Kopf und deinen Ruf zu retten und bin mir sicher, dir wird die passende Formulierung für ein offizielles Statement einfallen. Die Lombardis werden sich hüten, ein schlechtes Wort über euer internes Geschäft zu verlieren.

Deine Unterschrift unter diesem Vertrag nimmt niemandem etwas weg.«

Thomas schüttelte ungläubig und resigniert den Kopf. »Das glaube ich nicht … Du bist Anwalt und verstößt gegen jedes Recht.«

»Das sogenannte Recht existiert nur für die Schwachen, und das Thema Illusionen haben wir bereits bearbeitet. Wir können noch über dein Ego reden: Du bist schon lange nicht mehr auf der Höhe der Ereignisse. Trotzdem hältst du an deinem Posten fest. CEO der Lombardi Bank, dieser Titel gibt dir den gesellschaftlichen Status, auf den du dein Leben lang scharf warst und den du um jeden Preis halten möchtest. Diese Eitelkeit ist eine krasse Form von Dummheit, weil dadurch das Handeln an sich bedeutungslos wird. Wenn du das konsequent zu Ende denkst, kannst du auch den Vertrag unterschreiben. Ansonsten ruinierst du dich selbst. Vergiss nicht, du hast Pascal das Geschäft zurückgebracht …« Joel machte eine kurze Pause, bevor er fortfuhr. »Du hast keine Alternative, Thomas, es sei denn, du willst die Verantwortung für den Verlust von einer Milliarde Dollar allein tragen …« Mit seinen letzten Worten legte er den zweiseitigen Vertrag in drei Ausdrucken auf den Schreibtisch.

Beide schauten sich lauernd an.

Thomas wich Joels Blick zuerst aus. Er fasste in seine Anzugstaschen und suchte seinen Kugelschreiber, fand jedoch nur den BlackBerry und seine Autoschlüssel, die er auf den Tisch fallen ließ.

Joel reichte ihm galant seinen Füller. »Am Stift soll es nicht scheitern.«

Thomas las weder den Vertrag, noch würdigte er Joel eines einzigen Blickes. Er unterschrieb. Gedankenblitze rasten dabei durch sein müdes Gehirn.

Warum tue ich das? Die Wahrheit wird auch Joel nur für eine kurze Zeit verheimlichen können. Warum klammere ich mich an diesen Strohhalm, liefere mich Joel Silverstein aus? Einem Mann, den ich völlig verkannt habe? Zu spät …

Sichtlich zufrieden ließ Joel die Verträge in der Innentasche seines Anzugs verschwinden. »Dass diese Unterhaltung und deine Unterschrift vertraulich sind, muss ich nicht erwähnen. Ich werde Ted Blumfeld signalisieren, dass sich die Bedingungen geändert haben.« Beiläufig ließ Joel im Hinausgehen eine letzte Bemerkung fallen. »Clever von dir, dass du gestern Abend nicht alle Karten auf den Tisch gelegt hast, was immer der Grund dafür war.«

Plötzlich fühlte Thomas den Brechreiz wie eine Panikattacke über sich kommen. War es der Alkohol, oder ekelte er sich vor seiner Schwäche? Er stürmte an Joel vorbei in den Waschraum.

Joel wollte die Tür zum Büro schließen, als eine SMS auf Thomas' BlackBerry blinkte. Neugierig ging er zurück, nahm das Telefon in die Hand und las:

Gelandet, treffe Dich wie geplant 8.30 Uhr im Büro. Pascal

Die Lombardis haben Pascal gestern Nacht doch noch erreicht. Das wird ein interessanter Tag werden …

Gedankenverloren steckte er den BlackBerry in seine Hosentasche.

Thomas kämpfte über dem Toilettenbecken; zum Schluss erbrach er nur noch Galle. Jede Faser seines Körpers schmerzte. Er fühlte sich ausgebrannt.

Mühsam schleppte er sich zu seinem Schreibtisch zurück. Er nahm die Unterlagen, die er bearbeiten wollte, aus der Aktentasche. Dabei fiel seine Pistole auf den Schreibtisch.

Wieso habe ich die Waffe am Morgen in meine Tasche und

nicht zurück in den Safe im Keller gelegt? Was habe ich gestern Abend noch alles getan, woran ich mich nicht erinnern kann? Ist das ein Hinweis?

Ein starker Weinkrampf schüttelte ihn. Seine dunklen Gedanken wurden schwärzer und schwärzer. Sie gewannen den Wettlauf gegen den logischen Verstand. Einsam weinte Thomas Widmann um die verpassten Chancen in seinem Leben, weinte um seine Töchter und seine Frau. Hart und unerbittlich ging er mit sich ins Gericht.

Wäre weniger mehr gewesen?

Diese Frage stellte er zu spät. Er hatte gewählt und versagt. In den letzten Jahren seiner Karriere war er schwach gewesen, hatte von seinem guten Ruf gezehrt. Wie tief konnte er noch fallen? Niemand konnte ihm helfen. Er hatte sich selbst verraten.

Thomas verstand nicht jedes Detail des Spiels, erkannte aber, dass er ausgenutzt worden war. Dafür konnte er niemanden anders als sich selbst beschuldigen. Er hatte es zugelassen … Bedächtig räumte er seine Aktentasche wieder ein, nur die SIG SAUER blieb auf dem Tisch liegen. Er stellte die Tasche an den gewohnten Platz. Wo war sein BlackBerry? Hatte er ihn zu Hause vergessen? Alles lief schief. Thomas haderte mit sich. Für ihn stand fest, dass er den Lombardis nicht mehr in die Augen schauen konnte. Neben dem finanziellen Ruin würde er alles verlieren, was in seinem Leben Bedeutung hatte: seinen Job, seinen sozialen Status, seine Freunde und wahrscheinlich auch seine Familie. Die Achtung vor sich selbst hatte er bereits vor langer Zeit verloren. Seine Zukunft war tiefschwarz.

Es gab nur eine Möglichkeit, die Unterschrift und alle anderen Fehlentscheidungen unwirksam werden zu lassen. Er musste sich seiner Verantwortung auf andere Weise stellen.

Die Wunder des Lebens, die Schönheit der Welt jenseits der Bank, der Macht, des Geldes sah er nicht mehr. Thomas kapitulierte.

Kapitel 10

Die Air-France-Maschine landete pünktlich auf dem Genfer Flughafen Cointrin. Eine Viertelstunde später saß Pascal bereits im Taxi Richtung Genfer Innenstadt.

Er bat den Taxifahrer, ihn nicht vor den Haupteingang der Lombardi Bank, sondern die Tiefgarage zu fahren. Dort angekommen, verstaute er das Handgepäck im Kofferraum seines Cayennes, bevor er sich auf den Weg ins Büro machte. Der dunkelblaue Mercedes von Thomas Widmann stand bereits auf seinem Parkplatz.

Pascals Überlegungen waren korrekt. Mit Ausnahme von Thomas war so früh niemand von der Geschäftsleitung anwesend. Das würde ihnen Ruhe für ihr Gespräch geben. Zufrieden drückte er den Fahrstuhlknopf für die fünfte Etage und strich mit seiner Karte über den elektronischen Leser.

In der obersten Etage des Gebäudes befanden sich nur die Büros der Geschäftsleitung, Partner und ihrer Assistenten.

Pascals Uhr zeigte acht Uhr zwanzig, als er den Fahrstuhl verließ und zielstrebig auf das Büro von Thomas zuging, das sich am Ende des Gangs befand. Er klopfte kurz an, drückte die Klinke herunter und öffnete mit einem freundlichen »Guten Morgen« auf den Lippen die Tür.

Weitere Worte blieben ihm im Hals stecken. Ein Würgegefühl rumorte in seinem leeren Magen. Er ließ seine Aktentasche fallen und ging langsam auf den Schreibtisch zu.

»Thomas? Das kann doch nicht wahr sein …«

Der Oberkörper von Thomas lag auf dem Schreibtisch, als

sei er erschöpft eingeschlafen. In dieses Bild passten aber nicht der unnatürlich zur linken Seite gebeugte Kopf und die Blutlache auf dem Tisch. Thomas Widmann war tot!

Pascal wurde übel. Er drehte sich weg, atmete tief durch. Dann zwang er sich, noch einmal genau hinzuschauen. Er sah das Loch in Thomas' Kopf. Seine rechte Hand umklammerte verkrümmt eine Pistole.

Thomas hat sich umgebracht? Was geschieht seit gestern in Genf?

Pascal schwankte. Der Anblick des toten Geschäftsführers war gruselig und löste ein Wirrwarr an Gefühlen in ihm aus. Er war für einen Moment wie gelähmt, konnte keinen klaren Gedanken fassen. Ihm dämmerte, dass er Thomas Widmanns Hilfe gebraucht hätte, um das Chaos mit den MBS und Levy & Lewitt aufzuklären. Thomas war damals indirekt der Auslöser gewesen, hatte ihn auf eine Idee gebracht ... Als amtierender Geschäftsführer hatte er alle Dokumente und die Bankgarantie unterzeichnet, war jedoch über die komplizierte Transaktion nicht bis ins Detail informiert.

Hat Thomas etwas herausgefunden, oder bastelt Levy & Lewitt mit Ted Blumfeld an einer Intrige gegen uns? Vielleicht finde ich Antworten in den E-Mails von Thomas ...

Vor Jahren hatte Thomas Widmann ihm erzählt, dass er den Namen seiner jüngsten Tochter kombiniert mit dem aktuellen Jahr als Passwort benutzte. Pascals Hände zitterten, als er *Vanessa-2011* eingab und mit der Maus die Inbox öffnete.

Thomas' Inbox war gut organisiert, die E-Mails in logischen Ordnern abgelegt. Hektisch überflog Pascal die Mails der letzten Woche – nichts, keine einzige E-Mail, die zum Thema passen würde. Er fand auch keinen Ordner *Levy & Lewitt/MBS*. Dann scrollte er auf dem Suchprogramm des Computers herum, gab verschiedene relevante Begriffe ein.

Nichts. Ein mulmiges Gefühl beschlich ihn. Plötzlich realisierte Pascal seine Situation.

Vor mir sitzt ein Toter auf dem Bürostuhl, der Geschäftsführer der Lombardi Bank, Thomas Widmann, mit dem ich einen vereinbarten Termin habe! Heute Nacht per SMS bestätigt! Und ich laufe in seinem Büro herum und suche Dokumente, als ob nichts geschehen wäre, habe nur an die geschäftlichen Konsequenzen gedacht. Ich muss sofort die Polizei anrufen. Sollte ich besser noch schnell die SMS auf seinem Handy löschen? Wo ist Thomas' BlackBerry?

Angeekelt durchsuchte er die Anzugstaschen von Thomas, nichts ...

Plötzlich stand Joel Silverstein, die Arme vorm Körper verschränkt, an seiner Seite. Pascal erstarrte zur Salzsäule.

Joel musterte ihn: »Interessant, was du hier treibst. Der Milliardenverlust scheint dich zu beunruhigen. Musste Widmann deshalb sterben?«

»Was redest du da, Joel?«, verteidigte sich Pascal entrüstet. »Ich bin vor fünf Minuten in Thomas' Büro gekommen, da war er schon tot! Wir müssen sofort die Polizei rufen!«

Joel grinste süffisant. Das lief besser, als er es jemals hätte planen können ... Pascals Zukunft lag in seinen Händen. »Das hättest du vor fünf Minuten machen sollen. Als ich hier reinkam, sah ich dich an Widmanns Computer hektisch tippen, obwohl er vor dir auf dem Tisch in einer Blutlache liegt! Die Polizei wird an deiner Version ihre Zweifel haben. Das sieht eindeutig nach Mord aus!«

Pascal verstand die Drohung sofort. Erschreckende Fragen kreuzten seine Gedanken.

Ist Thomas ermordet worden? Hat der Mörder den BlackBerry mitgenommen und Daten aus dem PC gelöscht? Kein Banker, geschweige denn ein Geschäftsführer, trägt seinen

BlackBerry nicht ständig bei sich. Wieso gibt es keinen Abschiedsbrief? Ist das ein SET-UP? Von Joel? Falle ich jetzt wirklich unter Verdacht, der Mörder zu sein?

»Zyt«, fluchte Pascal laut. Unüberlegt hatte er Thomas, den Schreibtisch und den PC angefasst. Seine Fingerabdrücke befanden sich überall. Er verfiel in hektische Panik, was seine Sinne schlagartig alarmierte.

»Du hast ein Problem, Pascal«, hörte er Joel sagen.

»Richtig erkannt, Joel, und nicht nur eins ... Wenn wir uns schon direkt konfrontieren, beantworte mir eine Frage, die mich seit Jahren beschäftigt: Warum hasst du mich?«

»Du willst wissen, warum ich dich und Judith auseinandergebracht habe?«

»Zum Beispiel. Oder warum du mir einen Mord in die Schuhe schieben willst, für den ich kein Motiv habe.«

Joel blickte Pascal direkt in die Augen. Der hielt seinem Blick stand. »Das, mein Junge, ist größer, viel größer, als du dir vorstellen kannst. Und geht tiefer als deine kleinen, persönlichen Interessen. Du würdest es nicht verstehen. Akzeptiere es einfach als Fakt.«

»Blödsinn, Joel! Versteck dich nicht hinter überheblichen Phrasen! Ich verstehe genau, dass irgendetwas mit dir nicht stimmt.«

Joel gab sich keine Mühe, sein höhnisches Grinsen zu unterdrücken. »Ich habe lediglich die Tatsachen beschrieben. Deine Unschuld musst *du* der Polizei beweisen.«

Pascal sah rot. Er zögerte nur für den Bruchteil einer Sekunde. »Noch verstehe ich nicht alle Zusammenhänge in deinem doppelten Spiel, aber es wird Zeit, *alles* einmal zu klären. Dafür brauche ich Bewegungsfreiheit, und du wirst mich nicht daran hindern!«

Pascals rechte Faust zog mit voller Wucht einen geraden

Haken in Joels Gesicht. Seine Brille flog durch den Raum, und Joel sackte zu Boden. Blut sickerte aus seiner Nase. Der alte Mann rührte sich nicht mehr.

In dem reflexartigen Schlag hatte Pascal seinem über Jahre angestauten Frust auf Joel ungehinderten Lauf gelassen. Er rieb sich den schmerzenden Handrücken. Auf der Stelle arbeitete sein Verstand wieder normal. Gehetzt und nur aus den Augenwinkeln warf Pascal einen letzten Blick auf den Toten. Der Anblick war fürchterlich. Dabei entdeckte er Thomas' Aktentasche, die versteckt hinter der Tür stand.

Vielleicht befinden sich sein BlackBerry oder sein Laptop darin? Hat er eventuell dort eine Nachricht oder Daten versteckt?

Thomas benutzte für private Korrespondenz, Fotos und zum Chatten immer seinen Laptop. Er trennte private Angelegenheiten konsequent von den geschäftlichen.

Pascal zauderte nicht, öffnete die Tasche. Erleichtert presste er das MacBook an sich. Er schnappte seinen kleinen Aktenkoffer und rannte aus dem Büro. Der Fahrstuhl stand noch immer auf der fünften Etage.

Um acht Uhr fünfunddreißig startete er den Motor seines schwarzen Cayennes. Mit quietschenden Reifen raste er aus dem Parkhaus. Auf dem kurzen Weg von der Rue du Rhône bis nach Hause überschlugen sich seine Gedanken.

Wie konnte ich mich bloß in diese Situation manövrieren? Ich bin doch kein Verbrecher!

Fieberhaft ging Pascal den Zeitplan des Tages durch. Sein Vater François erwartete ihn gegen zwölf Uhr zu Hause, Christian frühestens gegen dreizehn Uhr in der Bank. Das gab ihm ein Zeitfenster von drei Stunden, bevor sie sein Verschwinden bemerken, Verdacht schöpfen und Alarm schlagen würden. Er hoffte, im Schock über Thomas Widmanns

Tod würde niemandem sofort auffallen, dass sein Auto nicht mehr in der Tiefgarage stand. Schließlich befand er sich auf dem Weg von Paris nach Genf …

Wie konnte er beweisen, dass er mit Thomas' Tod nichts zu tun hatte? Die Polizei würde schnell herausfinden, dass er Paris mit dem ersten Flug am Morgen in Richtung Genf verlassen hatte. Er war in Thomas' Büro erschienen, man würde dort seine Fingerabdrücke finden. Mit Hilfe der elektronischen Überwachungskameras würden sie sehen, um welche Zeit er das Parkhaus betreten und wieder mit dem Auto verlassen hatte. Was Joel der Polizei erzählen würde, stand in den Sternen. Nichts zu Pascals Vorteil, so viel war klar. Der Vorfall in Thomas' Büro war eine offene Kampfansage zwischen ihnen. Pascal konnte bestenfalls darauf spekulieren, dass die Obduktion der Leiche Selbstmord als Todesursache ergab oder Thomas Widmann bereits vor einigen Stunden gestorben war. Nicht auszudenken, was die Polizei ansonsten in Gang setzen würde …

Kapitel 11

Die Gelassenheit von Genevieve Pasquier schlug in leichten Ärger um, nachdem sie zum dritten Mal innerhalb einer halben Stunde erfolglos versucht hatte, Thomas Widmann telefonisch zu erreichen. Genevieve hatte nach langen Jahren eine feine Antenne für Veränderungen und Stimmungen in der Lombardi Bank entwickelt. Sie spürte förmlich, dass etwas in der Luft lag.

Thomas muss an wichtigen Dokumenten arbeiten, dass er konsequent nicht gestört werden will. Noch nie hat er drei Anrufe von mir hintereinander ignoriert. Und der Boss will unbedingt diese Akten …

Genevieve arbeitete seit fünfundzwanzig Jahren mit Joel Silverstein, und heute war wirklich nicht sein Tag. Er war mit angeschwollenem Gesicht, lädierter Nase und einem blauen Schatten unter dem linken Auge ins Büro gekommen. Seine gereizte Erklärung, er wäre heute Morgen ohne Brille in die Glastür der Veranda gelaufen und hingefallen, nahm sie ihm nur bedingt ab. Trotzdem kaschierte sie auf seine Bitte die Blessuren mit etwas Make-up. Sie sah seine Müdigkeit, die dunklen Ringe unter den Augen und hörte den genervten Unterton in seiner Stimme. Die eifersüchtige Frage, was er letzte Nacht wirklich getrieben hatte, verscheuchte sie energisch, waren ihr seine sexuellen Vorlieben doch bestens bekannt.

»Ich gehe in Thomas' Büro und hole die Dokumente«, informierte sie Joel über die Sprechanlage. »Er nimmt kein Gespräch an, und seine Assistentin Jasmine hat heute frei.«

Selbstbewusst zupfte sie durch ihr kurzes, fesch geschnittenes Haar, strich die kleinen Falten aus dem eng anliegenden, eleganten Rock und zog ihn resolut über die Knie. Mit erhobenem Kopf lief sie in ihren hohen Schuhen über den weichen Teppich, der jedes Klacken der Absätze verschluckte. Diesen Flur sah sie als ihren Laufsteg an. Hier hatte sie Karriere gemacht. Sie gehörte nach den Partnern der Lombardi Bank und Geschäftsführer Thomas Widmann zum Führungsteam und war stolz, der einzige weibliche COO einer Schweizer Privatbank zu sein.

Zu Genevieve Pasquier schauten viele Kollegen ehrfurchtsvoll auf. Nur hinter vorgehaltener Hand wurde über die ledige Dame – die ihren sechzigsten Geburtstag im letzten Jahr gefeiert hatte –, ihre langen Arbeitszeiten sowie ihr enges Verhältnis zu Joel Silverstein getuschelt.

Genevieve wusste um den hauseigenen Klatsch. Es machte ihr nichts aus, ganz im Gegenteil. Manchmal wünschte sie, es läge mehr Wahrheit in diesen Gerüchten. Die wenigen Nächte, die sie heimlich mit Joel teilte, reichten ihr nicht aus.

Nach dem ersten Schock über seine SM-Vorlieben, seine ausgefallenen Praktiken und die perversen Verwandlungen – sie mussten immer in rotem Lack gekleidet sein – wurde sie süchtig danach und ihm sexuell hörig. Seit Jahren war sie seine Gespielin, und beide lebten diskret im Verborgenen aus, was normale Paare nicht einmal im Repertoire ihrer Vorstellungen hatten.

Heimlich fantasierte Genevieve über ein Leben mit Joel. Die kurzen Momente der Zweisamkeit und des Sex stilisierte sie auf einen Level der Wichtigkeit, wie es nur Karrierefrauen ohne frustrierende Alltagserfahrungen im Leben mit einem siebzigjährigen Mann tun können. Seine Geilheit verwechselte sie mit Aufmerksamkeit und empfand es nie als Erniedrigung, ihm zu dienen. Genevieve lechzte sogar nach seinen wenigen Berührungen und der körperlichen Befriedigung als Ausgleich zu ihrem ansonsten langweiligen Beziehungsleben. Schüttelte sie diesen Teil ihres Daseins ab, war Genevieve mit sich im Reinen. Sie liebte ihren Beruf, ihre finanzielle Unabhängigkeit, die Reisen mit ihren Freundinnen und ihre wunderschöne Wohnung im vornehmen Genfer Stadtteil Florissant.

Aus diesen Gedanken wurde Genevieve jäh herausgerissen, als sie Thomas' Bürotür öffnete. Danach sah sie nur noch schwarz und hörte sich schreien, als sei sie nicht mehr Teil ihrer selbst.

Genevieve kam nach wenigen Minuten wieder zu sich. Wie aus der Ferne hörte sie Joels Stimme, der mit der Polizei telefonierte. Vorsichtig öffnete sie ihre Augen, langsam kam die Erinnerung zurück. Sie hatte Thomas Widmann in einer Blutlache auf dem Schreibtisch liegen sehen!

Zögernd hob sie ihren Kopf, um sich zu vergewissern, dass ihr das Erinnerungsvermögen keinen Streich gespielt hatte. Dabei sah sie, wie Joel sein Taschentuch aus der rechten Hosentasche zog, um sich die Nase zu putzen. Ein weißer BlackBerry fiel dabei heraus! Joel erschrak sichtlich, bückte sich und hob das Handy vorsichtig auf. Mit Entsetzen beobachtete Genevieve, dass Joel es gründlich säuberte und anschließend in die linke Anzugstasche des Toten gleiten ließ! Genevieve verstand sofort, dass es sich um den BlackBerry von Thomas Widmann handeln musste, unverkennbar mit dem weißen Cover …

Habe ich eben richtig gesehen? War das Thomas' Black-

Berry, den Joel »zurückgab«? Kein Wunder, dass ich ihn auch auf dem Handy nicht erreichen konnte. Ein Toter kann schlecht einen Anruf entgegennehmen ... Aber wie kam der BlackBerry in die Hosentasche von Joel?

Verwirrt schloss Genevieve ihre Augen wieder. Sie wollte verhindern, dass Joel bemerkte, dass sie heimlich diese Szene beobachtet hatte. In ihrer langen Karriere hatte sie gelernt, dass Wissen, richtig eingesetzt, gleichbedeutend mit Macht ist. Und was sie eben beobachtet hatte, war unglaublich!

Hat Joel mit Thomas Widmanns Tod zu tun? Ist er sein Mörder? Unmöglich ...

Joel griff erneut zum Telefon.

Sie belauschte das Gespräch hochkonzentriert.

»François, Joel am Apparat. Guten Morgen ... Es ist etwas Furchtbares passiert. Genevieve hat Thomas Widmann eben tot in seinem Büro gefunden. Sie ist ohnmächtig ... Ja, ich habe die Polizei und den Notarzt informiert. Sie werden in Kürze eintreffen.«

Joels Stimme klingt gespielt aufgeregt. Ich kenne diesen Mann. Er hat sich völlig unter Kontrolle.

Es dauerte einen Moment, bis ein anscheinend perplexer und völlig überraschter François Lombardi antwortete. Seine Fragen konnte Genevieve anhand von Joels Antworten ahnen.

»Nein, es sieht wie Selbstmord aus. Er hat eine Einschusswunde am Kopf, und die Pistole liegt in der verkrümmten Hand. Schrecklich.«

Als Nächstes hörte sie François mit lauter Stimme Anweisungen in den Hörer schreien. »Das kann doch nicht wahr sein! Was geht in meiner Bank vor? Das muss mit der gestrigen Nachricht zu tun haben. Joel, bitte sperre sofort die fünfte Etage komplett ab! Kein Wort zu irgendjemand, außer der Polizei. Ich komme umgehend in die Bank.«

Genevieve verdrängte alle aufkommenden Fragen und schenkte ihre ungeteilte Aufmerksamkeit wieder Joel. Sie blinzelte vorsichtig. Selbst so konnte sie sehen, wie Joel erleichtert durchatmete und seinen Blick wiederholt kontrollierend durch den Raum schweifen ließ. Was hätte sie jetzt dafür gegeben, seinen Überlegungen folgen zu können.

Joel ist vom Tod Thomas Widmanns nicht überrascht. Er hat nach den Unterlagen gedrängelt, bis ich mich auf den Weg gemacht habe. Ich sollte Thomas finden …

Ihre erneute Ohnmacht befreite Genevieve von weiteren logischen Schlussfolgerungen.

Kapitel 12

Rasant fuhr Pascal die Grand Rue in der Genfer Altstadt hinauf und verfluchte die unglückliche Verkettung der Umstände: Christians Nachricht über den angeblich großen Verlust der Bank mit MBS, während er sich heimlich mit Judith in Paris traf, Ted Blumfeld im Urlaub nicht zu erreichen, der Tod von Thomas Widmann und das Aufkreuzen von Joel Silverstein in einem Moment, der jeden an Pascals Unschuld zweifeln lassen würde ... Warum hatte er nicht sofort die Polizei angerufen? Ärgerlich, er hatte den richtigen Zeitpunkt schlichtweg verpasst!

Murphy's Law. Alles, was schiefgehen kann, geht schief.

Pascal blieb keine Wahl, als jetzt auf ein bisschen Glück zu hoffen. Durch sein stümperhaftes Verhalten in der Bank war es beinah unumgänglich, dass der Verdacht zu Beginn auf ihn fallen würde. Den Ausdruck *Mörder* konnte er nicht einmal in Gedanken aussprechen. Aus dem Untersuchungsgefängnis konnte er seine Unschuld schwer beweisen. Noch dringender brauchte er Handlungsfreiheit, um die problematische Angelegenheit mit Levy & Lewitt aufzuklären. Pascal hatte keine Vorstellung, was bei dem Geschäft in so kurzer Zeit schiefgelaufen war ... Chaos pur!

Seinen Sinn für Humor hatte er trotzdem nicht verloren, fand insgeheim sogar ein klein wenig Gefallen an der skurrilen Sachlage: Flucht nach Selbstmord oder Mord am Geschäftsführer der Bank in einer extrem schwierigen geschäftlichen Situation. Es stand zwar *nur* die Welt der Lombardis am

Abgrund, aber James Bond ließ grüßen. Thrill = Adrenalin = Aktion. Pascal war immer ein Fan extremer Situationen gewesen, konnte gut mit Druck umgehen. Seine Analyse fiel kurz und knapp aus.

Zuerst musste er schnellstens die Schweiz verlassen. Eine Flucht mit dem Zug oder Flugzeug kam wegen der vielen Kontrollen nicht in Betracht. Es blieb nur das Auto. Das erste Land, das ihm als Fluchtmöglichkeit in den Sinn kam, war Italien.

Dort kann mir Francescas Onkel Flavio Tomassini in Venedig helfen.

Flavio war so unkonventionell und liebenswert, wie es nur Italiener sein können. Ein Kaufmann, der seine Finger überall im Spiel hatte und über ausgezeichnete Beziehungen verfügte. Die genaue Adresse von Flavio oder eine Telefonnummer kannte Pascal nicht, aber das Problem würde er später lösen. Mit dem Auto von Genf nach Venedig zu fahren war einfach. Pascal entschied, den langen Weg über den Simplon-Pass zu nehmen, da sein Cayenne mit allen Finessen und kompletter Winterausrüstung ausgestattet war. Damit vermied er geschickt die Überwachungskameras im Montblanc-Tunnel, die automatisch jedes Autokennzeichen registrierten. Das bedeutete aber, dass er die lange Strecke über Lausanne, Montreux, Sion, Brig und danach über den Pass fahren musste, bevor er den Grenzübergang nach Domodossola in Italien erreichen würde. Er hoffte inständig, dass es heute nicht schneien würde.

In der Rue des Granges angekommen, fand Pascal einen Parkplatz direkt vor seiner Haustür. Die Treppen zu seiner Penthouse-Wohnung sprintete er hinauf.

Pascal griff seine Reisetasche und packte zügig: Unterwäsche, Pullover, Hemden, Jeans, Hosen, Blazer, Schuhe,

Kosmetikartikel und alles an elektronischem Spielzeug, was er für wichtig erachtete: Laptop, iPad, iPhone, BlackBerry, Stecker ... Seinen kleinen Rucksack mit den Laufsachen, der sowieso gepackt im Bad stand, stopfte er oben in die Tasche hinein. Dann schlüpfte Pascal in eine Jeans, einen warmen Rollkragenpullover, Winterjacke und Trecking-Schuhe. Im Anzug mit Krawatte und schwarzen Lederschuhen konnte er schlecht über den Pass fahren, ohne Aufmerksamkeit zu erzeugen. Als Letztes öffnete er seinen Safe. Pascal bedankte sich geistig bei Francesca, die ihm die Angewohnheit beigebracht hatte, ausreichend Bargeld zu Hause zu haben.

Hat sie das von ihrem Onkel Flavio gelernt?

Er steckte gebündelte Schweizer Franken, Euro und US-Dollar in eine kleine Seitentasche, dazu seinen Pass. Alle Währungen zusammen machten fast einen Betrag von hunderttausend US-Dollar aus. Genug, um eine Weile gut durchzukommen. Kreditkarten und seine teuren Uhren ließ er im Safe. Die Karten konnte er sowieso nicht benutzen. Pascal nahm noch die Bananen aus der Obstschale und eine Flasche Wasser aus dem Kühlschrank. Alles dauerte weniger als zehn Minuten.

Im Auto erinnerte er sich an Episoden der Serie *24*, in denen Jack Bauer Agenten bei ausgeschalteten Handys erfolgreich verfolgte. Sicherheitshalber fummelte er aus beiden Telefonen SIM-Karte und Batterie heraus und steckte sie in die Hosentasche. Im Notfall konnte er sie schnell wieder betriebsbereit machen.

Bevor Pascal die Autobahn Richtung Lausanne erreichte, beendete Radio One FM die Neun-Uhr-Nachrichten mit dem Verkehrsreport: »Kalt und überwiegend sonnig, es werden keine neuen Schneefälle für heute erwartet. Alle Pässe bleiben weiterhin geschlossen mit Ausnahme des Simplon-

Passes, der mit Winterausrüstung befahrbar ist«, vermeldete eine sympathische Frauenstimme.

»Ich habe mehr Glück als Verstand«, murmelte Pascal, als er auf die A 1 einscherte. Vorsichtshalber stellte er die automatische Geschwindigkeitskontrolle auf einhundertzwanzig Stundenkilometer ein, denn der Abschnitt zwischen Genf und Lausanne war gespickt mit lästigen Radarfallen.

Jetzt konnte er sich auf die weitere Planung seiner Flucht konzentrieren. Er brauchte von Francesca dringend die Adresse von Onkel Flavio. In New York war es kurz nach drei Uhr morgens. Francesca würde schlafen. Pascal hoffte, dass ihr Handy wenigstens vibrieren würde, nicht ausgeschaltet war. Er nahm die Ausfahrt zur nächsten Tankstelle, parkte sein Auto abseits und ging zu einem öffentlichen Telefon. Es klingelte und klingelte.

Nach einer langen Minute nahm eine verschlafen klingende Francesca endlich ab. »Francesca Lombardi …«

»Franzi? Pascal. Ich weiß, es ist drei Uhr morgens in New York … Ich brauche deine Hilfe, muss schnellstens aus der Schweiz verschwinden. Wir haben keine Zeit für Erklärungen. Kannst du mir bitte die Adresse von Onkel Flavio via Skype-Message senden?«

Francesca verstand nichts. »Pascal? Was ist los?«

Pascal unterbrach Francesca, gab ihr nicht die Chance, eine einzige Frage zu stellen. »Nicht am Telefon … Gäbe es eine andere Möglichkeit, würde ich nicht mitten in der Nacht anrufen. Francesca, noch mal: Bitte informiere Flavio, und gib mir Bescheid, wo ich ihn treffen kann. Ich werde heute am frühen Abend in Venedig eintreffen. In den nächsten zwei Stunden werde ich irgendwo auf der Strecke ein Internetcafé finden und deine Nachricht abrufen.« Pascal senkte seine Stimme, sprach die letzten Worte zärtlich. »Danke, Franzi.

Ich bin froh, dass ich dich anrufen konnte. Du hast was gut. Ich habe natürlich nie Kontakt zu dir gehabt.« Er legte auf, ohne auf eine Antwort von Francesca zu warten.

Sie würde unverzüglich handeln. Als Anwältin war sie im strukturierten Denken geübt und verstand Ungesagtes zwischen den Zeilen. Francesca war eine Klasse für sich.

Zufrieden fädelte er wieder in den Berufsverkehr der A 1 ein.

Kapitel 13

Joel Silverstein listete in Gedanken akribisch die Geschehnisse der letzten vierundzwanzig Stunden und die daraus folgenden Resultate auf: Die Führungsriege der Genfer Lombardi Bank war angeschlagen. Die Zukunft der Bank stand auf wackligen Füßen. Geschäftsführer Thomas Widmann war tot.

Joel verstand die großen Zusammenhänge, doch ein entscheidendes Detail blieb auch ihm unklar. Es machte am Ende keinen Unterschied für seinen Plan …

Als er das typische Geräusch des Signalhorns der Polizei näher kommen hörte, eilte er zum Fahrstuhl. Joel schaffte es gerade noch, den Portier über das baldige Eintreffen des Notarztes zu informieren, bevor der Streifenwagen vor dem Haupteingang stoppte.

»Maurice Baumet, Hauptkommissar«, stellte sich ein untersetzter, etwas füllig wirkender Polizist vor und stellte damit von Beginn an die Autoritäten klar. »Das sind meine Kollegen Patrick Favre von der Mordkommission und Laura Berger von der Spurensicherung. Sind Sie Joel Silverstein?«

»Der bin ich. Hauptkommissar Baumet, eine Bitte … Können wir den Vorfall diskret behandeln? Bisher weiß keiner unserer Mitarbeiter Bescheid, und Sie wissen ja, wie schnell sich Gerüchte verbreiten. In der obersten Etage arbeitet ausschließlich die Geschäftsleitung …«

»Zeigen Sie uns erst einmal den Tatort. Dann machen wir unsere Arbeit, und danach entscheiden wir«, unterbrach

Hauptkommissar Baumet Joel energisch. Dabei musterte er ihn von oben bis unten ohne jegliches Taktgefühl.

Sein Blick haftete eine Sekunde zu lange in meinem Gesicht. Sind dem Hauptkommissar meine geschwollene Nase und das blau unterlaufene Auge aufgefallen? Er kennt mich nicht, und Genevieve hat es gut abgedeckt …

Joel nickte und ging voran. Sie durchquerten die elegante Eingangshalle. Dabei entgingen ihm die ehrfurchtsvollen Blicke der Polizisten nicht, auch wenn sie ihre Augen nur flüchtig über den grünen Marmorboden, die Wände und Glasvitrinen mit alter und moderner Kunst schweifen ließen. Ein beeindruckendes Ambiente, dem der Geruch nach Geld und über Generationen angehäufter Reichtum anhaftete. Joel, ein gewiefter Taktiker, ließ dieses Gefühl bei den Polizisten sacken. Während sie mit dem Fahrstuhl in die fünfte Etage hinauffuhren, entspannte sich die Atmosphäre ein wenig.

»Kennen Sie den Toten? Haben Sie ihn gefunden?« Patrick Favre übernahm forsch das Gespräch.

»Selbstverständlich. Es handelt sich um den Geschäftsführer der Bank, Thomas Widmann. Ich habe auf Dokumente von ihm gewartet. Meine Kollegin Genevieve Pasquier wollte diese Unterlagen aus Thomas Widmanns Büro abholen. Kurz darauf hörte ich Genevieve panisch schreien und bin sofort in Thomas' Büro gerannt. Als ich es erreichte, fiel Genevieve bewusstlos in meine Arme. Mehr kann ich Ihnen leider nicht sagen. Danach habe ich sofort die Polizei und den Notarzt gerufen. Faktisch hat Frau Pasquier Thomas Widmann gefunden.« Joel antwortete betont freundlich und ausführlich, da er keinen Zweifel an der Version seiner Geschichte aufkommen lassen wollte.

Favre notierte alles. »Um welche Uhrzeit haben Sie die Bank heute betreten?«

»Gegen neun Uhr fünfzehn. Verdächtigen Sie mich etwa?«

Favre reagierte nicht auf Joels Frage. »War Frau Pasquier vor Ihnen anwesend?«

»Nein, sie kam einige Minuten später.«

»Danke.«

Inzwischen hatten sie das Büro von Thomas Widmann erreicht. Die Polizisten blieben an der Schwelle stehen und schauten überrascht auf die am Boden liegende Genevieve.

»Sie haben die Frau hier allein liegen gelassen? Im selben Raum mit dem Toten?« Laura Berger scheute sich nicht, Joel deutlich ihr Unbehagen zu zeigen. »Ein bisschen pietätlos.«

Der zuckte nur mit den Schultern. »Ich war allein. Was hätte ich tun sollen?«

Hauptkommissar Baumet ging unterdessen auf Thomas Widmanns Schreibtisch zu und inspizierte ihn. »Sie haben nichts verändert oder berührt, Herr Silverstein?«

»Nur das Telefon.«

»Es sieht auf den ersten Blick nach einem klassischen Selbstmord aus.« Seine Hand tastete pro forma an Widmanns Hals nach einem Puls. »Da kommt jede Hilfe zu spät. Die Pistole ist eine SIG SAUER P220, 9 mm Parabellum, seit 1975 die klassische Pistole der Schweizer Armee.«

Baumet instruierte Laura Berger. »Sichere trotzdem alle Spuren, Laura, und ruf dein Team her. Der Tote war der CEO der Bank. Uns darf kein Fehler unterlaufen. Die Presse wird daraus sicher wieder einen Skandal in der Bankenbranche zelebrieren.«

Inzwischen waren auch die Notärztin und ein Sanitäter eingetroffen.

»Dr. Alexandra Tschanz«, stellte sich die Notärztin vor, eine burschikose Frau Mitte dreißig. Besonnen ordnete sie sofort an, Genevieve in ein anderes Zimmer zu bringen. »Die Dame braucht eine Injektion, ein Glas Wasser und Ruhe. Sie steht unter Schock. In ein paar Minuten sollte sie wieder ansprechbar sein. Haben Sie einen Raum, wo wir sie hinlegen können?«

»Selbstverständlich«, beeilte sich Joel zu sagen. »Ihr Büro ist das zweite auf der linken Seite. Im Empfangsbereich steht ein Sofa, das Sie nutzen können. Die Tür steht offen.«

Dr. Alexandra Tschanz deutete dem Sanitäter an, sich um Genevieve zu kümmern. »Ich komme gleich nach, schaue kurz nach dem Toten.«

Baumet gab mit einem Kopfnicken sein Einverständnis. »Können Sie uns etwas zur Todeszeit sagen?«

Dr. Tschanz nahm den Toten gründlich in Augenschein, indem sie seine Augenlider nach oben zog und die Finger seiner linken Hand bewegte. »Jetzt ist es zehn Uhr dreißig«, resümierte sie mit einem kurzen Blick auf ihre Armbanduhr. »Sie können davon ausgehen, dass der Tod am Morgen zwischen sieben Uhr dreißig und neun Uhr eingetreten ist. Die Leichenstarre hat begonnen, ist aber noch nicht voll ausgeprägt. Genaueres kann nur die Obduktion ergeben. Es sieht nach Selbstmord aus.«

»Zu diesem Schluss sind wir auch gekommen, danke, Frau Dr. Tschanz.« Baumet wandte sich wieder an Joel. »Herr Silverstein, können wir woanders weiterreden?«

»Natürlich, lassen Sie uns in den Konferenzraum gehen.«

Auf dem Flur kamen ihnen François, Christian und Fabian Lombardi entgegengeeilt.

»Was ist mit Thomas Widmann passiert?«, wollte François sofort von Joel wissen. Die Beamten ignorierte er.

»Wer sind Sie bitte?«, stellte Baumet unbeeindruckt die Gegenfrage.

François war irritiert, fing sich jedoch sofort wieder. »Entschuldigen Sie, François Lombardi, Mehrheitseigentümer dieser Bank. Das sind mein Sohn Christian Lombardi und mein Enkel Fabian Lombardi. Ich nahm fälschlicherweise an, dass Sie in einer derartigen Situation die Formalitäten weglassen. Wie ist Ihr Name, bitte, und was geht hier vor?«

»Maurice Baumet, Hauptkommissar, mein Kollege Patrick Favre von der Mordkommission. Wir leiten gemeinsam die Untersuchung. Laura Berger von der Spurensicherung befindet sich noch in Thomas Widmanns Büro. Bitte begleiten Sie uns in den Konferenzraum, Herr Lombardi, es gibt viele Dinge zu klären.«

François übernahm die Führung und öffnete den großen Konferenzraum. Es bot sich ein imponierender Blick über den Genfer See. Baumet taxierte die Stilmöbel, die alten Gemälde, die Seidentapeten und schweren Vorhänge, die im Kontrast zu der modernen Videokonferenz-Technik mit einem 52-Zoll-3D-TV standen.

Sie nahmen am ovalen Konferenztisch Platz, und Favre fasste in knappen Worten das bisher Geschehene zusammen.

»Wir haben um neun Uhr fünfundfünfzig einen Anruf von Joel Silverstein erhalten, dass er Thomas Widmann tot in dessen Büro gefunden hat. Wir konnten den Tatbestand bestätigen. Die Waffe befand sich in der rechten Hand von Thomas Widmann. Die Indizien deuten klar auf einen Selbstmord hin. Wir müssen trotzdem in alle Richtungen ermitteln. Die Obduktion wird uns mit Sicherheit mehr Aufschluss über die Todesursache und den exakten Zeitpunkt geben.« Dann schaute Favre in die Gesichter der Lombardis, suchte Blickkontakt. »Kann ich davon ausgehen, dass niemand von Ihnen heute Morgen in der Bank war?«

»Nach dem Anruf von Joel habe ich Christian und Fabian

informiert, und wir sind gemeinsam mit meinem Fahrer in meinem Wagen zur Bank gekommen.«

»Danke. Sie alle kannten Thomas Widmann gut. Wann haben Sie ihn das letzte Mal gesehen oder gesprochen?«

Christian Lombardi antwortete. »Mein Vater François, Joel Silverstein und ich haben Thomas Widmann gestern Abend das letzte Mal gesehen. Er hat gegen zweiundzwanzig Uhr unser Haus in Cologny verlassen. Seitdem hatten wir keinen Kontakt mehr zu ihm.«

»War er krank, depressiv, oder hatte er schwerwiegende Probleme?«

»Ich kenne Thomas seit zwanzig Jahren. Wir waren Kollegen, kamen uns über die Jahre näher. Vor neuneinhalb Jahren wurde er mein Nachfolger als Geschäftsführer der Lombardi Bank. Soweit ich weiß, war er weder krank, depressiv oder hatte private Probleme. Mein Gott, wenn Carola das erfährt.«

»Carola ist seine Frau?«

Christian nickte.

»Haben die Widmanns Kinder? Wo wohnen sie?«, hakte Favre sofort nach.

»Sie haben zwei erwachsene Töchter, Melanie und Vanessa, die in Luzern leben. Er lebt mit seiner Frau in Hermance.«

Favre ließ sich die genaue Adresse geben und notierte sie.

»Können wir Thomas sehen? Hat er einen Abschiedsbrief hinterlassen? Kein Mensch verschwindet ohne Nachricht einfach aus dem Leben«, unterbrach François das Gespräch zwischen Christian und Favre.

»Nein. Das Team der Spurensicherung arbeitet noch am Tatort. Bisher haben wir keine Nachricht von Thomas Widmann gefunden. Vielleicht hat er einen Abschiedsbrief bei seiner Frau hinterlassen oder ihn per E-Mail geschickt ...«

»Thomas führte eine glückliche Ehe, soweit man das von

außen einschätzen kann. Unvorstellbar, dass er seiner Frau einen Abschiedsbrief per E-Mail zukommen lässt ... Wir haben verrückte Zeiten, aber das, nein. Thomas stand doch mitten im Leben.« François schüttelte ungläubig seinen Kopf.

»Das sind Ihre privaten Mutmaßungen, Herr Lombardi. Wir orientieren uns an den Fakten. Noch einmal und mit allem Respekt, Ihnen gehört diese Bank, trotzdem darf niemand den Tatort betreten, bis die polizeilichen Untersuchungen abgeschlossen sind. Unter uns, der Anblick von Thomas Widmann war nicht besonders erbauend. Sie verstehen, was ich meine?«

Hauptkommissar Baumet übernahm nun die Gesprächsführung. »Zum möglichen Tatmotiv. Niemand bringt sich grundlos um. Es gehören eine Menge Mut und noch mehr Verzweiflung dazu, sich die Pistole an den Kopf zu halten und abzudrücken. Man muss seine Zukunft wesentlich schlechter einschätzen als den Tod, der meines Wissens nichts zu offerieren hat ...«

Alle schwiegen bedrückt.

»Die häufigsten Ursachen für Selbstmord sind unheilbare Krankheiten, Depressionen, psychische Störungen oder schwere familiäre Probleme. In diese Kategorie fallen auch Liebeskummer, Eifersucht, Schulden oder berufliche Schwierigkeiten, die unlösbar erscheinen. Wenige Selbstmörder handeln im klassischen Affekt.«

Man hätte eine Stecknadel fallen hören können. Die schreckliche Nachricht, im fiebrigen Ablauf der Ereignisse unverarbeitet geblieben, wurde real.

Baumet gab seinen Zuhörern Zeit, bevor er weitersprach. »Die ersten Punkte kläre ich später mit Frau Widmann. Sie können mir beim letzten Punkt helfen – berufliche Schwierigkeiten.« Er schaute neugierig in die Runde. »Thomas Widmann bekleidete einen verantwortungsvollen Posten in Ihrer Bank. Wir sollten davon ausgehen, dass er weder psychisch gestört noch klinisch depressiv war. Die Finanzkrise hat meines Wissens aber viele Banken schwer getroffen. Hat die Lombardi Bank Probleme, die auf Thomas Widmann zurückzuführen sind? Was haben sie gestern Abend besprochen? Gab es einen speziellen Grund, dass sie um zweiundzwanzig Uhr noch gearbeitet haben? Das ist spät ...«

Christian suchte Blickkontakt mit seinem Vater.

François antwortete ohne Zögern. »Wir haben wie alle Finanzinstitutionen zu kämpfen und Probleme zu lösen. Die Politik, die Umstände, die Medien erleichtern unsere Arbeit nicht. Thomas hat viele Jahre sehr gute Arbeit als CEO abgeliefert.« Er schüttelte noch einmal ungläubig seinen Kopf, bevor er den zweiten Teil der Frage beantwortete. »Gestern Abend haben Joel, Thomas, mein Sohn Christian und ich über eine Strategieänderung der Bank diskutiert. Wir treffen uns regelmäßig dazu in meinem Haus, um diese Art Gedankenaustausch durchzuführen. Es ist weniger offiziell und am Ende effizienter. Um Ihre Frage zu beantworten, Hauptkommissar Baumet: Die Lombardi Bank hat keine Probleme, wegen denen sich Thomas Widmann umbringen musste. Und wir arbeiten oft lange am Abend.« François schaute ruhig und direkt in die Augen von Hauptkommissar Baumet.

Favre, der neben Baumet saß, beobachtete die Anwesenden und versuchte sich einen ersten Eindruck über ihre Persönlichkeiten zu verschaffen. Dabei fing er einen intensiven, nicht unbedingt freundlichen Blickwechsel zwischen Christian Lombardi und Joel Silverstein auf.

Zwischen den beiden Männern gibt es Spannungen, notierte er sich in Gedanken.

Fabian Lombardi hinterließ einen schwachen Eindruck,

hatte bisher kein Wort gesprochen und wirkte verstört. Joel Silverstein dagegen hatte sich und die Situation am besten im Griff. Ein cleverer Anwalt, der das Reden geschickt den Lombardis überließ.

François sprach weiter: »Ich bin ein alter Mann und habe viel gesehen in meinem Leben. Mit der Vorstellung, dass *mein* Geschäftsführer sich selbst umgebracht haben soll, noch dazu in *meiner* Bank, kann ich mich schwer anfreunden.« An Baumet gerichtet fügte er auffordernd hinzu: »Bitte untersuchen Sie in alle Richtungen, auch Mord. Wir überwachen unsere Ein- und Ausgänge mit Kameras. In die oberste Etage kommt man nur mit einer speziellen Karte. Ich werde unseren IT-Spezialisten Pierre Jeunot bitten, Ihnen alle elektronischen Informationen zur Verfügung zu stellen. Alle ein- und ausgehenden Telefonate vom Festnetz werden vorschriftsmäßig auf Band aufgezeichnet. Wir können Ihnen keine vertraulichen Kundeninformationen überlassen, aber ich werde Pierre Jeunot anweisen, die letzten Telefonate von Thomas Widmann herauszufiltern. Können wir Ihnen sonst auf irgendeine Art helfen?«

Joel verzog keine Miene, während François redete. Es amüsierte ihn.

Er wird es nie lernen, nicht mehr zu sagen oder anzubieten, als nötig ist. François bleibt ein ewiger Idealist. Gerade übergibt er seinen Sohn Pascal ahnungslos als Hauptverdächtigen der Polizei. Ich habe ihm oft genug den Rücken freigeschaufelt, aber diese Zeiten sind lange vorbei …

»Danke, Herr Lombardi«, antwortete Baumet. »Ich brauche eine komplette Aufstellung der Mitarbeiter, die Zugang zu dieser Etage haben, und eine Liste aller Angestellten Ihrer Bank. Wenn wir weitere Fragen haben, kommen wir auf Sie zurück. Und ich würde gerne mit Frau Pasquier reden, die Thomas Widmann gefunden hat.«

»In Ordnung, Hauptkommissar Baumet. Selbstverständlich erhalten Sie unsere volle Unterstützung, um den Tod von Thomas so schnell wie möglich aufzuklären. Im Gegenzug möchte ich Sie darum bitten, die Untersuchungen so diskret wie möglich zu führen. Wäre es denkbar, den Tod erst nach dem Wochenende öffentlich zu machen, sodass wir uns der neuen Situation stellen können? Wir müssen ein Statement für die Presse, unsere Kunden und Mitarbeiter entwerfen, mit seiner Familie in Kontakt treten und vor allem die Handlungsfähigkeit der Bank ab Montag garantieren.«

Hauptkommissar Baumet überlegte kurz, nickte dann zustimmend. »In Ordnung. Heute ist Freitag, wir brauchen den gesamten Tag für unsere Untersuchungen. Im Gegenzug zähle ich auf Ihre volle Kooperation.«

Joel begleitete die Polizisten hinaus und kümmerte sich als Anwalt der Bank um den weiteren Verlauf der nötigen Untersuchungen.

François, Christian und Fabian blieben konsterniert im Konferenzraum sitzen.

Christian fand als Erster Worte. »Thomas tot, ich kann es nicht glauben. Du hast gut und schnell reagiert, Vater, als dieser Baumet nach dem Meeting gestern Abend gefragt hat. Aber unter uns gesprochen, meinst du, dass Thomas sich umgebracht haben könnte, weil er etwas mit dem Verlust der MBS zu tun hat? Eine Milliarde sind kein Pappenstiel, und das hätte mit Sicherheit das Ende seiner Karriere bedeutet.«

»Ich weiß gar nicht mehr, was ich glauben soll. Gestern um diese Zeit war meine Welt in Ordnung, und nicht einmal vierundzwanzig Stunden später steht alles Kopf ... Wir haben einen langen Tag mit vielen Entscheidungen vor uns, lasst uns nicht spekulieren. Christian, ich schlage vor, du fährst nach Hermance. Carola sollte einen Freund an ihrer Seite haben, wenn sie die schreckliche Nachricht erfährt. Du kennst sie am besten. Sprich dich bitte mit der Polizei ab. Wir müssen nach außen eng mit Hauptkommissar Baumet zusammenarbeiten, ohne Details über unsere Arbeit oder Probleme preiszugeben.«

»In Ordnung.«

Dann wandte sich François an Fabian: »Ich verstehe den Tod von Thomas auch nicht und stehe wie du unter Schock. Egal, wie er gestorben ist, ihm können wir nicht mehr helfen. Wir müssen jetzt einen klaren Kopf behalten und *unsere* Probleme zuerst lösen.« Er legte seine faltigen Hände mit den typischen Altersflecken fürsorglich auf die breiten Schultern seines Enkels und schaute lange tief in seine Augen. Es verfehlte seine Wirkung nicht. Der vierundachtzigjährige Mann beruhigte durch sein sicheres Auftreten den sechsunddreißigjährigen Fabian Lombardi und lenkte dessen Gedanken in eine konstruktive Richtung. »Dein Vater hat dir gestern Nacht erklärt, worum es geht. Wir benötigen die komplette Aufstellung der Trades ab dem Frühjahr 2008 über die Summe von fünfzig Millionen Dollar. Alles, was über einhundert Millionen geht, meldest du ihm unverzüglich. Sag deinem Team, dass du mit einem wichtigen Research beschäftigt bist, und verschließ die Tür. Es darf niemand mitbekommen, wonach wir suchen und vor allem nicht, was passiert ist.«

Fabian, weiß wie eine Kalkwand, nickte.

»Ich fahre jetzt wieder nach Hause. Pascal wollte bis zwölf Uhr in Cologny sein, dann werden wir hoffentlich mehr wissen. Zur Vorstandssitzung heute Abend brauche ich alle wichtigen Transaktionen mit einer fundierten Stellungnahme.«

Kapitel 14

Pascal legte die einhundertfünfzig Kilometer nach Sion in exakt einer Stunde und vierzig Minuten zurück. Er wollte die Nachricht von Francesca lesen, bevor er den Simplon-Pass befuhr. Im Zentrum von Sion bog er von der A 9 in Richtung Bahnhof ab. Erfahrungsgemäß befanden sich in der Nähe von Bahnhöfen Internet-Cafés oder Spielcenter. Nach kurzem Suchen fand er seine Anlaufstelle: *Cyber-Zone* in der Avenue de la Gare. Pascal war überrascht, wie gut das Café am Morgen besucht war. Er mietete einen Internetzugang für dreißig Minuten, bestellte einen Kaffee und loggte sich bei Skype ein.

Konzentriert las er die Nachricht von Francesca: *Flavio weiß Bescheid und hilft Dir. Parke Dein Auto am Flughafen Marco Polo auf dem großen Parkplatz möglichst nah an der Straße am Wald. Nimm den öffentlichen Bus bis zur Piazzale Roma und von dort die Vaporetta Linie 1 zur Station San Angelo. Jemand (ein Engel:)) wird Dich von dort mit einem kleinen Motorboot, getauft auf Juliette, abholen. – Kennwort: Wie geht es Francesca? Antwort: Danke gut, ich habe sie lange nicht gesehen. – Sie haben ein Foto von Dir und erwarten Dich zwischen siebzehn und einundzwanzig Uhr abends. Brauchst Du etwas Bestimmtes? Wie lange willst Du bleiben, und wo willst Du hin? Viel Glück, xx*

Der erste wichtige Schritt in Pascals Plan schien zu funktionieren.

Erleichtert tippte er seine Antwort: *Danke, Franzi, mein*

Engel bist Du und ein Traum sowieso ... Ja, ich brauche eine Unterkunft, einen neuen Pass und ein nicht registriertes Telefon. Wir haben zu lange nicht geredet ..., xx

Danach löschte er sein komplettes Skype-Konto.

Als Nächstes sandte er eine kurze E-Mail an Judith. Ihr Gmail-Konto hatten sie nur für ihre private Kommunikation eingerichtet. Pascal kannte Judiths Angewohnheit, sofort nach dem Aufwachen – noch im Bett – ihre Mails auf dem iPad zu lesen.

Unvorstellbare Dinge sind passiert, Thomas Widmann ist tot. Glaube nicht, was Du hören wirst, ich habe nichts damit zu tun. Musste trotzdem abtauchen. Bitte komm unter keinen Umständen nach Genf. Lösche alle unsere Nachrichten. Melde mich, Love P. xxx

Judith würde unzählige Fragen haben und sauer sein, dass er nicht angerufen hatte. In seiner Situation konnte er jedoch kein zusätzliches Risiko eingehen. Judith würde genügend Informationen von ihrem Vater bekommen.

Es war noch eine Nachricht an seine Familie offen. Pascal ging davon aus, dass die Telefone von Christian, François und Fabian an einem Punkt von der Polizei kontrolliert werden würden. Er wollte seiner Familie keine Schwierigkeiten bereiten oder sich verraten. In der Kürze der Zeit blieb ihm nur die Möglichkeit, eine verschlüsselte Nachricht von einem fremden Telefon zu senden. Pascal schaute sich um. Neben ihm war ein Teenager völlig in ein Computerspiel versunken und ballerte wild auf seine Gegner. Das alte Nokia 800 lag auf dem Tisch. Pascal schmunzelte. Dieses Handy hatte er vor Jahren auch besessen und erinnerte sich gut, wie cool er die Pop-up Funktion und das Edelstahlgehäuse damals fand.

»Entschuldige«, sprach er ihn höflich an, »die Batterie meines Handys ist leer. Könnte ich eine SMS von deinem Telefon an meine Familie senden?«

Der Jugendliche wollte nicht in seinem Spiel gestört werden und musterte Pascal oberflächlich mit einem einzigen Blick. Durch ein kurzes Nicken signalisierte er sein Einverständnis. Pascal nahm das Handy und schrieb an Fabian: *Erinnerst Du Dich an den letzten Film, den wir zusammen im Kino angeschaut haben,* 72 Stunden – The Next Three Days? *Dinge sind oft anders, als sie auf den ersten Blick erscheinen … Bin okay, muss Zeit gewinnen. Halte Details so lange wie möglich zurück, verschleiere die Daten wie Russell seinen Plan … Danke, melde mich.*

Er hoffte, dass Fabian sich an die Geschichte des Films und die Rolle von Russell Crowe als Universitätsdozenten erinnerte, der sich für seine unschuldig im Gefängnis sitzende Frau einsetzte und sie letztlich befreite.

Pascal löschte Fabians Kontaktdaten wieder aus dem Handy und legte es mit einem netten »Dankeschön« an seinen Platz zurück. Der junge Mann blickte nicht einmal auf. Pascal bezahlte sein Frühstück und verließ *Cyber-Zone* mit klarem Ziel: Venedig. Es war kurz nach elf Uhr.

Inzwischen müssen sie Thomas gefunden haben. Es wird große Aufregung in der Bank herrschen. Ob die Polizei schon nach mir fahndet?

Kapitel 15

Fabian Lombardi ging zügig in sein Büro. Der Weg fühlte sich heute wie ein Spießrutenlauf an. Schnell zog er die Tür hinter sich zu und atmete tief durch. Er setzte sich vor seinen Computer und wippte nervös in seinem Stuhl vor dem schwarzen Glasschreibtisch hin und her. Dabei versuchte er die Ereignisse der letzten zwölf Stunden in die richtigen Zusammenhänge zu setzen.

Der jüngste Lombardi zermarterte sich sein Gehirn, seit sein Vater ihn gestern Abend über das drohende Fiasko mit Levy & Lewitt unterrichtet und mit Fragen bombardiert hatte. Fabian war nahe daran gewesen, noch in der Nacht in die Bank zu fahren. Die Angst, dass er einen Fehler begangen haben könnte, der diese Konsequenzen nach sich zog, hielt ihn lange wach.

Fabian hatte keine Transaktion mit Levy & Lewitt in dieser Größenordnung ausgeführt oder genehmigt. Doch als er um drei Uhr morgens die Nachricht auf dem BlackBerry-Messenger von Pascal entdeckte, niemandem etwas von dem Trade mit dem großen Dummy-Konto zu erzählen, wurde ihm mulmig. Erst durch diese ausgefallene Bitte erinnerte sich Fabian wieder, dass Pascal vor einigen Jahren eine große Transaktion mit einem Dummy-Konto arrangiert hatte. Er testete damals, ob verschiedene komplizierte Positionen auch real in der Bank abgewickelt werden konnten.

Stimmte damit etwas nicht?

Fabian fällte eine Entscheidung.

Ich werde Pascal den Gefallen tun und bis heute Mittag die Füße still halten.

Für Fabian war Pascal ein guter Freund, mit dem er auch zusammenarbeitete. Das Wort *Onkel* war ihm nie über die Lippen gekommen. Sie waren beide unverkennbare Lombardis – beste Schulbildung, Harvard-Absolventen, ehrgeizig, fleißig, intelligent und risikobereit. Sie wären nie auf die Idee gekommen, ihre gesellschaftliche Stellung zu hinterfragen. Genauso wenig wie ihre Karriere – das Bankgeschäft lag in ihrem Blut.

Charakterlich konnten sie nicht verschiedener sein. Fabian war ein ausgeglichener, introvertierter Mensch. Pascal dagegen war in allen Belangen der Mann fürs Extreme. Es tat ihrer Freundschaft keinen Abbruch. Sie ergänzten sich vorzüglich bei ihrer Arbeit. Pascal war auf Fabians schnelle, exakte Ausführung der Trades angewiesen. Umgekehrt benötigte Fabian täglich Pascals Genehmigung für Transaktionen als Leiter der Asset-Management-Abteilung.

Wie gern würde ich jetzt mit Pascal über die letzten Ereignisse diskutieren …

Grübelnd arrangierte Fabian seine Stifte nach Größe und Farben. Mehr ein Versuch, seine Gedanken zu strukturieren. Der Selbstmord von Thomas Widmann schockierte ihn. Als junger Banker hatte Fabian zu ihm aufgeschaut. Zuletzt pflegten sie ein freundschaftlich-respektvolles Verhältnis. Allein die Vorstellung, dass Thomas sich eine Pistole an die Stirn gehalten und abgedrückt hatte, erschien absurd. Dazu kam seit gestern das Wissen, dass Thomas als CEO sein Fehlinvestment verschleiert und mit Pascals Hilfe in Portfolios von Holdmail-Kunden versteckt hatte. Wahrscheinlich war er auch in den Milliardenverlust mit Levy & Lewitt involviert.

Wie und warum hat Thomas François getäuscht und uns alle hintergangen?

Fabian sah den Geschäftsführer der Lombardi Bank jetzt in einem anderen Licht. Der kurze Gedanke an François und seinen konkreten Auftrag holte Fabian wieder in die Wirklichkeit zurück. Energisch gab er seine Passwörter in den Computer ein und begann Codenummern für Trades ab 2008 einzutippen. Lange Listen und Zahlenreihen erschienen auf seinem Bildschirm. Während er wartete, bis der Vorgang vollständig geladen war, checkte Fabian seinen BlackBerry. Ihm fiel eine lange SMS von einer 076-Vorwahl auf, die er nicht kannte. Neugierig scrollte er zum Ende. Der Absender war Pascal? Elektrisiert las Fabian:

Erinnerst Du Dich an den letzten Film, den wir zusammen im Kino angeschaut haben, 72 Stunden – The Next Three Days? *Dinge sind oft anders, als sie auf den ersten Blick erscheinen … Bin okay, muss Zeit gewinnen. Halte Details so lange wie möglich zurück, verschleiere die Daten wie Russell seinen Plan … Danke, melde mich.*

Er las die SMS zweimal, dreimal.

Worauf will Pascal hinaus?

Den Film hatten sie vor einigen Wochen gemeinsam im Kino gesehen. Fabian erinnerte sich nicht mehr an jede Einzelheit. Die erste Information, die er aus der SMS herauslas, war, dass Pascal nicht sofort in die Bank oder nach Genf zurückkommen würde.

Soll ich Christian anrufen?

Nach kurzer Überlegung verwarf er diesen ersten Impuls, denn sein Vater war mit der Polizei in Hermance. Außerdem hatte François die strikte Anweisung gegeben, nichts übers Handy zu besprechen.

Es ist jetzt kurz vor elf Uhr … Pascal wollte François in einer Stunde in Cologny treffen. Vielleicht habe ich etwas falsch verstanden? Bleib ruhig.

Fabian wollte Pascal auf keinen Fall in den Rücken fallen. Ihm kam die geniale Idee, den Trailer des Films in der IMDb-App des iPad anzuschauen, um seine Erinnerung aufzufrischen.

Hat Pascal etwas mit dem Tod von Thomas zu tun? Hatten sie Streit? Hat er ihn umgebracht?!

Rigoros lehnte Fabian diese Vorstellung ab. Das unangenehme Kribbeln im Magen konnte er trotzdem nicht abstellen.

Vielleicht wird Pascal unter falschem Namen untertauchen?! In ein Land, das bei den Schweizern oder uns Lombardis nicht beliebt ist und wo ihn niemand vermutet …

Er sah sich den Trailer noch einmal an, dachte an die Handlung des Films und schüttelte seinen Kopf.

Es gab ein Happy End, aber die Unschuld konnte nicht bewiesen werden …

Aufmerksam studierte er die beiden SMS von Pascal erneut. Was meinte Pascal bloß mit *Dinge sind oft anders, als sie auf den ersten Blick erscheinen?* Und warum sollte er nichts über das Dummy-Konto erzählen, bis Pascal irgendetwas gefunden hätte, wofür er Zeit brauchte …

Warum so kompliziert? Warum ruft Pascal mich nicht an und sagt klar, worum es geht? Warum lässt er mich per SMS indirekt wissen, dass er unschuldig am Tod von Thomas ist?

Fabian kam bei der Deutung des Filminhalts mit den SMS nicht weiter und legte das Thema vorerst ad acta. Er zwang sich, die Listen auf seinem Computer anzuschauen. Während er geübt die Trades scannte, fiel es ihm schlagartig wie Schuppen von den Augen.

Pascal kann gar nicht wissen, dass Thomas tot ist! Pascal sitzt im Flieger von Paris nach Genf! Wieso schreibt Pascal dann indirekte Hinweise über seine Unschuld?

Kurzentschlossen drückte Fabian *P* für Pascal auf der

Kurzwahl-Taste seines BlackBerry. Die automatische Ansage ertönte, dass der Teilnehmer nicht erreichbar sei, er solle es später wieder versuchen.

Mist! Wo ist Pascal?

Erregt lief Fabian durch sein Büro und drehte die Geschichte vor- und rückwärts, bis ihm dämmerte, wie wenig zielführend sein Verhalten war. Konzentriert scrollte er sofort wieder die langen Listen mit den Trades herunter. Irgendwo zwischen den SMS, den Hinweisen und den Trades auf dem Computer musste der Lösungsansatz liegen! Ohne Vorwarnung kam Fabian eine weitere Erleuchtung.

Ich suchte einen echten Trade … Wieso hat Pascal dann auf das Dummy-Konto hingewiesen?

Aus dem Gefühl heraus entschied er, nach einem speziellen Trade mit dem Dummy-Konto zu suchen.

Es ist unlogisch, logisch vorzugehen, wenn jemand etwas verschleiert hat! Vielleicht ergibt sich aus dem einzig konkreten Tipp von Pascal etwas?

Das Computerprogramm bot verschiedene Suchmöglichkeiten. Er konnte alle Trades mit MBS suchen, alle Trades mit Levy & Lewitt, diese wiederum nach Wert, Datum oder Transaktionsnummer sortiert.

Fabian wusste, dass es sich um einen Trade mit L&L handelte und mit höchster Wahrscheinlichkeit um MBS. Doch weder Wert, Datum oder Transaktionsnummer waren ihm bekannt. Die Asset-Management-Abteilung der Lombardi Bank arbeitete intensiv mit Levy & Lewitt, nicht zuletzt wegen Pascals ausgezeichneter Beziehungen. Das bedeutete, Fabian musste Tausende von Trades kontrollieren, die in den letzten Jahren abgewickelt worden waren. Fieberhaft versuchte er, sich zu erinnern, wann die Geschichte mit den großen Dummy-Konten gelaufen war.

Es muss im späten Frühjahr 2008 gewesen sein. Die Finanzkrise hatte Europa getroffen. Jeden Tag kamen neue, schlechte Nachrichten. Damals hatte ich meine Liaison mit Jasmine und endlose Diskussionen in der Bank und mit ihr …

Er tippte: *MBS + LL + April 2008.*

Wenige Sekunden später erschienen Excel-Tabellen auf dem Bildschirm. Als Erstes fand er die Fünfzig-Millionen-US-Dollar-Transaktion. Thomas Widmann verkaufte im Namen der Lombardi Bank das Eigeninvestment besagter MBS an Levy & Lewitt – zum Einkaufspreis. Drei Stunden später tauchte genau dieses Produkt wieder auf. Der Käufer diesmal: Asset-Management Abteilung/Pascal Lombardi.

Das ergibt doch keinen Sinn?

Fabian erinnerte sich vage an eine heftige Diskussion zwischen Thomas, Joel und Pascal. Wie Thomas letztendlich Pascal überzeugt hatte, war ihm schleierhaft geblieben. Fabian war als Leiter vom Trading Desk lediglich der technisch ausführende Teil gewesen. Es folgten viele kleine und mittlere Trades auf seiner Liste. Plötzlich entdeckte Fabian, wonach er unbewusst gesucht hatte.

Datum: 30. April 2008

MBS/MOF 1/GS/Dummy Account/1 Milliarde USD/Pascal Lombardi

Im selben Moment klingelte das Telefon. Sein Vater kündigte seinen Besuch an.

Fabian begann im Moment zu ahnen, wie die Ereignisse zusammenpassen könnten. Ihm blieb jedoch keine Zeit, es zu durchdenken …

Kapitel 16

Pascal fuhr angespannt am maximalen Tempolimit, soweit es die kurvigen Straßen und Wetterverhältnisse erlaubten. Nachdem er Brig hinter sich gelassen hatte und das erste Hinweisschild A 9/E 62 Richtung Milano/Domodossola Simplon sah, wurde er ruhiger.

Ich habe es fast bis nach Italien geschafft. Welche Entwicklung nehmen wohl die Ereignisse in der Lombardi Bank?

Sorgenvolle Überlegungen kreisten vor allem um Joel.

Sein Auto stand am Morgen nicht in der Tiefgarage, da bin ich sicher. Wo kam er plötzlich her? Warum war er so zeitig in der Bank? Joel hat die Angewohnheit, am Abend lange zu arbeiten und dafür morgens später zu kommen. Was wird er der Polizei gegenüber aussagen? Macht er sich nicht verdächtig, wenn er die wahre Situation aus seiner Sicht schildert? Joel muss vor mir am Tatort gewesen sein ... Hat er Thomas umgebracht und versucht jetzt, es mir in die Schuhe zu schieben? Dann würde er eine komplett andere Story parat haben, aber welche? Oder war es doch Selbstmord von Thomas?

Pascal konnte förmlich riechen, dass das unerwartete Auftauchen von Joel kein Zufall war. Der Mann hatte wenig Skrupel. Wenn jemand eine Falle stellen konnte, dann Joel. Die Zusammenhänge blieben dennoch vage.

Außerdem musste er schnellstens eine Strategie entwickeln, um die sich auftürmenden Probleme zu lösen. Venedig würde nur eine Zwischenstation sein, danach musste es weitergehen ...

Endlich lag der Simplon Pass vor ihm. Die Bergspitzen der Alpen, die bis zu viertausend Meter hochragten, steckten heute in einer dicken Wolkendecke. Die Sichtverhältnisse verschlechterten sich drastisch.

Pascal konzentrierte sich auf das Steuern des Autos. Er fuhr über Brücken, durch Tunnel und Galerien. Als er die berühmte Gondo-Schlucht mit dem kleinen Grenzübergang in Domodossola auf italienischer Seite passiert hatte, atmete er auf.

Geschafft! Ich habe die Schweiz hinter mir gelassen …

An der ersten Tankstelle füllte er Benzin nach, kaufte ein Panini, Müsli-Riegel und Wasser. Er vertrat sich kurz die Beine an der frischen Luft. Er spürte, wie seine Aufmerksamkeit nachließ und die Müdigkeit proportional wuchs. Kein Wunder, die letzte Nacht war kurz gewesen. Im Auto schloss er für eine Viertelstunde seine Augen; mehr Zeit hatte er nicht.

Bis zum Flughafen Marco Polo in Venedig musste er noch vierhundert Kilometer zurücklegen, was zirka vier Stunden Fahrzeit entsprach. Er plante eine weitere Stunde ein, bis er den vereinbarten Treffpunkt in Venedig erreichen würde. Der zeitliche Spielraum war nicht groß, vorausgesetzt, dass alles problemlos ablief.

Nach der kurzen Erholung setzte er zügig seine Fahrt fort.

Kapitel 17

Zur gleichen Zeit brauten sich in Genf weitere graue Wolken über der Lombardi Bank zusammen.

»Der Besuch der Polizei bei Carola Widmann stand von Beginn an unter einem schlechten Stern«, erzählte Christian seiner Frau Adrienne am Telefon, während er im Porsche wieder in Richtung Lombardi Bank fuhr. »Begonnen hat es mit der spitzen Bemerkung von Kommissar Baumet über die schicke Villa der Widmanns. Nur reiche Banker oder Steuerflüchtlinge aus anderen Ländern könnten sich *so was* am Genfer See leisten. Zynisch setzte Baumet noch nach, er könne nicht verstehen, wie man sich bei diesem luxuriösen Lebensstil umbringen könnte ... Ist das nicht geschmacklos?«

Adrienne stimmte ihm zu. Sie hatte erst durch Christians Anruf von Thomas' Tod erfahren und stand noch unter Schock. »Was ist weiter passiert?«

»Darauf folgte die dreiste Frage von Favre, wie viel der Geschäftsführer einer Privatbank im Jahr verdient und ob die Widmanns sich das *süße* Leben leisten könnten oder auf Pump leben ... Ich habe nicht geantwortet. Du hättest ihre Blicke auf meinen Porsche sehen sollen. Ich kann den Frust der Polizeibeamten nachvollziehen, weiß um ihre langen Arbeitszeiten und schlechte Bezahlung, aber Neid ist nie ein guter Begleiter.«

»Reg dich nicht über Kleinigkeiten auf, das bringt nichts. Stell besser sicher, dass die Polizisten unter keinen Umständen Interna der Lombardi Bank erfahren. Wie hat Carola die Nachricht aufgenommen?«

»Eine Hiobsbotschaft kann nicht entschärft werden. Ich muss zugeben, dass Hauptkommissar Baumet wirklich versucht hat, Carola die Nachricht schonend beizubringen. In seinen Schuhen hätte ich nicht stecken wollen. Ich habe anschließend eine in Tränen aufgelöste Carola in meinen Armen gehalten und versucht, sie zu beruhigen. Der unerwartete Tod von Thomas erschüttert sie bis ins Mark. Verständlicherweise.«

»Sie tut mir leid. Wir müssen Carola in den nächsten Wochen beistehen.« Adriennes Stimme war belegt. Sie kämpfte mit den Tränen.

Christian spürte es und redete weiter, um sie zu beruhigen. »Dann prasselten die vielen Fragen der Polizei auf sie ein. Carola bestätigte Hauptkommissar Baumet, dass ihr Mann gestern Abend gegen zweiundzwanzig Uhr dreißig nach Hause gekommen war. Als er heute Morgen das Haus verlassen hatte, schlief sie noch. Sie haben sich nicht voneinander verabschiedet. Das macht Carola verrückt. Sie schließt einen Selbstmord rigoros aus.«

»Das kann ich gut verstehen. Es passt nicht zu dem Thomas, den wir kennen.«

»Ehrlich gesagt, mir fiel ein Stein vom Herzen, dass Thomas bei Carola anscheinend mit keinem Wort erwähnt hat, welches Drama auf die Bank zukommt. Hätte sie Baumet davon erzählt, wäre es ein Fiasko gewesen und hätte alles in einem anderen Licht erscheinen lassen. Die Fragen nach ihrer Ehe, der Gesundheit ihres Mannes, Depressionen oder Schulden waren schlimm genug für Carola. Nach einer halben Stunde ist sie schluchzend zusammengebrochen. Ich habe versucht, sie zu schützen, und Baumet gebeten, ihr einen Moment Ruhe zu gönnen, aber er verbat sich jede Einmischung.«

»Arme Carola.«

»Baumet bestand darauf, das Haus nach Waffen und einem Abschiedsbrief durchsuchen zu dürfen. Da tickte Carola komplett aus. Nur mit einem richterlichen Beschluss würde sie dies zulassen und vorher ihren Anwalt konsultieren. Vor ihrer Zivilcourage in der Situation habe ich tiefsten Respekt.«

»Hat die Polizei das akzeptiert?«

»Ja. Sie konnten nichts machen und verabschiedeten sich. Ich bin aus Taktgefühl einige Minuten länger geblieben. Was für eine furchtbare Tragödie! Ihr Leben fällt ohne Vorwarnung auseinander.«

»Ich werde Carola später anrufen. Was hast du jetzt vor?«

»Ich bin auf dem Weg zurück in die Bank. Es sind viele Dinge zu erledigen.«

In der Tiefgarage fiel Christian als Erstes auf, dass Pascals Auto nicht mehr an seinem Platz stand.

Gott sei Dank, Pascal ist zurück und wahrscheinlich auf dem Weg zu Vater.

Wie sollte er ahnen, dass der Cayenne schon seit dem frühen Morgen nicht mehr dort stand?

»Kommst du voran, Fabian?«, begrüßte Christian seinen Sohn und klopfte ihm aufmunternd auf die Schulter.

»Ich habe noch nichts gefunden, es sind tausende von Trades, das wird dauern. Ich brauche ein bisschen Glück … Wie hat Carola die Nachricht aufgenommen?«, wechselte Fabian das Thema.

Christian winkte resigniert ab. »Ein Drama. Sie ist weinend zusammengebrochen …«

»Ich verstehe immer noch nicht, warum Thomas sich umgebracht hat. Was spielt …?«

Christian unterbrach Fabian. »Wir reden später in Ruhe. Such weiter nach dem Trade, wir haben keine Zeit zu verlieren. Ich hole jetzt die Filme der Überwachungskameras von der Security und gehe danach zur IT, wo ich Thomas' letzte Telefonate abhöre. Vielleicht findet sich doch ein Hinweis. Danach bringe ich das Material zur Polizei. Wir sehen uns am Abend bei François.«

Beim Aufstehen checkte Christian seinen BlackBerry.

»Hat sich Pascal bei dir gemeldet?«, fragte er Fabian, ohne von seinem Handy aufzuschauen. »Sein Auto steht nicht mehr in der Tiefgarage.«

Die harmlose Frage traf Fabian genauso unerwartet wie die Nachricht, dass Pascals Auto verschwunden war. Für einen Moment war er unsicher, wie er reagieren sollte. Er hatte Pascals SMS so gedeutet, dass er nur einige Stunden gewinnen wollte, obwohl er inzwischen ahnte, dass dies nur Wunschdenken war. »Das hätte ich doch sofort erzählt. Ich habe versucht, ihn anzurufen, aber sein Handy war ausgeschaltet.«

Fabian wollte seinem Vater noch nicht sagen, was er gefunden hatte. Er brauchte Zeit, um seinen Verdacht zu überprüfen. Zumindest redete er sich das ein. Unbewusst wollte er Pascal wohl ein wenig länger vor schlimmen Vermutungen schützen …

Kapitel 18

François Lombardi fühlte sich schläfrig. Er machte es sich in seinem Lesesessel bequem, legte die Beine auf den Fußhocker.

Langsam wird mir das alles zu viel. Wenn dieses Problem gelöst ist, werde ich mich endgültig zur Ruhe setzen und den Kindern meine Anteile überschreiben. Ich muss den Dingen ihren Lauf lassen. Jede Generation hat ihre Probleme, und das sind nicht mehr meine. Vorher muss ich mit Pascal und Christian das Gespräch führen, vor dem ich mich seit ewigen Zeiten scheue …

Seine Augenlider wurden schwerer. Er kämpfte nicht dagegen an.

Das Klingeln des Handys schreckte François abrupt aus seinem Traum. Er drückte es aus und schloss die Augen sofort wieder, wollte das letzte Bild und das angenehme Gefühl, das mit ihm einherging, festhalten. Er sah seine geliebte Frau, die er seit sechsundvierzig Jahren vermisste. Selten war sie ihm so klar erschienen. Es verging kein Tag, an dem er nicht an Charlotte dachte. *Was hätte sie dazu gesagt?* oder *Das hätte sie gemocht …* waren Gedanken, die ihn nie verließen.

Noch etwas benommen schaute er dann doch auf seine Uhr. Er hatte fast zwei Stunden geschlafen. Die Realität holte ihn sofort ein. Thomas Widmann war tot und kein Lebenszeichen von Pascal. Da lief etwas ganz gewaltig schief! Er sah, dass Christian versucht hatte, ihn anzurufen, und wählte sofort seine Nummer.

»Alles in Ordnung, Vater? Hast du mit Pascal gesprochen?«

»Ich bin eingenickt. Pascal ist nicht hier. Hast du auch nichts gehört?«

»Nein, ich dachte, Pascal wäre bei dir. Ich habe keine Nachricht von ihm, dafür mehr schlechte Neuigkeiten. Ich bin auf dem Weg nach Hause.«

François' anfängliche Sorgen um seinen Sohn schlugen in pure Angst um.

Hoffentlich ist Pascal nichts zugestoßen!

Unruhig lief er auf und ab, bis Christian das Wohnzimmer betrat. »Was ist passiert?«

»Vater, setz dich bitte. Wir müssen die Nerven behalten. Ich habe eben mit unserem Sicherheitschef Hans Zimmerli die Aufzeichnungen der Überwachungskameras angeschaut. Thomas fuhr um sechs Uhr fünfzig mit seinem blauen Mercedes in die Tiefgarage und nahm direkt den Fahrstuhl in die fünfte Etage. Kurz nach acht Uhr trafen Pierre Jeunot, der IT-Chef, und sein Mitarbeiter Alain Sanders ein, die in die erste Etage gefahren sind. Alles normal. Aber jetzt kommt es. Um acht Uhr fünfzehn hielt ein Taxi vor der Garage, aus dem Pascal ausgestiegen ist.«

»Pascal war heute früh schon in Genf und in der Bank?« Ungläubig weiteten sich François' Augen. Er begann, seine Finger ineinander zu verknoten.

Diese Marotte hatte Christian ewig nicht mehr bei seinem Vater beobachtet. Ihm war klar, dass er mit den folgenden Enthüllungen seinen bereits angespannten Nervenzustand verschlimmern würde, aber er sah keinen anderen Weg.

»Die Tatsache an sich birgt noch keinen Sprengstoff. Pascal verstaute seine Reisetasche im Kofferraum des Cayennes und fuhr um acht Uhr zwanzig mit dem Fahrstuhl in die fünfte

Etage. Um acht Uhr fünfunddreißig rannte Pascal aus dem Fahrstuhl zu seinem Auto und schoss mit quietschenden Reifen aus der Garage. Hier beginnt das Drama!«

»Oh mein Gott! Wo ist Pascal? Hast du ihn angerufen? Wir müssen zu ihm fahren, sofort!« François erhob sich erstaunlich schnell. »Mich beschleicht schon den ganzen Vormittag ein komisches Gefühl!«

»Ruhig, Vater. Pascal hat mir vor Jahren einen Ersatzschlüssel für seine Wohnung gegeben. Er ist nicht zu Hause ... Die besagte kleine Tasche, mit der er auf kurze Trips geht, stand im Flur. Ich kenne seinen Kleiderschrank nicht, aber es hingen nur wenige leere Bügel darin. Weder sein Laptop noch sein iPad waren auf dem Schreibtisch.«

»Dann ist Pascal geflohen!« François' logisch formulierter er Schluss kam einem Aufschrei gleich. Er sprach aus, was Christian sich nicht getraut hatte. »Warum hat er uns nicht wenigstens kontaktiert? Das kann doch alles nicht wahr sein!«

»Es sah aus, als ob Pascal eilig ein paar Kleider und seinen Computer-Kram gepackt hat und verschwunden ist. Ich habe nach einer Notiz gesucht, ohne Erfolg. Den Code zu seinem Safe kenne ich nicht.«

François setzte sich wieder. Seine Hände zitterten. »Schritt für Schritt. Was habt ihr mit den Aufzeichnungen gemacht?«

»Auf eine DVD gespielt, die ich im Auto habe. Das war noch nicht alles.«

François zog seine Augenbrauen fragend nach oben.

»Wir haben Fehler in den Aufzeichnungen gefunden. Zwischen sechs Uhr fünfzehn und sechs Uhr fünfundvierzig ist alles schwarz, uns fehlt eine halbe Stunde, und dasselbe Problem wiederholt sich zwischen sieben Uhr fünfzehn und sieben Uhr fünfundvierzig. Unsere IT-Abteilung hat keine

Erklärung dafür. Es gab weder einen Stromausfall noch Unregelmäßigkeiten mit den Kameras.«

»Wie bitte? Jemand manipuliert! Wenn das die Polizei erfährt, wird sie wegen Mordes ermitteln.«

»Das befürchte ich leider auch.«

»Was war auf den Telefonmitschnitten von Thomas denn zu hören?«

»Er hatte seit gestern Abend weder einen eingehenden noch einen ausgehenden Anruf.«

François fasste mit geschlossenen Augen zusammen. »Fakt ist, Pascal kam früher aus Paris zurück. Das kann nur bedeuten, dass er die Tragweite der Information sofort verstanden hat. Ich vermute, er hatte einiges mit Thomas zu klären.« Er öffnete seine Augen und schaute Christian an. »Es gibt nur zwei Möglichkeiten. Als Pascal in Thomas' Büro kam, war dieser bereits tot. Pascal ist geflohen, weil er die Nerven verloren hat. Die zweite Variante wäre, er hat seinen Tod zu verantworten.« François hielt kurz inne. »Nein, das ist ausgeschlossen!«

Christian kommentierte François' Vermutungen nicht.

»Ich habe bei Swiss angerufen. Pascal war auf die Sechs-Uhr-Dreißig-Maschine Paris-Genf gebucht, ein Code-Share-Flug mit der Air France.«

François nickte. Seine Gedanken galten jetzt ausschließlich seinem jüngsten Sohn. »In einem Punkt bin ich mir absolut sicher. Pascal ist kein Mörder. Er hat seine Schwächen, wie wir alle, aber dafür lege ich meine Hand ins Feuer. Mein Sohn ist kein Mörder! Wir müssen Pascal finden, das hat ab sofort oberste Priorität!«

»Ich weiß, Vater, aber wird uns die Polizei glauben? Ich muss ihnen die DVD bringen. Sie werden die gleichen Schlussfolgerungen ziehen wie wir. Mit dem großen Unterschied, dass sie unsere Überzeugung von Pascals Unschuld nicht teilen werden.«

Christian fuhr sich mit der rechten Hand durch die Haare. »Jeder rationale Mensch steht unter Schock, wenn er unerwartet einen Toten findet, der sich einen Teil vom Gehirn weggeblasen hat. Aber nach einem Moment der Besinnung greift man zum Hörer und ruft die Polizei. Warum hat Pascal das nicht getan? Obendrein taucht dieser Hitzkopf ab!« Christian schritt aufgeregt im Wohnzimmer seines Vaters auf und ab, während er seinem Herzen Luft machte. »Vater, Carola hat der Polizei gegenüber einen Selbstmord ihres Mannes ausgeschlossen. Es gibt bisher keinen Abschiedsbrief. Ob die Tatwaffe mit Thomas' eigener Waffe identisch ist, wird die Polizei schnell herausfinden, auch ob er Schmauch-Spuren an der Hand hat. Trotzdem wird man jetzt nach Pascal suchen. Die ganze Geschichte bekommt eine neue Dimension, die mir nicht gefällt.« Christian redete sich in Rage.

François dagegen wurde immer stiller.

»Wir werden eine Menge schlechter Publicity bekommen. Es ist nur eine Frage der Zeit, bis es an die Öffentlichkeit dringt, dass die Lombardi Bank eine Milliarde US-Dollar verloren hat. Wir sitzen in einer Zwickmühle. Würden wir unsere Schwierigkeiten erklären und dazu Thomas Widmanns Verantwortlichkeit, erscheint ein Selbstmord möglich. Gleichzeitig drehen wir uns damit einen geschäftlichen Strick!«

Da François weiterhin keine Reaktion zeigte, sprach Christian weiter.

»Pascal ist verschwunden, Daten auf Videobändern wurden wahrscheinlich gelöscht oder manipuliert, und alles hängt irgendwie zusammen. Ich glaube nicht an Zufälle. Wo liegt der Schlüssel? Wann soll ich zur Polizei fahren? Je länger ich damit warte, desto verdächtiger machen wir uns!«

»Setz dich, Christian. Lass uns nichts überstürzen. Du kennst meine alte Maxime, der ich folge, wenn sich Probleme scheinbar unlösbar auftürmen: Ich nehme gelassen, was ich nicht ändern kann, denn sich darüber aufzuregen, bringt nichts, und konzentriere mich stattdessen auf die Dinge, die ich beeinflussen kann.« Mit derselben Besonnenheit wechselte François das Thema: »Hat Fabian den besagten Trade gefunden?«

Christian schüttelte den Kopf. »Das nächste Problem. Ich war vor einer Stunde in seinem Büro. Fabian ist durch den Wind...«

François' Stimmung wechselte im Sekundentakt. Er schnitt Christian mitten im Satz ärgerlich das Wort ab. »So lange kann das nicht dauern. Ruf ihn bitte an.«

»Ich unterbreche Fabian ungern bei seiner Arbeit. Er wird sofort nach Pascal fragen, und ich glaube, wir sollten zuerst die Polizei informieren.«

»Wie du meinst.« Streit wollte François nicht, denn seine Gedanken suchten bereits nach Lösungsvarianten.

»Seit ich die Aufzeichnungen gesehen habe, grüble ich darüber nach, wohin Pascal geflohen sein könnte. Falls er jemanden eingeweiht hat, wer könnte es gewesen sein?«

»Eine gute Frage. Pascal hat in den letzten Jahren am meisten Zeit mit Fabian verbracht. Vielleicht wäre es geschickt, wenn wir Fabian in unsere Suche nach Antworten einbeziehen?«

Christian überhörte die Frage geflissentlich. Jetzt wechselte er das Thema. »Mit wem war Pascal in Paris? Du hast gestern Abend eine Andeutung über eine unglückliche Liebe gemacht. Vielleicht ist Pascal bei dieser Frau?«

Trotz der angespannten Situation schlich sich ein leichtes Lächeln in François' Gesicht. »Das kann ich ausschließen. Ich schütze dich, wenn ich nichts erzähle. Wir wissen nicht, in welche Sachen die Polizei in den kommenden Tagen ihre Nase stecken wird. Wenn man etwas nicht weiß, kommt man in keine Bredouille.«

»Vater, du behandelst mich wie ein kleines Kind. Ich habe bewiesen, ...«

»Darüber diskutiere *ich* nicht! Ich schütze meinen Sohn Pascal, wie du deinen Sohn Fabian schützt! Fabian als Partner der Bank und Leiter vom Trading Desk hätte gestern Abend anwesend sein müssen. Obwohl ich mich kaum mit Computern auskenne, verstehe ich, dass es keine Stunden dauern kann, einen Trade über eine Milliarde Dollar im Computersystem zu finden. Diese Summe wird in unserer Bank nicht jeden Tag gebucht. Ich bin mir sicher, dass Fabian inzwischen etwas gefunden hat. Wir sind jetzt die drei Lombardis in der Verantwortung, und uns bleibt wenig Zeit! Die Polizei und Levy & Lewitt sitzen uns im Nacken. Wir müssen wenigstens unter uns aufhören zu taktieren!« Die klare Stellungnahme verfehlte ihre Wirkung nicht.

Christian nickte, ohne auf François' Worte einzugehen.

Zwei erfahrene Geschäftsmänner, die wussten, wann es klug war zu schweigen.

»In Ordnung, Vater. Dann fahre ich jetzt zur Polizei. Vielleicht haben sie den Obduktionsbericht und die genaue Todeszeit bereits. Hoffen wir, dass es eindeutig Selbstmord war. Auf dem Weg dorthin rufe ich Fabian an und bitte ihn, spätestens gegen achtzehn Uhr hier zu sein, und wer immer von Pascal hört ...«

»Einverstanden.«

Kapitel 19

Nachdem Christian die Tür hinter sich geschlossen hatte, begann Fabian, Fakten für seine auf purem Instinkt basierenden Vermutungen zu suchen. Er öffnete seinen Blotter, suchte die Aufstellung der offenen Positionen vom Jahr 2008 und blätterte auf das Datum vom 30. April. Während er die Notizen überflog, wurde ihm heiß. Umgehend rief er in der IT-Abteilung an und bat darum, die Gespräche vom besagten Tag anhören zu dürfen.

Wenige Minuten später lag das Band in seinem Büro. Zum ersten Mal war Fabian dankbar für die Regelung, dass alle Telefonate vom und zum Trading Desk aufgezeichnet wurden. Er verriegelte seine Tür und widmete sich den Aufnahmen.

Seine Ahnungen wurden zu Fakten …

Kurz vor Mittag bat Pascal telefonisch um Fabians Einverständnis zu einem Trade mit einem Dummy-Konto. Reine Routine. Fabian schaute sich die Transaktion am Computer an und war sicher, einen gravierenden Fehler entdeckt zu haben.

»Pascal, ich habe die fiktive Summe von einer Milliarde US-Dollar im Dummy-Konto für die Levy & Lewitt-Transaktion gesehen. Ist dir da eine Null zu viel reingerutscht? Die Summe ist zu hoch für einen Test.«

Pascal versuchte abzuwiegeln. »Fabian, bitte. Wir haben bereits über den Backup-Computer getestet, alles lief planmä-

ßig. Ich habe die Anfrage eines großen Hedgefonds vorliegen, der mit Levy & Lewitt einen Deal über exakt diese Summe abwickeln will. L&L bietet dem Hedgefonds überdies ein attraktives Leverage. Ich muss unbedingt testen, ob wir die technische Ausführung problemlos im System abwickeln können. Ein Fehler von unserer Seite ist keine Option.«

So einfach gab Fabian nicht nach. »Okay, das kann ich nachvollziehen, aber warum willst du den Trade in deinem Namen durchführen? Der Auditor bemängelte schon letztes Jahr, dass du als Partner und Leiter von Asset-Management keine Transaktionen selbst ausführen solltest. Dir muss ich nicht erklären, dass der Interessenkonflikt gegen die Bestimmungen verstößt. Du kannst den Kauf als Initiator einleiten, durchführen muss ich ihn über den Trading Desk.«

»Fabian, krieg dich ein.« Pascal klang genervt.

»Ich möchte nur die unangenehmen Diskussionen vermeiden, die mit Sicherheit auftreten, wenn der Hedgefonds für diese Summe kauft.«

Rückblickend erhielt die Antwort von Pascal jetzt einen neuen Stellenwert.

»Okay. Wir lassen den Test heute über mich laufen. Wenn das Geschäft real wird, wickeln wir das korrekt über den Trading Desk unter deinem Namen ab. Der Hedgefonds-Manager ist ein alter Freund von mir. Wir stehen unter Zeitdruck, es ist bereits Mittwoch. Morgen ist ein Feiertag, dann kommt das Wochenende. Ich muss ihm heute Abend Bescheid geben, ob die Lombardi Bank das Geschäft abwickeln kann. Diese Chance können wir uns nicht entgehen lassen.«

Daraufhin lenkte Fabian ein. »Dann rufe ich bei Levy & Lewitt an und platziere die Order. Wie ist der Name der MBS? Hast du auch die Code-Nummer?«

»Die Securities sind unter dem Namen Manhattan Oppor-

tunity Fund 1 kurz MOF 1 gelistet, dein Ansprechpartner ist Ted Blumfeld. Er wird dir alle anderen erforderlichen Daten geben.«

»Gebongt. Sprichst du bitte direkt mit dem Back Office, damit der Auftrag nicht ausgeführt wird und in das System eingeht?«

»Fabian, ich bin schon auf dem Weg ins Back Office und kein Neuling im Geschäft. Bleib cool, es handelt sich nur um einen Test.«

Danach hörte sich Fabian sein Telefonat mit Ted Blumfeld an.

Blumfeld gab ihm die Beschreibung der Securities, den Code und den Preis.

Fabian bestätigte für die Lombardi Bank, und beide vereinbarten den kommenden Dienstag als Ausführungstag. Die Firma Clearstream wurde als Broker zwischen den Parteien benannt.

Fabian überlegte fieberhaft. Die Summe von einer Milliarde US-Dollar hatte er gefunden, aber das war nur ein Test gewesen! Geld, das nicht wirklich investiert worden war, konnte nicht verloren gehen – theoretisch. Trotzdem kamen Fabian Zweifel. Zu viele Details des angeblichen Tests würden genau in die dubiose Realität der vergangenen zwölf Stunden passen.

Analytisch ging Fabian die organisatorischen Strukturen der Bank Schritt für Schritt durch: Aus Sicherheitsgründen und um interne Konflikte zu vermeiden, muss jede Bank Trading Desk und Back Office strikt trennen. Das Back Office kann nur genehmigte Aufträge vom Trading Desk ausführen. Dafür spricht niemand aus dem Back Office direkt mit dem

Kunden. Der Gegenpart einer Transaktion – in dem konkreten Fall Levy & Lewitt – nimmt nur Aufträge und Zahlungen vom Back Office an und kommuniziert nie direkt mit dem Trading Desk. Bei großen Transaktionen – und eine Milliarde US-Dollar *ist* eine enorm große Summe – verlangt das Back Office zusätzlich die schriftliche Genehmigung des Leiters des Trading Desk und die Unterschriften von zwei aktiven Partnern der Bank. Man sollte annehmen, damit jegliche Manipulationsmöglichkeit ausgeschlossen zu haben.

Zusätzliche Informationen und die letzte Sicherheit, dass alles korrekt gelaufen ist, konnte Fabian also nur vom Back Office erhalten.

Er musste Didier Martinez anrufen.

Didier Martinez leitete das Back Office der Lombardi Bank seit fünf Jahren. Fabian schätzte seine sprichwörtliche Detailversessenheit. Didier besaß ein unbestechliches Erinnerungsvermögen für Zahlen und Transaktionen, das Fabian schon oft verblüfft hatte. Sein Verhältnis zu dem gleichaltrigen Franzosen war gut. Er hoffte, nichts von seinen Vermutungen durch seine Fragen preiszugeben.

»Didier, Fabian Lombardi am Telefon. Alles in Ordnung bei euch?«

»Ja. Wir rätseln schon eine Weile, was heute in der Bank los ist.«

»Keine Ahnung, bin busy in meiner Abteilung. Didier, ich brauche dringend eine Info. Kannst du mir eine Transaktion vom April 2008 heraussuchen?«

»Sicher. Hast du die Transaktionsnummer? Das macht die Suche effizienter.«

»Nein, dafür das exakte Datum: 30. April 2008. Es handelt sich um MBS, gehandelt mit Levy & Lewitt über ein Dummy-Konto, Transaktionssumme eine Milliarde US-Dollar.«

»Klar, ich erinnere mich an diese Transaktion. Es war die höchste, die ich je ausgeführt habe. Gib mir eine Minute.«

Fabian wurde mulmig. »Was meinst du damit, dass es die höchste Transaktion war? Es handelte sich doch um ein Dummy-Konto?«

»Sicher, aber trotzdem.«

Fabian atmete tief durch. Ihm war nach Didiers laxer Bemerkung das Herz in die Hose gerutscht. Er war erleichtert, dass es sich wirklich um einen Dummy-Trade handelte. In der Sekunde wurde Fabian aber klar, dass er seine dunkle Vermutung nicht beweisen wollte, sondern genau das Gegenteil! Er hoffte herauszufinden, dass es sich nur um ein ängstliches Hirngespinst handelte und alles von Pascals Seite korrekt gelaufen war.

»Fabian, bist du noch dran? Ich habe die Transaktion gefunden. Was genau brauchst du?«

»Wer hat als zweiter Partner mit seiner Unterschrift den Trade genehmigt?« Fabian versuchte, seine Frage harmlos klingen zu lassen.

»Die Order kam vom Trading Desk mit deiner Unterschrift. Erinnerst du dich nicht mehr daran? Pascal war in meinem Büro, hat als Partner vor mir gegengezeichnet. Gemeinsam haben wir Thomas Widmann angerufen. Er lieferte mit dem elektronischen Passwort die zweite Unterschrift.«

»Interessant.«

»Stimmt was nicht, Fabian?«

»Nein, alles klar, Didier. Nur noch eine letzte Frage: Weißt du, wie der Name des Kunden lautet?«

»Der Käufer war eine Offshore-Firma. Warte, lass mich nachschauen: MOF 1, Manhattan Opportunity Fund 1. Die gesamte Transaktion war kompliziert strukturiert, deswegen habe ich mehrmals mit Ted Blumfeld von Levy & Lewitt telefoniert. Am Ende waren alle Unterlagen perfekt vorbereitet. Wir haben wie üblich drei Werktage später über Clearstream abgewickelt.«

»Danke, Didier. Kannst du bitte alles ausdrucken und in mein Büro bringen lassen? Ich muss das Audit vorbereiten.«

»Geht klar, Fabian. Bis gleich.«

Fabian lehnte sich erleichtert in seinem Stuhl zurück.

Der Dummy-Trade war wirklich nur ein Dummy-Trade. Warum bittet Pascal mich dann, nicht darüber zu reden?

Gedankenlos tippte er *MBS/MOF 1/LL* in seinen Computer.

Plötzlich erschien ein neuer Trade auf dem Bildschirm, der ihn stutzen ließ.

MBS/MOF/LL/200 Million USD/Pascal Lombardi

Was ...? Der Name ist fast identisch mit dem Dummy-Konto-Trade!

Aufgeregt und hochkonzentriert öffnete Fabian den Ordner, um die einzelnen Transaktionen zu sehen. Es erschien eine Liste mit sechzig Kundennamen. Und diese sechzig Kunden wurden ausnahmslos von Pascals Asset-Management Team betreut. Die Investitionen auf allen Konten liefen auf Basis eines Ermessensspielraums. Sprich, Pascal konnte ohne Zustimmung der Kunden einen bestimmten Betrag frei investieren. Viele Konten waren Hold-Mail-Konten, perfekt für Manipulationen und das einzige legale Schlupfloch – wie jeder Banker wusste!

Fabian raufte sich die Haare. *Was bedeutet MOF? Wieso haben das Dummy-Konto und diese große Transaktion zwischen Pascals Team und Levy & Lewitt fast identische Namen? Welches Ziel verfolgte Pascal?*

In den Antworten zu diesen Fragen könnte der Schlüssel zu dem Durcheinander in der Lombardi Bank liegen!

Fabian wählte die Nummer von Michel Goley, einem langjährigen Mitarbeiter in Pascals Team. Erneut bemühte er sich, seiner Stimme einen entspannten Ton zu geben. »Hallo Michel, Fabian Lombardi. Hast du einen Moment Zeit?«

»Klar. Was gibt's?«

»Ihr habt 2008 an viele Kunden ein Produkt verkauft, das sich MOF nennt. Ich muss Unterlagen für das Audit zusammenstellen. Kannst du mir bitte eine E-Mail mit der genauen Produktbeschreibung senden?«

»Kein Problem. Wann brauchst du die Beschreibung?«

»Wie immer, gestern.«

Fabian hörte Michel Goley durchs Telefon grinsen. Es war inzwischen ein Running Gag in der Bank, dass Fabian Unterlagen immer schon gestern benötigt hätte …

»Okay, gib mir fünfzehn Minuten.«

»Danke.« Fabian legte auf.

Während er auf die E-Mail von Michel Goley wartete, versuchte er sich krampfhaft zu erinnern, in welchem Zusammenhang er zuvor von MOF oder MOF 1 gehört hatte. Er ging seinen Blotter und seine privaten Aufzeichnungen um dieses Datum herum noch einmal systematisch durch. In der ersten Maiwoche fand er den Hinweis: einen gelben Sticker seiner Sekretärin, um ihn an wichtige Telefonate zu erinnern.

Genevieve Pasquier erwartet Rückruf. Thema: Bestätigung der Bankgarantie über achthundert Millionen USD an Levy & Lewitt für MOF 1.

Die Lücken in seinem Gedächtnis füllten sich jetzt rasend schnell.

Genevieve hatte in ihrer Funktion als Vorsitzende des Kredit-Komitees nachgefragt, was diese Bankgarantie bedeutete. Fabian hatte ihr erklärt, dass es sich nur um einen Dummy-Trade handelte, der jedoch als echter Test ausgeführt worden war. Die Bankgarantie war Teil des wirklichen Systemchecks. Genevieve hatte sich mit der Antwort zufriedengegeben.

Ungeduldig trommelte Fabian mit seinem Bleistift auf die Tischplatte. Endlich hörte er das zischende Geräusch, das den Eingang einer neuen E-Mail ankündigte. Michel Goley hatte MOF erklärt und dokumentiert.

Bei MOF handelt es sich ausschließlich um Vorzugsaktien des Funds MOF 1 (Manhattan Opportunity Fund), der in Top-Immobilien in Manhattan investiert hat. Die Aktien bringen pro Jahr acht Prozent garantierte Rendite über einen Zeitraum von vier bis fünf Jahren. MOF 1 wurde ursprünglich im Jahre 2007 von Levy & Lewitt für einen Pensionsfonds aufgelegt und hatte eine Gesamtlaufzeit von fünf bis sieben Jahren. Fälligkeitsdatum: Juni 2013. Due-Diligence Report von Pascal Lombardi und Thomas Widmann unterschrieben.

Fabian starrte wie gebannt auf die E-Mail. Durch seinen Kopf ratterten in rasendem Tempo verschiedene Möglichkeiten. Er konnte wieder nur Vermutungen anstellen, aber die möglichen Zusammenhänge fielen ihm nun wie Schuppen von den Augen. Um sich endgültige Gewissheit zu verschaffen, musste er weitere Telefonate tätigen. Würden sich diese Vermutungen als Wahrheit bestätigen, hätte die Lombardi Bank einen handfesten Skandal am Hals! Fabian entschied, dass er aufgrund der Brisanz seinen Vater als Zeugen und Ratgeber dabeihaben wollte. Ihm kam die SMS von Pascal wieder in den Sinn: *... Dinge sind oft anders, als sie auf den ersten Blick erscheinen ...*

Kapitel 20

Joel Silverstein verabschiedete Laura Berger und das Team der Spurensicherung gegen Mittag. Die Polizisten hatten ihre vorläufigen Untersuchungen beendet, den Tatort gesichert und die Leiche von Thomas Widmann zur Obduktion in die Gerichtsmedizin überführt.

Anschließend organisierte Joel die täglichen Geschäfte der Lombardi Bank. Nach Absprache mit François übernahm er auch die Meetings von Thomas Widmann, um bis Montag seinen Tod vor Bankern, Kunden und vor allem der Presse geheimzuhalten. Er arbeitete ohne Pause. Am späten Nachmittag waren die wichtigsten Sachen erledigt und Joel endlich allein.

Erschöpft sank er in seinen Bürosessel und starrte bewegungslos vor sich hin. Er war seit sechs Uhr am Morgen unentwegt auf den Beinen und von der schnellen Abfolge der Ereignisse gezeichnet. Mit siebzig war er kein Youngster mehr. Bei einem doppelten Espresso entspannte er sich. Sein Verlangen nach einer Zigarette war groß, aber in der Bank herrschte striktes Rauchverbot. Joel gönnte sich als Ersatz einige Stücke Schokolade und rekapitulierte die Geschehnisse.

Ihm kam gelegen, dass Pascal sich wie ein Anfänger benommen hatte. Es war nur eine Frage der Zeit, bis die Polizei ihn als Tatverdächtigen zur Fahndung ausschreiben würde.

Als Joel den Energieschub von Koffein und Zucker in seinem Blut spürte, nutzte er diesen, um dringende private Korrespondenzen mit New York und Berlin zu erledigen.

Dann packte er einige Unterlagen zusammen und fuhr in seine Villa nach Vandoeuvres nahe Genf. Während der Fahrt dachte Joel über Genevieve Pasquier nach.

Ihre Neugier könnte problematisch werden. Sie war misstrauisch, stand vielleicht kurz davor, die Lücken in meiner Geschichte zu bemerken …

Es hatte Joel alle seine Überredungskünste gekostet, Genevieve nach Hause zu schicken. Sie hatte sich überraschend schnell von dem Ohnmachtsanfall erholt und wollte im Büro bleiben, um ihm zu helfen. Ihre laut geäußerten Vermutungen über die Geschehnisse und ihre permanente Besessenheit, alles zu hinterfragen, bis es einen logischen Sinn ergab, trieben ihn an die Grenze der Belastbarkeit.

Wie konnte ich nur mit dieser anstrengenden Frau eine Affäre über so viele Jahre haben … Na ja, Sex mit ihr ist allemal besser als mit den jungen, verwöhnten Hühnern. Sie gibt, anstatt zu fordern, und das in jeglicher Beziehung. Ihre uneingeschränkte Loyalität könnte später nützlich sein, aber im Moment …

Joel lebte in einem wunderschönen Haus, das er von seinem Großvater Julius Silverstein geerbt hatte. Die alte Villa war groß, und er nutze nur wenige Räume. Dennoch hatte er nie das Bedürfnis verspürt umzuziehen. Er liebte den Garten mit den vielen Skulpturen, die seine Großmutter Frieda geschaffen hatte, genauso wie die wuchtigen Bäume, die majestätisch das Anwesen überragten. Im Sommer spendeten ihre Zweige Schatten, im Winter trugen sie den Schnee. Die großzügig angelegten Rasenflächen waren von ausgesuchten Rosensorten umrandet – eine Oase für Augen und Seele. Hier konnte Joel in sich ruhen und Pläne schmieden. Und Pläne hatte er noch!

Am Abend war erneut ein Meeting in François' Haus angesetzt. Es würde Diskussionen geben und spät werden. Joel entschied, eine Stunde zu schlafen, und streckte sich auf dem Sofa im Wohnzimmer aus. Aufgekratzt von den Ereignissen des Tages, philosophierte er beim Einschlafen über sein Leben.

Meine Leidenschaft gehörte schnell den Zahlen und Märkten. Es begeistert mich, Einfluss zu nehmen auf die Geschicke der Finanzwelt, den Rhythmus der Kurse zu erkennen, intelligente Strategien auszuarbeiten und damit viel Geld für meine Kunden, die Bank und mich zu verdienen. Dabei blieb ich immer ein kühler Denker. Zu meinen Stärken gehört es, Entscheidungen emotionslos, nur mit dem rationalen Verstand zu treffen.

Meine steile Karriere bei Solomon Brothers und die damit verbundenen Verpflichtungen taten meiner Ehe nicht gut. Schon nach wenigen Jahren lebten wir als junge Familie zwar im selben Haus, jedoch in verschiedenen Welten. Die Aufgaben waren klar verteilt. Nach außen wahrten wir den Schein der glücklichen Familie.

Als Julius Silverstein mich 1985 inständig bat, seinen Zwanzig-Prozent-Anteil an der Lombardi Bank in Genf zu übernehmen, und ich gleichzeitig Partner und Anwalt der Bank werden konnte, nahm ich das Angebot an. Die neue Herausforderung reizte mich. Ich war damals erst fünfundvierzig Jahre alt. Den ersten Teil meiner Karriere und meines Familienlebens hatte ich abgeschlossen. Ich fühlte mich frei und unantastbar, strotzte vor Selbstbewusstsein. Diese intellektuelle Herausforderung kombiniert mit der enormen Verantwortung für Julius' Vermächtnis verlieh und verleiht meinem Leben den absoluten Nervenkitzel.

Selbst im Alter von siebzig Jahren kann ich mich dem Rausch der Macht und dem Spiel des Geldes nicht entzie-

hen. Im Gegenteil – ich steuere es auf den finalen Höhepunkt zu!

Über diese Gedanken fiel er in einen kurzen, traumlosen Schlaf.

Eine SMS weckte ihn wenig später.

Bin in Paris und komme morgen Nachmittag für das Wochenende nach Genf. Wir müssen reden. Judith x

Joel freute sich auf den unerwarteten Besuch seiner jüngeren Tochter. Judiths Leben verlief in seinen Augen unstetig. Sie war geschieden, wieder verheiratet und ständig auf Reisen für ihr Geschäft, anstatt sich um ihre zweite Ehe und die kleine Familie zu kümmern.

Wovor läuft Judith davon? Ich muss auch dringend mit ihr reden …

Kapitel 21

Christian Lombardi betrat mit ungutem Gefühl das Hauptrevier der Genfer Polizei am Boulevard Carl-Vogt. Es dauerte eine Weile, bis er die bürokratischen Anmeldeformalitäten hinter sich gebracht hatte und im Büro von Hauptkommissar Baumet saß.

»Da sind Sie ja, Herr Lombardi«, begrüßte ihn Baumet freundlich und reichte Christian die Hand. »Sind die Aufzeichnungen der Überwachungskameras auf der DVD?«

Christian bejahte, und Baumet rief Favre an. Der befand sich noch in der Gerichtsmedizin, um den Obduktionsbericht abzuholen. Es würde eine Viertelstunde dauern, bis er wieder im Büro war.

Christian schaute sich unterdessen neugierig um. Es war sein erster Besuch auf einem Polizeirevier. *Praktisch* war das positivste Adjektiv, das er für eine Beschreibung finden konnte. Telefone, Computer, Ablagen mit Ordnern, einfache Stühle und Tische, dazwischen eine traurig vor sich hin dümpelnde Grünpflanze. Die Kombination zwischen hektischer Betriebsamkeit, einer brummenden Geräuschkulisse und der Einrichtung war für ihn ein Ding der Unmöglichkeit.

Wie soll man hier konzentriert arbeiten? Wo versickern die vielen Millionen Steuergelder der Schweizer? Jetzt wundern mich die bissigen Kommentare der Polizisten vom Vormittag weniger.

»Sie kennen die DVD, irgendwelche Neuigkeiten?«, fragte Baumet, während er eine andere Akte schloss.

»Ja.«

Baumet schaute überrascht auf. »Und?«

»Schauen Sie selbst.« Christian verhielt sich freundlich und zurückhaltend, wusste um die tickende Zeitbombe.

Baumet schob die DVD sofort in seinen Computer und bot Christian den Stuhl neben sich an.

»Während der Nacht war alles ruhig«, erklärte Christian dem Kommissar. »Der interessante Teil der Aufzeichnung beginnt um sechs Uhr fünfzig, als Thomas Widmann mit seinem Mercedes in die Garage fährt.«

Sie sahen, wie er aus dem Auto stieg, seine Aktentasche vom Beifahrersitz nahm und langsam zum Fahrstuhl ging. Danach passierte einige Minuten nichts, bis sich das klare Bild plötzlich in schwarze Pixel verwandelte.

»Was ist denn mit Ihren Kameras passiert?« Er ging mit dem Cursor zurück auf sechs Uhr dreißig, auch um diese Zeit erhielt er kein Bild.

»Das wüssten wir auch gern. IT, Security und ich haben wiederholt die Aufzeichnungen der vier Überwachungskameras angeschaut. Zwischen sechs Uhr fünfzehn und sechs Uhr fünfundvierzig sowie zwischen sieben Uhr fünfzehn und sieben Uhr fünfundvierzig sind die Aufzeichnungen aller Kameras schwarz verpixelt.«

Baumet kratzte sich am Hinterkopf.

Im selben Moment öffnete Favre die Tür und eilte mit dem Obduktionsbericht in den Händen herein. Bevor er etwas sagen konnte, winkte Baumet ihn heran und spielte die DVD von Beginn an ab.

»Das ist ja ein Ding! Die Kameras wurden mit Sicherheit manipuliert«, schlussfolgerte Favre.

»Oder die Aufzeichnungen«, ergänzte Baumet.

Die beiden Polizisten schauten sich vielsagend an.

»Nach sieben Uhr fünfundvierzig läuft alles wieder normal. Wir hatten weder einen Stromausfall, noch sind die Computer oder die Kameras ausgefallen«, erläuterte Christian den Beamten.

Baumet zog den Cursor auf sechs Uhr vierundvierzig: alles schwarz. Als die Uhr auf sechs Uhr fünfundvierzig umsprang, lieferten die Kameras klare Bilder. Er wiederholte das Prozedere um sieben Uhr vierundvierzig mit demselben Ergebnis: zunächst schwarze Pixel und ab sieben Uhr fünfundvierzig wieder problemlos laufende Bilder. Die Polizisten entschieden, den Film zu Ende anzuschauen. Gegen acht Uhr wurde es geschäftig, als viele Mitarbeiter durch den Haupteingang ins Büro zur Arbeit kamen. Christian erklärte kurz, um wen es sich handelte. Schließlich lief um acht Uhr fünfzehn ein Mann mit einer Reisetasche und einer braunen Aktentasche unter dem Arm zügig in die Garage.

»Kann man bei Ihnen einfach in die Garage spazieren? Wer ist das?« Baumet erspürte sofort die ungewöhnliche Situation.

»Pascal Lombardi.«

Er pfiff durch die Zähne und kratzte sich erneut am Hinterkopf. »Was für eine Überraschung! Ich dachte, der war in Paris und sollte erst am Mittag in Genf eintreffen? Haben Sie uns heute Morgen belogen?« Seine Stimme klang schärfer.

»Nein, absolut nicht«, verteidigte sich Christian. »Wir hatten bis vor einer Stunde keine Ahnung, dass Pascal schon so früh in Genf war.«

»Und das sollen wir Ihnen abnehmen?«

Die Atmosphäre kühlte merklich ab. Als die Kamera zeigte, wie sich um acht Uhr fünfunddreißig der Fahrstuhl wieder öffnete, Pascal Lombardi zu seinem Cayenne rannte, die Aktentasche auf die Rücksitzbank feuerte und den Porsche schon beim Einsteigen startete, wurde es geradezu frostig.

Hauptkommissar Baumet stoppte die Aufzeichnung und ging Christian Lombardi aggressiv an: »Sie spazieren hier seelenruhig rein, anstatt uns umgehend zu informieren? Das lässt den Tod von Thomas Widmann in einem völlig anderen Licht erscheinen. Das ist eindeutig eine Flucht!« Baumet lief um den Tisch herum. »Wo hält sich Pascal jetzt auf? Haben Sie mit ihm gesprochen?«

»Wir wissen es nicht. Pascal hat niemanden von uns kontaktiert, alle seine Telefone sind ausgeschaltet. Ich habe ihn in seiner Wohnung gesucht, dort ist er auch nicht.«

Baumet, der sich inzwischen wieder gesetzt hatte, hämmerte mit seiner Faust auf die Tischplatte. »Favre, was steht im Obduktionsbericht? Wann war der genaue Zeitpunkt des Todes? Wir müssen den Fall unter einem völlig neuen Blickwinkel untersuchen!«

Favre flippte durch die Seiten. »Ich habe den Bericht bisher nur überflogen. Widmann hatte mit 1,37 Promille einen gewaltigen Anteil Restalkohol im Körper. Der Mann muss sich am Abend richtig die Kante gegeben haben. Das könnte die Selbstmordtheorie unterstützen. Der Pathologe hat bestätigt, dass sich Schmauchspuren an seiner rechten Hand befinden. Und zum Todeszeitpunkt steht hier: ›Der Tod ist zwischen 7 Uhr und 8 Uhr eingetreten. Er starb an Hirntod durch einen aufgesetzten, gezielten Schuss in die tieferen Hirnstrukturen, was einen sofortigen Atem- und Kreislaufstillstand nach sich zog. An der Waffe befinden sich nur Widmanns Fingerabdrücke.‹«

»Das passt nicht zu Pascal Lombardis Flucht.«

»Es gibt noch andere Unstimmigkeiten.«

»Sprich schon«, forderte Baumet seinen Kollegen ungeduldig auf.

»Der BlackBerry. Dort gibt es keinen einzigen Fingerabdruck, nicht mal von Widmann selbst. Kannst du dir ein Handy ohne Fingerabdrücke erklären?«

Baumet pfiff wieder leise durch die Zähne. »Sonst noch was?« Er kratzte sich erneut am Kopf.

»Ja. Wir haben zwei SMS von Pascal Lombardi an Thomas Widmann gefunden. Die erste von letzter Nacht um zwei Uhr achtundfünfzig. Er bittet um einen Termin um acht Uhr dreißig in Widmanns Büro. In der zweiten, die er heute Morgen direkt nach seiner Landung gesendet haben muss, bestätigt er das Meeting noch einmal.«

Christian schluckte.

Das kann doch nicht wahr sein … Warum hat Pascal uns nicht informiert? Damit macht er sich zum Hauptverdächtigen!

Hauptkommissar Baumet kam in Fahrt. »Damit ist so gut wie sicher, dass jemand an Thomas Widmanns Tod beteiligt war und hinterher Spuren beseitigt hat! Pascal Lombardi kommt definitiv als Täter infrage, da er zum Zeitpunkt des Todes nachweislich in der Bank war! Um eine halbe Stunde kann sich der Gerichtsmediziner irren. Pascal ist flüchtig! Wir müssen unverzüglich eine Großfahndung nach ihm ausschreiben! Favre, leiten Sie alles in die Wege, das volle Programm.« Dann wandte sich Baumet an den sprachlosen Christian Lombardi. »Tut mir leid, Herr Lombardi, Obduktionsbericht hin oder her, aber Ihr Bruder ist verdächtig, Thomas Widmann ermordet zu haben und befindet sich wahrscheinlich auf der Flucht. Haben Sie eine Ahnung, wohin er sich abgesetzt haben könnte?«

Christian schüttelte fassungslos den Kopf. »Nein. Warum sollte mein Bruder Thomas Widmann umbringen? Er hat kein Motiv und ist sicher kein Mörder!«

Meine schlimmsten Befürchtungen sind eingetreten. Ich

kann es den Beamten nicht mal verübeln, alles erscheint logisch.

Baumet nahm ihm das »Nein« nicht so leicht ab. »Sie wissen, dass Sie sich der Beihilfe zu einer Straftat, wahrscheinlich Mord, schuldig machen, falls Sie die Unwahrheit sagen. Wenn Pascal Lombardi sich bei einem Familienmitglied meldet, sind Sie verpflichtet, uns unverzüglich Bescheid zu geben!«

Die voreiligen Schlussfolgerungen der Polizisten strapazierten Christians Nerven. »Hauptkommissar Baumet, *wir* haben Ihnen diese technische Hilfe aus freien Stücken angeboten. *Ich* bin mit dieser DVD zu Ihnen gekommen. Was wollen Sie mehr von uns? Sie hätten ewig gebraucht, um diese Details herauszufinden. Wir verheimlichen nichts, arbeiten konstruktiv mit der Polizei zusammen. Deswegen verbitte ich mir Ihre grundlosen Verdächtigungen und Anschuldigungen meiner Familie gegenüber!«

Baumet schluckte und ärgerte sich über Christian Lombardi, während der unbeeindruckt weitersprach.

»Kann es nicht sein, dass mein Bruder Thomas Widmann tot in seinem Büro gefunden hat und deswegen kopflos aus der Bank geflohen ist? Er wusste, dass er den Termin per SMS bestätigt hatte und automatisch als Verdächtiger in Frage kommen würde. Da kann man als normaler Mensch schon panisch reagieren, oder?« Die letzten verteidigenden Fragen hatte Christian ruhig gestellt. Trotzdem war seiner Stimme anzumerken, wie verstimmt er über den Verlauf des Geschehens war.

Baumet musste ihm eine gewisse Logik in seiner Argumentation zugestehen und wurde nun auch wieder ruhiger. »Theoretisch möglich, aber warum ist er dann bis jetzt nicht aufgetaucht? Wenn man einen Toten findet, ruft man normalerweise die Polizei. Wenn man das unterlässt, macht man sich verdächtig, so einfach ist das. Alle Fakten sprechen gegen Ihren Bruder. Und jetzt lassen Sie uns bitte unsere Arbeit weitermachen.« Baumet vertiefte sich in den Obduktionsbericht und beendete die Diskussion auf seine Art.

Favre wandte sich an Christian Lombardi. »Sie halten sich bitte zu unserer Verfügung.«

Christian rührte sich nicht vom Stuhl.

»Sie finden den Weg allein, Herr Lombardi?«

Diese Frage glich einem höflichen Rausschmiss. Christian erkannte, dass er hier nichts mehr ausrichten konnte. Jedes weitere Wort wäre vertane Mühe. »Sicher, auf Wiedersehen.«

Aus dem Auto rief er sofort seinen Vater an. Er beschönigte weder den Gesprächsverlauf noch den Ausgang.

François regte sich erneut furchtbar auf.

Wie lange wird sein Herz das noch verkraften?

Christian begann sich ernsthaft um ihn zu sorgen.

François dagegen verschwendete keinen Gedanken an seine Gesundheit. Er handelte instinktiv, als er die Chefin der Genfer Polizei, Monica Carlucci, anrief und um Hilfe bat. François war ihr Patenonkel und kannte Monica, seit sie geboren war. Er hatte die Familie Carlucci oder Monica noch nie um einen Gefallen gebeten. Heute jedoch musste er sicherstellen, dass die Vorfälle um die Lombardi Bank nicht ungefiltert an die Öffentlichkeit gelangen würden und seinen Sohn Pascal schützen.

Nichtsdestotrotz konnte François Lombardi sich nicht von dem Gefühl befreien, dass den Lombardis die ganze Angelegenheit komplett aus den Händen glitt …

Kapitel 22

Es regnete in Strömen, und die Scheibenwischer verrichteten Schwerstarbeit. Obwohl es erst Nachmittag war, verdunkelten dicke Wolken den Himmel stark. Pascal hatte das Gefühl, der Abend brach bereits herein. Die letzte Stunde der Fahrt nach Venedig zog sich endlos in die Länge. Mit letzter Energie parkte er seinen Porsche am Flughafen Marco Polo. Im Bus nach Venedig nickte er erschöpft ein.

»Piazzale Roma, a che stazione devono andare?« Der Busfahrer rüttelte heftig an seiner Schulter.

Pascal schaute den fremden Mann orientierungslos an. »San Angelo«, antwortete er verschlafen.

Der Fahrer deutete mit dem Arm auf die Station zu seiner Rechten.

»Grazie Mille«. Mit weichen Knien griff Pascal sein Gepäck. Er fröstelte in dem kalten Regenwetter. Irgendwie ergatterte er einen Platz im Inneren einer Vaporetta.

Er hoffte, die Arrangements von Francesca und Flavio würden funktionieren. Pascal hatte keinen alternativen Plan. Venedig glitt ohne jeden Charme an ihm vorüber. Die berühmte Rialto-Brücke wirkte grau und dreckig. Selbst die majestätischen Paläste am Wasser konnten Pascal nicht aus seiner düsteren Stimmung herausreißen.

Ich rase durch mein Leben und fülle es mit Terminen, Meetings, Geschäftsreisen, Sport, Abendessen ... Wofür? Jetzt fliehe ich vor der Polizei und fühle mich müde, allein und friere. Was passiert gerade?

Pascal wollte die lästigen Fragen verscheuchen. Er sehnte sich nach Judith und dem warmen Bett im Pariser *Hotel Ritz* zurück. Die Zeit dort schien Ewigkeiten entfernt. Und er konnte auch mit seinen Gedanken nicht lange in diesen Momenten des Glücks verweilen.

Was verbindet uns eigentlich? Wochenenden irgendwo auf der Welt, schöne Hotels, gestohlene Zeit, Erinnerungen ... Planen wir wirklich eine gemeinsame Zukunft? Warum wehrt sich Judith? Etwas stimmt nicht!

Pascals innere Stimme sprach laut und klar. Gleichzeitig verspürte er zum ersten Mal seit Jahren wieder Sehnsucht nach seiner Frau Francesca und ihrem damals geordneten Leben in New York. Obwohl sie gute Freunde waren, hatten sie seit ihrer Trennung kaum Zeit miteinander verbracht.

Wir sind so eng gewesen, wussten alles voneinander. Wann haben wir aufgehört, uns zu lieben? Ich weiß es nicht. Trotz allem bin froh, eine Freundin zu haben, auf die ich zählen kann. Wenn alles mit Levy & Lewitt und Thomas' Tod geklärt ist, werde ich mich bei Francesca bedanken. Vielleicht mit einem Trip nach Martha's Vineyard? Francesca liebt die Insel vor der Südküste von Cape Cod in Massachusetts. Süße Erinnerungen. Wir sind stundenlang am Strand oder durch die Dünen spaziert, bevor wir mit viel Stil in kleinen Weinlokalen versackten ...

»San Angelo«, ertönte die automatische Ansage der Vaporetta und beendete Pascals Ausflug in die Vergangenheit.

Als er ausgestiegen war, sah er die *Juliette* sofort.

Der italienische Fahrer sprach ihn akzentfrei auf Deutsch an. »Wie geht es Francesca?«

Pascal antwortete wie vereinbart mit den Codeworten: «Danke gut, ich habe sie lange nicht gesehen.«

Danach stellte sich der Fahrer als Pietro vor.

Bis zur Ankunft redeten sie kein Wort mehr. Pietro steuerte das kleine Boot sicher durch die schmalen Kanäle. Schnell gab Pascal den Versuch auf, die Orientierung zu behalten. Schließlich stoppte das Boot an einem unauffälligen Steg eines leicht verfallen aussehenden Palazzos. Die beiden Männer stiegen aus. Pietro ließ den Metallklopfer mehrmals an das schwere, eisenbeschlagene Portal fallen. Nach wenigen Sekunden wurde das Tor geöffnet, und Pascal trat in ein halbdunkles Vestibül ein, nachdem er sich von Pietro verabschiedet hatte.

»Willkommen in Venedig, Signore Pascal«, begrüßte ihn der Diener und deutete eine leichte Verbeugung an.

»Grazie Mille«, antwortete Pascal verblüfft.

Mit einem Wortschwall aus gebrochenem Deutsch mit typisch italienischem Akzent wies er Pascal ein. »Signore Pascal, mein Name ist Ettore. Palazzo nur bewohnt teilweise. Ich eingerichtet Ihnen zwei Zimmer. Flavio wird kommen gegen neun Uhr am Abend. Jetzt können Sie ausruhen und umziehen.«

Ettore nahm eine von Pascals Taschen und stieg zielstrebig eine mit rotem Teppich ausgelegte Treppe hinauf.

Pascal folgte ihm.

Sie traten in einen großen Raum, durch den unerwartet viel Licht flutete. Teure Seidentapeten zierten die Wände. Auf dem dunklen Parkettboden lagen schwere Orientteppiche. Pascal war fasziniert. Er fühlte sich in der Zeit um mindestens hundert Jahre zurückversetzt. Es standen wenige Möbel im Raum. Ein kräftiges Feuer loderte in dem alten Kamin, um den tiefe, bequeme Sessel platziert waren. Auf der rechten Seite stand ein schlichter Esstisch aus dunklem Holz mit den passenden Stühlen für sechs Personen, über dem ein eindrucksvoller Lüster hing. Große silberne Leuchter brannten auf dem Kaminsims. Alte, wertvoll aussehende Bücher stapelten sich ungeordnet auf einer schmalen Schreibablage.

»Was für eine besondere Atmosphäre. Wie alt ist dieser Palast? Gehört er Flavio?«, fragte Pascal beeindruckt.

»Sie bitte fragen Signore Flavio später. Ich nur Diener.« Ettore drückte sich geschickt um eine Antwort.

Er öffnete eine unscheinbare Tür neben dem antiken Sessel, und Pascal stand in einem kleinen, schlichten Schlafzimmer.

Er musste über die vielen Kissen und die kleinen Blümchen auf der weißen Bettwäsche lächeln. Dies war unverkennbar das Schlafzimmer einer Frau. Auch hier waren die Wände aus dunklem Holz, auf der rechten Seite hing ein Wandteppich. Ansonsten beherbergte der Raum ein schlichtes breites Bett, über dessen Kopfende jede Menge kleine religiöse Bilder in goldenen Rahmen hingen, einen Schrank und einen Nachttisch mit einer alten Lampe.

Fernseher, Radio oder Internet scheinen aus einem anderen Zeitalter zu kommen.

Pascal verkniff sich jede weitere Frage und bedankte sich höflich bei Ettore. Er zog seine feuchten Schuhe aus, legte sich auf das weiche Bett und schlief in derselben Sekunde ein.

Kapitel 23

Christian traf sich mit Adrienne zu einem kurzen Spaziergang im Park Eaux-Vives. Er hatte sie mit kurzen Nachrichten über den Tag auf dem Laufenden gehalten. Nach fast vierzig Jahren Ehe verstanden sie sich, ohne viele Worte zu verlieren. Ruhig spazierten sie einige Minuten nebeneinander her.

»In den letzten beiden Tagen gehen wir mehr spazieren, als in den vergangenen Monaten zusammen. Wir sollten diese Angewohnheit beibehalten, sie gefällt mir.«

Christian lächelte, war aber nicht bei der Sache. »Nur, wenn wir den Grund unserer Spaziergänge ändern können«, entgegnete er schließlich leise.

Adrienne merkte, dass ihr Mann emotional erschöpft war. »Die Polizei hat wirklich eine Großfahndung nach Pascal ausgelöst?«, fragte sie behutsam, obwohl ihr unzählige Fragen unter den Nägeln brannten.

»Wenn es nach Baumet ginge, würden sie wohl europaweit fahnden. Der hat sich auf Pascal als Täter eingeschossen. Ich hoffe, dass Vaters Anruf bei Monica Carlucci noch rechtzeitig kam.«

Adrienne schob ihren Arm unter Christians und steckte ihre Hand in seine Manteltasche. Es wurde schon wieder kalt, der Nachmittag neigte sich dem Ende entgegen.

Christian strich mit seiner Hand über den Rücken von Adrienne, wärmte sie durch die wiederholten Bewegungen. »Ich kann nicht aufhören, an Pascal zu denken. Was meinst du, wo er sein könnte? Wieso ist er, ohne eine Nachricht zu hinterlassen, untergetaucht? Er hätte uns auf irgendeine Art informieren können.«

Adrienne wiegte ihren Kopf. Sie hörte den unterschwelligen Vorwurf, sah die Sache aber etwas anders als ihr Mann. Vorsichtig formulierte sie: »Ich bin sicher, dass Pascal sich bewusst nicht meldet. Er ahnt, welche Schlüsse die Polizei ziehen muss, welche Unruhe in der Bank herrscht. Solange ihr nichts wisst, müsst ihr nichts sagen. Würdest du der Polizei melden, wo sich dein Bruder aufhält?«

»Wahrscheinlich nicht, diese Idioten...«

»Siehst du. Und Baumet versucht nur, seinen Job zu machen.«

Christian küsste seine Frau zärtlich auf die Stirn. »Du hast recht. Weißt du was? François hat mir erzählt, dass Pascal seit Längerem um eine Liebe kämpft. Irgendeine weibliche Intuition?«

»Ehrlich?« Adrienne sah ihren Mann erstaunt an. »Ich habe keinen blassen Schimmer. Das freut mich für ihn. Dein Bruder wünscht sich eine Familie, hoffentlich kämpft er um die richtige Frau. Vielleicht konnte Pascal bei ihr untertauchen? Wer ist es?«

»François ließ sich diese Information nicht entlocken.«

»Dann kennen wir sie.«

Christian blieb stehen und schmunzelte. »Gossip-Logik, darauf wäre ich nicht gekommen.«

Sie spazierten bis vor das historische Hauptgebäude des Hotels hinauf, das aus dem achtzehnten Jahrhundert stammte und wie ein Schloss auf einer kleinen Anhöhe stand. Vor einigen Jahren war es aufwendig renoviert worden und war jetzt ein echtes Schmuckstück. Sie liefen um das Anwesen herum und genossen Hand in Hand den herrlichen Ausblick auf ihren Genfer See.

»Ein anderes Thema. Wollen wir deine Geburtstagsparty am Sonntag wie geplant feiern? Ich bin nicht sicher, ob es eine gute Idee ist. Deine Freunde von der Presse könnten es in den falschen Hals kriegen.«

Adrienne schaute ihren Mann stirnrunzelnd an. »Wir geben sicher keine große Party.« Damit war das Thema für sie abgehakt. »Übrigens habe ich mit Carola telefoniert und ihr mein Beileid ausgesprochen. Es geht ihr schlecht. Es nagt an ihr, dass Thomas Selbstmord begangen haben soll.«

»Das ist nachvollziehbar.«

Adrienne seufzte, hakte sich erneut bei Christian ein. »Carola tut mir leid. Falls es kein Selbstmord war, wer könnte Thomas getötet haben? Pascal sicher nicht, das übersteigt meine Vorstellung.«

»Meine auch. Ich denke, er hat sich selbst umgebracht. Was er geschäftlich verbockt hat, sprengt einen anderen Rahmen.«

»Das hätte ich dem grundsoliden Thomas nie zugetraut. Wenn die Polizei von dem Problem mit Levy & Lewitt hört ...«

»Wem sagst du das. Ich sorge mich um Pascal, François, Fabian, Carola und um die Zukunft der Bank ...«

Adrienne zog Christian nah an sich heran und küsste ihn, bis sie beide lachen mussten. »Zum Glück brauchst du dich nicht um mich sorgen. Wir benehmen uns dafür wie Teenager, die kein Zuhause haben.«

Das Klingeln von Christians Handy unterbrach ihren kleinen Flirt.

Es war Fabian.

»Ich bin auf dem Weg zu François. Kannst du kommen?«

»Hast du etwas gefunden?«

»Ja, aber nicht am Telefon ...«

»Bin unterwegs.«

Kapitel 24

Fabian und François waren in eine angeregte Diskussion vertieft, als Christian und Adrienne hinzukamen.

»Entschuldigt, ich wollte euch nur wissen lassen, dass ich meine Geburtstagsparty abgesagt habe. Über die Gründe brauchen wir nicht reden.« Adrienne war im Begriff, die Bibliothek zu verlassen.

»Wenn du Zeit hast, bleib doch bitte hier«, forderte François seine Schwiegertochter auf. »Fabian hat brisante Erkenntnisse, und wir brauchen jede Idee. Du siehst Dinge aus der praktischen und logischen Sicht einer *Geschäftsfrau.*«

Fabian berichtete ausführlich von den Telefonaten mit Didier Martinez und Michel Goley, seinen Überlegungen und Schlussfolgerungen daraus und breitete anschließend die Unterlagen auf dem Tisch aus.

Christian unterbrach Fabian mitten in seinen Erklärungen. »Wie bist du auf die Idee gekommen, dass Pascal den Dummy-Trade vorschiebt, um die Bankgarantie formell wertlos aussehen zu lassen? Mir wäre dieser Zusammenhang nicht im Traum eingefallen. Das ist brillant, Fabian.«

Der druckste herum, wollte das Lob nicht annehmen. »Ich habe euch vorenthalten, dass Pascal mir gestern Nacht und heute Morgen eine Nachricht geschrieben und mich so indirekt auf die Idee gebracht hat.«

»Pascal hat dich kontaktiert? Das erzählst du uns erst jetzt?« François war ungehalten. »Kannst du dir vorstellen, in welcher Sorge ich um Pascal bin? Wo ist er? Was hat er geschrieben? Fabian, ich möchte sofort alles erfahren!« Seine Stimme vibrierte.

»Entschuldige. Ich habe versucht, es allen recht zu machen.« Fabian war betroffen. Er holte seinen BlackBerry aus der Manteltasche und las beide Nachrichten mehrmals laut vor.

Bitte keine Information über die Transaktionen mit dem Dummy-Konto, auch nicht an Deinen Vater, bevor wir geredet haben. Bin morgen im Büro!

Erinnerst Du Dich an den letzten Film, den wir zusammen im Kino angeschaut haben, 72 Stunden – The Next Three Days*? Dinge sind oft anders, als sie auf den ersten Blick erscheinen … Bin okay, muss Zeit gewinnen. Halte Details so lange wie möglich zurück, verschleiere die Daten wie Russell seinen Plan …*

François war ungehalten. »Ich kenne den Film nicht. Worum geht es? Kann mir einer diese kodierten Erklärungen übersetzen, sodass ich folgen kann? Zu meinen Zeiten hat man zum Telefon gegriffen und angerufen. Dieser neumodische Quatsch, ihr schaut alle zu viele Krimis …«

Adrienne, die den Film mit Christian gesehen hatte, umfasste fürsorglich François' Hände. »Papa, sei doch erst einmal froh, dass Pascal nichts passiert ist.«

Sie erzählte in Kurzform die Handlung des Hollywood-Streifens. Fabian ergänzte wesentliche Details, die Adrienne entfallen waren. Es ergab noch keine runde Geschichte, lieferte aber endlich einen Ansatz.

»Wir sollen also davon ausgehen, dass Pascal Thomas nicht umgebracht hat, es aber schwer wird, seine Unschuld zu beweisen. Deswegen ist er untergetaucht. Wofür braucht er Zeit?«, fragte Christian in die Runde.

»Bevor wir weiter mutmaßen, muss ich euch noch etwas

sagen«, beendete Fabian alle beginnenden Spekulationen. »Ich habe gründlich recherchiert, nachdem ich den Dummy-Trade MOF 1 und den wirklichen Trade MOF gefunden hatte. Ich wollte verstehen, warum Pascal dieses Produkt von Levy & Lewitt gekauft hat.«

Christian und François schauten Fabian erwartungsvoll an.

»Bisher habe ich nur eine Vermutung.«

»Bitte sprich frei deine Gedanken aus.« François war ungeduldig.

»Pascal hat zweihundert Millionen US-Dollar von unseren Kunden in MBS mit gestressten Real-Estate-Hypotheken in Manhattan investiert. Der Name des Fonds ist Manhattan Opportunity Fonds, kurz MOF. Dafür hat er die Gelder von sechzig Kunden der Bank, die unter seinem Management stehen, benutzt. Im Schnitt lag das Investment zwischen dreihunderttausend und einer Million US-Dollar pro Kunde. Ich habe die Buchungen der Kunden in MOF gefunden, insgesamt über die besagten zweihundert Millionen US-Dollar. Das war absolut korrekt.«

»Davon sollten wir ausgehen können! Wir sind eine Bank und kein Kasino! Wo liegt das Problem?« François ließ nicht locker.

»Ich habe mich vorhin mit Michel Goley aus Pascals Team getroffen. Er hat mir bestätigt, dass die Kunden nicht direkt in MOF investiert, sondern Vorzugsaktien des Fonds MOF 1 gekauft haben. Dieser Fonds schüttet einen garantierten Return von acht Prozent über fünf Jahre aus.« Fabian pausierte kurz.

Christian nutzte die kleine Pause, um sofort nachzuhaken. »Wo ist MOF gelistet?«

»Bahamas.«

»Auf den Bahamas? Jetzt wird mir manches klar ...«

»Ich habe die Kontaktdaten des Administrators von Michel Goley erhalten, ihn ausfindig gemacht und alle Informationen angefordert, die mir relevant erschienen.«

»Wer ist der Administrator?«

»Ein hiesiger Anwalt, sein Name ist Paul Desmond.«

»Den Namen habe ich noch nie gehört. Das gefällt mir nicht. Wonach hast du Paul Desmond gefragt?«

»Nach der kompletten Liste mit allen Beteiligungen in MOF, geprüften Jahresabschlüssen und dem Protokoll der Aktionäre.« Fabian hatte seinen Großvater nie so verärgert gesehen. Es verunsicherte ihn.

»Das sind die richtigen Fragen. Hast du schon eine Antwort?«

»Nein. Die Bahamas liegen zeitmäßig sechs Stunden hinter uns.«

»Ich verstehe inzwischen den Zusammenhang«, unterbrach Christian die Unterhaltung. »Die Bankgarantie, ausgestellt von der Lombardi Bank und unterschrieben von Pascal und Thomas an Levy & Lewitt, deckt achthundert Millionen US-Dollar und läuft auf den Namen MOF 1.«

»Warum stellen wir eine Bankgarantie für einen Dummy-Trade aus?«, fragte François irritiert nach.

»Lass mich bitte zu Ende erklären, Vater, dann wird es schlüssig. Wie wir jetzt wissen, ist der Verwalter von MOF die Bank of Bahamas. Das bedeutet mit großer Wahrscheinlichkeit, dass Pascal und Thomas eine Firma mit dem Namen MOF gegründet und zwischengeschaltet haben. Da die Bankgarantie von der Lombardi Bank kommt, können wir davon ausgehen, dass die Firma MOF Pascal und Thomas gehört.«

Plötzlich war es mucksmäuschenstill in der Bibliothek.

»Dann war der Dummy-Trade echt? Was ist überhaupt

genau ein Dummy-Konto oder Dummy-Trade?« Adriennes Frage unterbrach schneidend die Stille.

Fabian erklärte es ihr. »Trades mit Dummy-Konten sind fiktive Käufe, die nicht realisiert werden, da diese Konten in Wirklichkeit nicht existieren. Damit kann man also weder Geld verdienen, noch Geld verlieren. Alle Banken verbessern und ändern ständig die Software ihrer komplizierten Computerprogramme. Deswegen muss regelmäßig getestet werden, ob diese Computersysteme die Finanzprodukte managen können. Die sogenannten Dummy-Konten werden normalerweise am Backup-Computer getestet. Auch der Backup-Computer existiert in Wirklichkeit nicht. Mit Hilfe dieses ausgeklügelten Systems können Experten die Schwachstellen in den Programmen herausfiltern. An einem Punkt – und das geschieht selten – werden die Transaktionen mit Dummy-Konten im wirklichen System getestet. In dem Fall wird die Transaktion erst in letzter Instanz aufgehalten, wovon der Partner am anderen Ende nichts weiß. Ein echter Test. Ist das so für dich verständlich?« Fabian schaute seine Mutter fragend an.

Adrienne nickte.

Inzwischen war Christian aufgestanden und lief erregt durch den Raum. »Das sind die typischen Brokerdeals der Investmentbanken, wie aus dem Bilderbuch!«, erklärte er wütend. »Natürlich verstehe ich, was Pascal technisch getan hat. Er gründet eine Firma mit dem Namen MOF, deren Direktoren er und Thomas sind. Dann investiert er Kundengelder über MOF in MOF 1. Geschickt, dass MOF 1 von Levy & Lewitt aufgelegt wurde und die Immobilien mit ihren Finanzierungen offiziell hält. Levy & Lewitt gibt ein großzügiges Leverage an uns von achtzig Prozent, was das Investment auf eine Milliarde anwachsen lässt. Könnt ihr alle folgen?«

Bestätigendes Nicken.

Christian fuhr mit seiner Theorie fort. »Die Profite werden an MOF ausgeschüttet. Das bedeutet im Klartext, Pascal und Thomas können die Höhe des Profits frei steuern. Sie können den Kunden den gesamten Gewinn geben oder zwanzig Prozent oder fünfzig Prozent oder gar nichts. Sie haben die Kunden anscheinend mit solide klingenden acht Prozent abgespeist, was genau im Vorstellungsrahmen liegt. Clever, denn bei diesem Betrag stellt niemand Fragen.« Christian musste die Vorstellung, welch skandalöser Deal wahrscheinlich in der Lombardi Bank gedreht wurde, sacken lassen. Frustriert vervollständigte er kurz darauf seine Gedanken. »Levy & Lewitt begrenzt das eigene Risiko, da die Transaktion mit persönlicher Haftung von unserem Geschäftsführer Thomas Widmann und Pascal Lombardi als Partner abgesegnet wurde. Als Sahnehäubchen, damit wirklich niemand in unserer Bank Fragen stellt, wenn die Bestätigung der Bankgarantie an die Kreditabteilung geht, lassen sie einen Dummy-Trade in genau der Summe mit fast identischen Namen durch das System laufen. Das ist hochgradig kriminell!«, tobte er plötzlich. »Kein Wunder, dass Thomas sich umbringt und Pascal das Weite sucht!«

Kapitel 25

Stanley McGraham und seine Frau Jade Lam nippten hoch über den Wolken in der ersten Klasse des Dragonair-Fliegers von Hongkong nach Shanghai an einem Glas Champagner.

»Auf das morgige Meeting«, prostete Stanley seiner Frau zu. »Das wird dein großer Auftritt, ich fühle es.«

Seit Monaten hatten sie um diesen wichtigen Termin bei der chinesischen Regierungsbehörde – der Chinese Banking Regulatory Commission – gekämpft. Die CBRC plante, noch in diesem Jahr erstmals eine Lizenz für eine Investmentbank mit einer Mehrheitsbeteiligung von einundfünfzig Prozent für die Volksrepublik China zu vergeben.

Die Good Fortune Securities, allen voran Jade, wollte diese Lizenz um jeden Preis. Nachdem Jade einige Jahre erfolgreich für amerikanische Investmentbanken in Hongkong gearbeitet hatte, war es ihre Idee gewesen, das Geschäft in China selbst zu übernehmen. Sie hatte Huang Fu Chen vorgeschlagen, für seine Bank diesen Markt zu öffnen, da die GFS beste Voraussetzungen dazu mitbrachte ... Der Rest war Geschichte.

Auf direkte Anordnung von Huang Fu Chen wurde Jade bei der Good Fortune Securities eingestellt und hatte freie Hand, das Geschäft in China anzuschieben. Einige Börsengänge und erfolgreiche Private-Equity-Deals konnte Jade bereits vorweisen. Diese Lizenz sollte ihr großer Coup werden. Dafür war sie mit Stanley gemeinsam zu allen Präsentationen zum Hauptsitz der Behörde nach Peking geflogen. Die

GFS hatte die erforderten Nachweise eindrucksvoll erbracht, und Jade hatte sich in langen Meetings mit den chinesischen Funktionären geschickt und erfolgreich geschlagen. In die Auswahl der letzten fünf Kandidaten zu kommen, worum viele internationale Investment-Banken konkurriert hatten, war ein erster wichtiger Schritt.

Nun spielte Jade ihre Erwartungen herunter. Der Druck auf sie war in den letzten Wochen gestiegen. Jade kannte ihre Konkurrenten bestens, war sie doch jahrelang für sie tätig gewesen. Erschwerend kamen die Zweifel von Peter McGraham hinzu. Seiner Meinung nach war Jades Strategie in China falsch. Er sah eine riesige Blase von China aus auf die Welt zurollen und traute der kommunistischen Marktwirtschaft nicht.

»Stanley, mal ehrlich, wir wissen beide, dass neben unserer exzellenten Arbeit vor allem mein Name und die Kontakte meines Vaters in Peking geholfen haben. Wir sollten uns nichts vormachen. Diese Genehmigung ist einmalig, und ab jetzt wird mit anderen Bandagen gekämpft.«

»Sicher, darauf sind wir vorbereitet.«

»Es ist nicht zu unserem Vorteil, dass die endgültige Entscheidung in Shanghai getroffen wird, wo wir weniger Beziehungen haben. Unsere letzten Rivalen sind die großen internationalen Banken ... Wir haben nur eine minimale Chance, das muss uns klar sein.«

»Jade, du stapelst tief. Bist du nervös? Unterschätze nicht die Kontakte von Huang Fu Chen. Seine Familie kommt aus Shanghai, war vor der Revolution dort sehr einflussreich.«

»Ich weiß«, wiegelte sie ab, »trotzdem habe ich Bedenken. Am Ende offerieren wir alle einen ähnlichen Service. Wie ich meine typischen Chinesen in den Behörden kenne, warten sie auf einen *speziellen* Bonbon. Diese alten Funktionäre nutzen ihre Macht zuerst, um die eigenen Taschen zu füllen. Da hat sich nichts geändert.«

Stanley schaute Jade belustigt an. »Das sagt die Königin der *speziellen* Verhandlungen? Vielleicht ist Shanghai sogar besser als Peking. Vom Hörensagen werden Entscheidungen dort mehr auf ökonomischer als politischer Basis getroffen.« Die Ironie in seiner Stimme war nicht zu überhören.

»Soll das ein Witz sein, Stanley? Wir verhandeln mit ausgebufften Funktionären aus der Wirtschaft, die fintenreicher sind als unsere Politiker.«

»Jade, ehrlich, darüber haben wir lange diskutiert. Huang Fu Chen hat uns genau instruiert, dass die üblichen Geschenke – wie eine Hunderttausend-Dollar-*Patek-Philippe* – nicht ausreichen. Du weißt, wie viele Millionen wir durch die Blume anbieten können. Warum zweifelst du plötzlich? Ich habe dich selten so unsicher erlebt.«

Jade strich ihre langen schwarzen Haare glatt. »Die anderen Banken haben größere Budgets für den *Extra-Funktionärs-Bonus*. Jeder, der in China erfolgreich ist, kennt die Spielregeln. Ich grüble schon die ganze Zeit darüber, was die GFS *besonders* attraktiv für diese Lizenz machen könnte.«

»Das ist meine Jade. Bitte, zermartere dir nicht das Gehirn, mach stattdessen die Augen für eine Stunde zu. Es wird schon werden. Du allein bist schon etwas Besonderes.«

Stanley wusste natürlich genau, wovon Jade sprach. Der riesige, erfolgversprechende Markt in China wurde bisher ausschließlich von den chinesischen Banken beherrscht. Die großen westlichen Investmentbanken besaßen nur kleine Zulassungen. Ihnen gehörten maximal dreißig Prozent des Geschäfts. Den Rest kassierte der chinesische Lizenz-Partner. Die Wachstumschancen und potentiellen Möglichkeiten, die sich mit dieser neuen Lizenz ergaben, waren gewaltig.

Chinas Wirtschaft boomte und die großen inländischen Firmen wollten an die Börse. Zum ersten Mal hätte kein chinesischer Partner eine Mehrheit. Der Gewinner hatte im Rahmen Handlungsfreiheit, das machte diese Lizenz so besonders.

Am nächsten Morgen schien die Sonne über Shanghai – ein gutes Omen. Obwohl ein kalter Wind wehte und das Thermometer nur fünf Grad über den Gefrierpunkt kletterte, spazierten Jade und Stanley Hand in Hand nach dem Frühstück einige Minuten am Bund, Shanghais Flaniermeile im Zentrum der Achtzehn-Millionen-Metropole am Huangpu River, entlang. Beide mochten die quirlige Atmosphäre.

Den Städteplanern war eine gelungene Mischung aus wunderschönen alten und renovierten Gebäuden, modernen Bürotürmen, luxuriösen Einkaufspassagen und internationalen Hotels gelungen. Der Blick vom Bund auf die andere Seite des Flusses nach Pudong war zu jeder Tageszeit etwas Besonderes. Man konnte den Financial District mit seinen architektonisch imposanten Hochhäusern neben dem Oriental Pearl TV Tower bewundern.

Jade war jedoch unruhig und angespannt, sodass beide bereits nach kurzer Zeit wieder ins Hotel zurückkehrten. Dort wies sie ihren Chauffeur an, sie sofort zu ihrem Meeting mit der CBRC zu fahren. Eine gute Idee, denn prompt staute sich der Verkehr auf den breiten Straßen.

»Es ist Wahnsinn, wie schnell Shanghai in alle Richtungen expandiert. Dasselbe geschieht in vielen Städten in diesem Land. Wir vergessen im kleinen exklusiven Hongkong die Kraft der Masse. Aus Quantität geht zwangsläufig auch Qualität hervor.« Stanley versuchte, Jade zu motivieren.

Das war aber nicht mehr nötig. »Inzwischen habe ich ein

gutes Gefühl, dass wir eine realistische Chance auf die Lizenz haben. Frag mich nicht, warum ... Wir müssen jetzt in China Fuß fassen, hier liegt die Zukunft.«

Eine Stunde später begrüßten Jade und Stanley im imposanten China Development Bank Tower den Vize Chairman der Regierungsbehörde Mr. Shang Li.

Dieser kannte Jades Vater Kuok Hoi Lam gut. Sie hatten in Peking viele Jahre zusammengearbeitet. Er wusste, dass Kuok Hoi Lam sich kürzlich einer Hüftoperation unterziehen musste. Höflich erkundigte sich Mr. Li nach seinem Gesundheitszustand. Jade verstand diese Frage genauso wie sie gemeint war – als Türöffner. Mr. Li stellte eine gemeinsame Verbindung als Basis für das Meeting her.

Anschließend erläuterten Jade und Stanley die geplante Strategie der GFS für die kommenden fünfzehn Jahre in China. Jade hob noch einmal ihre Erfahrungen bei der Arbeit für die beiden großen amerikanischen Banken hervor. Dann ging sie ein kalkuliertes Risiko ein, indem sie in eine patriotische Richtung pushte. »Mich beschäftigt schon einige Jahre die Frage, warum wir als Chinesen das Investment-Geschäft in unserem Land nicht professioneller betreiben. Warum geben wir das an die großen ausländischen Banken ab? Ich bin überzeugt, dass wir inzwischen diesen Bereich selbst abdecken können. Wer soll chinesische Firmen und Geschäftsleute besser verstehen und beraten als wir? Warum sollte ich diesen Job für eine der großen internationalen Banken besser machen als für die Good Fortune Securities aus Hongkong?«

Mr. Li war von ihrem Herangehen beeindruckt. »Sie sprechen mir aus dem Herzen, Jade. Das ist die richtige Einstellung.«

Es folgten Fragen aus dem bank-technischen Bereich, die Stanley Mr. Li kompetent beantwortete. Danach lenkte der

Funktionär der CBRC die Diskussion auf internationale Themen und Politik. Er wollte wissen, wie Jade und Stanley die Situation mit den USA und die Entwicklung der internationalen Finanzmärkte einschätzten. Hier trumpfte wieder vor allem Jade auf, was Mr. Li noch mehr imponierte. Er war ihr offensichtlich positiv gesonnen.

»Wo haben Sie studiert, Jade? Sie kennen sich bestens aus.«

Jade entspannte sich. Der offizielle Teil war vorüber. Jetzt ging es um den Teil *zwischen den Zeilen.* »In Princeton, dort habe ich meinen Master of Finance und Public Policy gemacht.«

»Erfolgreich und mit besten Noten, nehme ich an?«

Jade schaute bescheiden nach unten, bevor sie gekonnt ihre Augen wieder aufschlug. »Beste meines Jahrgangs. Alles andere hätte meinen Vater nicht zufriedengestellt«, antwortete sie modest lächelnd. »Und ich wollte Stanley beeindrucken, wir haben uns in Princeton kennengelernt«. Damit hatte Jade auch Stanley wieder ins Gespräch gebracht.

Mr. Li lächelte zurück und fasste das Meeting zusammen. »Ich bin beeindruckt von der Präsentation und Ihren Visionen. Die Unterlagen aller Bewerber der letzten Phase sind selbstverständlich perfekt. Erlauben Sie mir eine weitere Frage. Warum wollen Sie unbedingt *diese* Lizenz?

Stanley war auf diese Frage vorbereitet. »Die Good Fortune Securities steht an der Spitze der Investmentbanken in Hongkong. Wir sind dort über vierzig Jahre kontinuierlich gewachsen und fühlen uns berufen, unser erfolgreiches Investment-Business nach China auszudehnen. Ich halte es für unseren größten Vorteil, dass wir die einzigen Bewerber sind, die chinesische Wurzeln mit britischem Know-how kombinieren. Mein Großvater Huang Fu Chen – der die

Good Fortune gegründet hat – stammt aus Shanghai. Wir wissen, worüber wir reden, wenn wir über den chinesischen Markt diskutieren und verstehen die Bedürfnisse der chinesischen Geschäftsleute. Außerdem können wir Erfahrung in der Betreuung vieler wohlhabender Chinesen und ihrer Firmen aus Hongkong heraus nachweisen. Was auch nicht zu unterschätzen ist: Wir sprechen ihre Sprache, genauso wie unsere Banker, und das ist wichtig für die neuen, potenziellen Kunden«, beendete Stanley seine Argumentation.

»Dann sind wir uns über die Interpretation und die Bedeutung einig. Die Vergabe dieser Lizenz hat neben dem wirtschaftlichen auch einen politischen Aspekt. Wir sind aufgeschlossen, die Lizenz einer Bank aus Hongkong auszustellen. Wir würden uns öffnen und gleichzeitig unter uns bleiben ... Selbstverständlich müssen wir alle Bewerber ausführlich und unvoreingenommen prüfen. Möchten Sie noch etwas hinzufügen?«

Jetzt pokerte Stanley. »Mr. Li, wo wir unter uns reden ... Gibt es etwas, womit wir Ihnen helfen können, sodass Sie uns helfen können?«

Ein effektvoller Twist in einer höflichen Frage. Mr. Li verstand genau, was zwischen den Zeilen gemeint war. Bei seiner Antwort wechselte er seine Sprache von Kantonesisch zu dem sehr speziellen Shanghaier Dialekt. Ein Test für Stanley. Jade konnte nicht mehr folgen.

»Es gibt zwei Ebenen, einmal die persönliche und die von der Regierungsbehörde.« Stanley nickte, und Li sprach weiter im örtlichen Dialekt. »Meine Frau und ich suchen schon länger nach einem Haus in Hongkong auf dem Peak, aber die Preise scheinen unerschwinglich.«

Hier hakte Stanley sofort ein. »Mr. Li, Häuser am Peak sind selten im Verkauf und im Preis unerschwinglich geworden.

Wie wäre es mit einer großen Wohnung in Jardins Lookout? Dort leben viele Chinesen.«

»Eine Alternative, aber ich habe viele Räder zu ölen, exakt drei.«

Stanley zeigte sich verständnisvoll und offen. »Und auf der anderen Ebene?«

»Wir wären an mehr internationalem Einfluss interessiert, hätten gern Zugang zu einer Schweizer Bank. Idealerweise über eine Mehrheitsbeteiligung in einer Schweizer Privatbank.«

»Sie wollen eine Beteiligung in einer Schweizer Privatbank?« Stanley verbarg seine Überraschung nicht.

»Es muss keine bekannte Bank sein. Groß genug für Transaktionen, wobei Verschwiegenheit und Professionalität genauso wichtig sind.«

»Mr. Li, ich will sie nicht vor den Kopf stoßen, aber meines Wissens muss die Schweizer Finanzaufsichtsbehörde FINMA ihre Zustimmung zu allen neuen Aktionären von Privatbanken geben. Dass die FINMA einer Mehrheitsbeteiligung einer chinesischen Behörde an einer ihrer Banken zustimmen würde, wage ich zu bezweifeln. Darf ich fragen, warum Sie diese Beteiligung wollen, wo doch die Schweizer Banken gerade international auf dem Prüfstand stehen?«

»Es würde uns Diskretion bei speziellen Transaktionen verschaffen. Wenn China ausländische Währungen im großen Stil einkauft oder wir unsere Goldreserven aufstocken, möchten wir in der Zukunft vermeiden, dass die gesamte internationale Finanzwelt am nächsten Tag darüber Bescheid weiß. Außerdem gibt es regelmäßig private Transaktionen von hohen Persönlichkeiten aus der Regierung, die ohne Aufsehen ablaufen müssen. Wenn wir Konten in einer Schweizer Bank unterhalten, bei der wir Aktionäre sind, würde uns das die gewünschte Verschwiegenheit geben.« Über das Gesicht von Mr. Li lief ein zufriedenes Lächeln. »Ein Sitz im Vorstand mit Abstimmungsrecht wäre für den Beginn in Ordnung und lukrativ.«

Stanley verstand die Möglichkeit und reagierte sofort. »Wir arbeiten eng mit einer Genfer Bank zusammen. Ich werde sehen, was ich für Sie tun kann. Das wird nicht billig.«

»Sie kennen sich bestens mit den Bestimmungen in der Schweiz aus. Ich akzeptiere den Einwand und Ihre Ehrlichkeit. Der Preis für diese Beteiligung ist sekundär, die Notwendigkeit dafür essenziell.«

Alles war gesagt. Mr. Shang Li erhob sich aus seinem Sessel. Wieder in Kantonesisch verabschiedete er Stanley und Jade.

Zufrieden über den positiven Verlauf des Meetings reflektierten sie auf dem Weg zurück ins Hotel. Stanley erklärte Jade, was er und Mr. Li am Schluss vereinbart hatten. Jade, die aus Peking stammte, hatte dem Dialog im Shanghaier Dialekt nicht folgen können. An der Körpersprache von Mr. Li hatte sie jedoch seine Zufriedenheit ablesen können.

»Stimmt. Mr. Li hat mir durch die Blume bestätigt, dass alle verbleibenden Bewerber attraktive Kandidaten für die CBRC wären und die Lizenz über Bestechung vergeben wird. Diese alten Bürohengste sind so käuflich, das ist nicht mehr lustig. Was für ein lukrativer Job ...«

»Und was für Machos. Wenn es um ihre eigenen Interessen geht, bleiben Männer immer noch unter sich. Es hat sich nichts geändert, auch wenn er vorher mit mir geflirtet hat. Wir haben perfekt harmoniert. Ich bin sehr zufrieden.«

»Zumindest haben wir verstanden, wofür sie empfänglich sind. Drei private Immobilien in Hongkong und eine Beteiligung an einer Schweizer Bank.«

»Das hast du super gemacht, Stanley. Bescheiden sind sie ja, kann man nicht anders sagen.«

»Sie vergeben eine Lizenz zum Gelddrucken. Wen wundert es, wenn sie ihren Teil vom Kuchen abschneiden wollen. Wir reden über Investments im großen Stile und auf dieser Ebene müssen wir agieren. Ich werde mit meinem Großvater reden. Die Tür steht für uns weit offen.«

Kapitel 26

Adrienne stand auf und öffnete das Fenster. »Ich sage Filipa, dass sie Sandwiches zubereiten soll. Wie ich euch kenne, hat keiner heute etwas Richtiges gegessen?«

Niemand antwortete auf Adriennes Frage. Die Männer waren in ihre Diskussion vertieft.

»Wie konnte so etwas in meiner Bank passieren? Sind unsere Kontrollen so schwach?«

Fabian wich dem forschenden Blick von François aus, als er dessen Frage beantwortete. »Ich bin klassisch vorgeführt worden. In den Unterlagen zum Dummy-Trade habe ich meine schriftlichen Notizen gefunden. Ich habe damals die richtigen Fragen gestellt und mich trotzdem einwickeln lassen.«

»Wenn jemand in der Position von Pascal oder Thomas betrügen will, wird er immer einen Weg finden. Da kannst du nichts machen, Fabian«, verteidigte Adrienne ihren Sohn.

»Es nagt an mir, dass ich beiden blind vertraut habe. Zu spät ...«

Adrienne brachte sich wieder ins Gespräch ein. »Ich deute die Situation so, dass der Gewinn nicht komplett den Kunden zukommen sollte, ansonsten macht die Zwischenschaltung von MOF keinen Sinn. Könnt ihr mir bitte erklären, warum Pascal und Thomas dieses Risiko eingegangen sind? Was wollten sie mit dem vielen Geld? Sie sind doch keine Betrüger. Und welche Rolle spielt eigentlich Joel Silverstein? Wusste er davon? Er weiß doch sonst immer über alles Bescheid?«

Christian startete den Versuch einer Erklärung. »Für den richtigen Lösungsansatz müssen wir ihr Motiv verstehen. Das ist mir auch noch nicht klar. Sicher scheint nur, dass Pascal und Thomas die Initiatoren dieses fatalen Geschäfts waren.«

»Selbst darin wäre ich mir nicht sicher«, warf François ein und schüttelte energisch den Kopf. »Denk an die Diskussion gestern Abend. Thomas hat das kleinere Fünfzig-Millionen-Dollar-Investment mit den MBS, das in die Hose ging, auf Anraten von Joel Silverstein getätigt. Dann haben sie einen Rückkauf-Deal mit Levy & Lewitt gestrickt, den auch Joel eingeleitet hat. Er hat seinen L&L-Kontakt Ted Blumfeld an Pascal vermittelt. Wie er Pascal dazu gebracht hat zuzustimmen, habe ich gestern schon nicht verstanden. Pascal würde sich doch eher die Hand abhacken, als Joel einen Gefallen zu tun! Wir müssen etwas übersehen haben.«

»Fair, Vater. Aber Pascal kennt die Jungs von Levy & Lewitt selbst. Dazu braucht er Joel wahrlich nicht.« Christian fragte Fabian: »Mit wem hat Pascal den Trade bei Levy & Lewitt abgeschlossen?«

»Ted Blumfeld. Übrigens war Thomas auch zu der Zeit in New York.«

»Sag ich doch«, mischte sich François wieder ein und verknotete seine Finger ineinander. »Irgendetwas ist in New York gelaufen, das wir noch nicht verstehen ... Fabian, hatte Pascal finanzielle Probleme, von denen wir nichts ahnen? Bitte sei offen, auch wenn es nur Vermutungen sind. Wir haben keine Zeit für weitere Fehler.«

Fabian schüttelte ratlos seinen Kopf. »Dieses Geschäft wurde vor drei Jahren eingeleitet.«

François seufzte. »Dann erzähle ich euch etwas über Pascal. Vielleicht hat es doch damit zu tun. Pascal hat seit drei

Jahren wieder eine Beziehung zu Judith, Joels Tochter. Er war mit ihr in Paris.« Mit dieser Offenbarung hatte er das Überraschungsmoment auf seiner Seite.

»Judith? Die hat doch nach ihrer Scheidung von dem Italiener sofort wieder geheiratet. Soviel ich weiß, einen jüdischen Banker in New York. Bist du sicher, François?« Adrienne schaute ihren Schwiegervater skeptisch an.

François' trauriger Blick bestätigte seine Worte.

Fabian verstand nichts mehr.

Adrienne erklärte ihm, dass Judith Pascals große Liebe während des Studiums gewesen war.

»Mein Gott, das muss zwanzig, fast fünfundzwanzig Jahre her sein. Er hat sie anscheinend nie vergessen.« Fabian war verblüfft.

»Lasst mal die Sentimentalitäten weg. Weiß Joel davon?«, fragte Christian seinen Vater.

»Meiner Meinung nach nicht. Beide haben die Beziehung geschickt versteckt. Ich habe es nur durch einen Zufall erfahren. Wenn Joel wüsste, ich zitiere für Adrienne, ›dass seine Tochter die langbeinige Dame ist, mit der sich Pascal angeblich die Wochenenden aus Spaß vertreibt‹, hätte er gestern sicher anders reagiert.«

Christian schaute auf seine Uhr. »Joel wird in einer Stunde hier sein. Ich schlage vor, dass wir ihm nichts von Pascal und Judith erzählen. Wir haben genug mit den anderen Fakten zu schaffen. Vielleicht hat er genau deswegen gestern so reagiert?«

Adrienne, die nicht viel über das gestrige Meeting wusste, war perplex. »Ich dachte, Joel Silverstein ist gleichberechtigter Partner und außerdem François' bester Freund. Vertraut ihr ihm nicht mehr?«

Christian zögerte, bevor er antwortete. »Sagen wir mal so:

Wir hatten ein Meeting mit schwerwiegenden Anschuldigungen und heftigen Diskussionen. Das vielleicht ungeheuerlichste Resultat kam heute Morgen zum Vorschein – ein Toter. Es gibt viele Ungereimtheiten, und ich würde das Wissen um die Umstände lieber in der Familie belassen. Zumindest so lange, bis wir völlige Klarheit haben. Ich bezweifle, dass die Interessen von Joel mit unseren wirklich konform gehen.«

»Gut zu wissen. Mir geht noch eine andere Idee durch den Kopf.« Adrienne sprach jetzt direkt zu François. »Wir müssen Pascal finden. Nach seinen Worten ›sind die Dinge ja anders gelaufen, als es auf den ersten Blick erscheint‹. Wir sind uns einig in der Interpretation, dass Pascal mit Thomas' Tod nichts zu tun hat. Vielleicht hat auch das Investment einen anderen Hintergrund?«

François wurde nachdenklich.

Adrienne argumentierte mit ruhiger Stimme weiter: »Pascal ist für mich kein Spieler, der leichtfertig die Existenz der Bank riskiert. Ich habe das Gefühl, dass er unsere Hilfe braucht und wir übrigens auch seine … Das Interesse der Polizei konzentriert sich ausschließlich auf die Ermittlungen. Die Presse wird sich spätestens Montag auf den Fall stürzen. Wir haben Glück, dass Pascal noch nicht wegen Mordes gesucht wird. Mein Vorschlag: Wir sollten unverzüglich einen Privatdetektiv einschalten, um Pascal zu finden. Ich habe letztes Jahr eine extrem spannende Artikelserie über diese Berufsgruppe geschrieben. Seitdem kenne ich den besten Ermittler der Schweiz, Roland Sutter.«

Fabian war beeindruckt. Wie so oft, zauberte seine Mutter aus dem scheinbaren Nichts eine lösungsorientierte Idee. In seinen Kopf schlichen sich gleichzeitig jedoch noch ganz andere Gedanken ein, die er um keinen Preis aussprechen wollte.

Ich habe keine Ahnung von der alten und neuen Liebe zwischen Judith und Pascal – und dachte, ich bin sein Freund. Ich kenne keine Details von dem hitzköpfigen Streit zwischen Joel und meinem Vater gestern Abend – und halte offiziell seinen Zwanzig-Prozent-Anteil an der Bank. Ich werde von Pascal und Thomas in meiner Position als Leiter des Trading Desk benutzt, um eine riesige, wahrscheinlich kriminelle Transaktion zu genehmigen und danach zu verschleiern. Bin ich der Hampelmann in dieser Familie?

Er beschloss, in jeder Beziehung vorsichtiger zu werden.

François suchte den Blickkontakt zu Christian.

Der nickte.

»Stell den Kontakt her, Adrienne. Wo wohnt dieser Ermittler?«

»In der Nähe von Zürich. Roland Sutter arbeitet mit seiner Tochter Nadine zusammen. Er hat ein Team von Spezialisten, die er bei Bedarf hinzuzieht.«

»Roland Sutter und seine Tochter sollen morgen Vormittag in Genf sein. Wenn wir ihre Hilfe in Anspruch nehmen, sollten wir keine Zeit verlieren.«

»Ich werde versuchen, ihn zu erreichen. Das wird nicht billig.«

»Das war gute Arbeit noch nie. Für uns steht alles auf dem Spiel. Wir zahlen ohne Diskussion, was Roland Sutter verlangt, aber wir brauchen beide zu hundert Prozent.«

Adrienne verließ die Bibliothek, um Roland Sutter zu kontaktieren.

Fabian ergriff erneut das Wort: »Wir müssen noch zwei wichtige Fragen beantworten.«

»Ich wünschte, es wären nur zwei, aber bitte«, forderte Christian seinen Sohn auf.

»Im Mai 2008 führte ich ein Telefonat mit Genevieve Pasquier, bei dem sie nach dem Hintergrund der Bankgarantie fragte. Sie wollte wissen, wieso wir diese Garantie an Levy & Lewitt geben mussten. Ich habe ihr vom Dummy-Trade berichtet … Es wäre interessant zu wissen, wer die *zweite* Person war, die den Sachverhalt bestätigt hat.«

»Wieso?«, fragte François nach.

»Genevieve arbeitet eng mit Joel zusammen, und ich glaube, die beiden haben eine Affäre. Es kursieren Gerüchte darüber in der Bank. Genevieve hat Thomas gefunden, weil er Unterlagen von ihm brauchte. Vielleicht sehe ich Gespenster, aber fragen kostet ja nichts …«

»Gute Idee! Was noch, Fabian?«

»Wir brauchen eine Bestätigung, wem MOF gehört. Bisher vermuten wir nur …«

François klopfte seinem Enkel bestätigend auf die Schulter. »Mein Junge, du hast die richtigen Ansätze ausfindig gemacht. Wir werden diese Fragen morgen Privatdetektiv Sutter darlegen. Wenn der so gut ist, wie seine Vorschusslorbeeren von Adrienne, wird er wissen, wie wir taktieren sollen und wo er die Informationen herbekommt.«

Warum will er diese wichtigen Fragen nicht heute beantworten? Fabian verstand seinen Großvater nicht, beließ es jedoch dabei.

Christian sprach das drängende Thema Joel noch einmal an.

François hatte sofort eine Antwort parat. »Sag das Meeting für heute Abend ab. Ich mache das ungern, aber erzähl ihm, ich hatte wieder dieses Herzflattern. Der Arzt hat mir jede Aktivität und Aufregung übers Wochenende verboten und Bettruhe verordnet. Sobald es mir besser geht, holen wir das Meeting nach. Die Neuigkeiten von der Polizei kannst du grob zusammenfassen. Informiere ihn auch gleich, dass wir die Party für Adrienne abgesagt haben. Du hast freie Hand. Ich erkläre dich hiermit intern wieder zu unserem Geschäftsführer. Das Leben muss weitergehen, und einer muss die Verantwortung tragen. Einverstanden, Fabian?«

Es war für Fabian offensichtlich, dass François das Meeting beenden wollte. Auch er hatte genug für den Tag … Er nickte.

»Du machst mich einfach wieder zum CEO?« Christian war ehrlich überrascht.

»Willst du das nicht? Ich kann die Bank nicht ohne Interimsgeschäftsführer lassen.«

»Natürlich übernehme ich gerne wieder unsere Bank. Was ist mit der Haftungspflicht?«

»Die läuft in zwei Wochen ab, oder? Wir gehen einen Schritt nach dem anderen.«

Christian griff zufrieden lächelnd zum Telefon.

François wandte sich ein letztes Mal an Fabian. »Ich ziehe mich für heute zurück. Der Tag hat mir zugesetzt. Filipa soll mir bitte ein Sandwich ins Wohnzimmer bringen.«

Der alte Patriarch hatte schon den ganzen Tag über eine bestimmte Lösungsmöglichkeit nachgedacht. Diese Idee war seiner Ansicht nach die einzige Variante, die schnellen Erfolg versprach. Zeit war ein Luxus, den sie bei der Rettung ihrer Bank nicht hatten. Die erforderlichen Schritte hatte er bereits eingeleitet. Der Preis, den er dafür bezahlen musste, war hoch, und François war mulmig dabei …

Kapitel 27

Pascal erwachte vom leisen Klappern der Gläser und Teller. Er hatte jegliches Zeitgefühl verloren, fühlte sich matt und verschwitzt, sein Magen knurrte. Er schaute erstaunt auf die religiösen Bilder, dann auf seine Uhr. Es war Viertel vor neun am Abend und er war in Venedig. Schnell duschte er und zog eine frische Jeans, ein Hemd und einen Pullover darüber an. Seine Haare waren noch feucht, als er das Wohnzimmer betrat.

Mit einem temperamentvollen Wortgemisch aus Italienisch, Deutsch und Französisch begrüßte ihn Francescas Onkel Flavio Tomassini überschwänglich. Bevor Pascal ein Wort sagen konnte, saß er mit einem Glas Rotwein am Tisch. Ettore servierte venezianische Kalbsleber mit Polenta. Es duftete köstlich. Flavio hielt einen Monolog über die Familie und alte Zeiten. Erst nachdem Pascal die Serviette neben den Teller gelegt hatte, unterbrach Flavio seinen Redefluss und erhob sein Glas.

»Auf die Liebe und die Gesundheit, mein Sohn, der Rest ist den guten Wein nicht wert«, und prostete ihm zu.

Verkrampft nahm Pascal den Toast an. »Danke für deine Hilfe, Flavio, und das vorzügliche Essen. Ich fühle mich wieder wie ein Mensch.«

»Nicht der Rede wert, du gehörst schließlich zur Familie. Lass uns in den Sesseln beim Kamin sitzen. Wir haben eine Menge zu besprechen.«

Pascal musterte Flavio unauffällig.

Wie lange liegt mein letzter Besuch mit Francesca in Italien zurück, zwölf oder dreizehn Jahre? Flavio ist älter geworden …

Flavios Hemd spannte über einem kleinen Bauchansatz, sein Haar schimmerte weiß. Hinter dünnen, rahmenlosen Brillengläsern lugten neugierige braune Augen mit Lachfalten hervor. Lässig schick in einer Markenjeans und dunkelblauem Blazer, strahlte er eine Eleganz aus, die italienischen Männern eigen war. Flavio hatte nichts von seiner Sympathie eingebüßt, sein Charisma hatte mit den Jahren eher gewonnen. Er war zweifelsfrei der Boss, führte Regie.

»Ich bin neugierig, was passiert ist«, gestand Flavio, »aber zuerst möchte ich etwas klarstellen. Für mich bist du noch Francescas Mann. Warum ihr getrennt lebt, geht mich nichts an. Sie hat mich um Hilfe für dich gebeten, das reicht. Bei uns in Italien bedeutet Familie noch etwas. Francesca hat nie ein böses Wort über dich verloren. Alles, was du erzählst, bleibt selbstverständlich zwischen uns, in der Familie.« Flavio lehnte sich entspannt zurück und trank einen Schluck Rotwein.

Pascal war bewegt. Die besondere Atmosphäre des Palazzos, das prasselnde Kaminfeuer, der schwere Rotwein, die sich überschlagenden Ereignisse und die Ungewissheit, was die Zukunft bringen würde, schnürten ihm die Kehle zu. Auf spezielle Art fühlte Pascal sich in der Gegenwart von Flavio geborgen. Es kam ihm vor, als umarmten ihn wissende Geister und suggerierten, dass sich alles zum Guten wenden würde. Wo sollte er beginnen?

»Gibt es hier Internet?« Er war selbst überrascht, wie er auf diese absurde Frage kam.

Flavio lachte herzhaft, und Pascal stimmte ein. Die Anspannung des Tages entlud sich.

»Meinst du, nur weil die Mauern alt sind, leben wir hinter dem Mond? Dieser Palast gehört meiner Familie seit über hundertfünfzig Jahren. Natürlich gibt es hier Internet und alles an technischem Spielzeug, was du dir vorstellen kannst.« Flavio schenkte Wein nach.

Der Bann war gebrochen.

Pascal erzählte detailliert, was seit gestern Nacht passiert war. Als er wiederholt beteuerte, mit dem Tod von Thomas Widmann nichts zu tun zu haben, unterbrach ihn Flavio kopfschüttelnd.

»*Ich* glaube dir. Aber weil du aus Thomas Widmanns Büro geflohen bist und Joel Silverstein vorher ausgeknockt hast, wird die Polizei dich verdächtigen.«

»Davon muss ich wohl ausgehen.«

»Warum bist du geflohen, und welche Dokumente hast du gesucht? Hast du den riesigen Verlust eurer Bank verursacht?«

Pascal wich einer direkten Antwort aus. »Joel hat mir verbal gedroht, versuchte mir den Mord an Thomas Widmann in die Schuhe zu schieben. Wir haben mit dem Verlust zu tun, aber das ist eine lange Geschichte ...«

»Ich habe Zeit. Du hast genug Fehler für einen Tag gemacht. Wenn du wirklich Hilfe willst, musst du mir reinen Wein einschenken.«

Pascal überlegte. »Lass mich zum besseren Verständnis einen Schwenk machen.«

»In Ordnung.«

»Francesca hat sich 1999 eine Auszeit von unserer Ehe gewünscht. Wir haben jahrelang erfolglos versucht, ein Baby zu bekommen. Sie hat unzählige medizinische Prozeduren über sich ergehen lassen und schließlich frustriert das Handtuch geworfen, sich hinter ihrer Arbeit verschanzt. Wir fanden nicht wieder zueinander, die Dinge nahmen ihren Lauf … Als mein Vater mich nach dem Rücktritt von Christian 2001 in Genf brauchte, haben wir uns freundschaftlich getrennt.«

»Das tut mir leid, ich hatte keine Ahnung. Ihr wart ein gutes Paar.«

»Danke. Vor drei Jahren lief ich in Genf meiner Jugendliebe Judith zufällig über den Weg. Wir hatten über zwanzig Jahre keinen Kontakt. Es schlug wie der Blitz ein … Judith war vor meiner Ehe mit Francesca für einige Jahre meine Freundin. Judiths Vater, Joel Silverstein, unterband unsere Liebe angeblich wegen des unterschiedlichen Glaubens der Familien. Judith heiratete kurz darauf einen italienischen Kommilitonen, von dem sie heute geschieden ist und eine Tochter hat. Sophia wird bald zehn Jahre alt.«

Pascal trank einen Schluck Wein. Er kam nun zum komplizierten Teil der Geschichte. »Kurz bevor wir uns wiedergefunden haben, hatte Judith fatalerweise das zweite Mal geheiratet, den jüdischen Banker Aron Friedemann. Sie leben in New York. Ihre Familie darf nichts von unserer Liaison erfahren, denn Joel Silverstein ist Teilhaber der Lombardi Bank und der Freund meines Vaters. Wir steckten privat in einem riesigen Dilemma …«

Flavio wartete geduldig, dass Pascal zum Punkt kam.

»Themenwechsel. Etwas später hatte unser CEO Thomas Widmann Probleme mit einem Investment. Es handelte sich um fünfzig Millionen US-Dollar der Bank, die er in amerikanischen Hypothekenversicherungen, kurz MBS, angelegt hatte. Im Frühjahr 2008 waren diese MBS praktisch wertlos. Wir lösten dieses Problem gemeinsam durch einen gekoppelten Deal mit Levy & Lewitt …«

Flavio signalisierte in seiner Mimik, dass er nicht mehr folgen konnte. »Ich verstehe den Zusammenhang dieser Geschichten nicht, nehme aber an, es gibt ihn.« Dann lächelte er verschmitzt. »Lass es mich wirklich verstehen, Pascal, keine *Bankersprache*.«

»Entschuldige, Flavio … Mit koppeln meinte ich, dass mein Kollege Ted Blumfeld von Levy & Lewitt, der der Lombardi Bank beim Verkauf der MBS geholfen hat, uns parallel ein ähnliches Geschäft zu weit besseren Konditionen angeboten hat. Die Hypotheken in den MBS waren nur auf Immobilien in Manhattan – mehrheitlich Büros – ausgestellt. Top-Objekte in Top-Lagen, an die du sonst nie herankommst. Diese MBS hatten ein AAA Rating von Standard und Poor, waren im Sommer 2006 aufgelegt worden und der Wert betrug damals zwei Milliarden US-Dollar. Ted bot sie mir im April 2008 zu einem Discount von fünfzig Prozent an – also für eine Milliarde US-Dollar. Der vorherige Kunde musste um jeden Preis aussteigen und verkaufte völlig unter Wert, denn die Immobilienpreise in Manhattan waren und sind nicht um die Hälfte gefallen. Im Sommer 2013 sollen die MBS auslaufen. Kannst du mir folgen?«

Flavio nickte.

»Du verdienst auch in meiner Branche im Einkauf, und die MBS hatten über fünf Jahre Zeit – von 2008 bis 2013 – wieder zu steigen. Es klang vielversprechend, trotzdem musste ich das Geschäft ablehnen.«

»Warum?«, wollte Flavio wissen.

»Weil ich keine Milliarde US-Dollar an freien Kundengeldern zur Verfügung hatte.«

»Anscheinend hast du doch gekauft. Wie habt ihr das Problem mit der Milliarde gelöst?«

»Levy & Lewitt hat mir ein Leverage von achtzig Prozent angeboten.«

»Du meinst, sie haben achtzig Prozent finanziert? Du brauchtest *nur* zweihundert Millionen Dollar zu zahlen?«

»Genau. Ich verwalte anderthalb Milliarden US-Dollar unserer Kunden. Die technischen Details erspare ich dir, aber zweihundert Millionen US-Dollar für ein lukratives Investment in kurzer Zeit einzusammeln, ist kein Problem. Alles ist relativ ... Levy & Lewitt baute zur Sicherheit die Klausel ein, dass die Lombardi Bank für den Kredit bürgt. Thomas Widmann und ich haben den Vertrag unterschrieben.«

Flavio zog seine rechte Augenbraue vielsagend nach oben.

»Deswegen musste er sich nicht umbringen ...«, verteidigte sich Pascal schnell.

»Nicht in deinen Augen ...«

Beinah amüsiert fragte Flavio weiter nach. »Wer sagt dir, dass Thomas Widmann Selbstmord begangen hat? Nur, weil eine Pistole neben oder in seiner Hand lag? Pascal, schaust du nie Thriller? Was du mir bisher erzählt hast, sieht nach einem klassischen Set-up aus, aber dazu später mehr. Erkläre mir bitte zuerst diese Klausel genauer. Sie scheint der Knackpunkt in diesem Geschäft zu sein.«

»Kompliziert ... Nimm mich als Beispiel. Ich, Pascal Lombardi, bin Teilhaber einer Privatbank im klassischen Sinne. Wir heißen offiziell Lombardi & Cie., wie Pictet & Cie. oder Mirabaud & Cie. Cie. ist eine veraltete, vor allem noch in der Schweiz gebräuchliche Abkürzung und rechtlich der deutschen GmbH & Co KG ähnlich.«

»Klingt wirklich kompliziert ... Wo liegt der Unterschied zu anderen Privatbanken?« Flavio konnte sich den ironischen Unterton nicht mehr verkneifen.

»Oh, da besteht ein großer Unterschied. Bei uns bürgen *alle* Teilhaber zusammen für *alle* Bankgeschäfte mit ihrem Privatbesitz. Das gibt uns ein AAA-Rating.«

»Und bei den anderen Banken in der Schweiz?«

»Da handelt es sich um Aktiengesellschaften, die an der Börse notiert sind. Sie müssen den Spagat wagen, für Aktionäre und Kunden gleichermaßen zu arbeiten. Da kann die Bank mehr riskieren, sitzt aber eigentlich zwischen den Stühlen. Wenn Kundengelder schlecht oder mit Verlust angelegt werden, heißt das nicht automatisch, dass es den Aktionären schlecht geht, denn diese *verdienen am Umsatz* der Bank mit den Kunden. Wir *haften* ... Das Risiko von Levy & Lewitt bei Deals mit uns geht gegen null, wenn ich als Partner unterschreibe.«

»Das habe ich mir nie vorher klargemacht.«

»Die meisten Kunden der anderen Privatbanken kennen den Unterschied auch nicht ...«

»So, wie geht es weiter, Pascal? Lass uns zum Kern der Geschichte zurückkommen.«

»Wir haben im Namen einer Firma diese MBS gekauft. Im Sommer 2013 sollten die MBS auslaufen. Sie hätten nur den Einkaufswert wieder erreichen müssen, und wir hätten 1,48 Milliarden US-Dollar verdient, bei einem Einsatz von 200 Millionen! Dabei habe ich die garantierte achtprozentige Rendite der Kunden und die Zinsen für die Rückzahlung des Kredits an Levy & Lewitt schon abgezogen.«

»Das klingt unglaublich clever. Anscheinend hat irgendwas in der logischen Kette nicht funktioniert, denn du bist auf der Flucht, und Thomas Widmann ist tot ...«

»Ja und nein. Die MBS sind nicht wie erwartet im Wert gestiegen, das muss ich ehrlich zugeben. Aber dass sie ihren gesamten Wert verloren haben, ist genauso unmöglich.« Pascal überlegte, wie er den Sachverhalt verständlicher und mit einfachen Worten erklären konnte. »Schau, Flavio, eigentlich gibt es keinen exakten Preis für MBS. Diese Finanzprodukte werden zwischen Geschäftspartnern oder Banken gehandelt, und der Handel ist im letzten Jahr total eingeschlafen. Kein Käufer, kein Deal, kein Preis ...«

»Wieso fordert Levy & Lewitt dann von der Lombardi Bank eine Milliarde Dollar zurück?«

Pascal war aufgestanden und lief unruhig hin und her. »Genau da fängt das Problem an. Ich verstehe auch nicht, warum Levy & Lewitt die Margin aufruft. Der Wert des Portfolios kann nicht über Nacht auf Null gefallen sein. Dafür sind mir die Konsequenzen klar. Es bedeutet, dass der gesamte Kredit plus Zinsen in kürzester Zeit zurückgezahlt werden muss. Um genau zu sein, innerhalb von sieben Werktagen. So steht es im Vertrag ...«

»Ich verstehe nicht bis ins Detail, wie MBS-Finanzprodukte funktionieren, aber du ja anscheinend auch nicht? Warum rufst du Ted Blumfeld nicht an? Er muss dir das doch erklären können?«

Pascal druckste, bis Flavio erneut fragend seine Augenbrauen in die Höhe zog.

»Natürlich verstehe ich, wie MBS funktionieren und ich habe versucht, Ted zu erreichen. Angeblich befindet er sich im Urlaub irgendwo in den südamerikanischen Anden zum Klettern. Dort gibt es keinen Netzempfang. Er hat weder Zugang zu seinen E-Mails noch zu seinem Mobiltelefon. Ich habe keinen anderen Ansprechpartner bei Levy & Lewitt, denn das Geschäft wurde exklusiv zwischen uns getätigt.«

Flavio rieb mit der rechten Hand an seiner Nase. »Zu viele Zufälle für meinen Geschmack ...« Er öffnete eine zweite Flasche Wein. Scheinbar unbeeindruckt vom eben Gehörten roch er am Korken und goss den Wein vorsichtig in eine Karaffe mit silbernem Deckel. Danach legte er mehr Holzscheite in den Kamin. »Die technischen Feinheiten des Geschäfts können wir für heute Abend beiseitelegen. Was ich bisher nicht verstanden habe, ist, was dich – Pascal Lombardi – dazu bewogen hat, dieses Risiko einzugehen. Du haftest mit *deinem* Privatvermögen und dem *deines* Vaters, *deines* Bruders und diesem Joel Silverstein für einen riskanten Deal, um für Kunden zig Millionen zu verdienen? Wo ist dein *cut*, würde jeder in meiner Branche fragen?« Nachdenklich blickte er Pascal in die Augen. »Meine zweite Frage: Was hat Judith damit zu tun? Warum hilft nicht sie dir an Stelle von Francesca? Damit kommen wir zum Beginn der Erklärungen zurück.«

Warum bin ich nicht überrascht? Der alte Fuchs Flavio hat sofort begriffen, worum es im Grunde geht. Die großen Zahlen beeindrucken ihn nicht. Seine Fragen treffen genau ins Schwarze … Alle Details kann ich aber nicht preisgeben …

Pascal schwenkte nachdenklich sein Glas in den Händen. »Wir haben dieses Geschäft aus verschiedenen Gründen abgeschlossen. Es war nicht einfach, während der Finanzkrise gute Investments für Kunden zu finden. Ich war überzeugt, dass dies eines war. Zum anderen müssen auch Banken Geld verdienen …« Pascal versuchte Flavio höflich vom Thema wegzulenken. »Ich verspreche, dass ich dir bei passender Gelegenheit alle Hintergründe erkläre. Sie sind verwickelt, und ich kenne sie selbst nicht alle, noch nicht …«

Flavio lächelte vielsagend, ohne ein Wort zu erwidern.

»Könnten wir bitte kurz besprechen, wie du mir helfen kannst? Es ist spät, ich bin seit zwei Tagen ununterbrochen auf den Beinen.«

»Du musst mir nichts versprechen, Pascal. Du entscheidest, ob, wann und worüber du reden willst.« Flavio verbarg seine Enttäuschung geschickt. »Ich hoffe für dich, dass du alles klären kannst. Damit meine ich nicht nur die Bankgeschichte, sondern auch deine privaten Verhältnisse. Darf ich dir als älterer Mann einen Rat geben?«

»Gern.«

»Alles, was zu lange dauert, sich schwer anfühlt, stimmt nicht. Muss ein Pascal Lombardi seine Liebe über drei Jahre verstecken? Was für einen Wert hat diese heimliche Beziehung für dich?«

Pascal gefielen die Worte nicht. Natürlich verstand er, was Flavio ihm sagen wollte. »Ich habe Judith bereits ein Ultimatum gesetzt.«

Flavio kommentierte auch seine schwache Verteidigung nicht. »Ich nehme an, du musst für eine Zeit untertauchen und brauchst neue Papiere. Was hast du vor?«

»Ein Pass mit neuer Identität, falls die Polizei mich mit internationalem Haftbefehl sucht, wäre hilfreich. Ich würde Europa gerne verlassen.«

»Mit Sicherheit wird dich die Polizei suchen. In welches Land willst du reisen und mit welcher Nationalität?«

»Ich habe einen guten Freund – Jeffrey Gordon, Amerikaner – der in Dubai, den Vereinigten Arabischen Emiraten, lebt. Jeffrey hat vor Jahren mit mir bei Levy & Lewitt in New York gearbeitet, kennt das System genau. Ich vertraue ihm. Er arbeitet jetzt für eine Investmentfirma des Scheichs, hat beste Kontakte.«

»Interessante Idee, Dubai ... Warst du schon mal da?«

»Ja. Vor einigen Jahren wollte ich in eine Immobilie investieren. Der Kauf fiel in letzter Sekunde ins Wasser. Das Geld hatte ich schon transferiert, es liegt noch in Dubai auf der Bank. Ich habe also genügend finanzielle Mittel, um professionell zu arbeiten und kann problemlos eine Weile dort leben.«

Flavio verschränkte die Hände hinter dem Kopf. »Im Mittleren Osten wird dich niemand vermuten. Soviel ich weiß, schauen die sich aber die Papiere genau an, und du kannst nur eine bestimmte Zeit im Land verweilen.«

»Vier Wochen. Länger wird die Schweizer Polizei hoffentlich nicht brauchen, um herauszufinden, dass ich Thomas Widmann nicht umgebracht habe. Und was den angeblichen Verlust der Lombardi Bank betrifft, reden wir auch über einen Zeitrahmen von wenigen Wochen, in denen wir das Problem lösen müssen.«

»Deine Entscheidung und keine schlechte. Ich nehme an, du möchtest nicht als Schweizer reisen?«

»Den Pass welcher Nationalität kannst du am schnellsten besorgen?«

»Natürlich einen italienischen.« Flavio schmunzelte. »Dazu gibt's dann auch die passende Kreditkarte, ein günstiger Doppelpack.«

»Ich habe genügend cash, aber in bestimmten Situationen hilft eine Kreditkarte. Gehe ich als Italiener durch?«

»Äußerlich auf jeden Fall. Wie sieht es mit deinen Sprachkenntnissen aus?«

»Ganz gut, auf jeden Fall mehr als Small Talk.«

Flavio erhob sich. Das Feuer im Kamin knisterte nur noch schwach. »Ich muss einige Telefonate führen. Bis spätestens Montag sollten wir deine neue Identität perfekt gebastelt haben. Musst du jemanden kontaktieren?«

»Ja, das wäre wichtig.«

»Ich besorge dir bis morgen einen neuen Laptop und ein Handy. Gute Nacht, schlaf gut, Pascal.«

Kapitel 28

Samstag, 5. Februar

»Eine unglaublich komplexe Geschichte, die wir auf verschiedenen Ebenen angehen müssen«, fasste Roland Sutter den Bericht von Christian Lombardi zusammen. »Nach Ihrem Bericht, den ersten Ergebnissen der Polizei und meinen Erfahrungen stimme ich zu, dass alles darauf hindeutet, dass Pascal Thomas Widmann nicht umgebracht hat. Das ist ein guter Start. Ich muss trotzdem über die vielen Informationen ein paar Minuten in Ruhe nachdenken. Begleitest du mich auf einen Spaziergang, Nadine?«

François Lombardi blieb mit Christian und Fabian in der Bibliothek sitzen. Die Geschehnisse erneut in allen Facetten darzulegen, hatte die Stimmung gedrückt.

»Passt auf, Jungs, wir können den Kopf nicht in den Sand stecken und warten, was die Polizei und die Sutters herausfinden. Lasst uns die Pause nutzen, um unsere Strategie festzulegen. Ich schlage vor, ihr beide fliegt morgen nach Hongkong.«

Fabian verstand den Zusammenhang nicht sofort. »Werde ich nicht in Genf gebraucht? Wer soll ab Montag den Trading Desk und die Asset-Management-Abteilung leiten? Pascal und ich wären nicht anwesend … Reicht es nicht, wenn Christian allein nach Hongkong fliegt?«

»Unsere höchste Priorität ist, die Zukunft der Bank zu sichern. Das tägliche Geschäft muss hinten anstehen. Dein

Stellvertreter Jerome Steinbach wird für dich einspringen, außerdem bleibt Joel in Genf«, berichtigte François seinen Enkel energisch.

»Überleg mal«, ergänzte Christian, »wahrscheinlich wird am Montag die Großfahndung nach Pascal ausgelöst. Danach wird die Presse in der Bank präsent sein und für Unruhe sorgen. Du würdest keine Ruhe zum Arbeiten haben.«

Fabian nickte einlenkend. »Wahrscheinlich habt ihr recht.«

»Um Pascal zu finden und zu verstehen, welche Idee wirklich hinter diesem mysteriösen Geschäft steht, engagieren wir mit der Detektei Sutter den besten Ermittler. In der Zwischenzeit müssen wir einen Überbrückungskredit organisieren, ohne Aufsehen in der Branche zu erregen. Perfekt wäre es, einen Investor zu finden, der unsere Aktien als Sicherheit akzeptiert und so wenig wie möglich Eigenkapital verlangt. Was bei der Summe von einer Milliarde für unsere relativ kleine Bank der schwierigste Teil ist. Wir sollten es trotzdem mit aller Kraft versuchen.«

Christian erinnerte sich wieder an seine Eingebung im *Sprüngli.*

Habe ich nicht denselben Gedanken gehabt? Huang Fu Chens Holding mit der Good Fortune Investment Bank ist sicher in der Lage, diese Summe bereitzustellen.

Wieder setzte er den Gedankengang seines Vaters fort. »Dann sollten wir Peter McGraham und Stanley schnellstens informieren. Ich hatte am Donnerstag eine ähnliche Idee und habe den Hongkong-Chinesen per E-Mail zum chinesischen Neujahr gratuliert und einen eventuellen Besuch avisiert.«

»Sehr gut, Christian. Du verstehst, was ich vorhabe. Die Hongkong-Chinesen sind unsere beste Chance und könnten auf diese Weise ihre alte Schuld einlösen ... Für Unterschriften in Verträgen brauchen wir dich, Fabian. Du hältst offiziell zwanzig Prozent der Lombardi Bank. Dein Vater hat viele Jahre eng mit Peter McGraham gearbeitet. Wenn sie uns helfen – und davon gehe ich einfach mal aus – verbinden wir uns auf lange Sicht wieder mit ihnen. Das halte ich auch strategisch für richtig, denn Asien boomt. Wir sollten darüber nachdenken, wieder eine Filiale in Hongkong zu eröffnen, die Enttäuschung von *damals* vergessen.« François legte seine Brille auf den Besprechungstisch und wischte sich über die Augen. Dann klopfte er Fabian ermunternd auf die Schulter. »Stanley McGraham gehört die Zukunft der Good Fortune Securities und dir, Fabian, gemeinsam mit Pascal, die Zukunft der Lombardi Bank. Ihr seid die neue Generation. Deine Anwesenheit in Hongkong ist wichtig, sei dir dessen bewusst.«

Fabian spürte eine Gänsehaut. *Die Veränderungen nehmen rasant Fahrt auf. Hongkong, eine interessante Alternative.*

Dann besprachen sie den konkreten Ablauf. François schlug vor, schon für Montag einen Termin mit Peter und Stanley zu vereinbaren. »Selbst wenn sie der Sache positiv gegenüberstehen, muss viel Detailarbeit über die Rahmenbedingungen und Konditionen geleistet werden.«

»Sie sind knallhart im Geschäft und es geht um eine Menge Geld. Alle anderen Erwartungen wären illusorisch«, bestätigte Christian.

»Um den Vertrag auszuhandeln, habt ihr den gesamten Dienstag und Mittwoch vor dem Rückflug Zeit. Das sollte ausreichen. Donnerstag brauche ich euch wieder im Büro.«

François setzte seine Brille wieder auf. »Es werden in der Tat harte Verhandlungen, die Good Fortune Securities ist nicht umsonst die Nummer eins unter den Investmentbanken in Hongkong.«

»Ihr habt mich nie über alle Einzelheiten von damals aufgeklärt. Ich denke, es wäre jetzt an der Zeit, mir den kompletten Überblick zu geben, wenn ich mit in die Verhandlungen gehen soll.«

Christian versprach Fabian, dass sie im Flieger genug Zeit zum Reden finden würden. »Wir müssen außerdem eine intelligente Verhandlungstaktik entwerfen.«

François stimmte zu. »Ihr tragt eine enorme Verantwortung. Es ist unsere einzige Chance, dem Margin Call einigermaßen gelassen entgegenzusehen. Wir haben zwar trotzdem den riesigen Verlust, aber die Rückzahlung an Levy & Lewitt wäre gesichert. Mit diesem Pfand im Rücken könnten wir auf einer gleichwertigen Basis mit den Amerikanern verhandeln.«

»Vielleicht taucht Pascal in der Zwischenzeit auf«, warf Fabian hoffnungsvoll ein.

»Vielleicht …« François wirkte plötzlich bekümmert. »Es wird auf jeden Fall ein anstrengender Kurztrip für euch mit viel Jetlag, aber es sind besondere Zeiten.«

Nach einer halben Stunde erschienen Roland und Nadine Sutter wieder.

Klar und deutlich arbeitete Roland Sutter die wichtigsten Punkte heraus. »Wir haben meiner Meinung nach drei wichtige Probleme zu lösen. Nummer eins: Wir wissen, dass Pascal und Thomas Kundengelder für ein riskantes Investment benutzt haben. Thomas ist tot, Pascal verschwunden, der Vermittler von Levy & Lewitt unerreichbar im Urlaub. Der Margin Call scheint unausweichlich. Der einzige Ansatz geht über Pascal. Er muss wissen, warum er dieses Geschäft getätigt hat. Wir müssen Pascal finden oder zumindest eine Kommunikation mit ihm aufbauen. Obersten Stellenwert hat deswegen für mich die Suche nach Pascal.«

Die Lombardis stimmten Roland Sutter ohne Einschränkung zu.

»Der zweite Punkt wäre, Pascals Unschuld am Tod von Thomas *zu beweisen*. Daran arbeitet die Polizei, und wir sollten ihnen da zumindest offiziell nicht in die Quere kommen. Nadine würde sich die DVD mit den Aufzeichnungen der Kameras trotzdem gern anschauen. Ist das möglich?«

»Ich habe drei Kopien gezogen«, antwortete Christian.

Nadine nickte zufrieden.

»Der dritte Punkt – falls wir Pascal nicht schnell finden können – wäre, exakt zu verstehen, welche Struktur hinter dem Geschäft steht. Wem gehört die Firma MOF mit Sitz auf den Bahamas? Welche Gewinne hat MOF in den letzten Jahren an die Kunden ausgezahlt? Wer ist der Auditor? Welche MBS sind in MOF und MOF 1 zusammengefasst? Wie war und ist die genaue Wertentwicklung? Wer wird die Verhandlungen mit Levy & Lewitt führen? Viele Detailfragen, die zu beantworten sind …«

»Absolut korrekt erkannt, Herr Sutter«, lobte Christian. »Ich hätte es nicht besser zusammenfassen können.«

Nadine ergänzte fragend: »Uns ist nicht genau verständlich, welche Rolle Joel Silverstein spielt. Er besitzt zwanzig Prozent Ihrer Bank, ist Anwalt. Warum ist er heute nicht anwesend? Gibt es etwas, was wir wissen sollten? Kann er informiert oder involviert werden?«

Roland Sutter konnte allen Lombardis ansehen, wie heikel das Thema war.

»Vor einer Woche hätte ich für Joel meine Hand ins Feuer gelegt. Seit Donnerstagabend sind wir uns nicht mehr sicher«, antwortete François leise.

»Was ist passiert?«, wollte Roland Sutter wissen.

»Joel arbeitet seit 1985 bei uns, ist seitdem meine rechte Hand. Ich habe mein Vertrauen in ihn nie hinterfragen müssen. In der gestrigen Diskussion und bei unseren Nachforschungen hat sich ergeben, dass er in beide Geschäfte zumindest indirekt verwickelt war. Er behauptet, angeblich nichts von dem Milliardeninvestment zu wissen. Dafür beschuldigte er Pascal aggressiv, für den Verlust verantwortlich zu sein. Die beiden haben eine lange private Geschichte. Sein Verhalten erscheint mir nicht koscher.«

Roland Sutter schaute François nachdenklich an, bevor er seine nächste Frage stellte. »Vertrauen Sie Ihrem Bauchgefühl?«

»Schwierig zuzugeben für Männer, aber ich glaube schon«, antwortete dieser.

»Dann sollten wir vorsichtig sein.«

Nadine übernahm. »Erzählen Sie uns bitte mehr über Pascal. Seine Leidenschaften, seine Interessen, seine Vorlieben ... Wer sind seine Freunde? Wo leben sie? Versuchen Sie, sich in Pascals Lage zu versetzen. Man versteckt sich am einfachsten dort, wo man sich auskennt, Hilfe bekommt oder anderweitig vernetzt ist. Selbst Profis haben Probleme, spurlos zu verschwinden. Pascal ist Banker und hat spontan – aus einer nicht vorherzusehenden Situation – entschieden. Es muss einen Ansatz geben.«

François schilderte den privaten Ermittlern die Familiengeschichte der Lombardis in Kurzform: Er erzählte von Pascals Kindheit, seiner Weltreise, dem Studium in Harvard, seiner Liebe zu Judith, der Trennung, seiner Zeit in New York bei Levy & Lewitt und seiner Ehe mit Francesca.

Die Sutters hörten aufmerksam zu und zeichneten alles elektronisch auf. Gelegentlich notierte sich Roland Sutter zusätzlich einige Stichworte.

»Wer von Ihnen verbrachte privat am meisten Zeit mit Pascal?«, fragte er in die Runde.

»Das war ich«, meldete sich Fabian. »Wir haben dreimal in

der Woche zusammen trainiert, waren aus für Drinks und Dinner, haben Ideen ausgetauscht und Visionen für unsere Bank entwickelt. Ich dachte, ich kenne Pascal gut. Allerdings hat er niemals mit einem Wort seine Affäre mit Judith erwähnt und auch diesen Dummy-Trade nie wieder angesprochen.«

»Was haben Sie zusammen trainiert?« Roland Sutter ging nicht auf die entschuldigenden Sätze Fabians ein. Er suchte etwas Greifbares, einen Ansatz außerhalb der Bank, einen Hinweis, wo er Pascal finden könnte.

»Triathlon. Wir sind wöchentlich zwischen dreißig und vierzig Kilometer gejoggt oder hundertfünfzig Kilometer Rad gefahren, intensives Training. In den Wintermonaten haben wir unser Schwimmtraining verstärkt. Da ist es ungemütlich kalt auf dem Rennrad …«

»Benutzen Sie elektronische Programme, um das Training zu dokumentieren?«, wollte Nadine wissen.

Sie deckte den IT-Bereich in der Detektei ihres Vaters ab und war eine Koryphäe in ihrem Gebiet. Computer, Suchmaschinen, Programme schreiben gehörten zu ihrem Standard-Repertoire. Sie hatte die technische Finesse eines guten Hackers. Dass sie als attraktive Blondine mit Pferdeschwanz und blauen Augen eher den Eindruck hinterließ, technisch völlig unbedarft zu sein, hatte ihr schon oft bei kniffligen Aufträgen geholfen. *Mann* wähnte sich gerne wichtig, und so flutschten vertrauliche Informationen bei Gesprächen heraus, die sich später als außerordentlich nützlich erwiesen.

»Wir haben vor etwa einem halben Jahr begonnen, die *Runtastic* Applikation auf dem iPhone zu nutzen. *Runtastic* ist ein Programm, das automatisch Zeit, Distanz, Kalorienverbrauch, Geschwindigkeit, Höhenmeter und so weiter misst.« Fabian wollte die Funktionen erklären.

»Kenne ich«, unterbrach ihn Nadine. »Es funktioniert auf der Basis von GPS-Daten und Satellitenübertragung.«

»Ja, man kann über Google Earth nach dem Training detailliert die Laufstrecke nachvollziehen. Ein faszinierendes Programm, das automatisch Statistiken zusammenstellt und Ergebnisse vergleicht ...« Fabian war erleichtert, über ein unverfänglicheres Thema reden zu können.

»Können Sie mir diese Aufzeichnungen schicken? Ich würde mir das gern genauer ansehen und benötige auch die Login-Daten ...«

»Kein Problem.«

Es folgten weitere Fragen von Roland Sutter über Pascals bevorzugte Urlaubsziele, geschäftliche Kontakte, Auslandskonten, Autos, Kreditkarten. »Dass Pascal Genf mit seinem Cayenne verlassen hat, scheint klar. Damit beschränkt sich die erste Station seiner Flucht auf die fünf Nachbarländer der Schweiz: Deutschland, Frankreich, Italien, Liechtenstein und Österreich. Von Genf aus können wir Deutschland, Liechtenstein und Österreich ausschließen. Es bleiben Italien und Frankreich. Was sagt Ihr Gefühl, wohin sich Pascal abgesetzt hat?«

Christian und Fabian waren unentschlossen, nur François äußerte eine klare Meinung.

»Mein Gefühl sagt, Pascal ist nach Italien gefahren. Unsere Familie stammt ursprünglich aus der Lombardei, wir alle lieben Italien, die Familie von Pascals Frau Francesca kommt aus Italien, und er spricht Italienisch.«

»Pascal spricht auch Französisch, seine Mutter und ihre Familie sind oder waren Pariser, die französische Grenze liegt näher ... Man könnte es genauso andersherum sehen«, widerlegte Christian das Argument seines Vaters.

Sutter wägte ab. »Ich stimme trotzdem Ihrem Vater zu. Wir versuchen es zuerst in Italien.«

»Ich habe übrigens einen Ansatz«, sagte Nadine. »Selbst wenn die ersten Schritte von Pascal spontan waren, denkt er logisch. Den SMS nach hatte er einen Plan. Ich brauche unbedingt die Telefonnummer, von der die SMS an Fabian gesendet wurde. Über den Besitzer und seinen Wohnort werde ich wahrscheinlich eine Spur finden.«

Fabian öffnete sofort seinen BlackBerry und suchte die Nummer. Er schrieb sie auf ein Blatt Papier und reichte es Nadine.

»Könnte ich außerdem die Unterlagen aus dem Computer über Ihre Trades bekommen und den E-Mail-Verkehr von Pascal? Ich interessiere mich nicht für den geschäftlichen Inhalt, lese andere Informationen aus den E-Mails. Zusätzlich benötigen wir alle verfügbaren Details von den Personen, mit denen Pascal befreundet war. Die Kontaktdaten von Judith, Francesca Lombardi und allen Mitgliedern Ihrer Familie wären ebenso hilfreich.«

François nickte anerkennend in Nadines Richtung, bevor er sich an seinen Enkel wandte: »Fabian, du gehst im Anschluss mit den Sutters zur Bank. Zeig ihnen alles, was sie sehen wollen. Du entscheidest, was relevant ist, und bitte überspiele Nadine die Daten von Pascals Computer.«

»Danke. Bevor wir aufbrechen, möchte ich noch zwei andere Fakten ansprechen, die mir durch den Kopf gehen und über die Sie nachdenken sollten.« Roland Sutter suchte kurz nach den passenden Worten, wollte den Lombardis nicht zu nahe treten. »Wenn ich alles, was Sie über Pascal erzählt haben, zusammenfasse, ist Pascal ein erfolgreicher Banker, ein Sportler, ein Mann, der viel gereist ist, der mit beiden Beinen im Leben steht und mit Druck umgehen kann. Pascal ist niemand, der kopflos flieht, wenn er einen Toten sieht, egal, wer es ist. Während seiner Flucht ist er in der Lage, verschlüsselt kreative Hinweise zu senden, sein Verstand funktioniert also bestens. Daraus schlussfolgere ich, dass Pascal in Thomas' Büro einen Hinweis oder irgendetwas entdeckt hat, was er nicht teilen oder aufklären will … *Etwas* an der Geschichte passt nicht.«

Roland Sutter spricht das an, was niemand von uns aussprechen will, dachte Fabian.

»Der zweite, mir unklare Fakt: Wissen Sie, von wem Michael Bürer den *Insider-Tipp* erhielt?«, fragte er Christian.

Der verneinte und Roland Sutter erklärte seinen Gedankengang. »Meines Wissens wird die Fed bestenfalls benachrichtigt, *nachdem* ein Margin Call stattgefunden hat. Das könnte bedeuten, dass ein Mitarbeiter von Levy & Lewitt den *besagten Insider-Tipp* gezielt verbreitet hat. Der Hinweis schwächt die Position von Levy & Lewitt, was nicht logisch ist. Außer es geschah mit der klaren Absicht, Unruhe oder Reaktionen auszulösen. Das wäre ihnen gelungen. Um es auf den Punkt zu bringen, ich glaube nicht an Zufall in dieser Häufigkeit.«

Christian strich sich mit seiner typischen Handbewegung durch die Haare. »An der Seriosität von Michael Bürer zweifle ich nicht. Er ist eine integre Persönlichkeit. In seiner Position würde er weder ein Gerücht verbreiten noch sich benutzen lassen.« Er schaute Roland Sutter offen an, bevor er weitersprach. »Was die sogenannten Zufälle und den zeitlichen Ablauf betrifft, bin ich absolut Ihrer Meinung. Wir müssen in New York ansetzen …«

Adrienne hat Michael Bürer in Zürich spontan dieselbe Frage gestellt. Das behielt Christian jedoch für sich.

»Die Antwort von Paul Desmond aus den Bahamas ist per E-Mail gekommen«, unterbrach Fabian seinen Vater.

»Gutes Timing, lies laut«, forderte er ihn auf.

»Die Firma MOF hält nur eine einzige Beteiligung: MOF 1. MOF gehört der Lombardi Trust Company auf den Bahamas. Die geprüften Jahresabschlüsse sind als Anhang beigefügt, durchgeführt hat sie die Buchhaltungs-Firma mit dem Namen Alan E. H. Bates & Co aus Nassau mit einer Adresse in der Kings Court Bay Street. Weitere Informationen über MOF kann er uns nicht geben, da es sich um einen privat gehaltenen Fonds im Namen der Lombardi Trust Company handelt, und nur zwei Mitglieder der Familie haben Zugang zu diesen Informationen: Pascal Lombardi und ... Fabian Lombardi ...«, stammelte Fabian. »Davon habe ich noch nie etwas gehört. Wie kann ich ...?«

Roland Sutter schaltete am schnellsten. »Das ist sehr gut! Sie können im Anschluss alle weiteren Informationen anfordern. Was schreibt er weiter?«

»Dass wir ihn anrufen können, wenn wir weitere Auskünfte dringend brauchen. Er kann meine Daten per Telefon prüfen, ich soll nur vorher eine Passkopie mailen.«

»Wie spät ist es auf den Bahamas?«, fragte François.

»Das ist nebensächlich. Wenn die Mail eben kam, ist er noch wach ... Haben Sie eine Passkopie als Scan im Laptop?«, wollte Roland Sutter wissen.

»Natürlich.«

»Dann senden Sie die Kopie sofort. Wir sollten keine Zeit verlieren.«

Während Fabian die E-Mail schrieb, überprüfte Nadine Sutter die Buchhaltungsfirma. »Ich habe Alan E. H. Bates & Co aus Nassau gefunden. Es scheint eine sehr kleine Firma zu sein. Das muss nichts heißen, passt aber ins Bild.«

Die Spannung in der Bibliothek stieg, als Fabian die Nummer von Paul Desmond wählte. Er hatte den Lautsprecher im Telefon aktiviert, sodass alle mithören konnten.

»Kanzlei Desmond & Partner, *Paul Desmond*«, meldete sich eine warme Stimme mit amerikanischem Akzent.

»Fabian Lombardi aus Genf am Telefon. Ich habe Ihnen gestern …«

»Ah, Fabian Lombardi. Ihre E-Mail habe ich gerade beantwortet. Die Passkopie habe ich erhalten, danke. Können Sie mir bitte noch Ihre private Adresse und die der Lombardi Bank nennen? Das sind die letzten Informationen, die ich zur kompletten Verifizierung von Ihnen benötige.«

Fabian nannte die Adressen, und Paul Desmond bestätigte. »In Ordnung. Was kann ich für Sie tun, Herr Lombardi?«

»Nennen Sie mich Fabian, dann gibt es keine Verwechslungen.«

»Okay, ich bin Paul.«

»Was für Beteiligungen hält MOF?«

»Ausschließlich MBS aufgelegt von Levy & Lewitt im Jahre 2007 auf den Namen MOF 1.«

»Liegen Ihnen der Kaufvertrag und alle rechtlichen Dokumente vor?«

»Selbstverständlich, auch der Kreditvertrag.«

»Fantastisch, wie können Sie uns das am schnellsten zukommen lassen? Wir brauchen die Unterlagen sehr dringend.«

»Ich kann alles scannen. Es ist eine Menge, aber machbar. Darf ich Ihnen auch eine Frage stellen?«

»Ja.«

»Wieso meldet sich Pascal nicht bei mir? Ich habe alle Verträge mit ihm besprochen. Ich hoffe, es ist ihm nichts passiert.«

»Pascal ist verschwunden … Kann ich Ihre Frage so deuten, dass Sie mit ihm schon eine Weile keinen Kontakt mehr hatten?«

»Es muss fast ein Jahr her sein.«

»Danke für Ihre Hilfe, Paul. Wir warten auf Ihre Mail und hören voneinander.«

»Gerne, Fabian.«

Für einen Moment sprach niemand. Es kam unerwartet Fahrt in die Geschichte.

»Fabian, ich bin unsicher, wie ich das alles deuten soll. Grundsätzlich vertraue ich dir, aber lass uns mal die Fakten betrachten.« Christian gelang es nur schwer, seiner Stimme einen nonchalanten Ton zu geben. »Du gibst die Genehmigung zu einem Dummy-Trade, der in Wirklichkeit ein realer Trade ist. Davon weißt du angeblich nichts. Du genehmigst über Genevieve Pasquier den Kredit. Pascal verschwindet, und der Einzige, dem er eine Nachricht zukommen lässt, dazu mit einem Hinweis auf den besagten Dummy-Trade, bist du. Jetzt erfahren wir, dass du gemeinsam mit Pascal der Eigentümer von MOF bist, nicht, wie vermutet, Thomas Widmann! Fällt dir etwas auf?«

Fabian wehrte sich entrüstet. »Ich habe damit nichts zu tun und nichts genehmigt, was nicht korrekt wäre! Ich habe den Ansatz gefunden, der uns hilft, das Problem zumindest zu verstehen, und jetzt machst du mich für den Schlamassel verantwortlich? Vielleicht solltet ihr aufhören, mich zu benutzen! Jeder von euch schiebt mich hin und her, wie es ihm gerade in den Kram passt! Manchmal hasse ich es, den Namen Lombardi zu tragen! Lasst mich doch alle in Ruhe!« Wütend verließ er den Raum und knallte die Tür zu.

Christian wollte ihm folgen, doch François hielt ihn zurück.

Roland Sutter versuchte, die Wogen zu glätten. »Lassen Sie uns da weitermachen, wo wir vorhin unterbrochen worden sind, bis die E-Mail aus den Bahamas eintrifft. Außerdem schlage ich vor, dass Nadine inzwischen mit Fabian allein in die Bank fährt und die Daten abruft. Ich glaube, die beiden kommen gut miteinander aus, und wir nutzen inzwischen die Zeit hier sinnvoll.«

Kapitel 29

Pascal schlief tief und lange in dieser Nacht. Von den trommelnden Regenschauern, die sich über Venedig ergossen, hörte er nichts. Erst am späten Vormittag wachte er auf. Im Wohnzimmer fand er auf dem liebevoll gedeckten Frühstückstisch eine kleine Tasche. Obenauf lag ein Zettel mit einer handschriftlichen Notiz.

Dein neuer Name lautet Umberto Rossi.
E-Mail Adresse: Umberto.Rossi@gmail.com
Passwort für alle Einstellungen: Venedig 666
Eine Kreditkarte mit 5000 Euro Guthaben, ausgestellt auf die neue Adresse, steckt in der Box. Pass ist in Arbeit.
Flavio

Das neueste iPhone und das kleine MacBook Air 11'' lagen jungfräulich unberührt vor Pascal. Auf dem Handy klebte ein Sticker mit seiner italienischen Nummer.

Flavio ist wirklich ein Schatz und zeigt Sinn für Humor, im katholischen Italien die Zahlenfolge 666 als Passwort zu benutzen. Oder will er mir einen Wink mit dem Zaunpfahl geben?

Als Technik-Freak benötigte Pascal nur wenige Minuten, um beide Geräte einzurichten. Danach surfte er im Internet nach News bezüglich der Lombardi Bank oder dem Tod von Thomas Widmann.

Nichts – noch nichts.

Pascal war erleichtert. Er wusste, dass die Schweizer Presse in den nächsten Tagen überschwemmt sein würde mit Nachrichten über den Tod von Thomas und Vermutungen über sein eigenes Verschwinden. Die Spekulationen im sonst konservativen Genf würden sich überschlagen. Dabei würden sie von der eigentlichen Katastrophe in der Lombardi Bank noch keine Ahnung haben ...

Ich werde eine Lösung finden, schwor er sich.

Zuerst musste Pascal dringend über Francesca Nachrichten und Fragen an Ted Blumfeld weiterleiten. Zusätzlich brauchte er interne Informationen von Levy & Lewitt, Hintergrundinformationen über die MBS und den Immobilienmarkt in Manhattan. Mit Francesca saß eine intelligente, loyale Anwältin in New York nahe an der Quelle.

Pascal loggte sich in sein neues Gmail-Konto ein und begann, die Vorkommnisse in Genf und New York in einer E-Mail an Francesca aufzuschreiben. Er benötigte dafür fast zwei Stunden, da er den Text ständig änderte, anpasste und vorsichtig formulierte. Pascal vertraute Francesca, wollte jedoch ihre Gefühle nicht verletzen und ihre Loyalität nicht unnötig auf den Prüfstand stellen. Gestern Abend hatte er den wahren Grund des riskanten Geschäfts Flavio gegenüber nicht preisgegeben und beschloss, es im Moment dabei zu belassen. Es tat für einen Unbeteiligten nichts zur Sache.

Anschließend schrieb er eine ähnliche E-Mail an Jeffrey Gordon in Dubai. Ihm gegenüber skizzierte er die Idee seines Plans, den er während der vergangenen Stunde entwickelt hatte und schilderte die delikaten Umstände um Judith und Joel genauer.

Jeffrey war ein enger Freund Pascals aus den New Yorker Levy & Lewitt-Zeiten. Er war für ihre alte Firma nach Dubai gezogen, wo er das regionale Office der Investment Bank im Financial District aufbaute. Vor vier Jahren konnte er dem lukrativen Angebot eines bekannten Scheichs nicht widerstehen, eine seiner Investment-Firmen zu leiten. Die Offerte war einfach zu gut, und Jeffrey fühlte sich in Dubai sehr wohl.

Pascal hatte Jeffrey vor drei Jahren das letzte Mal gesehen. Einige Monate, nachdem ein russischer Kunde ihm das Penthouse unter der Nase weggekauft hatte, kam Pascal noch einmal nach Dubai, um alternative Möglichkeiten für ein Investment auszuloten. Er fand den Markt inzwischen zu teuer und machte stattdessen ein paar Tage Urlaub.

Pascal avisierte seine Ankunft für Montag oder Dienstag.

Seine Familie in Genf oder Judith zu kontaktieren hielt er für zu gefährlich. Er wusste nicht, wo die Polizei in ihren Ermittlungen stand. Nur schwer widerstand er der Versuchung, den Chip in seinen BlackBerry einzulegen und seine E-Mails zu lesen. Er konnte nichts weiter einleiten, solange er in Italien war.

Kurz darauf entschied sich Pascal trotz des unbeständigen Wetters für einen Spaziergang durch Venedig. Bewegung würde ihn auf andere Gedanken bringen. Anfangs wanderte er ziellos im Nieselregen durch die engen Gassen. Der Himmel hatte sich weiter zugezogen, dicke Regenwolken hingen jetzt über der Lagune. Sie färbten alles eine Nuance dunkler. Das Pflaster glänzte nass und reflektierte die wenigen Lichter. Es war grau und still und entsprach exakt Pascals melancholischer Stimmung. Ein Plakat brachte ihn auf die Idee, das Museum für Moderne Kunst von François Pinault zu besuchen.

Während Pascal sich die modernen Bilder und Skulpturen anschaute, gingen ihm viele Gedanken über sein Leben durch den Kopf. Flavios Bemerkungen nagten an ihm.

Die private Bilanz fiel niederschmetternd aus. In seinen Augen hatte er mit sechsundvierzig Jahren nicht viel vorzuweisen. Es tröstete ihn wenig, dass Männer sich normalerweise an ihrer Karriere maßen. Die war Pascal gut gelungen. Er wollte aber daneben eine funktionierende Beziehung.

Warum ist es so schwer, diesen einfachen Traum – Liebe zu geben, geliebt zu werden und eine Familie mit Kindern um mich zu haben – zu verwirklichen? Wollen das die Frauen nicht auch?

Pascal fand keine befriedigende Antwort.

Pinaults Museum hatte Pascals Lust auf mehr Kunst geweckt. Er schaute sich auch die Ausstellung im Guggenheim Museum an, das nur einige Vaporetta-Stationen entfernt lag. So verging der Tag.

Erleichtert las er am Abend die Antwort von Jeffrey. Er bot Pascal an, in seinem Haus auf Palm Jumeirah zu wohnen. Ausdrücklich bat er ihn, keine weiteren Informationen per E-Mail zu senden. Ein Anruf nach seiner Landung in Dubai würde genügen.

Pascal musste jetzt nur auf den Pass von Flavio warten. Von Dubai aus konnte er die Probleme mit Levy & Lewitt aktiv angehen. Alles fügte sich.

Kapitel 30

Ein nebliger Samstag in Genf neigte sich dem Ende zu, als Judith vor der Villa ihres Vaters in Vandoeuvres aus dem Taxi stieg. Das Wetter passte zu Judiths trister Verfassung.

Seit der gestrigen, verwirrenden E-Mail herrschte zwischen ihr und Pascal Funkstille. Sein Handy war ausgeschaltet. Er war für Judith nicht zu erreichen. Seine überstürzte Abreise in der Nacht, die schockierenden Nachrichten vom Tod Thomas Widmanns, Pascals anschließende Flucht sowie die Aufforderung, alle elektronischen Nachrichten von ihm zu löschen, setzten Judith zu. Davon konnte sie ihrem Vater jedoch nichts erzählen, was ihre Stimmung weiter drückte. Sie sorgte sich. Nur um an mehr Informationen über Pascal zu kommen, hatte sie sich kurzfristig für diesen Besuch entschieden.

»Judith, endlich sehe ich dich mal wieder«, begrüßte Joel gut gelaunt seine jüngere Tochter und umarmte sie.

Wenn er meine Gedanken lesen könnte …

Stattdessen setzte sie ihr oft erprobtes Lächeln auf, gab sich fröhlich und ungezwungen. »Ich dachte, ein Abstecher aus Paris wäre genau aus diesem Grund eine gute Idee, bevor ich wieder nach New York fliege …«

»Du hättest keine bessere haben können«, lobte sie Joel und nahm ihr den Koffer ab.

Nachdem sie sich frisch gemacht und bequeme Sachen angezogen hatte, öffnete Joel einen edlen französischen Rotwein.

Judith setzte sich zu ihrem Vater auf das Sofa. »Was gibt es Neues bei dir, Papa, alles okay?«

Joel winkte ab. »Zum Wohl, Judith. Schön, dich hier zu haben.«

Sie ließen die Gläser aneinander klingen.

»Bei mir läuft es bestens, aber in der Bank geht es drunter und drüber ... Thomas Widmann ist tot.«

»Wie bitte? Der CEO ist tot?« Judith tat erschüttert. »Hatte er einen Unfall oder eine Herzattacke?«

»Nein, keines von beidem. Er hatte eine Kugel im Kopf«, witzelte ihr Vater. »Und die Eine-Million-Dollar-Frage ist, hat Widmann Selbstmord begangen, oder ist er umgebracht worden?«

»Papa ...« Judith war pikiert über die Wortwahl ihres Vaters.

»Wenn die Polizei diese Frage beantwortet hat, sind wir alle einen Schritt weiter. Du kannst dir die Aufregung vorstellen. Offiziell wird sein Tod erst am Montag bekanntgegeben ...«

Judith heuchelte Anteilnahme. In Wirklichkeit grübelte sie darüber nach, wie sie unauffällig mehr über Pascal und die Vorfälle in der Lombardi Bank erfahren konnte.

Glücklicherweise war ihr Vater gesprächig. »Obendrein ist Pascal Lombardi spurlos verschwunden. Sein Vater François erlitt gestern Abend einen leichten Herzanfall. Das wird nun doch zu viel für den alten Lombardi ...«

»Wie meinst du das, Pascal ist verschwunden? Hat er mit dem Tod Widmanns zu tun?«

»Gut möglich, ein Hitzkopf war Pascal schon immer. Er ist untergetaucht. Angeblich weiß niemand von der Familie, wo er sich aufhält.« Joel konnte sich den Seitenhieb nicht verkneifen.

Judith wurde blass. »Nein, Papa, das glaube ich nicht. Pascal ist kein Mörder! Warum sollte er Widmann umbringen? Die Lombardis könnten ihn doch entlassen …« Vehement verteidigte Judith Pascal. »Ich dachte, François wäre nicht nur dein Geschäftspartner, sondern auch dein Freund! Du klingst, als ob dich das alles belustigt!«

»Ach Judith … Es trifft mich, aber nicht mit derselben Intensität wie die Lombardis. Lass uns das Thema wechseln. Wie geht es meiner Prinzessin Sophia und Aron?«

Judith war erschrocken über die kalte Reaktion und den sarkastischen Tonfall ihres Vaters. Doch er war ihre einzige Quelle.

Ich muss nachhaken, irgendetwas muss er doch gehört haben …

»Papa, ich sorge mich um Pascal und François. Das sind Ereignisse, die man nicht leicht wegsteckt. Armer François! Vielleicht sollte ich ihn anrufen und ihm gute Besserung wünschen. Er war immer nett zu mir …«

»Das unterlässt du besser, Judith! Lass die Lombardis ihre Probleme bewältigen, wir lösen unsere!« Joel hob bei diesen Worten drohend seine Stimme. Dann hatte er anscheinend eine Eingebung. »Wieso interessierst du dich plötzlich für meine Arbeit und die Lombardis? Hast du wieder Kontakt zu Pascal? Er war auch diese Woche in Paris …«, fragte er doppelzüngig.

In dem Moment hasste Judith ihren Vater. »Klar, zwanzig Jahre, nachdem *du* uns getrennt hast, treffe ich mich heimlich mit meinem Ex-Freund! Wie passend, dass wir zur gleichen Zeit in Paris zu tun hatten. So konnten wir es die ganze Woche ungestört miteinander treiben! Und weißt du was, es gäbe sogar einen guten Grund dafür! Mit meinem Mann läuft in der Beziehung schon ewig nichts mehr. Dieser wunderschöne Macho kriegt bei mir nämlich keinen mehr hoch. Ich frage mich schon eine Weile, ob er überarbeitet und müde ist, weil er sich nur fürs Geschäft interessiert oder ob er eine Freundin hat. Vielleicht hast du darauf auch eine passende Antwort.« Judith stockte erschrocken.

Habe ich zu viel gesagt?

Sie trank einen großen Schluck Wein.

Die emotionale Reaktion seiner Tochter traf Joel unvermittelt. Vorsichtiger fragte er nach: »Sollte ich jetzt verstehen, dass du Probleme mit Aron hast oder eine Affäre mit Pascal? Oder beides? Und die Frage nach Sophia hast du nicht beantwortet ...«

Judith kochte. Der Druck, unter dem sie seit Jahren stand, wollte ausbrechen. Sie kriegte sich gerade noch ein.

Nicht jetzt ...

Sie wusste, dass sie mit ihrem Vater geschickt taktieren musste. Eine erste, wichtige Botschaft hatte sie Joel untergeschoben, nämlich, dass es in ihrer Ehe Probleme gab.

Ein Test für eine anvisierte Scheidung?

Judith war sich nicht sicher. Sie liebte Pascal von ganzem Herzen. Wenn sie zusammen waren, fühlte sie sich glücklich. Trotzdem konnte sie nicht ignorieren, dass sie sich immer unter besonderen Umständen trafen. Sie teilten Erinnerungen und Kurztrips, keinen Ehealltag ... Zurück in New York, eingebunden in die Hektik zwischen ihrem Atelier, anspruchsvollen Kunden, gesellschaftlichen Verpflichtungen, ihrem Mann und ihrer Tochter Sophia, blieb Judith keine Zeit zum Grübeln. Die Tage und Wochen flogen im Eiltempo vorbei. Wenn Judith Pascal wiedersehen würde, hätte sich an ihrer privaten Situation nichts geändert. Sie fand einfach keine Zeit und Kraft, sich mit dem heiklen Thema Scheidung und ihrem Mann auseinanderzusetzen.

Alles ist kompliziert, und ich schulde Aron ...

Dass ihr Leben nicht so weitergehen konnte, war ihr klar. Um eine Lösung zu provozieren – und das war ihr Geheimnis –, hatte sie bereits im Oktober die Pille abgesetzt. Was sein sollte, würde passieren, schließlich war sie keine zwanzig mehr ... Nur eine Schwangerschaft von einem anderen Mann würde dem stolzen Aron die Augen öffnen und ihr die Chance geben, ihn zu verlassen. Dann würde er auf eine sofortige Scheidung bestehen ... Judith schlief mit Aron seit zwei Jahren nur noch selten. Schon kurz nach der Hochzeit war ihr ohnehin nie ausschweifendes Sexualleben mit ihm fast völlig eingeschlafen.

»Judith, bist du okay?« Die besorgte Frage ihres Vaters schreckte Judith auf.

Ich muss ihm eine nette Antwort geben ...

»Sophia geht es inzwischen sehr gut in New York. Sie hat sich eingelebt und Freunde gefunden. Deine Enkelin ist ein zum Anknabbern süßer Teenager. Letzte Woche habe ich sie erwischt, als sie sich die Fingernägel angemalt und die Wimpern getuscht hat.«

»Sophia wird erst zehn Jahre«, warf Joel ein. Er war froh, neutrales Terrain für ihr Gespräch gefunden zu haben. Beziehungsprobleme mit Frauen zu diskutieren hatte nie zu seinen Stärken gehört.

»Die Pubertät beginnt heute früher. Sie interessiert sich für Mode und motzt, wenn sie nur in Jeans und T-Shirt gekleidet in die Schule soll. Ihre Zensuren sind viel besser geworden, sie hat ihre Balance wiedergefunden. Das ist die positive Nachricht. Mein Geschäft läuft übrigens auch gut, falls dich das interessiert.«

Joel lächelte zufrieden. »Und die schlechte Nachricht?«

Judith druckste, dann gab sie sich einen Ruck. »Meine Ehe mit Aron geht den Bach runter. Er bemerkt es nicht, ist mit seiner Firma verheiratet. Wenn ich nachfrage, was für Finanzgeschäfte er spät am Abend abwickelt, weicht er einer Antwort aus. Vielleicht hat er eine junge Freundin? Langsam wird es mir egal.«

Plötzlich liefen ihr unaufhaltsam die Tränen über die Wangen. Judith hatte Angst um Pascal. Sie fürchtete gleichzeitig die Reaktion ihres Vaters, wenn sie ihm von ihrer neuerlichen Beziehung mit ihm erzählen würde. Sie wollte ihre Tochter nicht verletzen und konnte ihrem Mann nicht in die Augen schauen. All diese Ängste lagen schwer auf Judiths Seele. Sie schluchzte, ihr zarter Körper wurde von Weinkrämpfen geschüttelt.

Joel schaute seine Tochter erst hilflos an, schloss sie schließlich fest in seine Arme. Es blieb ihm nichts anderes übrig, als das ernste Gespräch mit ihr auf den nächsten Besuch zu verschieben.

Kapitel 31

Nadine Sutter bat Fabian, mit ihr durch die Tiefgarage in die Bank zu fahren, um Pascals Ankunft vom Donnerstag zu simulieren. Sie wollte sehen, fühlen und erleben, um die Geschehnisse und die DVD visuell zu verstehen. »Die Geschäftsleitung der Lombardi Bank hat speziell reservierte Parkplätze?«

»Ja, für uns sind die Plätze links und rechts neben dem Fahrstuhl reserviert.« Fabian wies Nadine auf die Positionen der Kameras hin.

Aufmerksam schaute sie sich um.

Anschließend liefen sie durch die gesamten Räumlichkeiten in allen fünf Etagen. Fabian erklärte dabei in wenigen Worten, wie eine Bank funktioniert und welche Aufgaben die verschiedenen Abteilungen haben. Er machte Nadine die Aufgaben der verschiedenen Abteilungen klar. Dann zeigte er ihr, wo die Banker sitzen, Assistenten, Sekretärinnen, IT, Security, Back Office, Research, Compliance, Trading Desk ... Zuletzt öffnete er alle Büros in der fünften Etage, damit Nadine sich einen kompletten Überblick verschaffen konnte. Die nur unwesentlich jüngere, unkomplizierte und begriffsschnelle Nadine Sutter war Fabian sympathisch und sie einigten sich schnell auf das ›Du‹ als Anrede. Ohne steife Förmlichkeiten arbeiteten sie besser miteinander.

»Meinst du, ich kann die Festplatte von Thomas Widmann überspielen? Das könnte unsere Chance vergrößern, die richtigen Hinweise zu finden. Zusammen mit der von Pascal und ein bisschen Glück finden wir die nötigen Informationen.«

»Das bleibt unter uns?«

Nadine warf Fabian einen Blick zu, der weitere Fragen erübrigte und verkabelte ihren Laptop mit dem von Thomas. Sie spielte ein spezielles Programm auf, was keine Minute dauerte.

»Du siehst durchtrainiert aus. Joggst du, oder gehst du ins Fitnessstudio?«, fragte Fabian interessiert.

Nadine feixte. »Zu öde. Ich betreibe Wing Tsun.«

»Wing Tsun ...?«

»Einen asiatischen Kampfsport, Selbstverteidigung oder Material Art genannt, und ursprünglich vor zweihundertfünfzig Jahren von einer Frau entwickelt.«

»Brauchst du das für den Job?«

»Weniger, Computer greifen nicht körperlich an, noch nicht.«

Fabian musste lachen. »Schlagfertig bist du auch mit Worten ...«

»Spaß beiseite. Es hält mich fit. Für Wing Tsun muss man körperlich und geistig flexibel sein, den Gegner wahrnehmen, schnell reagieren, ohne sich dabei zum Muskelpaket zu entwickeln. Wir trainieren in einer kleinen, guten Gruppe in Zürich.«

Die Festplatte von Thomas' Computer war in einer Viertelstunde kopiert. Danach verließen sie schnellstens das Büro, denn die Polizei hatte es offiziell noch nicht freigegeben.

In Pascals Büro kam Nadine auf das delikate Meeting am Vormittag zurück. »Schon komisch, was sich um Pascal herum ereignet. Ich kann ihn noch nicht richtig einschätzen. Es gibt viele Widersprüche.«

»Zum Beispiel?«

»Er verbringt viel Zeit mit dir, ist dein Freund, aber über die wichtigsten Dinge spricht er nicht – seine Liebe und dieses große Geschäft. Trotzdem gibt er dir den entscheidenden Tipp über den Dummy-Trade. Er bittet dich, Dinge zu verschlüsseln und sagt dir nichts über die Firma auf den Bahamas. Er hasst Joel und liebt seine Tochter ...«

»Eine interessante Sichtweise. Ich muss zugeben, man kann die Dinge so deuten, dass sie ihn zwielichtig erscheinen lassen. Trotz allem, Pascal ist ein cooler Typ, und ich mag ihn.«

»Er ist attraktiv, hat das gewisse Etwas. Ich habe ihn gestern gegoogelt. Warum Pascal einer verheirateten Frau hinterherläuft, verstehe, wer will. Aber Männer sind sowieso eine eigene Spezies ...«

In der Zwischenzeit hatte sie neben ihrem Laptop eine Menge an elektronischem Zubehör ausgepackt, das Fabian noch nie gesehen hatte. Erneut verkabelte sie alles und gab für Fabian unverständliche Tastenfolgen in ihren Laptop ein.

»Gibt es hier einen Kaffee? Das wird eine Weile dauern. Pascal hat enorm viele Daten auf seiner Festplatte.«

»Wir haben einen *Nespresso*-Automaten. Doppelter Espresso, Zucker, Milch?«

»Schwarz für mich. Hast du dunkelbraune *Livanto*-Kapseln? Mein Favorit, ansonsten nehme ich lila.«

Kurz darauf stellte Fabian den Espresso auf den Schreibtisch. »Wie bestellt. Du klingst angefressen, was Männer betrifft«, kam er auf ihr letztes Thema zurück.

»Nicht wirklich. Aber die meisten kannst du vergessen. Entweder totale Langweiler, Egoisten oder verheiratet ... Pascal vereinigt viel, was Frauen wie mir gefällt. Er ist sportlich, intelligent, ein gut aussehender, großer Mann aus bester Familie, ein erfolgreicher Banker ... Du kennst weder Judith noch Francesca?«

»Francesca habe ich einige Male getroffen, aber da war ich noch ein Teenager. Ich mochte sie und fand ihren spröden Charme auf besondere Art erotisch. Sie ist eine erfolgreiche Anwältin in New York. Du hast übrigens auch viel an dir, was Männern wie mir gefällt. Blond, blaue Augen, schlank, sportlich und redegewandt, intelligent und ein Computergenie ...«, gab Fabian das Kompliment an Nadine zurück.

Sie nahm es gelassen. »Intelligenz ist nicht unbedingt ein Vorteil oder paart sich in Männeraugen selten gut mit blond. Sexy, nicht zu anspruchsvoll oder, besser noch, devot mit griffigem Hintern sind bevorzugtere Attribute.« Sie zwinkerte Fabian zu. »Und ich habe Humor, ohne den geht gar nichts in einer Beziehung. Man muss über sich selbst ein bisschen lästern können ... Klingt alles frustriert, ich weiß. Mein Freund und ich haben uns vor Kurzem getrennt. Die Phase geht vorbei.«

»Liebst du ihn noch?«

»Nein, aber ich vermisse die vertraute Nähe, Zärtlichkeit, den Sex.«

»Verstehe, bin auch schon eine Weile solo unterwegs. Stimmt, das geht vorbei. Du wirst nicht lange allein sein.«

Typisch Mann, diese Bemerkung, trotzdem fühle ich mich geschmeichelt. Fabian ist wirklich ein Netter und meint, was er sagt.

»Unabhängig vom Ernst des Auftrags ein interessanter Fall, oder?«, wechselte Fabian das Thema.

»Darum geht es weniger. Mir fällt es leichter, mich hineinzudenken, wenn ich die Person sympathisch finde oder die Materie spannend und eine Herausforderung ist. Fabian, kannst du mir bitte kurz und einfach erklären, was es mit MBS auf sich hat? Ich habe davon in der Presse gelesen, es aber nie wirklich verstanden. Vorhin wollte ich das Meeting mit meiner Frage nicht unterbrechen.«

»Was verstehst du nicht?«

»Das ganze Konzept.«

Fabian nickte verständnisvoll. »Es ist einfach und kompliziert zur gleichen Zeit. Stell dir vor, du willst ein Haus in Zürich kaufen, das eine Million US-Dollar kostet. Du hast fünfhunderttausend Dollar Eigenkapital und borgst dir von einer Bank, nehmen wir als Beispiel die UBS, die fehlenden fünfhunderttausend Dollar.

»Okay.«

»Jetzt besitzt du ein Haus und hast einen Kredit für fünfhunderttausend Dollar. Für den zahlst du Zinsen und hast eine Rückzahlungsrate über eine bestimmte Anzahl von Jahren vereinbart. Klar?«

»Ja, das ist einfach.«

»Nun bist du nicht die Einzige, die einen Kredit von der UBS will. Tausende von Leuten nehmen Kredite auf für Autos, Firmengründungen, Urlaub, Umbauten ... Jeder der Kredite unterscheidet sich in seiner Höhe, den Zinsen und der Rückzahlung und, nicht zu unterschätzen, dem Kreditnehmer. Um das Risiko mit diesen Krediten nicht unermesslich anwachsen zu lassen, werden Hunderte von ihnen gebündelt, in ein Paket gepackt und an Investoren verkauft. Dieses Paket heißt MBS. In den MBS befinden sich nur Kredite.«

»Worin besteht das Risiko der Bank?«

»Einmal in der Wertbeständigkeit der Immobilie, des Autos, des Geschäfts ... sprich, wofür Leute den Kredit aufgenommen haben. Dann in ihrer Fähigkeit, Zinsen und Raten zurückzuzahlen; das nennt man Bonität. Dazu können Währungsschwankungen und Spekulation kommen.«

»Du willst sagen, die Leute zahlen den Kredit nicht zurück?«

»Ja. Du kannst nicht die Schweiz oder Deutschland als Beispiel nehmen. Hier agieren Banken meist konservativ. Oft kennt der Banker die Familien und den Hintergrund der Kreditnehmer. In Amerika zum Beispiel herrscht eine andere Mentalität. Ich glaube, siebzig Prozent der Menschen leben auf Pump oder überstehen den Monat nur mit ihrer Kreditkarte. Immobilien sind oft bis unters Dach finanziert. So lange der Wert stabil bleibt oder steigt und die Kunden ihre Zinsen zahlen, kein Problem. Als der Crash 2007 kam, fielen Aktienkurse und Immobilien über Nacht enorm im Wert. Dazu kam erschwerend, dass viele Leute ihre Jobs verloren und die Zinsen und Raten auf ihre Kredite nicht mehr zahlen konnten.«

»Okay, nimm noch mal mein Haus als Beispiel, das ist weniger abstrakt«, unterbrach Nadine Fabians Erläuterungen.

»Dein Haus fiel theoretisch im Wert um fünfzig Prozent und ist plötzlich nur noch fünfhunderttausend Dollar wert. Du musst trotzdem weiter an die UBS den Kredit und die Raten für eine Million zahlen. Würdest du das machen?«

»Warum nicht? Was wäre die Alternative?«

»Wenn du im Haus wohnst, es als dein Zuhause betrachtest, ehrlich bist und einen Job hast, sicher. Wenn du es aber als reines Investment gekauft hast, vielleicht mit einer riskanteren Finanzierung von zwanzig Prozent Eigenkapital, dafür achtzig Prozent Leverage, wie Pascal seine MBS, übersteigt plötzlich die Höhe des Kredits den Wert der Immobilie. Ein findiger Investor hört jetzt auf, die Bank zu bezahlen. Er schreibt lieber seine zweihunderttausend Dollar Eigenkapital ab, als insgesamt achthunderttausend Dollar zu bezahlen, wenn der Wert des Hauses nur noch fünfhunderttausend beträgt. Verstehst du das?«

»Die Zahlen, ja.«

»Okay. Damit Banken nicht auf zu vielen Immobilien – oder was immer der Grund für die Aufnahme des Kredits war – sitzen bleiben, verringern sie manchmal die Rückzahlungsraten oder sogar den Kredit. In deinem Fall theoretisch von fünfhunderttausend auf zweihundertfünfzigtausend Dollar, exakt fünfzig Prozent, wie der aktuelle Wert deines Hauses. Jetzt haben sich deine Zinsen halbiert, und du bist motiviert, weiter zu bezahlen.«

»Aber dann hat die Bank zweihundertfünfzigtausend Dollar verloren?«

»Hat sie nicht, denn sie hat deinen Fünfhunderttausend-Dollar-Kredit in ein MBS-Paket verpackt und an einen anderen Investor verkauft. Die Bank erhält ihre fünfhunderttausend Dollar von dem anderen Investor. Er hat zweihundertfünfzigtausend Dollar verloren.«

»Schwierig zu verstehen für einen normalen Menschen.«

»Nadine, wenn die besagten Immobilien in Manhattan, im Wert taxiert auf eine Milliarde, um fünfzig Prozent gefallen sind, beträgt ihr Wert jetzt nur noch fünfhundert Millionen. Die Kredite der Lombardi Bank auf diese Immobilien, verpackt in MBS und genannt MOF 1, betragen achthundert Millionen, die Differenz beträgt hier schon dreihundert Millionen, die Levy & Lewitt fehlen. Dazu kommt, dass wir die MBS zu achtzig Prozent finanziert haben. Unser Kapital in dem Geschäft beträgt nur 200 Millionen. Damit erhöht sich die Verlustspanne von Levy & Lewitt weiter und deswegen der Margin Call. Ob das wirklich so ist, müssen wir herausfinden. Dafür brauchen wir Pascal. Er kennt die Details.«

»Warum wollen sie euch den gesamten Kredit kündigen und fragen nicht nur nach ihren theoretischen Verlusten?«

»Das steht ihnen frei. Da will vielleicht jemand seinen Hintern, sprich Job, sichern oder viel Geld über eine Manipulation verdienen. Es gibt unterschiedliche Szenarien. Die Bewertung von Immobilien ist sehr subjektiv. Darin liegt ein oft unterschätztes Risiko.«

»Genug Insider-Banking. Ich werde darüber nachdenken, und wenn ich mehr Fragen habe, rufe ich dich an.«

»Jederzeit.«

Nadine konzentrierte sich wieder auf ihre Arbeit. Kurz darauf stellte sie Fabian eine hypothetische Frage zu einer anderen Problematik. »Wohin würdest du fliehen, wenn du in Pascals Schuhen stecken würdest? Ich meine, als zweiten Schritt, denn er wird sicher nicht in Frankreich oder Italien bleiben.«

»In der SMS hat er eine Andeutung gemacht ... ›Ein Land, das bei uns nicht so beliebt oder bekannt ist ...‹ Ich habe darüber nachgedacht. Afrika ist nicht Pascals Ding. Er ist zwei Jahre um die Welt gereist, war vor allem in Asien und Australien unterwegs, kurzzeitig auch in Europa. In welchen Ländern er Freunde oder gute Kontakte hat, weiß ich leider nicht.«

»Hm. Vielleicht finde ich einen Hinweis im Computer. Afrika oder Australien scheiden meiner Meinung nach aus. Pascal muss ein Problem lösen, er will nicht auf Dauer verschwinden. Deswegen wird er sich für ein Land entscheiden, in dem er Hilfe bekommen kann. Das Ende der Welt – geographisch gesehen – ist da keine Option.«

»Dann müssen wir ihn in New York suchen.«

Nadine schüttelte entschieden den Kopf. »Zu gefährlich, eine amerikanische Bank stellt eine Forderung gegen euch. Außerdem zu logisch, denn seine beiden Frauen wohnen in

New York … Pascal ist bei einem Freund, Familienangehörigen oder Kollegen, dem er vertraut und an einem Ort, von dem aus er agieren kann.«

»Interessante Überlegung. Falls mir eine Idee kommt, melde ich mich bei dir.«

Kapitel 32

Sonntag, 6. Februar 2011

François Lombardi hatte bereits am Freitagabend Huang Fu Chen in Hongkong angerufen und die Situation der Lombardi Bank grob umrissen. Es war ihr erster direkter Kontakt nach fünfunddreißig Jahren. Huang Fu Chen war überrascht, sagte trotzdem spontan Hilfe zu. Er schlug Dubai als Treffpunkt für ein erstes Meeting vor, da es geografisch zwischen Genf und Hongkong liegt. Dubai war keine Stadt, in der Diskretion groß geschrieben wurde. Man interessierte sich schlichtweg nicht für alles.

Die beiden älteren Herren, die sich nun im *STAY*, dem französischen Restaurant des Hotels *One & Only Royal Mirage auf Palm Jumeirah* herzlich umarmten, erregten dennoch die Aufmerksamkeit des Personals. Zum einen respektierte und schätzte man das Alter in der Region traditionell, und zusammen zählten sie hundertdreiundsiebzig Jahre. Zum anderen waren sie äußerlich so verschieden.

Der weißhaarige François Lombardi versprühte das Charisma und die Eleganz eines erfolgreichen europäischen Geschäftsmannes mit Klasse. Huang Fu Chen fehlte François' lässige Kultiviertheit. Er war kleiner und ging inzwischen leicht gebeugt. Dafür glitzerte an seinem Arm eine seltene Rolex mit vielen Diamanten.

François schmunzelte, als er die Uhr von Huang Fu entdeckte.

Die Aura des Erfolgs blinkt bei ihm unübersehbar. Understatement ist in Hongkong noch nicht angekommen. In der Beziehung hat sich wenig geändert.

»François, mein Freund, warum haben wir Jahrzehnte verstreichen lassen, ohne uns zu sehen? Ich habe nie verstanden, warum du unmittelbar nach dem Börsengang meiner Holding ohne Vorankündigung die Geschäfte an Christian übergeben und dich völlig zurückgezogen hast …«, eröffnete Huang Fu das Gespräch. »Du siehst fantastisch aus, bist kaum gealtert …«

»Hör auf mit dem Unsinn. Wir sind beide grau geworden, auch wenn du bei den Haaren ein wenig nachhilfst«, gab François scherzend zurück. »Lass uns weise sein. Realistisch gesehen bleibt uns wenig Zeit, Dinge auf die lange Bank zu schieben. Ich freue mich, dich bei guter Gesundheit zu sehen. Erzähl, wie ist es dir ergangen? Was gibt es für Neuigkeiten in deiner Familie und der Holding?«

Über das Gesicht von Huang Fu Chen huschte ein schelmisches Lächeln. »François, dein Taktgefühl habe ich immer bewundert, aber wir können diese Ewigkeit von fünfunddreißig Jahren nicht an einem Abend nachholen. In wenigen Worten zusammengefasst, bei uns in Hongkong läuft alles rund. Das Trading House boomt, genauso wie meine Chen Fortune Ship Ltd. Mein Schwiegersohn Peter McGraham leitet die Good Fortune Securities zusammen mit seinem Sohn Stanley, den er hervorragend als Nachfolger aufgebaut hat. Wir sind inzwischen die größte lokale Investmentbank in Hongkong und planen die Erweiterung unseres Geschäfts nach China. Stanleys Zwillingsschwester Audrey ist im Kunstgeschäft tätig. Sie ist mein Liebling, voller Ideale und kreativer Ideen. Leider ist Audrey ein überzeugter Single und bezweifelt, dass es die große Liebe gibt …«

»Das Wissen um die Verstrickungen der Liebe haben wir dieser jungen Generation voraus«, sagte François verständnisvoll.

»Tja, und Miranda hat sich nicht verändert, du kennst sie. Selbst mit sechzig Jahren ist sie noch Hansdampf in allen Gassen und das pulsierende Herz der Familie. Miranda hält alle Fäden zusammen.«

François lächelte und Huang Fu Chen erzählte weiter.

»Meine letzte große Liebe nach dem Tod meiner Frau Jiao gehört meinen beiden Urenkeln Andrew und Grace. Stanley und seine Frau Jade Lam haben uns diese entzückenden Enkelkinder geschenkt. Es bereitet mir viel Freude, sie heranwachsen zu sehen. Erst jetzt, da ich kürzertrete und Zeit zum Reflektieren habe, verstehe ich, wie lang mein Weg vom geschassten Flüchtling zum Tai-Pan war. Es verschafft mir eine große Genugtuung, am Ende meines Lebens sagen zu können, dass ich es geschafft habe. Der Kreis schließt sich, und darauf stoßen wir jetzt mit einem *Château Lafite* 1985 an.«

»Wie gehabt, mit Stil. Ich freue mich, dass es euch gut geht.«

»Bevor wir uns auf dein Anliegen konzentrieren, zeige ich dir einige Fotos von meiner Familie.« Huang Fu Chen zog ein iPhone aus der Tasche.

»Sag bloß, du hast Fotos auf dem iPhone?«, neckte François seinen alten Freund. Um keinen Preis wollte er eingestehen, wie gern er die Fotos sehen würde.

»Ich verstehe die Technik nicht. Stanley spielt sie mir regelmäßig auf, und es ist schön, die Familie sozusagen im Telefon dabei zu haben.« Stolz reichte er François sein Handy über den Tisch. »Scroll zur Seite, dann siehst du unsere Fotos vom Neujahrsdinner.«

François zog seine Brille aus der Innentasche seines Blazers. Es kostete ihn enorme Anstrengung, den gleichmütigen Gesichtsausdruck zu bewahren, während er die Bilder betrachtete.

»Ich genieße es, wenn die Familie zusammenkommt. Im Alter bekommt das eine andere Wertigkeit, aber wem erzähle ich das ... Wie ist es dir ergangen?«

François gab seinem Freund das Telefon wortlos zurück. Er hatte auf dem Flug nach Dubai lange überlegt, wie er Huang Fu Chen gegenübertreten sollte. Nach gründlichem Abwägen hatte er sich für Offenheit und Ehrlichkeit entschieden. Dafür würde er weit in die Vergangenheit ausholen und intimste Details preisgeben müssen. Taktierte er, bestand die Gefahr, das gewünschte Ergebnis zu verfehlen. Scheitern war keine Option, zu viel stand für die Lombardis auf dem Spiel. François war sich bewusst, dass er weit über das Limit ihrer alten Freundschaft pushen würde ...

»Mir geht es gut. Charlotte war nicht zu ersetzen, so habe ich mich auf die Bank konzentriert ...«, begann er holprig zu erzählen. »Christian hatte extrem schwierige Jahre nach seinem Rücktritt durchzustehen. Die Konsequenzen aus eurem Skandal in Hongkong haben ihn lange verfolgt. Zum Glück gab ihm seine intakte Familie Rückhalt. Adrienne ist eine tolle Frau, und die drei Kinder der beiden sind fantastisch. Fabian, sein Ältester, leitet inzwischen den Trading Desk der Bank. Fiona, die Mittlere, ist mit einem Regisseur verheiratet und moderiert eine Talkshow im Schweizer Fernsehen. Beide haben einen reizenden Sohn, Lucas, der jetzt drei Jahre alt ist, mein erster Urenkel. Die jüngste Tochter von Christian heißt Chiara, ist süße zweiundzwanzig und studiert in Paris. Sie will in die Modebranche einsteigen und hat viel Ähnlichkeit mit meiner Charlotte ...« François pausierte und trank einen

Schluck Wasser, bevor er weitersprach. »Christian hat einen Hedgefonds gegründet und schreibt regelmäßig beachtete Artikel im Wirtschaftsmagazin, das seine Frau herausgibt. Mein jüngster Sohn Pascal kam nach Christians Ausscheiden von Levy & Lewitt aus New York zur Lombardi Bank nach Genf zurück. Er leitet die Asset-Management-Abteilung und wird gemeinsam mit Fabian eines Tages unsere Bank führen. Privat liegt die Ehe mit seiner Frau Francesca auf Eis, leider … Dafür hat er eine Affäre mit der verheirateten Tochter meines Partners Joel Silverstein, der davon nichts ahnt. Geschäftlich hat Pascal sich einen respektvollen Ruf in der Branche geschaffen, in der Liebe war er bisher nicht vom Glück gesegnet, vielleicht ähnlich wie Audrey … Zusammengefasst: Ich dachte, alles sei perfekt arrangiert, doch die letzten Tage haben mich leider eines Besseren belehrt.«

»François, lass uns das Leben nichtsdestotrotz in vollen Zügen genießen. Zum Wohl, denn so jung kommen wir nicht wieder zusammen.« Huang Fu Chen trank bereits am zweiten Glas Wein, während François an seinem ersten nur nippte. »Erzähl, was passiert ist. Ich spüre, wie es dich belastet, und deswegen sind wir schließlich beide um die halbe Welt geflogen.«

François schilderte ausführlich die Ereignisse der letzten Tage.

»Das klingt dramatisch«, fasste Huang Fu Chen zusammen.

»Es *ist* dramatisch.«

»Ich sehe zwei gravierende Probleme, die ich voneinander trennen würde«, formulierte Huang Fu Chen seine Überlegungen. »Das Problem, für das ihr am dringendsten eine Lösung benötigt, ist die Zwischenfinanzierung. Nur sie garantiert den Fortbestand der Lombardi Bank. In Europa wirst du kurzfristig dafür keinen Investor finden. Soll ich davon ausgehen, dass du mich um Hilfe bitten wirst?«

François drehte als Antwort seine inneren Handflächen nach außen.

Huang Fu schaute seinen Freund ernst an. »Das zweite Problem ist Pascal.«

François seufzte leise. »Du hast unsere Situation exakt erfasst. Was Pascal betrifft, haben wir den besten privaten Ermittler der Schweiz eingeschaltet. Ich wäre über ein erstes Lebenszeichen froh, alles andere lässt sich regeln.«

»Bist du sicher, dass Joel Silverstein von dem Verhältnis seiner Tochter mit deinem Sohn nichts weiß?«, fragte Huang Fu. »Keine einfache Konstellation für alle Beteiligten.«

»Das halte ich im Moment für nebensächlich«, wiegelte François ab.

Während des Hauptgangs diskutierten sie detailliert, wie sich die Zwischenfinanzierung gestalten könnte. Bei den nötigen Sicherheiten dazu drifteten ihre Meinungen weit auseinander. Eine Milliarde Dollar war auch für die Good Fortune Securities keine Summe, die sie über Nacht problemlos zur Verfügung stellen konnte. Themen wie zusätzliche Investoren, Verkäufe oder Überschreibungen von Anteilen der Lombardi Bank als Garantie wurden angesprochen.

»Ich hatte auf einen kleinen Freundschaftsbonus gehofft. Wir mussten einen hohen Preis mit dem Rücktritt Christians als CEO für einen Fehler eurer Holding zahlen«, warf François am Ende desillusioniert ein.

»Ich weiß, aber mit dem Levy&Lewitt-Geschäft haben wir genauso wenig zu tun.«

François verstand, wie Huang Fu Chen sein riesiges Vermögen gemacht hatte. Sicher war er fleißig, hatte Risiken genommen und das nötige Quäntchen Glück gehabt. Selten hatte er in seiner langen Karriere einen so harten Verhandlungspartner getroffen. Selbst ihm – einem alten Freund gegenüber, den er seit über fünfzig Jahren kannte – verschenkte er keinen Dollar. Huang Fu Chen versprach, der Lombardi Bank kurzfristig zu helfen, aber er würde bei seinen Konditionen an dem Geschäft noch mehr verdienen.

Ich bin auf ihn angewiesen und komme nicht um das eigentliche Gespräch herum. Ich muss meine Taktik ändern und voll in die Offensive gehen.

»Huang Fu, ich muss dir etwas gestehen, was deine Ansichten über unsere zu stellenden Sicherheiten ändern wird. Wollen wir das bei einem Spaziergang über das Hotelgelände besprechen?«

Die beiden durchquerten kurz darauf die stilvoll gestaltete Lobby.

»Eleganten Minimalismus hatte ich in Dubai nicht erwartet, wohl eher schwülstigen Prunk in Gold und grelle Farben ... Die kleinen Wasserfontänen, modernen Leuchter und hellen Sofas gefallen mir ausgesprochen gut. Der brasilianische Marmor muss ein Vermögen gekostet haben, ich bin wirklich beeindruckt.« François teilte seine Eindrücke über das Hotel mit Huang Fu Chen. Es war sein erster Abend in Dubai überhaupt, und er bekämpfte damit seine Nervosität. »Wie ein Märchen aus Tausendundeiner Nacht, und das ist ein passender Beginn für meine Geschichte«, begann François zu erzählen. »Es hat einen triftigen Grund, warum wir uns so viele Jahre nicht gesehen haben. Ich will nicht länger um den heißen Brei herumreden. Vor sechsunddreißig Jahren hatte ich mich in Miranda verliebt. Sie war nach dem Tod von Charlotte meine einzige, wirkliche Liebe. Eine *Affäre* kann ich es nicht nennen, dafür war das Jahr zu lang, und wir hegten tiefe Gefühle für einander.«

Huang Fu Chen ließ sich keine Reaktion anmerken, schaute nur einmal erschrocken in François' Augen.

»Ich wollte Miranda heiraten, habe ihr einen offiziellen Antrag gemacht. Ihre Antwort war ein klares Nein. Rückblickend glaube ich, dass sie sich nicht unbedingt für ihren Mann Peter McGraham entschieden hat, den ich übrigens sehr schätze, sondern dich nicht enttäuschen wollte. Sie war dankbar, dass du ihr erlaubt hast, einen Ausländer – ›Gweilo‹, wie ihr sagt – zu heiraten, was gesellschaftlich gesehen kein Aufstieg für sie war. Sie wusste, eine Scheidung und erneute Heirat eines Europäers hättest du nicht zugelassen. Es wäre ein Affront gegen die McGrahams gewesen, die wahrlich keine schlechte Partie in Hongkong sind. Wir hatten lange Diskussionen, und es sind viele Tränen geflossen. Zusätzlich hat mich Mirandas Schwangerschaft belastet. Ich bin der Vater von Stanley und Audrey. Aus diesem Grund kam ich nie wieder nach Hongkong, es hätte mir das Herz gebrochen.«

Huang Fu war abrupt stehen geblieben. »Wie bitte, François? Du bist im Leben nicht der Vater der Zwillinge! Dass du eine kleine Affäre mit Miranda hattest, ahnte ich, aber das … Nein, das geht zu weit!« Er lief allein bis zum Ende des Pools, bevor er umdrehte und mit anklagender Stimme erwiderte: »Miranda war damals schon mit Peter verheiratet. Ich hielt dich für einen Gentleman!« Huang Fu Chen war erregt, und sein Englisch klang quietschend.

François stand mit gesenktem Kopf resigniert und schweigend neben seinem alten Freund. Mit gebrochener Stimme antwortete er leise nach einer angemessenen Pause. »Huang Fu, was soll ich mich nach den vielen Jahren noch verteidigen. Ich habe den höchsten Preis bezahlt und Miranda nie wiedergesehen. Als sie von ihrer Schwangerschaft erfuhr, hat sie sofort unsere Beziehung beendet. Ich musste es akzeptieren. Liebend gern wäre ich ein Ehrenmann gewesen, hätte deine Tochter geheiratet, sie auf Händen getragen und unsere Kinder großgezogen. Es gab keine schlimmere Strafe für mich.« Er setzte sich auf ein Sofa am Pool.

Es wehte eine leichte, angenehme Brise. Die Sterne funkelten über der Stadt.

Nach einigen Minuten setzte sich Huang Fu Chen neben François. Sie schwiegen und schauten auf die Skyline der Dubai Marina, die sich hinter dem Hotel imposant und farbenfroh präsentierte.

»Ich wollte dieses Geheimnis mit ins Grab nehmen. Aber die Ereignisse der letzten Tage lassen mir keine andere Wahl. Auf eine Art bin ich froh, dass ich es dir gestehen kann. Niemand weiß davon, nicht einmal meine Söhne.«

»Damit machst du dein Problem zu meinem Problem. Ist dir das bewusst?« Schließlich dämmerte es Huang Fu. »Was verbindet dein Verhältnis mit Miranda, die Zwillinge und euer Problem mit Levy & Lewitt?«

François war erleichtert, dass die Unterhaltung sachlicher wurde. »Wir haben über Sicherheiten geredet und über Anstand. Ich habe vor fünfunddreißig Jahren in Nassau einen Trust für Audrey und Stanley aufgesetzt. Nach meinem Tod erben sie jeweils zehn Prozent der Lombardi Bank. Ich wollte meinen mir unbekannten und doch geliebten Kindern wenigstens etwas hinterlassen.«

Beredtes Schweigen ersetzte überflüssige Worte.

Dann verteidigte sich François doch noch einmal. »Ich bin ein Gentleman. Du ahnst nicht, wie lange ich mich gegen meine Gefühle für Miranda gewehrt habe, aber die Liebe kann man nicht einfach wegschicken. Das ist kein Geschäft, das man abschließt und in einer nüchternen Zahlenbilanz analysiert, Gewinn oder Verlust. Der Abschied tat so weh …«

Huang Fu stöhnte hörbar. »Gleich kommen mir die Tränen! François' ehrlich, wir Männer lieben alle mehr als eine Frau in unserem Leben, aber du bist und bleibst ein unverbesserlicher Träumer. Ich kann deine Affäre oder Beziehung zu Miranda nicht gutheißen! Auf der anderen Seite können wir die Vergangenheit nicht mehr umschreiben … Wir haben alle Fehler gemacht, für die wir auf die eine oder andere Art bezahlen müssen!« Nachdem Huang Fu seinem Ärger freien Lauf gelassen hatte, fragte er François ruhiger: »Wie kannst du behaupten, der Vater von Mirandas Kindern zu sein? Glaubst du wirklich, sie hat nicht mit ihrem Mann geschlafen? Audrey hat so viele Züge von Peter …«

Jetzt schwieg François.

»Wenn ich richtig verstehe, willst du darauf hinaus, dass den Zwillingen nach deinem Tod zusammen zwanzig Prozent der Lombardi Bank gehören. Besitz verpflichtet, und du willst bessere Konditionen für den Überbrückungskredit, da wir ja indirekt einen Teil der Lombardi Bank auf dem Papier bereits besitzen … Wir sollen den Anteil der Zwillinge nicht gefährden oder emotional mit einrechnen?«

»Meine Gedanken gehen in diese Richtung«, bestätigte der angeschlagene François.

Huang Fu schaute seinen alten Freund nachdenklich an und schlug vor, wieder zurück ins Restaurant zu gehen. Er wollte ein letztes Glas Wein trinken. Am Tisch hatte er seine Gedanken gesammelt. »Eins möchte ich unbedingt klarstellen. Ich glaube nicht, dass die Zwillinge deine Kinder sind. Das ist nicht nur unvorstellbar, sondern komplett unrealistisch. Ich kenne sie seit fünfunddreißig Jahren. Deswegen gibt es keinen Grund, ihnen Anteile der Lombardi Bank zu vererben. Das würde einen Skandal in meiner Familie auslösen. Denk an Peter, es würde sein Leben zerstören. Du bist ein alter Mann, hast fünfunddreißig Jahre mit diesen Gegebenheiten gelebt. Bleib konsequent und behalte dein Geheimnis für dich!« Huang Fu schaute François ernst an.

Der wich seinem Blick nicht aus.

»Ich schätze, dass du dich ehrenvoll erweisen willst, aber wir brauchen dein Geld nicht. Im Gegenteil. Ich möchte, dass du den Trust umgehend änderst! Benutze diese Anteile, um einen Investor zu finden. Die Rechnung würde aufgehen.«

Mit dieser Reaktion hatte François nicht gerechnet. Er konnte nachvollziehen, dass Huang Fu verärgert war oder an den Fakten zweifelte, aber diese kalte Abfuhr tat weh. Nicht einmal im Ansatz erwog Huang Fu Chen die Möglichkeit, dass François' Darstellung der Wahrheit entsprechen könnte. »Ich möchte niemandem Ärger machen, am wenigsten meinen Kindern …«, lenkte er ein.

»Dann sind wir uns einig? Ich verspreche dir, dass wir für den Überbrückungskredit eine annehmbare Lösung finden, die euch nicht das Genick bricht. Vielleicht kaufen wir zwanzig Prozent eurer Bank, aber Geschäft bleibt Geschäft, und das mische ich nicht mit privaten Geschichten!«

François' Hände zitterten.

Ich werde nach Nassau fliegen müssen, um den Trust zu liquidieren. Damit dieses Erbe unanfechtbar ist, habe ich damals alle juristischen Interpretationsmöglichkeiten konsequent ausschließen lassen. Nachdem das Levy & Lewitt-Problem gelöst ist, werde ich Zeit dafür finden. Wenn das der Preis ist, um den Überbrückungskredit zu bekommen, und Huang Fu Chen darauf besteht, dann soll es so sein …

Trotzdem fühlte es sich für François an, als würde ihm

etwas Heiliges genommen. In seiner Gedankenwelt stellte dieser Trust die Verbindung zu seinen Kindern bis und nach seinem Tod her.

Ich wollte Audrey und Stanley etwas von den Lombardis hinterlassen. Dabei hoffte ich, durch dieses Erbe würden sich die Zwillinge mit meiner Familie, meiner Kultur und meinen Söhnen auseinandersetzen und anfreunden. Ich wollte ihr Leben damit bereichern und ihnen etwas geben, was mir zu Lebzeiten verweigert wurde. Selbst das ist mir nicht vergönnt …

Es blieb ihm keine Zeit, mit dem Schicksal zu hadern, Huang Fu Chen wartete auf seine Antwort. »Ich verstehe deine Argumentation hinsichtlich Peter McGraham. Wenn das deine letzte Bedingung ist, stimme ich zu.«

»Danke, François. Wir Alten müssen vernünftig sein. Wenn wir bei Geständnissen am Ende unseres Lebens sind, möchte ich dir auch eine Geschichte erzählen. Es ist eine gute Idee, Dinge zu klären, so lange man das noch kann.«

Was wird sich jetzt noch offenbaren? Eigentlich habe ich genug für heute …

»Als Christian wegen unseres Immobilien-Skandals in Hongkong als Geschäftsführer eurer Bank in Genf zurücktreten musste, habe ich in Hongkong einen geheimen Deal mit ihm geschlossen.«

Erstaunt blickte François auf. »Davon habe ich nie etwas erfahren …«

Huang Fu nickte zufrieden. »Wie gesagt, geheim. Der Skandal hat mich auch getroffen. Christian musste ohne wirkliche Schuld seine vielversprechende Karriere opfern und kämpfte wie ein Löwe um eine annehmbare Lösung. In der Schweiz konnte ich ihm nicht helfen … Ich wollte ihn trotzdem entschädigen und gleichzeitig weiter von seinen herausragenden

Kenntnissen des Anlagemarktes profitieren. Deswegen überschrieb ich ihm als Ausgleich für seinen Rücktritt und den Verlust seiner Karriere zehn Prozent der Good Fortune Securities.«

»Christian besitzt zehn Prozent der Good Fortune Securities?«

»Ja. Außerdem haben wir die ersten einhundert Millionen US-Dollar in seinen Hedgefonds investiert. Als Gegenleistung musste er den Hedgefonds in Hongkong bei der GFS belassen. Wir haben ihm bei uns ein kleines Büro und eine Assistentin zur Verfügung gestellt. Christian managt den Hedgefonds mit Ivy Leong in Hongkong und einem Investment-Berater von Genf aus. Auf diese Weise konnten wir weiter mit ihm zusammenarbeiten. Dein Sohn hat eine Nase für die richtigen Kapitalanlagen und die Fähigkeit, Strategien erfolgreich umzusetzen. Wir hatten keinen Manager mit diesem Wissen und dieser Erfahrung. Meine zweite Bedingung war absolutes Stillschweigen darüber, denn ich wollte weder dich noch Peter McGraham brüskieren. Christian konnte mit dem Anteil in der Schweiz nicht hausieren gehen, und eine führende Position in der Finanzbranche war für ihn nach dem Skandal tabu …«

François war aufgewühlt. »Dann ist Christians Hedgefonds mit dem Geld der GFS entstanden? Unglaublich. Er hat nie ein Sterbenswort erwähnt. Darf ich fragen, wie viel eure Bank jetzt wert ist?«

»Er musste sich an die Vereinbarung halten, und ich sehe erfreut an deiner Reaktion, dass er das getan hat. Es war ein Deal zwischen mir und ihm, unter Geschäftsleuten. So viel zu der moralischen Schuld, auf die du vorhin angespielt hast. Ich glaube, ich habe sie damals schon beglichen, ohne viel Aufhebens davon zu machen«, bemerkte Huang Fu Chen. »Zu deiner anderen Frage, die Good Fortune Securities ist heute etwa dreieinhalb Milliarden US-Dollar wert. Wir sind in den letzten beiden Jahrzehnten rasant gewachsen. Wir machen fünfzig Millionen hier, hundert Millionen dort, viele Private-Equity-Deals, ... Du weißt, wie das Geschäft läuft.«

Nun trank auch François einen größeren Schluck Wein. »Das kann man wohl sagen, gratuliere.«

»Ich bin noch nicht fertig. Du hast mir vorhin erzählt, dass bei eurer Geschichte mit Levy & Lewitt einige Details sehr verworren erscheinen und du dich über Joel Silverstein geärgert hast.«

François lehnte sich zurück und blinzelte müde.

Ich bin am Limit. Wann endet dieser Abend?

»Einige Monate nach dem Konkurs des China-Trust traf ich den Anwalt der Gegenseite, Zhiyuan Zhang. Während des Gesprächs kamen wir auf die Lombardi Bank zu sprechen. Er hat mir anvertraut, dass der entscheidende Hinweis über Christians Haftungspflicht von seinem eigenen Anwalt Joel Silverstein kam. Zhiyuan Zhang konnte nicht fassen, dass Joel seinem Klienten in den Rücken gefallen war, als Partner der Bank! Der chinesische Anwalt hat offen zugegeben, von dieser speziellen Haftungsklausel der Schweizer Privatbanken noch nie gehört zu haben.«

François stand vor Schreck der Mund offen. Er war schlagartig wieder hellwach. »Joel hat meinen Sohn Christian an die Chinesen verraten und damit seinen Rücktritt als Geschäftsführer erzwungen? Das ist ein riesiger Skandal! Warum ...?«

»Diese Frage könnt nur ihr beantworten, mir sind die Zusammenhänge schleierhaft. Ich würde meine Hand nicht für deinen Anwalt ins Feuer legen. Ich wollte dich nur warnen, besser spät als nie.«

»Danke. Das ist hart zu hören, noch härter zu akzeptieren, aber gut zu wissen.«

»Du siehst müde aus, François.«

Der lächelte gequält. »Wir hatten beide schon bessere Abende ...«

»Kennst du den Spruch, dass sich Männer und Wein ähneln?«

»Nein.«

Huang Fu ist wirklich hart im Nehmen. Nach diesen Nachrichten und zwei Flaschen Wein sprüht er vor Energie und hat noch Sprüche drauf?

»Die wirklich guten Weine und Männer reifen langsam, werden erst mit dem Alter besser. Hier entfalten sie ihre wirklichen Qualitäten. Die schlechten drehen sich, werden zu Essig und ungenießbar ... Wir beide sind wie *Chateau Margaux*, *Petrus* oder *Lafite!* Heute Nacht haben wir eine Menge Neuigkeiten zu verarbeiten, die wir positiv sehen müssen«, fasste Huang Fu Chen das Gespräch lax zusammen und zauberte François ein echtes Lächeln auf die Lippen.

»Weißt du Huang Fu, wir sind harte Verhandlungspartner, dennoch bleiben wir auf besondere Weise fair. Wir hätten eher und vor allem öfter miteinander reden sollen. Danke – und ich meine es mit tiefstem Respekt.« Sie tranken den letzten Schluck Wein.

»Das kann ich nur bestätigen. François, unsere kleinen Geheimnisse müssen für eine Weile exklusiv bleiben. Kein Wort zu den Kindern.«

»Versprochen.«

Was für ein Auskommen ...

»Ich freunde mich gern mit der Idee an, dass unsere Kinder und Enkel geschäftlich enger miteinander verbunden sind, als wir es je waren. Wir müssen ihnen helfen, die Weichen für die

Zukunft richtig zu stellen. Das sollte unsere gemeinsame Tat für unsere Nachkommen sein. Die Zeiten werden nicht einfacher. Lass mich über eine akzeptable Lösungsmöglichkeit für den Überbrückungskredit schlafen.

François fiel nach dieser verbalen Zusage eine riesige Last von seinen Schultern.

Kapitel 33

Montag, 7. Februar 2011

Hauptkommissar Baumet traf sich im Anschluss an die wöchentliche Routinebesprechung im Präsidium am Montag mit Favre, um die neuesten Erkenntnisse im Fall Thomas Widmann/Pascal Lombardi zu erfahren.

»Wir haben bisher keine neuen Erkenntnisse, unsere Ermittlungen stagnieren«, fasste dieser zusammen. »Polizeichefin Monica Carlucci hat die Fahndung bis heute Morgen unterbunden. Von den Lombardis hat sich keiner bei der Polizei gemeldet. Ich konnte niemanden aus der Familie in der Bank erreichen. Die Sekretärin hat mir ausgerichtet, dass Christian und Fabian Lombardi einen Geschäftstermin in Hongkong wahrnehmen und am Donnerstag wieder in Genf eintreffen. François Lombardi wird am späten Nachmittag in die Bank kommen.« Dann warf Favre eine wichtige Frage auf. »Verstehen Sie, warum alle Lombardis in dieser kritischen Situation verreisen und nicht in Genf sind? Was haben sie Wichtigeres zu tun, als ihre Bank so schnell wie möglich aus den Schlagzeilen zu bekommen und mit einem neuen CEO die Geschäfte ohne Unterbrechung weiterzuführen?«

Baumet überlegte. »Favre, das ist ein guter Punkt. Im Moment sind sie nicht mal in den Schlagzeilen und vielleicht gerade deshalb verreist ... Ich habe von Beginn nicht geglaubt, dass sie keinen Kontakt zu Pascal haben. Lassen Sie alle Telefongespräche der Familie überprüfen – Handy und

Festnetz – und ebenso, ob Christian Lombardi wirklich mit seinem Sohn nach Hongkong geflogen ist. Wo hält sich François Lombardi auf?«

Favre zuckte mit den Schultern. »Vermutlich in Genf. Die Sekretärin hat nur nebenbei erwähnt, dass er erst heute Nachmittag in die Bank kommt. Das ist wohl normal in seinem Alter. In den Unterlagen habe ich gelesen, dass er vierundachtzig ist.«

»Egal, überprüfen Sie ihn auch. Gibt es erwähnenswerte Reaktionen von der Presse? Normalerweise sickert immer etwas durch.«

Favre verneinte. »Der Pressesprecher der Lombardi Bank, Olivier Legler, wird um dreizehn Uhr mit einer offiziellen Stellungnahme zu den Geschehnissen an die Öffentlichkeit gehen.«

Baumet war für einen Wochenbeginn zu gereizt. »Dann ergreifen wir jetzt die Offensive und rufen in der Schweiz die Fahndung nach Pascal Lombardi aus. Ich ärgere mich, dass wir das nicht bereits am Freitag gemacht haben, aber das geht nicht auf meine Kappe. Wir sollten darüber nachdenken, Interpol einzuschalten. Kümmern Sie sich umgehend darum, Favre.«

»Interpol halte ich ohne konkreten Mordverdacht für eine Nummer zu groß. Es gibt viele Unstimmigkeiten im Ablauf. Die DVD zeigt, wie Pascal Lombardi die Bank hektisch mit seinem Wagen verlässt, aber das macht ihn nicht automatisch zum Mörder. Widmanns Tod sieht laut Obduktionsergebnis stark nach einem Selbstmord aus, wenn man die Schmauchspuren an seiner Hand, Fingerabdrücke und Identität der Waffe anschaut. Ich habe die besagte DVD am Freitag unserer internen IT-Abteilung übergeben und darum gebeten, die Kameras heute in der Lombardi Bank zu untersuchen. Wir müssen Gewissheit haben, ob manipuliert worden ist. Ich schlage vor, dass wir erst das Ergebnis abwarten«, äußerte er vorsichtig seine Bedenken.

Seine Argumente fielen auf fruchtbaren Boden. »In Ordnung, Favre. Wenn Sie den Bericht haben, kommen Sie sofort zu mir. Oberste Priorität hat jetzt die Schweizer Großfahndung nach Pascal Lombardi. Auch wenn wir ihn nicht finden, allein der Punkt, dass nach ihm offiziell gesucht wird, muss irgendeine Reaktion oder einen brauchbaren Hinweis hervorbringen.«

Ein zahlenmäßig großes Aufgebot von Schweizer Journalisten und internationalen Fernsehsendern hatte sich inzwischen vor der Lombardi Bank eingefunden. Die Wogen der Spekulationen schlugen hoch, da in der Pressemitteilung keine Todesursache von Thomas Widmann genannt worden war. Wann würde die Polizei die Ergebnisse der Obduktion freigeben? Ein neuerlicher Skandal im zwar multikulturellen, dennoch konservativen Genf. Wieder war dort ein Top-Manager *aus dem Leben geschieden*.

Die illustre Liste der obskuren Todesfälle in Genf enthielt den deutschen Politiker Uwe Barschel, den Manager der französischen Bank Leclerc Charles Bouchard, seinen Partner Bertrand de Muralt und den Franzosen Edouard Stern, Erbe der gleichnamigen Privatbank, und nun auch den Manager der Lombardi Bank, Thomas Widmann.

Joel Silverstein und Olivier Legler entschieden, um dreizehn Uhr in einer improvisierten Pressekonferenz einige Fragen der wartenden Journalisten zu beantworten, um die Spekulationen nicht zum Nachteil der Bank ausufern zu lassen.

Joel hatte in seiner Funktion als Anwalt inzwischen Auszüge aus dem Obduktionsbericht erhalten, die er offiziell verwenden durfte. Die Polizei bestätigte, dass sich an Thomas Widmanns rechter Hand Schmauchspuren und 1,37 Promille Restalkohol in seinem Blut befanden. Die benutzte Waffe war seine eigene Beretta und ein Selbstmord wahrscheinlich. Fragen zu einigen unklaren Details müssten noch geklärt werden, aber dazu wollte die Polizei zum jetzigen Zeitpunkt keine näheren Angaben machen. Joel Silverstein und Olivier Legler kamen diese Informationen gelegen, da sie auf persönliches Versagen schließen ließen. Es war der kleinstmögliche Skandal für die Bank.

Zufrieden gaben sie deshalb diese Details an die Journalisten weiter.

Es folgten die üblichen Fragen der Presse zur Person von Thomas Widmann, seiner Familie und seiner Position als Geschäftsführer. Im gleichen Atemzug wurde die Frage nach dem möglichen Nachfolger gestellt, die Olivier Legler kurz und bündig beantwortete.

»Christian Lombardi kehrt interimsmäßig auf seine ehemalige Position als CEO der Lombardi Bank zurück. Er befindet sich auf einer Geschäftsreise in Hongkong und wird am Freitag offiziell als neuer Geschäftsführer vorgestellt.«

Ein Raunen ging durch die Menge der Journalisten. Das war eine echte Überraschung. Mit dieser Verkündung hatte Olivier Legler einen positiven Schlusspunkt unter die schwierige Pressekonferenz gesetzt und wollte diese mit einer abschließenden, harmlosen Frage einer Journalistin ausklingen lassen. Er deutete auf eine kleine Frau mittleren Alters, an der ihm das kurze, rotbraun schimmernde Haar aufgefallen war. Er hatte sie nie zuvor gesehen und schlussfolgerte daraus, dass sie nicht zu den Top-Journalisten der großen Tageszeitungen oder Fernsehsender gehörte. Wie falsch er damit lag, ahnte er, als sie sich vorstellte: Silvia Egli vom Verein Investigativer Journalisten.

»Ich habe zwei abschließende Fragen, Herr Legler: Wieso hat die Polizei vor einer halben Stunde eine landesweite Großfahndung nach Pascal Lombardi ausgelöst? Und warum arbeitet die Familie Lombardi mit der Detektei Sutter zusammen, deren Hauptgebiet das Aufdecken von Wirtschaftskriminalität ist?«

Olivier Legler war überrascht. Diese Frau wusste mehr als er und stahl ihm die gut vorbereitete Show, denn nun prasselten weitere Fragen auf die beiden Vertreter der Lombardi Bank ein. Legler schaute hilfesuchend zu Joel.

Der verneinte jedes Wissen mit seinen Augen, reagierte aber sofort. »Sie wissen mehr als wir, Frau Egli. Über eine Fahndung nach Pascal Lombardi sind wir nicht informiert, aber wir beantworten seit fünfundvierzig Minuten ihre Fragen. Wir müssen uns den vermeintlich neuen Tatsachen erst stellen und werden das sofort tun. Die Pressekonferenz ist hiermit beendet.« Joel drehte sich auf der Stelle um. Im Weggehen flüsterte er Olivier Legler zu, Frau Egli diskret in einer Viertelstunde in sein Büro zu bringen.

Joel rief sofort Hauptkommissar Baumet an. Er tobte, weil er die Bank betreffende signifikante Informationen von Journalisten während einer öffentlichen Pressekonferenz erhalten hatte …

Baumet ließ das verbale Gewitter abgeklärt an sich vorüberziehen. »Wir sind nicht dazu verpflichtet, Ihnen unser Vorgehen zu erläutern. Im Gegenteil. Wir bezweifeln, dass seitens der Lombardi-Familie kein Kontakt zu Pascal Lombardi besteht, deswegen die Großfahndung.« Die Bevormundung und indirekten Suggestionen von Joel Silverstein gingen Baumet gegen den Strich. Polizeiarbeit war sein Metier, und das ließ er ihn deutlich spüren. »Wir werden in der nächsten Stunde in der Lombardi Bank eine Befragung Ihres Sicherheits- und IT-Personals durchführen. Es liegt ein schwerer Verdacht auf Manipulation von Informationen vor. Bitte informieren Sie die Herren Zimmermann, Jeunot und Sanders, sich zu unserer Verfügung zu halten.«

Joel sprang unerwartet darauf an. »Wie kommen Sie darauf, dass etwas manipuliert worden ist?«, fragte er aggressiv zurück. »Damit beschuldigen Sie das Personal unserer Bank der Beihilfe zum Mord! Das wird erneut Unruhe stiften. Ich hoffe, dass Sie Ihre Anschuldigungen belegen können!«

Baumet, der mit dieser Ankündigung geblufft hatte, war über die heftige Reaktion Joels erstaunt und ging noch einen Schritt weiter. »DVDs können heute relativ einfach manipuliert werden. Es ist unsere Pflicht, jedem Verdachtsmoment nachzugehen. François Lombardi hat uns bei der Untersuchung volle Unterstützung zugesagt. Wollen Sie uns daran hindern?«

»Natürlich nicht«, antwortete Joel höflicher. »Ich wollte Sie als Anwalt nur auf Ihr Versprechen der Diskretion hinweisen …« Er war froh, dass Baumet seinen Gesichtsausdruck nicht sehen konnte.

Der Wochenbeginn gestaltete sich schwierig, und von den Lombardis war keiner in der Bank. Irgendetwas lief an Joel vorbei. Zeit, um darüber nachzudenken, fehlte, die Journalistin Silvia Egli wartete bereits. Olivier Legler hatte ihn per SMS informiert.

Joel begrüßte sie freundlich.

Während Silvia sich setzte, schaute sie sich neugierig um und überreichte Joel ihre Visitenkarte. »Wie komme ich zu der Ehre, in Ihr Büro geladen zu werden, Herr Silverstein?«

Joel beschloss, es nicht zu einer Eskalation kommen zu lassen und überhörte die Anspielung. »Frau Egli, danke, dass Sie sich die Zeit genommen haben, mit mir zu reden. Ich werde Sie nicht lange aufhalten.«

Höflich nickend schaute sie Joel erwartungsvoll an. »In Ordnung.«

»Wie kamen Sie darauf, in der Pressekonferenz zu behaupten, dass die Lombardis die Detektei Sutter beschäftigen?«

»Ich dachte, Sie wollten von mir wissen, woher ich von der Großfahndung nach Pascal Lombardi weiß?«, fragte sie zurück und ignorierte die Autorität von Joel mit dieser Gegenfrage.

»Das ist eine Tatsache. Sie waren schneller als die anderen. Wahrscheinlich hat ein Kollege von außerhalb Ihnen die Nachricht per SMS gesteckt. Mich interessiert nur Ihr Wissen um die Detektei.«

»Manchmal brauchen wir Journalisten neben Zähigkeit auch eine Portion Glück. Ich habe am Wochenende Freunde meiner Eltern in Genf besucht. Sie besitzen das Haus neben den Lombardis. Am frühen Nachmittag spazierten wir durch den Garten, und dabei habe ich Roland Sutter mit Adrienne und Christian vor dem Eingang der Lombardi-Villa reden sehen. Genauer gesagt, haben sie sich verabschiedet.«

Joel zog seine Stirn in Falten. »Und daraus ziehen Sie diese Schlüsse? Das halte ich für weit hergeholt, Frau Egli, reine Spekulation. Kennen Sie die Lombardis persönlich?«

So leicht gab sich Silvia nicht geschlagen. »Ich spekuliere nicht. Es war eindeutig das Ende einer professionellen Unterhaltung, zu förmlich für Freunde ... Während der Pressekonferenz kombinierte ich die Fakten der letzten Tage um die Lombardi Bank: Geschäftsführer Widmann tot, Pascal Lombardi per Großfahndung gesucht, Roland Sutter am Samstagnachmittag in Genf bei den Lombardis ... Warum interessiert Sie das eigentlich so brennend, Herr Silverstein? Rufen Sie Christian Lombardi doch einfach an und fragen ihn.« Silvia Egli gab sich angriffslustig. »Die Verbindung der Detektei Sutter zu den Lombardis scheint Sie zu überraschen.«

»Das will ich nicht leugnen, denn als Anwalt der Bank weiß ich davon nichts. Woher kennen Sie Roland Sutter?«

»Als Journalistin kenne ich natürlich Adrienne Lombardi und Roland Sutter. Die Lombardis sind ein prominentes Paar in Genf. Roland Sutter ist der bekannteste private Ermittler der Schweiz. Wo er mit seinem Team auftaucht, geht es immer um große Sachen und viel Geld.«

Joel akzeptierte diese Erklärung. »Und die Frage, die Sie sich nun stellen, lautet in etwa: In welcher Angelegenheit brauchen die Lombardis Roland Sutters professionelle Hilfe im Kontext, dass unser CEO Selbstmord begangen hat und Pascal Lombardi verschwunden ist? Da muss mehr dahinterstecken?«

»Sie sagen es, Herr Silverstein. Und ich gehe davon aus, dass auch Sie diese Frage interessiert, ansonsten hätten Sie mich nicht in Ihr Büro gebeten.«

»Frau Egli, richtig geschlussfolgert. In meiner Funktion als Anwalt der Bank möchte ich Ihnen einen Vorschlag unterbreiten.«

»Ja?«

»Sie behalten dieses Wissen um die Detektei Sutter im Moment für sich. Ich weiß, Sie werden weiter recherchieren, und daran werde ich Sie nicht hindern. Bevor Sie etwas veröffentlichen oder wenn Sie einen konkreten Hinweis haben, worum es sich handeln könnte, informieren Sie mich bitte umgehend.«

»Warum sollte ich das tun? In Ihrer Funktion sollten Sie das intern klären können. Verbergen die Lombardis etwas vor Ihnen, Herr Silverstein?«

Der leicht ironische Tonfall von Silvia reizte Joel. Sie hatte erkannt, worum es ihm ging. Joel verschärfte seine Tonlage leicht. Es reichte aus, um seiner Antwort die nötige Aggressivität zu geben. »Sicher nicht. Aber ich muss in dieser schwierigen Situation für uns verhindern, dass eventuell falsche Informationen ungeprüft an die Öffentlichkeit gelangen und ich Sie hinterher verklagen muss. Ich vertrete eine Privatbank mit einflussreichen Klienten, die unseren Namen nicht in der Presse und schon gar nicht in ungerechtfertigten Skandalen sehen wollen!« Joel spielte und ließ seinen Tonfall wieder weich werden. »Im Gegenzug könnten Sie die Journalistin sein, die alle verfügbaren Informationen von mir zuerst bekommt. Sie werden also in jedem Fall Ihre Artikel platzieren, einverstanden?«

Silvia musterte Joel unbefangen. Sie spürte, dass er ihr nicht die Wahrheit sagte.

Was könnte mein Nachteil im Informationsaustausch mit Joel sein?

Sie verletzte keine Regel des Journalismus, hielt nichts zurück ... Joels Verhalten dagegen zeigte klar, dass mehr hinter dem Tod von Thomas Widmann und den Geschehnissen um die Lombardi Bank steckte. Silvia Egli witterte eine interessante Story und fühlte sich bereits voll in ihrem Element – Hintergründe aufklären, recherchieren und spannende Artikel schreiben. Sie stimmte zu.

Kapitel 34

Christian und Fabian Lombardi sowie Peter McGraham und dessen Sohn Stanley trafen sich am Montagnachmittag, kurz nach ihrer Landung, im Konferenzraum der Good Fortune Securities in der achtundachtzigsten Etage des IFC Towers in Central Hongkong zu ihrer ersten Verhandlungsrunde. Keiner ahnte, was zwischen Huang Fu Chen und François Lombardi bereits entschieden war.

François hatte sich, wie versprochen, an das Stillschweigen gehalten. Huang Fu ebenso, aber er taktierte damit. Sicher überließ er bei dieser Summe nichts dem Zufall. Er wollte wissen, welches Ergebnis ohne seinen Einfluss bei den Verhandlungen herauskommen würde. Hatte François unter Umständen pikante Details verschwiegen? Wie weit konnte er die Lombardis pushen?

Nach der kurzen Begrüßung schilderte Christian präzise die Vorfälle der letzten Tage in Genf. Dank der Unterlagen des Anwalts Paul Desmond kannten die Lombardis inzwischen die Eckdaten von MOF 1 genau. Bei der Interpretation der Ereignisse gegenüber den McGrahams blieben sie hingegen ausgesprochen kreativ. Christian gab vor, Levy & Lewitt folge den internationalen Kriterien von Basel III, dem Reformpaket des Basler Ausschusses der Bank für Internationalen Zahlungsausgleich für die bereits bestehende Bankenregulierung Basel II, und forderte deshalb von Kunden Kredite zurück. Dadurch refinanzierte sich die Bank, stockte Barreserven auf und kam somit den strengen Forderungen der SEC nach. Das stimmte im Prinzip, jedoch nicht im Detail.

»Durch den Insider-Tipp eines alten Freundes von der Schweizer Nationalbank haben wir letzten Donnerstag erfahren, dass die Kündigung eines laufenden Kredites auch die Lombardi Bank treffen wird. Wir suchen pro-aktiv eine Lösung. Ein Überbrückungskredit von der Good Fortune Securities schwebt uns als mögliches Szenario vor.« Nachdem Christian seine Ausführungen beendet hatte, herrschte einen Moment Stille.

Peter und Stanley tauschten während des Berichts mehrmals intensive Blickkontakte, die die Genfer nicht wirklich deuten konnten.

Peter äußerte sich höflich, jedoch sehr skeptisch. »Ein Margin Call von Levy & Lewitt über achthundert Millionen US-Dollar ist kein Pappenstiel. Das sieht nicht gut für euch aus. Sicher sind unglückliche Umstände zusammengekommen, aber wenn ihr nach Hongkong fliegt, weil ihr einen Kredit braucht, müsst ihr verzweifelt und unter Zeitdruck sein!«

»Peter, noch haben wir keinen Margin Call. Wir sind hier, um uns auf Eventualitäten vorzubereiten«, versuchte Christian abzuschwächen.

»Das glaubst du doch selbst nicht«, warf Stanley ein. »Darf ich zusammenfassen, was ich verstanden habe?«

Christian forderte ihn mit einer einladenden Handbewegung dazu auf.

»Pascal und Thomas haben im Namen der Lombardi Bank MBS über eine Milliarde US-Dollar mit Levy & Lewitt unterschrieben. Das Leverage beträgt achtzig Prozent, also achthundert Millionen Dollar, Gesamtlaufzeit fünf Jahre und davon stehen noch zwei Jahre aus.«

»Korrekt.«

»Thomas Widmann hat wahrscheinlich Selbstmord begangen, und Pascal ist seit demselben Tag spurlos verschwunden. Da liegt die Frage auf der Hand, ob es noch eine andere Verbindung zwischen den beiden gibt.«

»Willst du indirekt wissen, ob Pascal Thomas umgebracht hat?«, fragte Fabian undiplomatisch.

»Eigentlich wollte ich erfahren, ob Thomas die treibende Kraft bei diesem Geschäft war. Besteht die Möglichkeit, dass er Pascal hintergangen hat? Ich kenne Pascal. Er ist ein Profi, und eure Geschichte klingt eher nach Amateurliga. Aber wenn du das Thema konkret ansprichst: Könnte Pascal mit Widmanns Tod zu tun haben? Könnte es sein, dass er deswegen schnell und ohne eine Nachricht zu hinterlassen abgetaucht ist? Ganz normal erscheint mir das in dieser geschäftlichen Situation nämlich nicht.«

Fabian spielte groß. »Glaubst du, ein Pascal Lombardi muss wegen eines Achthundert-Millionen-Dollar-Kredits sein Leben verpfuschen und tötet unseren CEO? Obendrauf bestätigt er den Termin vorher auch noch per SMS?«

Stanley zuckte mit den Schultern. »Ich will gar nichts sagen oder glauben ... Wir müssen nur über alle Möglichkeiten diskutieren dürfen, wenn wir euch helfen sollen.«

Fabian und Stanley musterten sich wie Rivalen vor einem Kampf.

»Wir vermuten, dass Pascal Thomas gefunden und die Nerven verloren hat. Er ist verschwunden, um den Fall nicht weiter eskalieren zu lassen. Ein Fehler, denn genau das Gegenteil ist eingetreten. Wer weiß, wie wir in dieser Situation reagiert hätten?« Fabian erhob seine Stimme am Ende, um seine Nervenschwäche zu vertuschen.

Christian spürte es und hakte sofort ein. »Stanley, lass mich kurz ausholen und zum richtigen Verständnis alles in eine größere Perspektive setzen. Wir Lombardis besitzen seit hundertfünfundzwanzig Jahren eine Privatbank. Wir haben die große Depression überstanden, den Ersten und Zweiten Weltkrieg. In der freien Marktwirtschaft ist unsere Bank aufgeblüht, inzwischen sind wir auf den großen Finanzplätzen der Welt mit Außenstellen vertreten. Wir haben bewiesen, dass wir unterschiedliche politische Systeme und Krisen meistern können. Die Lombardi Bank wird auch Levy & Lewitt und diesen Deal überleben, der am Ende nicht so schlecht ist, wie er auf den ersten Blick aussieht.« Christian versuchte, das Gespräch in eine andere Richtung, weg von der Lombardi Bank, zu lenken. »Der US-Markt konsolidiert sich, und Levy & Lewitt versucht, interne Probleme über Klienten zu regeln. Ihr wisst, die sind eine Bank und dann doch wieder keine ... Sie reduzieren ohne Rücksicht auf Verluste und Geschäftsbeziehungen auf die Schnelle ihren Kreditbestand, was komplett irrational ist. Leider für uns eine Tatsache, der wir uns stellen müssen.«

Peter McGraham, der Christian lange kannte und schätzte, stimmte ihm zu. »Kinder, lasst endlich die Anspielungen, Anschuldigungen und Spekulationen sein! Wir sollten an den Zahlen arbeiten. Habt ihr die Unterlagen parat?«

Fabian öffnete seinen Laptop. Jetzt musste er wie abgesprochen so wenig Details wie möglich preisgeben. Ihm war mulmig. Er tat sein Bestes, doch er spürte an Stanleys Verhalten, dass ihre Taktik nicht wie geplant aufgehen würde.

»Kennst du keine Einzelheiten, Fabian, da Levy & Lewitt die Margin noch nicht aufgerufen hat, oder hast du keine Ahnung vom Geschäft? Was du präsentierst, ist lächerlich«, watschte Stanley ihn ab, kaum dass er seine Erklärungen beendet hatte.

Der verbale Schlagabtausch zwischen Fabian und Stanley eskalierte, denn Fabian verteidigte seine Position hartnäckig.

»Sicher ist, dass Levy & Lewitt mit uns ein Geschäft über eine Milliarde US-Dollar abgeschlossen hat, wir zweihundert Millionen bezahlt haben und achthundert Millionen finanziert sind. Der Wert der Immobilienprojekte in Manhattan kann nicht so niedrig wie angegeben sein. Das könnte gleichzeitig eine erfolgversprechende Investmentmöglichkeit für euch sein.«

»Mich interessiert nicht, welche Immobilien hinter den MBS stehen. Falls du versuchst, mir euer Problem als Investment-Gelegenheit zu verkaufen, musst du früher aufstehen ... Private Equity ist mein Geschäft! Keine Privatbank borgt euch in Europa auf die Schnelle achthundert Millionen US-Dollar!« Er lehnte sich über den Tisch näher zu Fabian. »Wie viel Kredit wollt ihr von der Good Fortune Securities? Welche Sicherheiten bietet ihr dafür? Konkrete Fakten, bitte.«

Stanley war sichtlich aufgebracht.

Peter versuchte die gereizte Stimmung abzukühlen, indem er das Gespräch übernahm. »Christian, welche Sicherheiten erhielt Levy & Lewitt von der Lombardi Bank? Nur auf der Grundlage eines Immobilien-Portfolios gibt niemand einen Kredit mit diesem Leverage. Achthundert Millionen Dollar sind eine beachtliche Summe, egal für wen.«

Christian hatte diesen Punkt ausführlich mit Fabian diskutiert. Ihr Ziel war es, die Bankgarantie an Levy & Lewitt so lange wie möglich zu verheimlichen. »Pascal muss eine Garantie in angemessener Höhe gegeben haben. Uns fehlen aber hier wirklich die Einzelheiten.«

Stanley sprang daraufhin von seinem Stuhl auf. »Können wir den süßen Smalltalk endlich weglassen? Wir verplempern unsere Zeit! Ihr kommt aus Genf über Nacht eingeflogen, braucht dringend achthundert Millionen Dollar und versucht, uns über den Tisch zu ziehen?! Mir ist egal, was für eine Garantie ihr Levy & Lewitt gegeben habt. Wir verhandeln nur weiter, wenn wir einen adäquaten Equity Stake in der Lombardi Bank als Sicherheit bekommen! Ansonsten können wir das Gespräch sofort beenden!«

Die Lombardis waren von Stanleys Aggressivität überrascht. Das war kein Schweizer Verhandlungsstil, das war knallhartes Business in einer erhitzten Atmosphäre.

Stanley setzte seinen Monolog fort. »Ihr müsst euren Deal mit Levy & Lewitt refinanzieren. Wir führen im internationalen Standard eine mittelgroße Investmentbank. Wir sind keine Geschäftsbank, die private Kredite vergibt. Ich bin ein Investmentbanker, der Deals riechen kann. Diese Geschichte ist mufflig, um nicht das Wort *stinken* zu benutzen. Wir haben kein Interesse an diesen MBS! Irgendetwas stimmt damit nicht! Um es ganz klar zu sagen: Wir müssen kein Risiko eingehen. *Ihr* habt einen Fehler gemacht!«

Christian atmete tief durch, bevor er reagierte. »Stanley, vorsichtig. Persönlich habe ich auch keinen Fehler begangen, sondern versuche nur, den Schaden für die Lombardi Bank zu begrenzen. Uns fehlt der komplette Überblick, was wir nie verheimlicht haben. Wir lassen über einen privaten Ermittler nach Pascal suchen ... Ich wollte die alte Geschichte nicht wieder aufwärmen, aber auch eure Holding hat schon folgenschwere falsche Entscheidungen getroffen, für die ich mit meinem Rücktritt zahlen musste. Ihr steht zumindest moralisch in unserer Schuld. Du warst damals noch nicht an Bord, aber Peter erinnert sich bestimmt ... Wir appellieren an euch als alte Freunde und Geschäftspartner, uns zu helfen.« Christian richtete seine Krawatte und strich sich durch die Haare. »Peter kennt mich seit Jahrzehnten und weiß, dass wir keine Betrüger sind. Das Wort *Ehre* hat für uns eine Bedeutung, ist kein leeres Wort. Ich muss zugeben, dass wir ein Problem haben, das nötige Kapital in Europa in der kurzen Zeit zu borgen.«

Leiser setzte Stanley nach: »Okay, Christian, aber wir sind eure einzige Chance. Freundschaftsdienste gibt es in der Finanzwelt nicht. Einer braucht etwas, der andere kann liefern, das nennt man seit jeher *Geschäft.* Dabei wird der Preis vom Verhältnis zwischen Nachfrage und Risiko bestimmt ...«

»Ja, ihr seid unsere beste Chance, wenn wir das Geld nicht Levy & Lewitt oder einem der berüchtigten Vulture-Fonds überlassen wollen, die wie die besagten Geier alles für einen Spottpreis aufkaufen. Fühlst du dich jetzt besser?«

Stanley war für einen kurzen Moment irritiert.

Christian schaute ihm direkt in die Augen, als er weitersprach. »Du bist ein intelligenter junger Mann, der hart arbeitet. Das Leben hast du aber bisher nur von der Sonnenseite aus gesehen, was ich dir von Herzen gönne ... Damit du mich verstehst, Stanley, im schlimmsten Fall lassen wir 200 Millionen US-Dollar auf dem Tisch liegen und geben damit das Problem an Levy & Lewitt zurück. Sie müssen dann einen Gerichtsbescheid besorgen und vieles mehr, alles würde sich über Monate hinziehen. Das wäre für uns kurzfristig und finanziell wesentlich einfacher. Private Schuldner gehen normalerweise diesen Weg. Leider ist dieser Weg tödlich für den Ruf einer Privatbank. Die Kunden würden aus Angst ihre Gelder abziehen. Es ist also keine echte Alternative.«

Peter mischte sich wieder in die Diskussion ein. »Christian, ich akzeptiere das Argument, dass du damals indirekt für unseren Fehler bezahlt hast. Aber finanziell war unser Problem kleiner, wenn es auch moralisch und für dich persönlich ein sehr großes war.«

Stanley war nicht glücklich darüber, dass sein Vater vermittelte. Gerade hatte er Christian in die Ecke gedrängt …

»Zurück zu den Fakten. Ihr braucht achthundert Millionen US-Dollar, und ich habe drei konkrete Fragen. Wie viel Zeit haben wir? Wie viel könnt ihr aus eigenen Reserven beisteuern? Welche Sicherheiten könnt ihr stellen?«

»Ich gehe davon aus, dass wir maximal zehn Tage Zeit haben. Die Frage nach unseren Reserven habe ich nicht erwartet, Peter.« Christian gab sie an Fabian weiter. »Was können wir beisteuern?«

»François würde unsere Reserven ungern antasten. Es gibt einen russischen Klienten, der sofort mit einigen hundert Millionen Dollar einspringen würde. Das Geld liegt bar auf dem Konto, aber mit ihm wollen wir nicht …«

Peter unterbrach Fabian, seine Erklärungen dauerten auch ihm zu lang. »Was François gern hätte … Ehrlich, Fabian, das interessiert mich nicht. Meine Frage lautet: Könnt ihr hundert Millionen selbst stellen? Und auch hier gilt: Die Quelle interessiert mich nicht.«

Fabian nickte.

»Mein Vorschlag: Ihr stellt hundert Millionen selbst, und wir investieren dreihundert Millionen in die Lombardi Bank. Dafür möchte ich einen Anteil von zwanzig Prozent. Meine Kreditrate für den Überbrückungskredit – Laufzeit ein Jahr – beträgt zwölf Prozent. Die gesamte Summe könnte ich in einer Woche bereitstellen.«

Christian schüttelte den Kopf. »Peter, wenn ihr das Geld ausschließlich in Anteile der Lombardi Bank investieren wollt, können wir es nicht für die Rückzahlung des Levy & Lewitt-Deals verwenden. Das ist keine einfache Banktransaktion, du kennst die Schwierigkeiten. Es gibt klare Vorschriften, die wir nicht umgehen können.«

»Überleg, was für euch auf dem Spiel steht.«

»Das geht wirklich nicht. Ich bin kein aktiver Partner mehr. Nach der Geschichte in China habe ich meine Aktien auf Fabian übertragen. Wir Lombardis halten trotzdem achtzig Prozent der Bank, zwanzig Prozent hält Joel Silverstein. Er müsste dem Verkauf zustimmen, was fraglich ist, da er ein verbrieftes Vorkaufsrecht hat. An Joel verkaufen wir unter keinen Umständen.«

»Hat er so viel cash?«

»Das bezweifle ich. Davon abgesehen ist er siebzig Jahre alt, und wir haben private Komplikationen mit ihm.«

»Pass auf, Christian, ich verstehe deine Erklärungen und Bedenken. Aus meiner geschäftlichen Perspektive sieht es folgendermaßen aus: Die Lombardi Bank ist eine feine, etablierte Institution in der Schweiz. Ich bin bereit, innerhalb einer Woche dreihundert Millionen US-Dollar zu investieren – in Zeiten, wo Banken untereinander kein Geld mehr leihen. Mich interessiert exklusiv eine Partnerschaft mit euch, nicht euer Problem mit Levy & Lewitt.«

»Was ist der aktuelle Wert der Lombardi Bank?«, fragte Stanley.

»Fünf Milliarden US-Dollar«, antwortete Fabian sofort.

Stanley rechnete laut. »Dann sollten wir eine aktuelle Bewertung von dreieinhalb Milliarden Dollar zugrunde legen. Wir benötigen dreißig Prozent der Anteile, um sechshundert Millionen abzusichern.«

»Vergiss es, Stanley! Jetzt wollt ihr uns über den Tisch ziehen!« Fabian echauffierte sich.

»Wir brauchen keinen Überbrückungskredit...«

»Bitte!« Christian lief durch den Konferenzraum und versuchte, sich zu konzentrieren. Aus den Augenwinkeln sah er, dass Stanley eine Nachricht in sein Telefon tippte. Er war erregt und fuhr sich mit der typischen Bewegung seiner Hände durch die Haare, bevor er seinen Standpunkt noch einmal darstellte. »Wenn ich eine Kapitalerhöhung der Bank durchführen oder eine Beteiligung verkaufen wollte, finde ich leicht Investoren. Wir haben ständig Angebote von der Deutschen Bank, BNP Paribas, Credit Suisse und so weiter. Ich muss die Bank heraushalten, weil es mir – ich wiederhole mich – in dem Geschäft mit Levy & Lewitt nicht hilft. Wir müssen eine andere Lösung finden. Einfacher, schneller und vor allem legal. Peter, Stanley, ihr könnt Interesse oder Desinteresse bekunden, aber Anteile der Lombardi Bank zu verkaufen ist keine Option für mich.«

Alle verstanden intuitiv, dass die langjährige Geschäftsbeziehung auf der Kippe stand. Sie fanden keinen Konsens, nicht einmal annähernd.

Peter war im Begriff, das Meeting zu beenden, als sein Handy klingelte. Huang Fu blinkte als Anrufer-ID auf. Er entschuldigte sich kurz und ging nach draußen.

Niemand sprach während seiner Abwesenheit.

Als Peter in den Konferenzraum zurückkam, veränderte sich die Energiestruktur.

»Ich habe ein letztes Angebot. Huang Fu Chen möchte seine jahrzehntelange Freundschaft zu François honorieren und einen Deal finden, der für beide Seiten akzeptabel ist. Er erwartet uns alle heute Abend in meinem Haus, um die Diskussion fortzusetzen. Bis dahin bleibt uns Zeit, über alternative Möglichkeiten nachzudenken.«

Christian war erleichtert. Der Anruf kam genau im richtigen Moment.

Kapitel 35

Nadine Sutter schaute sich die DVD mit den Videoaufzeichnungen der Überwachungskameras mindestens fünfzig Mal an, bevor sie ihren Vater hinzuzog.

»Schau genau hin, die Pixel an der rechten Seite vom Bild stimmen nicht! Ich habe die Aufnahmen Schritt für Schritt verlangsamt und dabei vergrößert, technisch kompliziert, aber effektiv ... Überall sind kleine Schatten zu sehen, etwas reflektiert! An dieser DVD ist garantiert manipuliert worden.«

Roland Sutter stimmte Nadine zu, nachdem er mehrmals den schwarzen Abschnitt angeschaut hatte.

»Es sieht aus, als habe jemand die Daten in den beiden ›Schwarzphasen‹ gelöscht«, schlussfolgerte Nadine. »Der Blackout ist nur vorgespielt. Das bedeutet, dass in der jeweiligen halben Stunde jemand aus der Tiefgarage gefahren oder der Bank gelaufen ist!«

»Langsam, Nadine ... Oder reingefahren oder reingelaufen ist. Auf jeden Fall wollte dieser Jemand nicht gesehen werden.«

»Der Mörder von Thomas Widmann? Hat er seine Ankunft und Abfahrt verschleiern können? Dann muss er Hilfe von der Security oder der IT der Lombardi Bank gehabt haben ...«

Roland Sutter wägte ab. »Einen halbbetrunkenen, unsportlichen Mann physisch zu zwingen, sich die Pistole selbst an den Kopf zu halten, ist relativ einfach. Im Grunde nur eine

Frage des Ansatzes. Andererseits befand sich Thomas Widmann geschäftlich in einer ausweglosen Situation durch die riesigen Verluste, die er mit Pascal zu verantworten hat. Vielleicht war er an dem Morgen einfach verzweifelt, hat aufgegeben und abgedrückt. Theoretisch existieren verschiedene Möglichkeiten, aber alle sind reine Spekulation.«

»Es würde den BlackBerry ohne Fingerabdrücke erklären …«, warf Nadine aufgeregt ein.

»Es würde vor allem Pascal entlasten, denn genauso hätte dieser Unbekannte auch die folgende halbe Stunde löschen können. Pascals Flucht sollte also gesehen werden. Die wirklich interessante Frage ist: Wer profitiert davon?« Roland Sutter hatte es auf den Punkt gebracht.

»Wohl niemand aus der Lombardi-Familie. Fabian war extrem sauer auf seinen Vater, als er ihn verdächtigt hat, von dem MOF-Deal gewusst zu haben. Der war es mit Sicherheit nicht.«

»Es gibt in jeder Familie Spannungen, das ist nichts Neues … Was weißt du eigentlich über das Verhältnis zwischen Pascal und Christian?«

»Darüber hat sich keiner geäußert. Fabian hat mir bestätigt, dass Pascal ein cooler Typ ist und er ihn mag. Über das Verhältnis der Brüder hat er nichts erzählt. Mit Christian habe ich nie allein gesprochen. Warum fragst du? Ich fand Christian sympathisch. Er hat die Zusammenhänge sofort erkannt, absolut kompetent …« Nadine konnte sich mit Christian als möglichem Schuldigen nicht anfreunden.

Ihr Vater erklärte seine Gedanken. »Genau deswegen. Er hat sofort *alles* richtig erkannt. Könnte es sein, dass die Brüder heimlich wie Hund und Katze sind? Christian schießt extrem gegen Pascal, was er selbst aber Joel unterstellt. Wäre es möglich, dass er seine Position als Geschäftsführer wiederhaben wollte? Dieses Ziel hätte er erreicht. Thomas Widmann ist tot und Pascal verschwunden, abgesehen von dem Margin Call ein gutes Auskommen für Christian – gegeben, dass es seine Absicht war.«

Nadine und Roland Sutter überlegten gemeinsam.

»Es klingt für mich weit hergeholt, und der Preis ist mit Thomas Widmanns Tod zu groß, aber vielleicht war es ja doch Selbstmord, und dann wäre wiederum alles möglich«, korrigierte sich Nadine. »Wir haben schon viele eigentlich *undenkbare* Situationen in Familien erlebt.«

Roland Sutter nickte und setzte seinen Gedankengang fort. »Es geht um Prestige, Ansehen, Macht und Geld. Da kann man schon mal zu härteren Bandagen greifen. Christian Lombardi erscheint als Saubermann mit perfektem Image ...«

»Und stille Wasser sind tief, auch das wäre nichts Überraschendes«, ergänzte Nadine.

»Lass dich bitte in deinen Überlegungen nicht beeinflussen, wir diskutieren nur verschiedene Optionen. Ich mag Christian Lombardi, versteh mich nicht falsch.«

»Ich weiß, wie immer ... Aber in der Beziehung zwischen Joel Silverstein und den Lombardis liegen viele Spannungen. Sicher ist, diese Familie hat Geheimnisse.«

»Richtig erkannt. Manche Geheimnisse halten sie zusammen, und die, die jeder für sich hat, trennen sie«, ergänzte diesmal Roland Sutter. »Lass uns den Fall wie gehabt neutral angehen und aus allen Perspektiven beleuchten. Du musst bei der Auswertung der Mails, Telefonate und Unterlagen alles mit doppeltem Bewusstsein lesen. Kennzeichne bitte, was dir verdächtig oder unklar erscheint.«

Nadine nickte.

»Ist die Manipulation von einem Profi gemacht worden und können wir sie als solche nachweisen?«, kam Roland Sutter noch mal auf den Ausgangspunkt ihrer Unterhaltung zurück.

»Ich denke, hier hatte ein versierter Amateur die Finger im Spiel. Einem wirklichen Profi wären diese Reflexionen nicht passiert. Wir könnten damit zur Polizei gehen ...«

»Im Moment behalten wir das erst mal für uns. Wir haben noch viele Fakten zusammenzutragen. Ich würde gern wissen, wie sich die Ereignisse weiterentwickeln. Wie weit bist du mit der Auswertung der SMS an Fabian?«

»Dafür brauche ich meinen Kontakt bei Swisscom. Heute Abend werde ich seinen Namen haben. Kontaktierst du die beiden Frauen von Pascal?« Nadine schmunzelte.

Die beiden waren ein eingespieltes Team. Bei Personenbefragungen bearbeiteten sie jeweils das entgegengesetzte Geschlecht. Das Konzept hatte sich über die Jahre bewährt.

Kapitel 36

Silvia Egli hatte den ganzen Nachmittag überlegt, wie sie mit ihren Informationen und der Offerte von Joel Silverstein umgehen sollte.

Schließlich griff sie zu ihrem Handy und rief Adrienne Lombardi an. Die Frauen waren sich beruflich einige Male begegnet, kannten sich jedoch nur oberflächlich. Adrienne war fünfzehn Jahre älter als Silvia. Sie verabredeten sich auf einen Drink bei *Arthurs*, einem eleganten und gleichzeitig trendigen Lounge-Bar-Restaurant am Rive Gauche im Zentrum von Genf.

Silvia nahm an, dass Adrienne sie bestenfalls vom Sehen kannte. Um eine peinliche Situation zu vermeiden, schilderte sie im *Arthurs* zuerst in wenigen Worten ihren beruflichen Werdegang.

Ihre Befürchtungen erwiesen sich als grundlos. Adrienne war vorbereitet.

Sie bestellten ein Glas Weißwein. Dann berichtete Silvia von ihrer Unterhaltung mit Joel Silverstein. Sie verschwieg auch seine Offerte nicht.

Adrienne hörte aufmerksam zu. »Soll ich das als Hinweis verstehen, dass Joel uns beobachten lässt, oder wollen Sie von mir mehr Informationen?«, fragte sie freundlich zurück.

Silvia strich sich mit den Fingern über die Augenbrauen. »Ich bin zufällig Zeugin von Ihrem Gespräch mit Roland Sutter geworden und kann gut einzelne Elemente zu einem Ganzen zusammenfügen. Es ist mein Beruf, interessante

Geschichten zu schreiben und Dingen auf den Grund zu gehen. Andererseits schätze ich Sie als Journalistin und Mensch. Sie sind mir sympathisch, im Gegensatz zu Joel Silverstein. Ich verfolge keinen Plan. Vielleicht wollte ich Ihnen das einfach nur erzählen.«

»Danke, Silvia, das ist nett. Ich überblicke nicht alle Details im Fall Thomas Widmann. Die Polizei hat die Untersuchungen noch nicht abgeschlossen. Wir sind von den Vorfällen der letzten Tage genauso überrascht worden wie seine Familie und die Öffentlichkeit.« Adrienne schlug elegant die Beine übereinander und lehnte sich im Sessel zurück. »Roland Sutter kenne ich, seit ich letztes Jahr eine Reportage über Privatdetektive geschrieben habe. Er wurde mir von seiner Konkurrenz als der beste der Branche vorgestellt. Wir wissen wirklich nicht, wo Pascal sich aufhält. Seine Detektei sucht ihn in unserem Auftrag. Da gibt es nichts zu recherchieren und keinen tieferen Zusammenhang.«

»Wenn Sie das sagen ...«

Adrienne entging Silvias Skepsis nicht.

»Ich bin nur durch Joels eigenartiges Verhalten und seine Fragen hellhörig geworden. Er war überrascht, dass Sie die Detektei Sutter beschäftigen.«

»Das ist möglich. Mein Schwiegervater hat das spontan entschieden. Wenn ein Vater seinen Sohn suchen lässt, braucht er das nicht mit seinem Geschäftspartner zu besprechen. Joel ist von Natur aus neugierig. Ich würde ihn sogar als notorischen Kontrollfreak bezeichnen, was in seinem täglichen Job nötig und willkommen ist.« Adrienne versuchte geschickt, die Motivation von Silvia Egli zu schwächen, in der Sache Lombardi Bank weitere Nachforschungen anzustellen.

Aber auch von Adrienne Lombardi ließ sich Silvia Egli nicht so einfach abfertigen. Sie trank einen Schluck Wein, überlegte und hakte noch einmal nach. »Entspricht das dem normalen Verhalten von Pascal, in einer heiklen Situation spurlos zu verschwinden?«

Sie gibt nicht auf. Eine faire, fähige und zähe Journalistin. Wenn der Fall vorbei ist, sollte ich mich mit ihr unterhalten. Mitarbeiter von diesem Schlag sind mir immer willkommen. Jetzt muss ich ihr unauffällig einen Korb verpassen, ohne ihre Ehre zu verletzen.

»Pascal ist ein sehr zuverlässiger Mensch. Genau deswegen machen wir uns Sorgen. Es könnte ihm etwas zugestoßen sein …«

Diese Möglichkeit hatte Silvia bisher nicht in Betracht gezogen. »Da haben Sie recht. Wie soll ich Ihrer Meinung nach mit der Bitte von Herrn Silverstein umgehen? Soll ich ihm vor der Veröffentlichung meine Texte zur Information geben? Indirekt hat er mir in seiner Funktion als Anwalt gedroht …«

»Das müssen Sie mit Ihrem Verleger und Ihrem Gewissen ausmachen. Falls Sie Zweifel haben, können Sie mich gerne anrufen.«

Beide Frauen schauten sich offen in die Augen, schlossen ein stilles Einverständnis.

»Vielleicht komme ich auf das Angebot zurück.«

Kapitel 37

Christian und Fabian Lombardi einigten sich in einer langen Telefonkonferenz mit François, unter Umständen zehn Prozent der Bank an die Good Fortune Securities zu verkaufen. François bat Christian, für den Moment seinen Anteil, den Fabian offiziell hielt, dafür zu verwenden. Sobald Pascal zurück war, würde man darüber diskutieren, wie diese Prozente intern aufgeteilt würden. Außerdem erwähnte François, wie selten Hongkong-Chinesen Geschäftspartner zu sich nach Hause einluden. Das wäre ein gutes Omen. Christian stimmte ihm zu, maß dem jedoch nicht diese Bedeutung bei.

Die schwierigen Verhandlungen und der Jetlag zehrten an den Kräften von Fabian und Christian. Beide waren nach einer kurzen Nacht im Flugzeug müde und wären am liebsten schlafen gegangen. Ihnen blieb jedoch keine Wahl, da schnellstens eine Lösung gefunden werden musste.

Christian döste auf der Fahrt vom Hotel zum Haus am Peak in der Lugard Road vor sich hin. Fabian dagegen war total angespannt. Ihn nervte der abrupte Fahrstil des Taxis auf der engen Straße mit den spitzen Kehrtwendungen. Es gab nur jeweils eine Spur, und die Fahrt zog sich wegen des starken Verkehrs in die Länge. Als ihnen ein großer Reisebus in einer Kurve entgegenkam, sah Fabian bereits einen Zusammenstoß kommen. Der Fahrer zeigte allerdings nicht den Hauch einer Reaktion. Zwischen den Fahrzeugen konnten nur Zentimeter Abstand gewesen sein.

Endlich angekommen, empfing Miranda sie herzlich im Foyer des Hauses und offerierte ein Glas Champagner.

Christian lehnte ab. Er begrüßte Huang Fu Chen, der ihn sofort in ein Gespräch verwickelte. Die beiden verschwanden schnell.

Bevor Fabian fragen konnte, was sie allein zu besprechen hatten, nahm Miranda ihn unter ihre Fittiche. Sie stellte ihm Jade Lam, Stanleys Frau, und ihre Tochter Audrey McGraham vor. Fabian fühlte sich geschmeichelt, dass Audrey völlig unbefangen mit ihm zu flirten begann. Die beiden wechselten ohne Anstrengung von einem Thema zum nächsten. Es knisterte von der ersten Minute an. Seine Müdigkeit war verflogen.

Nach einer Viertelstunde tauchten Huang Fu und Christian wieder auf. Beide wirkten angespannt, aber zufrieden. Peter bat nun Stanley, Christian und Fabian in sein Büro.

»Ich hoffe, ihr konntet euch ausruhen und über unsere Vorschläge nachdenken?«, eröffnete er die zweite Runde der Verhandlungen.

Den Lombardis war nur ein klägliches Lächeln zu entlocken.

Christian war in Gedanken noch bei dem Gespräch mit Huang Fu Chen, und Fabian stand völlig neben sich. Er konnte nicht glauben, dass Audrey die Zwillingsschwester von Stanley, dem aggressiven Banker, war. Für ihn kamen sie von verschiedenen Planeten. Er musste sich zwingen, Peter zuzuhören.

»Wie bereits heute Nachmittag erwähnt: Wertigkeit, Preisgestaltung und Risiko müssen im Einklang stehen. Mein neuer Vorschlag: Wir leihen euch für ein Jahr dreihundert Millionen US-Dollar bei einer Zinsrate von zwölf Prozent. Als Sicherheit überschreibt ihr uns zehn Prozent an der Lombardi Bank in ruhenden Aktien in einem Blind Trust. Niemand wird je davon erfahren. Ihr zahlt pro Quartal den Kredit zurück. Falls ihr mit der Rückzahlung in Rückstand geratet, gehen alle drei Monate fünf Prozent Anteile der Lombardi Bank an die Good Fortune Securities über, ebenfalls in ruhenden Aktien. Falls ihr gar nicht zahlt, gehören uns nach einem Jahr weitere zwanzig Prozent der Bank.«

»Es würde eine Menge Probleme in der Schweiz geben, wenn wir die Eigentumsverhältnisse der Bank ändern müssten«, warf Christian ein.

»Wenn ihr pünktlich zahlt, wird der Fall nicht eintreten.«

»Daran zweifle ich nicht. Es wäre trotzdem vorteilhaft, wenn wir uns auf eine Laufzeit von zwei Jahren für den Kredit einigen könnten, denn die MBS haben noch diese Restlaufzeit. Wir erhöhen dafür die Zinsen auf fünfzehn Prozent.«

»Ein Jahr.« Stanley beharrte kompromisslos auf Peters Angebot. Ihm war im ersten Meeting eine geniale Idee gekommen, die er in der Zwischenzeit Huang Fu Chen erläutert hatte. Er wusste jedoch nicht, wie das Gespräch zwischen seinem Großvater und Christian verlaufen war, deshalb taktierte er. Ihn interessierte weder die Lombardi Bank noch die zwanzig Prozent oder dreißig Prozent Beteiligung persönlich. Privatbanking war nicht sein Geschäft. Aber falls die Good Fortune Securities diesen Anteil an der Genfer Bank erwerben könnte, würde er ihn mit einem fetten Aufschlag direkt an die Chinesische Regierungsbehörde in Shanghai weiterverkaufen. Das wäre genau *dieses Besondere*, wonach die alten Funktionäre gefragt hatten. Der Bonbon für ihre Banklizenz in China und ein viel lukrativeres Geschäft als eine Fünfzehn-Prozent-Zinsrate. Der minimale Betrag, den Christian als

Aufschlag offerierte, glich in keinem Fall den Zeitgewinn von einem Jahr für die Lombardi Bank aus. Stanley musste sicherstellen, dass Peter in diesem Punkt nicht nachgab. Der enorme Druck auf die Schweizer musste erhalten bleiben! »Wenn die MBS besser sind als von Levy & Lewitt prognostiziert, sollte es für euch kein Problem darstellen, sie an jemand anderen zu verkaufen«, argumentierte er.

Christian kämpfte um die zwei Jahre. »Peter, ich bin schon lange nicht mehr vom Eigentum an sich besessen. Es ist mehr die Tradition und der Ruf der Lombardi Bank, der bestehen bleiben soll. Du verstehst sicher die Implikation, die eine Nachricht vom Wechsel der Besitzverhältnisse in der Schweiz auslösen würde.«

Peter lächelte wissend.

»Aus diesem Grund schlage ich vor, dass wir uns für den Fall der Fälle auf eine Struktur einigen, die nach außen nicht sichtbar sein wird. Wir können euch den Anteil in einem Blind Trust überschreiben. Mir gehören zwanzig Prozent der Bank, die Fabian über mich als Beteiligung besitzt. Die übrigens im Ganzen einen Buchwert von einer Milliarde US-Dollar haben. Ich schlage euch zehn Prozent plus Dividende vor.«

Fabian schaute entsetzt drein. »Du kannst unsere Anteile doch nicht wie auf dem Flohmarkt verhökern! Dann muss Pascal mit seinen Prozenten für seinen Fehler bezahlen ...«

Dieser Einwurf war vorher abgesprochen. Die Lombardis wollten unter keinen Umständen den Eindruck vermitteln, dass sie damit zufrieden wären. Da Fabian wirklich wütend auf Pascal war, brauchte er nicht einmal schauzuspielern.

»Das klären wir später intern, Fabian«, unterbrach Christian seinen Sohn ungehalten.

Peter und Stanley warfen sich vielsagende Blicke zu, bevor Peter eine weitere Frage in den Raum stellte. »Wie hoch ist die jährliche Dividende der Lombardi Bank?«

»Unsere Bank generiert fünf Milliarden US-Dollar Marktkapitalisierung. Der Gewinn von einem Prozent wird als Dividende an die Partner ausgeschüttet – insgesamt also fünfzig Millionen US-Dollar. Davon gehören mir zwanzig Prozent«, antwortete Christian wie aus der Pistole geschossen.

Peter schien zufrieden. »Das klingt interessant. Lass mich das Geschäft zusammenfassen: Wir stellen euch innerhalb der kommenden Woche einen Überbrückungskredit über siebenhundert Millionen US-Dollar zur Verfügung. Hundert Millionen stellt ihr selbst. Für die dreihundert Millionen bekommen wir zwölf Prozent Zinsen und einen Zehn-Prozent-Anteil an der Lombardi Bank in ruhenden Aktien in einem Blind Trust. Wenn ihr mit der Rückzahlung in Rückstand geratet, gehen pro Quartal automatisch fünf Prozent eures Anteils an die Good Fortune Securities.«

»Nein, da haben wir uns missverstanden. Ich kann euch nicht für einen Kredit von dreihundert Millionen zwölf Prozent Rendite bezahlen, obendrauf zehn Prozent überschreiben *und* als Sicherheit zwanzig Prozent unserer Aktien hinterlegen! Die zehn Prozent haben allein einen Wert von fünfhundert Millionen US-Dollar.«

»Die zehn Prozent wollen wir unabhängig, sonst brauchen wir gar nicht weiterzudiskutieren.«

»Auf gar keinen Fall! Ich kann euch keinen Anteil für immer und ewig überschreiben, der einen Wert von fünfhundert Millionen hat, wenn ihr mir ein Darlehen von siebenhundert Millionen für ein Jahr geben wollt! Dann muss das Darlehen auf zweihundert Millionen reduziert und der Zeitrahmen für die Rückzahlung verlängert werden. Die MBS haben auch noch einen Wert!«

Die Stimmung war wieder aufgeheizt wie am Nachmittag.

Peter, der herausfinden wollte, wie weit er Christian Lombardi pushen konnte, verstand, dass er zu weit gegangen war. Er lenkte ein. »In Ordnung, Christian. Wir akzeptieren die MBS als Sicherheit und die zehn Prozent in ruhenden Aktien. Wenn ihr nach einem Jahr nicht den gesamten Kredit an uns zurückgezahlt habt, übernehmen wir automatisch die Kontrolle über weitere zehn Prozent der Lombardi Bank.«

Christian atmete auf. Endlich kam ein bisschen Bewegung in die Verhandlungen, wie von Huang Fu Chen zuvor angedeutet. Trotzdem war er sehr angespannt. Er stand zwischen den beiden alten Patriarchen, hatte auf beiden Seiten Eisen im Feuer und Erwartungen zu erfüllen. Niemand im Raum ahnte, wie hoch Christian pokerte. »Das klingt vernünftiger. Aber die MBS haben nicht den Wert Null. Wenn ihr sie liquidiert, muss die Summe, die ihr erhaltet, vom Kredit oder den Prozenten in den Bankaktien abgezogen werden.«

Die Diskussion fand nur noch zwischen Christian und Peter statt. Fabian und Stanley waren Statisten.

»Wenn wir uns auf eine faire Bewertung der Bank einigen und bei den zwölf Prozent Zinsen bleiben, erhaltet ihr die MBS als zusätzliche Sicherheit. Aber falls wir mit der Rückzahlung in Schwierigkeiten geraten, entscheide ich, ob wir die MBS halten oder verkaufen. Ihr habt ja die zehn Prozent der Bank, die fünfhundert Millionen wert sind, und ich stocke die Differenz mit zweihundert Millionen auf.«

»Das ist nicht genug, um unser Risiko abzudecken, Christian.«

»Wieso nicht? Ihr bekommt euer Geld zurück, zuzüglich zwölf Prozent Zinsen, eine Zehn-Prozent-Beteiligung an unserer Bank, anteilig Dividende, und habt die MBS in der Hinterhand oder zweihundert Millionen obendrauf! Bitte, Peter, sei nicht unverschämt ...«

»Dann strukturieren wir es anders. Wenn ihr nach einem Jahr den Kredit nicht komplett bezahlt habt, kann ich dreihundertfünfzig Millionen Dollar von meinem Kredit in weitere zehn Prozent Aktienanteil eurer Bank umwandeln. Damit begrenze ich mein Risiko und motiviere euch, den Kredit pünktlich zu zahlen.«

»Das steht doch gar nicht zur Debatte! Du kennst mich seit über dreißig Jahren als Geschäftspartner! Du kannst doch nicht den Wert der Lombardi Bank nach Gutdünken von fünf Milliarden auf dreieinhalb Milliarden während eines Gesprächs senken!«

Peter blieb gelassen. Er wusste, dass er Christian Lombardi in der Hand hatte und einen fantastischen Deal für die Good Fortune Securities machen würde. Er hatte die Verhandlungen von Beginn an unverschämt hoch angesetzt.

Christian kämpfte weiterhin, was allerdings bedeutete, dass er keine Alternative hatte. »Lass uns einen Mittelweg finden, Peter.« Christian lenkte wirklich ein und fuhr sich wieder aufgeregt durch die Haare. »Angenommen, wir bewerten die Bank intern mit vier Milliarden. Dann bringen wir den Zinssatz für das erste Jahr auf fünf Prozent nach unten. Die Sicherheiten für den Kredit sind jetzt enorm hoch, die rechtfertigen zwölf Prozent Zinsen einfach nicht mehr.«

Peter stimmte zu. Huang Fu Chen hatte ihm ans Herz gelegt, eine vernünftige Einigung zu finden. Er wollte eine Beteiligung an der Lombardi Bank, daran gut verdienen und trotzdem die Lombardis nicht zerstörten.

»Einverstanden mit den vier Milliarden. Ich senke meinen Zinssatz auf acht Prozent. Dann kann ich – falls etwas schiefgeht – weitere zehn Prozent der Lombardi Bank obligatorisch für vierhundert Millionen US-Dollar garantiert erwerben. Das ist mein letztes Wort.«

Christian war erneut aufgestanden und lief durch das Büro. »Peter, ich kann hier und heute nicht unterschreiben, dass du weitere zehn Prozent der Bank garantiert erwerben kannst. Wir haben das bereits vorhin diskutiert. Alle Partner müssen dem zustimmen und haben ein Vorkaufsrecht.«

»Ich brauche die optionalen zehn Prozent nicht offiziell. Wir können es genauso mit ruhenden Aktien regeln wie bei den ersten zehn Prozent, von mir aus auch in einem Blind Trust. Die nötige Zustimmung oder das Vorkaufsrecht von Joel Silverstein entfällt damit. Innerhalb der Familie werdet ihr die Verschiebung der Anteile regeln können.«

»Das ist sicher machbar«, antwortete Christian. »Eine letzte Zusammenfassung, damit es keine Missverständnisse gibt: Die Good Fortune Securities stellt der Lombardi Bank den Überbrückungskredit von siebenhundert Millionen zu einem Zinssatz von acht Prozent für ein Jahr.«

Peter nickte.

»Im Gegenzug überschreiben wir euch zehn Prozent der Lombardi Bank in ruhenden Aktien in einem Blind Trust. Aus diesen zehn Prozent erhaltet ihr Dividende.«

»Richtig.«

»Falls wir mit der Rückzahlung in Schwierigkeiten kommen sollten, habt ihr die Option, weitere zehn Prozent der Lombardi Bank für vierhundert Millionen USD einzulösen. Die MBS bleiben als zusätzliche Sicherheit im Raum stehen. Wir Lombardis entscheiden, ob und wann wir diese verkaufen«, endete Christian.

Peter war aufgestanden. »Deal, Christian«, sagte er und reichte ihm die Hand.

Christian schlug ein.

Fabian und Stanley gratulierten ihren Vätern.

»Bleibt ihr zum Essen?« Peter war nun relaxt und charmant.

Christian schaute Fabian fragend an.

»Warum nicht.«

Sie besprachen kurz die organisatorische Abwicklung. Stanley bestand darauf, dass der Begünstigte im Blind Trust nicht genannt wird und die HSBC Trust Company Hongkong den Trust aufsetzen würde. Christian stimmte dem zu. Den Rest würden die Anwälte regeln.

Als Miranda alle im Esszimmer zu Tisch bat, saßen sich Fabian und Audrey gegenüber. Ihre Telefonnummern hatten sie bereits ausgetauscht und ein Dinner für den kommenden Abend verabredet.

Bei den Gesprächen am Tisch gab Fabian sich wortkarg. Ihn befriedigten die Verhandlungen nicht. Die Lombardi Bank zahlte seiner Meinung nach einen zu hohen Preis. Er hoffte, sein Vater würde es besser wissen und beließ es dabei. Außerdem lenkte ihn Audreys Aufmerksamkeit ab. Wann hatte eine Frau jemals so charmant Interesse an seiner Person gezeigt? Audrey gefiel ihm ausgesprochen gut, und er bezweifelte, dass er den Mut aufgebracht hätte, so schnell Tatsachen zu schaffen.

Er hörte, dass Jade, Stanley und Christian in eine Diskussion über die wirtschaftliche Entwicklung Chinas verwickelt waren. Seine Unterhaltung mit Huang Fu Chen, Peter und Audrey über moderne Kunst begeisterte ihn mehr.

Der Abend verflog in Windeseile.

Weit nach Mitternacht schloss Fabian in seinem Hotelzimmer im *Four Seasons* unerwartet glücklich und aufgewühlt die Augen. Er spürte, dass sich Entscheidendes in seinem Leben verändern würde, und nahm sich vor, den Dingen ihren natürlichen Lauf zu lassen.

Kapitel 38

Montag, 7. Februar 2011 auf Dienstag, 8. Februar 2011

Die lokalen Schweizer Nachrichten kannten am Dienstag nur ein Thema:

Die Lombardi Bank, strategisch gelegen am Quai General Guisan mit Blick auf den Genfer See, dessen ruhige blaue Wasser normalerweise durch weiße Segelboote und elegante Kreuzer geziert werden, steht im Rampenlicht durch zwei Skandale – dem wahrscheinlichen Selbstmord des Geschäftsführers Thomas Widmann und der Großfahndung nach dem Partner und jüngsten Sohn des Mehrheitseigentümers, Pascal Lombardi. Der Tod von Thomas Widmann ist eine schockierende Erinnerung, dass die Bankenbranche der Schweiz, lange berühmt als Zitadelle der Ehrlichkeit und Stabilität, weiterhin von Skandalen erschüttert wird …

Die zeitgleiche Großfahndung nach Pascal Lombardi warf bei der Presse logischerweise die Frage auf, welcher Zusammenhang zwischen beiden Ereignissen bestand. Die Gerüchteküche in Genf lief heiß.

Pascals schlimmste Befürchtungen waren eingetreten. Er war nicht sicher, wie er die Informationen, die er so dringend brauchte, jetzt noch erhalten sollte. Flavio reagierte umgehend, als er von der Fahndung nach Pascal in den Schweizer Nachrichten hörte. Er lieferte den versprochenen Pass und ein Flugticket in der Businessklasse Venedig – Dubai am selben Abend.

Pascal, der sich laut Reisepass jetzt Umberto Rossi nannte und als Handelsvertreter der italienischen Nobelmarke *Brunello Cucinelli* nach Dubai reiste, verbrachte den Nachtflug lesend oder unruhig grübelnd.

Seine Lektüre bestand aus den Geschäftsunterlagen der Firma *Cucinelli* in Solomeo, die ihm Flavio kurz vorm Abflug in die Hand gedrückt hatte. Darin ging es um Entstehung, Philosophie und Wachstumsstrategie der Modefirma. Was als schnelles Überfliegen für den Fall der Fälle von Fragen bei seiner Einreise gedacht war, faszinierte Pascal.

Der Gründer der gleichnamigen Firma, Brunello Cucinelli, entpuppte sich als ein stolzer Entrepreneur mit philosophischen Wurzeln, der seine umbrische Heimat liebte. Für Pascals Geschmack waren seine Worte etwas prätentiös, aber sie setzten einen Denkprozess in Gang, den er fließen ließ. Das Credo von Cucinelli las er mehrmals.

Cucinelli glaubte an humanistische Unternehmen und einen modernen Kapitalismus mit antiken Wurzeln. Eine Ethik, in der die Menschen im Mittelpunkt standen und Profite ohne Schaden für jeden Einzelnen erzielt wurden.

Pascal betrachtete sein Leben aus der Vogelperspektive und stellte sich in zehntausend Meter Höhe viele Fragen. Ein seltsam losgelöstes Gefühl …

Wann werde ich in mein normales Leben zurückkehren? Will ich das überhaupt noch? Was schafft meine Arbeit für Werte? Wir Banker haben den Bezug zur Werterschaffung verloren. Alles ist fiktiv geworden: Zahlen, Gewinne, Margen, Werte … und ich drehe kräftig am Rad mit.

Auch dieser Flug und diese Nacht gingen vorüber, und als der Airbus im frühen Morgengrauen pünktlich um fünf

Uhr fünfunddreißig in Dubai landete, war Pascal positiv gestimmt.

Seine Einreise verlief problemlos. Er war ein Geschäftsreisender von Millionen, die das ambitionierte Emirat jedes Jahr besuchten. Erleichtert trat Pascal aus dem Flughafengebäude nach draußen.

Jetzt erinnere ich mich wieder an den typisch warm-süßlichen Geruch von Dubai, cool.

Als er seinen alten Freund Jeffrey Gordon entdeckte, fiel erstmals wirklich Druck von Pascal ab. Die Schweiz, die Lombardi Bank und alle Probleme lagen nicht nur örtlich weit von ihm entfernt.

Jeffrey umarmte Pascal herzlich, und sie gingen gemeinsam zu seinem Auto. Er stellte keine Fragen zum Thema und erwartete keine Erklärungen. Jazz-Musik ertönte aus den Lautsprechern seines weißen Range Rovers. Jeffrey öffnete gut gelaunt das große Glasdach. Frische Luft strömte in den sportlichen Geländewagen. Es versprach ein klarer Tag zu werden, der Himmel schimmerte wolkenlos blau.

Sie fuhren über die Sheikh Zayed Road in Richtung Abu Dhabi, und Pascal kam aus dem Staunen nicht heraus. Die imposante Skyline, die aus den unzähligen Baustellen entstanden war, fesselte seine Aufmerksamkeit. Er fühlte sich in eine andere Welt versetzt. Die aufgehende Sonne spiegelte sich im höchsten Gebäude der Welt.

»Hier hat sich seit meinem letzten Besuch enorm viel verändert. Was für ein aufregender Kontrast zum grauen Venedig mit seinen alten Palazzi ...«

»Das Frühjahr ist wettermäßig die beste Zeit in Dubai, im Sommer ziehe ich Venedig vor ...«

Die alten Freunde klatschten sich ab.

»Ich dachte, in Dubai wurden alle Bauvorhaben gestoppt.

Die Immobilienkrise und die Zahlungsunfähigkeit der Stadt sind weltweit durch die Presse gelaufen.«

»Die Krise hat uns gebeutelt, aber Dubai ist nicht untergegangen. Natürlich sind Projekte sprichwörtlich im Sand versunken und Investoren haben Geld verloren. Die meisten Hochhäuser, die sich bereits im Bau befanden, sind jedoch inzwischen fertiggestellt worden. Die Stadt hat sich gereinigt. Große Spekulanten, die sich hier zu Boom-Zeiten en masse getummelt haben, sind zum Glück verschwunden. Die Menschen in Dubai mögen ihre Stadt, und es hat sich in der Tat vieles verändert. Das Leben ist ein bisschen ruhiger und normaler geworden.«

»Ich habe die Entwicklung nicht verfolgt«, entschuldigte sich Pascal.

»Schau, ist Burj Khalifa nicht faszinierend? Ich mag sein elegantes, schlankes Design. Wenn sich die Morgensonne darin spiegelt, glänzt die Fassade bronzefarben.«

»Hast du die Branche gewechselt, Jeffrey? Direkt-Marketing für den Scheich kann auch eine Art Investment sein …« witzelte Pascal.

»Lass Dubai auf dich wirken. Ich nehme an, du wirst eine Weile hier sein. Mein Haus auf der Palme ist groß genug. Du hast mir damals in New York meine Karriere bei Levy & Lewitt ermöglicht, endlich kann ich etwas zurückgeben. Fühl dich wie zu Hause …«

Pascal klopfte Jeffrey auf die Schulter. »Danke dafür und Spaß beiseite. Ich hatte nicht viele Alternativen. Hast du noch Zeit für ein Gespräch, bevor du ins Büro musst?«

Jeffrey schaute auf seine Uhr. »Zwei Stunden. Wenn du magst, zieh dir eine Shorts und ein T-Shirt an, und wir beginnen den Tag mit einem Strandspaziergang. Da können wir garantiert ungestört reden.«

»Keiner hört mit?«

»Ich habe nichts zu verbergen. Keine Ahnung, was du für eine Story erzählen wirst ...«

»Wenn du mir eine Badehose borgst ... Ich bin etwas hektisch aus Genf abgereist und hatte keine Ahnung, dass Dubai mein Reiseziel sein würde. Im Februar packt man in Europa die Badehose nicht zwingend ein.«

»Davon habe ich mehr als genug ...« Er stoppte den Range Rover vor einer imposanten Villa.

»Das ist dein Haus? Du stehst auf modernes Design, ich hätte mehr auf das Arabische getippt ...«

»Du meinst, von außen sieht die Villa aus wie eine Sporthalle, und das zarte Blau ist nicht dein Fall?« Jeffrey nahm den kleinen Kick von Pascal gelassen. »Geh rein, bevor du urteilst ...«

Pascal lief hinter Jeff her, der vom Eingangsbereich durch die große Küche direkt in den Garten ging.

»Wow, ich nehme alles zurück ...«

Vor Pascal breitete sich ein wunderschön angelegter Garten mit Jasmin-Bäumen auf perfekt geschnittenem Rasen aus. Auf der linken Seite entdeckte er einen großen Infinity-Pool, modern schwarz gefliest. Direkt unterhalb der Villa erstreckte sich der weiße Strand. Das Meer leuchtete einladend. Nicht weit entfernt erhob sich elegant das *Burj Al Arab Hotel* aus dem Meer. Am Horizont konnte Pascal Downtown Dubai, die Sheikh Zayed Road mit ihren Wolkenkratzern und natürlich Burj Khalifa erkennen.

»Jeffrey, mein Kompliment, das ist ein Traum. Dubai breitet sich vor dir aus, während du am Pool liegst. Fantastisch!«

»Eben, welche andere Stadt hat das zu bieten ... Ich gehe fünf Stufen hinunter, bin am weißen Sandstrand und kann im

Meer schwimmen. Wenn du heute Abend die beleuchtete Skyline siehst, wirst du verstehen, warum ich hier wirklich gern lebe.«

Pascal hatte seinen rechten Schuh abgestreift und steckte einen Fuß in den Pool. »Beheizt oder noch zu kalt zum Schwimmen?«

»Ich beheize doch den Pool nicht. Im Winter kühlt er etwas ab, hat aber über zwanzig Grad und im Sommer siebenunddreißig, dann ist das eine große Badewanne.«

Beide grinsten.

»Wo kann ich duschen?«

Jeffrey führte Pascal in den oberen Bereich des Hauses, wo sich die Schlaf- und Gästezimmer befanden. Auf dem Weg gab er ihm eine Badehose und ein Poloshirt.

Kapitel 39

Dienstag, 8. Februar

Die Sutters hatten sich zu einer Telefonkonferenz mit François verabredet, um die neuesten Erkenntnisse auszutauschen. Da Christian und Fabian noch in Hongkong weilten, bat François Adrienne teilzunehmen.

Nadine Sutter berichtete, dass das Handy, von dem Pascal die SMS an Fabian gesendet hatte, einem siebzehnjährigen Schüler aus Sion gehörte. Dieser hatte ihr bestätigt, sein Handy an einen Mann Mitte vierzig verliehen zu haben. Nadine hatte ihn aufgefordert, den Mann mit dem Fahndungsfoto in den Nachrichten zu vergleichen. Erschrocken bezeugte er, dass es sich um Pascal Lombardi handelte.

»Von Sion fährt man nicht nach Frankreich, von dort nimmt man den Pass nach Italien. Meine Frage an Sie, François, lautet: Wohin könnte Pascal in Italien gefahren sein? Wer könnte ihm dort helfen? Es gibt unzählige Optionen wie Turin, Milan, Bergamo, Venedig … und von dort in die ganze Welt.«

François und Adrienne mussten passen. Sie hatten keine Ahnung, versprachen aber, intensiv darüber nachzudenken.

Roland Sutter fasste die Telefonate mit Judith und Francesca zusammen. »Das Gespräch mit Judith war schwierig. Ich brauchte lange, um sie davon zu überzeugen, dass die Familie Lombardi von ihrer neuerlichen Beziehung zu Pascal weiß. Erst nach langem Zögern bestätigte sie, mit Pascal in

Paris gewesen zu sein. Sie erzählte mir, dass er nach einem nächtlichen Anruf von seinem Bruder Christian seine ursprünglichen Pläne geändert hatte. Pascal flog Freitag in aller Frühe mit der ersten Maschine nach Genf. Seitdem hat sie nur in einer kurzen E-Mail von ihm gehört. Judith ist besorgt. Unterschwellig klang sie angesäuert. Um nicht noch mehr private Probleme zu bekommen, hat sie mich ausdrücklich gebeten, alle Informationen streng vertraulich zu behandeln. Weder ihr Vater noch ihr Mann Aron wissen von der Beziehung zu Pascal.«

»Glauben Sie ihr?«, fragte Adrienne.

»Ja. Alles klang schlüssig, und sie hat Angst, dass die Wahrheit ans Licht kommt.«

»Und Francesca?«

»Francesca ist ein anderes Kaliber. Sie war nicht geschockt, beteuerte aber, seit Monaten keinen Kontakt mit Pascal gehabt zu haben. Angeblich hörte sie erstmals durch mich von den Vorfällen. Sie hätte keine Ahnung, wohin Pascal geflohen sein könnte. Falls er Kontakt mit ihr aufnehmen sollte, hat sie versprochen, mich zu informieren. Umgekehrt hat sie mich gebeten, sie auf dem Laufenden zu halten.«

»Wie ist Ihre Einschätzung dazu?« Diesmal fragte François.

»Ich schwanke. Sie war nett, kam sehr sympathisch rüber, war aber nicht greifbar. Francesca reagierte absolut rational. Eine andere Möglichkeit wäre, sie wusste bereits alles und hilft Pascal. Wenn das der Fall ist, würde sie ihr Wissen nur auf Pascals Anweisung preisgeben. Was denken Sie, François? Sie kennen beide Frauen.«

»Wenn ich Hilfe bräuchte, würde ich auf Francesca setzen. Sie ist eine zuverlässige Anwältin. Nach Ihrem Bericht hat Judith ohne unsere Geschichte schon genug Komplikationen in ihrem Leben.«

»Wir teilen Ihre Einschätzung und werden uns auf Francesca konzentrieren. Dafür spricht auch, dass Pascal aller Wahrscheinlichkeit nach in Richtung Italien unterwegs ist. Wissen Sie, aus welcher Region Francescas Familie stammt? Das wäre ein guter Ansatzpunkt.«

François war nicht sicher. Er konnte sich nur erinnern, dass beide einmal zusammen in Venedig waren.

»Am Ende konnte ich Francesca übrigens doch eine Reaktion entlocken. Auf meine Frage, ob sie von Pascals neuerlicher Beziehung mit Judith wüsste, verneinte sie nach einem Zögern. Ihre Stimme klang belegt. Sie wollte wissen, ob Judith mit Pascal in Genf lebt. Ich habe ihr die Wahrheit erzählt, dass Judith wie sie in New York wohnt, verheiratet ist und eine zehnjährige Tochter hat. Francesca kommentierte trocken, dass sie das eine Affäre und nicht eine Beziehung nennen würde.«

Adrienne giggelte vor sich hin. »Eine typische Bemerkung von Francesca. Sie ist eine ausgefuchste Anwältin, die nichts so leicht aus der Bahn wirft. Ich könnte Francesca unter dem Vorwand anrufen, sie über Pascals Verschwinden zu informieren. Vielleicht öffnet sie sich bei einem Gespräch unter Frauen. Wir sind immer bestens miteinander ausgekommen.«

»Ich kann Ihnen nicht vorschreiben, was Sie privat machen sollen. Lassen Sie es uns ruhig angehen. Vielleicht brauchen wir diese Möglichkeit in ein paar Tagen ...«

»Einverstanden, Herr Sutter.«

»Ich habe mir außerdem die Unterlagen über MOF und MOF 1 genau angeschaut. Die Verträge im MOF sind für die Kunden sauber aufgesetzt. Beim Querchecken habe ich gesehen, dass alle Investoren termingerecht ihre acht Prozent Rendite ausgezahlt bekommen haben. Es gibt in den E-Mails zwischen Ted Blumfeld und Pascal keinen Hinweis darauf, dass die MBS in den Keller abstürzen würden. Die Rückzahlungsfrist beträgt bei einem Margin Call übrigens nur sieben Arbeitstage …«

»Wir sind eine seriöse Bank, selbstverständlich werden Renditen pünktlich ausgezahlt. Die Klausel im Vertrag mit Levy & Lewitt habe ich auch gefunden. Christian und Fabian verhandeln in Hongkong einen Überbrückungskredit. Es sieht gut aus, wir sollten gewappnet sein.«

»Das freut mich zu hören. Eine andere Frage: Gibt es eine Möglichkeit, die Eigentümer der einzelnen Immobilien zu ermitteln?«

»Normalerweise befinden sich die Namen kleingedruckt im Prospekt. Der liegt uns leider nicht vor. Ich werde Fabian nach seiner Rückkehr bitten, Paul Desmond danach zu fragen.«

Kapitel 40

Zehn Minuten, nachdem Jeffrey Pascal sein Zimmer gezeigt hatte, stand dieser frisch geduscht in Badehose und Poloshirt wieder auf der Terrasse. Sie tranken frisch gepressten Orangensaft und Kaffee. Jeffrey rauchte eine Zigarette. Dann liefen sie hinunter zum Strand.

Pascal beobachtete seinen Freund aus den Augenwinkeln. Er wirkte zufrieden und relaxt. »Kann ich dir jetzt erzählen, was in Genf passiert ist? Deine Meinung wäre mir wichtig.«

»Ganz ehrlich, deine E-Mail hat mich verunsichert. Ich kenne dich als Freund und ehrlichen Kollegen. Nun reist du unter falscher Identität durch die Welt? Gestern habe ich in den Online-Nachrichten gelesen, dass der CEO eurer Bank tot aufgefunden worden ist. Man spekuliert, ob es sich um Mord oder Selbstmord handelt und fahndet in der Schweiz nach dir. Das klingt nicht vertrauenerweckend. Bist du im falschen Film gelandet?«

Pascal fuhr sich nervös über seine Schläfen. »Du sprichst mir aus dem Herzen. Donnerstag war ich noch in Paris, wollte meiner Freundin einen Heiratsantrag machen und hielt mich für einen glücklichen Menschen ...«

»Du heiratest? Seit wann bist du von Francesca geschieden?«

»Wir sind nicht geschieden, und ich heirate nicht. Ich *wollte* ... Konjunktiv. Judith hat ihrem Mann noch nichts von unserer Beziehung erzählt, nach drei Jahren. Eigentlich fing das Dilemma bereits in Paris an ...«

Während der nächsten halben Stunde liefen die beiden am menschenleeren Strand entlang, und Pascal erklärte ausführlich die Vorfälle in der Lombardi Bank.

»Pascal, es ist nicht normal, dass Ted Blumfeld nicht erreichbar ist, wenn ein Margin Call aussteht. Ich kenne Ted, das passt nicht zu ihm.«

Die Reaktion von Jeff bestätigte Pascals Einschätzung. »Ich habe ausschließlich mit Ted gearbeitet, weil ich ihn für einen der wenigen Banker von Levy & Lewitt in New York gehalten habe, dem neben den Dollarzeichen in den Augen ein bisschen gesunder Menschenverstand verblieben ist.«

»Stimmt, eine aussterbende Spezies …« Jeffrey teilte Pascals Überlegungen. »Die MBS können kein Trash sein. Sonst müsste am Kaufpreis, der Bewertung der Immobilien oder an beiden Komponenten über Jahre gemauschelt worden sein. Es ist ein riskantes Investment, und Immobilien sind volatil im Wert, aber das passt hinten und vorne nicht …«

»Yeap.«

»Mehr Einzelheiten erfahrt ihr erst mit dem Margin Call. Wie viel Zeit bleibt euch?«

»Ich weiß es nicht. Laut Vertrag muss die Rückzahlung innerhalb von sieben Arbeitstagen erfolgen. Das ist normalerweise verhandelbar. Im Moment bin ich von allen Informationen abgeschnitten. Ich kann schlecht meinen Bruder in Genf anrufen, solange ich zur Fahndung ausgeschrieben bin.«

»Verstehe … Aber du brauchst dringend Informationen. Da steckt irgendetwas anderes dahinter. Ich überlege gerade, wen ich bei Levy & Lewitt fragen könnte.«

»Wenn du jetzt Fragen dazu stellst, wissen die sofort, dass du zu mir oder einem Lombardi Kontakt hast. In der Presse steht nichts davon.«

»Es ist stümperhaft, dass die Info von dem Margin Call durchgesickert ist. Woher hat dein Bruder den Tipp?«

Pascal zuckte resigniert mit den Schultern. »Keine Ahnung, wir haben nur kurz mitten in der Nacht telefoniert. Ich habe Francesca gebeten, diskret in New York nachzuforschen. Sie hat über ihre Anwaltstätigkeit und ihre Firma einen guten Draht zu Levy & Lewitt ...«

»Deine Entscheidung, aber was willst du in der Zwischenzeit unternehmen? Bei euch brennt die Hütte!«

Pascal war es unangenehm, Jeffrey anzuvertrauen, dass er den Laptop von Thomas Widmann mitgenommen hatte. Es würde nicht das beste Licht auf ihn werfen. Andererseits war er sein Freund und würde hoffentlich verstehen, dass Pascal jeden Strohhalm ergreifen musste. »Bei meiner Flucht aus dem Büro habe ich das MacBook von Thomas mitgenommen.«

Jeffrey war stehengeblieben, schaute Pascal entgeistert an. »Und das sagst du mir erst jetzt?«

Pascal befürchtete eine Sekunde, er würde ihm nun die Hilfe verweigern. Er mutete seinem Freund an diesem frühen Morgen eine Menge zu.

»Mensch, Pascal, das ist deine beste Chance! Ich hoffe, du hast nicht an dem Mac gespielt oder versucht, Passwörter einzugeben?«

Pascal atmete auf. Jeffrey war zu einhundert Prozent auf seiner Seite. »Ich habe ihn nicht mal geöffnet.«

»Sehr gut. Du brauchst einen versierten Hacker, und ich kenne einen. Lass mich kurz telefonieren.« Er entfernte sich einige Schritte und sprach leise in sein Telefon.

Pascal blieb am Ufer stehen und schaute sich um. Ihm gefiel, was er sah. Wären die Umstände nicht so kompliziert, hätte das ein schöner Urlaub sein können.

Warum habe ich Jeffrey nicht früher mal besucht? Er hat mich jedes Jahr eingeladen ...

Sie waren am Strand bis zur Mitte der anderen Seite des Palmwedels spaziert. Pascal schaute direkt auf das *Atlantis Hotel* mit der riesigen Öffnung in Form eines Pik-Spielblattes. Sekunden später fuhr die futuristisch anmutende Metro vorüber.

Palm Jumeirah ist speziell. Eigentlich schade, dass es damals mit dem Kauf des Penthouses nicht geklappt hat. Dass mir jetzt diese Sachen durch den Kopf gehen ... Ich bin in Dubai, um meine Zukunft und die der Lombardi Bank zu sichern und nicht zum Träumen!

Jeffrey kam zurück. Zufrieden erzählte er Pascal, dass er Adil Badia erreicht hatte.

»Wer ist Adil, und woher kennst du ihn? Klingt nach einem Inder ...« Pascal wollte keinen weiteren Fehler begehen, war vorsichtig.

»Adil Badia ist der beste IT-Spezialist, den es in der Region gibt und ein Freund von einem Freund. Ich kenne ihn schon eine ganze Weile und vertraue ihm. Er ist Inder, hat für den amerikanischen Geheimdienst gearbeitet, gibt Seminare zu Netzwerksicherheit und hat vor etwa zehn Jahren ein sehr interessantes Buch geschrieben. Der Titel lautet *The Unofficial Rulebook to Ethical Hacking*.«

»Machst du Witze? Für mich und die Bank steht alles auf dem Spiel!«

Jeffrey sagte nichts, und Pascal fragte weiter. »Für welchen Geheimdienst hat er gearbeitet, CIA? Die engen Verbindungen von Levy & Lewitt zur CIA sind bekannt ...«

»Darüber spricht Adil logischerweise nicht. Warum ist das relevant für dich? Ich glaube, du beginnst, Gespenster zu sehen. Er fragt nicht danach, dir zu helfen oder sucht deinen

Kontakt. *Du* brauchst seine Hilfe. Adil ist eine Geheimwaffe und diese Woche in Dubai. Er kann dich heute Nachmittag treffen.«

Pascal reagierte nicht annähernd so enthusiastisch, wie Jeffrey erwartet hatte, ganz im Gegenteil.

Nach einem Moment des Schweigens ließ Jeffrey Luft ab. »Die Frage lautet nicht, ob du Adil vertraust, sondern ob du mir traust. Es ist meine Einschätzung, auf die du dich verlassen musst. Du kannst gern bei mir wohnen und die Sache auf deine Art klären, aber dann involviere mich besser nicht. Wir sind keine kleinen Kinder, deine Entscheidung, Pascal.«

Sie liefen nebeneinander her, ohne zu reden. Pascal suchte verzweifelt nach einer anderen Variante. Es widerstrebte ihm, jemanden einzuweihen, den er nicht kannte. »Am liebsten würde ich direkt in den Flieger nach New York steigen und Ted Blumfeld zur Rede stellen.«

»Bist du von allen Sinnen verlassen? Willst du dich selbst ausliefern? Die USA sind das letzte Land, in das du jetzt reisen solltest. Du hast als haftender Partner einen Margin Call einer amerikanischen Bank am Hals! Wenn bei den strengen Kontrollen dazu deine falsche Identität auffliegt, verabschiedest du dich für lange Zeit ... Da hättest du besser die Polizei in Genf angerufen.« Jeffrey teilte Pascals ungebrochenen Optimismus nicht, dass es sich um ein riesiges Missverständnis handeln musste. Er war schockiert von dessen Naivität, was den Rahmen der Geschehnisse umfasste. »Ist dir eigentlich bewusst, dass du gegen Levy & Lewitt und damit gegen das sogenannte etablierte System kämpfst? Deine ehrliche Darstellung vorausgesetzt, sieht es so aus, dass ein Unbekannter hinter den Kulissen mit gezinkten Karten und besten Verbindungen gegen die Lombardi Bank spielt. Frag dich besser, wer dieser Unbekannte sein könnte, und bereite deine

Verteidigung vor, anstatt blind anzugreifen! Wenn eine Geschichte so weit vorangetrieben wurde, löst sie sich nicht mehr bei einem Telefonat oder auf fairer Verhandlungsbasis à la Schweiz!«

Pascal musste Jeffreys Argumenten zustimmen. Geduld zählte genauso wenig zu seinen Stärken wie Demut. Er fühlte sich verantwortlich und wollte die Lösung aktiv vorantreiben. Dafür musste er Ted Blumfeld erreichen. Er schlug seinem Freund vor, an seiner Statt nach New York zu fliegen.

Dies lehnte Jeffrey jedoch rigoros ab. »Niemand kann vorhersagen, wie diese Geschichte ausgehen wird. Ich kann es mir in meiner Position nicht leisten, offiziell verwickelt zu sein. Ich helfe dir privat, als Freund. Wach auf, Pascal! Ich glaube, du musst als Erstes lernen, welche Grenzen du dir durch die Flucht selbst gesetzt hast.«

Pascal schluckte. Jeffreys erste Idee mit dem Hacker war also nicht nur die beste Chance, sondern bisher seine einzige. Er brauchte Zugang zu dem Laptop von Thomas Widmann und dessen E-Mail-Konto. »Danke, Jeffrey. Wenn du sicher bist, dass Adil unser Mann ist, bin ich dabei. Wo kann ich ihn treffen?«

Kapitel 41

François Lombardi war gerade in der Bank eingetroffen und auf dem Weg zu Pressesprecher Olivier Legler, um den offiziellen Wortlaut für Christians Ernennung zum CEO abzusegnen.

Joel kreuzte nicht zufällig seinen Weg. »François, schön, dich zu sehen. Hast du dich in Crans Montana gut erholt?«, begrüßte er ihn freundlich. »Eine gute Idee, dir eine kurze Auszeit zu gönnen.«

»Mein Herz flattert nicht mehr, ein akzeptables Resultat. Der Arzt hat mir erlaubt, wieder zu arbeiten. Die Probleme müssen angegangen werden, damit ich wieder sorglos durch den Schnee spazieren kann. Das Wetter war herrlich in Crans Montana – blauer Himmel, Sonne und Schnee.«

»Du hast gut Farbe bekommen.«

»Das geht schnell in den Bergen.«

Trotz des umgänglichen Wortgeplänkels ging beiden das Feingefühl nicht ab, dass sich etwas zwischen ihnen verändert hatte. Sie kannten sich seit Jahrzehnten.

»Können wir kurz reden? Es wäre wichtig«, fragte Joel schließlich.

François schaute auf seine Uhr. »Ich werde Olivier anrufen und das Meeting um eine halbe Stunde verschieben. Gehen wir in dein Büro.«

»Danke.«

»Was liegt an, Joel?«

»Ich möchte mich über Kommissar Baumet beschweren. Der verhält sich unmöglich. Du musst ihn zurechtweisen.«

»Hauptkommissar Baumet, sonst haben wir von Beginn an schlechte Karten. Was ist passiert?«

Joel runzelte die Stirn.

Warum macht François diese Bemerkung?

»Das Vorgehen von Baumet ist mehr als dreist. Gestern marschierte er unangemeldet in die Bank ein und hat das IT-Team um Pierre Jeunot und die Sicherheitsleute zu einem Gespräch geladen. Angeblich lag ein Verdacht auf Manipulation der Überwachungs-DVD vor ... Falls das ein Gespräch war, weiß ich nicht, wie ein Verhör abläuft. Er hat unsere Mitarbeiter regelrecht gegrillt.«

»Wie meinst du das?«

»Er hat sie verbal mit falschen Behauptungen eingeschüchtert und ihnen gedroht.«

François tat erstaunt. »Was wurde auf der DVD manipuliert und von wem?« Mit keiner Silbe erwähnte er, dass die Lombardis schon am Freitag diese Vermutung hatten.

Versteht er nichts mehr? Mir geht es um die Mitarbeiter, und er interessiert sich für den Vorwand?

»Am Ende nur warme Luft. Nichts wurde manipuliert, aber du kannst dir die Aufregung vorstellen. Vor allem Pierre Jeunot und Alain Sanders hat er extrem aggressiv befragt.

»Gibt es einen speziellen Grund dafür?«

»Jeunot und Sanders waren am Freitag zur Todeszeit von Thomas Widmann in der Bank ...«

»Ich kümmere mich darum. Was gibt es sonst Neues?«

»Das wollte ich dich fragen. Ich habe gehört, Christian und Fabian sind in Hongkong? Ich hätte sie hier gut gebrauchen können.«

»Der Zeitpunkt ist nicht perfekt, aber die zehn Jahre von

Christians Haftungspflicht laufen demnächst ab. Die Reise war lange geplant. Er muss sicherstellen, dass von chinesischer Seite keine Ansprüche mehr an ihn geltend gemacht werden können. Eine Priorität, nachdem ich ihn am Freitag wieder zum Geschäftsführer ernannt habe, auch wenn es offiziell nur vorübergehend ist.«

»Das hätte ich lieber von dir erfahren als von unserem Pressesprecher. Die China-Trust-Geschichte hätte ich als Anwalt schriftlich klären können.«

Joel hört nicht auf, mich zu kritisieren, das ist mir früher nie aufgefallen. Warum will er alles kontrollieren?

»Christian wollte es so. Er hat Fabian mitgenommen, um ihn in die Geschäfte in Hongkong einzuführen. Wir wissen nicht, wann Pascal wieder auftaucht. Fabian wird seine Arbeit vorerst übernehmen müssen.«

»Verhandeln sie auch über einen Überbrückungskredit mit den Hongkong-Chinesen?«

»Sie sondieren nur die Möglichkeiten.« Mehr wollte er Joel darüber nicht sagen.

Joel ließ das unkommentiert und spielte seine Trumpfkarte aus. »François, ich habe intensiv nachgedacht und unsere Optionen abgewogen. Ein Überbrückungskredit ist unsere einzige Chance, auch wenn wir einen hohen Preis dafür bezahlen müssen. Die Zeit drängt, der Margin Call kann jeden Tag eintreffen. Wenn wir den Kredit haben, können wir die MBS in Ruhe analysieren. Der Markt kann nicht ewig bergab gehen. Ich habe erfolgversprechende Gespräche mit alten Geschäftspartnern von Ex-Solomon Brothers in New York geführt.«

François horchte auf. Ihm fiel die Warnung von Huang Fu Chen ein. Alle Alarmglocken in seinem Kopf leuchteten auf. »Hast du eine konkrete Offerte?«

»Ein Konsortium von amerikanischen Investoren ist

bereit, der Lombardi Bank einen Überbrückungskredit bis zu einer Milliarde US-Dollar zu gewähren.«

»Wirklich, Joel? Das klingt unglaublich, vor allem in der Kürze der Zeit. Wer steht hinter diesem Konsortium, und was wollen sie im Gegenzug für Konditionen?«

»Du klingst verhalten, um nicht zu sagen ironisch. Ich dachte, diese Nachricht würde dich begeistern.«

»Entschuldige, die letzten Tage waren nicht einfach. Ich traue mich kaum noch, an eine schnelle und relativ akzeptable Lösung zu glauben. Wir werden weiter existieren, aber um welchen Preis ...«

Joel schaute François nachdenklich an.

Das wird schwieriger, als ich angenommen habe. Er ist zu reserviert, da wird hinter meinem Rücken etwas anderes vorbereitet. François ist kein guter Schauspieler. Ich werde Druck ausüben müssen.

»Umsonst gibt es nichts im Leben und vor allem nicht, wenn sich Zeitdruck und eine große Summe paaren. Das Konsortium besteht mehrheitlich aus alten Kollegen der Investmentbranche. Sie würden es wie einen Privat-Equity-Deal betrachten und schließen sich gelegentlich für ein interessantes Geschäft zusammen.«

François nickte. »Verstehe. Wie viel Prozent Beteiligung an der Bank fordern sie als Garantie?«

»Zuerst einmal können sie die gesamte Milliarde umgehend zur Verfügung stellen. Als Private-Equity-Firma unterliegen sie nicht den strengen Richtlinien der Banken. Sie können flexibel in den Rückzahlungsbedingungen und niedrig in ihren Zinsen sein.«

»Das beantwortet meine Frage nicht. Wir brauchen übrigens keine Milliarde, nur achthundert Millionen, um genau zu sein. Fabian hat den Trade gefunden.«

»Warum sagst du mir das erst jetzt? Keiner der Lombardis hält es für nötig, mich anzurufen und mir diese wichtige Nachricht zu geben?«

»Das muss in der Hektik untergegangen sein. Entschuldige, Joel.«

»Das Konsortium will sich die Option offen halten, die Rückzahlung als Geld oder in Anteilen der Lombardi Bank zu erhalten, maximal dreißig Prozent. Dafür wollen sie nur vier Prozent Zinsen auf den Gesamtbetrag pro Jahr.«

François begann laut zu lachen.

Joel erstarrte.

Wird er senil?

»Joel, glaubst du im Ernst, darauf würde ich mich einlassen? Dreißig Prozent der Lombardi Bank entsprechen einem Buchwert von anderthalb Milliarden Dollar, ohne Dividende! Dein Angebot ist nicht flexibel, sondern eine Einbahnstraße. Wenn die Geschäfte wieder anlaufen, wird dieses Konsortium mit Sicherheit die Dreißig-Prozent-Option aufrufen! Ich mag gar nicht tiefer in die Materie gehen, zum Beispiel, wie sie die Bank bewerten lassen! Sicher von einer externen Firma ihrer Wahl, die sie *zufällig* gut kennen und die obendrein teuer ist ... Da kann ich gleich zu einer Großbank gehen, meine Anteile verkaufen und einen wesentlich besseren Preis heraushandeln! Joel, ein klares *Nein* zu diesem Konsortium!«

Joel beharrte darauf, dass der Vorschlag akzeptabel war. »Dreißig Prozent der Bank entsprechen einer Milliarde, François. Die exzellente Bewertung der Lombardi Bank gehört genau an dem Tag der Vergangenheit an, an dem der Margin Call eintrifft. Ich denke, dann sind wir maximal noch dreieinhalb Milliarden wert. Ein Gewinn muss für das gegebene Risiko rausspringen dürfen. Was ist bloß in dich gefahren? Du hast dich seit letzter Woche verändert. Ich bin nicht dein Feind, sondern schlage eine konkrete Lösung vor.«

»Noch einmal: Nein!«

»Bis übermorgen werde ich die Zahlen aktualisieren und ein neues Angebot einholen.«

François schüttelte nur den Kopf und schaute stoisch aus dem Fenster.

»Sicher hast du die Möglichkeit, Anteile der Bank anderweitig höher zu verkaufen, aber diese Verhandlungen ziehen sich mindestens drei bis sechs Monate in die Länge, Großbanken sind bürokratisch ...« Eine unangenehme Überheblichkeit schwang in Joels Tonfall.

François überhörte es diesmal nicht.

»Bis dahin hat Levy & Lewitt Anteile von uns geschluckt und das Dilemma in der Presse breitgetreten. Ich offeriere eine schnelle, diskrete Alternative mit glaubwürdigen Partnern und werde ohne Begründung abgefertigt? Nebenbei erwähnt, habe ich ein Mitspracherecht. Du und deine Familie könnt nicht im Alleingang entscheiden!«

François war langsam aufgestanden. »Doch, Joel, mit unseren achtzig Prozent Anteilen können wir das. Lass mich einen Punkt klarstellen. Ich bin nicht nur wegen der riesigen Geldsumme besorgt. Mich bedrückt, dass verlorengehen könnte, wofür die Lombardi Bank steht: eine feine, etablierte Institution, aufgebaut über fünf Generationen von meiner Familie. Davor habe ich tiefsten Respekt. Diese wertvolle Reputation könnte wanken, und genau aus diesem Grund werden wir immer im Sinne der Lombardi Bank entscheiden. Ich werde mir keine Partner aufzwingen lassen, die ich nicht kenne und die diesem Anspruch nicht gerecht werden. Du hast lediglich ein Vorkaufsrecht, falls wir Anteile verkaufen müssen. Hast du privat eine halbe Milliarde oder mehr zum Investieren?«

Joel lächelte dünn. »François, mir gefällt nicht, was innerhalb der Bank passiert. Seit Freitag beschleicht mich das Gefühl, von wichtigen Entscheidungen ausgespart zu werden. Vertraust du mir nicht mehr? Und nebenbei erfahre ich von einer Journalistin, dass ihr die Detektei Sutter beschäftigt ...«

»Ich vertraue dir, aber teile deine Einstellung Pascal gegenüber nicht. Die Probleme zwischen euch habe ich zu lange schweigend hingenommen. Das klären wir, wenn Pascal wieder hier ist. In der Zwischenzeit sucht Roland Sutter nach meinem Sohn. Ich denke, das steht mir als Vater ohne dein Einverständnis zu?« In François' letzter, fragender Bemerkung lag ein bitterer Unterton. Erstmals verstand er, dass die Geschäftsbeziehung zu Joel böse enden könnte.

Wieso kommen mir heute solche Gedanken? Ich muss schnellstens alle meine offenen privaten und geschäftlichen Angelegenheiten regeln ...

Kapitel 42

Pascal und Adil saßen in bequemen Liegestühlen auf der Terrasse von Jeffreys Villa. Sie tranken Wasser und unterhielten sich über Dubai.

Adil erklärte Pascal, wie die aktuellen Geschehnisse und Unruhen in Ägypten in Dubai zu spüren waren. »Es kommen gerade Hunderte wohlhabender Ägypter mit ihren Familien hierher. Es sind keine freien Hotelzimmer zu finden. Preise für Immobilien steigen erstmals seit dem radikalen Absturz vor drei Jahren wieder an. Banken erhalten große Deposits. Die Emirate profitieren, sie bieten politische Sicherheit, eine fantastische Infrastruktur und ein solides Bankensystem. Wie wichtig das ist, spüren vor allem die Menschen im Nahen und Mittleren Osten, die von politischer Instabilität betroffen sind. Überleg mal, Syrien, Ägypten, Libyen, Tunesien ... Millionen von Menschen erleben drastische Veränderungen.«

Pascal musterte Adil unauffällig, während er zuhörte. Seine schulterlangen schwarzen Haare hatte er mit einem Gummi zu einem kleinen Pferdeschwanz zusammengebunden. Er trug *Diesel*-Jeans, ein *Ralph-Lauren*-Poloshirt, Sneakers und ein teures *Hermès*-Lederarmband. Ein typisches Dubai-Outfit für einen jungen Mann, dem es gut geht.

Er ist ein intelligenter, gebildeter Mensch, der sich hinter einem unauffälligen Erscheinungsbild versteckt. Vielleicht ein wenig feminin, aber das geht mich wirklich nichts an.

»Die Rolle von Dubai als ›sicherer Hafen‹ war mir nie bewusst«, antwortete Pascal. »In Europa wird das anders dargestellt. Es erweitert auf jeden Fall mein Verständnis für die Region.«

Jeffrey hatte Adil von Pascals Misstrauen erzählt und dass es ihm in seiner heiklen Situation schwerfiel, einem Unbekannten wichtige Geheimnisse anzuvertrauen. Schließlich ging es um die familieneigene Bank in der Schweiz, Levy & Lewitt, einen Toten und seine berufliche Existenz. Adil verstand Pascals Bedenken. Andererseits brauchte er seine Dienste nicht zu verkaufen. Er tat Jeffrey wirklich einen Gefallen. Um das Eis zu brechen, erzählte er ihm in Kurzform seine Lebensgeschichte.

Pascal erfuhr, dass Adil aus Mumbai kam und seine Eltern ihm zum zwölften Geburtstag den ersten Computer geschenkt hatten. Anfangs interessierten ihn ausschließlich Videospiele. Zwei Jahre später erstellte er seine erste Homepage und entdeckte fasziniert die Welt der Hacker. Der Computer und die virtuelle Welt wurden sein Leben. Als Teenager verbrachte er jede freie Minute vor dem Bildschirm. Im Alter von sechzehn Jahren fing er wichtige, verschlüsselte Nachrichten ab. Ohne über die Folgen nachzudenken, leitete er diese Mails an einen bedeutenden amerikanischen Geheimdienst weiter. Selbiger heuerte ihn danach sofort an. Seither arbeitete Adil an verschiedenen internationalen Projekten zur Netzwerksicherheit mit. Für seine Arbeit in diesem Bereich gewann er viele Preise. Sein erstes Buch mit dem Titel *The Unofficial Rulebook to Ethical Hacking* verschaffte ihm in der Szene Anerkennung. Das war zehn Jahre her.

»Du hast eine interessante Geschichte. Das Buch hast du wirklich geschrieben? Der Titel klingt mehr nach einem Joke.«

»Dann gehören die Begriffe Ethik und Hacking in deinem Verständnis nicht nebeneinander?«

»Könnte man so sagen.«

»Eigentlich erkläre ich in dem Buch, wie Computer funktionieren. Worauf man achten sollte, wenn man Netzwerke und E-Mail-Server benutzt, wie Viren eingeschleust werden, was Fehler im Code sind«, verteidigte sich Adil lächelnd. »Ich gehe auf rechtliche Aspekte des Hackens ein und lehre in der Konsequenz normale Menschen, wie man sich vor Hackern schützt. Damals war das für viele Menschen Neuland. Hacking kann hilfreich sein, wenn man auf der richtigen Seite steht. Es gibt natürlich unterschiedliche Auffassungen, wo der Scheidepunkt liegt.«

»Das stimmt. Was machst du heute beruflich?« Pascal entspannte sich, fasste Vertrauen zu Adil.

»Ich gebe regelmäßig Seminare für Mitarbeiter des indischen Verteidigungsministeriums, internationale Konzerne, IT-Fachkräfte und Informatikstudenten der großen Universitäten. Außerdem konsultieren mich auch private Firmen, wenn sie ein sicheres Netzwerk einrichten wollen. Ich habe mehr Aufträge, als ich annehmen kann.«

Pascal konnte jetzt Adils Geschichte, seine Herkunft und seine Persönlichkeit in den richtigen Zusammenhang setzen. Alles erschien logisch. Zwei Dinge fielen Pascal während der Unterhaltung auf. Die wachen Augen von Adil, die alles um ihn herum aufnahmen und seine schönen Hände. Die langen Finger waren perfekt manikürt. Für beides hatte er sicher seine Gründe.

Pascal revidierte sein Vorurteil und schilderte Adil die Geschehnisse der letzten Tage. Als er damit endete, dass er den Laptop von Thomas Widmann *mitgenommen* hatte, sah er Adil lächeln.

»Und den soll ich jetzt für dich hacken, weil es für einen guten Zweck ist?«

»Das wäre die Idee. Ich habe aber weder ein Passwort noch irgendetwas …«

»Für die Passwortsuche gibt es spezielle Programme, das kann fast jeder Anfänger mit dem richtigen technischen Equipment. Was genau suchst du?«

»Mich interessiert, was Thomas Widmann über den Deal mit Levy & Lewitt wirklich wusste. Welche Informationen hat er unter Umständen an Christian weitergegeben? Hat die Polizei darauf Zugriff?«

Aber wie soll ich ihm die komplizierten Zusammenhänge innerhalb der Familie und der Bank erklären?

Adil spürte Pascals Zögern. »Ich brauche nur die wichtigen Details, damit ich dir helfen kann. Du bist ein Freund von Jeffrey … Der Rest interessiert mich nicht. Es sollte dich beruhigen, dass ich weder Deutsch noch Französisch spreche …«

Darüber hatte Pascal noch nicht nachgedacht. Ein beruhigender Punkt, aber das würde er nicht zugeben. »Danke für den Tipp, Adil, aber ich vertraue dir. Ich brauche dringend Unterlagen zu zwei Geschäften mit Levy & Lewitt. Alles, was sich dazu an Papieren, Dokumenten und E-Mails finden lässt. Schwierig zu definieren, aber wenn ich es sehe, weiß ich es …«

Adil schaute auf seine Uhr. »Ich habe noch einen anderen Termin. Bist du einverstanden, wenn ich den Laptop mitnehme? Ich habe eine Anlage mit allem technischen Spielzeug zu Hause.«

»Ja.«

»Ich werde Passwörter und Codes für Programme separat auflisten. Dazu überspiele ich die komplette Festplatte des Laptops von Thomas Widmann auf einen externen Harddrive, den ich dir morgen oder übermorgen gebe. Dort kannst du dich nach Belieben austoben. Den Laptop von Thomas Widmann würde ich an deiner Stelle unberührt lassen. Man weiß nie, ob der später als Beweismittel gebraucht wird. Verstehst du, was ich meine? Es wird nicht nachzuweisen sein, dass er gehackt wurde, da ich alle Spuren entfernen werde.«

»Verstehe, danke.« Pascal hatte eine Idee. Aus dem Gefühl heraus entschied er, das Risiko einzugehen. »Kannst du auch von meinem Computer in der Bank E-Mails abrufen? Ich habe Angst, mich einzuloggen und über die IP-Adresse meinen Aufenthaltsort zu verraten.«

»Klar. Wenn du mir deine Passwörter und E-Mail-Adressen gibst, kann ich von jedem Computer alle Daten abrufen. Es liegt an dir, wo du die *ethische* Grenze meines Hackens setzt …«

Kapitel 43

Nacht von Dienstag, 8. Februar 2011, auf Mittwoch, 9. Februar 2011

Audrey war unschlüssig, ob sie ein traditionelles chinesisches oder ein internationales Top-Restaurant in Hongkong für ihr erstes Date auswählen sollte.

Gestern hatte sie sich selbst überrascht, als sie kurzentschlossen die Initiative ergriffen und heftig mit Fabian geflirtet hatte. War er der Mann, auf den sie jahrelang gewartet hatte? Er gefiel ihr auf den ersten Blick. Da er ein Lombardi war, die Familien sich kannten, respektierten und seit Jahrzehnten Geschäfte miteinander machten, gab es keine Standesunterschiede. Durch ihre Erziehung wusste Audrey, dass sie eigentlich einen Hongkong-Chinesen aus einer einflussreichen Familie heiraten sollte. Sie traf aber keinen Mann aus diesen Kreisen, bei dem es *klickte*. Daher konnte sie sich mit dem Gedanken einer Hochzeit nicht anfreunden und blieb lieber Single. Sie verbat sich, vermittelt zu werden. Von Zeit zu Zeit ging sie mit Männern aus, aber mehr zum Spaß. Sie nahm sich, was sie brauchte, ohne echte Gefühle zu entwickeln.

Fabian war anders als die Chinesen; weicher in seinen Gesten und Ausdrücken, höflicher, gebildeter, und er sah in Audreys Augen unverschämt gut aus. Und ihre Mutter war schließlich auch mit einem Europäer glücklich geworden …

Sie entschied sich schließlich für *Ozone*, die exklusive Bar und Lounge im *Ritz Carlton* in Kowloon in der 118. Etage.

Von der höchsten Bar der Welt bot sich ein traumhafter Blick auf das Lichtermeer von Central Hongkong. Audrey konnte außerdem sicher sein, keinen ihrer Freunde oder Bekannten zu treffen. Es lag ihr fern, Fabian zu verstecken. Sie wollte ihn für sich allein haben.

Audrey gefielen die futuristischen, stylischen Designelemente und die modernen Farben im *Ozone*. Das Publikum war eine gelungene Mischung aus Touristen, Geschäftsleuten und jungen, hippen Hongkong-Chinesen, die Atmosphäre immer entspannt. Falls Fabian ein Dinner bevorzugen würde, befand sich mit *Tosca* ein feines italienisches Restaurant wenige Etagen tiefer.

Zufrieden mit ihrer Entscheidung wählte Audrey ihr einziges, eng anliegendes, schwarzes Kleid als Outfit. Es betonte ihre schlanke Figur und ihren großen Busen. Sie hatte dezentes Make-up aufgelegt und nur ihre Lippen auffällig in einem dunklen Rot geschminkt. Am Nachmittag hatte sie sich passende Pumps bei *Jimmy Choo* und verführerische Dessous von *La Perla* gekauft. Sie fühlte sich wie eine Fremde, als sie einen letzten prüfenden Blick in den Spiegel warf.

Ich mache, worüber ich früher gelästert habe – ziehe mich nur für einen Mann sexy an, weil ich ihm gefallen will ... Was wird der Abend bringen? Hoffentlich habe ich gestern nicht geträumt ...

Audrey spürte ein starkes Kribbeln im Bauch. Konnte man sich wirklich auf den ersten Blick verlieben?

Ihre Aufregung wuchs, als Fabian ins Auto stieg und ihr nach Schweizer Tradition drei Küsschen auf die Wangen hauchte. Er ließ ihre Hand nicht wieder los und plauderte unbefangen über seinen Tag und die Verhandlungen mit den Anwälten.

Im Fahrstuhl beobachtete Audrey Fabian genau. Er wirkte

größer und jünger in seiner schicken Jeans mit dem schwarzen Hemd. Seine dunkelbraunen Haare waren fesch nach hinten gekämmt. Wenn er lächelte, blitzten perfekte Zähne.

Fabian gefällt mir wie kein anderer Mann zuvor. Ich will ihn noch heute Nacht. Seit einem Jahr führe ich ein trauriges Sexleben. Das werde ich ändern.

Sie traten gemeinsam in die Bar, und Fabian legte seinen Arm besitzergreifend um Audreys Taille.

»Das Kleid steht dir. Du siehst elegant und gleichzeitig sexy aus«, flüsterte er auf dem Weg zum Tisch in ihr Ohr.

Audrey errötete, was Fabian in dem gedämpften Licht entging.

Ohne in die Karte zu schauen, bestellte er eine Flasche Champagner. Dann sah er sie an. »Audrey, ich muss dir etwas gestehen.«

Ihr Herz schlug plötzlich wild.

Hat Fabian eine feste Freundin? Wie konnte ich nur annehmen, dass ein so gut aussehender Mann solo ist?

»Meine Reise hat gestern Abend eine unglaubliche Wendung genommen. Wir müssen gerade in unserer Bank eine Menge Probleme lösen, die mich enorm belasten. Unklare Zusammenhänge, Misstrauen, Verluste, Selbstmord, Pascals Verschwinden … Aber seit ich dich getroffen habe, fliege ich innerlich. Du relativierst alles. Zwischen uns knistert eine unglaubliche Chemie. Ich habe mich Hals über Kopf verliebt …«

Audrey fiel ein Stein vom Herzen. Sie musste nichts sagen, denn das Leuchten ihrer Augen sprach Bände. Fabian zog sie an sich und gab ihr einen ersten, langen Kuss. Ihre Lippen fanden sich, ihre Zungen berührten sich, und es war um beide geschehen. Als Audrey die Augen wieder öffnete, stand prickelnder Champagner auf dem Tisch.

Fabian erhob sein Glas. »Trinken wir auf uns und die Liebe auf den ersten Blick?«

Audrey nickte und ließ ihr Glas leise an Fabians klirren. »Auf uns, Fabian.«

Nach dem ersten Schluck des eiskalten Champagners rückte Fabian noch näher zu Audrey. »Ich bin kein Womanizer, der sofort alles will und Frauen regelmäßig verführt. Ich musste meinen ganzen Mut zusammennehmen, um so mit dir zu reden ...«

Audrey lächelte ihn an. »Da bin ich mir nicht sicher, so, wie du küsst ...«

Fabian war verlegen und wusste nicht, wo er hinschauen sollte. »Ich verstehe das einfach als Kompliment«, umschiffte er die Situation geschickt. »Durch die besonderen Umstände in Genf muss ich morgen Nachmittag schon wieder abfliegen, uns bleibt wenig Zeit. Audrey, ich möchte dich so schnell wie möglich wiedersehen und all die Dinge mit dir unternehmen, die Verliebte zusammen tun.«

Audrey war sprachlos. Fabian hatte in den ersten Minuten gesagt, wovon sie heimlich geträumt hatte.

Ist das nicht schon wieder zu gut, um wahr zu sein? Egal, entschied sie, *ich habe nichts zu verlieren. Fabian ist den Versuch wert, ich greife an ...*

Sie küsste ihn leidenschaftlich. Nun fand ihre Zunge den Weg in seinen Mund, spielte gekonnt mit ihrer beider Sinnen. Seine Lippen fühlten sich weich auf ihren an. Fabians rechte Hand fuhr durch ihr Haar, die andere glitt gefühlvoll an ihrem Kleid hinab. Dabei hörten sie nie auf, sich zu küssen. Audrey hielt eine Hand an Fabians Hüfte, mit der anderen strich sie langsam seinen Oberschenkel entlang. Sie war im doppelten Sinne atemlos. Was sie durch Fabians Hose spürte, war vielversprechend. Er konnte seine Erregung nicht verstecken.

Beide verloren sich auch in diesem zweiten Kuss, der alles versprach …

Den weiteren Abend erlebte Audrey wie in Trance. Sie leerten den Champagner, orderten kleine Sushi- und Sashimi-Snacks und redeten, unterbrochen nur von zärtlichen Küssen. Die Zeit verflog. Um ein Uhr morgens fragte Fabian den Ober nach der Rechnung.

Audrey spürte, dass er unsicher war, wie er sich verabschieden sollte. Sie war sicher, und erneut war es Audrey, die das Geschehen vorantrieb. »Fabian, möchtest du, dass ich mit ins Hotel komme? Ich weiß, es geht rasend schnell zwischen uns, aber ich habe das Gefühl, dass wir uns schon ewig kennen.«

Ein erleichtertes Lächeln überflog Fabians Gesicht.

Selbst im Hotelzimmer verlief alles unglaublich natürlich.

Um keine Verlegenheit aufkommen zu lassen, zog Audrey sich langsam aus. Sie ließ das Kleid fallen und stand nur in ihren Pumps und schwarzen Strapsen vor Fabian. Die kleinen Stickereien im sonst transparenten Busenhalter verdeckten ihre imposanten Brüste kaum. Audrey hatte seit einem Jahr mit keinem Mann mehr geschlafen und war heiß auf Sex. Sie wollte Fabian spüren. Sofort. Begehrend zog sie ihm sein Hemd über den Kopf. Dunkle Haare bedeckten seinen durchtrainierten Oberkörper. Die Haut hatte einen appetitlich gebräunten Teint.

In Sekunden entledigten sie sich der restlichen Kleidungsstücke und bedeckten ihre Körper gegenseitig mit fordernden Küssen.

Fabian roch an ihrer weißen, glatten Haut, spielte mit ihren langen Haaren, streichelte sie leicht und verführerisch. »Du bist meine verwunschene Märchenprinzessin und ich der Prinz, der dich erlöst. Ich werde dich nie wieder loslassen …«

Wenig später spielte seine Zunge zärtlich mit ihren Nippeln, die sofort standen. Audrey brannte vor Verlangen. Hemmungslos drehte sie sich, setzte sich auf Fabian und führte sein Glied tief in sich. Lustvoll stöhnend gab sie sich dem füllenden Genuss hin.

Fabian wollte nicht so schnell kommen, doch er hatte keine Chance. Audrey ritt wild auf ihm, bis sie ekstatisch schreiend ihren Höhepunkt erlebte. Kurz darauf kam auch Fabian.

Was für ein erster Orgasmus!

Als beide nach einer heißen Nacht ineinander verschlungen in einem zerwühlten Bett erwachten, waren sie ein Paar.

»Guten Morgen, mein Schatz, hast du gut geschlafen?« Audrey nickte und schubste die Bettdecke zur Seite. Sie betrachtete Fabian. »Du bist so sexy.« Sie streichelte seinen Oberkörper und küsste ihn.

Plötzlich spielten ihre Hände gekonnt mit seinem Glied. Fabians Körper reagierte schnell. »Audrey, wollen wir uns am Freitag in Paris treffen? Die Stadt der Liebe ist genau richtig für uns ... Paris hat viele Kunstgalerien und Museen. Ich würde zu gerne mit dir durch das Musée d'Orsay spazieren und die wunderschöne Kollektion der Impressionisten bewundern, bevor wir uns wieder sinnlichen Genüssen hingeben ...« Er konnte den Satz gerade noch beenden, bevor er laut aufstöhnte.

Audrey stoppte in der Bewegung und sah Fabian in die Augen. »Ich kenne Paris gut und habe alle bekannten Museen besucht. Aber ich war noch nie mit einem Mann dort, in den ich verliebt war. Ich fliege am Freitagmorgen hier ab, und wir treffen uns am Abend in Paris.«

Beide küssten sich erneut leidenschaftlich. Die Vorfreude

auf ein gemeinsames Wochenende in Paris erregte sie. Ihre Hormone spielten verrückt.

Audrey war unersättlich und Fabian begeistert darüber. Noch nie hatte er eine feurige Frau wie Audrey im Bett erlebt. Ihre exzessive Energie erregte ihn immer wieder.

Es war Mittag, als sie erschöpft vor Lust voneinander ließen.

»Mein Gott Audrey, mein Flieger geht in drei Stunden. Ich muss meinem Vater kurz Bescheid sagen, dass wir uns in einer halben Stunde in der Lobby treffen.«

»Mach das, ich dusche inzwischen.« Audrey verschwand im Badezimmer, und Fabian packte in Windeseile.

Zum Abschied umfasste Fabian ihr Gesicht liebevoll mit beiden Händen.

»Ich schicke dir morgen die Tickets für Paris und kümmere mich um ein romantisches Hotel. Du hast keine Vorstellung, wie glücklich ich bin. Ich verspreche dir, dass ich dich zu der glücklichsten Frau der Welt machen werde.«

Audrey lachte. »Große Worte, Fabian ...«

»Große Worte, große Liebe, ich spüre es ... Wir sehen uns in zwei Tagen in Paris.« Er küsste sie und hielt ihre schmalen Hände, bis sich die Fahrstuhltür schloss.

Kapitel 44

Mittwoch, 9. Februar 2011

Pascal musste sich bis Mittwochvormittag gedulden, ehe er Adil erneut treffen konnte. Er war kurzfristig für einen Auftrag nach Bangalore geflogen.

Das zweite Treffen verlief von Beginn an entspannt. Adil übergab ihm das MacBook von Thomas Widmann und die externe Festplatte. Auf dem Laptop klebte wie versprochen ein gelber Sticker mit allen Passwörtern.

»Der Computer von Thomas Widmann liefert dir meines Erachtens keine neuen Erkenntnisse. Es scheint, er hat ihn nur für seine privaten Angelegenheiten wie E-Mails, Fotos und Chat-Programme genutzt. Schau selbst durch, ich konnte nichts Interessantes entdecken. Wahrscheinlich war es das Risiko nicht wert, dass du den Laptop mitgenommen hast.«

Pascal war enttäuscht. »Das konnte ich nicht ahnen.«

»Viel aufschlussreicher war der Computer von deinem Bruder. Details wirst du besser verstehen als ich, denn die meisten Dokumente sind auf Deutsch. Christian hat einiges am Laufen … Ich konnte nur die Dokumente auf Englisch überfliegen. Wusstest du, dass er wieder CEO der Lombardi Bank ist?«

»Christian ist wieder CEO? Woher weißt du das?« Pascal war plötzlich aufgeregt.

»Es gab E-Mail-Verkehr zwischen Genf und Hongkong. Ich habe die Mails farbig markiert. Du wirst sie schnell finden. Die Festplatten von deinem, Christians, Fabians und Widmanns Computer aus der Bank sind komplett überspielt und unter dem jeweiligen Namen in einem Ordner abgelegt. Du wirst Stunden brauchen, alles durchzulesen.«

»Ich bin irritiert, werde sofort auch in der Presse nachlesen. Danke, Adil.«

»Jetzt bekommst du einen kleinen Einblick, was sich mir bei Aufträgen offenbart. Du kannst dir nicht vorstellen, was Leute an Informationen ungeschützt auf ihrem Computer lassen. Das würden sie niemals ihrem besten Freund anvertrauen. Dabei ist das Web wie Käse aus Holland – große Löcher und wenig Geschmack. Es macht keinen Spaß, in die Abgründe der menschlichen Existenz zu gucken.«

»Du bist funny.«

Adil blieb ernst. »Einige Dinge erscheinen mir wichtig.« Er zog einen kleinen Notizzettel aus der Hosentasche.

»Ja?« Pascal wurde hellhörig.

»An deinem Computer und dem von Thomas Widmann hat schon jemand vor mir *gearbeitet*. Ich habe eindeutige Spuren gefunden. Ein Profi. Er ist davon ausgegangen, dass niemand anders Zugriff hat, deswegen gab er sich keine Mühe, komplett unsichtbar zu bleiben.«

»Was hat das zu bedeuten?«

»Christian hat E-Mails mit einem Privatdetektiv Sutter in Zürich ausgetauscht, auf Deutsch. Ich konnte nur raten und habe daraufhin die Firma gecheckt, die als Adresse unter der E-Mail stand. Laut Schweizer Presse der beste Ermittler auf dem Fachgebiet der Wirtschaftskriminalität. Deine Familie handelt. Wenn sie einen Privatdetektiv beschäftigen, kannst du davon ausgehen, dass sie dich suchen lassen ... Wenn du unentdeckt bleiben willst, sei vorsichtig im Internet. Es ist logisch, dass sie diesem Ermittler Zugang zu den Computern in der Bank gegeben haben. Sie brauchen Informationen so nötig wie du.«

Pascals Unruhe schlug in Nachdenklichkeit um. Er ließ Adil ausreden.

»Fabian hat E-Mails mit Verträgen von einem Anwalt aus Nassau erhalten. Sein Name ist Paul Desmond. Die Anhänge waren riesig.«

»Paul Desmond ist mein Anwalt in Nassau. Das bedeutet, Fabian hat meine Hinweise richtig gedeutet und die Zusammenhänge verstanden. Sie sind glücklicherweise auf dem richtigen Weg ...«

Adil nickte. »Das freut mich. Der letzte Punkt betrifft Joel Silverstein. Normalerweise knacke ich alle Computer mit meinem Programm. Der Computer von Joel ist anders gesichert. Die vielen Firewalls hat ein Spezialist eingebaut. Um den zu hacken, brauchen wir physischen Zugang. Ich muss ein spezielles Programm direkt aufspielen. Denk drüber nach, ob wir jemanden über Nacht in die Bank schicken können. Das interessiert mich jetzt auch.«

»Warum überrascht mich das nicht? Wenn ich an den Geheimnissen von irgendjemandem interessiert bin, dann Joel Silverstein. Dieser Mann hat mein Leben in einer Art beeinflusst, die ich nicht mag. Rachegedanken begleiten mich seit Jahren. Wir werden einen Weg finden.«

Adil und Pascal gaben sich ein High Five.

»Außerdem habe ich mich heimlich in den Computer der Polizei in Genf geschlichen. Ich kann leider nichts verstehen, aber es wird informativ für dich sein, den Ordner Lombardi/Widmann zu lesen. Vielleicht hilft es dir, die richtige Strategie zu wählen.«

Pascal war baff. »Wenn du einmal anfängst ...«

»Normalerweise halte ich mich exakt an die Abmachungen. Ich glaube, in deiner Situation wäre ich auch über jede Hilfe dankbar. An der Geschichte stimmt einiges nicht.«

»Okay, aber den Polizeicomputer hacken?«

»Keine Sorge, wenn ich helfe, dann professionell. Die Polizei wird es nicht bemerken. Ich habe keine Festplatten überspielt oder in fremden Akten geschnüffelt. Du hast nur Zugang zu dem einen Ordner.«

»Wie kann ich dir danken?«

»Keine Ursache, das mache ich ausschließlich für Freunde in Not. Ich habe nur eine Bitte: Bevor du ›gehackte‹ Informationen offiziell nutzt, denk darüber nach, ob es nicht auch einen anderen Weg gibt. Vor Gericht werden diese als Beweismittel nicht anerkannt.«

»Versprochen.«

»Außerdem solltest du erwägen, mit Roland Sutter zusammenzuarbeiten.«

»Sutter?«

»Der Detektiv.«

»Warum?«

»Deine Familie sucht dich. Sie haben keine Ahnung, wo du bist. In der Zwischenzeit unternehmen sie alles, um eure Bank zu retten. Ich dachte, das ist auch dein Ziel.«

Pascal nickte. »Lass mich bitte erst das komplette Material sichten.«

Kapitel 45

Erst nach Mitternacht fand Stanley Zeit, seiner Frau Jade zu erzählen, wie verrückt dieser Tag wirklich gelaufen war. Enthusiastisch und detailliert berichtete er von seiner Idee, die ihm während der Sitzung mit den Lombardis gekommen war, deren prekäre Situation vorteilhaft für die Good Fortune Securities zu nutzen: Wie er per SMS Huang Fu Chen signalisiert hatte, das Meeting am Nachmittag zu unterbrechen, um ihn in seine Pläne einzuweihen. Basierend auf seinem Vorschlag verhandelte Huang Fu Chen anschließend mit Christian Lombardi unter vier Augen – unmittelbar vor dem zweiten Treffen. Das ebnete den Weg für die Einigung, die sie letztlich erzielt hatten.

Jade war begeistert.

Am nächsten Morgen arrangierten sie umgehend einen zweiten Termin mit Mr. Shang Li von der chinesischen Regierungsbehörde. Da die Lizenz in den kommenden Wochen vergeben würde, wollten sie keine Zeit verlieren. Ohne sich mit Peter McGraham abzusprechen, flogen Jade und Stanley am Mittwoch erneut nach Shanghai.

In der Zwischenzeit überlegten sie, um welchen Betrag sie den Kaufpreis des Anteils der Lombardi Bank der chinesischen Regierungsbehörde gegenüber erhöhen sollten. Jade schlug einhundert Millionen Dollar vor, eine Summe, die auch Stanley für angemessen hielt. So war gesichert, dass die Good Fortune Securities an dem Geschäft garantiert gut verdiente. Mr. Li würde kein eigenes Geld für die Akquisition nutzen, sondern das der Regierung. Sie spekulierten darauf, dass es auf einhundert Millionen Dollar nicht ankommen würde. Schließlich bekam er von der GFS genau, wonach er gefragt hatte – einen Anteil an einer etablierten Schweizer Privatbank.

Am Mittwochabend erläuterte Stanley Mr. Li, dass die Good Fortune Securities mit einer Schweizer Privatbank in Verhandlungen stand, die einen Überbrückungskredit von achthundert Millionen US-Dollar innerhalb einer Woche benötigte. Da die Good Fortune Securities achthundert Millionen Dollar nicht aus der Portokasse hinterlegen könnte, suche man dafür Investoren.

»Ich habe sofort an Sie gedacht und bisher keinen anderen Investor kontaktiert. Die Schweizer stehen unter Zeitdruck, deswegen sind die Konditionen fantastisch. Sie wollen siebenhundert Millionen US-Dollar über uns abdecken. Der Return in Form von Zinsen auf die siebenhundert Millionen liegt bei sieben Prozent im Jahr. Zusätzlich würden Ihnen zehn Prozent Anteile der Bank gehören. Sollten die Schweizer mit der Rückzahlung in Schwierigkeiten geraten, können Sie im Gegenzug einen weiteren Anteil von zehn Prozent Equity in einem Blind Trust erwerben. Der Preis dafür müsste im Fall der Fälle separat verhandelt werden und wäre höher.«

Mr. Shang Li war angetan. »Sie treffen exakt den Punkt, auf den wir gehofft haben. Das ist ganz im Sinne der chinesischen Regierung. Es ist einfach für uns, das nötige Geld für den Überbrückungskredit zur Verfügung zu stellen. Verhandeln Sie mit den Schweizern, wir wollen nicht nur zehn Prozent, sondern zwanzig Prozent der Bank erwerben. Wir können anderthalb Milliarden als Überbrückungskredit stellen oder eine höhere

Summe als Kaufpreis zahlen. Wir wollen Zugang zum Schweizer Franken und Einfluss in einer Schweizer Bank.«

Stanley freute sich, dass seine Kalkulation aufgegangen war. Trotzdem versuchte er, taktisch klug, den Enthusiasmus von Mr. Li zu dämpfen. »Es sind im Moment nur ruhende Anteile an der Schweizer Bank. Sie könnten zu Beginn nicht offiziell in Erscheinung treten. Die zehn Prozent Anteile werden der Good Fortune Securities kommende Woche in einem Blind Trust in Hongkong überschrieben. Diesen könnten wir wiederum in einem Blind Trust an Sie weiterreichen.«

Mr. Li überlegte einen Moment. »Warum nutzen Sie einen Blind Trust?«

»Aus zwei Gründen. Alle Partner der Lombardi Bank haben ein verbrieftes Vorkaufsrecht. Es besteht die Gefahr, dass wir die Anteile offiziell nie erwerben könnten. Die Familie will über diesen Verkauf weder den anderen Partner, noch die Öffentlichkeit, noch die Schweizer Bankbehörde FINMA informieren. Diese müssten dem Verkauf ebenso zustimmen und den neuen Eigentümer bestätigen.«

»Das wäre ein Problem?«

Stanley zuckte mit den Schultern. »Könnte es werden. Auf jeden Fall würde es Wochen in Anspruch nehmen, die die Schweizer Bank nicht hat. Glauben Sie mir, wir haben den CEO enorm unter Druck gesetzt. Ursprünglich wollten sie gar keinen Anteil an ihrer Bank verkaufen. Das ist eine einmalige Chance.«

»Und der zweite Punkt?«

»Ich habe darauf bestanden, dass der Käufer im Blind Trust nicht genannt wird. Das gibt uns die Möglichkeit, die Anteile an Ihre Behörde zu verkaufen, ohne dass die Schweizer davon erfahren. Damit entfallen auch für Sie die komplizierten Vorschriften vom ersten Punkt.«

Die Begeisterung von Mr. Li war kaum zu bremsen. »Sehr clever verhandelt, Stanley. Wenn wir unseren Fuß erst einmal in der Tür haben ... Wir stellen auf jeden Fall die siebenhundert Millionen und kaufen damit indirekt zehn Prozent der Bank. Stellen Sie sicher, dass wir weitere zehn Prozent kaufen können und die Banklizenz für China gehört der Good Fortune Securities. Vorausgesetzt natürlich, dass wir uns auf die drei Apartments in Jardins Lookout in Hongkong für mich ebenso einigen können«, fügte er leiser hinzu.

»Die Apartments können wir Ihnen in den kommenden Wochen überschreiben. Über unsere Immobilienholding werde ich Ihnen alle Details diskret zukommen lassen«, engagierte sich nun Jade erstmals in der Diskussion. »Lebt Ihre Mutter noch, oder haben Sie eine andere Person, der Sie vertrauen, die wir als Käufer bei den Behörden angeben können? Ich gehe davon aus, dass Sie lieber im Hintergrund bleiben möchten ...«

»Richtig. Meine Mutter ist über achtzig Jahre alt, das ist eine ausgezeichnete Idee. Ich werde umgehend eine Firma in ihrem Namen gründen, und diese Firma wird die Apartments in Hongkong kaufen. Bei ihrem Tod fallen die Immobilien dann automatisch an mich, und niemand wird Fragen stellen.«

Jade und Mr. Li tauschten ein wissendes Lächeln aus. Er war sichtlich zufrieden mit dem Verlauf des Gesprächs.

»Wie lange habe ich Zeit, den Anteil an der Schweizer Bank auf zwanzig Prozent zu erhöhen? Mit anderen Worten, wie schnell werden Sie über die Vergabe der Lizenz entscheiden?«, hakte Stanley noch einmal nach. Er wollte jedem Missverständnis vorbeugen.

Mr. Shang Li lehnte sich entspannt in seinem Stuhl zurück. »Sie garantieren Ihre Zusagen, ich garantiere meine Zusage.

Wir verstehen uns? Je schneller Sie agieren, umso schneller werden wir reagieren. Sie können alles gewinnen. Einige Wochen spielen für uns keine Rolle, solange das Ergebnis stimmt. Ich muss bei Bedarf eben länger prüfen. Die Vergabe dieser Lizenz ist eine wichtige und schwierige Entscheidung…«

Stanley nickte. »Das wird nicht einfach. Die ersten zehn Prozent wollen Sie aber in jedem Fall?«

»Darüber waren wir uns bereits einig. Sie haben die Tür weit aufgestoßen und sind schon zur Hälfte durchgelaufen. Ich gehe davon aus, dass die Good Fortune selbst daran gut verdient…«

Stanley ließ sich keine Reaktion entlocken. »In Ordnung, Mr. Li. Sie hören wieder von uns.«

Jade und Stanley feierten zuerst in ihrem Hotelzimmer mit eisgekühltem Champagner den überraschenden Durchbruch. In dieser Nacht fragten sie sich nicht, wie sie die zusätzlichen zehn Prozent von den Lombardis bekommen könnten. Sie setzten darauf, dass es sich finden würde. Zur Not würde man etwas nachhelfen…

»Egal, was weiter passiert, wir werden an dem Deal hundert Millionen Dollar plus ein Prozent Zinsen plus Dividende verdienen, das ist nun wirklich kein schlechtes Taschengeld.«

Jade gluckste. »Das ist wirklich nur Kleingeld im Vergleich zur Lizenz. Die kostet uns jetzt unterm Strich nur noch drei Apartments. Oder eigentlich gar nichts, denn die hundert Millionen Dollar Gewinn decken das ab.« Jades absolute Priorität war die Banklizenz, und der waren sie einen großen Schritt nähergekommen. Das Problem der Lombardis war inzwischen ein willkommenes Mittel zum Zweck geworden. Sie halfen den Lombardis und damit vor allem sich selbst …

Kurz vor Mitternacht verließen Jade und Stanley in Partylaune ihr Hotelzimmer. In einem privaten Club gönnten sie sich eine ekstatische Nacht im Rausch des Erfolgs wie in alten Zeiten. Sie genossen mit allen Sinnen, wofür Shanghai schon lange als Synonym stand …

Kapitel 46

Nachdem Adil die Villa verlassen hatte, beschäftigte sich Pascal sofort intensiv mit den Ordnern auf der externen Festplatte. Er durchsuchte zuerst die Dateien von Thomas Widmann in der Hoffnung, dass sich dort doch versteckt wichtige Informationen befanden. Fehlanzeige, Adil lag mit seiner Einschätzung richtig. Es gab weder einen Abschiedsbrief noch eine indirekte Erklärung, noch irgendetwas in Bezug auf Levy & Lewitt oder die Lombardi Bank. Falls Thomas Widmann sich umgebracht hatte, musste es eine Kurzschlussreaktion gewesen sein. Am Ende schämte sich Pascal, in den privaten E-Mails und Fotos des toten Kollegen zu schnüffeln.

Danach öffnete er zögernd den Ordner *Polizei* und erfuhr aus dem Obduktionsbericht von den 1,37 Promille Alkohol in Thomas' Blut. Pascal hatte ihn nie etwas anderes als Wein trinken sehen. Die Schmauchspuren und die Herkunft der Waffe sprachen eindeutig für einen Selbstmord. Pascal stutzte, wie die Polizeibeamten, über das Handy ohne Fingerabdrücke.

Moment mal. Ich habe nach Thomas' BlackBerry gesucht. Er lag nicht auf dem Schreibtisch, war nicht in seinem Anzug und nicht in seiner Aktentasche ... Es bleiben zwei Möglichkeiten: Ich habe es in der Hektik übersehen, oder jemand hat den BlackBerry nach Thomas' Tod und vor Ankunft der Polizei von allen Fingerabdrücken gesäubert. Joel? Hat er doch etwas mit dem Tod von Thomas Widmann zu tun?

Pascal dachte erstmals wieder an die ominösen Minuten in

der Bank und die Auseinandersetzung mit Joel. Bisher hatte er diese Begegnung verdrängt.

Erregt las er von der Überwachungs-DVD und dem Blackout der Kameras, dem unbestätigten Verdacht der Manipulation, den Befragungen von Joel Silverstein, Pierre Jeunot, Alain Sanders, Genevieve Pasquier und Hans Zimmerli ... Er fand einen minutiösen Zeitplan, wann welcher Mitarbeiter die Bank betreten hatte. Joel war laut eigener Aussage um neun Uhr fünfzehn mit seinem Audi A8 in die Tiefgarage gefahren. Genevieve Pasquier kam fünf Minuten später.

Wie bitte!? Der Mann war vor mir im Büro! Die Überwachungskameras oder die Filme sind definitiv manipuliert worden, und nur Joel profitiert davon! Wieso gibt er vor, erst nach neun Uhr in die Bank gekommen zu sein, wenn er mit dem Tod von Thomas nichts zu tun hat? Joel versucht gezielt, den Verdacht auf mich zu lenken! Ich hasse diesen Mann, habe immer gespürt, dass sich Abgründe hinter seiner scheinheiligen Fassade auftun! Wer hilft ihm dabei?

Pascal war aufgewühlt, denn die Fakten passten jetzt noch weniger zusammen als vorher. *Doch was mache ich mit diesem Wissen, das ich nicht beweisen kann?*

Um sich zu sammeln, holte er einen Orangensaft und eine Banane aus der Küche und trat in den Garten hinaus. Der Himmel war blau, die Sonne schien, die Luft war angenehm frisch.

Ich werde heute eine Runde joggen gehen, schaue mir vorher aber noch die anderen Unterlagen an.

Christians Ordner war der umfangreichste, enthielt tausende E-Mails und Dokumente. Pascal scrollte zum Ende. Dort fand er den Vertrag zwischen der Detektei Roland Sutter aus Zürich und François Lombardi. Christian hatte, wie so oft, den Schriftverkehr für seinen Vater erledigt. Konzentriert studierte Pascal das Protokoll des ersten Meetings in Genf vom Samstag.

Wie er bereits vermutete, hatte Fabian den Trade und die Zusammenhänge schnell aufgespürt. Sie stellten die richtigen Fragen und kamen folgerichtig zu sinnvollen Schlüssen. Pascal sichtete die E-Mails von Paul Desmond, die Fabian an Christian weitergeleitet hatte, und die Terminbestätigung für die Verhandlungen von Peter McGraham aus Hongkong. Als er Christians Hongkong-Ordner öffnete, überraschte ihn der Umfang. Die Dokumente gingen zehn Jahre zurück … Und was er las, nahm ihm den Atem.

Huang Fu Chen investierte einhundert Millionen US-Dollar in Christians Hedgefonds mit der Auflage, diesen in Hongkong unter der Good Fortune Securities zu registrieren. Weiterhin überschrieb er Christian als Entschädigung für den Rücktritt und den Verlust seiner Karriere zehn Prozent der GFS-Investmentbank. Darüber hatte Christian nie ein Wort verloren!

Dann entdeckte Pascal den Ordner »Thomas Widmann« in Christians Unterlagen. Aus verschiedenen E-Mails und einem abschließenden Vertrag erfuhr er von Christians nächstem geheimen Deal. Um CEO der Lombardi Bank zu werden, stimmte Thomas zu, Christian wöchentlich über alle Vorgänge in der Bank lückenlos zu informieren und ihn in wichtige Entscheidungen einzubeziehen.

Das bedeutet, dass Christian mich damals zugunsten von Thomas als CEO unserer Bank ausgebootet hat. Tat er das, um die alleinige Kontrolle über die Bank zu behalten? Pascal war stinksauer und überlegte angestrengt. *Eigentlich wollte François mich nach einem Übergangsjahr in Genf als CEO berufen. Das hat sich irgendwo im Sand verlaufen. Aber aus genau diesem Grund bin ich ursprünglich von New York nach*

Genf zurückgekehrt ... Okay, meine Begeisterung für administrative Tätigkeiten, den Büro-Kram, Mitarbeiterentscheidungen und so weiter hält sich in Grenzen, aber das steht auf einem anderen Blatt! Mein Bruder, der Saubermann Christian Lombardi, schließt an jeder Ecke geheime Deals und stellt sich nach außen als Opfer der Ereignisse dar ...

Plötzlich kochte in Pascal eine Wut hoch, die er kaum noch kontrollieren konnte. Er versuchte Jeffrey anzurufen, brauchte dringend jemanden zum Reden, doch dessen Handy war besetzt. Um wieder runterzukommen, schnürte er sich jetzt doch seine Laufschuhe.

Pascal hatte keine Ahnung von den Entfernungen auf Palm Jumeirah. Er nahm sein neues iPhone, rief die Runtastic Applikation auf und stellte die Verbindung zwischen seinem Brustgurt und der *Polar*-Uhr her.

Von Jeffreys Villa bis zum Beginn von Wedel E waren es genau achthundertfünfzig Meter, eine gute Distanz zum Aufwärmen. Auf der Hauptstraße blickte Pascal sich um. Diese Straße führte vom Festland auf Palm Jumeirah bis zum Außenring. Das erschien ihm zu weit. Er entschied, einzelne Palmwedel abzulaufen. Pascal schätzte die Länge eines jeden zwischen vier und viereinhalb Kilometer, da er hin- und wieder zurücklaufen musste. Vier Wedel würden ausreichen, da zwischen ihnen zusätzlich etwa zweihundert Meter lagen. Spontan legte er die Palmwedel O, M, L, K als Laufstrecke fest und überquerte die stark befahrene Hauptstraße.

Jeffrey hatte ihm erzählt, dass K der VIP-Wedel war. Bekannte Fußballer, Schauspieler und Prominente besaßen hier Villen, die er sich beim Laufen anschauen konnte. Diesen Bonbon wollte er sich bis zum Schluss aufheben. Pascal stellte die *Polar*-Uhr wieder auf Null und startete. Die Wedel O und

M liefen sich relativ leicht. Er konzentrierte sich auf die Schrittfrequenz, einen ruhigen Rhythmus und ließ sich von der Musik tragen. Endlich beruhigten sich seine Gedanken, und er reflektierte die neuen Erkenntnisse.

Ich kann nicht abstreiten, dass ich meine eigene Agenda mit dem Levy & Lewitt-Deal im Kopf hatte. Aber niemals erwog ich auch nur im Ansatz, dieses Geld privat zu nutzen … Judith war sicher der Auslöser, aber dahinter stand ein Plan, der auch die Kunden profitieren ließ.

Christian hat nie mit einem einzigen Wort erwähnt, wie großzügig er von Huang Fu Chen abgefunden worden ist. Jetzt führt er die Verhandlungen um den Überbrückungskredit und muss Interessen auf beiden Seiten vertreten. Wie abgefahren ist das? Was passiert in meiner Familie noch, wovon ich keine Ahnung habe? Wie viel hatte Thomas an Christian verraten, und wie kann ich meinem Bruder in Zukunft vertrauen?

Pascal warf einen Blick auf seine Uhr. So schnell war er schon lange nicht mehr unterwegs gewesen. Die ersten zehn Kilometer war er unter dreiundvierzig Minuten gelaufen. Er wandelte die Wut im Bauch zumindest in eine fantastische Trainingseinheit um.

In dem Gespräch mit Detektiv Sutter versteht Christian in Sekunden die Zusammenhänge … Das sollte er als Banker auch, aber kann es vielleicht trotzdem sein, dass er schon lange über alles Bescheid weiß? Seinen Hedgefonds gründete er mit dem Geld von der Good Fortune Securities. Die Tatsache, dass er zehn Prozent der dortigen Investmentbank sein eigen nennt und Thomas Widmann als CEO unserer Bank vorgezogen hat, sind als Kombination schwer zu verdauen. Warum habe ich das bloß ausgegraben? Jetzt kann ich meine Augen vor den Tatsachen nicht mehr verschließen. Im Gegenteil. Es zwingt mich, die Initiative zu ergreifen und endlich alle Geheimnisse in unserer Bank aufzuklären.

Pascal war inzwischen auf dem K-Wedel angekommen. Hier gab er noch einmal alles und zog das Tempo an, verausgabte sich. Er wollte in den Schmerzbereich hineinlaufen, der die Endorphine freisetzte. Das typische Suchtmittel von Sportlern, das ihn kurzzeitig betäuben und schweben lassen würde … Dabei lief er an wunderschönen Villen mit blühenden Vorgärten vorbei. Ein Idyll, das nur von den protzigen Autos übertroffen wurden, die seine Blicke im Vorbeilaufen erhaschten: Bentleys, Porsches, Lamborghinis, Ferraris, Land Rover, Mercedes … Alle bekannten Luxusmarken schmückten die Parkplätze vor den Villen.

Ein Land voller Autoverrückter. Jeffrey hat erzählt, der Benzinpreis beträgt nur ein Drittel von dem in Europa. Nicht umweltfreundlich, aber dafür ein erschwingliches Vergnügen. Hier versteckt keiner seinen Reichtum. Sie genießen es.

Ich muss mein Leben ändern. Wozu tue ich mir den Arbeitsstress eigentlich an? Ruhig, Pascal, eins nach dem anderen. Zuerst werde ich das Levy & Lewitt-Problem lösen, dann meine privaten Verhältnisse klären und danach mein Leben vereinfachen. Vor allem werde ich achtgeben, mich nicht in die Angelegenheiten von Christian einzumischen. Soll er doch seine eigene Suppe kochen …

Pascals Beine wurden schwerer, der Atem ging schneller. Er fühlte, wie die Herzfrequenz anstieg. Durchhalten, das wird eine super Zeit, pushte er sich und zählte beim Laufen die Nummern der chronologisch geordneten Villen. Auf der rechten Seite die geraden Nummern, auf der linken die ungeraden.

Noch zwanzig Villen, komm Pascal, gib alles!

Am Security-Gate von Wedel E stoppte er die Zeit und fiel in einen lockeren Trab. Der Schweiß lief ihm am ganzen Körper herunter. Im Haus zog Pascal erschöpft nur die Laufsachen aus und sprang kopfüber nackt in den Pool.

Das tut gut!

Er schwamm langsam zwanzig Minuten auf und ab und erfreute sich an der Sicht auf das *Burj Al Arab*. Nach dem Duschen übertrug Pascal die Daten von seinem iPhone auf den Laptop. Begeistert sah er sich die Statistik seines Laufs an. Die Unterteilung der Laufstrecke in die Wedel half, da es die Strecke optisch unterbrach und keine Langeweile aufkommen ließ. Er war 18,4 Kilometer in 1:16.12 Stunden gelaufen, ein fantastisches Resultat für ihn.

Während der gesamten Zeit arbeitete sein Unterbewusstsein weiter an einem Plan.

Kapitel 47

Joel Silverstein war mit der Entwicklung der Ereignisse unzufrieden. Der Selbstmord von Thomas Widmann schien sich zu bestätigen. Er verstand nicht, warum die Polizei zögerte, die offizielle Todesursache bekannt zu geben und sich weiter bedeckt hielt. Die Großfahndung nach Pascal verlief dagegen ergebnislos. François Lombardi hatte seinen Vorschlag, den Überbrückungskredit des amerikanischen Konsortiums zu erwägen, rundheraus abgelehnt. Zugleich beleidigte er Joel, indem er ihm jedes Mitspracherecht am weiteren Vorgehen aberkannte.

Die Lombardi-Familie würde entscheiden, und zwar selbstverständlich im Interesse der Bank. Lächerlich.

Das waren aber nur die ärgerlichen Kleinigkeiten an der Oberfläche. Es nagte an Joel, dass er seinen Einfluss auf François verloren hatte. Damit geriet ein wichtiger Pfeiler seines Plans ins Wanken. Sein an Ignoranz grenzendes Verhalten und die herablassende Art und Weise, mit der François ihn gestern abgefertigt hatte, waren beispiellos in den letzten fünfundzwanzig Jahren. Joel spürte, dass François ihm nicht mehr vertraute.

Haben die Ereignisse um die Bank diese Veränderungen bewirkt, oder hat François einen Tipp bekommen oder gar eine Ahnung …?

Eigentlich war es zweitrangig, wieso François seinen Vorschlag ignorierte. Er musste ihn dazu bewegen, wie gewohnt auf seinen Rat zu hören. Nur dadurch konnte es ihm gelingen, die Geschehnisse in der Lombardi Bank wieder zu kontrollieren. Dies musste schnell geschehen, solange Christian und Fabian noch in Hongkong weilten. Das brachte Joel zum nächsten wunden Punkt.

Was machen sie dort seit Montag? Nur um die alte Geschichte mit der Haftungsklausel abzuklären, würden Christian und Fabian in dieser kritischen Situation niemals vier Tage unterwegs sein. Suchen sie einen Investor bei den Chinesen, oder haben sie bereits eine Zusage in der Tasche und verhandeln Details? Seit Christians Rücktritt vor zehn Jahren war die Beziehung zur Familie Chen meines Wissens abgekühlt. Helfen die Chens über die Good Fortune Securities den Lombardis trotzdem mit einem Kredit? Das würde die Leichtigkeit erklären, mit der François meinen Vorschlag übergangen hatte. Was plant François Lombardi?

Seit der heftigen Auseinandersetzung am letzten Donnerstag wurde Joel von Entscheidungen und wichtigen Informationen ausgespart. Da François seine Telefonate von zu Hause führte, bot sich Joel auch keine Chance, indirekt an Informationen zu kommen. Die Krönung der Ignoranz ihm gegenüber war, als er vom Pressesprecher der Bank Olivier Legler erfuhr, dass Christian am Freitag wieder als CEO berufen werden würde! Ein Skandal!

Ich muss unbedingt den Druck erhöhen. Wir haben bereits Mittwochabend, die Woche ist fast um und François ein alter Fuchs …

Joel öffnete den geheimen Safe, nahm seinen BlackBerry heraus und tippte die Nummer von Ted Blumfeld ein. Er hatte in diesem Handy keinen einzigen Kontakt gespeichert.

»Hallo Ted, alles in Ordnung? Wie bekommt dir dein Urlaub?«

»Gut, danke. Ich genieße meine freien Tage. Was gibt es für Neuigkeiten in Genf?«

»Nach der ersten Aufregung beruhigen sich die Dinge äußerlich. François hat meinen Vorschlag für den Überbrückungskredit gestern rigoros abgelehnt. Er ist auf eine Art arrogant, die mir nicht gefällt. Ich muss das Konsortium platzieren. Ted, der Margin Call muss noch diese Woche stattfinden!« Joel erhob seine Stimme bei den letzten Worten aggressiv.

»Ich bin offiziell bis Montag im Urlaub. Das geht nicht so einfach. An einige Vorschriften bin ich gebunden«, verteidigte Ted den vereinbarten Zeitplan.

Zorn stieg in Joel auf.

Diese Generation von Luftblasen ... Sie sind nicht in der Lage, intuitiv Pläne zu ändern und die Initiative zu ergreifen. Sie reagieren nur auf knallharte Anweisungen oder wenn es um den eigenen Kopf geht. Ted wird sich noch wundern ...

»Dann finde einen Grund! Seit wann hältst du dich an Vorgaben? Als Erstes brichst du sofort deinen Urlaub ab und erscheinst morgen früh wieder im Büro! Der Margin Call muss am Freitag durch sein! Wie du das anstellst, ist mir egal!« Nachdem Joel die Fakten klargestellt hatte, sprach er ruhiger weiter. »Nur mit dem sofortigen Margin Call kann ich die Lombardis unter Zugzwang setzen. Christian und Fabian sind zu lange in Hongkong. Sie dürfen keinen alternativen Investor finden. Unser Plan steht und fällt damit, wir haben das lange besprochen. *Ombrage* muss anlaufen. Hast du vergessen, was auf dem Spiel steht?!«

»Okay, Joel, beruhige dich. Ich werde mein Bestes versuchen, um den Margin Call vorm Wochenende zu platzieren. Probleme bereitet mir noch der immens hohe Wertverfall im letzten Quartal ...«

»Ted, bitte nicht schon wieder! ... Real-Estate-Preise in Manhattan sind während der Finanzkrise abgestürzt. Falls die Lombardis fragen, schiebst du die Verantwortlichkeit auf den neuen Immobilien-Sachverständigen von Levy & Lewitt. Er hat eine Revision und Neubewertung aller aktuell laufenden Kredite durchführen lassen. Bei dem hohen Leverage in MOF 1 vervielfältigt sich der Verlust drastisch. Das muss ich dir hoffentlich nicht erklären.«

»Nein, aber die Lombardis werden danach fragen.«

»Mit Sicherheit. Du musst bis Freitag in der Lage sein, die Story glaubhaft rüberzubringen und dafür die Zahlen ein bisschen frisieren! Bring endlich deine grauen Zellen in Gang! Hast du das in deinen Jahren als Investmentbanker nicht gelernt? Pascals Verschwinden müssen wir ausnutzen. Ich bin davon ausgegangen, dass du vorbereitet bist!«

Ted schluckte. So hatte er sich die Zusammenarbeit mit Joel nicht vorgestellt. Der alte Mann wurde in seinen Forderungen unverschämt, drohte ihm! Seine Anweisungen könnten Ted seiner Firma gegenüber in Schwierigkeiten bringen. Diese Einsicht kam zu spät. Er lenkte ein. »Mir wird etwas einfallen, Joel.«

»Vergiss nicht, sie haben nur wenig Zeit, eine Lösung zu finden. Beim Schneckentempo der Prüfer in der Schweiz besteht kein Grund, nervös zu werden. Wenn der Margin Call offiziell ist, kümmere ich mich um alle weiteren Details. Sind wir uns einig?«

»Ja.«

Joel legte auf. Dann lief das gleiche Prozedere wie gewöhnlich ab. BlackBerry ausschalten, Batterie herausnehmen, zurück in den Safe legen ...

Kapitel 48

Nacht von Mittwoch, 9. Februar 2011, auf Donnerstag, 10. Februar 2011

Pascal war ruhelos, die vielen Neuigkeiten beschäftigten ihn unentwegt. Dazu schmerzte sein rechtes Knie nach dem Tempolauf, und die Muskeln zwickten überall. Jetzt stand neben seinem Intellekt auch sein Körper unter Hochspannung.

Wie viel Insider-Wissen ist eigentlich gut?

Er hatte weder nach Christians noch nach Thomas' Geheimnissen gegraben. Sie kamen bei seinen Nachforschungen über die Hintergründe der Levy & Lewitt-Geschichte einfach mit ans Licht. Ignorieren konnte Pascal sie nun jedoch nicht mehr.

Christian hatte er bisher als großen Bruder gesehen, dem alles zufiel und den er um seine Familie beneidete. Er musste schmerzhaft erfahren, dass Christian ihn nie wirklich ernst genommen hatte. Noch schlimmer, er zweifelte an seinen Fähigkeiten als Banker. Wie sonst sollte Pascal verstehen, dass sein Bruder Thomas Widmann den Vorzug als CEO gegeben hatte? Niemals hätte er vermutet, dass Christian solch ein egoistischer Kontrollfreak sei.

Glaubt er wirklich, nur er könnte die Lombardi Bank leiten? Die letzten Tage müssen eine kalte Dusche für ihn gewesen sein.

Niemand in der Lombardi Familie ahnte, dass Christian mit Huang Fu Chen einen Deal geschlossen hatte. Die ersten

Gelder für seinen Hedgefonds kamen nicht von ehemaligen Kunden, Freunden oder Kollegen, wie er jahrelang vorgegeben hatte, sondern direkt von der Good Fortune Securities aus Hongkong. Warum hatte er sogar François hintergangen und ihm seine Abfindung, einen Zehn-Prozent-Anteil an der Investmentbank, verschwiegen? Ob Adrienne oder Fabian eingeweiht waren? Viele Fragen ohne Antwort.

Reflexartig kehrten Pascals Überlegungen zu dem Problem mit Levy & Lewitt zurück. Es zu lösen hatte größte Bedeutung für ihn. Mit Christian würde er sich danach auseinandersetzen.

Ich brauche Hilfe, aber von wem? Thomas ist tot, und Christian hat seine Vorschusslorbeeren als großer Bruder und Vorbild verspielt. Eigentlich bleibt nur Fabian als Vertrauensperson übrig. Soll ich ihn einweihen und damit gegen seinen Vater aufstellen? Eine heikle Entscheidung.

Er hörte das Klicken einer neuen E-Mail in seiner Inbox. Francesca! Das hätte vom Timing nicht besser passen können.

Hoffe, es geht Dir gut, wo immer Du bist. Habe erste Informationen. Können wir skypen? Es gibt viel zu diskutieren. Wäre einfacher und schneller, als alles aufzuschreiben. Francesca xx

Ich könnte mit meiner neuen ID ein Skype-Konto einrichten. Es würde mir guttun, mit Francesca zu reden.

Er antwortete sofort.

Gib mir fünf Minuten. Ich skype Dich an.

Pascal: *Hi Franzi, bin online auf Skype … Noch mal ein dickes*

DANKE für den Kontakt zu Flavio. Ohne seine Hilfe wäre ich hoffnungslos verloren gewesen.

Francesca: *Gerne:-) Video oder nur Talk?*

Pascal: *Lass uns reden.*

Francesca: *Du versteckst dich. Wo bist du?*

Pascal: *Geheim ;-), hat Flavio nichts verraten?*

Francesca: *Kein Wort und wenn, würde ich es nicht zugeben …*

Pascal drückte die Anruftaste.

Pascal: *Geht es dir gut, Francesca?*

Francesca: *Ja, keine Sorge. Nur der übliche Stress in der Kanzlei, Termindruck, Klienten …*

Pascal: Ich wäre darüber heute froh … Was hast du in New York herausfinden können?

Francesca: Du nennst dich Umberto?

Pascal: *Gefällt dir der Name nicht?*

Francesca: *Nessun commento, mio caro … Kann ich dir zuerst etwas erzählen?*

Pascal: *Grazie, amore mio. Was immer du loswerden möchtest. Ich bin doch auf deine Hilfe angewiesen.*

Francesca: *Am Montag hat mich Privatdetektiv Roland Sutter angerufen. Er sucht dich in François' Auftrag. Ich habe mich an unsere Absprache gehalten und bestätigt, dass wir keinen Kontakt haben …*

Pascal: *Sehr gut. Ich habe von Roland Sutters Engagement auf andere Weise erfahren.*

Francesca: *Er hat mich gefragt, ob ich von deiner neuen Beziehung zu Judith weiß … Nicht die angenehmste Überraschung. Du hättest ein Wort sagen können, drei Jahre sind eine lange Zeit.*

Pascal: *Entschuldige, Francesca, ich dachte, es wäre dir gleichgültig.*

Francesca: *Eigentlich schon. Als er mir sagte, dass sie in New York wohnt und wieder verheiratet ist, habe ich mich gefragt, was du für einen Mist machst. Kannst du keine andere Frau finden? Judith bedeutet Ärger für dich. Ernsthaft.*

Pascal: *Danke, dass du dich um mich sorgst. Ich möchte dazu nichts sagen, es ist ein schwieriges Thema. Kannst du das akzeptieren?*

Francesca: *Okay … Ich habe trotzdem nachgeforscht. Judith residiert mit ihrem Mann Aron Friedemann und Tochter Sophia in einer pompösen Stadtvilla an der Upper East Side. Aron scheint wohlhabend zu sein. Judith machte auf mich keinen unglücklichen Eindruck, als sie gestern Abend mit ihm zum Dinner ging. Sie sah umwerfend aus.*

Pascal: *Du hast ihr nachspioniert?*

Francesca: *Ich habe Nachforschungen angestellt, und sie haben es mir leicht gemacht …*

Pascal: *Worüber?*

Francesca: *Wer Aron Friedemann ist, sein Hintergrund, wo er arbeitet …*

Pascal: *Und?*

Francesca: *Er kommt aus einer reichen jüdischen Familie, ist Banker. Sein Vater hat für eine Firma namens Silver-Invest gearbeitet, die in Delaware gemeldet ist und ein Büro in der 96. Straße/Amsterdam Avenue unterhält. Seit acht Jahren arbeitet auch Aron dort und hat von seinem Vater vor fünf Jahren die Leitung der Firma übernommen. Ich habe einige Archivfotos von David Friedemann, Arons Vater, und Joel Silverstein gefunden. Da gibt es eine Verbindung. Sagt dir Silver-Invest irgendetwas? Ich konnte nicht mehr als die Firmenadressen finden. Es existiert keine Website.*

Pascal: *Ich weiß von Judith, dass sie Aron über ihren Vater kennengelernt hat. Das ist nichts Neues für mich.*

Francesca: *Und die Firma?*

Pascal: *Ich habe den Namen schon einmal gehört, kann mich aber nicht an den Zusammenhang erinnern. Aron interessiert mich nicht.*

Francesca: *Hm. Weißt du, dass Judith hohe Schulden in Italien hatte und in einen Sorgerechts-Prozess mit ihrem Ex-Mann verwickelt war?*

Pascal: *Nein. Wie viel?*

Francesca: *Die Firma oder der Sorgerechts-Prozess?*

Pascal: *Beides.*

Francesca: *Ein paar Millionen Euro ... Judith hatte ihre Interior-Firma in Italien völlig vor den Baum gefahren.*

Pascal: *Ups ... Und Joel hat ihr geholfen?*

Francesca: *Nein, ihr jetziger Mann Aron hat alles bezahlt, inklusive einer Abfindung für ihren italienischen Ex-Mann. Für zwei Millionen Euro hat er ihr außergerichtlich das Sorgerecht für Sophia überlassen.*

Pascal: *Das ist mir neu. Ich dachte, die beiden haben ein gutes Verhältnis.*

Francesca: *Das kann ich nicht beurteilen. In seinem Vertrag ist klar festgelegt, dass er Sophia mindestens drei Mal im Jahr in Italien sehen kann. Für zwei Millionen Euro kann man freundlich sein, oder?*

Pascal: *Sei nicht sarkastisch, da geht es vor allem um Sophia. Hast du die Banktransfers gesehen?*

Francesca: *Ja. Insgesamt beliefen sich die Zahlungen auf rund fünf Millionen Euro.*

Pascal: *Das ist eine Menge Geld und erklärt, warum Judith ihrem Mann nie von uns erzählt hat. Seit Jahren lässt sie sich Ausreden einfallen. Meist muss Sophia herhalten ... Ich habe*

Judith letzte Woche ein Ultimatum gestellt.

Francesca: *Was zwischen euch passiert, geht mich nichts an. Ich dachte, was ich herausgefunden habe, solltest* du *wissen. Für mich sieht das nicht nach einer schnellen Scheidung aus. Themenwechsel.*

Pascal: *Danke, Francesca …*

Francesca: *Ich habe auch Ted Blumfeld und seine Familie überprüft. Ted hat New York und die USA in den letzten beiden Wochen nicht verlassen.*

Pascal: Wie *bitte? Bist du dir da ganz sicher?*

Francesca: *Er hat im Capri-Hotel in Southampton eingecheckt.*

Pascal: *Ted ist noch dort?*

Francesca: *Es sieht danach aus. Seine neue Flamme, ein russisches Dessous-Model, lässt seine Kreditkarte glühen. Auf diesem Weg habe ich ihn gefunden.*

Pascal: *Scheiße … Weißt du, was das bedeutet?*

Francesca: *Ja.*

Pascal: *Hast du auch gute Nachrichten?*

Francesca: *Nein. Aber mehr Informationen zu der Familie von Ted Blumfeld. Sein Großvater immigrierte 1934 von Hamburg nach New York. Er war ein Kunde der Thillman Hansebank Hamburg und hat sein Vermögen über Julius Silverstein von 1931 bis 1933 via Lombardi Bank Genf aus Deutschland transferiert. Das Konto bei der Lombardi Bank hat er 1951 geschlossen.*

Pascal: *Das hat Ted mir nie erzählt. Ich wusste nicht, dass er deutsche Wurzeln hat.*

Francesca: *Warum sollte er auch? Was mir dabei aufstößt, ist die erneute Silverstein-Verbindung. Vielleicht ist dein Hass auf Joel doch begründet. Er scheint überall seine Finger im Spiel zu haben.*

Pascal: *Ich bin mir nicht sicher, ob ich noch mehr schlechte Nachrichten verdauen kann.*

Francesca: *Wieso?*

Pascal erzählte Francesca detailliert von den Offenbarungen der Computerdateien. Es tat ihm gut, und Francesca hörte geduldig zu.

Francesca: *Ich muss in Ruhe darüber nachdenken ... Das mit Christian ist starker Tobak, aber nicht unser dringendstes Problem. Worum geht es wirklich in diesem MBS-Geschäft mit Levy & Lewitt? Warum hast du es abgeschlossen und mit dem hohen Leverage noch riskanter gemacht?*

Pascal: *Das erzähle ich dir ein anderes Mal.*

Francesca: *Nicht fair, aber deine Entscheidung. Was kann ich für dich tun?*

Pascal: *Sorry. Kannst du den Prospekt von MOF 1 finden?*

Francesca: *Wieso? Hast du den nicht?*

Pascal: *Der liegt zu Hause in meinem Safe.*

Francesca: *Da ist er selbst vor mir sicher. Hast du keine Due-Diligence-Prüfung gemacht?*

Pascal: *Doch, habe ich. Deswegen verstehe ich nicht, wie die Top-Immobilien in Manhattan so drastisch im Wert fallen können. Im letzten Teil des Prospekts sind die Objekte und Besitzer gelistet. Vielleicht kannst du über das Grundbuchamt New York den Eigentümer ausfindig machen.*

Francesca: *Viel Arbeit, nicht einfach ... Warum sollte ich das alles untersuchen, wenn du mir nicht mal vertraust?*

Pascal: *Ich vertraue dir mehr als jedem anderen Menschen.*

Francesca: *Dann erzähl mir alles.*

Pascal: *Wenn wir uns das nächste Mal sprechen. Es ändert nichts an den Tatsachen.*

Francesca: *Aber an meiner Motivation …*

Pascal: *Genau deswegen sage ich nichts.*

Francesca: *Wir drehen uns im Kreis … Lass mich sehen, was ich morgen herausfinden kann. Ansonsten stecken wir übers Wochenende fest.*

Pascal: *Danke, Francesca … Und ich mag das WIR.*

Er legte auf und wusste, dass eine schlaflose Nacht folgen würde. Pascal ging unendlich viel durch den Kopf: Christian, Thomas, Ted Blumfeld, Judith, ihre Scheidung in Italien, Francesca, Levy & Lewitt, Joel … Sein Gefühl verstärkte sich, dass die Geschehnisse und Personen stärker zusammenhingen, als er bisher angenommen hatte. Noch fand Pascal nicht den richtigen Ansatz. Er kam wieder auf seine Ausgangsfrage zurück: *Wie viel wissen und verstehen wir wirklich über die Menschen, die uns nahestehen?*

Schwankend zwischen einem philosophischen Ansatz und simpler Eifersucht zermarterte er sich sein Gehirn über Judith.

Warum hat sie mir nie etwas von ihren Problemen erzählt? Was bildet die Grundlage unserer Beziehung, leidenschaftliche Liebe aus der Vergangenheit in die Gegenwart gerettet? Kann man eine gescheiterte Beziehung nach Jahren mit mehr Lebenserfahrung noch einmal neu für die Zukunft definieren?

In dieser langen Nacht stellte Pascal seine Liaison zu Judith erstmals in Frage. Es tat weh. Er vermisste sie. Er hasste sie. Er liebte sie. Er war wütend und am Ende selbstkritisch.

Habe ich Judith nur im Schein meiner eigenen Erwartung

gesehen? War mein Wunsch nach einer glücklichen Beziehung mit ihr so stark, dass ich die Realität aus dem Blick verloren habe und egoistisch nur meine Hoffnungen erfüllt sehen wollte?

Mitten in der Nacht verließ ihn plötzlich aller Mut. Er fühlte sich als Versager, leer und ausgebrannt. Magenschmerzen quälten ihn. Seine tiefe Erschöpfung nahm er erst jetzt wahr. Nur sein Unterbewusstsein spürte, dass sich ein entscheidender Moment für ihn näherte. Die Zweifel schlichen sich lautlos ein. Eine Botschaft wurde Pascal in dieser Nacht klar: Er musste sein Leben neu sondieren.

Er setzte sich in die Küche und trank langsam, fast bedächtig einen Tee. Es beruhigte seinen rebellierenden Magen. Dabei schrieb Pascal auf ein Blatt Papier die Namen aller involvierten Personen in seiner Geschichte. Anschließend ergänzte er die Namen mit Kommentaren, neuen Erkenntnissen und möglichen Verbindungen. Es entstand ein verquicktes Konstrukt.

In der Erregung durch seine Analyse vergaß Pascal jedoch zu notieren, über die Firma Silver-Invest nachzuforschen.

Später, gerade bevor der neue Tag anbrach, spazierte er barfuß durch den Sand. Die Skyline von Dubai war noch erleuchtet. Ein leichter Wind wehte.

Kann eine noch undefinierbare Inspiration – aus der Verzweiflung der Ereignisse geboren – die Basis sein, um mein Leben dauerhaft zu verändern?

Kapitel 49

Freitag, 11. Februar 2011

Ted Blumfeld war bereits am Donnerstag wieder in seinem Büro in der New Yorker Weststreet zur Arbeit erschienen. Er bereitete sich den ganzen Tag intensiv auf den Margin Call vor, indem er das anstehende Telefonat mit der Lombardi Bank wiederholt simulierte. Dabei arbeitete er Fakten sowie Argumente heraus und versuchte, unangenehme Fragen vorherzusehen und passende Antworten zu finden.

Dem Tag des Margin Call sah Ted seit Wochen besorgt entgegen. Seine einzige Erleichterung war, dass Pascal Lombardi sich noch auf der Flucht befand und er sich nicht mit seinem alten Kollegen auseinandersetzen musste.

Bereits um sechs Uhr dreißig war er am Freitag im Büro angekommen und eine gute Stunde unruhig auf- und abgelaufen. Pünktlich um acht Uhr ging er sein Vorhaben an. Schon während er die Genfer Nummer der Lombardi Bank wählte, schwitzte er unter den Achselhöhlen. Ted benutzte nach Vorschrift die Büronummer im New Yorker Festnetz und rief auf die Festnetznummer der Lombardi Bank an. Diese wichtigen Telefonate wurden von allen Banken für spätere Beweiszwecke aufgezeichnet.

»Guten Tag, Lombardi Bank Genf ...«, meldete sich eine sympathische Frauenstimme am Telefon.

»Guten Morgen, Levy & Lewitt New York, Ted Blumfeld. Ich möchte bitte Pascal Lombardi sprechen. Es ist dringend.«

Ted war gespannt, welche Erklärung man für Pascals Abwesenheit finden würde.

Unbefangen und ohne einen Grund zu erwähnen, erklärte ihm die Dame von der Telefonzentrale, dass Pascal bis auf Weiteres nicht in der Genfer Filiale zu erreichen sei. Freundlich fragte sie nach, ob sie Ted mit einem anderen Partner verbinden könne. Die Asset-Management-Abteilung würde während Pascals Abwesenheit von Fabian Lombardi geleitet ... Ted stimmte zu, und die Melodie der Warteschleife erklang für einige Minuten. Schließlich meldete sich Fabian am anderen Ende.

»Fabian Lombardi. Herr Blumfeld, was kann ich für Sie tun?«

Formell höflich antwortete Ted, dass er Fabian als Erstes sein Beileid zum Ableben von Thomas Widmann aussprechen wollte. »Sein Tod hat mich persönlich erschüttert, da ich Thomas Widmann als Kollegen geschätzt habe. Ich hätte eine sehr wichtige Angelegenheit mit Herrn Widmann zu besprechen gehabt, was nun nicht mehr möglich ist. Pascal Lombardi ist auch nicht zu erreichen, sodass ich mich an Sie wenden muss. Vorab zu Ihrer Information: Dieses Gespräch ist ein voice-logged call.«

Fabian war klar, was nun kommen musste.

Das ist mein erster und letzter Margin Call. Hoffentlich nimmt die Geschichte ein gutes Ende für uns ...

»Danke für Ihr Beileid. Was haben Sie mir Dringendes mitzuteilen?«

Ted Blumfeld begann seine Argumentation wie zuvor geübt. »Levy & Lewitt hat der Lombardi Bank MBS – zusammengefasst in dem Fond MOF 1 – im Wert von einer Milliarde US-Dollar verkauft, wovon achthundert Millionen Dollar als Darlehen ausgewiesen sind. Unsere Risiko-Management-Abteilung hat auf Anweisung des neuen Chefs Walter Millenberg in den letzten Wochen alle offenen Positionen mit MBS genau untersucht. Sie sind zu dem Ergebnis gekommen, dass der reale Wert der Immobilien in MOF 1 bei Weitem tiefer liegt. Ihr Kredit übersteigt somit den Wert der Immobilien. Ich bin beauftragt, offiziell die Margin aufzurufen.«

»Wenn ich Sie richtig verstehe, führen Sie den offiziellen Margin Call mit mir? Sie müssen dazu konkrete Zahlen vorlegen, können nicht einfach eine Behauptung in den Raum stellen.«

»Sicher kann ich alles mit konkreten Zahlen belegen. Durch die Wertberichtigung der Immobilien fiel MOF 1 im letzten Quartal um fünfzig Prozent.«

»Das ist unmöglich. Der Markt bewegt sich negativ, aber fünfzig Prozent sind völlig unrealistisch! Wir haben außerdem keine Kreditwarnung von Ihnen erhalten.« Fabian war überrascht, wie abgeklärt er reagierte.

Wie viel Bluff ist in das Geschäft involviert? Warum muss Ted Blumfeld ausgerechnet mich am Telefon erwischen? Genauso gut hätte er Joel Silverstein oder Christian anrufen können. Ich muss Zeit gewinnen. Vater stellt sich gerade gemeinsam mit dem Pressesprecher der Bank den Medien. Wenn die wüssten, was hier gerade besprochen wird …

Ted Blumfeld blieb die Ruhe selbst, denn genau mit dieser Reaktion hatte er gerechnet. »Wie Sie wissen, haben die Securities keinen exakten Preis. Ich habe Thomas Widmann und Pascal Lombardi, mit denen ich dieses Geschäft abgeschlossen habe, bereits einen Gefallen getan und über Monate den ursprünglichen Wert der Immobilien als aktuellen Marktpreis in den Büchern gehalten. Nach der neuen Wertbestimmung unseres Risiko-Management-Teams sind mir jedoch die Hände gebunden. Ich musste die Position jetzt korrigieren, Ergebnis ist der Margin Call.«

Fabian hatte kein Gegenargument. »Herr Blumfeld, ich nehme das zur Kenntnis. Ich vertrete Pascal Lombardi nur vorübergehend, und der Margin Call liegt jenseits meiner Entscheidungskompetenz. Aus diesem Grund muss ich die beiden Partner der Bank, Joel Silverstein und François Lombardi, an dem Gespräch beteiligen. Können wir in einer Stunde noch einmal reden?«

»In Ordnung.« Fabian war erleichtert, denn er fühlte sich außerstande, diese Verhandlungen allein zu führen. »Meine Sekretärin wird Ihnen die Einwahlnummer geben. Wir sprechen uns um fünfzehn Uhr?«

Eine knappe Stunde später saßen Fabian, François Lombardi und Joel Silverstein im Videokonferenzraum der Lombardi Bank.

Christian gab zur gleichen Zeit ein Fernsehinterview an SFR 1, das am Abend in der Tagesschau ausgestrahlt werden sollte. In einer Stunde wurde François im Konferenzraum erwartet, um zusätzlich einige Fragen zu beantworten und eine Stellungnahme abzugeben.

Ted Blumfeld rief wie vereinbart an und wiederholte sein Statement.

Joel sprach für die Lombardi Bank. »Wir haben zur Kenntnis genommen, dass Levy & Lewitt die Margin aufruft. Die Umstände erscheinen uns ungewöhnlich. Wie kann es sein, dass die Securities innerhalb dieses kurzen Zeitraums einen derartigen Wertverlust aufweisen?«

Ted Blumfeld räusperte sich. »Das habe ich Fabian Lombardi bereits erklärt. Ich habe die Werte der Immobilien so lange wie möglich auf dem Einkaufsniveau gehalten, um Thomas Widmann und Pascal Lombardi einen Gefallen zu tun. Bei dem hohen Leverage vervielfältigt sich der Verlust bei einer Korrektur enorm.«

François Lombardi fiel Ted ungehalten ins Wort. »Herr Blumfeld, wir sind im Bank- und Investmentgeschäft tätig und nicht bei der Heilsarmee! Es gibt klare Regeln, keine *Gefallen!* Hätte uns jemand gewarnt, wäre uns wesentlich mehr Spielraum auf allen Ebenen geblieben. Wer hat diese Korrektur angeordnet?«

»Der neue Chef des Risiko-Management- und Bewertungsteams, Walter Millenberg.«

»Ich kann Ihre Erklärung nicht akzeptieren. Sie haben zugegeben, die negative Wertentwicklung über Monate verschleiert zu haben und uns damit in diese Situation gebracht. Sie tragen auch einen Teil der Schuld!«

»Das können Sie sehen, wie Sie wollen, Herr Lombardi«, verteidigte sich Ted Blumfeld. »Ihr Sohn Pascal sah das anders und war im Namen Ihrer Bank mein Vertragspartner. Ihnen bleibt keine Wahl, als die bestehenden Tatsachen zu respektieren. Sie sind unser Schuldner und das Risiko-Komitee …«

»Sparen Sie sich umständliche Erläuterungen«, unterbrach François Ted erneut. »Ich möchte zuerst komplette Unterlagen inklusive des Prospekts von Ihnen, da wir die Originalverträge nicht finden können. Diese müssen von unseren Prüfern kontrolliert werden.«

»Das können wir kurzfristig arrangieren, ändert jedoch nichts an den bestehenden Tatsachen.«

François wurde ärgerlich. »Wie reden Sie mit mir, Herr Blumfeld? Wir sind kein kleiner privater Investor, sondern eine geachtete Institution in der Schweiz. Wie viel Zeit können Sie uns bis zur Fälligkeit geben? Schöpfen Sie bitte das Limit maximal aus.«

»Das ist im Vertrag schriftlich geregelt. Ein Margin Call muss innerhalb von sieben Arbeitstagen bedient werden.

Heute ist Freitag, der 11. Februar, das heißt, die Frist läuft am Montag, dem 21. Februar, aus.«

»Sie wissen, dass es für eine Privatbank nahezu unmöglich ist, innerhalb von sieben Werktagen achthundert Millionen Dollar bereitzustellen!«

»Pascal Lombardi und Thomas Widmann haben diese Klausel im Vertrag unterschrieben. Sie haften als Partner für diesen Betrag in vollem Umfang, ansonsten hätte Levy & Lewitt dieses hohe Leverage niemals genehmigt. Außerdem müssen Sie verstehen, dass sich der Selbstmord Ihres CEO und das Verschwinden von Pascal Lombardi nicht vertrauenerweckend auf die Entscheidung unserer Kreditabteilung ausgewirkt haben.«

François reagierte ärgerlich. »Jetzt kommen Sie langsam auf den wahren Punkt. Die Vorfälle in Genf beeinflussen aber nicht die Wertentwicklung der Immobilien in Manhattan. Ich dachte, dass Sie die Margin aufrufen, weil der Wert extrem gefallen wäre. Was ich Ihnen ungeprüft übrigens nicht abnehme, da wiederhole ich mich gern.«

»Ihre eigene Meinung zu haben steht Ihnen selbstverständlich frei, Herr Lombardi.«

»Hören Sie gut zu, junger Mann: Durch die besonderen Umstände, Thomas Widmann und Pascal Lombardi betreffend, sind wir nicht in der Lage, die Unterlagen zu diesem Geschäft einzusehen. Wir finden sie schlicht und einfach nicht. Ich werde den Margin Call akzeptieren, wenn uns der komplette Vertrag in einer notariell attestierten Kopie vorliegt. Da ich auch Ihren Notar nicht kenne, bestehe ich darauf, dass dieser Notar vom US-State-Department bestätigt wird. Danach können Sie die Unterlagen der Schweizer Botschaft zum Beglaubigen vorlegen. Wenn meine Botschaft die Dokumente beurkundet hat, senden Sie uns alles per Kurierdienst. Bei dieser Summe muss ich sichergehen, dass alles korrekt abläuft. Haben wir uns verstanden?«

Ted Blumfeld überlegte. Der alte Lombardi war ein hartes Stück Arbeit. Rechtlich stand ihm dieses Vorgehen zu. Es würde den Ablauf um einige Tage verschieben, da er die angeforderten Bestätigungen nicht vor Mittwoch aus New York senden konnte. Es bedeutete eine knappe Woche Zeitgewinn für die Lombardi Bank!

»Ich werde schnellstens alles in die Wege leiten. Ihnen bleibt dadurch genügend Zeit, die Barreserven Ihrer Bank aufzustocken oder Anteile zu veräußern, damit Sie unseren Kredit bedienen können.«

»Diese Bevormundung geht zu weit, Herr Blumfeld!«, mischte sich nun Joel ins Gespräch ein. »Können Sie die Zahlen spezifizieren? Die MBS in MOF 1 können nicht den Wert *NULL* haben. Bei welcher Summe liegt unser Verhandlungsspielraum?«

»Es gibt keinen. Das Real-Estate-Team unserer Bank hat den Wert der Immobilien auf unter fünfundzwanzig Prozent des Preises vom Jahr 2006 taxiert. Bei einem Kreditrahmen von achtzig Prozent bleibt da nicht viel, und die besonderen Umstände mit dem Tod ...«

»Sie picken wieder nur die negativen Details heraus«, unterbrach François Ted Blumfeld. »Ich kann Ihnen einfach nicht mehr zuhören. Selbst zwanzig Prozent von achtzig Prozent sind wesentlich mehr als *NICHTS*, das ist einfachste Mathematik! Wir pflegen langjährige Geschäftsbeziehungen zu der Bank, deren Angestellter Sie sind. Durch Ihr unprofessionelles, rüdes Verhalten sind Sie auf dem besten Weg, diese Beziehung zu zerstören. Und lassen Sie sich sagen, dass der Wert der Lombardi Bank weit über achthundert Millionen US-Dollar liegt. Kunden unserer Größenordnung können immer verhandeln!«

Ted lief der kalte Schweiß den Rücken herunter. »Der Margin Call liegt bereits bei der SEC, mir sind die Hände gebunden. Ich muss der Lombardi Bank im Namen von Levy & Lewitt den gesamten Kredit kündigen.«

Joel wippte auf dem Stuhl hin und her und beobachtete François Lombardi. Was in seinem Kopf vorging, war klar. Er hatte François einen solventen Investor gebracht, der der Lombardi Bank einen Überbrückungskredit in voller Höhe zur Verfügung stellen wollte. François hatte bisher abgelehnt. Gerade hatte er zwar eine knappe Woche Zeit gewonnen, aber viel war das trotzdem nicht ...

»Ist die FINMA bereits darüber informiert?«, fragte François.

»Wir haben heute Ihre Finanzaufsichtsbehörde in Bern informiert.«

Niemand im Raum kommentierte.

François überlegte einen Moment, bevor er Ted Blumfeld eine abschließende Antwort gab. »Herr Blumfeld, ich fasse zusammen: Wir werden den Margin Call an dem Tag offiziell zur Kenntnis nehmen, an dem uns vollständige und beglaubigte Unterlagen vorliegen. Wir behalten uns bis nach der Prüfung der Sachlage vor, über alle legalen, zur Verfügung stehenden Instanzen gegen Levy & Lewitt zu klagen. Wir schulden Ihnen ein Darlehen, das steht außer Frage. Aber die Wertigkeit der MBS und Ihr Verhalten repräsentativ für Levy & Lewitt erscheinen mir nicht korrekt. Diese Securities haben keinen exakten Marktpreis, sind seit Jahren volatil. Es ist offensichtlich, dass Sie uns kalt erwischt haben – mit dem Geschäft und dem Tod von Thomas Widmann. Sie nutzen das brutal aus, und das wird ein Nachspiel haben. Keine Bereitschaft zum Verhandeln der Zeitschiene und in der Höhe ist kein akzeptables Geschäftsgebaren gegenüber einer Schweizer Bank von ehrenwertem Ruf!« François verließ wütend den Konferenzraum.

Für einen Moment herrschte auf beiden Seiten der Leitung Funkstille.

»Ich werde das nicht persönlich nehmen«, antwortete Ted Blumfeld schließlich. Seine Stimme klang belegt. »Trotzdem muss ich am Montag den obligatorischen zweiten Erinnerungsanruf durchführen. Es steht in den Vorschriften, und auch dieser Anruf muss aufgezeichnet werden ... Wen von Ihnen darf ich anrufen?«

»Rufen Sie mich an, Ted. Ein schönes Wochenende nach New York.« Joel beendete den Anruf und wandte sich an Fabian. »Sprich bitte mit François übers Wochenende. Überzeuge ihn, auf meinen Vorschlag von dem amerikanischen Konsortium einzugehen. Wir können gegen Levy & Lewitt kämpfen, aber zuerst müssen wir sicher sein, dass wir im Fall der Fälle den Margin Call bedienen können.«

Fabian nickte nachdenklich.

Was für ein Theater! Wer spielt hier eigentlich gegen wen?

Kapitel 50

Während Fabian in Hongkong weilte, hatten sich in Genf enorm viele Unterlagen zur Prüfung auf seinem Schreibtisch gestapelt. Er sortierte alles nach Wichtigkeit und bearbeitete sie zügig der Reihe nach. Die Vorfreude, Audrey später am Abend in Paris zu küssen, motivierte ihn. Das Leben erschien unversehens farbenfroher, und Probleme relativierten sich in ihrer Bedeutsamkeit.

Um achtzehn Uhr verließ Fabian sein Büro, um sich mit Christian und François zu einer abschließenden Besprechung zu treffen.

Christian fasste zusammen, dass er zufrieden mit seinem ersten Tag als neuer CEO war. Seine Ernennung zehn Jahre nach seinem Rücktritt wurde von Presse und Kollegen durchweg positiv aufgenommen, was das TV-Interview reflektierte. Die Nachricht ersetzte endlich die negativen Schlagzeilen über den Tod von Thomas Widmann. Das Verschwinden von Pascal wurde nur noch nebenbei erwähnt, da keine neuen Informationen aufgetaucht waren. Die Spekulationen darüber verloren sich im Nirgendwo.

Danach berichteten Fabian und François abwechselnd von den beiden Telefonaten mit Ted Blumfeld und dem Margin Call.

»Der Countdown läuft also. Dank Michael Bürer konnten wir die nötigen Vorbereitungen treffen. An welchem Datum läuft unsere Frist zur Rückzahlung ab?«, fragte Christian seinen Sohn. »Kannst du bitte Ted Blumfelds Begründung für den Margin Call möglichst exakt wiederholen?«

Fabian erinnerte sich wortwörtlich.

»Montag, 21. Februar«, wiederholte Christian nachdenklich. »Das ist machbar. Bis dahin haben wir mit der Good Fortune Securities alles vertraglich geregelt. Eine Woche Zeit über bürokratische Bestimmungen auszuhandeln war ein fantastischer Schachzug, François. Ich kann mir vorstellen, dass Ted mit diesem Ausgang unzufrieden war.«

»Unüberhörbar an seinem Tonfall«, bestätigte dieser.

»Ansonsten genau das, was wir zuvor vermutet hatten, Wertverfall bei hohem Leverage, ein Bumerang ... Wann können wir die kompletten Unterlagen erwarten?«

»Nicht vor übernächstem Dienstag, wahrscheinlich Mittwoch.«

»Dann sollte ich meinen Kurztrip nach Hongkong planen, um die Verträge mit der Good Fortune Securities zu unterschreiben. Peter McGraham hat versprochen, bis Mittwoch den Vertrag über den Blind Trust mit der HSBC Trust Company aufgesetzt zu haben. Schon Montagabend wollte er einen Entwurf des Vertrages per E-Mail senden. Seine Anwälte arbeiten intensiv daran. Wir können eventuelle Korrekturvorschläge am Wortlaut Dienstag anbringen. Die Unterschrift ist dann nur eine Formsache.«

»Ich befürchte, dies würde keinen guten Eindruck innerhalb und außerhalb der Bank machen«, mischte sich François wieder in die Unterhaltung ein. »Wir sollten nach außen Normalität in den Geschäften wahren, damit niemand Verdacht schöpft. Der Margin Call darf unter keinen Umständen öffentlich werden. Ich schlage vor, dass Fabian die Reise nach Hongkong allein unternimmt. Gib ihm alle Vollmachten, Christian. In deiner ersten Woche als CEO solltest du in Genf Präsenz zeigen.«

Christian stimmte bedingungslos zu. »Es ist alles verhandelt. Wenn unbedingt nötig, können wir für abschließende Details am Dienstag eine Videokonferenz schalten. Bist du damit einverstanden, Fabian?«

Der nickte. Ein breites Lächeln huschte über sein Gesicht.

Na klar bin ich damit einverstanden ... Was für ein Wandel! Letzte Woche wollte ich in Genf bleiben, heute kann ich nicht schnell genug nach Hongkong zurückkommen. Veränderung ist der natürliche Verlauf der Dinge ... Wie wahr! Audrey wird sich riesig freuen.

»Stanley ist sicher nicht mein bester Freund, aber mit Peter McGraham komme ich gut aus. Ich werde es managen, kein Problem, François.«

Fabian sprach voller Selbstvertrauen und François sah seinen Enkel zufrieden an.

»Peter ist der Chef der GFS, und Stanley wird sich einkriegen«, schwächte Christian die Position des jungen McGraham ab. »Stanley wollte sich in den ersten Verhandlungen am Nachmittag profilieren. Am Abend hat er kaum noch ein Wort gesagt.«

Fabian schaute zu François. »Ich möchte noch etwas anmerken. Joel hat mir vorhin ans Herz gelegt, dich zu überzeugen, dem Angebot des amerikanischen Konsortiums zuzustimmen. Sie hätten uns einen Überbrückungskredit zugesichert? Du hast gar nichts davon erwähnt ...«

François strich sich mit den Händen übers Gesicht. »Es ist müßig, darüber zu reden. Ein Konsortium aus amerikanischen Investoren, wahrscheinlich Freunde oder alte Kollegen von Joel, würde uns in einem Private-Equity-Deal eine Milliarde US-Dollar zur Verfügung stellen. Im Gegenzug wollen sie die Wahloption, unsere Rückzahlung als Geld oder in Anteilen der Bank zu erhalten, für maximal dreißig Prozent. Dafür nehmen sie nur vier Prozent Zinsen im Jahr und würden uns für die Rückzahlung bis zu drei Jahre Zeit geben.«

»Lächerlich ... Dreißig Prozent der Bank!«, entrüstete sich Christian. »Da kann man mit Rückzahlungskonditionen großzügig sein ...«

François winkte ab. »Wir brauchen nicht darüber zu diskutieren. Ich unterschreibe lieber bei Huang Fu Chen und der Good Fortune Securities als bei Joel und seinem Konsortium. Den einen Teufel kennen wir ...«

»Joel hat versucht, Druck auf dich auszuüben? Bei dreißig Prozent Equity?« Christian war entsetzt.

»Sicher. Die dreißig Prozent würden ja bei seinem Anteil verhältnismäßig klein ausfallen. Ich bin sicher, er hat einen Cut von der anderen Seite ... Er versuchte hart, seinen Anteil an der Bank bei der Entscheidungsfindung in die Waagschale zu werfen. Ich habe erwidert, dass wir Lombardis mit unseren achtzig Prozent im Interesse der Bank handeln und ihn immer überstimmen werden. Es hat ihm nicht gefallen, aber er hat es geschluckt. Noch ahnt er nicht, dass wir bereits eine Alternative haben. Ich bin sicher, er wird am Montag nachhaken und bessere Konditionen offerieren.«

Fabian schaute auf seine Uhr. »Ich habe übers Wochenende privat etwas vor. Kann ich jetzt gehen? Mein Flieger wartet nicht.«

»Thomas Widmanns Beerdigung findet am Sonntag statt. Hast du das vergessen?«

»Oh Gott. Ganz ehrlich, ich habe es wirklich verschwitzt.« Fabian schaute seinem Großvater bittend in die Augen. »Sonntagabend wäre ich zurück in Genf. Montag fliege ich schon wieder nach Hongkong, die beiden Tage wären wichtig für mich ...«

François überlegte. Er schaute zu Christian, als er seinen

Vorschlag unterbreitete. »Fabian geht es übers Wochenende nicht gut ... Eine Kombination von Jetlag und Grippe? Er muss im Bett bleiben. Wohin fliegst du?«

»Paris. Bin auf dem BlackBerry aber zu erreichen«, setzte er erleichtert hinterher, bevor er sich auf den Weg machte. »Bis dann.«

Christian nickte seinem Sohn zum Abschied zu und blieb mit François allein zurück.

»Fabian gefällt mir viel besser, seine Augen leuchten wieder, und er versprüht Energie. Wenn ich nicht wüsste, dass er mit dir diese Woche in Hongkong war und vor Arbeit nicht aus den Augen gucken konnte, würde ich auf eine neue Liebe tippen. Schon wieder Paris ...«

Christian kommentierte das nicht, sondern wechselte das Thema. »Bevor wir endgültig bei der GFS unterschreiben, möchte ich noch einen anderen Vorschlag hören. Ich treffe mich am Samstag mit einem Kollegen in London. Er besitzt einen Hedgefonds, und seiner Diskretion bin ich mir sicher. Zur Beerdigung von Thomas bin ich zurück.«

François wirkte nachdenklich. »Christian, du bist wieder der CEO der Bank. Kann ich dir trotzdem eine Sache zu den Verhandlungen ans Herz legen, ohne ein Besserwisser sein zu wollen?«

»Selbstverständlich. Worum geht es?«

»In der Dramatik der Ereignisse sind wir selten zur Ruhe gekommen. Wir haben einen Überbrückungskredit fast in der Tasche und kennen Huang Fu Chen und seine Firma. Die Konditionen sind hart für uns. Wir verlieren viel Geld, die GFS verdient sehr gut. Aber sie stellen uns den Kredit innerhalb kürzester Zeit zur Verfügung. Vielleicht findest du eine Offerte, die etwas besser aussieht, aber in jedem Vertrag gibt es Interpretationsmöglichkeiten. Wir holen uns jetzt zwangsläufig einen Partner dauerhaft an Bord. Darin liegt unsere Verletzlichkeit, nicht in ein paar Prozenten. Vergiss nicht, wir denken in Generationen und nicht in Quartalen. Deswegen können wir unseren Werten treu bleiben. Aus diesem Grund war Thomas Widmann bei all seinen Verdiensten eine personelle Fehlbesetzung.«

Christian nickte. »Ich werde es im Hinterkopf behalten. Hast du die letzten Nachrichten gehört? Mubarak ist heute als ägyptischer Staatspräsident zurückgetreten …«

Kapitel 51

Pascal war erleichtert, als Jeffrey am Freitagmittag von seiner Geschäftsreise wieder nach Hause kam. »Ich muss unbedingt mit dir reden. Es gibt so viele Neuigkeiten, mein Gehirn platzt bald.«

Jeffrey schaute seinen Freund forschend an. »Du siehst übernächtigt aus, und ich glaube, das Nachtleben von Dubai hast du nicht genossen?«

»Das wäre sicher amüsanter gewesen. Letzte Nacht habe ich kein Auge zugemacht.«

»Dann war Adil hilfreich?«

Pascal japste laut. »Das kann man wohl sagen. Jetzt habe ich mehr Informationen, als ich verdauen kann.«

»Das hängt immer vom Standpunkt des Betrachters ab. Schieß los.«

»Sicher ... Vorneweg, Adil ist ein super Typ. Neben den Sachen, um die ich ihn gebeten habe, hat er auch den Computer der Genfer Polizei gehackt ...«

»Echt? Sei vorsichtig ... Trinkst du ein Bier mit mir, Pascal? Wir können uns auf die Terrasse setzen und die Sonne genießen.«

»Warum nicht ...«

Jeffreys unbekümmerte Art relaxte Pascal. Er hörte auf, seine Probleme allein hin- und herzuwälzen. Mit einem *Corona* in der Hand schilderte er Jeffrey ausführlich alle Neuigkeiten. Er ließ nichts aus. Auch nicht, was Francesca über Judith, ihren Mann Aron und Ted Blumfeld herausgefunden hatte. Dann zeigte er ihm sein Notizen-Konstrukt.

»Hieroglyphen! Dieses Chaos herrscht in deinem Gehirn?«

»Schlimmer, das ist schon die strukturierte Version.«

Beide lachten.

»Lass mich Adil anrufen, freitags arbeitet er nicht. Drei kluge Köpfe sollten einen Lösungsansatz finden«, schlug Jeffrey vor.

»Okay, vielleicht kann er Francesca in der Sache mit Ted Blumfeld helfen.«

»Daran hab ich auch gerade gedacht. Seinen Vorschlag, über eine Zusammenarbeit mit den Sutters nachzudenken, halte ich übrigens für richtig. Du musst dich mit deiner Familie arrangieren.«

»Ich müsste wissen, ob Roland Sutter Kontakt mit Fabian herstellen kann. Auf Christian habe ich absolut keinen Bock.«

»Verständlich, aber damit beginnst du schon wieder, Intrigen zu schmieden.«

Jeffrey sprach kurz mit Adil.

»In einer Stunde wird er hier sein. Lass uns in der Zwischenzeit trainieren. Laufen oder schwimmen wir? Ich habe die ganze Woche im Büro oder in Meetings gesessen und muss mich bewegen. Am Abend wird es wieder kalt.«

»Du meinst, das Thermometer zeigt dann nur zwanzig Grad?«

»Es fällt sogar manchmal bis auf fünfzehn und der Wind …« Jeffrey zwinkerte Pascal zu. »Ich lebe schon ein paar Jahre in Dubai, der Körper passt sich an. Februar ist Winterzeit. Wenn die Sonne verschwunden ist, wird es frisch. Zugegeben, nicht für Schweizer Verhältnisse …«

»Lass gut sein, aber nach einem Bier kann ich nicht mehr joggen. Gestern habe ich übrigens meinen schnellsten Tempolauf seit Jahren absolviert. Die Wut musste raus, und es läuft sich Klasse hier.«

»Schwimmen?«

Pascal brauchte nicht weiter aufgefordert zu werden. »Zum anderen Ufer und zurück?«

»Das ist weiter weg, als es aussieht. Ich schätze, locker ein halber Kilometer von hier, und die Strömung ist stark.«

»Ein Klacks für einen Triathleten. Das Wasser ist ruhig und warm für unsere Verhältnisse ...«

Als beide nach fünfundvierzig Minuten triefend aus dem Wasser stiegen, saß Adil schon auf der Terrasse. Jeffrey ging duschen. Pascal wickelte sich ein großes Handtuch um den Körper und erzählte Adil von seinen Computerdateien und Francescas Nachforschungen.

»Alles spitzt sich zu. Dass Ted Blumfeld nicht in den Anden im Urlaub war, zeigt mir, dass der Margin Call von langer Hand geplant war.«

»Ted musste abtauchen, damit er für dich oder Thomas Widmann nicht erreichbar war?«, fragte Adil zweifelnd. »Ich dachte, zumindest diese offiziellen Sachen laufen bei den Banken sauber. Wann sprichst du wieder mit Francesca?«

»Wann immer es nötig ist.«

»Es wäre geschickt, an den Laptop von Ted heranzukommen. Er muss die Hintergründe kennen, denn zumindest euch gegenüber spielt er den Hauptakteur. Welchen Vorteil hat er, wenn er diese MBS manipuliert?«

»Das frage ich mich auch ... Wie soll Francesca einen Zugang zu Teds Laptop organisieren? Sie kann ihn schlecht darum bitten … Glaubst du wirklich, Ted würde solche Sachen speichern?«

»Sicher keine exakte Beschreibung. Aber es wird E-Mails geben, denn er muss für jemanden arbeiten und kommunizieren. Meist fühlen sich die Leute sicher, sehen den Computer als ihr Eigentum. Physisch ist das richtig, datentechnisch schon lange fraglich … Welche E-Mail-Adressen hast du von Ted Blumfeld?«

»Keine Ahnung, ich habe nie darauf geachtet. Wahrscheinlich nur die von Levy & Lewitt. Soll ich die externe Festplatte und meinen Laptop holen, und du schaust durch?«

»Ja.«

Wenig später saßen die drei gemeinsam am Tisch. Adil löcherte Pascal mit Fragen nach Übersetzungen vom Deutschen ins Englische.

»Ted Blumfeld hat nie eine andere E-Mail-Adresse als die von Levy & Lewitt benutzt. Er ist vorsichtig. Unser Ansatz steht und fällt mit der Frage, wer am Ende vom Margin Call gegen die Lombardi Bank profitiert.«

Jeffrey hatte dem Gespräch einige Minuten nur zugehört, mischte sich wieder ein. »All die neuen Details, die Absprache zwischen Christian und Thomas und seine Arrangements mit der GFS in Hongkong, mögen dich betreffen und ärgern, Pascal, haben aber meiner Meinung nach nichts mit dem Levy & Lewitt-Geschäft zu tun. Genauso wenig, ob Judith sich von ihrem Mann scheiden lässt oder dich hinhält. Vielleicht solltest du deine Motivation hinter diesem Geschäft offenlegen? Das könnte der Schlüssel zur Lösung sein.« Jeffrey schaute Pascal fragend an.

Der schüttelte resigniert den Kopf und wich Jeffreys Frage aus. »Ich kann bestenfalls ausschließen, wer *nichts* vom Scheitern des Geschäfts mit Levy & Lewitt hat. Fabian und François profitieren nicht davon. Christian mag seine Geheimnisse haben, würde aber nie etwas gegen unsere Bank unternehmen. Wenn er Bescheid wusste, dann nur von Thomas Widmann. Das können wir nicht mehr zweifelsfrei herausfinden. Es bleibt also nur Joel Silverstein übrig, was ebenso unlogisch erscheint, denn auch er ist Partner der Lombardi Bank. Sein Anteil hat einen Wert von einer Milliarde US-Dollar. Warum sollte er sich indirekt selbst schaden?«

Jeffrey folgte Pascals Ausschluss-Logik nicht. »Jemand arbeitet gegen euch. Warum willst du das nicht sehen?«

»So weit bin ich auch!« Pascal reagierte plötzlich gereizt. »Ich wollte unserer Bank ganz sicher nicht schaden, um den Kreis zu schließen. Warum unterstellt mir jeder indirekt eine böse Absicht oder Dummheit?«

Jeffrey ließ nicht locker. »Nimm es nicht persönlich. Ich habe dir nichts unterstellt. Wir wollen dir helfen, und offensichtlich hast du Fehler gemacht.«

»Hau noch mal richtig drauf! Es tut mir gut, da ich seit gestern kein Auge zugemacht habe!«

»Früher haben wir Nächte durchgearbeitet, damit kannst du umgehen. Es muss eine Person oder eine Institution sein, die von dem Geschäft wusste und Zugang zu Ted Blumfeld oder dir hat. Da kommen nicht viele infrage.«

»Ich habe nur mit Thomas Widmann, Ted Blumfeld und Michel Goley aus meinem Team über das Geschäft gesprochen. Was Ted mit den Infos gemacht hat, weiß ich nicht.«

»Logisch. Warum hast du eigentlich nie mit Fabian oder François darüber geredet? Ein fantastischer Deal, wenn er aufgegangen wäre.«

»Warum sollte ich? François war halb in Rente, Christian meines Wissens nicht in der Bank aktiv, und Joel hat mit meinen Investments nichts zu tun.«

Jeffrey blieb skeptisch. Er verstand, dass Pascal die Katze nicht aus dem Sack lassen wollte und hatte einen anderen Vorschlag. »Dann muss Francesca Ted Blumfeld treffen. Vielleicht konfrontiert sie ihn einfach mit der Tatsache, dass er dir gegenüber gelogen hat, und fragt, warum er in einer so entscheidenden Woche untertaucht. Manchmal ist Angriff die beste Verteidigung.«

»Lass mich parallel eine Nachricht an die Sutters senden«, schlug Adil vor, »und unsere Ressourcen zusammenschließen. Wir wissen jetzt, dass die Mails und Telefonate aller Lombardis von der Polizei kontrolliert werden. Ich bin sicher, sie haben …«

»Noch nicht«, unterbrach Pascal ihn entschieden. »Lass uns erst Francesca zu Ted schicken. Wenn wir da nicht weiterkommen, können wir immer noch Roland Sutter kontaktieren.«

»Okay, okay, deine Entscheidung.«

Jeffrey und Adil warfen sich vielsagende Blicke zu.

»Hast du noch ein Bier?« Adil löste mit seiner einfachen Frage die Spannung auf.

Jeffrey nickte und machte sich auf den Weg in die Küche.

»Themenwechsel. Ich habe von Jeffrey gehört, du bist einer der besten Triathleten der Schweiz?«

»Bei den Amateuren in meiner Altersklasse. Die Profis spielen in einer anderen Liga.«

»Ich jogge auch regelmäßig und wollte immer einen Marathon laufen. Vielleicht nächstes Jahr.«

»Dubai hat einen Marathon? Das wusste ich nicht.«

»Anfang Januar, schon seit zehn Jahren. Vor zwei Wochen gewann ein kenianischer Läufer, der Name ist mir entfallen. Die Jahre zuvor der populäre Äthiopier Haile Gebrselassie. Kannst du mir ein paar Tipps zum Training geben? Wenn ich starte, möchte ich unter viereinhalb Stunden laufen.«

»Das ist realistisch, wenn du drei bis vier Mal pro Woche für einige Monate trainierst. Ein langer Lauf um die zwanzig Kilometer, zweimal um die zehn Kilometer und einmal pro Woche Tempoläufe.«

»Tempoläufe?«

»Ja, bei denen du kürzere Strecken schneller läufst als normal. Fünf Mal tausend Meter mit fünf Minuten Pause zum Beispiel. Das treibt deinen Puls hoch und entwickelt eine höhere Grundgeschwindigkeit. Tempowechsel sind wichtig für die Leistungsentwicklung.«

»Können wir nächste Woche zusammen joggen?«

»Klar, sag mir Bescheid. Es läuft sich gut hier, alles flach.«

Jeffrey kam mit einer großen Platte, belegt mit Käse, Schinken, Salami, Gurken und Baguette zurück. Das Thema Lombardi Bank/Levy & Lewitt war für heute zu den Akten gelegt.

Spät am Abend schrieb Pascal eine E-Mail an Francesca. Er bat sie, mit Ted Blumfeld Kontakt aufzunehmen und ihn mit der Lüge bezüglich seiner Abwesenheit zu konfrontieren.

Pascal war nicht stolz, dass er Jeffrey und Adil mit seinen Antworten ausgewichen war. Er konnte sich nicht überwinden, ihnen die volle Wahrheit zu sagen ... Dafür hatte Pascal verstanden, dass er sich zumindest einem Menschen gegenüber offenbaren musste, der für ihn den Kontakt zu seiner Familie herstellen sollte. Gefühlsmäßig entschied er sich für Francesca.

Pascal musste jetzt sicherstellen, dass sie mit ihm kooperieren wollte. Deswegen beschrieb er seine Verantwortung für die Geschehnisse kritisch. Er fragte Francesca und ließ ihr trotzdem die Chance abzulehnen.

Ich habe bei der Entstehung der Katastrophe eine signifikante Rolle gespielt. Meine ursprünglichen Absichten mit dem Geschäft waren vertretbar. Vielleicht nicht edel, aber im Sinne meiner eigenen Zukunft und der Zukunft der Bank. Heute kann ich nicht mehr ignorieren, dass meine geschäftliche Transaktion mit Levy & Lewitt die Bank und unsere Familie an die Grenze des Ruins gebracht hat. Zum ersten Mal in meinem Leben schützt mich nichts länger vor moralischer Schuld. Das anvisierte Ergebnis habe ich verfehlt. Es hätte rückblickend meine Mittel auch nie gerechtfertigt. Ich brauche Hilfe, um das Problem ohne noch größeren Schaden für alle Beteiligten zu lösen. Willst Du die Person meines Vertrauens sein?

Pascal xx

Kapitel 52

Freitag, 11. Februar 2011, bis Sonntag, 13. Februar 2011

Fabian hatte ein Doppelzimmer im traditionsreichen Boutique-Hotel *Du Louvre* gebucht. Ausschlaggebend für seine Wahl war die Lage des Hotels im Herzen von Paris. Dass es zu den feinsten Adressen in der Stadt der Liebe zählte, war ein angenehmer Nebeneffekt.

Audrey war bereits am Nachmittag aus Hongkong eingetroffen. Sie fieberte dem Wiedersehen mit Fabian entgegen und erkannte sich selbst nicht wieder.

Was geschieht mit mir? Diese Liebe macht mich verrückt … Wird sich das Märchen aus Hongkong in Paris fortsetzen?

Fabian erreichte erst den Zwanzig-Uhr-Flieger von Genf nach Paris. Sie verabredeten sich gegen zweiundzwanzig Uhr in der Brasserie des Hotels zum Dinner.

Dort wartete Audrey auf Fabian und nippte an einem tiefroten Bordeaux. Sie liebte schweren französischen Wein.

Fabian hätte seine Freundin beinah nicht erkannt, als er das Restaurant betrat. Ihm stand vor Erstaunen der Mund offen. »Audrey, was für eine Überraschung. Ich fand dich von der ersten Sekunde an bezaubernd, aber diese Verwandlung … Ich bin sprachlos. Du kannst es mit den Filmstars einer Hollywood-Premiere aufnehmen. Ich liebe dich.« Fabian küsste sie innig.

Audrey hatte sich die Haare kunstvoll hochgesteckt, war perfekt geschminkt, mit schwarz umrandeten Augen, die ihren weißen Teint hervorhoben. Ihr Kleid war ein roter Seidenhauch, raffiniert drapiert, mit einem Dekolleté, das ihren Brustansatz im wahrsten Sinne des Wortes hervorhob. Schon der bloße Anblick machte Lust auf mehr. Ein weißgoldener Anhänger baumelte sinnlich zwischen ihren Brüsten.

Audrey lächelte geschmeichelt. Ihr Plan war aufgegangen … »Es ist unsere erste gemeinsame Reise, quasi eine Premiere in Paris. Ich konnte in den letzten beiden Tagen nur noch an dich denken und muss gestehen, dass ich noch nie so verrückt nach einem Mann war.« Den letzten Satz flüsterte sie in Fabians Ohr. »Zum ersten Mal in meinem Leben habe ich mir so ein Kleid gekauft.«

»Ein Traum, gratuliere.« Fabian schenkte sich ein Glas Wein ein. »*Chateau Figeac, Saint Emilion Grand Cru 2005*, alle Achtung, Audrey. Du magst Qualität.« Er zog seinen Stuhl dicht neben Audreys und nahm den kleinen Anhänger vorsichtig zwischen seine Finger, betrachtete ihn neugierig. »Zum Wohl, mein kleiner Drache. Ist das dein chinesisches Sternzeichen?«

»Zwei Mal ins Schwarze getroffen.« Audrey schenkte Fabian ein verführerisches Lächeln. »Die chinesischen Sternzeichen richten sich nach dem Geburtsjahr und wiederholen sich alle zwölf Jahre. Ich bin 1976 geboren und ein Feuerdrache.«

»Dem Sternzeichen machst du heute alle Ehre, du siehst heiß wie Feuer aus. Kennst du meins auch? Ich bin ein Jahr älter als du.«

»1975, du bist im Jahr des Hasen geboren. 2011 ist wieder das Jahr des Hasen, also dein Jahr.«

»Das gefällt mir. Dann muss ich hoffen, dass der feuerspeiende Drache den kleinen Hasen nicht verschreckt.«

Beide kicherten verliebt.

Fabian küsste Audrey erneut und ließ seine Finger erst über Audreys Rücken, ihren Nacken und schließlich leicht über ihre Brüste gleiten. Er spürte, wie Audreys Brustwarzen sich verhärteten. Plötzlich wurden ihre Nippel unter dem Kleid deutlich sichtbar. Audrey trug keinen BH ... Fabian stöhnte leise.

Obwohl das Restaurant einen unvergesslich schönen Blick auf den Place du Palais-Royale und die Rue Saint-Honoré bot und für seine exzellente Küche bekannt war, verschwanden Fabian und Audrey nach einem Glas Wein – ohne gegessen zu haben – schnell im Zimmer. Ihr ungestilltes Bedürfnis nach Zärtlichkeit wollten sie nicht in der Öffentlichkeit ausleben. Sie hatten nur Appetit auf den anderen. Es knisterte nicht mehr, es bebte gewaltig.

Kaum im Zimmer angekommen, ließ Audrey das Kleid elegant über ihre Schultern auf den Boden gleiten. Fabian verschlug es erneut den Atem. Audrey stand nackt, nur in knallroten High Heels, in einer aufreizenden Pose vor ihm. Sie war auch ohne Höschen im Restaurant gewesen! Er konnte den Blick nicht von ihrem Körper lösen, ging auf Audrey zu und küsste sie verlangend. Nun brauchte er sich nicht mehr zurückzuhalten. Noch im Stehen griff seine Hand zärtlich zwischen ihre Beine. Sie stöhnte auf. Audrey war feucht und warm. Fabian begann, sie zu massieren. Audrey öffnete und bog sich vor Verlangen, beherrschte sich aber kurz vor dem Höhepunkt. Energisch zog sie Fabians Hose mit einem Ruck nach unten und begann ihrerseits gekonnt zu küssen und zu massieren. Fabian war paralysiert.

Darüber habe ich fantasiert: Eine dunkelhaarige, zartgliedrige, exotische Frau mit schneeweißer Haut und roten Nägeln beugt sich über mich und küsst ihn *gekonnt mit ihrem knallrot geschminkten Mund ...*

Doch das war kein Traum. Fabian fühlte, wie ihm das Blut aufstieg und sein Glied zwischen Audreys Lippen und ihren Händen größer und härter wurde. Bevor er reagieren konnte, schubste Audrey ihn aufs Bett. Sie setzte sich erneut auf ihn. Lustvoll stöhnend vereinigten sie sich. Warm, weich und feucht fühlte es sich in ihr an. Audrey wiegte ihr Becken rhythmisch auf Fabian. Dann presste sie ihre Brustwarzen in seinen Mund. Fabian leckte und saugte, bis sie so hart waren, dass Audrey bei jeder weiteren Berührung kleine Schreie ausstieß, was sie noch ekstatischer werden ließ. Sie vergaß sich völlig, wurde gierig.

»Komm, zeig mir, dass du mein Mann bist!«, feuerte sie ihn an und drehte sich. »Von hinten und in voller Größe! Ich bin so geil auf dich!« Lüstern streckte sie ihm ihren Hintern entgegen und massierte sich mit einer Hand ihre Brüste selbst weiter. »Nimm mich!«

Fabian ließ sich nicht ein zweites Mal auffordern. Diese Frau war ein Feuerwerk im Bett. Er packte ihren Hintern mit beiden Händen und ließ sein Glied langsam in Audrey gleiten, wieder und wieder. Sie stöhnte hemmungslos vor Entzücken. »Ich will mehr spüren! Komm! Ich will alles!«

Fabian verlor vor Erregung seine Sinne und ließ sich gehen. Sie fanden ihren Rhythmus. Audrey war nicht zu bändigen …

»Tiefer! … Härter! … Jaaah!«

Innerhalb von wenigen Minuten explodierten beide in einem gigantischen Orgasmus zum ersten Mal in dieser Nacht …

Am Ende zählte Fabian nicht mehr, wie viele Orgasmen sie sich gegenseitig bescherten.

Den Samstag und Sonntagvormittag verbrachten die Verliebten zwischen dem Musée d'Orsay, der Opéra Garnier und dem Palais Royal. Sie flanierten über den Place Vendôme, durch das Marais-Viertel und hörten nie auf, miteinander zu reden, sich an den Händen zu halten und zu küssen. Fabian war so glücklich, dass er Audrey spontan fragte, ob sie mit ihm für einen Tag nach Genf kommen würde. Er wollte sie seiner Familie vorstellen. Am Montagnachmittag könnten sie gemeinsam nach Hongkong fliegen. Stolz erzählte er Audrey, dass François ihn dazu bestimmt hatte, im Namen der Lombardi Bank den Kreditvertrag mit der GFS zu unterschreiben.

Audrey war im siebten Himmel. Natürlich wollte sie mit Fabian nach Genf. Und nicht nur das, sie wollte Fabian als ihren Mann.

Sie buchten die Flüge um und verließen am frühen Abend gemeinsam Paris.

Kapitel 53

Sonntag, 13. Februar 2011

Fabian versuchte unterdessen, ein Abendessen mit Adrienne und Christian zu organisieren. Seine Eltern hatten jedoch bereits eine andere Verabredung, die sie nicht absagen konnten. Seit Christian wieder CEO der Lombardi Bank war, musste er repräsentativen Verpflichtungen nachkommen.

François sprang gern in die Bresche und übernahm die Rolle des Gastgebers. Er war stolz auf seinen Enkel Fabian. Ihn und seine neue Liebe in sein Haus in Cologny einzuladen, garantierte einen kurzweiligen Abend, der ihn von den aktuellen Problemen und der traurigen Beerdigung Thomas Widmanns am Nachmittag ablenken würde.

Auf dem Flug nach Genf erzählte Fabian Audrey die Geschichte seiner Familie in Kurzform.

Zwei Stunden später fuhren sie in Fabians Mini durch das nächtlich beleuchtete Genf.

»Wie weit ist es bis zu der Villa deines Großvaters?«, wollte Audrey wissen.

»Von meiner Wohnung in der Rue des Eaux Vives nur zehn Minuten an einem Sonntagabend. Lass uns vorher noch eine kleine Runde durch die Innenstadt drehen. Ich möchte dir zumindest das Zentrum, die Altstadt und die wunderschöne Russische Kirche zeigen. Du bekommst einen kleinen Überblick und kannst besser entscheiden, was du morgen Vormittag ohne mich besichtigen willst. Ich treffe meinen Vater für die Vollmachten der Vertragsunterzeichnung bei unserem Notar.«

Ein schönes Paar, dachte François, als Fabian und Audrey aus dem Auto stiegen.

Fabian liebt eine Asiatin?

»Großvater, darf ich dir Audrey McGraham aus Hongkong vorstellen?«

François blieb fast das Herz stehen, seine Knie wurden weich.

Audrey McGraham aus Hongkong? Oh mein Gott ...! Jetzt verstehe ich Fabians leuchtende Augen, seine Eile vom Freitag und den Trip nach Paris. In Liebesdingen hat sich über Generationen nichts verändert ... Ich darf mir nichts anmerken lassen.

»François Lombardi. Audrey, wie schön, dass Sie mich besuchen kommen.«

»Danke für die Einladung, und bitte duzen Sie mich doch.«

»Einverstanden, ich bin François. Kommt rein.« François atmete tief durch. Sein Herz hämmerte noch immer heftig.

Fabian, mein geliebter Enkel, führt meine Tochter Audrey nach Genf in mein Haus? Audrey ist Fabians große Liebe? Das Leben erspart mir auch nichts ... Egal, das müssen wir später klären, nicht heute Abend.

Die beiden ahnen ja nicht, welch sehnsüchtigen Wunsch sie mir erfüllen. Wenigstens einmal in meinem Leben kann ich einen Abend mit meiner Tochter verbringen. Ein wirkliches Geschenk Gottes ...

François brauchte nur zu Beginn alle seine Kräfte, um ein normales Gespräch zu führen. Dann entspannte er sich.

Audrey begeisterte ihn. Unbefangen redeten, diskutierten und lachten sie den ganzen Abend.

Sie ist natürlich schön. Ein bisschen blass sieht sie aus. Die weiße Haut hat sie von Miranda. Sie ist eine Träumerin, eine Idealistin und klug ... Ich liebe sie.

Er sah, wie Fabian liebevoll über Audreys Haar strich oder er unter dem Tisch diskret seine Hand auf ihren Oberschenkel legte. Ihre Augen glänzten verliebt. Diese Zärtlichkeit beobachtete François mit zwiespältigen Gefühlen.

Warum habe ich so lange nicht mehr geliebt? Es ist das schönste Gefühl auf Erden. Welche Verschwendung meiner kostbaren Zeit ...

François' Haushälterin Filipa hatte Wild gebraten. Der Hausherr öffnete dazu einen passenden Rotwein. Der Abend verflog bei Gesprächen über das Wochenende in Paris, Genf, Hongkong, Audreys Kunstgalerie und die Familien. Später gerieten sie in eine Diskussion über den Sinn des Lebens.

Audrey fragte François nach seiner Meinung über Glück und Liebe.

»Weißt du, Audrey, wenn wir jung sind – und diese Phase dauert lange – verfolgen wir das Ziel, um jeden Preis glücklich zu sein. Wir meinen damit ein sichtbares Glück: Glück in der Berufswahl, damit verbunden finanzieller Erfolg, Glück mit einem Partner, Glück mit Kindern, der Familie, der Gesundheit ... Man kämpft und arbeitet hart für dieses Glück. Im Laufe unseres Lebens lernen wir alle, dass es nicht von allein um die Ecke kommt.«

Fabian lauschte fasziniert den Worten seines Großvaters. Noch nie hatte er ihn so offen über Gefühle reden hören. Er spürte, dass es ein besonderer Abend war.

»Und wenn man ein Stück von diesem Glück erhascht, fühlt man sich unantastbar. Man schwebt, ist voller Energie, umarmt wie ein König oder eine Königin die Welt … Stimmt's?«, fragte François in Audreys Richtung.

Audrey fühlte leichte Röte in ihrem Gesicht aufsteigen. »Eine wunderschöne Beschreibung. Und später?«

François lächelte, gleichzeitig schlich sich ein sentimentaler Ausdruck in seine Augen. »Später versinkt man in tiefstem Kummer, weil man lernt, dass sich das Glück auf Dauer nicht festhalten lässt. Es besteht nur aus Augenblicken, Momenten oder Phasen.«

»So, was bleibt uns dann?« Audrey schaute François desillusioniert an.

»Hoffentlich unendlich viele, unvergessliche Erinnerungen … Und einige sollten so intensiv sein, dass sie dich mit dem Rest versöhnen. Das Leben ist nicht fair. Es ist ein ständiges Auf und Ab. Es bleibt unvollständig. Aber wenn wir das verstehen, ist es unvergleichlich schön, und wir können es als Ganzes akzeptieren.«

Es überraschte Fabian, wie gelöst und gesprächig sein Großvater war. Die Anspannung der letzten Woche war von ihm gewichen. »Du sprichst heute Abend poetisch. Es gefällt mir. Bei deinen letzten Worten bekam ich eine Gänsehaut.«

»Ihr öffnet mein Herz. Bei Thomas Widmanns Beerdigung hatte ich meine melancholischen Minuten. Wisst ihr, der Tod ist so endgültig und hinterlässt eine Leere, die für Hinterbliebene schwer zu akzeptieren ist. Ich habe Carola und ihre Töchter weinen sehen. Ich weiß aus Erfahrung, wie viel Angst diese Leere macht. Deswegen bin ich froh, meine positiven Lebenserfahrungen und diesen Abend mit euch teilen zu können. Ein seltener Moment des Glücks …«

»Du übertreibst, mach uns bitte nicht verlegen.« Fabian küsste Audreys Stirn.

Dann teilten sich François und Audrey kichernd eine

Crème brûlée. Fabian mochte keinen süßen Nachtisch. Er beobachtete die beiden amüsiert.

Audrey scheint François zu gefallen. Sie wickelt ihn um den kleinen Finger und hat Talent, die Herzen von Menschen zu öffnen.

Fabian war sicher, endlich die Liebe seines Lebens gefunden zu haben. Das Glück küsste ihn. An François' Worte erinnert, nahm er sich vor, dieses Glück so lange festzuhalten, wie er konnte. Am liebsten für den Rest seines Lebens. Es war weit nach Mitternacht, als Fabian und Audrey sich von François verabschiedeten.

»Wann gibt Christian dir die Vollmachten für Hongkong?« François holte Fabian mit seiner Frage in die Realität zurück.

»Morgen Vormittag. Wir haben einen Termin beim Notar vereinbart.«

François nickte zufrieden. »Viel Erfolg bei der Unterzeichnung der Verträge.«

»Danke. Wird schon klappen. Am Donnerstag bin ich wieder in Genf. Falls ihr mich nicht dringend braucht, würde ich gerne noch das Wochenende mit Audrey in Hongkong verbringen und Montag wieder im Büro sein.«

François lächelte über die Verliebtheit seines Enkels. Fabian erfüllte seine Aufgaben, aber es war offensichtlich, dass er mit seinen Gedanken nicht hundertprozentig bei der Sache war. Das ewige neue und alte Phänomen der Liebe … »Ich werde mich mit Christian abstimmen. Je nachdem, wie sich die Ereignisse entwickeln … Wir treffen die Sutters am Dienstag wieder. Bisher haben sie Pascal nicht finden können. Du hast auch keine neue Nachricht von ihm?«

»Leider nicht.«

François und Audrey herzten sich zum Abschied wie alte Freunde.

Kapitel 54

Pascal war den ganzen Tag über angespannt und rastlos. Unentwegt grübelte er darüber nach, wie er den Lösungsprozess forcieren konnte.

Wie würde Francesca auf seine Bitte reagieren? Er verlangte eine Menge von ihr. Am Nachmittag erreichte ihn endlich ihre Antwort.

Sie arbeite intensiv mit einem wichtigen Klienten und würde diesen Fall heute abschließen. Danach könnte sie sich um Pascals Probleme kümmern. Sie schlug einen Skype-Anruf vor.

Pascal: *Hi Franzi …*

Francesca: *Hallo Pascal. Lass uns gleich zur Sache kommen. Ich war unsicher, ob ich mich über dein Angebot – die Person deines Vertrauens zu sein – freuen oder ärgern sollte …*

Pascal: *Wieso?*

Francesca: *Zehn Jahre sind lang. Ich habe mich für Freuen entschieden. Am Ende hatten wir eine gute Zeit zusammen, und du bist auf dem Papier immer noch mein Mann. Ich sorge mich, typisch Frau, und ich mag dich nicht ohne Hilfe in den Fängen von Judith oder Levy & Lewitt lassen.*

Pascal: *Danke, aber da bin ich schon drin.*

Francesca: *Okay. Alle Karten sind in deiner Hand. Wenn es völlig gegen meine Prinzipien geht, haben wir nie miteinander gesprochen.*

Pascal: *Danke. Und ich meine, was ich sage. Zuerst: Ich bin in Dubai.*

Francesca: *Dubai?*

Pascal: *Hier vermutet mich niemand. Erinnerst du dich an Jeffrey Gordon?*

Francesca: *Den süßen Kerl mit den braunen, lockigen Haaren aus Wisconsin, dem du bei Levy & Lewitt auf die Sprünge geholfen hast?*

Pascal: *Genau der. Er ging für Levy & Lewitt nach Dubai und arbeitet inzwischen für eine Investmentfirma vom Scheich. Jeffrey hat ein wunderschönes Haus auf Palm Jumeirah gekauft und mich aufgenommen. Ich befinde mich quasi im Luxus-Asyl.*

Francesca: *Cool. Bist du das erste Mal in Dubai?*

Pascal: *Nein, ich wollte vor einigen Jahren hier auch eine Immobilie kaufen, aber das hat aus verschiedenen Gründen nicht funktioniert. Das Geld war schon transferiert, und ich habe es damals hier liegen lassen. Das hilft mir heute, ich könnte für einige Jahre hierbleiben.*

Francesca: *Was du hoffentlich nicht beabsichtigst?*

Pascal: *Nein ...*

Francesca: *Spaß beiseite, der Levy & Lewitt Deal.*

Pascal: *Ich werde offen und ehrlich sein, aber du darfst mir wegen eines privaten Punktes nicht böse sein ...*

Francesca stöhnte unüberhörbar.

Francesca: *Lass mich raten: Judith ... Wie könnte das nicht wieder mit der alten Geschichte zusammenhängen.*

Pascal: *Bedingt, sie war nur der Auslöser. Mein Ziel war es, dass ich uns und die Bank von Joel befreie.*

Francesca: *Wie bitte ...? Dafür riskierst du so viel?*

Pascal: *So simpel. Ich wollte Joel um jeden Preis aus meinem*

Umfeld haben. Francesca, ich arbeite täglich mit diesem Mann zusammen, und unsere Geschichte ist vorbelastet. Seit François sich zurückgezogen hat, gewinnt er mehr und mehr Einfluss. Ich ertrage ihn nicht. Vor meiner Flucht hatten wir eine offene Konfrontation, bei der er zugegeben hat, dass angeblich etwas viel Größeres, als ich mir vorstellen kann, hinter seinem Hass auf mich steckt. Entweder geht er oder ich ... Die Dinge beschleunigen sich in einer negativen Intensität, dass eine Entscheidung unausweichlich wird.

Francesca: *Was war oder ist konkret dein Plan?*

Pascal: *Ich wollte ihn auskaufen. Er ist siebzig Jahre und besitzt zwanzig Prozent Anteile, hat keinen Nachfolger ...*

Francesca: *Ja und? Das ist doch keine Garantie, dass er an dich verkauft.*

Pascal: *Wir haben als Lombardis Vorkaufsrecht ... Ich wollte das Geld für den Kauf seines Anteils verdienen. Genau eine Milliarde, der Deal hätte 1,48 Milliarden abgeworfen.*

Francesca: *Hätte ... Hätte der Hund nicht ge... und so weiter.*

Pascal: *Ich weiß ...*

Francesca: *Hast du das mit deiner Familie abgesprochen?*

Pascal: *Sicher nicht ... Niemand weiß von Judith und mir.*

Seine Stimme klang belegt.

Francesca: *Was ging schief?*

Pascal: *Das ist exakt die Frage, die ich mir auch stelle. Due Diligence habe ich gründlich gemacht, hatte einen super niedrigen Einkaufspreis für Top-Immobilien, und heute sollen diese nichts mehr wert sein?*

Francesca: *Das verstehe ich nicht. Wie soll das funktionieren? Es gibt Regeln, so einfach kann keine Bank einen Margin Call durchführen.*

Pascal: *Deswegen habe ich nach dem Grundbuchamt gefragt.*

Francesca: *Verstehe, ich hatte keine Chance, da so schnell ranzukommen. Das muss ich vorbereiten, Türen öffnen …*

Pascal: *Klar.*

Francesca: *Was hat Judith damit zu tun?*

Pascal: *Sie steht immer noch unter der Fuchtel ihres Vaters. Er nimmt direkt Einfluss auf ihr Leben, und er hasst mich. Judith hat nicht die Kraft, ihm Paroli zu bieten. Kurz nachdem unsere Beziehung begann, landete diese Möglichkeit auf meinem Tisch und ein Gedanke kam zum anderen. Ich hätte das Geld wieder in die Bank zurückfließen lassen. Du weißt, ich bin kein Betrüger.*

Francesca: *Diese Details will ich nicht wissen. Wie kann ich dir helfen?*

Pascal: *Ich muss herausfinden, wer wirklich hinter dem Margin Call steht. An einer Stelle wurde manipuliert … Ted hat unterm Strich doch nichts davon … Warum taucht er ab? Warum sendet er keine direkte Warnung, und wieso streut er vorher ein Gerücht? Ich weiß nicht mal, woher mein Bruder davon wusste …*

Francesca: *Du willst, dass ich mich direkt mit Ted Blumfeld in Verbindung setze?*

Pascal: *Ja.*

Francesca: *Und was soll ich ihn fragen? Ted, warum betrügst du Pascal, und wer bezahlt dich dafür? Wir brauchen schon eine glaubhafte Story. Ted ist clever.*

Pascal: *Ich hatte gedacht, du konfrontierst ihn aus dem Blauen heraus mit seinen Lügen … Vielleicht kannst du ihn damit indirekt unter Druck setzen und eine Antwort aus ihm herauskitzeln. Zumindest siehst du seine direkte Reaktion.*

Francesca: *Danke für das Kompliment, aber das ist ein größeres Kaliber. Ich werde darüber nachdenken.*

Pascal: *Mein neuer Freund, der Computer-Profi Adil, hätte ein Programm auf einem USB-Stick, falls du an Teds Computer herankommst.*

Francesca: *Pascal, das kann ich als Anwältin nicht bringen. Es würde mich meine Lizenz kosten … Wir müssen wenigstens im Rahmen legal bleiben. Du solltest übrigens mit neuen Freunden vorsichtig sein, vor allem, wenn sie spezielle Fähigkeiten haben. Ein Hacker?*

Pascal: *Ich hatte dieselben Bedenken … Ja, ein Hacker, der beste. Du könntest es ja von jemand anderem machen lassen.*

Francesca: *Dem ich was erzähle?*

Pascal: *Okay, okay, lass es uns erst so versuchen. Noch mal, die Fragen sind: Wer steht in Wirklichkeit hinter dem Margin Call? Wer setzt Ted unter Druck? Wer ist der Andere, und was gewinnt er? Wieso lügt Ted? Wem gehören die Immobilien?*

Francesca: *Eine Menge … Der Computer von Ted würde sicher viele Fragen beantworten, da hat dein Freund recht. Lass mich kurz ein paar Stichpunkte aufschreiben.*

Pascal: *Nimm dir Zeit.*

Francesca: *Ich habe verstanden, worauf du hinaus willst und werde über Nacht mein Gehirn auf Reisen schicken. Vielleicht besuche ich Ted doch. Ich war noch nie im neuen Levy & Lewitt-Tower. Er sitzt doch im Headquarter?*

Pascal: *Ja, in der fünfunddreißigsten Etage. Hat es ganz schön weit nach oben gebracht …*

Francesca: *Deinen sarkastischen Humor hast du nicht verloren. Wann wollte er wieder im Büro sein?*

Pascal: Montag, also morgen für euch.

Francesca: *Ist der Margin Call schon raus?*

Pascal: *Keine Ahnung. Das steht nicht in den Online-Nachrichten. Ich habe wirklich keine Verbindung nach Genf. Die Polizei überwacht alle Kontaktmöglichkeiten. Ich werde immer noch als potenzieller Mörder von Thomas Widmann gesucht …*

Francesca: *Der du nicht bist …*

Pascal: *Natürlich nicht, ich bitte dich, Francesca!*

Francesca: *Sorry … Okay, ich helfe dir. Soll ich Christian kontaktieren und mich mit ihm abstimmen? Es wäre gut, auf dem aktuellen Stand der Entwicklung zu sein.*

Pascal: *Mein Bruder spielt auch mit gezinkten Karten, und ich bin sauer auf ihn. Gib uns damit Zeit bis Mittwoch.*

Francesca: *Deine Entscheidung.*

Pascal: *Wenn ich bis dahin weder von dir noch anderweitig Neuigkeiten habe, müssen wir unsere Taktik ändern.*

Francesca: *Einverstanden. Genieß die Sonne in Dubai …*

Pascal: *Als ob ich keine anderen Sorgen habe …*

Francesca: *Du kannst gerade nicht viel ausrichten. Mach das Beste draus, es werden hektischere Zeiten kommen. Ich melde mich.*

Kapitel 55

Nacht von Sonntag, 11. Februar auf Montag 12. Februar 2011

François blieb noch eine Weile im Wohnzimmer sitzen und ließ den wundervollen Abend nachwirken. Er lächelte, Audreys Bild vor Augen, die ihm zum Abschied spontan ein Küsschen auf die Wange gegeben hatte. Ein Sweetheart, seine Audrey!

Die augenscheinlich große Liebe zwischen ihr und Fabian machte François' Herz bleischwer. Er würde ein glückliches Paar zerstören. Seine ungeklärte Familienangelegenheit reichte er in direkter Linie als Problem an seinen Enkel und seine Tochter weiter, eine Ironie des Schicksals. Diese klare Einsicht traf François hart. Verzweifelt sehnte er sich danach, von seiner Charlotte in die Arme genommen zu werden. Als wirkliche Einsamkeit empfand er jedoch, mit niemandem seine Gedanken und Erinnerungen austauschen zu können.

Welche Tragödie, dass die Liebe der beiden keine Chance hat. Es ist Inzucht! Ich muss es ihnen sagen. Damit werde ich sie verletzen und verlieren …

Plötzlich spürte François stechende Schmerzen im rechten Arm und einen starken Druck im oberen Bereich des Bauches. Er begann, unnatürlich stark zu schwitzen, sein Atem ging schwerer. Das Gefühl zu ersticken wurde stärker. Stöhnend fasste er sich ans Herz.

Du kannst nichts dagegen tun … Nichts … Du kannst nichts dagegen tun … Nichts … dröhnte plötzlich eine abgehackte Melodie in seinem Kopf und in seinen Ohren, die François nicht zuordnen konnte Kurz bevor er das Bewusstsein verlor, rief er mit letzter Kraft nach seiner Haushälterin. »Filipa, Filipa, schnell!«

Der Herzmonitor piepte ununterbrochen. Dr. Matthiesen gab den Schwestern und dem Assistenzarzt kurze, bestimmte Anweisungen. Der Defibrillator wurde zur Sicherheit geholt, Spritzen aufgezogen und der Tubus zur künstlichen Beatmung vorbereitet. Gleichzeitig wurde François in den Operationssaal geschoben.

Zwei Stunden später liefen Christian und Adrienne unruhig auf dem Krankenhausflur im Hospital de la Tour auf und ab. Dr. Matthiesen hatte ihnen erklärt, dass Herzinfarkte häufig nachts auftreten. Das hinge mit den Konzentrationsschwankungen von Hormonen und Blutgerinnungsstoffen zusammen. Ein weiterer Auslöser des Herzinfarkts könnte ein Kreislaufkollaps gewesen sein. Die Bypass-Operation war so weit gut verlaufen.

»Ich habe von den Geschehnissen in Ihrer Bank gelesen. Kein Wunder … Christian, Ihre Familie muss François entlasten. Er ist vierundachtzig, hat seit Jahren verengte Herzgefäße, die er nicht operieren lassen wollte. Sein Leben stand auf Messers Schneide. Seine Haushälterin hat ihm durch ihr umsichtiges Handeln das Leben gerettet. Eine halbe Stunde später wäre es vorbei gewesen …«

»Wird er sich wieder vollständig erholen?«

»Ich hoffe es, die Chancen dafür stehen gut. Die ersten beiden Tage nach einer OP sind immer kritisch. François ist nicht mehr der Jüngste. In dem fortgeschrittenen Alter wird es schwierig, den Heilungsprozess genau zu prognostizieren.

Es hängt viel von seiner geistigen Einstellung und seinem Willen ab.«

»François ist ein Kämpfer. Wann können wir ihn besuchen?«, fragte Christian den Arzt. Die Besorgnis in seiner Stimme war deutlich herauszuhören.

»Schauen Sie heute Abend vorbei, garantieren kann ich Ihnen den Besuch nicht.« Dann machte er sich auf den Weg zu seinem nächsten Patienten.

Christian nahm seine Frau fürsorglich in den Arm. »Adrienne, es ist sieben Uhr morgens. Lass uns nach Hause fahren. Ich muss zeitig in der Bank sein, es ist mein erster offizieller Tag als CEO. Heute Vormittag halte ich meine Ansprache an die Mitarbeiter und bin anschließend mit Fabian beim Notar. Vorher würde ich gern duschen und einen Kaffee trinken. Im Moment können wir hier wirklich nichts ausrichten.«

Beide spazierten wortlos zu ihrem Porsche, der vor dem Hospital geparkt war.

Das Leben außerhalb des Krankenhauses erschien Adrienne auf einmal unwirklich.

Alles geht seinen gewohnten Gang weiter. Die Welt interessiert sich nicht für den einzelnen Menschen. Wir sind hier zu Besuch.

»Wir müssen uns unbedingt bei Filipa bedanken«, erinnerte Adrienne ihren Mann.

Der nickte, war in eigene Gedanken versunken.

»Rufst du Fabian an? Er hat den Abend mit François verbracht.«

»Daran habe ich auch gerade gedacht. Es wird ein Schock für ihn und Audrey sein.«

»Frag ihn bitte, ob François sich über etwas aufgeregt hat. Vielleicht hat er von Pascal gehört? Fabian muss trotzdem heute Nachmittag nach Hongkong fliegen. Die Verträge müssen unterzeichnet werden! Das hilft François mehr als seine Anwesenheit am Krankenbett.«

»Du bist harsch mit ihm. Warum willst du Fabian diese Entscheidung nicht selbst überlassen? Du siehst ihn doch später beim Notar.«

»Adrienne, unser Sohn ist sechsunddreißig Jahre alt. Er weiß, worum es in den kommenden Tagen in der Bank geht und ist in der Lage, Verantwortung zu tragen.«

»Sicher kann er das, und ich habe verstanden. Die Bank geht mal wieder vor. Die Gefühle für seinen Opa müssen hinten anstehen ...«

Christian schaute Adrienne irritiert an. »Was ist bloß in dich gefahren? Du bist doch sonst pragmatisch und verstehst, was für uns alle auf dem Spiel steht?«

Adrienne drehte ihren Kopf zur Seite. Sie wollte ihren Ärger nicht unkontrolliert herauslassen. Einige Tränen liefen trotzdem über das müde Gesicht. Sie kämpfte um ihre Stimme, die zu versagen drohte. »Du sprichst Fabian Verantwortung für die Bank zu. Warum sprichst du ihm dann selbige für sein Leben ab? Um es ganz salopp und deutlich zu sagen, François ist dem Tod heute Nacht von der Schippe gesprungen. Dr. Matthiesen war nicht sicher, ob er sich wieder völlig erholen wird. Die ersten achtundvierzig Stunden nach der OP sind nach seinen Worten die kritischsten. Falls François ...« Adrienne stockte. Sie wollte das Undenkbare nicht aussprechen. »Fabian könnte sich nicht einmal verabschieden, und auf einen Tag kommt es bei der Unterzeichnung sicher nicht an.«

Christian schob diese Möglichkeit entschieden zur Seite. »François übersteht das. Mal bitte nicht den Teufel an die Wand.«

Kapitel 56

Montag, 14. Februar 2011

Alle Banker, Assistenten und Mitarbeiter der Lombardi Bank hatten sich am Montagvormittag zu einem Meeting versammelt. Christian wollte an seinem ersten Tag als neuer und alter Chef der Bank eine motivierende Ansprache halten und Normalität in den Ablauf der Geschäfte bringen.

Er würdigte zu Beginn noch einmal die Verdienste von Thomas Widmann und bedankte sich für die rege Beteiligung an dessen Beerdigung. »Gemeinsam haben wir der Familie des Verstorbenen unseren Respekt gezeigt. Lasst uns jetzt die Spekulationen über seinen Tod beenden, sie helfen niemandem. Wir müssen uns wieder auf die Grundsätze und Traditionen unserer Arbeit besinnen, denn sie haben uns erfolgreich gemacht und werden sich auch im neuen Jahrhundert nicht ändern. Für mich heißt das: Nur gemeinsam sind wir stark! Ohne ein leistungsfähiges Team an Mitarbeitern ist eine stabile, visionäre Führung nicht möglich. Ich brauche jeden Einzelnen von euch. Wir müssen auf allen Ebenen wieder besser kommunizieren und konzentriert arbeiten. Als Realist glaube ich an die Chancen, die man entweder ergreift oder verstreichen lässt. Die Welt des Banking wandelt sich. Ich möchte ein neues, modernes Bild der Lombardi Bank prägen und diesen Weg mit euch gemeinsam gehen.«

In den starken Beifall mischte sich Erleichterung, dass es nach einer chaotischen Woche nun geordnet weiterging.

Christian kündigte kleinere Personalwechsel in den kommenden Monaten an, damit sich die Bank den künftigen Herausforderungen erfolgreich stellen konnte.

»Wir bieten Beratung, Service und innovative Investments für unsere Kunden, jedoch keine Schlupflöcher für Steuerflüchtlinge oder Geldwäsche. Alle Konten werden dahingehend kontrolliert, ob sie den strengen Anforderungen der Schweizer Nationalbank entsprechen. Die zweite, neue Ausrichtung wird nach Asien gehen, wo ich in den letzten zehn Jahren umfangreiche Erfahrungen und Kontakte durch meinen Hedgefonds gesammelt habe. Fabian wird mit seinem Team daran arbeiten, dieses Know-how in neue Produkte für unsere Kunden umzuwandeln. Aus diesem Grund weilt er in dieser Woche noch einmal in Hongkong.«

Christian beendete seine Ansprache mit einem Zitat von Goethe: »›Die größten Schwierigkeiten liegen da, wo wir sie nicht suchen …‹ In meiner Interpretation liegen sie in den Beschränkungen, die wir uns selbst auferlegen. Ich appelliere an alle Mitarbeiter, aufgeschlossen und motiviert den neuen und gleichzeitig traditionellen Weg der Lombardi Bank mit mir zu beschreiten.«

Als Letztes verkündete er mit bedrückter Stimme, dass François Lombardi in der Nacht einen Herzinfarkt erlitten habe und bereits am Bypass operiert worden war. »Ich war heute Morgen bei ihm im Krankenhaus. Er befindet sich auf dem Weg der Besserung.«

Diese Nachricht löste trotz der positiven Aussichten Bestürzung aus. François war beliebt und wurde von den Mitarbeitern als Seele des Hauses gesehen.

Joel bat Christian nach dem offiziellen Teil um ein sofortiges Gespräch in seinem Büro.

»Ich bin geschockt, von François' Herzinfarkt in einem

Meeting zu hören. Du predigst Offenheit, Kommunikation und Teamgeist und findest nicht mal fünf Minuten Zeit, um mich anzurufen und vorab zu informieren? Was ist das für eine Heuchelei?«

»Ganz langsam mit deinen Vorwürfen und deiner Wortwahl, Joel. Ich bin nicht Thomas Widmann, den du wie ein kleines Kind bevormunden kannst. Ich entscheide, wann und an wen ich Informationen herausgebe.«

Joel verzog keine Miene.

Christian war gereizt und müde. »Zum Verständnis, falls du es vergessen haben solltest. Ich bin Donnerstag aus Hongkong zurückgekommen, habe mich Freitag in der Bank der Presse gestellt, Samstag war ich den ganzen Tag in London, gestern Nachmittag auf Thomas' Beerdigung und gestern Abend auf einem Empfang. Danach habe ich mit Adrienne die halbe Nacht auf der Intensivstation verbracht. Zu Hause war ich nur zum Duschen. Ich habe noch nicht mal Fabian informiert oder hatte Zeit, in Ruhe auf die Toilette zu gehen!«

Joel blieb unbeeindruckt. »Das bringt mich zum nächsten Punkt. Wo ist Fabian heute, und wieso fliegt er schon wieder nach Hongkong?«

Christian war kurz davor, die Beherrschung zu verlieren.

Zum Glück sprach Joel schnell weiter. »Ich habe François einen Vorschlag für einen Überbrückungskredit unterbreitet, der völlig ignoriert wird. Wir haben einen Margin Call auf dem Tisch und nur noch eine gute Woche Zeit!«

Was geht mir dieser Mann gegen den Strich ... Nerven für einen ergebnislosen Streit habe ich heute wirklich nicht.

»Fabian hat eine Grippe erwischt. Er lag übers Wochenende im Bett. Heute Morgen war er kurz im Büro, um die nötigsten Dinge zu erledigen. Er fliegt am Nachmittag wieder nach Hongkong. Ich verbitte mir den aggressiven Tonfall und deine indirekten Vorwürfe, ansonsten endet unser Gespräch hier.«

»Entschuldige, Christian, aber mich lassen die Geschehnisse auch nicht kalt. Ich bin Partner, und seit letztem Donnerstag wird nichts mehr mit mir abgesprochen. Es ärgert mich, dass François meinen Vorschlag nicht beantwortet. Trotzdem habe ich noch einmal nachverhandelt.«

Ich kann mich nicht auf eine totale Konfrontation mit ihm einlassen. Es steht zu viel auf dem Spiel, und noch ist in Hongkong nichts unterschrieben …

»Kannst du mir die Punkte der Offerte erläutern? Ich habe nur eine kurze Information von François erhalten. Wir wollten heute darüber reden …« Christian hatte sich wieder unter Kontrolle.

»Das Konsortium hat als endgültiges Angebot einen Kreditrahmen von achthundert Millionen US-Dollar bei dreieinhalb Prozent Zinsen im Jahr mit einer Laufzeit von zwei Jahren vorgeschlagen. Für die Rückzahlung wollen sie sich die Kombinationsmöglichkeit zwischen Cash und Anteilen der Bank offenhalten. Sie reduzieren den maximalen Prozentsatz, den sie an Anteilen der Bank einfordern können, auf zwanzig Prozent.«

Ich werde vorgeben, offen für seinen Vorschlag zu sein und suggerieren, ihn in die Entscheidungsfindung einzubeziehen. Noch kann ich ihn mir als Gegner nicht leisten.

»Interessant. Ich habe am Samstag von einem der größten Hedgefonds in London eine ähnliche Offerte erhalten. Der Fonds wird übrigens von einem Briten, der gebürtiger Inder ist, geführt. Ganz ehrlich, ich mag weder an deine Amerikaner, noch meine britischen Inder Anteile unserer Bank verkaufen.«

»Wieso? Wir müssen an einen Außenstehenden verkaufen, ansonsten können wir Levy & Lewitt nicht auszahlen.«

»Sicher, aber beide würden die Struktur unserer Bank, unser Wertesystem und den Weg, wie wir Entscheidungen treffen, auf den Kopf stellen. Wir würden eine Bank wie jede andere werden, wo unterm Strich nur noch der Profit der Aktionäre zählt. Abgesehen davon, ist es rechtlich schwer zu strukturieren. Wir müssen bei der FINMA einen Antrag stellen, um die neuen Eigentümer zu bestätigen. Dieser Prozess nimmt mit Sicherheit länger als zehn Tage in Anspruch.«

»Normalerweise drei bis sechs Monate. Umso dringender ist eine zügige Entscheidung, damit wir anschließend diese Klippe geschickt umschiffen können.«

»Was meinst du konkret, Joel?«

»Ich kenne Mark Jenkins, den neuen Direktor der FINMA. Es gibt immer Möglichkeiten, interne Abläufe zu beschleunigen. Mit den Amerikanern wäre es sicher einfacher als mit den Indern, da gebe ich dir recht.«

»Wieso? Beides sind keine Schweizer …«

Joel ignorierte die Frage von Christian. »Ich schlage vor, wir beginnen mit der FINMA Kontakt aufzunehmen und signalisieren, dass wir den Prozess einleiten wollen.«

»Joel, ich weiß nicht einmal, wer hinter deinem Konsortium steht.«

»Dann nimm dir bitte die Zeit, die vorbereiteten Unterlagen zu lesen. Du hast sie in einer halben Stunde auf deinem Schreibtisch. Ich habe kein besseres Angebot von deiner Seite gesehen und möchte meine Autorität als Partner und Anwalt nicht länger nach hinten gesetzt sehen.«

Christian schluckte seine Erwiderung hinunter. »In Ordnung. Bis morgen Mittag werde ich Zeit finden, diesen Vorschlag zu studieren.«

Kapitel 57

Adrienne eilte am späten Nachmittag bereits wieder ins Krankenhaus.

Die Schwester erzählte ihr flüsternd, dass François einige Male kurz aufgewacht war. In diesen wachen Momenten hatte er darum gebeten, mit Adrienne sprechen zu können. »Ich bin aus Erfahrung vorsichtig geworden, wenn Patienten darauf bestehen, mit einem bestimmten Angehörigen reden zu wollen. In dem fortgeschrittenen Alter weiß man nie, deswegen habe ich Sie angerufen.«

»Danke. Geht es ihm so schlecht?«, fragte Adrienne erschrocken.

»Es geht ihm den Umständen entsprechend, aber Ihr Schwiegervater ist vierundachtzig Jahre und hatte eine Bypass-Operation. Er ist gerade wieder eingeschlafen.«

»Danke, dass Sie so aufmerksam und fürsorglich sind, Amelie«, sagte Adrienne, nachdem sie einen Blick auf das Namensschild der Schwester geworfen hatte. »Darf ich mich an François' Bett setzen?«

»Natürlich. Er wird sich freuen, Sie zu sehen, wenn er aufwacht.« Schwester Amelie verließ leise das Zimmer.

Adrienne schaute besorgt und nachdenklich auf ihren Schwiegervater.

François sieht blass aus. Es ist mir vorher nie aufgefallen, wie dünn seine Arme geworden sind. Hoffentlich erholt er sich wieder. Die Ereignisse müssen ihn tief getroffen haben. Nach außen hat er alles im Griff und noch einmal die Initiative übernommen. Wie es in ihm aussieht, wissen wir nicht. Wir sollten mehr Zeit mit ihm verbringen.

Der Herzmonitor neben seinem Bett piepte rhythmisch. Der Computer zeigte außer dem Blutdruck auch die genaue Herzfrequenz an. Eine Infusionskanüle steckte in seinem rechten Arm. Elektroden waren an seinem Oberkörper, Armen und Rücken angebracht.

Adrienne nahm ihren BlackBerry aus der Handtasche und sandte Christian eine SMS. Er antwortete, dass er so bald wie möglich kommen würde. Intuitiv machte sie ein Foto vom friedlich schlafenden François und hängte es an die Nachricht für Fabian. Er würde erleichtert sein, dass es seinem Großvater besser ging. Heute Morgen war er geschockt gewesen. Fabian erzählte seiner Mutter von dem wundervollen Abend, den er mit Audrey und François verbracht hatte. Anschließend sagte Adrienne ihre letzten Termine für den Tag ab. Nachdem sie einige Minuten ruhig an François' Seite gesessen hatte, fiel sie erschöpft in einen Kurzschlaf. Sie schreckte auf, als Christian seine Hand auf ihre Schulter legte.

»Liebling, ich bin hier. Willst du dich kurz hinlegen?«

Im selben Moment wachte François auf. Er blinzelte verstört mit den Augen und versuchte, sich zu orientieren.

»Vater, bleib ruhig liegen. Ich hole die Schwester …«

»Gib mir nur einen Schluck Wasser.«

Adrienne richtete vorsichtig das Kissen hinter seinem Rücken und half François, in einer aufrechten Position zu sitzen. Sie hielt ihm das Wasserglas an den Mund. Er trank einige Schlucke und lehnte sich zurück. Adrienne legte vorsichtig ihre Hand auf seinen Arm. »Du hast uns letzte Nacht einen gehörigen Schreck eingejagt. Dr. Matthiesen hat uns aufgeklärt, dass die Bypass-Operation gut verlaufen ist. Eindringlich hat er vor mehr Aufregung gewarnt. Du musst dich unbedingt schonen.«

»Wir managen die Situation in der Bank«, fügte Christian hinzu. »Ich hatte heute Morgen ein gutes Meeting mit allen Mitarbeitern. Die geschäftliche Situation entspannt sich. Ich soll dich grüßen und dir gute Besserung wünschen.«

François nickte. Es liefen ihm einige Tränen über sein Gesicht. Sehr leise und langsam kamen die Worte aus seinem Mund. »Ich hatte verdammt viel Glück. Trotzdem muss ich mit euch reden. Fabian …«

Christians Interesse war sofort geweckt. »Was ist mit Fabian, Vater?«

»Er liebt Audrey, aber es darf nicht sein …«

Adrienne schaute ihn verständnislos an. »Wieso nicht?«

»Eine lange Geschichte. Vor siebenunddreißig Jahren war ich in Miranda verliebt, ein ganzes Jahr lang …«

Christian beugte sich ungläubig über das Bett. »Miranda Chen aus Hongkong? Peters Frau?«

François standen erneut Tränen in den Augen.

Es war still im Krankenzimmer.

Adrienne hielt sich vor Aufregung die Hand vor den Mund.

»Audrey und Stanley …«, François rang nach Luft, »sind meine Kinder.« Erschöpft sank er nach dem Geständnis in sein Kissen zurück.

Christian und Adrienne sahen sich fassungslos an.

Adrienne legte den Zeigefinger auf ihren Mund und bedeutete ihrem Mann zu schweigen. Sie fasste erneut François' Hand und streichelte sie liebevoll. »Papa, du verwechselst da sicher etwas. Peter McGraham ist der Vater der Hongkong-Zwillinge.«

François schlug die Augen wieder auf. Sein Blick und seine Stimme waren jetzt klarer. »Nein, das bin ich. Niemand weiß davon. Gestern Abend habe ich meine Tochter zum ersten Mal gesehen. Ein Segen, ich liebe sie. Es tut mir leid, sie sind so verliebt …«

Christian fuhr sich durch die Haare. »Bist du wirklich sicher, Vater? Das würde schwerwiegende Konsequenzen für uns alle haben …«

»Vor fünfunddreißig Jahren habe ich in Nassau einen Trust aufgesetzt. Wenn ich sterbe, werden Audrey und Stanley jeweils zehn Prozent der Lombardi Bank erben. Ich muss ihnen doch wenigstens etwas hinterlassen. Nach den vielen Jahren wird Miranda mir hoffentlich verziehen haben …« Es kam flüsternd, aber flüssig wie ein auswendig gelernter Text aus seinem Mund.

»Wie bitte? Du willst ihnen zwanzig Prozent unserer Bank vererben? Wir werden bereits ein Vermögen an Zinsen und Anteilen für den Überbrückungskredit zahlen! François, warum hast du nicht vorher darüber gesprochen? Der Anteil der Hongkong-Chinesen an unserer Bank wird dadurch viel zu groß.«

»Christian, belaste Vater nicht noch mehr. Dr. Matthiesen hat gesagt, er braucht absolute Ruhe! Muss diese Diskussion jetzt stattfinden?« Adrienne war ungehalten.

»Entschuldige, aber das ist wichtig und ändert unsere Position in den Verhandlungen! Fabian befindet sich auf dem Weg nach Hongkong, um zu unterschreiben! Wir müssen sofort neu verhandeln!«

»Christian, das ist im Moment unwichtig! Verstehst du nicht, dass dein Vater sein ewig gehütetes Geheimnis preisgegeben hat?«

»*Du* verstehst die geschäftliche Tragweite nicht …«

»Es geht hier zuerst um deinen Vater, seine Gesundheit und seine Gefühle, nicht um eine Erbschaft oder die Bank.«

»François stirbt heute nicht. Er liegt nach einer Bypass-OP und einem Herzinfarkt nur geschwächt auf der Intensivstation!«

»Das kannst du doch nicht wissen. Lass endlich das Geschäft weg und akzeptiere einfach seine Worte ohne Wertung.«

Christian warf Adrienne einen bösen Blick zu.

Was passiert in den letzten Tagen mit meiner Frau? Sie ist emotional, leicht verletzbar und erfasst die Bedeutung von François' Worten nicht. Im negativsten Fall – wenn François sterben würde – könnten den Hongkong-Chinesen bald dreißig Prozent der Lombardi Bank gehören. Das muss ich verhindern. Ist das so schwer zu verstehen?

»Ich glaube, niemand versteht, was die Stunde geschlagen hat. Ich muss kurz an die frische Luft.« Wütend auf Adrienne und ungehalten über die Offenbarung von François verließ Christian das Krankenzimmer.

Adrienne seufzte. Sie warf François einen traurigen Blick zu. Dann stand sie auf und feuchtete ein Tuch unter kaltem Wasser an. Vorsichtig tupfte sie François die Schweißperlen von der Stirn. »Danke, dass du es uns gesagt hast. Ich kann mir vorstellen, wie dich das all die Jahre belastet haben muss. Soll ich nicht doch die Schwester holen? Brauchst du etwas?«

François schüttelte leicht den Kopf. »Audrey ist entzückend, höflich und gebildet. Der Abend mit den beiden war ein Geschenk für mich. Du musst dich um sie kümmern. Sie werden mich hassen … Ich wollte dieses Geheimnis mit mir ins Grab nehmen. Aber jetzt bin ich ihnen die Wahrheit schuldig. Wer konnte ahnen, dass sich mein Enkel in meine Tochter verliebt?«

Adrienne nickte einfühlsam und streichelte ihrem Schwiegervater die Hand. Sie spürte, wie erregt er war und seine

Kräfte schwanden. Sie wollte ihn zur Ruhe kommen lassen. »Du bist also sicher?«

»Wie das Amen in der Kirche.«

François entspannte sich und döste ein. Adrienne schwieg geduldig, bis er die Augenlider wieder hob und erneut zu sprechen begann. Sein Blick war jetzt verklärter. »Adrienne, pass bitte auf Christian auf. Er ist ein guter Mann. Ich möchte unsere Familie nicht zerstören, aber auch er hat Geheimnisse. Huang Fu Chen weiß Bescheid, vielleicht auch Pascal.«

Jetzt war Adrienne erschrocken. »Was für Geheimnisse? Wieso weiß Huang Fu Chen davon?«

François antwortete nicht auf ihre Frage, sondern führte seinen Gedankengang zu Ende. »Ich habe Huang Fu Chen in Dubai versprochen, den Trust zu ändern. Er will keinen Skandal in seiner Familie und in Hongkong. Er glaubte mir nicht, dass die Zwillinge meine Kinder sind.« François' letzte Worte klangen verletzt und resigniert.

Adrienne nahm es wahr, aber die zuvor ausgesprochenen Worte von ihrem Schwiegervater hallten in ihrem Kopf. »Wann hast du Huang Fu Chen getroffen, und wann warst du in Dubai?«

»Vorletztes Wochenende, wir haben die Verhandlungen eingeleitet. Christian braucht sich nicht zu ärgern, es gibt nichts mehr zu diskutieren. Ich habe bereits alles in die Waagschale geworfen. Ansonsten würden sie uns den Kredit nicht stellen.«

»Wieso weiß niemand davon? Du bist allein nach Dubai geflogen?«

»Mit vierundachtzig darf man das ohne Erlaubnis, oder?«

»Entschuldige, natürlich. Die Frage kam reflexartig, mehr aus Besorgnis. Du bist ein echter Patriarch … Können wir dir bezüglich des Trusts helfen, vielleicht über eine Vollmacht?«

François schüttelte den Kopf. »Nein. Ich habe damals alle juristischen Schlupflöcher schließen lassen. Nur ich vor Ort in Nassau kann den Trust ändern.«

Adrienne schluckte. »Was für Geheimnisse hat Christian?«

François war mit seinen Überlegungen noch beim Trust. »Ich muss schnell gesund werden, um alle meine Sachen zu regeln. Hoffentlich bekomme ich die Chance, noch einmal mit Fabian und Audrey zu reden. Ich schulde es ihnen ...« Seine Stimme wurde brüchig. Er schloss die Augen.

Adrienne sah eine Träne langsam seine eingefallene Wange herunterlaufen. Sie schlang ihre Arme wie ein Schutzschild um ihren Körper und wartete, bis François sich erholt hatte. Als er die Augen wieder öffnete und sie anschaute, beugte sie sich über ihn. Sie ließ seine Hand nicht los und fragte leise: »Gib mir bitte einen Hinweis, wo ich ansetzen soll. Welche Geheimnisse hat Christian?« Sie flehte François regelrecht mit ihrer Frage an, doch der war schon beim nächsten Punkt.

»Noch was. Joel hat Christian damals an die Chinesen verraten. Ich weiß nicht, was er im Schilde führt. Seid vorsichtig. Er plant etwas gegen uns. Huang Fu weiß ... Ich bin so müde ... Pascal ist kein Mörder, sucht ihn ...«

Adrienne blickte François unverwandt und voller Skepsis in die Augen.

»Rede mit Christian und halte die Familie zusammen. Versprochen? Adrienne!«

»Bitte? ... Ja, versprochen«, stammelte sie.

François lächelte, zufrieden mit sich und der Welt. Seine Finger glitten unmerklich aus Adriennes Hand. Plötzlich wechselte das rhythmische Piepsen des Herzmonitors in einen alarmierend gleichmäßig pfeifenden Ton.

Adrienne schreckte aus ihrer Lethargie auf. Sie begriff, stürzte aus dem Zimmer. »Amelie! Amelie! Hilfe!«

Die Schwester reagierte sofort. »Er muss eine Herzrhythmusstörung haben ... Doktor! Notfall!«, schrie sie aufgeregt und schob François' Bett bereits aus dem Zimmer in Richtung Operationssaal.

Adrienne brach zusammen. Sie spürte mit unerklärlicher Gewissheit, dass François seine Augen für immer geschlossen hatte.

Kapitel 58

Nadine Sutter hatte den ganzen Montag intensiv an einem anderen wichtigen Fall in Zürich gearbeitet. Erst am Abend fand sie endlich Zeit, ihre E-Mails in Ruhe zu lesen. Danach wollte sie zum Wing-Tsu-Training gehen und war anschließend mit Freunden auf einen Drink verabredet. Zügig scrollte sie durch Outlook. Ihr fiel nichts Wichtiges auf, bis ihre Augen an einer mit roter Flagge gekennzeichneten Mail von einem Absender hängen blieben, den sie nicht kannte. Sie öffnete die Mail und sah drei kurze Sätze, eine E-Mail-Adresse und einen Link.

Please think carefully how to contact him. He needs your help and you need his. Many unclear developments and questions …

umberto.rossi@gmail.com
www.runtastic.com

Nadine klickte auf den Runtastic-Link. Die Website mit dem Login-Panel öffnete sich.

Und nun?

Sie las die E-Mail erneut. Es konnte sich nur um einen Hinweis zu Pascal handeln. Fabian hatte ihr Pascals Login-Daten gegeben. Nadine tippte schnell.

Name: *Pascal Lombardi*
Passwort: *PascalGenf*

Auf dem Bildschirm erschienen sofort alle Angaben von Pascal. Nadine orientierte sich kurz im Programm und klickte auf neue Aktivitäten. Und siehe da: Es war eine neue Aktivität gelistet! Warum hatte sie nicht eher daran gedacht, auf diese Weise nach Pascal zu suchen?

Mittwoch, 9. Februar 18,4 Kilometer Zeit 1:16.12 Stunden

In Google Maps öffnete sich automatisch eine Karte, auf der eine Art Palme mit einem Außenring zu sehen war. Nadine vergrößerte das Bild, um die Bezeichnungen besser lesen zu können.

Atlantis, The Palm Dubai, United Arab Emirates

Pascal war am Mittwoch in Dubai 18,4 Kilometer gelaufen! Der hatte Nerven! Sie versuchte, auf die E-Mail zu antworten. Vielleicht wusste dieser Freund noch mehr?

Link abgelaufen …

Die IP-Adresse gab auch nichts her. Da saß ein Profi am anderen Ende. Egal, endlich hatten sie einen Ansatz! Pascal war in Dubai. Dort hätten sie ihn niemals vermutet.

Sie wählte die Nummer ihres Vaters, erreichte nur die Mailbox.

Mist! Er hat heute in Luzern Kundentermine und wollte gegen Mitternacht wieder zu Hause sein. Dann muss die Info bis morgen früh warten.

Nadine war enthusiastisch, dass sie endlich eine Spur gefunden hatten und jetzt wirklich Bewegung in den Fall kommen würde.

Wem in der Lombardi-Familie sollen wir die Nachricht zuerst überbringen? Oder sollten wir besser versuchen, Pascal direkt über die ominöse E-Mail-Adresse zu kontaktieren?

Sie schickte ihrem Vater eine E-Mail, in die sie alle Daten kopierte und ankündigte, morgen früh bereits um acht Uhr im Büro zu sein.

Zufrieden fuhr sie zum Training.

Kapitel 59

Christian spazierte in der einbrechenden Dämmerung eine Viertelstunde um das Krankenhaus herum und gewann etwas Abstand. Die kalte Februarluft ließ auch seine Empörung abkühlen.

Warum rege ich mich auf? Es ist Vaters Leben und seine Entscheidung. Wenn die Zwillinge seine Kinder sind, kann ich es nicht ändern. Ich erinnere mich, dass er von einem Tag auf den anderen die Geschäfte in Hongkong an mich abgegeben hat und zu der Zeit unausstehlich war. Er muss wahnsinnig darunter gelitten haben. Wie kann man sich fünfunddreißig Jahre nach seinen Kindern verzehren und nichts dagegen unternehmen?

Mit dem festen Vorsatz, sich für seine verletzenden Worte zu entschuldigen, kehrte er ins Krankenzimmer von François zurück. Er fand das Zimmer verlassen vor. Ärzte und Schwestern rannten hektisch über den Flur in Richtung OP. Nervös fragte Christian die nächste Schwester, wo sich seine Frau befinde.

»Herr Lombardi, Ihre Frau liegt in Raum fünf, hinten rechts. Wir mussten ihr eine Beruhigungsspritze und eine Infusion verabreichen. Sie ist zusammengebrochen.«

»Wie bitte? Und wo ist mein Vater?«

»Sie wissen es nicht? Er hatte starke Herzrhythmus-Störungen, sein Herz setzte plötzlich aus … Dr. Matthiesen kämpft im OP um sein Leben …«

Christian wurde blass. »Danke, ich schaue nach meiner

Frau.« Stattdessen ging er wieder nach draußen. Vor der Tür fragte er einen fremden Mann nach einer Zigarette. »Ich habe seit Jahren keine mehr angefasst, aber jetzt brauche ich eine ...«

»Schlimm?«, fragte er und reichte Christian die Schachtel.

Der zuckte mit den Schultern. »Ich hoffe noch, aber aus schierer Freude ist wohl niemand hier ...«

Sie rauchten schweigend. Christian inhalierte tief.

Der Mann lächelte plötzlich wissend. »Ich habe Ihr Bild in der Zeitung gesehen. Lombardi Bank, stimmt's? Da hat sich jemand umgebracht. Bei den Schlagzeilen ... Sie hat es wirklich erwischt.«

Christian nickte. Der Mann steckte ihm die *Marlboro*-Schachtel ins Sakko. »Für den Fall, dass Sie mehr als eine brauchen ... Wer ist hier?«

»Mein Vater, das Herz ...«

»Kein Wunder. Alles Gute. Ich muss wieder rein.«

»Danke.« Christian betete unterdessen in Gedanken, dass sein Vater durchkommen würde.

Haben meine Worte ihn aus der Ruhe gebracht und aufgeregt? Was hat er erwartet? Das wir ihm dazu gratulieren? ... Ich bin auch nur ein Mensch!

Er sah Stanley, Audrey und Miranda bildhaft vor sich, während er sich eine weitere Zigarette ansteckte.

Mein Vater und Miranda ein Paar? Die beiden sollen meine Halbgeschwister gezeugt haben? Stanley kann ich mir vielleicht noch vorstellen. Er hat das klar strukturierte Denken, das alle Lombardi-Männer auszeichnet. Dazu ist er intelligent und sieht extrem gut aus. Audrey? Das Äußere kann sie von Miranda haben, aber die künstlerische Ader? Mensch, Fabian ... Warum muss er sich ausgerechnet in Audrey verlieben?

Christian hoffte inständig, dass François sich getäuscht hatte und die Zwillinge nicht seine Kinder waren.

Ich muss mich um Adrienne kümmern und dann diesen Trust in Nassau ausfindig machen. Mit wem hat François ihn vor fünfunddreißig Jahren aufgesetzt? 1976 ... Hoffentlich nicht mit Julius Silverstein. Es muss eine Möglichkeit geben, ihn rückgängig zu machen. Warum kommt jetzt wirklich alles zusammen? Gerade waren wir dabei, eine Lösung zu finden ...

Wie ein abhängiger Kettenraucher zog er das Nikotin einer weiteren Zigarette in seine Lungen hinein. Dann ging er langsam in Zimmer fünf.

Adrienne lag mit roten, verweinten Augen im Bett. Christian küsste sie zärtlich auf die Stirn, streichelte ihr übers Haar. »Bist du in Ordnung?«

Adrienne schüttelte den Kopf. »François ...«

»Wie ist die OP verlaufen?«

»Du weißt es nicht? François ist tot ...« Adrienne begann zu schluchzen. Ein Weinkrampf schüttelte sie.

Christian ließ sich auf den Stuhl neben dem Bett fallen und starrte vor sich hin, paralysiert, unfähig, etwas zu sagen.

Wir sind im Streit auseinandergegangen ... Das kann ich nie wieder korrigieren.

»Scheiße!«, schrie er plötzlich. »Was kommt noch alles? Warum muss er gerade diese Woche sterben?«

Adrienne schaute seltsam ruhig auf ihren Mann, der ihr plötzlich wie ein Fremder vorkam. »Passt es nicht in deinen Terminplan?« Sie biss sich auf die Lippe. Das war böse. Aber auch ihre Nerven lagen blank. »Entschuldige, aber ...«

Christian blickte erschüttert auf. »Was ist in dich gefahren? Warum machst du diesen Kommentar? Wir haben alle Stress ... Mein Vater ist wirklich gestorben? Einfach so, in der halben Stunde, in der ich meine ersten Zigaretten nach vierzig Jahren geraucht habe?«

Adriennes Schluchzen war Antwort genug.

Die Anspannung löste sich auch bei Christian. Er weinte stille Tränen. Das ließ Adrienne aus ihrem Schock erwachen. Jetzt hielt sie Christians Hand, wie vorher die von François. Sie wartete, bis er sich beruhigt hatte. »Du hast nicht alles gehört. François hatte noch mehr zu sagen.«

»Noch mehr Geheimnisse?«, fragte er lakonisch.

»Es betrifft vor allem dich.«

»Mich?« Seine Augen flackerten unruhig. »Erzähl schon.«

Adrienne war unsicher, wie und was sie ihrem Mann sagen sollte. Sie hatte keine Zeit gehabt, über die letzten Worte von François nachzudenken.

Ich muss vorsichtig agieren, denn ich habe François versprochen, die Familie zusammenzuhalten. Das ist nicht der richtige Moment für eine Diskussion. Christian wird mir seine Geheimnisse nicht offenbaren, wenn er sie bisher vor mir verborgen hat. Sind sie geschäftlich oder privat? Ob er eine Freundin hat?

Sie seufzte tief. »Wortwörtlich hat François gesagt: ›Joel hat Christian damals verraten. Ich weiß nicht, was er im Schilde führt, aber seid vorsichtig. Er plant etwas gegen uns. Huang Fu weiß mehr … Pascal ist kein Mörder, sucht ihn …‹«

Leise wiederholte Christian François' letzte Worte. »Joel hat mich damals verraten? Huang Fu weiß mehr …« Auf einmal fiel der Groschen. »Er kann nur den Skandal in Hongkong meinen! Dieser verfluchte Silverstein.« Desillusioniert blickte Christian seine Frau an. »Das waren François' letzte Worte?«

Adrienne nickte wieder. Tränen liefen ihr übers Gesicht.

»Vielleicht hatte Pascal doch recht mit seinem Hass auf Joel. Er hat ihm nie über den Weg getraut und konsequent die Meinung vertreten, dass ein Vater, der seine Tochter aus welchen Gründen auch immer unglücklich macht, für alles über Leichen geht!«

Adriennes Gedanken waren noch bei François. Joel und die Probleme in der Bank hatte sie ausgeblendet. »François hat mir noch einmal bestätigt, dass er wie das Amen in der Kirche sicher ist, dass Stanley und Audrey seine Kinder sind. Wir sollen uns vor allem um Audrey und Fabian kümmern. François liebt seine Tochter und war glücklich, einen wunderschönen Abend mit ihr verlebt zu haben. Das war sein letztes Geschenk von Gott … Er hat uns seine Geheimnisse anvertraut und damit seinen Ballast abgeworfen. Ich bin sicher, er hat genau gespürt, dass seine Zeit gekommen war. François ist mit sich im Reinen eingeschlafen.«

Christian schüttelte den Kopf. Es war nichts mehr zu sagen.

Die Trauer überwältigte beide.

Adrienne ließ ihren Gefühlen und Tränen freien Lauf.

Nach einigen Minuten erhob sich Christian. »Es gibt wichtige Dinge zu klären. Ich kann mir nicht vorstellen, dass Stanley und Audrey meine Halbgeschwister sind. Wir müssen für Fabian und die Erbschaft einen Vaterschaftstest machen lassen. Es geht um eine Milliarde Dollar, so viel sind zwanzig Prozent an unserer Bank wert, und zusätzlich um viel Einfluss. Ich habe keine Ahnung, was für diesen Test erforderlich ist, aber François ist erst wenige Minuten tot. Was immer man benötigt, um eine DNA exakt zu bestimmen …«

»Wie kannst du schon wieder so rational denken? Dein Vater ist gerade gestorben«, unterbrach Adrienne ihren Mann vorwurfsvoll.

»Es gibt einfach Situationen, die keinen Aufschub dulden. Mir geht es auch nicht gut, aber das hat Priorität. Es bleibt mir danach Zeit zum Trauern. Wir leben und müssen an die Zukunft denken.« Christian strich sich durch die Haare. »Ich spreche mit Dr. Matthiesen, denn ich habe keine Ahnung, wie die Dinge weiterlaufen. Außerdem möchte ich meinen Vater noch einmal sehen. Du auch?«

Adrienne schüttelte den Kopf. »Ich habe seine Hand gehalten und sein friedvolles Lächeln vor Augen, ein gutes letztes Bild.«

»Kann ich dich einen Moment allein lassen?«

»Sicher. Verabschiede dich in Ruhe von deinem Vater.«

Adrienne lag eine Weile regungslos im Bett. Es war bereits nach zweiundzwanzig Uhr. Dann stand sie auf, holte ihr Handy und wählte die Nummer von Roland Sutter. Nach zweimaligem Klingeln nahm er ab. »Adrienne Lombardi. Roland, bitte entschuldigen Sie den späten Anruf. François ist eben an den Folgen eines Herzinfarktes nach einer Bypass-Operation gestorben. Es gibt schlechte Neuigkeiten. Ich muss Sie morgen allein sprechen. Bitte.«

Adrienne hörte Roland Sutter laut ausatmen.

»Mein Beileid. Ihnen bleibt gerade nichts erspart. Ich bin im Auto auf dem Weg von Luzern nach Zürich. Soll ich heute Nacht noch nach Genf kommen?«

»Nein, ich bin im Hospital und brauche diese Nacht für mich. Können wir uns morgen Mittag treffen?«

»Natürlich. Ich nehme den Zehn-Uhr-Flieger nach Genf. In Ihrem Büro?«

»Ja, das wäre gut. Danke, Roland, und fahren Sie vorsichtig.«

»Mache ich, und noch mal mein herzliches Beileid. Grüßen Sie Ihren Mann.«

Adrienne hatte sich gerade wieder hingelegt, als Christian das Zimmer betrat. Er sah verzweifelt aus und legte sich einfach neben sie. Beide starrten an die Zimmerdecke.

»Ich wünschte, alles wäre anders gelaufen, wie so oft ... Ob ich mir je verzeihen kann, dass wir im Streit auseinandergegangen sind? François' friedlicher Gesichtsausdruck versöhnt mich etwas. Ich hoffe, dass er nun endlich wieder mit seiner Charlotte vereint ist. Nach meiner Mutter hat er sich seit sechsundvierzig Jahren gesehnt. Vielleicht gibt es da oben doch etwas, ein Leben nach dem Tod.«

Sie hielten sich eng umschlungen, jeder war in seiner Gedankenwelt versunken.

Nach einer Weile sprach Christian weiter. »Dr. Matthiesen war von meinem Vorschlag, eine DNA-Probe zu nehmen, nicht begeistert. Nur bestimmte Labors in der Schweiz dürfen diesen Test durchführen, damit er rechtlich anerkannt wird. Ich habe ihm Fabians Situation geschildert. Das Argument, dass nach François' Beerdigung alles viel komplizierter wird, hat ihn umgestimmt. Er hat bereits mit einer Kollegin, die in der Außenstelle Genf des Lausanner Universitätslabors arbeitet, telefoniert. Sie wird zwei Test-Kits bringen. Wir brauchen dieselben Tests von Audrey und Stanley.«

»Entschuldige, aber ich bin nicht in der Stimmung für diese Details.«

Unbeirrt führte Christian seinen Gedanken zu Ende. »François' Probleme müssen wir jetzt lösen, denn es sind unsere geworden. Ich werde so schnell wie möglich mit einer Probe von François nach Hongkong fliegen. Audrey und Stanley können dort einen ersten Test analysieren lassen. Über unseren Notar müssen wir schnell herausfinden, ob François ein Testament geschrieben und diesen Trust wirklich aufgesetzt hat.«

»Zweifelst du daran?«

»Ich wünschte, es wäre nicht wahr, und ich muss die Einzelheiten kennen, bevor ich mit Huang Fu Chen rede.«

»Vielleicht solltest du zuerst mit Miranda sprechen?«, schlug Adrienne vor. »Sie ist die Mutter der Zwillinge und hat ein Recht, informiert zu werden. Warum lässt du nicht eine DNA-Probe von Peter McGraham für den Test nehmen? Das würde dir die Reise nach Hongkong ersparen.«

»Ich weiß nicht, ob er einem derartigen Test zustimmen würde. Falls Peter McGraham nicht der Vater der Zwillinge ist, heißt das nicht automatisch, dass François ihr Vater ist.«

»Ist dir klar, was du Miranda mit diesen Äußerungen indirekt unterstellst?«

Beide schwiegen.

Ich muss Christian sagen, dass François Huang Fu Chen getroffen hat. Das gehört nicht zu seinen Geheimnissen und wird ihm in Hongkong helfen, richtig zu entscheiden.

»Übrigens war François vorletztes Wochenende in Dubai. Er hat sich dort mit Huang Fu Chen getroffen. Die beiden alten Herren haben in aller Stille die Verhandlungen eingeleitet. François meinte, es gebe nichts mehr neu zu verhandeln. Ich habe verstanden, dass Huang Fu Chen davon weiß, dass Audrey und Stanley François' Kinder sind. Er musste ihm versprechen, den Trust aufzulösen.«

»Wie bitte? Auch das noch ... Ich dachte, er wäre in Crans Montana gewesen. Was hat er noch erzählt?«

»Nichts. Das war alles. Er war am Ende sehr schwach.«

Christian nickte und dachte laut nach. »Wir können weder Fabian noch irgendjemandem in der Bank von François' Tod heute etwas sagen. Fabian muss zuerst den Überbrückungskredit unterschreiben.«

Adrienne richtete sich erschrocken auf. »Das kannst du

nicht von mir verlangen. Wir können Fabian nicht anlügen. Außerdem wäre es Betrug gegenüber der GFS.«

»Fabian ist grundehrlich und kein guter Schauspieler. Du entlastest ihn damit. Er sitzt sowieso gerade im Flugzeug und ist nicht zu erreichen.«

Adriennes Gesichtsausdruck fror ein. Sie war fassungslos über die Worte ihres Mannes.

Christian bemerkte es nicht. Er redete bereits weiter. »Die GFS hat das Recht, innerhalb einer Frist zu kündigen. Ich habe in der Hoffnung, dass Aufklärung von Pascal kommt, auf diese Frist bestanden. Ist der Vertrag unterschrieben, überlegt man aber zweimal zurückzutreten. Hoffen wir, dass sie es nicht tun.«

»Fabian wird uns das nicht verzeihen. Er hängt an seinem Großvater. Und zum Glück besitzt er die Eigenschaft, ehrlich zu sein. Ich wünsche mir, dass er so bleibt. Mein Sohn muss seine Werte nicht verkaufen.«

»Adrienne, François ist leider tot. Fabian wird alle Zeit der Welt zum Trauern haben. Wir brauchen nicht mehr als achtundvierzig Stunden. Wir lügen nicht. Es obliegt der Familie, wann der Tod eines Angehörigen offiziell bekannt gegeben wird. Ich bin der älteste Sohn und der CEO der Bank. Das ist eine Entscheidung im Interesse der Familie und des Geschäfts.«

Adrienne schüttelte nur noch den Kopf und ließ Christian reden. Sie hörte zwar die Worte, in ihr Bewusstsein drangen sie aber nicht mehr.

»Wenn Huang Fu Chen durch François von dem Trust weiß und von seinem Tod erfährt, wird er abwarten, ob er uns den Kredit gibt. Er wird nicht zulassen, dass seine Familie in Hongkong durch die Geschehnisse angegriffen wird, von Peter McGraham gar nicht zu reden. Er muss für die GFS unterschreiben. Wir wissen, dass François den Trust nicht geändert hat. Ihm blieb keine Zeit.« Christian stützte seinen Kopf mit beiden Händen ab, überlegte und fuhr sich mit seiner typischen Handbewegung durch die Haare. »Ich muss das Dokument vom Trust finden. Vielleicht gibt es doch ein Schlupfloch. Huang Fu Chen und du könnt bezeugen, dass François die Absicht hatte, den Trust zu ändern.«

»Ich habe François danach gefragt. Er hat verneint und mir gesagt, dass nur er persönlich vor Ort in Nassau etwas ändern könnte.«

»Möglicherweise hat er vor fünfunddreißig Jahren etwas übersehen. Das Problem mit den Zwillingen muss ich zuvor mit Miranda besprechen, da hast du recht. Stanley und Audrey haben keine Ahnung und Fabian noch weniger. Ein riesiger Berg von Problemen, den ich in Hongkong abtragen muss.«

Wie kann Christian so schnell wieder funktionieren? Sind nicht all diese Geschehnisse ein Zeichen, einen Moment innezuhalten?

»Ich verstehe deinen Standpunkt, aber vielleicht musste es so kommen?« Diese Worte waren ein letztes Aufbäumen gegen Christians Entscheidung. Adrienne sprach sie mehr für ihr Gewissen aus. Sie wusste, dass ihr Mann nicht mehr umzustimmen war, wenn er eine Entscheidung getroffen hatte.

»Bitte, Adrienne, ich bin nicht in der Stimmung für esoterische Argumente. Da müssen wir jetzt durch. Bei uns tickt eine Zeitbombe, geschäftlich wie privat, die keinen Aufschub duldet. Ich brauche dich jetzt hinter mir.«

Adrienne schluckte. Christian war ihr schon wieder einen Schritt voraus und leitete alle nötigen Abläufe in die Wege.

»Rufst du unseren Notar Jean-Marc Hoffmann morgen früh an und erklärst ihm die Geschichte mit dem Trust? Ich bin sicher, er hält das Testament von François.«

»Ja.«

»Die Beerdigung kann kommenden Sonntag stattfinden. Sprichst du alles mit Pfarrer Javier ab?«

Adrienne nickte. Sie war über Christians schnelle Organisation der Abläufe verstimmt. Konnte er nicht mal einen Moment trauern? Aus Trotz ließ sie ihre Tränen unkontrolliert laufen, bis sie wieder ruhig sprechen konnte. »Christian, ich fühle mich nicht wohl. Schwester Amelie hat mir vorhin angeboten, eine Nacht unter ärztlicher Kontrolle zu bleiben. Ich halte das für vernünftig. Heute Abend mag ich niemanden mehr sehen und auch nicht ins Haus fahren. Ich will einfach meine Augen schließen und schlafen oder weinen oder beides ...«

Christian schaute Adrienne besorgt an. »Bist du sicher, dass du im Krankenhaus bleiben willst? Trauern kannst du auch zu Hause.«

»Ja. Ich möchte allein sein. Es ist gleich dreiundzwanzig Uhr ...«

Er zuckte resigniert mit den Schultern. »Dann mach, was dir gut tut. Ich muss noch viel erledigen und fahre zurück in die Bank, um die Arbeit für die nächsten Tage zu verteilen und mein Ticket nach Hongkong zu buchen.« Christian umarmte Adrienne und küsste sie zärtlich auf den Mund. »Ich liebe dich. Du bist eine starke Frau.«

Er merkt nicht, dass er mich jetzt auffangen sollte. Warum geht es immer nur um ihn oder die Bank? Sein Vater ist gerade gestorben. War er schon immer so egozentrisch? Welche Geheimnisse verbirgt er?

Kapitel 60

Die Nachricht vom Tod François Lombardis beschäftigte Roland Sutter während der gesamten Rückfahrt. Die Aufklärung der Ereignisse in Genf würde noch komplizierter werden. Aus Erfahrung wusste er, dass mit einem Tod immer Überraschungen und Wendungen in Familien und Firmen einhergehen. Der Anruf von Adrienne Lombardi bestätigte dies.

Es war kurz vor Mitternacht, als er endlich zu Hause ankam. Vor vielen Jahren – im Zuge seiner Scheidung und als die Preise noch erschwinglicher waren – hatte er sich in Männedorf eine Eigentumswohnung gekauft. Der Name rief bei Fremden immer ein Schmunzeln hervor. Es handelte sich um einen kleinen, idyllischen Ort in der Nähe von Zürich an der sogenannten Goldküste. Seine Wohnung lag nicht weit vom Zürcher Flughafen entfernt. Das vereinfachte Roland Sutter damals die Kaufentscheidung, denn er reiste beruflich bedingt viel. War er einmal längere Zeit zu Hause, genoss er seine große Terrasse mit Blick auf die Alpen und den Zürichsee und schätzte die Ruhe.

Heute Abend war Roland Sutter überrascht, Nadine schlafend auf seinem Wohnzimmersofa zu finden. Im Fernsehen lief ein Spielfilm. Sie musste etwas Wichtiges auf dem Herzen haben, wenn sie so spät bei ihm auftauchte. Er ging in die Küche und kochte für beide einen Tee, bevor er Nadine vorsichtig aufweckte. »Was machst du um diese Zeit hier? Ist etwas passiert?«

Nadine rieb sich verschlafen die Augen. »Wie spät ist es?«

»Mitternacht.«

»Ich habe eine Stunde geschlafen.« Sie fuhr sich mit den Fingern durch die blonden Haare, verstrubbelte ihren Pony und band den Pferdeschwanz neu. »Du hast meine E-Mail nicht gelesen.«

»Beim Autofahren?«

Nadine konnte ihr Grinsen nicht unterdrücken. Sie versteckte es hinter der Teetasse, die sie gerade zum Mund führte. »Ich weiß, in deinem Alter …«

»Das ist eine Frage des Prinzips und der Sicherheit. Wir brauchen die Diskussion darüber nicht wieder eröffnen. Was liegt an? Ich hatte einen langen Tag und muss morgen früh unerwartet nach Genf fliegen. Übrigens passt es gut, dass du hier bist. Wir müssen den Tagesablauf umstrukturieren.«

»Du fliegst nach Genf? Zu den Lombardis?«

»François ist heute Abend verstorben.«

Nadine schaute ihren Vater bestürzt an. »Oh, das tut mir leid … Der war doch vor einer Woche noch fit?«

»Sein Tod kam überraschend. Adrienne hat angerufen. Er hatte einen Herzinfarkt mit anschließender Bypass-Operation und konnte sich davon nicht wieder erholen …«

»Schade um François und für die Familie, da kommt gerade viel zusammen. François war ein Gentleman der alten Schule und irgendwie cool.«

»Stimmt. Und geistig voll auf der Höhe. Adrienne war angeschlagen, ihre Stimme klang verzweifelt. Sie sprach von schlechten Nachrichten.«

»Was für schlechte Nachrichten?«

»Das weiß ich nicht. Ihr Anruf kam noch aus dem Krankenhaus. Sie möchte mich unbedingt morgen Mittag sprechen.«

»Dann wird es mit François zu tun haben«, schlussfolgerte Nadine. »Ich habe zur Abwechslung eine gute Nachricht. Und so wichtig, dass ich nach dem Abendessen noch hergekommen bin.«

»In welcher Beziehung? Lombardis oder deine Männer?«

»Papa, bitte ... Ich habe heute eine anonyme Mail mit einem Link zur Runtastic-App bekommen. Fabian hat mir das Programm damals in der Bank erklärt. Pascal Lombardi war am Mittwoch in Dubai. Er ist dort achtzehn Kilometer gelaufen ...«

Roland Sutter zog überrascht seine Augenbrauen nach oben. »Dubai? Da hätten wir noch lange gesucht. Erzähl!«

»Es gibt nicht viel mehr zu berichten. An dem Link hingen zusätzlich nur drei Sätze, die ich dir in eine E-Mail kopiert habe.« Nadine öffnete ihren Laptop und schob ihn zu ihrem Vater.

Please think carefully how to contact him. He needs your help and you need his. Many unclear developments and questions ...

umberto.rossi@gmail.com

www.runtastic.com.

»Das ist ein Ansatz, eine Aufforderung und eine Warnung.«

»Deswegen habe ich bisher nichts unternommen. Der Hinweis wurde von einem technischen Profi gesendet. Es gibt keine IP-Adresse zum Rückverfolgen ...«

»Ich denke, wir können davon ausgehen, dass Pascal und Umberto Rossi identisch sind. Das ergibt Sinn, wenn er von Genf nach Italien geflohen ist. Wahrscheinlich besitzt er einen italienischen Pass, ausgestellt auf Umberto Rossi.«

Nadine stimmte zu. »Das erklärt, warum wir keine Spur an einem Flughafen von ihm finden konnten. Der Tod von François ist ein triftiger Grund, Pascal zu kontaktieren. Diese Nachricht kann er nicht ignorieren.«

»Aber auch ein schwerer Start. Er könnte es negativ auffassen, gibt sich vielleicht die Schuld am Tod seines Vaters. Er hat eine Menge Ärger verursacht, und seine Unschuld an Thomas Widmanns Tod ist auch noch nicht bewiesen.«

»Ich werde das morgen mit Adrienne abstimmen«, entschied Roland Sutter. »In Dubai ist es meines Wissens mitten in der Nacht. Die sind uns ein paar Stunden voraus.«

»Drei Stunden im Winter, also schon fast vier Uhr morgens. Wenn wir die Mail jetzt schicken, hat Pascal theoretisch Zeit zu antworten, bevor du Adrienne triffst. Sie haben uns beauftragt, ihn zu finden. Ich würde es darauf ankommen lassen.«

Roland Sutter nickte nachdenklich. »Und was soll ich ihm deiner Meinung nach schreiben?«

»Ich würde offen sein. Wir geben ihm, was wir wissen: Den Stand der Verhandlungen mit Levy & Lewitt, den Margin Call von Ted Blumfeld, die Infos, dass die Videos der Überwachungskameras manipuliert sind und sein Vater heute verstorben ist, und fragen gleichzeitig nach Details, die uns fehlen. Wir können ihm eine Zusammenarbeit anbieten, ohne seine Identität und seinen Aufenthaltsort zu verraten. Er muss verstehen, dass wir für die Lombardis arbeiten, exklusiv.«

»Gute Idee, Nadine, das gefällt mir. Wir würden einen Tag gewinnen, und die Zeit drängt. François' Tod wird eine Menge Wirbel verursachen. Bevor Pascal es aus der Presse erfährt, sollten wir die Chance nutzen, es ihm schonender beizubringen. Ich schreibe die Mail, werde vorsichtig formulieren, und du fährst nach Hause. Nach dem Gespräch mit Adrienne schließen wir uns kurz.«

Nadine freute sich über das Lob ihres Vaters. Es war nicht einfach für sie, seine Anerkennung für ihre Arbeit zu erhalten. Mit seiner Tochter war Roland Sutter viel strenger als mit jedem anderen Mitarbeiter. Zufrieden packte sie ihren Laptop ein und umarmte ihn kurz zum Abschied. Auf dem Weg zum Auto bemerkte sie, dass es schneite.

Kapitel 61

Dienstag, 15. Februar 2011

Adrienne verbrachte eine unruhige Nacht im Krankenhaus. François' Tod setzte ihr zu. Seit sie mit Christian zusammen war – bald vierzig Jahre – kannte sie auch François. Von Beginn an hatte er sie mit offenen Armen in die Familie aufgenommen.

Adrienne erinnerte sich genau, wie sie nach dem Abschluss ihres Journalistik-Studiums voller Ideale beim *Magazin* in Zürich ihre Karriere begonnen hatte. *Das Magazin* war die damals neu gegründete Wochenendbeilage der deutschsprachigen Schweizer Tageszeitungen. François hatte Adrienne auf die Sprünge geholfen, indem er ihr Kontakte zu bekannten Bankern für Interviews vermittelte. Er stimmte zu, das erste große Interview mit ihm zu führen. Gezwungen, dafür gründlich zu recherchieren, legte es die Grundlage für ihren späteren Erfolg. In wenigen Wochen musste sie sich in die komplizierte Materie des Finanzwesens und Banking einarbeiten. Die Wirtschaft mit den vielfältigen Themen und interessanten, klugen Menschen faszinierte sie und unterschied sich deutlich vom Showbusiness, über das sie zuvor berichtet hatte. Adrienne tauschte in ihrer Arbeitswelt Glamour gegen Fakten und Zahlen und hatte es nie bereut.

Ende der Siebziger Jahre wechselte sie zu der Zeitschrift *Bilanz*. Hier schrieb Adrienne die Titelgeschichten über den *Mann des Monats.* Es gelang ihr, Männer emotional und ohne

Klischees zu porträtieren. Das wiederum öffnete ihr die Türen zu den Vorstandsetagen der großen Schweizer Konzerne.

Anfang 1990 gründete sie das Wirtschaftsmagazin *Up To Date*, das breit gefächert über die Aktivitäten in der Finanz- und Versicherungsbranche in der Schweiz und dem Ausland berichtete. Die große Welt war kleiner und gleichzeitig internationaler geworden.

François war während der ganzen Zeit als Schwiegervater, Freund und Gesprächspartner kontinuierlich präsent gewesen. Er hinterließ eine Lücke, die niemand füllen konnte.

Um acht Uhr morgens verließ sie das Hospital und fuhr nach Hause. Schweren Herzens rief sie ihre älteste Tochter Fiona und ihr Nesthäkchen Charlotte an. Es waren traurige Gespräche, die ihre Stimmung nicht verbesserten. Christian würde mit Fabian in Hongkong reden.

Fabian und Audrey waren inzwischen in Hongkong gelandet, ahnungslos darüber, was sich in der Nacht in Genf ereignet hatte. Das bereitete Adrienne Sorgen. Wie würden sie Fabian plausibel erklären, warum sie ihm den Tod seines Großvaters verschwiegen hatten? Sie teilte Christians Meinung nicht, dass Fabian es unter den besonderen Umständen verstehen würde.

Nach den Telefonaten arrangierte sie einen Termin für Christian beim Notar Jean-Marc Hoffmann. Adrienne erklärte, dass es um François' Testament und den Trust aus Nassau ging. Er stellte keine weiteren Fragen.

Anschließend konnte sich Adrienne auf das wichtige Gespräch mit Roland Sutter konzentrieren. Pünktlich erreichte sie ihr Büro und bat ihre Sekretärin, nicht gestört zu werden. Sie spürte, wie die Sorgen um ihre Familie vollends die Oberhand gewannen. Dass sie keinen Ansatz fand, was François mit seinen Worten über Christian andeuten wollte, fraß sie innerlich auf. Diesem Zustand musste sie Abhilfe schaffen und war froh, als Roland Sutter endlich in ihrem Büro erschien.

Roland Sutter und Adrienne Lombardi kannten sich seit über einem Jahr und waren sich sympathisch. Indirekt bekam Roland Sutter jetzt Einblicke in die Struktur und Probleme der Familie Lombardi.

Er sah auf den ersten Blick, wie tapfer Adrienne versuchte, die Stellung zu halten. Die Fassade bröckelte schnell, und ihre Augen füllten sich mit Tränen, als er sein Beileid aussprach. »Ich kann mit weinenden Frauen schlecht umgehen. Was der Verlust Ihres Schwiegervaters für Sie bedeutet, verstehe ich nur ansatzweise. Ich habe François sehr geschätzt. Adrienne, reden Sie, wann und worüber Sie wollen. Ich habe Zeit. Betrachten Sie mich bitte als Freund.«

Adrienne schnäuzte in ihr Taschentuch und versuchte zu lächeln. Es misslang. Sie stand auf und schaute aus dem Fenster. Es schneite heute auch in Genf. Weiße Flöckchen schwebten aus dem grauen Himmel herab. Genauso farblos fühlte sich alles um Adrienne herum an. »Bevor François starb, hat er uns Geheimnisse offenbart, die unfassbar waren. Ich weiß nicht, wie er damit leben konnte.«

Roland Sutter schaute interessiert, sagte aber kein Wort. Er wollte Adrienne reden lassen.

»Der erste Schock war, dass François neben Christian und Pascal zwei weitere Kinder hat. Er glaubt, dass die Zwillinge von Miranda Chen-McGraham in Hongkong – Audrey und Stanley – seine leiblichen Kinder sind. Vor sechsunddreißig Jahren hatten sie ein Verhältnis. Miranda war damals schon mit Peter McGraham verheiratet.«

»Das hat er Ihnen gestern Nacht erstmals erzählt? Wie hat Christian darauf reagiert?«

»Ungläubig. Aber damit nicht genug. François hat den Zwillingen in einem Trust jeweils zehn Prozent der Lombardi Bank vererbt, angeblich nicht anfechtbar.«

»Dass Christian darüber in der gegenwärtigen Situation der Bank nicht erfreut ist, verstehe ich gut.«

Adrienne nickte. »Uns fehlen die Worte. Trotzdem bleibt uns keine Wahl, als François' Entscheidung zu respektieren. Noch suchen wir die Papiere des Trusts, um die Tragweite zu verstehen. Er ist in Nassau aufgesetzt worden. Wir hoffen, dass unser Notar im Besitz dieses Schriftstückes ist.«

Roland Sutter blickte Adrienne nachdenklich an. »Das vereinfacht die Verhandlungen für den Überbrückungskredit in Hongkong nicht, oder ist er bereits unterschrieben?«

»Nein, noch nicht. Der Termin ist heute Nachmittag. Fabian ist in Hongkong und weiß bisher weder vom Tod von François noch von dessen anderen Kindern.«

»Wieso nicht? Das wären doch wichtige Informationen?«

»Eine verzwickte Situation. Christian hat entschieden, dass wir den Tod seines Vaters erst morgen offiziell bekannt geben, nachdem der Überbrückungskredit unterschrieben ist.«

Roland Sutter zog die Augenbrauen nach oben. Seine Zweifel an dieser Strategie konnte er wortlos nicht deutlicher ausdrücken. »Sie finden das nicht richtig?«

»Nein. Mir liegen diese Spiele nicht. Peter McGraham und Stanley waren harte Verhandlungspartner, es gab Spannungen. Wir haben keine Vorstellung, wie vor allem Peter auf diese Nachricht reagieren würde. Dazu kommt, Audrey McGraham ist Fabians neue Freundin. Die beiden haben das letzte Wochenende zusammen in Paris verbracht. Sonntagabend haben sie François zu Hause besucht. Es konnte keiner ahnen, dass François plötzlich zum ersten Mal seiner Tochter gegenübersteht. Ich glaube, die unerwartete Freude und die Erkenntnis, was durch diese Beziehung auf die Familie zukommt, haben seine Herzinfarkt ausgelöst.«

»Mein Gott ...«

»Ja, von dem hätten wir Hilfe gebraucht. Nach François' Aussage ist Fabian Audreys Halbneffe. Christian wird heute Nachmittag auch nach Hongkong fliegen. Es gibt so viele Komplikationen. Er wird versuchen, alles zu klären.«

»Ist er schon unterwegs?«

»Nein. Er will das Testament von François vorher lesen und herausfinden, ob der Trust wirklich unanfechtbar ist. François war vor zehn Tagen in Dubai, hat Huang Fu Chen dort getroffen. Während dieses Gesprächs muss er ihm von seinen Kindern und dem Trust erzählt haben. Huang Fu Chen akzeptierte diese Möglichkeit angeblich nicht. François versprach ihm, den Trust aufzulösen, damit es keinen Skandal in seiner Familie gibt. Stellen Sie sich vor, Peter McGraham unterschreibt für die GFS und hilft der Lombardi Bank. Anschließend erfährt er, dass seine Kinder nicht seine leiblichen Kinder sind, sondern die von François ... Leider blieb meinem Schwiegervater nicht genug Zeit, dieses Versprechen einzulösen. Christian taktiert und will Fabian nun erst den Überbrückungskredit unterschreiben lassen, bevor er alle über den Tod François' informiert.«

Roland Sutter schaute Adrienne bestürzt an. »Das sind eine Menge kontroverser Informationen. Vielleicht finden Christian und ich vor seinem Abflug noch eine Gelegenheit zum Reden. Sie sollten Ihre Schritte genau abwägen. Dieses Taktieren kann auch als Schuss nach hinten losgehen. Fair ist es zumindest nicht.«

»Sie sprechen mir aus dem Herzen ...«

Roland Sutter legte fürsorglich seinen Arm um Adriennes Schultern. »Setzen Sie sich bitte, Adrienne.«

Sie schaute erschrocken auf. Aus ihrem Mund kam kein Wort.

»Ich habe gute Neuigkeiten. Wir haben Pascal gefunden.«

In Adriennes Augen schimmerte ein Funken Hoffnung, trotzdem liefen ihr wieder die Tränen. »François wäre so glücklich über diese Nachricht gewesen. Einen Tag früher ... Wie haben Sie ihn gefunden? Geht es ihm gut? Wo ist er?«

»Nadine erhielt einen anonymen Tipp mit einem Link, an dem eine E-Mail-Adresse hing. Mit diesem Hinweis konnte sie Pascal über die Runtastic App ausfindig machen. Ich habe Pascal gestern Nacht eine lange E-Mail geschrieben. Er ist auf dem aktuellen Stand, was den Überbrückungskredit, den Margin Call, den Zeitplan und auch den Tod von François betrifft. Es geht ihm zumindest körperlich gut, denn er ist am Mittwoch in Dubai achtzehn Kilometer gelaufen und für mein Verständnis sehr schnell.«

»In Dubai? Hat er geantwortet?«

»Noch nicht.«

»Meinen Sie, er ist noch dort?«

»Davon gehe ich aus.«

Adrienne seufzte und schüttelte den Kopf.

»Kann ich meine Geschichte beenden, bevor wir uns um Pascal kümmern?«

»Entschuldigung, ich dachte, das war alles von Ihrer Seite.«

»Ich wünschte es. Mein Mann hat sich über François' Offenbarungen aufgeregt und das Krankenzimmer verlassen. Es kam aber noch mehr.« Sie schaute Roland Sutter in die Augen. »Joel Silverstein hat Christian angeblich in dem Skandal vor zehn Jahren in Hongkong verraten. Das hat zu Christians Rücktritt als CEO geführt. Wortwörtlich sagte François: ›Ich weiß nicht, was er im Schilde führt. Seid vorsichtig.

Er kocht etwas gegen uns ... Huang Fu weiß alles. Ich kann nicht mehr ... Pascal ist kein Mörder, sucht ihn ...‹«

»Weiß Christian das?«

»Warum sollte ich es ihm vorenthalten? Auch deswegen wollte er sofort nach Hongkong.«

»Nachvollziehbar, dass er das aufklären will.«

»Einen letzten Hinweis von François habe ich ihm aber verschwiegen, und deswegen habe ich Sie eigentlich hergebeten.«

Roland Sutter zog erneut seine Stirn in Falten.

»François hat mir anvertraut, dass auch mein Mann Geheimnisse hat. Ich habe keine Ahnung, ob diese sich aufs Geschäft beziehen oder privater Natur sind. Ich tippe auf beides.«

»Wie kommen Sie darauf?«

»Die Intuition einer erfahrenen Frau.«

»Und ich soll jetzt herausfinden, welche Geheimnisse Christian vor Ihnen hat?«

Adrienne nickte.

»Sie begeben sich damit auf gefährliches Glatteis. Lieben Sie Ihren Mann?«

»Ja. Nach vierzig Jahren sicher anders als zu Beginn unserer Beziehung, aber ich liebe ihn. Ich war überzeugt, dass wir eine gute Ehe führen. Wir schlafen noch im gleichen Bett und reden miteinander – nicht nur übers Wetter und die Kinder ...«

Roland Sutter lächelte. »Ich bin seit fünfzehn Jahren geschieden, weiß genau, was Sie meinen. Vielleicht sollten Sie davon Abstand nehmen, mich nachforschen zu lassen. Gesunder Freiraum tut jeder Beziehung gut.«

»Das stimmt, und mit sechzig bin ich nicht mehr naiv. Ich möchte auch nicht wissen, ob mein Mann in den letzten vierzig Jahren hier und da mit einer andern Frau geschlafen hat. Davon muss ich fast ausgehen. Mein Punkt ist, wenn es nicht wichtig wäre, warum hat François es mir dann in den letzten Minuten seines Lebens erzählt? Er muss sich etwas dabei gedacht haben, ansonsten hätte er geschwiegen. Nach der Beichte musste ich ihm versprechen, unsere Familie zusammenzuhalten.«

Roland Sutter fuhr sich mit den Händen übers Gesicht und rieb sich dabei die Nase. »Ich verstehe die Unruhe, die François mit dieser Bemerkung in Ihnen ausgelöst hat. Es ist Ihre Entscheidung, die ich wertfrei akzeptiere. Vielleicht sollten Sie trotzdem eine Nacht darüber schlafen.« Roland Sutter konnte förmlich sehen, wie es in Adriennes Kopf arbeitete. »Was Sie nicht von mir verlangen können«, ergänzte er deshalb, »ist, auszuwählen, was ich Ihnen erzähle. Wenn ich beginne, erhalten Sie alle Informationen, ohne Filter. Das ist mein Job …«

»Einverstanden. Danke, Roland, auch für den Rat.«

Roland Sutter blieb sitzen und betrachtete Adrienne.

Sie hat eine Menge am Hals und hält sich fantastisch. Ich habe riesigen Respekt vor dieser Frau.

»Könnte ich einen Espresso bekommen?« Er wollte ihre innere Anspannung etwas lösen, bevor er den Punkt Pascal wieder ansprechen musste. Es war sicher keine leichte Entscheidung, wie in dem Fall weiter vorzugehen war.

»Natürlich. Sahne, Zucker, ein Glas Wasser an der Seite?«

Er schmunzelte. »Das volle Programm und vielleicht ein Stück Schokolade? Ich bin sicher, Sie verwöhnen Ihre Besucher.«

»Scharfsinn eines Detektivs oder männliche Intuition?«

»Beides …«

Adrienne gab seine Bitte an ihre Sekretärin weiter. Diese erschien nach kurzer Zeit mit einem großen Tablett.

»Ich war vorhin beim Bäcker und habe einige Kleinigkeiten gekauft. Ich war sicher, dass Sie noch nichts gegessen haben.«

Adrienne und Roland Sutter gönnten sich ein spätes, dafür delikates Frühstück. Der einfache Akt des Essens entkrampfte die Atmosphäre.

»So, was machen wir jetzt mit Pascal?«, fragte Adrienne, nachdem sie den letzten Happen des knusprigen Croissants verspeist hatte.

»Lassen Sie mich zur Sicherheit noch einmal meine Mails checken.« Sutter fuhr seinen Laptop hoch und rief die E-Mails ab. »Pascal hat geantwortet!«

Sie lasen gemeinsam.

Herr Sutter,
wie sind Sie an diese E-Mail-Adresse gekommen? Danke für die Updates und die Nachricht, dass mein Vater gestern verstorben ist. Ich bin unendlich traurig.

Auch ich habe viele Neuigkeiten, die ich aber nicht *mit allen Familienmitgliedern teilen möchte. Ich bin einverstanden, mit Fabian über Sie zu kommunizieren, um das Problem mit Levy & Lewitt zu lösen.*

Für den Tod von Thomas Widmann bin ich nicht verantwortlich. Er war bereits tot, als ich in sein Büro kam. Joel hat mich dort überrascht, die Situation bewusst falsch gedeutet und mir gedroht. Die Indizien sprachen gegen mich, deswegen musste ich fliehen.
Pascal

P.S. Joel war bereits vor mir in der Bank.

Adrienne standen schon wieder die Tränen in den Augen. »Ich bin erleichtert, dass er sich gemeldet hat. Darf ich etwas vorschlagen?«

»Natürlich.«

»Kann ich Pascal aus Ihrer E-Mail-Adresse eine Antwort schreiben?«

»Eine exzellente Idee.«

Kapitel 62

Adrienne ahnte nicht, welche Kämpfe Pascal in den letzten Stunden mit sich ausgetragen hatte, bevor er die E-Mail von Roland Sutter beantwortete.

Pascal liebte und respektierte seinen Vater. Natürlich gab er sich jetzt indirekt die Schuld an seinem Tod. Akzeptieren zu müssen, dass er François nie wiedersehen und viele Dinge zwischen ihnen unausgesprochen bleiben würden, machte ihn schier verrückt. Emotional aufgewühlt versuchte er, die traurigen Gedanken zu verdrängen. Es gelang ihm nicht einmal ansatzweise.

Er war bereits durch den Tod seiner Mutter Charlotte während seiner Geburt belastet und haderte nun erneut mit dem Schicksal. Niemand in der Familie hatte je nur den Hauch eines Vorwurfs direkt an Pascal gerichtet. Trotzdem meinte er, Vorbehalte gespürt zu haben. Früh im Leben entwickelte Pascal eine feine Antenne für die wahren Gefühle der Menschen. An seinen Geburtstagen wurde nicht nur sorglos gefeiert, sondern auch das Grab von Charlotte besucht. Pascal hatte sich als kleiner Junge danach gesehnt, einmal von seiner Mutter umarmt und geküsst zu werden. Er fragte sich oft, wie es gewesen wäre, hätte er sie manchmal um Hilfe bitten können oder in ihren Armen zu weinen und einzuschlafen. Diese natürlichen Wünsche blieben ihm versagt, und seine Mutter blieb eine unerreichbare Legende auf Fotos. Es tat weh und nun riss die mühsam verheilte Wunde wieder auf. Pascal hatte keine Eltern mehr.

Gleichzeitig war er wütend. Es gab nur vier Menschen auf dieser Welt, die seine neue E-Mail-Adresse und die dahinter versteckte Identität kannten: Flavio, Francesca, Jeffrey und Adil. Einer von ihnen hatte Pascal – sicher in guter Absicht – verraten.

Flavio wusste nichts von Roland Sutter. Da waren es nur noch drei ... Jeffrey, Adil und Francesca hatten ihm unabhängig voneinander ans Herz gelegt, seine Familie über diese Detektei zu kontaktieren. Er hatte abgelehnt, sich aber einen klaren Zeitrahmen gesetzt, um seine Meinung zu ändern. Das wusste nur Francesca. Da waren es nur noch zwei ... Jeffrey war technisch gesehen nicht versierter als Pascal. Da blieb nur einer übrig – Adil. Nur er war in der Lage, diese Art von Hinweis zu senden. Mit welchem Recht agierte er hinter seinem Rücken? Nur die Gewissheit, dass er ansonsten weder vom Margin Call noch vom Tod seines Vaters wüsste und die zusätzlichen Informationen nicht haben würde, die ihm Adil durch seine Hacker-Fähigkeiten zur Verfügung gestellt hatte, ließen Pascal besonnen reagieren. Trotzdem rief er Adil an und konfrontierte ihn aufgebracht mit den Fakten. Der gab sofort zu, die E-Mail gesendet zu haben. Sie vereinbarten ein Treffen am kommenden Tag. Nun ruhiger, las Pascal die E-Mail von Adrienne zum x-ten Mal.

Lieber Pascal,

ich schreibe diese Zeilen aus dem E-Mail-Konto von Roland Sutter, da unsere Computer und Telefone von der Polizei überwacht werden. Du wirst offiziell in der Schweiz gesucht. Der Tod von Thomas Widmann ist noch nicht abschließend aufgeklärt.

Ich bin erleichtert, dass es Dir so weit gut geht. Wir haben uns große Sorgen gemacht. In Genf geht es drunter und drüber. Wir versuchen gemeinsam, alle Probleme zu lösen. Du fehlst uns dabei. Es gibt viele (unangenehme) Neuigkeiten.

François ist gestern Nacht friedlich eingeschlafen – leider für immer. Er hat bis zur letzten Sekunde an Dich und Deine Unschuld geglaubt. Seit dem Beginn der Vorfälle stand er hinter Dir und hat für Dich gekämpft. Es tut Dir sicher gut, dies zu wissen.

Roland Sutter sucht Dich in seinem Auftrag. Er versucht außerdem herauszufinden, was bei dem Levy & Lewitt-Geschäft schiefgelaufen ist. Wir brauchen Deine Hilfe dabei.

Fabian ist auf dem Weg nach Hongkong. Heute Abend unterschreibt er hoffentlich den Vertrag für den Überbrückungskredit mit der Good Fortune Securities. Drück die Daumen.

François hat uns in den letzten Minuten seines Lebens vor Joel gewarnt. Angeblich hat er Christian bei dem Skandal in Hongkong hintergangen. Huang Fu Chen kennt Details, deswegen fliegt Christian morgen auch wieder nach Hongkong. Du hattest Recht mit Deinen Aversionen gegen Joel. Wir wissen auch von Deiner neuerlichen Beziehung zu Judith. Pass bitte auf Dich auf …

Nur zwischen uns: François hat mir offenbart, dass auch Christian Geheimnisse hat und Du eventuell davon weißt. Ich habe keine Ahnung, worum es geht, was mich innerlich auffrisst. Es muss wichtig sein, ansonsten hätte François es mit ins Grab genommen. Er war kein Schwätzer.

Warum willst Du nicht mit Deinem Bruder reden?

Ich habe Angst. François musste ich versprechen, unsere Familie zusammenzuhalten. Es wächst mir über den Kopf. Mit Dir darüber zu reden und unser Vorgehen zu koordi-

nieren würde mir helfen. Ich bin sicher, dass Du auch versuchst, die Levy & Lewitt-Geschichte zu klären. Wir verstehen Deine Motivation hinter dem Geschäft nicht, aber das tut heute nichts zur Sache.

Wenn Du bereit bist, sende mir bitte über Roland Sutter eine Nummer, unter der ich Dich anrufen kann. Du kannst ihm vertrauen, falls Du uns mehr Details über die Geschehnisse in der Bank mitteilen willst. Er ist ein intelligenter, feiner Mensch, den ich schätzen gelernt habe, und loyal gegenüber seinen Auftraggebern. Er wird mich instruieren, wie ich Dich anrufen kann, und mir ein Prepaid-Handy besorgen. Wir müssen jetzt zusammenhalten.

Wir lieben und vermissen Dich,
Adrienne

P.S. Ich werde niemandem verraten, dass wir in Kontakt stehen und wo Du Dich aufhältst, bevor ich dazu Dein Einverständnis habe.

Es hörte einfach nicht auf.

Warum traut Christian Adrienne nicht, und was hat François mit seiner Andeutung gemeint?

Wenn Pascal für eine Ehe seine Hand ins Feuer gelegt hätte, dann für die von seinem Bruder und Adrienne. Er hoffte, dass Christians Geheimnisse nur geschäftlicher Natur waren und es sich um das Abkommen mit Thomas Widmann, den Hedgefonds und seinen Anteil an der GFS handelte.

Wem vertraut Christian überhaupt?

Pascal sehnte sich nach Normalität. Die Ungewissheit nagte an ihm, der Tod seines Vaters gab ihm den Rest. Er lief vom Büro in die Küche. Unschlüssig stöberte er nach etwas

Leckerem in Jeffreys Kühlschrank. Er fand nichts, worauf er Appetit gehabt hätte. Dafür nahm er eine Flasche Grey Goose Wodka und ein Sixpack Red Bull heraus.

Warum soll ich mich nicht betrinken? Gründe dafür gab es in den letzten beiden Wochen genug. Auf François ...

Red Bull mit Wodka – der Cocktail aus Zucker, Chemie und starkem Alkohol – war genau die Mischung, die er heute brauchte. Es war drei Uhr am Nachmittag. Eine Stunde und einige Wodka-Red Bull später beantwortete er kurz und knapp die E-Mail an Adrienne.

Liebe Adrienne,

Danke für Deine offenen Worte und Dein Vertrauen.

Mir geht es heute nicht gut. Ich fühle mich schuldig am Tod von François und betrinke mich gerade. Das erste Mal seit fünfundzwanzig Jahren!

Sicher arbeite ich auch an der Lösung des Levy & Lewitt-Problems ...

Ich verstehe nicht, was François mit den Geheimnissen von Joel und Christian meinte. Dafür schockieren mich andere Informationen – geschäftliche –, falls es Dich beruhigt.

Maile mir bitte Deine neue Nummer, ich rufe morgen Abend an. Es wird eine italienische Nummer sein, die Du im Display siehst.

Ich vermisse Euch auch. Grüß Fabian.

Pascal

Pascal schob das Telefonat mit Adrienne hinaus. Er wollte vorher wissen, was Francesca morgen Nachmittag über das Treffen mit Ted berichten würde. Der Gedanke an Francesca ließ ihn weicher werden.

Schluss mit dem Wodka … Ich muss meine Sinne beisammen halten. Die Dinge kommen in Fahrt, und ich habe Francesca nicht informiert.

Während Pascal nach passenden Worten für eine nette E-Mail grübelte, genehmigte er sich einen letzten Drink und schrieb danach, was ihm in den Sinn kam.

Franzi,

ich habe traurige Nachrichten aus Genf.

Mein Vater ist gestern Abend nach einem Herzinfarkt verstorben. Ich bin untröstlich. Aus Verzweiflung trinke ich Wodka-Red Bull! Ja, ich kann es selbst kaum glauben. Aber was soll uns im Leben wachrütteln, wenn nicht der Tod deines Vaters … Ich fühle mich verloren und allein. Um den Mut aufzubringen, Dinge zu durchdenken, brauche ich heute den Alkohol als Katalysator und Begleiter.

Zu den neuen Fakten, die Du kennen solltest. Der Margin Call fand schon am Freitag statt … Ted war nicht in den Anden unerreichbar. Er hat das Telefonat geführt.

François hat uns in seinen letzten Minuten vor Joel gewarnt. Angeblich war er zumindest an Christians Rücktritt vor zehn Jahren aktiv beteiligt, und angeblich läuft noch mehr gegen uns. Ich habe keine Ahnung, worum es sich handelt.

Christian und Fabian sind in Hongkong, versuchen Details herauszufinden und den Überbrückungskredit festzumachen.

Ich bin in Kontakt mit Adrienne über Roland Sutter. Sie hat bestätigt, dass auch Christian Geheimnisse hat.

Ich weiß nicht, was bei uns in Genf abgeht. Sie wissen nichts von Dir und Deinen Aktivitäten in New York für mich.

Viel Erfolg!

Pascal xx

Er überflog die Zeilen. In seinem Kopf drehte es sich leicht. Pascal wollte mehr sagen, und plötzlich flossen die Worte …

P.S. Der Februar ist ein Monat mit fantastischem Sommerwetter in Dubai. Die Luft ist trocken, der Himmel azurblau, die Sonne scheint, alles blüht. Vor ein paar Stunden sind urplötzlich dunkle Wolken aufgezogen, und es stürmte wie verrückt. Es war so viel Sand in der Luft, dass es draußen grau-gelb und düster wurde. Dann fing es an zu regnen.

Nicht der Regen, den wir aus Europa kennen, wo es beständig und gleichmäßig für Stunden Bindfäden regnet und der monotone Sound der Regentropfen Melancholie erzeugt. Hier öffnete der Himmel seine Schleusen auf eine betäubende Art. Der Regen peitschte und knallte eimerweise herunter und war von einer Intensität, die ich selten erlebt habe. Es dauerte etwa eine Stunde, dann war dieses Schauspiel der Natur vorüber.

Jetzt scheint die Abendsonne friedlich. Die Luft riecht sauber, der Sandstaub auf den Palmen und Pflanzen ist abgespült, und alles strahlt frisch und grün. Die Luft ist voller Sauerstoff.

Wenn ich Dir heute das Wetter beschreibe, verstehe es als Metapher für meine Gefühle. Ich wünschte, meine Seele würde sich genauso schnell regenerieren lassen. Die Ahnung, die mich schon vor einigen Tagen beschlichen hat, dass ich viele Dinge ändern muss, wird zur Gewissheit. Der Tod von François war der letzte Anstoß, den ich gebraucht habe. Ich verspüre die verrückte Idee und Notwendigkeit, mein Leben in der Mitte noch einmal neu zu beginnen ... Was hindert mich eigentlich daran?

Gestern habe ich mir das Buch von Pascal Mercier »Nachtzug nach Lissabon« auf meinen Laptop geladen. Ich habe es bereits vor einigen Jahren gelesen, aber diesmal hat es mich anders, tiefer berührt und nicht mehr losgelassen. Die Worte von Amadeu de Prado beeinflussen mich heute so, wie Gregorius im Roman und verschwimmen mit meinen eigenen Gedanken. Ein wunderschöner Satz, in dem es darum ging, dass das Leben sich so gestaltet, wie wir es uns vorstellen, geht mir seitdem nicht mehr aus dem Kopf.

Ich habe viele Fragen, denen ich mich stellen muss:

Bin ich schwach, weil ich nicht einmal lebe, was ich mir vorstelle zu leben? Bin ich ein Träumer, dessen Scheinwelt weit weg von der Realität liegt? Suche ich nach etwas – genannt Liebe – und erhoffe sie mir von einem Partner? Wenn ich endlich loslasse, wird mich dann die Liebe finden, die ich jetzt verkrampft suche? Wollte ich unbedingt Kinder, um mein Defizit an Liebe als Kind egoistisch auszugleichen? Ging es eigentlich immer nur um mich? ...

In Dubai verbringe ich viel Zeit allein. Ich schlafe wenig, dafür spaziere ich stundenlang am Strand. Ganz selten treffe ich unterwegs einen Menschen. Langsam beginne ich, mich selbst zu ertragen, Dinge mit dem nötigen Abstand zu sehen und still mit mir zu sein. Es ist eine beruhigende und erfüllende Stille. Sie ist eine neue Erfahrung. Ich bin auf der Reise zu mir selbst und hoffe, bald anzukommen. Ich vermisse mich, und ich vermisse Dich ... Verpasse ich mein Leben???

Kapitel 63

Mittwoch, 16. Februar 2011

Fabian und Audrey landeten am Mittag planmäßig in Hongkong.

Audrey verabschiedete sich am Flughafen. Sie wollte nach Hause fahren und sich anschließend um ihre Galerie kümmern.

Die Unterzeichnung der Verträge für den Überbrückungskredit mit der GFS war für sechzehn Uhr angesetzt. Der Termin mit der HSBC Trust Company für den Blind Trust war gleich im Anschluss für sechzehn Uhr dreißig geplant.

Christian signalisierte Fabian per E-Mail, dass er den endgültigen Vertrag gründlich studiert hatte und mit dem Wortlaut einverstanden war. Der Unterzeichnung stand seiner Meinung nach nichts mehr im Wege. Er wünschte Fabian viel Glück und instruierte ihn ein letztes Mal.

Der Margin Call wird morgen mit allen Papieren von Levy & Lewitt offiziell werden. Ich will und kann den Hongkong-Chinesen keine Möglichkeit lassen, ihre Meinung zu ändern. Das amerikanische Konsortium von Joel ist keine Option für uns. Du musst heute Abend den Vertrag unterschreiben. Alles andere wäre eine Katastrophe …

Warum ruft Vater mich nicht an? Das ist so wichtig für uns, und er sendet mir eine E-Mail?

Fabian, Stanley und Peter McGraham trafen sich mit ihrem Anwalt und dem Vertreter von HSBC wieder im Konferenzraum in der achtundachtzigsten Etage des IFC Towers. Jeder wusste, dass es heute nur um die Unterzeichnung ging. Es gab kein taktisches Geplänkel mehr. Der Anwalt der GFS verlas laut den Vertrag mit allen Konditionen und überprüfte die notariell beglaubigten Papiere von Fabian. Die Unterschrift war nur eine Formsache, denn alle Details waren im Voraus abgeklärt. Genauso verhielt es sich bei der Unterschrift für den Blind Trust mit der HSBC Trust Company.

Erleichtert teilte Fabian seinem Vater das Ergebnis per E-Mail mit, da er telefonisch nicht zu erreichen war.

Christian gratulierte Fabian kurz darauf, wieder per E-Mail.

Seit wann reden wir nicht mehr? Ich dachte, diese Unterschrift rettet unseren Kopf … Irgendetwas ist schon wieder passiert.

Er konnte nicht ahnen, dass Christian mitten im Notartermin wegen François' Testament und dem Trust war.

Fabian schüttelte das ihn beschleichende, ungute Gefühl ab. War heute nicht ein Grund zu feiern? Sie hatten ein Zwischenziel erreicht, konnten ihre Schulden an Levy & Lewitt zurückzahlen. Damit verhinderten sie einen weiteren Eklat in Genf. Jetzt blieb der Lombardi Bank ein Jahr Zeit, den Kredit an die GFS zurückzuzahlen. Es würde nicht einfach werden, war aber machbar.

Er rief Audrey an, und beide verabredeten sich eine Stunde später.

Sie verbrachten den Abend verliebt im chinesischen Restaurant des *Shangri-La Hotels*. Im *Summer Palace* aß Fabian seine erste Peking-Ente und war begeistert. Anschließend feierten sie den Vertragsabschluss und ihre Liebe bei einer Flasche Champagner in der *Lobster Bar* des Hotels, eine Etage höher. Die Stimmung war gelöst, eine Live-Band spielte wunderschöne Songs, und beide verloren sich erneut in ihren tiefen Gefühlen füreinander.

Kapitel 64

Unterdessen hastete Christian zum Flughafen. Er hatte weder Zeit gefunden, Adrienne noch einmal zu sehen, noch mit Roland Sutter zu sprechen. Auch den Termin mit Joel hatte er absagen müssen. Die Unterlagen des amerikanischen Konsortiums lagen ungelesen auf seinem Schreibtisch.

Notar Jean-Marc Hoffmann hatte Christians Befürchtungen bestätigt. An den Trust und die Erbschaft waren keine Bedingungen geknüpft. Von Audrey und Stanley musste kein Nachweis erbracht werden, dass sie die leiblichen Kinder von François waren. Das Testament war in diesem Punkt nicht anfechtbar. Es bestand nur eine sehr geringe Chance, dass ein gewiefter Anwalt oder Notar in Nassau eventuell über lokale Gesetzmäßigkeiten eine Lücke entdecken konnte.

Kurz vor seinem Abflug las Christian die E-Mail von Fabian über den erfolgreichen Vertragsabschluss. Erleichtert bat er Adrienne, die Nachricht von François' Tod über den Pressesprecher der Bank Olivier Legler am nächsten Morgen vermelden zu lassen.

Kapitel 65

Adrienne verabredete sich noch am selben Abend mit Olivier Legler. Der war ebenso geschockt über die Nachricht von François' Tod wie alle anderen. Nach einigen Minuten traurigem Smalltalk verfassten sie gemeinsam das Statement. Adrienne hielt den Termin kurz, war am Ende ihrer Kräfte.

François Lombardi ist im Alter von vierundachtzig Jahren nach einem Herzinfarkt an den Folgen der Operation im Kreise seiner nächsten Angehörigen friedlich aus dem Leben geschieden.

Die Genfer Finanzwelt trauert, mit François eine Säule der Lombardi Bank und der Bankindustrie der Schweiz verloren zu haben. Über Jahrzehnte prägte er entscheidend das Bild der Branche. Auf sein verlässliches Urteil, sein immenses Fachwissen und seine Erfahrung konnte in unruhigen Zeiten wie diesen immer gezählt werden.

Die Familie bittet darum, in Ruhe und Würde von ihm Abschied nehmen zu können.

Sie sandte Christian danach eine kurze SMS, dass alles arrangiert sei. Morgen früh um neun Uhr würde der Tod von François offiziell verkündet werden. Dabei war ihr eingefallen, dass sie auch die Polizei von François' Tod informieren sollten. Christian würde die SMS nach seiner Landung in Hongkong lesen.

Erschöpft nahm Adrienne eine Schlaftablette und kuschelte sich in ihr Bett. Das Haus kam ihr groß und leer vor. Ihre letzten Gedanken vorm Einschlafen galten Fabian. Sie sorgte sich, denn sie kannte ihren Sohn gut.

Hoffentlich nimmt er den Tod von François gefasst auf. Er wird böse auf seinen Vater sein. Die Nachricht, dass Audrey Christians Halbschwester ist, und die daraus resultierenden Konsequenzen werden weiteres Öl ins Feuer gießen …

Kapitel 66

Christian wartete seit einer halben Stunde im *SEVVA* – dem Trendlokal auf der Dachterrasse des Prince's Buildings in Central Hongkong auf Miranda. Er wurde ungeduldig, und es fiel ihm zunehmend schwer, seinen Fokus nicht zu verlieren. Zu viele Dinge waren in den letzten beiden Wochen geschehen. Um nicht ärgerlich in das Gespräch mit Miranda zu gehen, versuchte er, den atemberaubenden Rundblick über die Skyline der Millionenstadt und den Hafen bis hinüber nach Kowloon zu genießen.

Bewusst hatte er einen Tisch im ruhigeren Bereich des Restaurants gewählt. Durch die großen Fenster flutete Tageslicht. Die fantasievolle Dekoration aus frischen Blumen, exotischen Pflanzen und moderner Kunst harmonierte und gab dem Restaurant ein besonderes Flair. Christian hatte dafür aber keinen Kopf. Er musste ein heikles Thema mit Miranda besprechen, für das er Diskretion und Öffentlichkeit in gleichem Maße suchte.

Endlich sah er Miranda kommen. Anerkennend betrachtete er die Freundin aus der Schulzeit, die gertenschlank und perfekt gestylt in einem Designerkostüm, mit dezentem Schmuck und frisch frisierten Haaren durch das Restaurant rauschte. »Lady Miranda, auch nach über fünfundvierzig Jahren, die wir uns nun kennen, bist du für eine Überraschung gut! Alle Achtung, nach dir drehen sich sogar die jungen Männer um«, empfing er sie galant mit offenen Armen und hauchte drei Küsschen auf ihre Wange.

Sie winkte mit einem zufriedenen Lächeln ab. »Die Komplimente kannst du weglassen. Für dich habe ich mich immer schön gemacht, es ist dir nur nie aufgefallen.«

»Und du hast dich nicht verändert. Wie gewohnt folgt ein schnippischer Kommentar auf eine ehrlich gemeinte Bewunderung.«

Miranda wählte den Platz gegenüber von Christian und schlug elegant ihre Beine übereinander. Sie war offensichtlich gut gelaunt und schaute angriffslustig in seine Augen. »Wie komme ich zu der Ehre, mit dem schönen und unnahbaren Christian Lombardi zu lunchen? Du hast ein In-Restaurant gewählt, mich kennen viele Gäste, also gibt es nichts zu verheimlichen ...«

Christian war sich des prekären Themas, das er in wenigen Minuten ansprechen musste, bewusst. Ihm kam der leichte Beginn ihrer Unterhaltung gelegen, und er nahm den Ton von Miranda auf. »Ich wusste nicht, dass du darauf erpicht warst. Normalerweise hast du dich stets zurückgezogen und die Fäden im Hintergrund gesponnen. Aber du hast recht, ich kann mich gar nicht mehr erinnern, wann wir beide das letzte Mal allein waren.« Er lehnte sich in seinem Stuhl zurück.

»Das kann ich dir genau sagen«, konterte Miranda wie aus der Pistole geschossen. »Ich war süße sechzehn. Es war mein Geburtstag, und ich hatte gerade meine erste Liebesnacht mit einem Mann verbracht. Mit einem großen, dunkelhaarigen, attraktiven Teenager, den ich angehimmelt habe und der damals für mich die Welt bedeutete. Mit dir, Christian Lombardi. Danach bist du mir konsequent aus dem Weg gegangen oder hast dafür gesorgt, dass wir nie allein waren ...«

Christian fuhr sich verlegen mit der rechten Hand durch die Haare. Die Wendung des Gesprächs gefiel ihm nicht.

Diese Frau … Man darf ihr nicht mal den kleinen Finger reichen. Sie wird sich nie ändern.

»Komm, so schlimm kann es nicht gewesen sein«, schwächte er ab. Nach über vier Jahrzehnten hatte er die Geschichte längst vergessen. »Es war mir einfach peinlich. Wir hatten einige Drinks zu viel, du warst eine gute Freundin und die Tochter eines wichtigen Kunden meines Vaters, auf die ich aufpassen sollte. Dann landest du nach deiner Geburtstagsparty in meinem Bett …«

Der Ober kam diskret und erkundigte sich nach der Bestellung.

Miranda reagierte schneller als Christian. »Wir haben noch nicht gewählt, aber bringen sie uns zwei Gläser Dom Perignon rosé, eiskalt bitte, und eine weitere Flasche stilles Wasser.«

Der Ober nickte devot und verschwand.

»Ah, und als Tochter von Huang Fu Chen fiel ich aus der Skala der Anwärterinnen für Gefühle heraus?«, führte sie den Gedanken zu Ende.

Nun wurde es Christian zu bunt. »Bitte, Miranda, was willst du mit diesen Fragen oder Vorwürfen erreichen? Lass uns vernünftig sein, ich bin zweiundsechzig Jahre, das ist genau vierundvierzig Jahre her. Wir waren Teenager, die eine Menge Blödsinn gemacht und nicht alles bedacht haben. Es war die Zeit von Flower Power, der sexuellen Befreiung … Du warst ja nicht unbeteiligt, bist den ganzen Abend nicht von meiner Seite gewichen und hast mir den Joint aufgeschwatzt. Aber wenn es dich befriedigt, entschuldige ich mich hiermit offiziell.«

»Angenommen.«

Sie prosteten sich lächelnd zu. Christian hatte keinen Schimmer, woran Miranda dachte.

Diese kleine Hexe hat nichts unversucht gelassen, mich zu

verführen. Süße sechzehn, lächerlich ... Sie war damals bereits gerissen und wusste genau, was sie wollte. Ich war selbst schuld. Nach einer langen Partynacht mit zu viel Gin und Wodka wollte ich sie auch, wollte wissen, wie sie im Bett ist. Verliebt war ich nie in die kleine Kratzbürste. Eigentlich müsste ich ihr sagen, dass wir sie hinter ihrem Rücken Mao genannt haben und ich ihre dünnen Beine mit der leichten O-Form nie mochte. Wie kleine Säbel schauen die aus, haben wir gelästert. Aber sie hatte süße runde Titten, geschmeidige Bewegungen und war so gierig... Sie würde verrückt werden, wenn sie das wüsste. Trotzdem gut, dass sie das Thema so aggressiv angesprochen hat...

»Worauf trinken wir, und warum hast du mich zum Lunch eingeladen?«, fragte Miranda zum zweiten Mal.

»Mein Vater ist gestorben. François hat sich nicht von seinem Herzinfarkt und der anschließenden Operation erholt. Er ist in den Armen meiner Frau Montagabend friedlich eingeschlafen. Lass uns auf François trinken, auf sein Leben.«

Miranda starrte Christian einige Sekunden perplex an. »François ist tot? Das tut mir wirklich leid, mein tiefstes Beileid«, stotterte sie bewegt. »Ich habe ihn sehr gemocht. Wir haben einen wertvollen, herzensguten Menschen verloren.«

Beide nippten an ihrem Champagner und schwiegen, bis Christian sich räusperte. »Lass uns eine Kleinigkeit zu essen bestellen, wir haben einiges zu besprechen.«

Miranda war noch bewegt von der Nachricht über François' Tod. Sie schaute nur flüchtig in die Speisekarte. Nach außen wirkte sie wie gelähmt, aber in ihrem Innersten brodelten die Fragen.

Was hat François hinterlassen? Hat Christian von der Affäre erfahren? Und ich dumme Kuh erinnere ihn an unsere einzige Nacht ... Erst der Sohn, dann der Vater, wie peinlich. Bitte, lass ihn über etwas Geschäftliches reden ...

»Hast du gewählt?«, fragte Christian höflich.

»Ich nehme nur die Platte mit den verschiedenen Vorspeisen. Mir ist die Nachricht von François' Tod auf den Magen geschlagen.« Sie tätschelte Christians Hand.

Das war ihm zu intim. Er entzog sie ihr.

»Das kann ich verstehen. Seit dem Tod meines Vaters lebe ich wie in Trance, aber unser Leben muss weitergehen. François hat seinen Frieden gefunden.«

Christian bestellte für beide und bat den Ober, den Service auf ein Minimum zu reduzieren und sie weitestgehend in Ruhe zu lassen.

Miranda versuchte, eine Brücke zu bauen. »Ihr macht gerade viel durch. Erst die Geschichte mit den MBS, dann der Tod eures Geschäftsführers, die Suche nach Pascal und nun der Tod von François … Kannst du alles regeln? Wie kommt ihr mit all dem zurecht?« Sie klang ehrlich besorgt.

»Schwer. Wie oft im Leben fallen die unpassendsten Dinge zusammen. Ich versuche mein Bestes, bin hart im Einstecken. Die Konzentration der unangenehmen Ereignisse ist jedoch hoch.« Er lächelte müde. »Wir hatten schon bessere Zeiten.« Er sah Miranda eindringlich an. »Miranda, ich habe Montagnacht den Schock meines Lebens erlitten. Es hat mich mehr getroffen, als der Rücktritt als Geschäftsführer wegen eurer Geschichte und das Verschwinden von Pascal zusammen. Ich bin unschlüssig, ob ich François bedauern muss oder um den Tisch laufen und dich in aller Öffentlichkeit schütteln sollte!« Christian hatte mit leiser, bitterer Stimme gesprochen.

Miranda wurde blass. Sie ahnte, was kommen würde und spürte, wie sich eine unangenehm prickelnde Gänsehaut über ihren Körper ausbreitete.

»François hat vor seinem Tod Adrienne und mir die Geschichte von eurer Affäre in allen Einzelheiten erzählt. Es war, als wollte er eine Absolution von uns und gleichzeitig endlich den Ballast abwerfen, der ihn seit Jahrzehnten bedrückt hat! Fünfunddreißig lange Jahre hat sich dieser unverwüstliche Romantiker nach dir gesehnt, davon geträumt, dich wieder in seinen Armen zu halten. Er muss gelitten haben wie ein Hund, als du ihn plötzlich ohne Vorwarnung fallen gelassen hast. Wir konnten es nicht glauben. Ihr hattet eine Affäre, obwohl du gerade Peter geheiratet hattest?! Wie hast du François bezirzt? Du konntest ihn unmöglich ein Jahr lang betrunken gemacht haben, wie mich in dieser speziellen Nacht, die du so treffend erwähnt hast!« Christian steigerte sich in die verhasste Vorstellung hinein und ließ mit seinen Worten gleichzeitig den angestauten Frust heraus. Er gönnte Miranda keine Pause. »Und du wagst es, mir nach vierundvierzig Jahren wegen einer Nacht einen Vorwurf zu machen? Miranda, glaubst du wirklich, alles haben zu können? Du schiebst Menschen und materielle Dinge hin und her, wie es dir gerade passt. Zum Leben gehört auch, Verantwortung für eigene Handlungen zu übernehmen!« Christians Stimme war zum Schluss lauter geworden.

Der Ober schaute besorgt herüber.

Mirandas Körperhaltung wurde steif, ihre Augen hart. Sie war es nicht gewohnt, offen kritisiert zu werden, und es traf sie unvorbereitet. »Was weißt du schon von damals! Du kennst nur die Variante der Geschichte des alten Mannes auf dem Sterbebett, wo sich vieles verklärt«, fauchte sie zurück.

Christian wollte schon aufbrausend etwas erwidern, besann sich jedoch seiner Maxime, dass jeder Mensch das Recht hat, sich zu verteidigen. »Dann erzähl mir bitte deine Version, Miranda!«

Das Essen wurde serviert und gab Miranda einen Moment, sich zu sammeln. Sie würdigte es mit keinem Blick. »Als

Huang Fu begonnen hatte, die Holding zu gründen, hatten unsere Väter viel geschäftlich miteinander zu tun. François bereitete den Börsengang vor und kam aus diesem Grund oft nach Hongkong, blieb manchmal zwei oder drei Wochen. Mein Vater bat mich, ihm Gesellschaft zu leisten und François tiefer in unsere Kultur einzuführen. Ich spreche Französisch und Englisch, kenne die europäischen Gewohnheiten und war eng mit eurer Familie befreundet. Huang Fu war in den Siebzigerjahren in viele Geschäfte involviert, investierte, baute sein Imperium auf. Ihm blieb keine Zeit, François am Abend zu unterhalten. Er kümmerte sich um die Chinesen. Peter war damals oft in London. Ich war gerade aus Europa zurückgekehrt, hatte nicht viele Freundinnen in Hongkong. Mir war langweilig und, ehrlich gesagt, gefiel mir der Auftrag meines Vaters, ohne jeglichen Hintergedanken.«

»Kaum zu glauben bei dir«, warf Christian ein. »Guten Appetit.«

Miranda sprach unbeirrt weiter. »François und ich gingen gemeinsam abendessen, wir besuchten Events und unterhielten uns stundenlang. Er war ein guter Erzähler, uns ging nie der Gesprächsstoff aus. Ich lehrte ihn, Ma-Jongg zu spielen und die Höflichkeitsfloskeln in Kantonesisch. Wir hatten eine gute Zeit zusammen, und irgendwann kamen wir uns näher.« Miranda stockte und stocherte in ihrem Salat herum. Provokativ schaute sie Christian an. »Dein Vater hat die Initiative ergriffen! François beklagte sich bei mir, dass er nach dem Tod eurer Mutter keine feste Beziehung mehr gehabt, sich nur in seine Arbeit vergraben hatte. Du warst zum Studium in Amerika, Pascal im Internat. François hatte nur seine Arbeit. Er war einsam. Plötzlich verspürte er wieder Spaß am Leben. Es entwickelten sich tiefe Gefühle. Wir waren uns in jederlei Hinsicht unglaublich nah.«

Miranda pausierte und trank den letzten Schluck Champagner. »Ich wehrte mich anfangs gegen meine Empfindungen, aber François war ein Charmeur vom alten Schlag und das im besten Sinne. Er wusste, wie man Frauen hofiert, verwöhnt und verführt. Ich hatte nie zuvor einen Mann mit Erfahrung, obendrauf noch einen Gentleman. Bei einem Ausflug nach Macau ist es dann passiert. Wir sind das ganze Wochenende nicht aus dem Bett gekommen, haben kein Casino von innen gesehen ...« Ein Lächeln huschte über ihr Gesicht.

»Er war doppelt so alt wie du!« Christian war die Beschreibung seines Vaters als Charmeur, der den ganzen Tag nicht aus dem Bett kam, aus dem Mund von Miranda peinlich. »Es muss dir doch von Anfang an klar gewesen sein, dass die Affäre keine Zukunft hat. Eine Scheidung war damals in euren Kreisen inakzeptabel ... noch dazu als das einzige Kind von Huang Fu Chen.«

Nun reagierte Miranda erstmals verärgert. »Christian, ich war vierundzwanzig! Jung genug, um die rosarote Brille eine Weile auf den Augen zu behalten. Wir waren verliebt! Es wurde zu einem Problem in Hongkong. Im Sommer schob ich als Ausrede vor, Kommilitonen zu besuchen, und reiste mit François einen Monat durch Europa. Rom, Venedig, Wien, Berlin, Paris, es war die glücklichste Zeit in meinem Leben. Einige Wochen später kam François wieder nach Hongkong und erzählte meinem Vater, er würde Asien gern besser kennenlernen. Dein Vater war dreist genug, Huang Fu zu fragen, ob Peter und ich ihn begleiten könnten. Natürlich hatte mein Mann keine Zeit, aber Huang Fu schickte mich mit François auf Reisen. Wir besuchten Singapur, Bangkok, Jakarta, Bali, und niemand fand das anstößig. Natürlich buchten wir immer zwei separate Zimmer. François wollte, dass ich mich von Peter scheiden lasse. Für einige Zeit habe ich diesen Schritt sogar ernsthaft in Erwägung gezogen. Ich war ehrlich in François verliebt.«

An der Körpersprache von Miranda konnte Christian erkennen, dass sie die Wahrheit sagte.

»Dann berief mein Vater Peter als CEO der Good Fortune Securities, der Börsengang der Holding stand kurz bevor. Peter war nicht nur mein Mann, in der neuen Position wurde er ein bedeutendes Mitglied der Familie. Mein Vater hätte – da hast du Recht – einer Scheidung niemals zugestimmt. Ich habe mich nicht getraut, seinen Lebenstraum zu zerstören. Heute bin ich mir nicht mehr sicher, ob er nicht doch etwas von unserer Affäre geahnt hat.«

»Wie kommst du darauf?«, fragte Christian nach.

»Gleich nach dem offiziellen Börsengang schickte er Peter und mich in einen langen Urlaub, das erste Mal. Dieser Urlaub war wie eine kalte Dusche für mich. Kurz nachdem wir zurück waren, bemerkte ich die Schwangerschaft. Ich hatte keine andere Wahl, als die Beziehung zu François sofort zu beenden.« Miranda schwieg und aß einen Scampi.

Christian ließ ihr Zeit und dachte nach.

Ich muss eingestehen, dass zwischen Miranda und meinem Vater wirklich Liebe im Spiel gewesen sein muss. Hier decken sich beide Erzählungen, auch wenn es über meine Vorstellung hinausgeht, was er in ihr gesehen hat.

Es bestand nach François' Tod kein Grund mehr, irgendetwas zu beschönigen. »Denkst du, mir ist das leichtgefallen, Christian? Ich hatte viele schlaflose Nächte, von denen keiner etwas ahnte, und ich konnte mit niemandem reden. Peter war damals neunundzwanzig Jahre alt und ein netter, unerfahrener Bubi gegen deinen Vater. Ein Amateur in jeder Beziehung, aber er war mein Ehemann, und die Zwillinge waren unterwegs ...«

Beide stocherten in ihren Gerichten, die sie mehr auf dem Teller hin- und herschoben als in ihre Münder.

»Du erwartest sicher nicht, dass ich dich bedauere.«

»Du wolltest meine Version von unserer Beziehung hören.«

»Richtig. Mehr hast du nicht zu sagen? Wann hast du François das letzte Mal gesehen?«

Miranda verdrehte theatralisch ihre Augen. »Willst du dich zum Moralapostel aufspielen? Wenn es dich beruhigt, ich habe François kurz nach dem Börsengang der Holding 1976 das letzte Mal getroffen. Es muss einen Monat nach dem Urlaub mit Peter gewesen sein. Ich habe ihm erklärt, dass es unwiderruflich vorbei ist. Danach ist François meines Wissens nie mehr nach Hongkong gekommen. Er übergab das Asiengeschäft an dich, oder?«

Christian hasste Miranda in diesem Moment. Das Wissen, das er ihr voraus hatte, ließ ihn besonnen reagieren. »Ja, er hat mir die Geschäfte in Asien von einem Tag auf den anderen übergeben, und er war ein Jahr lang unausstehlich. Weißt du, wie lang ein Jahr sein kann? Wir haben uns große Sorgen gemacht. Irgendwann fing er sich wieder.«

Der Ober beeilte sich, diskret den Hauptgang abzuräumen, und fragte nach dem Dessert. Beide lehnten ab, bestellten zwei doppelte Espresso.

»So ist es halt im Leben. Jeder bekommt nur einen Bruchteil dessen, was er gerne hätte, und mit diesem Teil muss er glücklich sein«, philosophierte Miranda oberflächlich. Für sie war die Unterhaltung zu diesem Thema beendet. »Ich habe meine Zeit mit François in guter Erinnerung. Es ist sechsunddreißig Jahre her. Ich hoffte, er würde irgendwann Frieden schließen und sich neu verlieben. Hat er nie wieder mit einer Frau zusammengelebt?«

»Nein, er ist nie wieder eine feste Beziehung eingegangen, und er hat nur bedingt Frieden geschlossen.«

»Was meinst du damit? Er war damals keine fünfzig und ein attraktiver, erfolgreicher Mann. Die Frauen müssen ihm nachgelaufen sein ...«

Christian unterband ärgerlich Mirandas Gesäusel. »Ich hoffe für ihn, dass er gelegentlich eine Frau im Bett hatte. Verheiratet war er seitdem mit seiner Bank. Joel Silverstein und François haben gemeinsam die Lombardi Bank zu der Institution gemacht, die sie heute ist, oder bis vor wenigen Wochen war.« Christian überlegte, wie er Miranda die nächste Botschaft übermitteln sollte. Er war sicher, dass sie alles leugnen würde und entschied, sie einfach mit den Tatsachen zu konfrontieren. Er war ihrer bereits überdrüssig. »Miranda, François ging bis zu seinem Tod davon aus, dass er der Vater deiner Zwillinge ist.«

Das schlug ein wie eine Bombe. Mirandas Gesichtsfarbe wechselte zu kalkweiß.

»Der Zeitpunkt der Geburt, natürlich zurückgerechnet, stimmt angeblich mit eurem letzten, entschuldige bitte, Geschlechtsverkehr überein. François hatte in seinem Leben nur einen offenen Wunsch. Er wollte Audrey und Stanley einmal in seine Arme schließen.« Christian sah, wie seine Worte auf Miranda wirkten.

Sie war bestürzt. Der Tod ihres ehemaligen Liebhabers hatte sie traurig gemacht, aber diese Botschaft erschütterte sie.

Meine kleine Rache im Namen von François.

»Er hat ihr Leben dokumentiert, beschäftigte einen Detektiv, der ihm alle sechs Monate einen Bericht und Fotos zugesandt hat. Zu Beginn war dies problematisch, aber seit es E-Mail und Internet gab, wurde es zunehmend leichter.

Adrienne hat Ordner voller Material in seinem Büro gefunden. Er hat beide vergöttert. Seine Liebe ging so weit, dass er ihr Leben nicht negativ beeinflussen wollte, also hat er nie etwas hinsichtlich seiner Rechte als Vater unternommen. Die unerfüllte Sehnsucht nach diesen späten Kindern hat ihn lange am Leben erhalten. Am Ende hat sie ihm wohl das Herz gebrochen.«

Miranda schwieg lange, bis sie ihre Fassung wieder gefunden hatte. »Christian, das tut mir leid. Von diesen Zusammenhängen habe ich nichts geahnt. Peter ist der Vater meiner Kinder. Natürlich konnte ich während der Zeit, als ich die Affäre mit François hatte, nicht aufhören, mit meinem Mann zu schlafen. Er war selten zu Hause, sodass ich nur gelegentlich in Konflikte kam …«

Christian senkte unbewusst seine Augenbrauen und runzelte seine Stirn. »Du streitest ab«, fragte er ungläubig und missbilligend, »dass François der Vater deiner Zwillinge ist? Nach seinen Berechnungen müsst ihr die Kinder in dem besagten Asienurlaub gezeugt haben. Da war Peter nicht dabei, wie du gerade bestätigt hast.«

Miranda schüttelte energisch den Kopf. »Richtig, aber als wir nach Hongkong zurückkamen, war Peter zu Hause und verrückt nach mir. François und ich waren drei Wochen unterwegs gewesen … Außerdem kommen Zwillinge oft früher auf die Welt, schließlich hatte ich zwei Babys in meinem Bauch, da wird es schon mal eng«, versuchte sie zu scherzen. »Warum machst du eigentlich gerade jetzt so ein Drama daraus? François – Gott segne ihn – ist tot. Er hat Zeit seines Lebens nichts unternommen. Warum bohrst du jetzt so in der Geschichte herum?«

Christian ärgerte sich maßlos über Mirandas laxes Herangehen. »Lass Gott, wo er hingehört! Wir haben seit François'

Tod ein Problem mit dieser Vaterschaft. Er hat seinen oder deinen Zwillingen Anteile an der Lombardi Bank überschrieben, jedem zehn Prozent.«

»Es sind nicht seine Kinder, und sie brauchen keine Anteile an der Lombardi Bank, wir haben selbst genug!«, konterte Miranda sofort.

»Das glaube ich dir, aber du kannst das Erbe nicht für Stanley und Audrey ausschlagen! Das können sie nur selbst tun, und dafür müssen wir sie einweihen.«

»Ausgeschlossen«, ereiferte sich Miranda. »Ich lasse mir mein Leben und das meiner Kinder nicht von dem toten François Lombardi zerstören!«

»Von den lebenden Lombardis hast du immer gern gekostet, Miranda!« Christian stand kurz vor einer Explosion. Die Leichtfertigkeit, mit der Miranda dieses heikle Thema abwimmeln wollte, strapazierte seine ohnehin angespannten Nerven. »Erst hast du mich verführt und dann meinem Vater den Kopf verdreht, um ihn danach für den Rest seines Lebens in Sehnsucht zerfließen zu lassen. Ob das berechtigt ist oder nicht, wir müssen uns den Tatsachen stellen! Glaubst du, mir gefällt das?«

»Christian, ich muss eine rauchen. Können wir nach draußen gehen?«

Der nickte zwar, sprach aber unbeirrt weiter. »Fabian hat gestern den Überbrückungskredit mit der GFS unterschrieben. Ich verhandle morgen mit Peter, Stanley und Jade, wie wir in Zukunft euren Anteil managen. Glaubst du, ich verspüre Lust, Peter zu sagen, dass Stanley und Audrey wahrscheinlich meine Halbgeschwister sind, weil seine Frau mit meinem Vater eine Affäre hatte?«

»Dann vergiss das Ganze, es ist sowieso ein Hirngespinst! Lass meine Familie aus dem Spiel!« Miranda schaute Christian jetzt flehend an.

Der wurde etwas ruhiger und erklärte leise: »Das kann ich leider nicht, da François ein offizielles Testament hinterlassen hat. Dort gibt es einen Trust, der Audrey und Stanley gehört. Der Testamentsvollstrecker wird darauf bestehen, mit beiden zu sprechen. Es geht um viel Geld. Selbst wenn das Erbe in unseren Augen unberechtigt wäre, da sie die Kinder von Peter sind, offiziell sind und bleiben sie die Erben. An den Trust ist keine Bedingung geknüpft, dass sie den Nachweis erbringen müssen, seine leiblichen Kinder zu sein. Vielleicht könnten sie es einfacher ausschlagen, wenn sie das nachweisen, aber selbst dafür muss ein Vaterschaftstest durchgeführt werden … Miranda, deine Kinder sind fünfunddreißig Jahre alt, du musst ihnen diese Entscheidung überlassen. Du hast keine andere Wahl!«

Miranda schwieg erschüttert und begann, nervös auf dem Stuhl zu wippen. »Können wir endlich auf die Terrasse gehen und dort weiterreden? Ich muss wirklich dringend eine Zigarette rauchen.«

Christian winkte den Ober heran und bestellte einen weiteren Espresso nach draußen.

Die frische Luft tat ihnen gut. Sie fanden einen freien Tisch an der Ecke. Von hier konnte man das hektische Treiben der vielen Schiffe im Hafen beobachten. Christians Augen scannten schnell seine eingegangenen E-Mails auf dem BlackBerry. Keine Nachricht von Pascal. Dafür einige Mails von Joel und eine von Roland Sutter. Adrienne hatte versucht, ihn telefonisch zu erreichen. Die Zeit lief ihm davon.

Miranda inhalierte tief, beide sprachen kein Wort. Als sie sich die dritte Zigarette ansteckte, verlor Christian die Geduld.

»Es gibt einen weiteren Grund, warum ich auf diesen Test bestehe. Als Fabian vor zehn Tagen mit mir hier in Hongkong war, hast du ihm Audrey vorgestellt. Beide waren sich auf Anhieb sympathisch und haben wohl schon damals eine Nacht zusammen verbracht. Danach waren sie ein Wochenende in Paris, und Audrey hat Fabian in Genf besucht. Sie haben sich ineinander verliebt.«

Miranda seufzte.

»Für Fabian kann ich sagen, dass er es ernst meint. Adrienne und ich haben uns darüber gefreut. Er hat lange gesucht, und Audrey ist eine außergewöhnliche junge Frau. Ich mag sie sehr.«

Zum Glück hat sie wenig von dir, fügte er in Gedanken hinzu.

»François hatte Fabian zu einem Essen in sein Haus in Cologny eingeladen. Die beiden waren sehr eng miteinander, und er wollte Fabians neue Liebe kennenlernen. Wir hatten ja keine Ahnung von dem, was zwischen dir und François vor so langer Zeit geschehen war. Kannst du dir vorstellen, was in François vorgegangen sein muss, als sich Fabians Freundin als Audrey McGraham aus Hongkong vorgestellt hat?«

Miranda steckte sich die nächste Zigarette an, äußerte sich aber mit keinem Wort. Sie signalisierte Christian mit den Augen weiterzureden.

»Fabian hat mir vorgestern erzählt, dass François nie von Audreys Seite gewichen ist. Er hat sie pausenlos nach ihrem Leben und ihren Ansichten gefragt. Sie haben sich den ganzen Abend fast allein unterhalten. Er nahm an, Audrey wäre seinem Großvater einfach sympathisch gewesen und war stolz … Heute wissen wir, dass François annahm, seiner Tochter gegenüberzusitzen. Spät in der Nacht, wahrscheinlich hatte er alle Konsequenzen überdacht, erlitt er den Herzinfarkt …« Christian schaute ohne Pardon in Mirandas Augen. »Wir möchten sicher sein, dass Audrey nicht – ja, was wäre sie eigentlich? – meine Halbschwester und Fabians Tante ist.«

Miranda seufzte erneut, versuchte abzuschwächen. »Ich weiß, dass Audrey in Paris und Genf war. Sie hat es mir erzählt und auch von Fabian ...«

»Richtig. Die Stadt der Liebe scheint auch für diese Generation ihre Anziehungskraft erhalten zu haben.«

So leicht gab Miranda nicht auf. »Sie hat von Fabian geschwärmt, aber was hat das heute noch zu bedeuten ... Für Audrey war bisher kein Mann gut genug. Sie glaubt an die große Liebe, an Seelenverwandtschaft und diesen ganzen Quatsch. Ich habe schon befürchtet, sie sei lesbisch, was in Künstlerkreisen nicht ungewöhnlich wäre ... Nun soll ausgerechnet ein Lombardi, dein Sohn Fabian, das Herz meiner Tochter endgültig und innerhalb so kurzer Zeit erobert haben? Außerdem soll Audrey indirekt für den Herzinfarkt von François verantwortlich sein, vor Freude? ... Bitte, Christian, du kannst mir nicht erklären, dass diese Begegnung François mehr zugesetzt hat als das Verschwinden seines Sohnes Pascal und der Verlust von fast einer Milliarde Dollar!? Ich glaube, ihr macht es euch da etwas zu leicht!« Miranda war erregt und verärgert, drückte die Zigarette mit skeptischer Miene aus und wollte bereits wieder nach der nächsten greifen, als Christian ihre Hand festhielt.

»Miranda, uns bleibt nicht viel Zeit, um mit deinen Kindern zu reden. Die Beerdigung von François findet am Sonntag statt. Falls er der Vater deiner Zwillinge sein sollte, würde ich ihnen die Möglichkeit geben, Abschied zu nehmen.« Christian wollte seine Worte nachklingen lassen, bevor er das nächste heikle Thema ansprach. »Gibst du mir auch eine Zigarette?«

Miranda schob ihm die Schachtel über den Tisch und reichte ihm Feuer.

Er inhalierte kurz und sprach weiter. »Ich habe sofort nach François' Tod Proben für einen DNA-Test nehmen lassen. Es existieren zwei Sets. Eins habe ich hier. Du kannst mit Audrey und Stanley diskret in ein autorisiertes Labor gehen, wo sie ihre Proben abgeben und eine Analyse vor Ort machen können. Es dauert drei bis fünf Arbeitstage, dann haben wir das Ergebnis. Damit sie als Kinder von François anerkannt werden können, müssen sie den Test noch einmal in der Schweiz wiederholen. Es ist bei uns gesetzlich so geregelt, dass nur innerhalb des Landes durchgeführte Tests vor Gericht anerkannt werden.«

Miranda sagte kein Wort.

»Der Abschlusstermin für die Verhandlungen mit der GFS war für diese Woche vorgesehen. Ich muss vorher mit Peter und Huang Fu Chen über dieses Thema reden. Wenn ich ihnen diese Information vorenthalte, verbauen wir uns jede Chance auf eine normale Zusammenarbeit in der Zukunft.« Christian schluckte. »Das wird ein unangenehmes Gespräch, denn Peters Gefühle werden verletzt, egal, wie das Ergebnis ausfällt. Ich hoffe, dein Mann wird besonnen reagieren, da François nicht mehr lebt und alles ewig her ist. Unsere Familien sind geschäftlich enger miteinander verbunden, als du vielleicht ahnst. Wir haben immer versucht, bei aller Konkurrenz und allen Problemen, Krisen so fair wie möglich zu regeln. Die Affäre zwischen François und dir steht nun zwischen uns, und wir können die Entscheidung nicht auf Audrey und Stanley abwälzen. Sie waren unbeteiligt, hilf ihnen. Es betrifft die Zukunft deiner Kinder. Du musst deiner Familie die Wahrheit sagen. Wir stehen unter enormem Druck, was die Geschichte mit Levy & Lewitt angeht. Pascal ist immer noch verschwunden. Ich weiß nicht mal, ob er vom Tod unseres Vaters gelesen hat oder wie ich ihn benachrichtigen kann.«

Nun steckte sich Miranda doch eine weitere Zigarette an. Nachdem sie einige tiefe Lungenzüge genommen hatte, antwortete sie kalt: »Hör auf, mich zu schulmeistern und mir zu sagen, was ich tun und lassen muss. Ich bin nicht mehr das kleine chinesische Mädchen, das aus dem fernen Hongkong kam und alles von euch Lombardis lernen musste! Warum, glaubst du, rauche ich wie ein Schlot? Ich weiß, wie in chinesischen Familien Probleme gelöst werden. Der erste und einzige Mensch, mit dem ich reden muss, ist mein Vater. Von seinem Wort wird alles abhängen!«

Ärgerlich drückte sie die Zigarette aus. »Zerbrich dir um Fabian und Audrey nicht den Kopf. Die Beziehung steckt in den Anfängen. Wenn es echte Liebe ist, wird sie die Krise überstehen. Ich weiß, wer der Vater meiner Kinder ist und Audrey ist definitiv Peters Tochter.«

»Ich wünschte, du hast recht. Es würde den Berg meiner Probleme nicht weiter anwachsen lassen.« Die Resignation in Christians Ton war nicht zu überhören.

»Wie lange wirst du in Hongkong bleiben?«

»So kurz wie möglich und so lange wie nötig. Wir müssen ...«

»Ich habe verstanden ...«, unterbrach ihn Miranda ungehalten. »Du hast das Set von François bei dir?«

Christian nickte. Er nahm es aus seiner Aktentasche und reichte es Miranda.

»Gib mir bis morgen Abend Zeit. Ich werde mit meinem Vater reden.« Sie nickte Christian zu und verließ ohne ein weiteres Wort *SEVVA*.

Kapitel 67

Pascals lange E-Mail mit seinen tiefsinnigen Gedanken bewegte Francesca und setzte auch bei ihr einen Gedankenfluss frei. Sie verstand Pascal, seine Fragen und seine Suche nach dem Sinn des Lebens. Francesca stellte sich heute ehrlich einem Thema, das sie lange verdrängt hatte. Die intensive, große Liebe, die sie einst mit Pascal verbunden hatte, konnte sie bei keinem anderen Mann finden. Sie hatte ihre starken Gefühle für ihn nicht verloren. Worauf wartete sie? Die Nachricht vom Tod François' machte sie zusätzlich sehr traurig. Sie mochte ihren warmherzigen Schwiegervater. Sein Tod rückte die Endlichkeit des Lebens unmissverständlich in ihr Bewusstsein.

Warum habe ich nie darüber geredet, dass ich Pascal vermisst habe? François hätte mich verstanden, denn er wusste um die langen Stunden der Einsamkeit, in denen man sich nach etwas Vergangenem verzehrt. Seine Frau Charlotte war seit Jahrzehnten tot. Er ging danach nie wieder eine feste Beziehung ein. Können wir nur einmal im Leben wirklich und aus ganzem Herzen lieben? Pascal hat anscheinend François' philosophische Tiefe geerbt, und sie kommt nun langsam zum Vorschein. Es gefällt mir, dass er endlich seinen Widerstand aufgibt, kein typischer Lombardi sein zu wollen.

Francesca konnte erst am Mittwochmittag ein Treffen mit Ted Blumfeld arrangieren, davor hatte er angeblich keine Zeit.

Ihr leichter Groll darüber war verflogen, seit sich Pascals Vermutung bestätigt hatte, dass seine Abwesenheit in New York nur vorgetäuscht war.

Sie war mit Ted im *Starbucks* an der Vesey Street verabredet. Es befand sich unweit des Levy & Lewitt Headquarters in der West Street in Lower Manhattan.

Vor dem Treffen spazierte sie eine Viertelstunde lang gemächlich durch die Straßen und stimmte sich gedanklich auf das Gespräch ein. Spontan entschied sie, entgegen ihrer üblichen, besonnen-reservierten Art als Anwältin, Ted unverblümt mit den widersprüchlichen Tatsachen zu konfrontieren. Zum einen war sie nicht offiziell die Anwältin der Lombardis und konnte frecher agieren. Sie handelte nur als gute Freundin von Pascal. Zum anderen gefiel ihr die Idee, dem unkorrekten Verhalten einer Investmentbank auf den Grund zu gehen. Bis auf wenige Ausnahmen, die die Regel nur bestätigten, gewann immer der längere, einflussreichere Arm der Banken.

Fasziniert betrachtete Francesca die elegante Glasfassade des Levy & Lewitt-Hochhauses. Sie hatte gelesen, dass der Tower von der Ostseite, also Manhattan zugewandt, eckig und in Richtung des Hudson River abgerundet aussieht.

Stimmt, vom gegenüberliegenden Ground Zero sieht er aus wie jeder andere Tower – quadratisch und praktisch.

Als sie weiter in Richtung Starbucks spazierte und sich noch einmal umdrehte, spiegelte sich der Hudson River in der halbrund wirkenden Fassade.

Eine beeindruckende, architektonische Leistung. Wollte der Architekt die unterschiedlichen Seiten von Levy & Lewitt zeigen, oder war es purer Zufall? Vom Wasser her weich und verführerisch, um Kunden, Mandate und Geschäfte anzulocken, ein Versprechen. Vom Financial District her eckig und prag-

matisch kalt, was für gewinnorientiertes und dominantes Geschäft sprach. Realität und doppelte Moral? Ich interpretiere sicher zu viel hinein, aber das versetzt mich in die passende Stimmung …

Der Februar-Wind pfiff jetzt eiskalt vom Hudson River, sie hastete ins *Starbucks* und bestellte einen Tazo Vanilla Rooibos Tea Latte. Zuerst wärmte der Tee ihre Hände, die sie eng um die Tasse legte. Dann trank sie in kleinen Schlucken und taute innerlich auf.

Ted kam einige Minuten später. »Hallo Francesca, schön, dich zu sehen. Es sind einige Jahre ins Land gegangen. Du siehst gut aus. Was gibt's so dringend bei *Lexington & Sterling*, dass du von Downtown hierher kommst, um mich zu treffen?«

Er mimt den ahnungslosen Geschäftsmann.

»Danke für das Kompliment, Ted. Kaffee, Tee?«

»Kaffee. Süß.«

Francesca bestellte einen Frappucino. »Ich habe gehört, du warst im Urlaub in den südamerikanischen Anden klettern … Wie war's? Du hast gar keine Farbe, dort sollte doch jetzt bestes Sommerwetter sein?«

Ted stutzte. »Was soll die Frage?«

»Eine unverfängliche Gesprächseröffnung und gleichzeitig eine Möglichkeit für dich, die Fakten richtigzustellen.«

»Über meinen Urlaub? Ich dachte, du hättest ein geschäftliches Anliegen. Ich wüsste nicht, was dich mein Urlaub angeht …« Ted war über Francescas Worte gestolpert.

»Jemand hat mir zugeflüstert, du hast die letzten beiden Wochen im *Capri-Hotel* in Southampton mit einer heißen Flamme verbracht. Natalja, ein russisches Dessous-Model?«

Jetzt kam Farbe in Teds Gesicht. »Aus welchem Grund spionierst du mir nach? Das verbitte ich mir!«

»Kannst du dir das nicht denken? Du warst für keinen Lombardi erreichbar, bist angeblich bis Montag im Urlaub, und dann führst du am Freitag den Margin Call?!«

»Mein Chef hat mich zurückbeordert, Druck ausgeübt. Wir müssen die Gelder bis zum Ende des Monats wieder bei uns gebucht haben.«

Francesca zeigte mit ihrem aufgesetzten Lächeln, dass sie Ted nicht glaubte. »Natalja mag sehr extravagantes Shopping, deine Karte hat in den Boutiquen in Southampton geglüht, und auf die Suite im *Capri-Hotel* wurden viele Flaschen Champagner bestellt. Gab es einen speziellen Grund zum Feiern? Ich gehe davon aus, dass du diese Frau nicht heiraten willst.«

»Francesca, noch mal, mein Privatleben geht dich nichts an. Wieso fragst du nach den Details vom Lombardi Deal? Bist du offiziell deren Anwältin? Woher hast du die Informationen?«

Nun lächelte Francesca wirklich. Sie hatte ihr erstes Ziel erreicht und Ted mit ihren direkten Fragen überfahren. Jetzt ging es darum, einige Informationen herauszuholen und ihn zu verunsichern. »Ich bin nicht die Anwältin der Lombardis, aber immer noch mit Pascal verheiratet.«

»Pascal wird wegen Mordverdachts an seinem CEO in der Schweiz gesucht. Versteckst du ihn etwa?«

»Ted, glaubst du, ich würde etwas Illegales tun? Als Anwältin?«

»Was willst du dann von mir?« Ted war sauer und leicht nervös, was er zu verbergen versuchte.

»Ich will einen Deal mit dir. Bei dem Geschäft mit der Lombardi Bank ist von eurer Seite mit gezinkten Karten gespielt worden – kommt ja nicht das erste Mal vor ... Du scheinst als Banker ausgenutzt worden zu sein und wirst am

Ende nicht viel davon haben. Ich will nur einen kleinen Zeitaufschub.«

»Und was hat die Lombardi Bank im Gegenzug zu bieten?«

Francesca hatte nicht die kleinste Offerte zu unterbreiten, bluffte. »Sie werden versuchen, dich aus der Klage herauszuhalten.«

»Nicht schlecht, dafür dass du nichts in der Hand hast. Bei dem Margin Call läuft nichts illegal und deswegen meine klare Antwort: Eine Zeitverlängerung ist ausgeschlossen.« Seine Worte klangen fest und voller Vertrauen. »François Lombardi hat mit seinen formalen Forderungen schon die maximale Zeit herausgeschunden. Ich habe gestern Abend alle beglaubigten Dokumente nach Genf gesandt.«

Francesca ärgerte sich über seine taktlose Art. Er hatte nicht eine Sekunde überlegt. »François Lombardi ist vorgestern Nacht verstorben.«

»Ich weiß.« Ted erkannte in der Sekunde, dass er einen Fehler gemacht hatte.

»Du weißt das? Woher? Es kam eben erst in der internationalen Presse.«

»Schlechte Nachrichten reisen schnell in der Industrie«, versuchte er abzuschwächen.

»Das nehme ich dir nicht ab, aber es tut nichts zur Sache. Die Familie Lombardi muss unerwartet viele Dinge regeln. Sie arbeiten hart an einer Lösung, wollen Levy & Lewitt auszahlen. Den gesamten Kredit zurückzubekommen ist doch offiziell euer Ziel?«

Ted nickte.

»Dann setzt den Rückzahlungszeitraum für eine Woche aus! Ein bisschen Menschlichkeit sollte auch bei Levy & Lewitt möglich sein. Die Lombardis müssen einen Überbrückungskredit vertraglich zum Abschluss bringen. Das ist in eurem eigenen Interesse.«

Ted fühlte sich von Francescas Logik in die Enge getrieben. »Diese Entscheidung liegt nicht mehr in meiner Hand.«

Er ist ein lausiger Lügner oder sich seiner Sache extrem sicher. Ich muss noch einmal versuchen zu bluffen.

»Dann verspreche ich dir, dass du eine Klage am Hals haben wirst.«

Ted grinste Francesca frech ins Gesicht.

»Falschinformationen bei Vertragsabschluss, Missinformation über die Wertigkeit, Versäumnisse beim Vierteljahresreport und eine private Lüge über deinen Aufenthaltsort, um für den Kunden nicht erreichbar zu sein …«

»Ich habe gehört, dass du eine findige, sehr gute Anwältin bist. Aber das hast du dir aus den Fingern gesaugt, denn davon kannst du nichts beweisen!«

»Darum geht es doch gar nicht. Ich will nichts beweisen. Ein Prozess wird deiner Karriere schaden, weil diese Anklagepunkte anrüchig sind. Ich hoffe für dich, dass dieses Manko – von wem auch immer – angemessen ausgeglichen wird. Das ist nicht dein eigenes Spiel, verstehst du das nicht? Seit wann lässt sich Ted Blumfeld in seiner Position wie eine Marionette behandeln?«

»Entschuldige, aber du spinnst total. Vielleicht hat dein Pascal zu hoch gepokert und ist in Genf nicht mehr auf dem neuesten Stand der Dinge?! In der Schweiz geht's bankmäßig doch nur noch bergab.«

»Pascal hat dir vertraut, als einzigem Banker von Levy & Lewitt, und er kennt euch alle! Du hast ihn hintergangen und weißt es. Sei dir sicher, wir finden Beweise! Wem gehören eigentlich die Manhattan-Immobilien, für die ihr die MBS aufgelegt habt?«

Ted lächelte nicht mehr. Er hatte verstanden, dass es Francesca ernst war. Sie war nicht wegen eines Klienten hier oder um ihm durch die Blume zu drohen. Sie wollte einen konkreten Ansatz für eine Klage finden und versuchte ihn auszuhorchen. »Gut zu wissen, dass du als Anwältin wieder *wir* mit den Lombardis bist und Informationen zurückhältst, die einen potenziellen Mörder schützen! Da du die Lombardi Bank jedoch nicht offiziell vertrittst, kann ich keine deiner Fragen beantworten, so gern ich es tun würde. Der Vertrag unterliegt der Geheimhaltung Dritter gegenüber.« Er war aufgestanden.

Francesca schaute ihn kalt an. »Wortgeplänkel. Jetzt wissen wir beide, wo jeder von uns steht. Viel Glück und meine Nummer, falls du doch etwas zu sagen hast.« Sie steckte ihre Visitenkarte in die Tasche von Teds Mantel, den er über die Stuhllehne gelegt hatte. »Vergiss nie, dass man sich immer zweimal im Leben trifft …«

Ted versuchte, sich einen passablen Abgang zu verschaffen. »Wir haben uns schon öfter getroffen … Sei vorsichtig, Francesca, und pass auf dich auf.«

»Eine Drohung?«, rief sie ihm halblaut hinterher.

Ted reagierte nicht.

Kapitel 68

Nach dem Gespräch mit Miranda lief Christian ziellos durch die Landmark Mall in Central Hongkong und ließ sich vom Rhythmus der Stadt einfangen. Die Menschenmassen, die ihn sonst nervten, bildeten heute eine Art Schutzschild zu seinem Inneren. Sein Glaubenssystem wurde täglich neu durchgeschüttelt. Unangenehme Überraschungen reichten sich seit dem Gespräch mit Michael Bürer in Zürich die Klinke in die Hand. Christian wusste, es gab keine Alternative, als weiterhin einen Schritt nach dem anderen zu gehen. Den Kopf nur für einen Tag in den Sand zu stecken war unmöglich. Er war jetzt in der Verantwortung für die Bank und die Familie. Sie lastete gerade schwer auf seinen Schultern.

Letzte Nacht hatte er im Flieger wenig geschlafen. Er spürte den Jetlag. Es war sein zweiter Besuch in Asien innerhalb einer Woche mit sieben Stunden Zeitunterschied. Sein Körper sandte deutliche Signale. Eine lethargische Müdigkeit schlich sich als Dauergast bei ihm ein. Mühsam versuchte Christian, sich zu motivieren.

Hatte er nicht zehn Jahre auf diesen Moment hin gefiebert? Er war wieder CEO der Lombardi Bank. Sicher hätte er sich andere Umstände gewünscht, aber die konnte er nicht beeinflussen.

Christian spazierte über die vielen Brücken von Central Hongkong in Richtung IFC Mall und dem *Four Seasons Hotel.* Die Lombardis wohnten seit Jahren hier, wenn sie geschäftlich nach Hongkong kamen.

Fabian war seit heute Mittag auf dem Handy nicht zu erreichen. Sofort nach seiner Ankunft hatte Christian seinem Sohn von François' Tod erzählt. Fabian hatte die Nachricht nicht gut aufgenommen. Er machte sich Vorwürfe, seinen Großvater nicht vor seinem Abflug im Krankenhaus besucht zu haben.

Christian hinterließ jetzt eine Sprachnachricht, dass er im italienischen Restaurant *La Isola* auf der Terrasse auf ihn warte und dass er ihn dringend sehen müsse.

Bin 18 Uhr da, war die kurze Antwort, die zehn Minuten später per SMS eintraf. Noch deutlicher konnte Fabian nicht ausdrücken, wie sauer er war.

Warum braucht er eine Stunde? Ist er schon wieder mit Audrey unterwegs?

Im Nachhinein war Christian froh, heute Vormittag keine Chance gehabt zu haben, Fabian mehr zu erzählen. So konnte er den einen Schock verdauen, ehe der nächste kam …

Christian bestellte eine große Flasche Wasser und zündete sich eine Zigarre an. Die Terrasse von *La Isola* war einer der wenigen Plätze in Central Hongkong, wo man rauchen konnte. Er öffnete seinen BlackBerry und fand zwei E-Mails mit roter Flagge von Adrienne.

Notar Jean-Marc Hoffmann hat nochmals bestätigt, dass François in seinem Testament verfügt hat, dass Audrey und Stanley jeweils zehn Prozent der Lombardi Bank erben. Es ist keine Bedingung an diese Erbschaft geknüpft. Seine anderen zwanzig Prozent, alle Immobilien, Konten, Trusts und so weiter teilt er zwischen Dir und Pascal.

Der Termin für die Beerdigung am Sonntag ist verbindlich. Die Stadt Genf hat wegen François' Verdienste in der Finanz-

industrie Cimetière des Rois vorgeschlagen. Ich konnte nicht ablehnen.

Wie geht es Fabian?

Adrienne xxx

Christian seufzte. Die Hongkong-Chinesen wurden nun definitiv Teilhaber der Lombardi Bank ... Gut zu wissen, bevor er heute Abend Huang Fu Chen traf. Er öffnete die zweite Mail.

Christian, Roland Sutter hat Pascal gefunden! Er ist in Dubai und bereit, mit Fabian zu reden. Er weiß von François. Pascal hat bestätigt, dass er nichts mit Thomas Widmanns Tod zu tun hat und arbeitet an der Lösung des Problems mit Levy & Lewitt ... Ich habe ihm versprochen, seinen Aufenthaltsort nicht preiszugeben, bis er mir grünes Licht gibt.

Melde Dich bitte.

Adrienne xxx

Endlich eine gute Nachricht! Pascal ist in Dubai. Clever, da hat ihn wirklich niemand vermutet.

Christian zog einige Male tief an seiner Zigarre.

Mir ist egal, mit wem Pascal reden will. Ich muss ihn sehen, und wenn ich dafür heute Nacht nach Dubai fliege ... Brauche ich Sutter? Vielleicht keine schlechte Idee. Er könnte die DVD von den Überwachungskameras mitbringen. Was mache ich mit Joel? Später ...

Er rief Roland Sutter auf der Stelle an. »Roland, ich habe eben die E-Mail von Adrienne gelesen. Fantastisch, dass Sie Pascal gefunden haben.«

»Ja, wir sind sehr zufrieden.«

»Schauen Sie, wir müssen unsere Aktionen mit Pascal abstimmen. Sie haben sicher auch von der Geschichte mit den Zwillingen gehört ...«

»Ja. Adrienne hat mich darüber unterrichtet.«

»Ich konnte noch nicht mit Fabian sprechen. Wie ich ihn kenne, wird er wegen Audrey in Hongkong bleiben wollen. Könnten Sie mit Ihrer Tochter heute Abend nach Dubai fliegen? Ich checke gerade online parallel die Flüge. Emirates Airline fliegt um zweiundzwanzig Uhr fünfzehn von Zürich. Sie würden um sechs Uhr zwanzig landen und könnten am selben Tag abends wieder in die Schweiz zurückfliegen. Die Zeit sollte ausreichen, um mit Pascal alles abzuklären.«

»Es klingt knapp, aber wenn Sie meinen, dass unsere Anwesenheit wichtig ist, sind wir natürlich dabei ...«

»Sehr gut. Ich fliege heute um Mitternacht in Hongkong ab und lande kurz vor Ihnen in Dubai. Ich würde im Flughafen auf Sie warten.«

»In Ordnung. Warum wollen Sie Nadine dabeihaben?«

»Pascal hat Adrienne bestätigt, nichts mit Widmanns Tod zu tun zu haben. Er hat aber auch einiges zu erzählen ... Nadine war sich sicher, dass die DVD manipuliert worden ist. Vielleicht passen die Infos von Pascal und Ihnen zusammen.«

»Vielleicht.«

»Es muss eine Möglichkeit geben, Pascals Unschuld zu beweisen und wirklich zu verstehen, was hinter dem MBS-Deal steht. Pascal und ich sind uns nicht immer grün gewesen ... Ich brauche neben Ihrem fachlichen Wissen auch

Ihr Verhandlungsgeschick. Sie sind ein besonnener, kluger Mensch. Pascal will nicht mit mir, sondern nur mit Fabian reden, aber darauf kann ich jetzt keine Rücksicht nehmen.«

»Das können nur Sie beurteilen. Ich buche unsere Tickets, dann können Sie sich um die Sachen in Hongkong kümmern. Adrienne hat mich eingeweiht. Seien Sie bitte vorsichtig. Sie spielen mit Feuer, aber das wissen Sie selbst.«

»Danke. Unser Notar Jean-Marc Hoffmann hat bestätigt, dass die Zwillinge ohne Auflage erben. Details können einen Tag warten. Alternativ könnten wir Pascals Anwalt in Nassau involvieren. Der kennt das lokale Recht und wird wissen, wo genaue Informationen zu bekommen sind.«

»Ich denke darüber nach. Vielleicht sollten wir Pascal vorher fragen, Paul Desmond ist sein Anwalt. Konnten Sie schon die exakten Zusammenhänge von Joel und ihrem damaligen Rücktritt klären?«

»Nein, ich warte gerade auf Fabian und versuche, Huang Fu Chen heute Abend zu treffen.«

»Dann sehen wir uns morgen früh in Dubai. Gute Reise.«

»Ihnen auch.«

Christian hatte nicht bemerkt, dass Fabian hinter ihm stand.

»Du fliegst nach Dubai?«

»Setz dich bitte, Fabian. Die Ereignisse überschlagen sich schon wieder.«

»Ich mag nichts mehr hören und bin untröstlich, dass François gestorben ist. Er war am Sonntagabend so gut drauf. Das geht nicht in meinen Kopf.«

»Ich verstehe, dass du trauerst. François war mein Vater …«

»Dann begreife ich nicht, wie du sofort wieder zur Tagesordnung übergehen kannst. Ich bin nicht wie du! Ich habe den Mut zu weinen und wütend zu sein.«

Christian schaute seinen Sohn nachdenklich an, bevor er leise antwortete. »Es wird uns allen im Laufe des Lebens vieles genommen, an dem unser Herz hängt. Ich musste den Tod meiner Mutter Charlotte hinnehmen, als ich sechzehn Jahre alt war. Völlig unerwartet. Ich konnte es lange nicht verwinden, es war tragisch für mich. Dafür kam Pascal auf die Welt ... Du fragst, warum unsere Beziehung belastet ist? Ich habe ihm als Teenager indirekt die Schuld gegeben, dabei war er doch nur ein Baby!«

Fabian blickte auf. Der Hass in seinen Augen war verschwunden. Er rang sein wachsendes Unbehagen nieder. »Entschuldige, Vater, es stürmen gerade zu viele Gefühle auf mich ein.«

»Es sind schwierige Zeiten für uns alle. Erst die gute oder schlechte Nachricht?«

»Die gute.«

»Pascal ist in Dubai. Er will mit dir reden. Roland Sutter und Adrienne sind in Kontakt mit ihm. Er hat nichts mit dem Tod von Thomas Widmann zu tun.«

Fabian warf seinem Vater einen vielsagenden Blick zu.

»Ich weiß, du hast von Beginn an seine Unschuld verteidigt.«

»Weiß er von François?«

»Ja.«

»Wie haben die Sutters ihn gefunden?«

»Keine Ahnung und im Moment nicht wichtig. Ich treffe die Sutters morgen früh in Dubai. Wir müssen unsere Informationen und Aktionen koordinieren. Willst du mitkommen?«

Fabian zuckte unschlüssig mit den Schultern. »Die schlechte Nachricht?«

»Kompliziert. Ich werde dir wehtun.«

»Noch mehr?«

»Fabian, François hat in seinen letzten Minuten etwas gestanden, was unser aller Leben durcheinanderbringt.«

»Ja ...?«

»Er hatte vor sechsunddreißig Jahren eine Affäre mit Miranda McGraham und behauptete felsenfest, der Vater von Stanley und Audrey zu sein.«

Fabian schaute durch Christian hindurch. »Bitte, Vater, das ist kein guter Witz!«

»Das sehe ich auch so.«

»Es stimmt? Wissen Audrey und Stanley davon?«

»Nein. Noch nicht.«

»Wer weiß davon?«

»Bis vor zwei Tagen nur François und ein Notar.«

»Wieso ein Notar?«

»Er hat den Zwillingen in einem Trust jeweils zehn Prozent der Lombardi Bank vererbt.«

»Spinnt ihr alle?« Fabian war aufgesprungen. Das glaube ich nicht, ausgeschlossen!«

»Setz dich ... Ich habe genauso reagiert und bin aus dem Zimmer gelaufen, um das Unglaubliche zu verdauen. Als ich wiederkam, war François gestorben.«

»Shit.«

»Nicht fein, aber wahr.«

»Und nun?«

»Wir müssen uns den Tatsachen stellen.«

»Nein! Hat schon jemand mit Audrey geredet?« Fabians Sorge kreiste ausschließlich um seine Freundin.

»Ich hatte eben Lunch mit Miranda und habe sie zur Rede gestellt.«

»Du hast sie zur Rede gestellt? Was hat sie geantwortet?«

»Die Affäre oder Liebesbeziehung mit François über ein Jahr hat sie bestätigt, aber abgestritten, dass Peter nicht der Vater ihrer Zwillinge ist.«

»Sie muss es wissen.« Es schwang wieder Hoffnung in Fabians Stimme.

»Ja, aber sie hat mit beiden Männern gleichzeitig geschlafen.«

»Fuck.«

»Fabian ...«

»Ist doch wahr ... Miranda und François? Eine Lachnummer, wenn es nicht so unfassbar tragisch wäre.«

Christian sagte nichts dazu.

»Audrey soll meine Tante sein? Lächerlich!«

»Du sagst es, aber wir müssen es prüfen.«

»Für wen?«

»Für euch ... Für das Testament ist es gleichgültig. François hat keine Bedingungen an das Erbe geknüpft.«

»Ich will Audrey nicht verlieren! Du wirst sie damit verletzen! Ich pfeife auf das Testament. Audrey braucht keine Anteile an der Lombardi Bank!«

Christian blickte Fabian mit undurchdringlicher Miene an. »Ich verstehe deine Wortwahl und deine Reaktion, aber wir müssen es den Zwillingen sagen. Sie können ein Erbe nur ablehnen, wenn sie davon wissen. Selbst wenn Audrey nicht deine Freundin wäre, könnten wir es nicht einfach unter den Tisch kehren.«

Fabian schüttelte zornig den Kopf. »Das wird die ganze Familie zerstören! Hast du an Peter gedacht? Der denkt seit fünfunddreißig Jahren, dass Stanley und Audrey seine Kinder sind. Er hat sie großgezogen!«

Christian holte tief Luft. »Ich weiß, aber was soll ich tun? Mich hat es genauso überrascht. Denk mal an unsere Verhandlungen ...«

Fabian winkte ab. »Jetzt verstehe ich deine Instruktionen von Montag per E-Mail. Du wusstest bereits von dem Trust und dem Erbe, bist deswegen einem Gespräch mit mir aus dem Weg gegangen. Bis heute Mittag hat mir niemand von François' Tod erzählt, damit ich unbedarft den Vertrag mit der GFS unterschreibe. Du bist nicht besser als Joel. Ich hasse eure Inkonsequenz und Verlogenheit.«

»Fabian, das Leben geht weiter. Wir können doch nicht ohne Überbrückungskredit im Rücken mit Levy & Lewitt verhandeln. Ich habe Miranda vorgeschlagen, einen Vaterschaftstest zu machen. Wenn wir das Ergebnis kennen, können wir entsprechend handeln ...«

»Was meinst du genau damit?«

»Wenn Audrey Peters Tochter ist, steht eurer Beziehung natürlich nichts im Weg ...«

»Ich werde Audrey auf keinen Fall verlassen, auch wenn sie nicht Peters Tochter ist. Zur Not können wir eben keine Kinder bekommen. Freiwillig werde ich Audrey niemals aufgeben!«

»Nobel, mein Sohn. Aber vergiss bitte nicht, dass Audrey auch etwas zu sagen hat. Kannst du ihre Reaktion vorhersagen?«

Fabian wurde kleinlaut. »Nein. Aber ich hasse diese Art von Intrigen und verstehe langsam, warum Pascal damals in New York geblieben ist. Ein Sumpf! François schläft vor sechsunddreißig Jahren mit Miranda, obwohl sie verheiratet war ... Und alle schimpfen immer auf die Jugend von heute! Hätte er kein Kondom benutzen können?«

Fabians verzweifelte und ehrliche Frage ließ Christian schmunzeln. »Vielleicht würde es Audrey dann gar nicht geben? Benutzt ihr Kondome?«

»Du bist so daneben!«

»Krieg dich ein, Fabian.« Christian griff hart nach Fabians Arm. »François hat auch gebeichtet, dass Joel vor zehn Jahren mit den Chinesen unter einer Decke gesteckt und meinen Rücktritt forciert hat. Angeblich kennt Huang Fu Chen die Details. Kannst du mir bitte verraten, wie ich dem alten Mann in die Augen schauen und gleichzeitig schon wieder um Hilfe bitten soll? Wir haben alle unseren Anteil an schlechten Nachrichten zu tragen!« Er lockerte seinen Griff, bevor er die Hand wegzog und die Hände hochwarf. »Und weiter geht das Drama: Angeblich heckt Joel schon wieder etwas aus ... Pascal hatte wahrscheinlich mit seiner Befangenheit und seinem Hass ihm gegenüber Recht.«

Fabian war nicht zu beschwichtigen. Er, der sonst zurückhaltend und besonnen war, ließ nun ungezügelt seinem Ärger freien Lauf. »Ich habe das alles so satt! Besitzen wir nicht genug Geld, Anteile an Firmen, Aktien, Immobilien, Kunst, Autos ... und vielleicht auch Verstand, um luxuriös leben zu können? Was geht hier eigentlich ab? Ich habe auf diesen Hickhack und diese Machenschaften keine Lust! Ihr gebt eure Probleme von einer Generation zur nächsten weiter! Ist euch das schon mal aufgefallen? Nicht mit mir! Flieg allein nach Dubai und kläre das mit Pascal. Ich lasse mich nicht länger von euch ausnutzen!« Fabian stand energisch auf und lief, ohne sich umzudrehen, von der Terrasse.

Es ist das zweite Mal, dass ich heute allein sitzen bleibe, dachte Christian bekümmert. *Fabian hat richtig erkannt, Geschichte wiederholt sich, und der Übermittler der schlechten Botschaft wird bestraft ... Und ich muss noch ein unangenehmes Gespräch führen. Sind nicht aller guten Dinge drei?*

Eine halbe Stunde später erhielt Christian einen Anruf von

der Sekretärin von Huang Fu Chen. Sie richtete ihm aus, dass er heute keine Zeit für ein Gespräch mit ihm habe. Christian wurde unruhig.

Was hat das zu bedeuten?

Kapitel 69

Für Joel Silverstein lief an diesem Mittwoch nichts wie gewünscht. Als er um zehn Uhr in die Bank kam, fand er eine weinende Genevieve Pasquier vor. Sie brachte kein Wort heraus, legte ihm nur die offizielle Pressemitteilung auf den Tisch. Joel überflog die Zeilen und musste sich setzen.

François ist bereits Montagnacht verstorben? Keiner der Lombardis hält es für nötig, mich zu benachrichtigen? Christian hat gestern unseren Termin unter einem fadenscheinigen Grund abgesagt. Jetzt verstehe ich, und es reicht mir …

»Ist Christian schon hier?«, fragte er kurz angebunden Genevieve.

Die schüttelte den Kopf.

Joel wählte seine Handynummer.

»Zu dieser Rufnummer besteht keine Verbindung. Bitte versuchen Sie es zu einem späteren Zeitpunkt noch einmal …«

»Was geht hier vor?«, schrie er Genevieve an.

Sie zuckte erschrocken zusammen. »Wahrscheinlich hat Christian familiäre Dinge zu erledigen. Sein Vater ist verstorben …«

»Ausreden! Ich brauche umgehend eine Verbindung zu Christian oder Fabian Lombardi!«

»Fabian ist in Hongkong, und niemand weiß, wo sich Christian aufhält.«

»Dann ruf Adrienne an. Sie wird wissen, wo ich ihren Mann erreichen kann.« Joel knallte die Tür zu seinem Büro hinter sich zu.

Eine halbe Stunde später klopfte es leise. Genevieve hatte mit Adrienne gesprochen. »Sie lässt ausrichten, dass ihr Mann sich auch auf dem Weg nach Hongkong befindet. Es gebe familiäre Dinge zu klären. Christian wird so schnell wie möglich wieder zurück in Genf sein. Die Beerdigung von François findet am Sonntag statt. Die Familie bittet um Abstand. Sie möchten einige Tage in Ruhe trauern.«

Joel nahm ihre Antwort kommentarlos hin.

Nicht mal ein höfliches »Danke« hält er für nötig. Dieser Mann ist unausstehlich, wenn Dinge nicht nach seinem Gutdünken laufen. Ich bin doch nicht seine Sekretärin …

Genevieve verließ angesäuert Joels Büro.

Wieder allein, steckte sich Joel erstmals seit über zwanzig Jahren in der Bank eine Zigarette an. Wer sollte ihn heute daran hindern? Der alte Zampano war tot, und seitdem machte anscheinend jeder, wonach ihm der Sinn stand. Die Partner der Bank flogen durch die Weltgeschichte, waren untergetaucht oder wurden polizeilich gesucht. Was war aus der grundsoliden, straff geführten Lombardi Bank in den letzten Wochen geworden? Club Méditerranée? Zu Beginn hatte Joel dieses Chaos nicht ungern gesehen, aber jetzt liefen die Geschehnisse aus seiner Kontrolle.

Habe ich etwas übersehen?

Er zündete sich eine neue Zigarette an, während die letzte noch im Aschenbecher qualmte. Hektisch sog er das Nikotin ein und trank einen Espresso dazu. Anschließend nahm er seinen BlackBerry aus dem Safe im Safe und schrieb eine E-Mail an Ted Blumfeld.

Ted, François ist bereits am Montag verstorben. Sind die Dokumente unterwegs? Muss Dich heute unbedingt sprechen.

Joel arbeitete unkonzentriert, was äußerst selten vorkam. Seine Gedanken drifteten vor und zurück. Musste er sich Sorgen um seinen Plan machen? Genervt knallte er schließlich die vielen Papiere auf die Ablage und erledigte anstehende Telefonate. Die lenkten ihn besser von seinen Problemen ab.

Am Nachmittag trafen alle Dokumente für den Margin Call komplett und testiert in Genf ein. Joel nahm sie per Unterschrift entgegen. Es blieben der Bank von heute an sieben Arbeitstage, um den Kredit an Levy & Lewitt zurückzuzahlen. Am 25. Februar, nächsten Freitag, würde die Frist ablaufen. Joel zog Bilanz.

François Lombardi ist verstorben. Pascal Lombardi verschwunden. Thomas Widmann ist tot, die Ursache noch ungeklärt. Der neue CEO Christian Lombardi und sein Sohn Fabian, die beiden anderen Partner der Bank, weilen aus unbekannten Gründen in Hongkong. Ich halte hier allein die Stellung. Niemand von der Geschäftsleitung informiert mich. Das ist neu. Ich bin sicher, die Lombardis halten etwas vor mir geheim. Die Frage ist: Was?

Er war froh, als der Arbeitstag zu Ende ging.

Ted hatte geantwortet, dass sie sechzehn Uhr New Yorker Zeit telefonieren konnten. Zu Hause in Vandoeuvres entspannte sich Joel bei einem Spielfilm. Pünktlich um zweiundzwanzig Uhr Genfer Zeit klingelte sein Handy. Genervt vom Tag brachte Joel sein Anliegen kurz und knapp auf den Punkt.

»François ist tot, wir müssen handeln.«

»Ich habe deine Mail heute Morgen gelesen, dann kam die Pressemitteilung – Herzversagen. War wohl doch zu viel für den alten Lombardi?«

»Ich nehme es an. Die Unterlagen sind angekommen. Läuft alles nach Plan?«

»Ja. Ich habe heute Mittag übrigens Francesca Lombardi getroffen, die Ex von Pascal.«

»Zufällig?«

»Nein, sie hat mich um einen Termin gebeten.«

»Wieso hast du dich mit Francesca getroffen? Gab es einen speziellen Grund?«

»Ich kenne sie seit fünfzehn Jahren. Sie hatte vorgegeben, einen Klienten von uns anwaltlich zu vertreten. Konnte ich ahnen, dass es um den MBS-Deal geht?«

»Worum sollte es sonst gehen, wenn dich eine Lombardi in diesen Tagen anruft? Sie ist noch immer Pascals Frau!«

»Okay Joel, ein Fehler, aber nicht mehr rückgängig zu machen.«

»Was wollte sie?«

»Zeitaufschub, eine Woche mehr Zeit für die Rückzahlung.«

»Auf welcher Basis?«

»Der Tod von Widmann, der Tod von François, seine Beerdigung, die ganze Familie steht unter Schock und ist beruflich unterwegs, die soziale Leier.«

»Wo sind sie, Hongkong?«

»Fabian und Christian, ja.«

»Weißt du mehr?«

»Angeblich verhandeln sie dort wegen eines Überbrückungskredits, um Levy & Lewitt auszuzahlen.«

»Das darf nicht passieren! Auf keinen Fall gibst du einen Zeitaufschub. Wir müssen mein Konsortium platzieren!«

Ted wiegelte ab. »Ich habe ihr gesagt, dass ich keinen Einfluss mehr habe, wenn der Margin Call offiziell ist.« Dann druckste er für einen Moment. »Ich habe aber ein anderes Problem. Sie weiß, dass ich nicht in den Anden klettern, dafür im *Capri-Hotel* auf Southampton war.«

»Wie kann sie das wissen?«

»Natalja hat meine Kreditkarte zum Shoppen benutzt.«

»Unglaublich unprofessionell! Du bist selten blöd, Ted. Weißt du, was du damit riskierst?«

»Sie drohte mir mit einer Klage.«

»Lächerlich ... Warum will sie dich verklagen?«

»Missinformation über die Wertigkeit, Versäumnisse beim Vierteljahresreport und eine private Lüge über meinen Aufenthaltsort, um für den Kunden nicht erreichbar zu sein ...«

»Diese clevere kleine Zicke ... Ignoriere sie. In ein paar Tagen ist alles vorbei.«

»Joel, ich bin Angestellter bei Levy & Lewitt. Wenn sie gegen uns prozessieren und die anderen Sachen ans Licht kommen, werde ich gefeuert! Die Lombardi Bank ist nicht irgendein kleiner Investor, der mal zehn Millionen Dollar verliert ...«

»Du klingst wie der tote François. Über die Konditionen haben wir vorher gesprochen.«

»Ja, aber du hast mir keine Garantie gegeben. Am Ende zieht jeder seinen Hals aus der Schlinge.«

»Du traust mir nicht? Hast du vergessen, wie viel ich investiert habe und welchen Schnitt du an dem Deal gemacht hast?«

»Nein, habe ich nicht ... Übrigens wollte sie auch wissen, wem die Immobilien in Manhattan gehören.«

»Da kann sie lange suchen. Du hast hoffentlich nichts gesagt.«

»Natürlich nicht.«

»Natürlich nicht«, äffte Joel Ted nach. Er war extrem gereizt. »Da bin ich mir bei dir nicht mehr sicher. Du machst Anfängerfehler wegen einer Frau! Ich hoffe, die Nächte mit ihr waren es wert ...«

Ted schwieg.

»Steht Francesca mit Pascal in Kontakt? Sicher weiß sie, wo er sich aufhält.«

»Sie ließ sich nichts entlocken und hat kategorisch abgestritten, ihm zu helfen.«

»Kannst du sie mit irgendetwas erpressen?«

»Francesca Lombardi ist eine bekannte Anwältin, die für eine namhafte Kanzlei arbeitet. Ich tendiere dazu, vorsichtig zu sein.«

»Ich tendiere ...« Joel wiederholte die letzten Worte genervt. »Dann hättest du besser mit deinem Gehirn als mit deinem Schwanz denken sollen! Du hältst die Füße still und lässt dich in Zukunft ihr gegenüber verleugnen. Zur Not wirst du plötzlich krank, verstanden!? Ich regle das.« Abrupt beendete Joel das Gespräch.

Kapitel 70

Pascal erhielt am Mittwochmittag unerwartet eine weitere E-Mail von Adrienne. Als Betreff stand dort: *Margin Call – Plural.*

Die Ereignisse überschlagen sich. Die Dinge in Hongkong laufen nicht rund. Fabian hat zwar gestern den Vertrag für den Überbrückungskredit unterschrieben, aber er wackelt. Es gibt, wie in jedem Vertrag, eine Rücktrittsklausel, wenn es schwerwiegende Gründe rechtfertigen. Christian hatte um diesen Zusatz in der Hoffnung gebeten, dass Du das Geschäft mit Levy & Lewitt klären kannst. Es haben sich in der Tat entscheidende Umstände verändert, allerdings andere, als wir gehofft hatten. Christian wollte diese mit Huang Fu Chen in Hongkong besprechen. Er hat ihm diese Möglichkeit verwehrt, da er erst mit seiner Familie reden und dann entscheiden will. Ich verstehe sein Verhalten.

François hat mit seinem Testament nicht nur das Leben unserer Familie, sondern auch das der Chens/McGrahams unerwartet auf den Kopf gestellt. Fabian redet nicht mehr mit Christian und hat sich völlig von uns zurückgezogen. Vielleicht solltest du wissen, dass Audrey McGraham seine neue Freundin ist. Die beiden lieben sich, und die aktuellen Geschehnisse stellen diese junge Liebe auf eine harte Probe.

Die Probleme häufen sich in einer Geschwindigkeit, die mich sehr beunruhigt. Es wäre töricht, nichts zu unternehmen. Ich habe mich deswegen nach Absprache mit Roland

Sutter entschlossen, Christian zu informieren, dass Du in Dubai bist.

Wir haben nicht nur einen Margin Call von Levy & Lewitt – der seit heute offiziell ist –, wir haben auch einen Margin Call in der Familie. Die Bank und unsere Beziehungen untereinander schweben in extremer Gefahr. In der Familie können wir auf keine Hilfe von außen hoffen. Wir müssen uns untereinander mehr Kredit einräumen, um in eurer Sprache zu reden.

Joel tobt in seinem Büro, weil niemand von der Geschäftsleitung zu erreichen ist. Keine Entscheidung, keine Reise wird mit ihm abgesprochen. Von François' Tod hat er durch die offizielle Pressemitteilung erfahren. Er ist ein Partner der Bank, den der Margin Call auch finanziell trifft. Seinen Vorschlag für einen Überbrückungskredit eines amerikanischen Konsortiums hat sich von den anderen nicht mal einer angeschaut. Joel besteht darauf, in wichtige Entscheidungen eingebunden zu werden. Auch das kann ich nachvollziehen.

Ich weiß nicht, was ihr gegen ihn in der Hand habt oder was sich über Jahre angestaut hat. Löst es bitte sachlich-qualifiziert unter Geschäftsmännern.

Ist eigentlich noch jemand Herr der Ereignisse? Ich bezweifle es. Christian, Du und Fabian, ihr müsst das so schnell wie möglich mit Hilfe der Sutters klären.

Ich appelliere an Dich, bitte stelle den Groll gegen Deinen Bruder für kurze Zeit hintenan. Nur gemeinsam könnt ihr dieses Chaos bewältigen. Mein Wunsch ist, dass es danach noch eine Lombardi Bank mit Lombardis in der Führung gibt, eine Familie und hoffentlich vernünftige Geschäftsbeziehungen nach Hongkong und New York.

Christian fliegt heute Nacht von Hongkong nach Dubai. Roland und Nadine Sutter kommen aus Zürich. Nadine Sut-

ter hat herausgefunden, dass die Überwachungsvideos in der Bank manipuliert worden sind. Sie ist eine fähige IT-Spezialistin. Wir müssen Deine Unschuld am Tod von Thomas Widmann beweisen, damit Du nach Genf zurückkommen kannst. Wir brauchen Dich hier nötiger als je zuvor.

Bitte Pascal, verzeih mir, dass ich mein Versprechen gebrochen habe. Du kennst mich, es gab keine andere Möglichkeit. Ich habe alles getan, was in meinen Kräften stand.

Christian wird weitere schockierende Neuigkeiten mitbringen.

Viel Erfolg und bewahrt bitte einen kühlen Kopf. Es gibt keine Alternative zur Familie … Managt unseren internen Margin Call so professionell wie den von Levy & Lewitt. Wir sind es wert.

Adrienne

Angehängt waren die Ankunftszeiten von Christian und den Sutters. Adrienne bat ihn, alles Nötige in Dubai zu arrangieren.

Kapitel 71

Einen Tag später war Pascals Ärger über Adil abgeschwächt. Auf eine Art war er froh, dass die Dinge ins Rollen gekommen waren. Trotzdem war es ihm wichtig, Adil klarzumachen, dass er es nicht in Ordnung fand, dass er hinter seinem Rücken agiert hatte. Was, wenn es schiefgegangen wäre? Adil hatte Pascals Aufenthaltsort verraten … Eine Freundschaft funktionierte anders. Die Basis bildete seit ewigen Zeiten Vertrauen.

Adil akzeptierte Pascals Kritik. Er entschuldigte sich und begründete sein Verhalten mit guten Argumenten. »Ich habe die Detektei Sutter vorher gründlich gecheckt. Sie haben beste Empfehlungen. Dann habe ich spekuliert, dass sie von deinen sportlichen Aktivitäten wissen. Mit Sicherheit haben sie deinen Computer in der Bank auf den Kopf gestellt und mit deiner Familie gesprochen. Ich hoffte, sie würden den Link auf Runtastic verstehen. Man konnte ihn nur mithilfe deiner Login-Daten öffnen. Es blieben als Kandidaten dafür nur Fabian und Sutter. Für jeden Außenstehenden, selbst die Polizei, war mein Hinweis absolut unverständlich.«

Pascal nickte. »Clevere Logik.«

»Danke. Ich würde dir gerne sagen, was mir noch aufgefallen ist. Darf ich frei von der Leber reden?«

Pascal verstand die leichte Ironie in der Frage. »Immer.«

»Ich habe deinen Berichten aufmerksam zugehört, die Festplatten von Thomas Widmann und Christian gesehen und bin zu meinen eigenen Schlussfolgerungen gekommen.«

»Du denkst darüber nach, weil dich mein Fall interessiert? Ich dachte, du arbeitest für Geheimdienste, wirklich spannende Sachen, nicht für langweilige Banker.«

Adil winkte ab. »Ich löse manchmal technisch anspruchsvolle Sachen für die, und das war's auch schon. Mit echten Geheimaktionen habe ich nichts zu tun. Ich bin eine kleine Ameise im System. Wirklich fesselnd sind für mich menschliche Schicksale. Du bist mir sympathisch.«

»Ein nettes Kompliment trotz der Kritik vorhin?«

»Komm Pascal, wir sind erwachsen ...«

Beide grinsten einvernehmlich.

»Ich treffe durch meine Arbeit viele verschiedene Menschen – gute, schlechte, kluge, weniger begabte, Frauen, Männer, Studenten, Betrüger, Dealer, Beamte, Professoren, Manager – und habe eine gute Menschenkenntnis entwickelt. Du bist ein ehrlicher Mensch. Sicher neigst du zu Extremen in vielerlei Hinsicht, aber du bist kein Betrüger. Ich glaube eher, du bist ein bisschen verloren. Deswegen möchte ich dir helfen.«

»Danke, auch wenn du dir einen eigenartigen Weg dazu ausgesucht hast. Ich bin neugierig.«

»Für mich geht der Lösungsansatz über Joel Silverstein.«

»Wie kommst du darauf? Ich kann ihn nicht ausstehen, aber ihn für alles verantwortlich zu machen ...«

»Er ist die einzige Konstante, die deinen Weg kreuzt. Er scheint eine gleichwertige Aversion gegen dich zu haben wie du gegen ihn. Er hat deine erste Liebe zu Judith zerstört, stimmt's?«

»Ja.«

»Er hatte seine Hände bei Christians Rücktritt im Spiel.«

»Angeblich, ja.«

»Er hat die ersten MBS, die Widmann gekauft hat, als Investment empfohlen.«

»Ja.«

»Er hat den Kontakt zu Ted Blumfeld hergestellt, der den zweiten Deal mit dem ersten verbunden hat.«

»Ja, für Thomas Widmann. Ich kannte Ted.«

»Ted hat dir trotzdem den Deal empfohlen.«

»Ja.«

»Judith trennt sich anscheinend nicht von ihrem Mann, weil sie Angst vor ihrem Vater hat.« Adil redete immer schneller, steigerte sich in seine Vermutungen hinein.

»Ja.«

»Joel war in der Bank, als Widmann gestorben ist – vor dir.«

»Ja.«

»Joel will dich für diesen Tod verantwortlich machen.«

»Ja.«

»Dein Vater warnt euch vor ihm auf seinem Sterbebett.«

»Ja.«

»Ich habe Informationen über ihn eingeholt. Er kommt von Ex-Solomon Brothers, den Erfindern von MBS ...«

»Ja.«

»Der einzige Computer, auf den ich nicht zugreifen kann, ist seiner. Joels Computer in eurer Bank hat hochgesicherte Firewalls ... Hallo??? Wie viele Hinweise brauchst du noch, bis Joel Silverstein von euch gründlich unter die Lupe genommen wird?«

»Okay, aber vieles war auch mit seinem Job verbunden. Ich muss versuchen, objektiv zu sein. Du weißt, was ich in Bezug auf Joel tun würde, wenn ich könnte, wie ich wollte ...«

»Ich behaupte ja auch nicht, dass Joel für alles verantwortlich ist. Aber warum folgst du nicht zur Abwechslung mal deinem Bauchgefühl? Jeder Mensch hat ein paar Geheimnisse. Joel mit Sicherheit ganz viele. Ich kann es förmlich riechen. Willst du nicht herausfinden, welche das sind? Es könnte wirklich wichtig für dich und die Lombardi Bank sein.«

»Welche konkrete Idee hast du? Ein bisschen kenne ich dich inzwischen, Adil«, fragte Pascal hellhörig.

»Eine Möglichkeit wäre, mit Hilfe von Sutters IT-Menschen Zugriff auf Joels Computer zu bekommen. Sutter arbeitet für euch, kann sich also in der Bank frei bewegen. Wir brauchen nur einen triftigen Grund, warum er in Joels Büro muss. Vielleicht geht es sogar über Nacht? Es gibt spezielle Hacker-Programme, die man in wenigen Minuten aufspielen kann. Danach hat man von außen Zugriff auf die Festplatte.«

»Das klingt gut. Pass auf, mein Bruder Christian, Roland Sutter und sein IT-Mensch Nadine – eine Frau – landen morgen früh in Dubai. Wenn wir die ersten Sachen zwischen uns besprochen haben, würde ich dich hinzuziehen. Ich bin bereit, alles zu tun, um den Dingen endlich auf den Grund zu gehen. Roland Sutter kenne ich nicht. Seine Bereitschaft zu diesen bestenfalls halblegalen Aktionen kann ich nicht einschätzen. Genauso wenig weiß ich, wie das Gespräch mit meinem Bruder verlaufen wird. Wir müssen vorsichtig taktieren.«

»Wir sollten auf jeden Fall versuchen, Nadine auf unsere Seite zu ziehen. Selbst wenn die anderen nicht zustimmen, könnten wir mit ihrer Hilfe diese *Nachtaktion* in der Lombardi Bank starten.«

»Deal.«

Adil stand auf und gab Pascal ein High Five. »Deine beste Entscheidung seit langem. Ich manage Nadine und fühle ihr auf den Zahn.«

Kapitel 72

Nacht von Mittwoch, 16. Februar 2011, auf Donnerstag, 17. Februar 2011

Francesca spazierte nach dem Gespräch mit Ted im *Starbucks* eine Weile ziellos durch Manhattan und betrachtete die Geschehnisse von allen Seiten.

Sie dachte über das Gespräch mit Ted im *Starbucks* nach. An seinem Verhalten erkannte sie klar, dass an dem Geschäft zwischen der Lombardi Bank und Levy & Lewitt etwas nicht stimmte. Bloß was? Die Zeit wurde knapp. Sie überlegte.

Eigentlich kann es nur um den Wert der Immobilien gehen. Entweder hat Levy & Lewitt den Wert im Jahre 2006 falsch eingeschätzt oder zu hohe Kredite gegeben. Alternativ kann es sein, dass man jetzt den Wert künstlich nach unten dreht. Die Frage ist: Wer hat diese Immobilien bewertet und wer finanziert? Wem gehören sie? Mit MBS wird zu oft gemauschelt. Der Schlüssel wird sein herauszufinden, wer davon profitiert, dass die Lombardi Bank einen Margin Call hat …

Diese Fragen konnte sie nicht allein durch detektivische Kleinarbeit beantworten. Sie benötigte dringend ein Mandat der Lombardi-Familie, um eine Untersuchung mit offiziellen Anträgen einzuleiten. Nur auf diesem Weg konnte Francesca die Dokumente einsehen. Sie würde das mit Pascal heute Abend besprechen müssen.

Neben dem existentiellen Problem für die Lombardi Bank

hatte ihr Engagement eine alte Wunde aufgerissen. Pascal – er war immer noch ihr Mann. Heute, genau wie damals, als sich erstmals ihre Wege kreuzten, ging es Pascal nicht gut.

Möchte ich unserer Ehe eine zweite, eine neue Chance geben? Geht das überhaupt? Wieder hat er sich mit Judith eingelassen, die inzwischen auch in New York lebt. Allem Anschein nach klappt es nicht. Vielleicht funktioniert es aber doch mit uns, wenn wir es noch mal versuchen, denn Judiths und meine Voraussetzungen sind verschieden. Ich lebe in keiner anderen Beziehung ... Die letzten Jahre war ich allein und habe mich damit arrangiert. Keine zähen Diskussionen, aber auch keine natürliche Vertrautheit. Ich habe diese Selbstverständlichkeit oder Einfachheit des Zusammenlebens bei jedem Mann nach Pascal vermisst ... Will ich Pascal mit allen Konsequenzen zurück?

Francesca wollte nicht auf Dauer allein leben. Sie träumte davon, mit einem Mann, der sie liebte und den sie respektierte, alt zu werden. Kinder würden ihr wahrscheinlich versagt bleiben, denn inzwischen war sie achtundvierzig. Das Thema war theoretisch wie biologisch noch nicht abgeschlossen. Aber warum sollte im späten Alter klappen, was vor zehn oder fünfzehn Jahren schon problematisch war?

Bevor sie Gefahr lief, noch sentimentaler zu werden, verscheuchte sie die Gedanken und eilte nach Hause. In wenigen Minuten wollte sie mit Pascal skypen. Für ihn war es mitten in der Nacht. Sie klingelte ihn an. Er war online und antwortete sofort.

Francesca: *Pascal, es tut mir so leid mit François. Ich verstehe, dass dich das tief berührt. Mein Beileid ... Du weißt, ich mochte deinen Vater sehr.*

Pascal: *Danke. Man könnte sagen, der Februar ist nicht mein Monat.*

Francesca: *Er ist noch nicht zu Ende. Danke, dass du mir alles gemailt hast. Es hat mein Gespräch mit Ted nicht einfacher, aber effektiver gemacht.*

Pascal: *Erzähl schon, ich bin neugierig. Wo habt ihr euch getroffen?*

Francesca: Starbucks *an der Vesey Street, nichts Besonderes. Ich habe geblufft, dass ich ihn wegen Falschinformationen bei Vertragsabschluss, Missinformation über die Wertigkeit der MBS, Versäumnisse beim Vierteljahresreport und eine private Lüge über seinen Aufenthaltsort, um für den Kunden nicht erreichbar zu sein, verklagen werde. Dann habe ich eine Woche Aufschub für die Rückzahlung des Margin Call wegen privater Umstände – Tod von Widmann und François – gefordert. Ich habe ihm gesagt, dass ihr kurz vor Vertragsabschluss eines Überbrückungskredits steht, was ja im Interesse von Levy & Lewitt sein sollte …*

Pascal: *Und?*

Francesca: *Er meinte, ich könne nichts von meinen Vorwürfen beweisen und würde mit einem potenziellen Mörder unter einer Decke stecken. Ich soll auf mich aufpassen.*

Pascal: *Bitte? Das gefällt mir gar nicht.*

Francesca: *Keine Sorge, mehr verbale heiße Luft als sonst was, typisch Investmentbanker. Ted hat sich nicht wohl gefühlt, da läuft nicht alles korrekt, so viel ist sicher.*

Pascal: *Wie ich vermutet habe. Übrigens kommen Christian und die Sutters in ein paar Stunden in Dubai an. Ich wünschte, du wärst auch hier.*

Francesca: *Warum hast du deine Meinung über Christian so schnell geändert?*

Pascal: *Lange Geschichte, am Ende hat es Adrienne arran-*

giert. Sie nannte es Margin Call in der Familie … Ich habe ein Problem mit Christian. Du bist immer besonnen, hast Zugang zu Ted in New York … Es wird eine heftige Besprechung werden. Es wäre gut, jemanden mit Fachwissen an meiner Seite zu haben.

Francesca: *Als Anwältin?*

Pascal: *Zuerst als Mensch, aber auch als Anwältin. Ich verstehe nicht genau, wer gegen und mit wem agiert und intrigiert …*

Francesca: *Wie lange werden sie bleiben?*

Pascal: *Einen Tag. Wir wollen Informationen austauschen und unsere Aktionen koordinieren. Außerdem gibt es wohl Dinge, die sie mir sagen müssen. François hat in seinen letzten Minuten angeblich einige Geheimnisse von brisanter Bedeutung aufgedeckt. Ich bin durcheinander …*

Francesca: *Hmm … Dann hat Adrienne den Zustand eurer Familie und der Bank treffend beschrieben.*

Pascal: *Ich glaube schon. Hast du eigentlich noch den Schlüssel zum Penthouse?*

Francesca: *In Genf? Ja, warum?*

Pascal: *Ich könnte dir den Code zu meinem Safe geben. Dort befindet sich der Prospekt der MBS. Du könntest ihn mitbringen, und wir wären schon mal einen Schritt weiter bei der Suche nach dem Eigentümer der Immobilien.*

Francesca: *Ted hat angedeutet, dass François hart verhandelt hatte und er die kompletten Vertragsunterlagen attestiert nach Genf geschickt hat.*

Pascal: *Das hat er bestimmt. Aber da von unserer Familie niemand in Genf ist, liegen diese Verträge auf dem Tisch von Joel Silverstein. Der würde dir die Unterlagen nie aushändigen. Außerdem bevorzuge ich, ihn damit nicht zu behelligen.*

Francesca: *In Ordnung. Du willst also, dass ich von New York nach Genf fliege, deine Unterlagen hole und dann nach Dubai weiterfliege? Nicht gerade ein typischer Wochenendtrip, was die Entfernung angeht.*

Pascal: *Es wäre super hilfreich. Und ich wüsste dich gerne hier. Ein paar Tage Sonne würden dir auch guttun.*

Francesca: *Das stimmt wohl, der Winter ist lang. Dein Vorschlag kommt zu einem perfekten Zeitpunkt, Pascal. Ich habe Resturlaub, nicht zu viel Arbeit und Lust auf ein kleines Abenteuer. Diese Geschichte mit den MBS würde ich wirklich gern aufklären, und ich war noch nie in Dubai.*

Pascal: *Francesca, es würde mir so viel bedeuten. Ich habe nicht gewagt, dich direkt zu fragen.*

Francesca: *Du und schüchtern? Das ist neu. Wo würde ich wohnen?*

Pascal: *Hier natürlich, Jeffreys Haus hat sechs Schlafzimmer …*

Francesca: *Okay, ich schaue nach der besten Verbindung, und du schreibst mir die Safe-Kombination auf. Brauchst du noch was?*

Pascal: *Nein, nur dich hier. Unser Hochzeitsdatum ist der Code. Das hast du sicher nicht vergessen.*

Francesca: *Witzbold … Benutzt du immer noch das Datum rückwärts als Code, beginnend mit dem Jahr?*

Pascal: *Auch daran erinnerst du dich … und damit rettest du übrigens gerade meinen Tag. Was für eine wunderschöne Überraschung und so einfach.*

Francesca: *Charmeur …*

Kapitel 73

Donnerstag, 17. Februar 2011

Die Sonne senkte sich langsam über dem Häusermeer in Richtung Ozean. Miranda saß mit Audrey auf der Terrasse ihres Hauses. Sie tranken Tee und warteten auf Peter und Stanley, die noch in der Firma waren und sich verspäten würden. Als Malerin liebte Audrey das Zwielicht. Es tauchte die Welt in eine andere Perspektive und veränderte gleichzeitig die Atmosphäre, warf lange Schatten, spielte mit Farben und regte ihre Fantasie an. Miranda hatte das abwesende Lächeln ihrer Tochter in der letzten halben Stunde unauffällig beobachtet. Sie strahlte eine verliebte Zufriedenheit aus, die ihre Nervosität verstärkte.

»Wie geht es Fabian? Bist du immer noch unsterblich verliebt?«, fragte sie Audrey in der Absicht, eine lockere Unterhaltung über ihre Beziehung zu beginnen.

Audrey schaute ihre Mutter erstaunt an. »Mama, Fabian ist die Liebe meines Lebens, mein Traummann. Natürlich bin ich in ihn verliebt.«

»Du siehst gelöst und glücklich aus, deine Augen leuchten. Habt ihr euch schon Gedanken gemacht, wie die Beziehung weitergehen soll? Fabian erfüllt eine wichtige Position in der Lombardi Bank, und du hast deine Galerie und Künstler hier. Genf und Hongkong liegen weit entfernt, das wird nicht einfach ...«

»Mama, wir regeln das schon. Ich kann mir vorstellen, nach

Genf zu ziehen und die Führung meiner Galerie Ivy zu übergeben. Sie ist talentiert, motiviert und hat diese Chance lange verdient. Jahrelang hast du dich gesorgt, weil ich mich in keinen Mann verlieben konnte und insgeheim befürchtet, ich wäre lesbisch. Warum bist du jetzt so skeptisch? Fabian ist außergewöhnlich, er vereint, was ich mir immer von einem Mann erträumt habe. Ich bin froh, so lange gewartet zu haben.« Audreys Worte beschrieben exakt ihre Gefühle. Sie war mit sich im Reinen.

Miranda lief eine Gänsehaut über den Rücken. Diese tiefe Liebe hatte sie sich für ihre Tochter gewünscht.

Aber warum muss es ausgerechnet Fabian Lombardi sein?

»Du hast recht. Genieß es. Es sind die schönsten Gefühle im Leben. Darf ich dir trotzdem einen Rat geben?«

Audrey verschluckte fast ihren Tee vor Lachen. »Du bist heute komisch, Mama. Ist alles in Ordnung mit dir? Du sagst doch immer, was du denkst, was soll die Frage?«

Miranda lächelte gequält.

Soll ich Audrey warnen, bevor die Männer kommen? Vielleicht keine schlechte Idee …

»Weißt du, Audrey, das Leben spielt einem manchmal komische Karten zu. Mach dich nicht so schnell von Fabian abhängig. Damit meine ich nicht die Finanzen, du bist gut versorgt. Ich meine es mehr auf einer emotionalen Basis. Du bist so verliebt, schwebst auf einer Wolke, da verliert man schnell den Bezug zur Realität. Irgendwann kehrt in jede Beziehung der Alltag ein. Eine Partnerschaft funktioniert nur, wenn beide Partner glücklich sind und ihre Identität nicht aufgeben. Deine Galerie, deine Malerei und deine Künstler sind ein wichtiger Bestandteil von dir, machen dich als Mensch aus. Fabian ist ein kluger, höflicher, junger Mann. Ich mag ihn. Trotzdem ist er ein Lombardi, ein Banker, ein

Schweizer, und die Kombination ist nicht einfach. Glaub mir, ich weiß, wovon ich spreche.« Miranda zögerte einen Augenblick, überlegte, wie offen sie sein konnte.

In dem Moment traten ihr Mann Peter und Stanley auf die Terrasse.

Stanley umarmte seine Zwillingsschwester und gab ihr einen schmatzenden Kuss auf die Wange, bevor er seine Mutter begrüßte. »Wir kamen später als erwartet aus dem letzten Meeting. Was liegt an, Mama? Du hast so geheimnisvoll am Telefon geklungen …«

Damit war das Gespräch unter Frauen beendet. »Trinken wir ein Glas Champagner?«

Stanley schaute fragend zu Audrey.

Die schüttelte leicht den Kopf und zuckte dann mit den Schultern.

»Ich muss euch etwas gestehen, was mir nicht leicht fällt und sicher Konsequenzen haben wird. Vorneweg ein Toast auf unsere Familie. Ich liebe euch, und ihr bedeutet mir alles.«

Nun waren auch die Männer verdutzt.

Peter ergänzte den Satz seiner Frau. »Ich habe nicht den leisesten Schimmer, worum es geht. Zum Wohl und ich liebe euch auch.«

Beim Anstoßen erzeugten die kristallenen Gläser ein feines, angenehm klirrendes Geräusch.

Dieser Ton schwang in Mirandas Kopf, als sie ihre Tochter, ihren Sohn und ihren Mann küsste.

»Mama, bist du unheilbar krank?«, fragte Stanley erschrocken.

»Dieselbe Frage habe ich mir auch gerade gestellt«, sagte Audrey zu ihrem Bruder.

Miranda setzte sich wieder und schüttelte verneinend den

Kopf. Dabei spielte sie unsicher mit ihrem weißgoldenen Kettenanhänger und rutschte tiefer in den Sessel. »Nein, ich bin nicht krank, aber ich muss euch etwas gestehen, was ich nie erzählen wollte.« Mit einem Seitenblick auf Audrey fügte sie hinzu: »Aber manchmal schreibt das Leben ein anderes Drehbuch.«

Peter und Stanley verstanden nichts mehr, die Spannung war beinahe unerträglich.

Endlich fasste sich Miranda ein Herz. »Ihr wisst alle, dass François Lombardi vor drei Tagen verstorben ist. In seinem Testament hat er verfügt, dass Audrey und Stanley zehn Prozent der Lombardi Bank erben.«

Audrey machte vor Erstaunen riesige Augen, über Stanleys Gesicht huschte ein ungläubiges Grinsen. Die Überraschung saß.

Peter massierte mit der rechten Hand nachdenklich seinen Nacken, bevor er die entscheidende Frage stellte. »Aus welchem Grund erben unsere Kinder von François Lombardi? Er hat eigene Kinder und Enkel, oder verstehe nur ich die Zusammenhänge nicht?«

»Das ist der unangenehme Teil der Nachricht. François Lombardi glaubte bis zu seinem Tod, dass Audrey und Stanley seine Kinder sind.«

Die Granate war gezündet.

»Wie bitte!?« Peter sprang auf. »Wie kommt er auf die verrückte Idee, dass meine Kinder seine…« Mitten im Satz brach er ab und ging auf Miranda zu. »Hast du mir etwas zu sagen?« Der drohende Unterton in seiner Stimme war deutlich.

Audrey stand vor Staunen der Mund offen. Sie blickte aufgeregt von ihrer Mutter zu ihrem Vater.

Miranda schaute flüchtig zu Audrey, zögerte, doch dann

richtete sie sich auf. Mit klarer Stimme antwortete sie ihrem Mann und schaute ihm dabei in die Augen. »Vor sechsunddreißig Jahren hatten François Lombardi und ich eine Affäre. Es war zu der Zeit, als Huang Fu den Börsengang der Holding vorbereitete und er oft in Hongkong weilte. Auf Bitte meines Vaters habe ich mich um François gekümmert …«

Peter fiel seiner Frau ungehalten ins Wort. »Was du anscheinend mit Vergnügen verwechselt hast! Das Ergebnis kann sich durchaus sehen lassen! Zwei schöne, intelligente Kinder! Wie geschickt, dass wir beide Europäer sind, da brauchtest du keine Erklärung für diesen nicht zu übersehenden Einschlag der Zwillinge zu finden! Du hast mich schon am Beginn unserer Ehe betrogen! Ein Skandal, dass du mir die Kinder untergeschoben hast! Ich habe Kuckuckskinder großgezogen?!« Peter schrie die letzten Worte verzweifelt.

Miranda stand auf, zündete sich hektisch eine Zigarette an, inhalierte einige Male tief. Dann sprach sie bedächtig in Peters Richtung. »Ich habe dich betrogen und war in den charmanten François Lombardi als junge Frau verliebt. Das war nicht fein, ist aber passiert und lange Schnee von gestern. Entschieden habe ich mich letztendlich für unsere Ehe.« Sie warf die halb gerauchte Zigarette in den Aschenbecher und steckte sich sofort die nächste an.

Keiner sagte einen Mucks.

Unerwartet kreischte sie plötzlich in Peters Richtung: »Aber eins verbitte ich mir, Audrey und Stanley habe ich dir nicht untergeschoben! Die Zwillinge sind unsere gemeinsamen Kinder. Ich weiß, wer ihr Vater ist! Für die Hirngespinste von François und seine testamentarischen Verfügungen kannst du mich nicht verantwortlich machen. Bis gestern habe ich nichts davon gewusst!« Erschöpft fiel Miranda in ihren Sessel. Sie hatte es ausgesprochen. Verarbeiten musste es jeder selbst.

Stanley reichte seiner Mutter wortlos ihr Champagnerglas. Sie trank es in einem Zug leer.

Peter lief aufgeregt hin und her und versuchte, sich zu beruhigen. Es gelang ihm nicht. Voller verletzter Gefühle klagte er seine Frau an. »Du setzt mir nach fast vierzig Jahren Ehe die Hörner auf, Miranda! Was kann ich dir noch glauben?! Seitdem ich dich kenne, umgeben dich Geheimnisse, oder du schlägst Kapriolen! Irgendetwas ist immer anders als bei normalen Leuten. Jetzt hast du das Fass zum Überlaufen gebracht!« Er hielt inne und drehte den Kopf, um seine Kinder anzuschauen. Es schien, als wolle er sich bei ihnen entschuldigen, bevor er Miranda den nächsten Satz entgegenschleuderte. »Ich bestehe auf einen Vaterschaftstest und möchte eine medizinische Bestätigung, dass die Zwillinge meine Kinder sind! Danach können wir weiterreden.« Leiser fragte er: »Hast du überlegt, in welche Situation du Audrey bringst?«

Keiner äußerte sich, alle waren schockiert und befangen. Niemand war der Situation wirklich gewachsen.

Miranda übernahm wieder die Führung. »Christian Lombardi besteht übrigens auch auf diesen Test. Er hat nach François' Tod eine DNA-Probe von seinem Vater nehmen lassen. Ich habe die Probe. Wir können morgen in Hongkong in ein Labor gehen und uns offiziell bestätigen lassen, dass Audrey und Stanley deine Kinder sind, Peter.«

Sekunden später knallte Peter wütend eine Hand auf den Tisch. »Was für ein Skandal für unsere Familie und meinen sozialen Status in Hongkong! Unsere Ehe war von Beginn an eine Farce! Der erfolgreiche Peter McGraham hat für Huang Fu Chen die Investmentbank aufgebaut und mit seiner Tochter fremde Kinder großgezogen?! Gehe ich richtig in der

Annahme, dass der gute alte Huang Fu Bescheid wusste? Hast du dir wieder Rückendeckung von deinem Vater geholt? Ihm hast du schon immer näher gestanden als mir, deinem Mann!« Peter war nicht zu beruhigen. Man konnte ihm regelrecht ansehen, wie sich in seiner Misere ein Baustein auf den nächsten fügte. Und eine andere, folgerichtige Erkenntnis drang gnadenlos in sein Bewusstsein. »Jetzt verstehe ich den Anruf von Huang Fu während unserer Verhandlungen mit den Lombardis. Warum kippte er plötzlich seine heiligen Prinzipien?! Logisch, weil er damals bereits wusste, dass Audrey und Stanley erben und nicht nur zehn Prozent der Lombardi Bank, sondern auch eine Verpflichtung ... Welche Rolle spiele ich in dem Theater eigentlich?« In Rage lief er auf und ab, bis er sich wieder einigermaßen im Griff hatte. Er schaute seine erwachsenen Kinder nachdenklich an.

In Stanleys Gesicht regte sich kein Muskel, er hatte sein Pokerface aufgesetzt.

Audrey war das komplette Gegenteil, bei ihr kullerten die Tränen. Das Make-up ihrer Augen war verlaufen und zeichnete schwarze Linien auf ihr zartes Gesicht.

Wortlos nahm Peter seine Tochter in die Arme und hielt sie fest, strich über ihr Haar. »Audrey, mein Schatz, es wird sich alles finden. Ich liebe dich und bin sicher, dass ich dein Vater bin, aber jetzt muss ich hier raus, entschuldigt mich.« Peter küsste Audreys Stirn, nickte Stanley zu und verließ die Terrasse, ohne Miranda eines weiteren Blickes zu würdigen.

Audrey schnäuzte ihre Nase und wandte sich an ihre Mutter. »Das ist der Rat, den du mir geben wolltest? Ich soll mich nicht mit einem Lombardi einlassen, denn du konntest selbst nicht widerstehen? Oder bist du eifersüchtig, dass ich haben kann, was du dir kurzzeitig gestohlen hast?« Sie war stinksauer und wollte ihre Mutter verletzen, sie tief im Herz treffen. Unbewusst rächte Audrey wohl auch ihren Vater. »Ich liebe Fabian und lasse mir diese Beziehung nicht von dir und deiner Affäre aus der Vergangenheit zerstören! Im Zweifel werde ich nie Kinder haben und ohne Trauschein leben. Es wird Zeit, dass ich aus deinem Dunstkreis rauskomme. Ich gehe auch!«

Sekunden später knallte die Tür ein zweites Mal.

Miranda zuckte zusammen.

Stanley stand auf, füllte wortlos den Champagner nach und reichte seiner Mutter ein Glas. »Zum Wohl. Das war eine Überraschung auf der ganzen Linie, und du hast nicht übertrieben, was die Konsequenzen betrifft. Für Peter und Audrey sind sie fundamental.«

Miranda steckte sich die nächste Zigarette an. »Was glaubst du, warum ich niemals darüber geredet habe? Ich wollte euch nicht verletzen, aber jetzt blieb mir keine Wahl. Du und Audrey müsst in wenigen Tagen entscheiden, ob ihr das Erbe von François annehmen wollt. Ich habe mit Großvater gesprochen. Huang Fu hat darauf bestanden, dass ich euch die Wahrheit erzähle.«

Stanley wurde nachdenklich. »Die Erbschaft ist eine Überlegung wert. Zwanzig Prozent der Lombardi Bank repräsentieren fast eine Milliarde Dollar, wie wir seit letzter Woche wissen. Mich interessiert die Affäre nicht, Peter ist mein Vater. Trotzdem müssen wir für Audrey den Vaterschaftstest machen.«

Miranda nickte. »Danke, Stanley.«

Sie tranken schweigend ein weiteres Glas. Schließlich erfasste Stanley den vollen Umfang der Nachricht und konnte seine Neugier nicht länger zügeln. »Wenn wir das Thema schon angesprochen haben, kannst du mir die Geschichte zwischen dir und François Lombardi auch erzählen. Ich würde dich gerne verstehen und mehr über ihn erfahren. Kennenlernen kann ich ihn ja nicht mehr … Dafür muss ich mit Christian und Pascal die Lombardi Bank retten. Jetzt bin ich neugierig, was es mit dieser Familie auf sich hat. Eigentlich ein interessanter Aspekt, wenn Peters Gefühle nicht so verletzt würden …«

»Du spielst mit dem Gedanken, das Erbe anzunehmen?«

»Warum nicht? Ich könnte diesen Anteil strategisch gut verwenden. Er kommt wie gerufen. Es hätte uns nichts Besseres passieren können.«

»Sind wir so schwach?«, fragte Miranda erschrocken. »Ich dachte, es geht uns geschäftlich gut. Hat Großvater deswegen darauf gepocht, dass ich euch davon erzähle?«

»Die Gründe von Huang Fu kann ich nicht nachvollziehen. Uns geht es geschäftlich gut, keine Sorge, Mama. Ich würde den Erbanteil als Bestechung in Shanghai investieren.«

Miranda konnte die Fäden nicht verbinden. Sie war entsetzt. »Für eine Bestechung? Du hast eben selbst den Wert mit einer Milliarde benannt?«

»Natürlich verstehe ich, eine Zahl mit neun Nullen«, beruhigte sie Stanley. »Inzwischen kann ich den Wert einer Partnerschaft in einer Schweizer Bank besser deuten, als die Lombardis ahnen.«

»Sag ein paar Worte mehr. Peter hat mich nie in eure Geschäfte eingeweiht. Er denkt, ich kann intellektuell nicht folgen. Ein Punkt, warum ich eigene Wege gegangen bin. Die Briten werden nie ihre Vorurteile gegenüber uns Chinesen ablegen. Sie glauben immer noch, sie herrschen in diesem Teil der Welt.«

»Mutter, diese Worte aus deinem Mund, wo du in die britische Hongkong-Dynastie McGraham eingeheiratet hast?«

»Mach dich nicht über mich lustig. Eine Ehe, in der die Partner aus verschiedenen Kulturkreisen kommen, birgt Konflikte. Was meinst du, warum ich so glücklich über deine Wahl war? Jade ist eine von uns. Und du fühlst dich viel mehr als ein Chen als ein McGraham, stimmt's?«

Stanley küsste seine Mutter auf die Wange. »Sei unbesorgt, natürlich bin ich zuerst ein Chen, und dafür hast vor allem du gesorgt. Lass es mich erklären: Die chinesische Regierungsbehörde würde uns die einzige Lizenz für China ausstellen, wenn wir ihnen unter anderem eine Beteiligung an einer Schweizer Privatbank offerieren können. Selbstverständlich würden sie uns auch noch fürstlich dafür bezahlen.«

»Du redest von der besagten Lizenz, für die du und Jade seit Monaten kämpfst und gegen die Peter ist?«

»Ja. Peter wird mit dieser Erbschaft dann doppelt bestraft.«

»Lass den Zynismus. Wir müssen unsere Schritte genau abwägen. Ich bin froh, dass wir offen reden.« Miranda rückte näher an ihren Sohn.

Kapitel 74

Adrienne erhielt am Vormittag eine kurze SMS von Roland Sutter.

Alles läuft wie gewünscht. Wir reden miteinander und kommen in der Sache vorwärts.

Deutlicher konnte er nicht schreiben, um Pascal nicht zu verraten. Adrienne war erleichtert. Ihr Aktionsradius war begrenzt, wenn sie die Informationen nicht direkt in die Hände der Polizei spielen wollte. Es war müßig, doch dann kam ihr eine neue Idee. Ohne Zeit zu verlieren, verabredete sich Adrienne mit Silvia Egli am Nachmittag wieder in Arthurs Café.

Silvia Egli sprach Adrienne ihr tiefes Beileid über den Tod von François aus. Sie sah dunkle Augenringe unter dem Make-up von Adrienne schimmern.

Höflich sprachen sie einige Minuten unverbindlich, bis Adrienne den Faden ihrer letzten Unterhaltung wieder aufnahm. »Silvia, ich nehme an, Sie konnten Pascals Aufenthaltsort bisher nicht ausfindig machen oder anderen Geheimnissen auf die Spur kommen?«

»Stimmt. Durch den Rücktritt von Mubarak und die Ereignisse in Ägypten hat sich meine Aufmerksamkeit von der Lombardi Bank auf den Arabischen Frühling verschoben. Ihnen muss ich nicht erklären, wie schnelllebig Nachrichten sind.«

Adrienne stimmte ihr zu. »Es ist faszinierend, was dort geschieht und wie schnell sich unsere Welt verändert.«

Silvia Egli gab sich eher skeptisch. »Ich bin nicht sicher, ob sich Ägypten in die Richtung entwickeln wird, die sich die Demonstranten vom Tahrir-Platz wünschen. Nach über dreißig Jahren Diktatur lassen sich verkrustete Strukturen erfahrungsgemäß schwer aufbrechen ...«

»Vor den Menschen liegt sicher ein beschwerlicher Weg. Werden Sie nach Kairo fliegen, um von dort zu berichten?«

»Nein, mein Chefredakteur hat entschieden, dass Ägypten für einen männlichen Kollegen sicherer ist.«

»Da hat er nicht unrecht. Mir kommt das gelegen, denn ich habe einen Vorschlag für Sie. Natürlich Ihr Interesse vorausgesetzt.«

Silvia war überrascht. »Worum geht es?«

»Meine Familie würde gern zu Ehren von François einen Artikel über die Lombardi Bank schreiben lassen. François hat über sechzig Jahre in der Bank gearbeitet. Jahrzehnte davon hat er sie geführt und zu dem gemacht, was sie heute ist – eine moderne Institution basierend auf alten Traditionen und Werten.«

Silvia Egli war beeindruckt. »Das ist eine lange Zeitspanne, da hätten sogar zwei Mubaraks Platz. Im positiven Sinne ...«

»Sie haben einen schrägen Humor. Aber zurück zur Sache: Wir wollen damit verschiedene Anliegen erfüllen. Zum einen, den Lesern in Erinnerung rufen, welche lange Tradition die Lombardi Bank in Genf hat. Zum anderen, François' Arbeit gebührenden Respekt erweisen und nicht zuletzt die Bank wieder in positive Schlagzeilen bringen.«

»Das klingt interessant und vernünftig, den Blick der Menschen auf Positives zu lenken. Die ständigen negativen Nachrichten verschleiern den Wert des Lebens. Ich bin dessen überdrüssig.«

Adrienne verfolgte die klare Absicht, Joel Silverstein gründlich prüfen zu lassen. Unter dem Deckmantel des Todes von François und dem Jubiläum der Bank konnte sie das geschickt arrangieren. Silvia Egli war bekannt, extrem genau für ihre Artikel zu recherchieren. Es würde sie außerdem davon abhalten, weitere Nachforschungen über Pascal und die Arbeit von Roland Sutter anzustellen.

Seitdem François sich in seinen letzten Minuten kritisch über seinen langjährigen Wegbegleiter, Freund und Anwalt geäußert hatte, suchte Adrienne einen Ansatz. Joel musste einen triftigen Grund gehabt haben, Christian zu verraten. Am Ende hatte dieser Rücktritt der Lombardi Bank und damit auch dem Wert von Joels Aktienanteil geschadet. Warum hatte er das getan? Diese Überlegungen teilte Adrienne nicht mit Silvia Egli.

»Es freut mich, dass wir das ähnlich sehen. Als Aufhänger würde uns gefallen, wenn sich der Artikel auf die Geschichte der Bank und ihre führenden Persönlichkeiten konzentriert. Wir feiern im Sommer unser 125-jähriges Jubiläum. Das ist ein weiterer guter Anlass für einen Rückblick.« Adrienne konnte ein Glimmen in den Augen von Silvia Egli sehen. Sie war auf ihrem Sessel nach vorne gerutscht, ihr ganzer Körper signalisierte Interesse. Sie hatte angebissen und musste nur richtig geführt werden. »Ich kann als Familienmitglied und Frau des CEO diesen Artikel nicht selbst schreiben. Das würde in den Augen der Öffentlichkeit einer Selbstbeweihräucherung gleichkommen.«

»Gut nachvollziehbar.«

»Es wäre uns außerdem wichtig, den Anteil der Familie Silverstein hervorzuheben. Vielleicht wissen Sie, dass der Großvater von Joel Silverstein sich 1930 bei Henri Lombardi in die Bank eingekauft hat?«

»Nein, ich habe mich nie mit der Geschichte der Lombardi Bank befasst.«

»Das macht nichts. Ein paar Worte von meiner Seite, damit Ihnen die Zusammenhänge klar sind, bevor Sie eine Entscheidung treffen.«

Silvia Egli nickte.

»Die Familie Silverstein stammt ursprünglich aus Berlin, zog später nach Hamburg und war Miteigentümer der dortigen Thillman Hansebank. Die Thillman Hansebank ist die älteste Privatbank Deutschlands, 1590 in Hamburg gegründet. Julius Silverstein erkannte zeitig die Gefahr für die Juden durch den aufstrebenden Nationalsozialismus. Er verkaufte alles in Deutschland und zog 1930 in die Schweiz. Er hat seinen Anteil an der Lombardi Bank unglaubliche fünfundfünfzig Jahre gehalten, bis er ihn 1985 an seinen Enkel Joel Silverstein übergeben hat.«

»Eine zähe Generation. Hatten seine Kinder kein Interesse?«

»Julius' einziger Sohn Benjamin war ein fanatischer Historiker und Kunstliebhaber. Die Frau von Julius – Frieda Silverstein – ihres Zeichens eine bekannte Bildhauerin und Malerin aus Berlin. Es liegt auf der Hand, dass Benjamin mehr nach ihr kam, aber das ist reine Spekulation von mir. Benjamin Silverstein heiratete eine Frau aus Lausanne. Beide lebten dort unauffällig und zurückgezogen. Er ist relativ jung, Mitte der Neunzigerjahre, an einem Krebsleiden gestorben, und seine Frau folgte ihm nur ein Jahr später. Joel ist ihr einziges Kind. Die Silversteins sind eine Banker-Familie mit langer Tradition in Deutschland. Vor dem Hintergrund des Nationalsozialismus und des späteren Holocaust ein konstant wiederkehrendes Thema.«

»Es gibt regelmäßig neue, faszinierende Geschichten aus dieser Zeit, gerade auch aus dem Blickwinkel der Rolle der Schweiz und der Banken.«

Adrienne blickte Silvia Egli skeptisch an. »Ob die kleine Lombardi Bank für die Schweiz repräsentativ ist, wage ich zu bezweifeln … Worauf ich hinaus will, Julius und Joel Silverstein waren die Männer, die François Lombardi auf seinem Weg begleitet haben. Sie müssten eine umfangreiche Recherche durchführen und den Hintergrund von Julius genauer beleuchten, um darauf aufbauend den Anteil der Familie an der Entwicklung unserer Bank zu würdigen. Ich denke, dies wäre in François' Sinn.«

»Schließt diese Recherche auch Joel Silverstein ein?«

»Es muss ihn einschließen. Von seinem Einstieg 1985 bis heute sind fünfundzwanzig Jahre vergangen, in denen François mit Joel zusammengearbeitet hat.«

»Ich hoffe, er ist damit einverstanden. Unsere letzte Unterhaltung verlief etwas angespannt. Was wissen Sie über Joel?«

Zufrieden mit dem Gesprächsverlauf schlug Adrienne die Beine übereinander und entspannte sich. »Er hat in Yale studiert und bei Ex-Solomon Brothers in New York seine Karriere begonnen, ist geschieden und hat zwei Töchter. Das können Sie wahrscheinlich in seinem offiziellen Lebenslauf nachlesen. Ich nehme an, er hat kein Facebook-Konto.«

Die beiden Frauen lachten herzlich.

»Weiß er davon?«

»Noch nicht, denn es geht in erster Linie um François Lombardi. Seine Beerdigung findet übrigens am Sonntag auf dem Cimetière des Rois statt.« Mit dieser Bemerkung lenkte Adrienne die Aufmerksamkeit von Silvia Egli wieder auf François.

»Welche Ehre, dort werden seit etwa hundertfünfzig Jahren nur noch bekannte Persönlichkeiten der Stadt beigesetzt.«

»Das stimmt. Ein würdiger Platz für seine letzte Ruhe.«

Silvia Egli fühlte sich von Adrienne geschmeichelt. »Das Thema der Recherche interessiert mich, ich nehme den Auftrag an. Wie lange habe ich Zeit, den Artikel zu schreiben?«

»Das freut mich, denn ich halte Sie für ausgesprochen kompetent. Würde Ihnen eine gute Woche ausreichen? Wir möchten den Artikel zeitnah publizieren.«

»Ich denke schon.«

»Dann werde ich meine Assistentin beauftragen, Ihnen passende Unterlagen zusammenzustellen. Es gibt Boxen voller Material. Treffen wir uns in einer Woche wieder hier? Ich würde gern vorab lesen, was Sie geschrieben haben und eventuell kleine Korrekturen anregen. Falls Sie in der Zwischenzeit Fragen haben, können Sie mich jederzeit anrufen.«

»Einverstanden.«

Kapitel 75

Pascal hatte nach dem nächtlichen Skype-Telefonat mit Francesca nur kurz, dafür tief geschlafen. Die Gewissheit, sie morgen in die Arme schließen und mit ihr von Angesicht zu Angesicht reden zu können, besänftigte ihn. Dagegen sah er der Ankunft Christians und den Sutters mit gemischten Gefühlen entgegen. Positiv war, dass die Odyssee der Flucht seiner Familie gegenüber ein Ende hatte. Negativ waren die mit dem Tod von François verbundenen Komplikationen.

Wie viele Informationen hat François weitergegeben? Was weiß Christian über das Levy & Lewitt-Geschäft? Hat Thomas Widmann ihn von Beginn an eingeweiht? Adrienne hat Andeutungen gemacht, dass Christian Geheimnisse hat ... Wie soll ich mich meinem Bruder gegenüber verhalten? Konfrontiere ich ihn direkt mit meinem Wissen und lege alle Fakten auf den Tisch? Dann muss ich zugeben, dass Adil seinen Computer gehackt hat, und darüber wird er sauer sein. Taktiere ich besser?

Erst auf dem Weg zum Flughafen entschied Pascal, abzuwarten und Christian die Initiative zu überlassen. Priorität war, das Levy & Lewitt-Problem zu lösen und seine Unschuld am Tod Thomas Widmanns zu beweisen. Der Rest würde sich zu gegebener Zeit finden.

Zufrieden mit seinem Plan sang er laut zu *Just The Way You Are* von Bruno Mars aus dem Radio.

Francesca würde am Wochenende nach Dubai kommen. Er freute sich darauf. Das Leben konnte so einfach sein.

Kurz nach sieben Uhr begrüßte Pascal seinen Bruder, Roland Sutter und eine junge Frau. An ihren müden Gesichtern war unschwer abzulesen, dass ein Nachtflug hinter ihnen lag.

Christian umarmte Pascal und stellte ihm Nadine und Roland Sutter vor.

Auf dem Weg nach Palm Jumeirah spielte Pascal mit zurückhaltenden Kommentaren den Reiseführer. Es baute die Nervosität aller ab. Pascal spürte, wie Roland Sutter ihn beobachtete, obwohl er es geschickt zu verbergen versuchte.

Die vielen modernen Wolkenkratzer an der Sheikh Zayed Road und in Downtown Dubai, die majestätisch im Sonnenlicht glänzten, und die Skyline der Dubai Marina hinterließen Eindruck.

Als sie die Brücke zu Palm Jumeirah hinauffuhren, machte Nadine aus ihrer Bewunderung keinen Hehl mehr. »Gesetzt den Fall, dass Sie Ihr Fluchtziel spontan gewählt haben, mein Respekt. Es hätte für einen lange geplanten Urlaub im Februar nicht besser ausfallen können …«

»Dann hat diese schlimme Geschichte zumindest für dich eine nette Begleiterscheinung. Du siehst Dubai und erhältst einen kleinen Eindruck, der vielleicht Lust auf mehr macht. Du kannst mich duzen, Nadine, Pascal, wie du weißt.« Das Eis war gebrochen.

Jeffreys Haushaltshilfe hatte ein üppiges Frühstück im Garten vorbereitet. Jeffrey begrüßte Christian und die Sutters und blieb ein paar Minuten, wie zuvor mit Pascal abgesprochen. Durch seine Anwesenheit begann der Tag relaxt mit lockerem Geplauder über Dubai, das Wetter und einem gut gefüllten Magen. Dann verabschiedete Jeffrey sich ins Büro.

Nach dem Frühstück zogen sich Christian und die Sutters für eine Stunde zurück. Halb zehn saßen sie wieder auf der

Terrasse. Frisch geduscht, mit legerer Kleidung und Sonnenbrillen. Nur die weißen Arme und Beine verrieten, dass sie gerade in Dubai angekommen waren.

Roland Sutter, der durch Adrienne von den Spannungen zwischen den Brüdern wusste, übernahm die Gesprächsführung. »Wir kommen nicht nur geografisch aus verschiedenen Richtungen, sondern auch in unserem Herangehen an die Geschehnisse. Außerdem haben wir nicht den gleichen Informationsstand. In den letzten Wochen hat sich so viel ereignet, dass ich vorschlage, ganz vorn zu beginnen. Pascal, warum erzählst du nicht aus deiner Sicht, was in Genf wirklich passiert ist.«

»Es wäre eine große Erleichterung und hilfreich für uns, wenn du nach Genf zurückkommen könntest. Dafür müssen wir der Polizei deine Unschuld am Tod von Thomas Widmann nachweisen.« Christian legte das Ziel klar fest.

»Ich bin grundsätzlich damit einverstanden«, antwortete Pascal. »Kannst du vorher bitte einige Worte zu François sagen? Ich fühle mich mitschuldig an seinem Tod. Ist Vater friedlich eingeschlafen? Wann ist seine Beerdigung? Das liegt mir vor der Lösung aller anderen Probleme auf dem Herzen.«

Christian zögerte. Er hatte den Ablauf genau geplant und wusste, eine Erklärung würde zur nächsten führen und das Gespräch einen anderen Verlauf nehmen. Andererseits war es verständlich, dass Pascal wissen wollte, unter welchen Umständen ihr Vater gestorben war. »In Ordnung.« Er erzählte über die Stunden nach François' Operation und den Abend des Todes.

Als er fertig war, stieß Pascal einen tiefen Seufzer aus. »Wie gerne hätte ich Vater in die Augen geschaut und ihm versichert, dass ich weder ein Mörder, ein leichtfertiger Idiot oder Betrüger bin.«

»Das wusste François. Wenn einer in unserer Familie immer an dich geglaubt hat, dann Vater.«

Pascal standen die Tränen in den Augen. Er kämpfte dagegen an, wollte sich keine Blöße geben.

»Du bist nicht für seinen Tod verantwortlich, da kamen viele Faktoren zusammen. Ich wollte es erst später erzählen, aber jetzt bin ich einmal dabei. Du weißt inzwischen, dass ich mit Fabian wegen des Überbrückungskredits in Hongkong war. Bei diesem Besuch hat er Audrey McGraham getroffen. Du kennst Audrey?«

»Ich habe sie einmal kurz gesehen.«

»Fabian und Audrey haben sich Hals über Kopf verliebt, waren letztes Wochenende in Paris und haben François noch am Sonntagabend in Cologny besucht – als Liebespaar.«

»Was hat das mit seinem Herzinfarkt zu tun?«

Christian zog die Stirn in Falten und strich sich mit der rechten Hand durchs Haar. »Es wirbelte eine dramatische Geschichte auf, die François nie verdaut hatte. Er gestand Adrienne und mir in seinen letzten Minuten, dass er absolut sicher ist, der Vater von Audrey und Stanley, Mirandas Zwillingen, zu sein.«

Die Reaktion von Pascal unterschied sich nicht wesentlich von Christians im Krankenhaus. »Wie bitte? Stanley soll unser Halbbruder sein? Niemals.«

»Leider bitterer Ernst. Audrey ist unsere Halbschwester und somit Fabians Tante … Kannst du dir vorstellen, was in François' Kopf abgelaufen sein muss?«

»Besser nicht.«

»Das ist noch nicht alles. Er hat den Hongkong-Zwillingen in seinem Testament über einen Trust jeweils zehn Prozent der Lombardi Bank vererbt.«

Pascal prustete los. »François und Miranda? Er hätte jede

Frau haben können ... Tut mir leid, aber das ist zu viel.« Er blickte ratlos in die Runde und verstand. »Gehe ich richtig in der Annahme, dass es viele Komplikationen zwischen Genf und Hongkong gibt? Peter McGraham ist der CEO der GFS. Hast du mit ihm gesprochen?«

»Nein, nur mit Miranda und Fabian. Ich wollte mit Huang Fu Chen reden, aber er war gestern nicht dazu bereit. Ich befürchte, es sieht nicht gut für den Überbrückungskredit aus.«

»Wer kann ihm das verübeln?«

Christian nickte. »Nachdem Adrienne mir mitgeteilt hat, dass die Sutters dich in Dubai gefunden haben, disponierte ich sofort um.«

»Jetzt verstehe ich ... Hast du mit François im Krankenhaus darüber diskutiert?« Pascal kannte Christians direkte Art, wenn ihm etwas gegen den Strich ging.

»Da gab es nichts zu diskutieren, die Fakten waren lange geschaffen. Ich konnte und wollte es nicht begreifen, das ist wahr.«

»François hatte sich eine echte Überraschung für seine letzten Minuten aufgehoben.« Pascal war noch immer ungläubig.

»Das ist nicht alles.«

»Noch mehr Kinder?«, fragte Pascal entsetzt.

»Nein. Es geht um Joel. François hat behauptet, dass Joel vor zehn Jahren gezielt Informationen über die besondere Haftungspflicht unserer Bank an den chinesischen Anwalt der Gegenseite geleitet hat. Huang Fu Chen besitzt nach seinen Worten mehr Informationen. Ich nehme an, er war François' Quelle. Die beiden haben sich vorletztes Wochenende in aller Stille in Dubai getroffen. Niemand wusste davon.«

»François war in Dubai?«

»Das hat er Adrienne erzählt. Ich kenne keine Details. Es

wusste ja bis gestern niemand, dass du hier bist, also purer Zufall.«

»Sicher, denn ich kam erst am Dienstag hier an. Wieso hat François sich heimlich mit Huang Fu Chen getroffen?«

»Auch das können wir nur von Huang Fu Chen erfahren. Meines Erachtens ging es um den Überbrückungskredit.«

»Haben wir gute Konditionen?«

»Das ist relativ in unserer Situation. Meiner Meinung nach nicht, aber François war zufrieden und hat jeden anderen Vorschlag abgelehnt. Ich habe eine Vertragskopie für dich dabei.«

»Gab es andere?«

»Ich war in London und habe vertraulich mit einem der großen Hedgefonds gesprochen. Joel hat mit einem amerikanischen Konsortium einen Deal eingefädelt. Am Ende wollten sie mindestens zwanzig oder dreißig Prozent Equity in unserer Bank. François war strikt dagegen. Sein Argument, ›den einen Teufel kennen wir‹, verstehe ich. Noch haben wir den Kredit.«

Pascal brauchte eine Minute, um die vielen Informationen zu verarbeiten. »Falls Huang Fu Chen und François den Deal in Dubai besiegelt haben, könnte das unser Glück sein. Der alte Mann steht bedingungslos zu einem gegebenen Wort, im Gegensatz zu Peter oder Stanley.«

»Wir werden sehen«, beendete Christian diesen Diskussionspunkt. »Zurück zu Joel, François hat uns ausdrücklich vor ihm gewarnt.«

»Ich hasse diesen Mann.«

Roland Sutter mischte sich in das Gespräch der Brüder ein. »Pascal, die Beerdigung von François findet am Sonntag auf dem Cimetière des Rois statt. Die Stadt Genf will ihm für seine Verdienste eine letzte Ehre erweisen. Wenn wir der Polizei deine Unschuld beweisen können, könntest du dabei sein. Ich denke, das wäre im Sinne von François.«

Pascal schluckte. »Ja, das würde ich gern.«

Er schilderte ausführlich, was in Genf passiert war, begann mit seiner Landung und den Minuten im Büro des toten Thomas Widmann. Danach berichtete er von der verbalen Auseinandersetzung mit Joel und seiner Drohung, ihn für den Mord verantwortlich zu machen. Seine Flucht über Italien nach Dubai hielt er kurz. Die Hilfe von Flavio und Francesca erwähnte er nicht.

Niemand unterbrach ihn oder stellte Fragen.

Nadine Sutter suchte Blickkontakt mit ihrem Vater, aber der war ganz auf Pascal konzentriert.

»Kein Mensch, die Polizei eingeschlossen, weiß, dass Joel schon um diese Zeit in der Bank war. Was hat er so früh dort gemacht? Falls Thomas Widmann ermordet wurde, kommt Joel als potenzieller Mörder in Frage«, fasste Christian zusammen.

»So weit war ich in meinen Überlegungen auch.«

Nadine Sutter äußerte sich. »Wir haben alle Aufzeichnungen aus den Überwachungskameras kontrolliert. Ich habe den Film bestimmt fünfzig Mal gesehen, kenne ihn in- und auswendig. Man sieht, wie du in die Tiefgarage läufst und andere Mitarbeiter zur Arbeit kommen. Joel dagegen ist nie zu sehen.«

»Ich erinnere mich. Er hat behauptet, kurz nach neun Uhr gekommen zu sein«, warf Christian ein.

»Der Höhepunkt ist deine hektische Flucht, filmreif. Es gibt keinen Ton, aber man konnte die dicken Reifen des Cayennes förmlich quietschen hören. Ich habe Roland schon vor ein paar Tagen erzählt, dass ich den Verdacht habe, dass jemand manipuliert hat.«

Pascal geriet sofort in Rage. »Dieses fiese Arschloch ...«

»Warte, Pascal. Ich erinnere mich auch, dass Joels Gesicht geschwollen war. Jetzt ergibt das alles einen Sinn. Hoffen wir, dass die Polizei es bemerkt und notiert hat«, sagte Christian. »Damit wäre dein Kinnhaken bewiesen, und dafür muss Joel in der Bank gewesen sein. Sein Alibi platzt ...«

»War Genevieve Pasquier auch schon so zeitig in der Bank?«, fragte Christian. »Sie arbeitet meist parallel zu Joel.«

»Genevieves Arbeitszeiten kenne ich nicht. Keine Ahnung, ob sie zu dem Zeitpunkt schon da war. Ich war ja froh, niemandem begegnet zu sein.«

»Du weißt aber, dass die beiden ein Verhältnis haben? Wie nennt man das in dem Alter? Ist sie seine Freundin? Fabian hat es mir vor ein paar Tagen erzählt.« Christian war darüber offensichtlich pikiert.

»Darüber lästert die halbe Bank hinter vorgehaltener Hand.«

»Ich war anscheinend nicht oft genug da.«

»Genevieve Pasquier, die Frau, die Thomas Widmann gefunden hat, und Joel arbeiten nicht nur zusammen, sondern haben ein Verhältnis?« Für Roland Sutter war das ein interessanter neuer Aspekt.

»Ja, anscheinend hört das auch bei Frauen über sechzig und Männern über siebzig nicht auf. Ich habe da keine Erfahrung.«

Alle lachten. Es tat gut.

»Genevieve hat Thomas gefunden?« Pascal wurde nachdenklich.

»Ich habe einen ersten Vorschlag, wie wir die Geschichte bei der Polizei aufziehen können«, meldete sich Roland Sutter. »Pascal muss einen detaillierten Bericht über die Geschehnisse aus seiner Sicht schreiben. Wir präsentieren den Beweis, dass die DVD manipuliert ist und Joel an diesem Morgen bereits in der Bank war. Pascals Aussage kann durch das geschwollene Gesicht von Joel belegt werden. Zusätzlich hat er ein Verhältnis mit Genevieve, die Thomas Widmann gefunden hat. Wir unterstellen ihr, dass sie Joel deckt. Genevieve wird sich auf jeden Fall wehren und etwas erzählen.«

Alle nickten.

Nadine dachte bereits einen Schritt weiter. »Joel muss anderweitig Hilfe gehabt haben. Jemand hat die DVD auf die Schnelle manipuliert – deswegen auch die Schatten. Joel konnte nicht wissen, wann die Polizei danach fragen würde.«

»Die Polizei brauchte nicht zu fragen, François hat es von sich aus offeriert. Wie sollte er ahnen, dass Pascal am Ende als Verdächtiger herauskommen würde? Niemand von uns wusste von deiner zeitigen Ankunft in Genf.« Christian unterdrückte den unterschwelligen Vorwurf an Pascal nicht.

»Die Frage nach den Aufzeichnungen wäre von der Polizei sowieso gekommen«, schwächte Nadine ab.

»Das ist völlig gleichgültig«, warf Pascal ein. »Waren Pierre Jeunot und Alain Sanders zeitig im Büro?«

Nadine bestätigte das.

»Dann war es einer von beiden«, schlussfolgerte Pascal. »Ich wüsste nicht, wer vom Personal ansonsten technisch zu dieser Manipulation in der Lage wäre.«

»Dann beziehen wir hypothetisch Jeunot und Sanders in das Komplott ein.«

»Das ist die Theorie. Kennen Sie Hauptkommissar Baumet?«, fragte Christian Roland Sutter.

Der schüttelte den Kopf.

Pascal registrierte erstaunt, dass Christian die Sutters siezte.

»Der lässt sich von keinem Menschen sagen, was er zu glauben oder tun hat. Sie müssen ihm indirekt suggerieren, zu welchen Schlüssen er kommen soll. Vielleicht kann Nadines Charme als Blondine helfen ...«

»Dass an der Geschichte von Joel etwas nicht stimmt, er gelogen hat, ist doch klar. Dazu braucht die Polizei keine Blondine.« Nadine verbarg ihren Unmut nicht, von Christian in die Kategorie *Blond-Verführung* eingeordnet zu werden.

Pascal nahm auch diese Bemerkung ohne Kommentar zur Kenntnis. »Wie bist du auf die Idee gekommen, dass die DVD manipuliert ist?«, wollte er von Nadine wissen.

»Ich habe reflektierende Schatten bei einer Vergrößerung entdecken können. Wenn wir ein Computerprogramm mit einer zwanzig- bis fünfzigfachen Vergrößerung hätten, könnten wir die Manipulation relativ einfach nachweisen.«

»Da kann ich Abhilfe schaffen. Ich habe den besten Hacker und Computerspezialisten in Dubai kennengelernt.«

»Ehrlich? Kann ich den Kontakt haben?«

»Wozu brauchtest du einen Hacker?« Nadine und Christian fragten simultan.

»Es hat sich zufällig ergeben. Adil ist ein Freund von Jeffrey. Ich werde ihm sofort eine SMS senden, dass er unbedingt vorbeikommen soll.«

»Lasst uns eine kurze Pause machen, bevor wir zu der Levy & Lewitt-Geschichte kommen«, schlug Christian vor.

Pascal ignorierte den Vorschlag seines Bruders. Er hatte noch einiges davor zu klären. Unter anderem wollte er herausfinden, auf welcher Seite Fabian stand. »Was ist mit Fabian? Warum ist er nicht mit nach Dubai gekommen?«

Christian schaute Roland Sutter bittend an.

Der verstand und forderte Nadine auf, mit ihm eine Zigarette rauchen zu gehen.

Pascal konnte sich keinen Reim auf dieses Verhalten von Christian machen. »Du vertraust Roland Sutter nicht?«

»Doch, trotzdem muss er nicht jedes Detail über unsere Familie erfahren. Ich hatte gestern einen heftigen Streit mit Fabian. Er liebt Audrey und will sie nicht verlieren. Noch nie habe ich meinen Sohn so emotional erlebt. Er hat mir klar zu verstehen gegeben, dass ihn die Familie, die Geschehnisse in der Bank oder die Intrigen, wie er sie nennt, anöden. Wir sollen unseren Mist allein klären, er will sich nicht mehr ausnutzen lassen. Seiner Meinung nach muss es andere Prioritäten und Werte im Leben geben … Er ist aufgestanden und ohne ein weiteres Wort gegangen. Seitdem habe ich nichts von ihm gehört.«

Pascal schluckte. »Das ist hart für Fabian. Kann ich ihn irgendwie kontaktieren?«

»Seine E-Mails und sein BlackBerry werden von der Polizei überwacht. Vergiss nicht, man fahndet noch nach dir. Mach ihm nicht noch mehr Ärger.»

»Warum habt ihr euch nicht in Hongkong ein neues Handy besorgt? Hast du Audreys Nummer?«

»Weil wir weder Zeit noch etwas zu verstecken haben … Audreys Nummer habe ich nicht und halte es für unklug, jetzt über die McGrahams zu gehen. Ich kenne weder Audreys, Stanleys oder Peters Reaktion auf François' Offenbarung. Unser Überbrückungskredit steht auf wackligen Füßen …«

»Wir müssen mit Fabian reden.«

»Ich weiß. Er wird ein paar Tage ohne uns zurechtkommen. Mit der Levy & Lewitt-Geschichte hat er doch nichts zu tun, oder?«

Pascal schüttelte den Kopf.

Die Sutters kamen auf die Terrasse zurück.

»Adil hat geantwortet. Er kann nicht kommen, hat zu viel Arbeit. Er bietet an, seinen Fahrer in einer halben Stunde zu schicken und Nadine abzuholen. Sie können den Nachweis sowieso nur mithilfe der Technik in seinem Büro erbringen. Bist du einverstanden, Nadine? Er ist ein netter Typ und technisch absolut fit.«

»Sicher, es ist die Basis unserer Beweisführung …«

»Da das geklärt ist, genehmige ich mir eine kurze Pause.« Christian stand auf und lief über die Terrasse in Richtung Strand.

Kapitel 76

Stanley hatte seinen Vater seit gestern Abend weder zu Hause noch im Büro gesehen oder erreichen können. Erleichtert hatte er deswegen seinen telefonischen Vorschlag angenommen, ihn in einer Stunde in einem kleinen Pub in der Hollywood-Road auf einen Drink zu treffen. Die Familie hatte sich bereits große Sorgen gemacht. Berechtigt.

Peter McGraham sah übernächtigt aus. Dicke Ringe zeichneten sich unter seinen Augen ab. Er trug dieselbe Kleidung wie gestern, die so zerknautscht aussah wie sein Gesicht. Der Whisky, den Peter für beide bestellte, war mit Sicherheit nicht sein erster heute.

Stanley wollte einfach nett zu seinem Vater sein, ihn aufmuntern. »Dad, es tut mit leid, was zwischen dir und Miranda passiert ist.«

»Cheers, mein Sohn, und danke, dass du gekommen bist. Läuft alles im Büro?«

»Ich glaube nicht, dass dich beunruhigt, was im Geschäft passiert. Das hast du bestens organisiert. Lass uns über die Familie reden, von Mann zu Mann.«

Peter nickte und zog einen Flunsch.

»Audrey und ich haben heute früh Mundspeichel und ein Haar für den Vaterschaftstest abgegeben.«

»Das ging schnell.«

»Ein Tag früher oder später wird nichts am Ergebnis ändern. Mir ist gleichgültig, was dieser Test ergibt. Für Audrey ist er wichtig, und das respektiere ich.«

»Kannst du mir die Adresse des Labors geben?«

»Warum?«

»Weil ich auch eine Probe abgeben möchte.«

Stanley schaute seinen Vater skeptisch an.

»Sie vergleichen die Proben von euch mit der DNA von François Lombardi. Falls sie nicht identisch sind, was ich hoffe, bedeutet das nicht automatisch, dass ich euer Vater bin. Deswegen bestehe ich auf einen Test mit meiner DNA.«

Stanley schluckte. »Eine heftige Unterstellung für Miranda. Audrey muss doch nur zweifelsfrei wissen, dass François Lombardi *nicht* ihr biologischer Vater ist.«

»Aber *ich* will jetzt die ganze Wahrheit wissen.«

Stanley strich sich nachdenklich mit der Hand über das Kinn.

»Wie hat Audrey die Nachricht aufgenommen?«, fragte Peter besorgt.

»Sie ist kurz nach dir gegangen. Ich habe sie vorhin getroffen. Sie hadert mit dem Schicksal. Audrey liebt Fabian. Die Möglichkeit, dass er theoretisch ihr Neffe sein könnte, ist total abgefahren und macht sie verrückt.«

Peter kippte seinen Whisky in einem Zug hinunter und starrte Stanley mit glasigen Augen an. »Mich auch.«

»Entschuldige, Dad. Wie soll ich mich verhalten? Ich dachte, du willst wissen, wie wir damit umgehen. Unter den Tisch kehren können wir das Problem nicht mehr. Fabian und Audrey sind nicht zu trennen. Ihn hat die Offenbarung von François genauso überraschend getroffen. Er hat sich mit seinem Vater überworfen und wohnt im Moment bei Audrey. Sie wollen um jeden Preis zusammenbleiben. Wahrscheinlich bindet sie diese Geschichte enger und schneller, als sie es geplant hatten. Ich kann Audrey verstehen. Wir haben heute lange geredet.«

Peter presste die Lippen zusammen.

Stanley schaute in ein desillusioniertes Gesicht. »Eigentlich wollte ich dir sagen, dass der Test für uns – abgesehen von Audreys Problem – nicht relevant ist. Du hast uns großgezogen. Für Audrey und mich bist und bleibst du unser Vater.«

Ein dankbares Leuchten begann Peters starren Blick aufzulösen. »Ihr werdet immer meine Kinder sein, egal, was dieser Test ergibt. Ich habe gestern im Affekt reagiert. Aber ich bin nur ein Mensch und verletzlich.«

»Wir verstehen das«, antwortete Stanley verständnisvoll. »Wenn ich mir vorstelle, dass Jade nach über drei Jahrzehnten meine Vaterschaft für Andrew und Grace in Frage stellen würde ... Da würde es aber knallen.«

Peter bestellte einen weiteren Whisky.

Stanley lehnte ab.

»Weißt du, Stanley, das ist nur die erste Reaktion. Die zweite, nach reiflicher Überlegung, geht in eine ganz andere Richtung. Ich habe Angst vor dem Resultat des Vaterschaftstests.«

»Wieso Angst?«

»Eine komplexe Situation. Jeder Mann sieht sich in seinen Kindern weiterleben. Es hilft, mit unserer Sterblichkeit umzugehen. Das tiefe Gefühl dieser Befriedigung möchte ich nicht verlieren. Ich weiß nicht, ob ich das verkraften würde. Rational verstehe ich, dass ich immer euer Vater sein werde. Wir haben eine gemeinsame Geschichte als Familie über fünfunddreißig Jahre, das bindet und kann uns nicht genommen werden. Aber plötzlich fürchte ich, vielleicht genetisch nicht euer Vater zu sein. Miranda hat die Affäre gestanden. Die Chancen stehen fünfzig zu fünfzig. Und es war beileibe nicht ihre einzige ...«

»Ich verstehe, was du sagen willst.« Stanley war es peinlich, seinen Vater so weich und verletzlich zu sehen. Ihm wurde in der Sekunde etwas ganz anderes bewusst.

Peter McGraham ist nicht nur mein Vater. Er ist der Mann, zu dem ich aufgeschaut und an dem ich mich gemessen habe. Ihm ebenbürtig zu sein, war mein erstes Ziel. Erst danach wollte ich besser als er werden. Er ist der Held meiner Kindheit und meine Messlatte im Geschäft. Nach den Gesprächen mit Mutter gestern und Jade letzte Nacht stehe ich im Begriff, dies zu zerstören. Fatal wie bei Ödipus – der Sohn muss symbolisch seinen Vater umbringen, um als Mann zu existieren?

Peter setzte seine Gedanken fort. »Ich will nicht verlieren, was den Sinn meines Lebens ausgemacht hat. Meine Tagträume, meine ersten Gedanken am Morgen und die letzten vorm Einschlafen gehörten viele Jahre ausschließlich meinen kleinen Zwillingen.«

»Dad, Miranda ist vielleicht ein bisschen exzentrisch, aber ich traue ihr zu, dass sie den biologischen Vater ihrer Kinder kennt.«

»Hoffen wir es … Und da ist noch viel mehr. Ich bin so stolz auf euch! Aus tiefster Überzeugung habe ich euch ermutigt, euren Träumen zu folgen und das zu tun, wofür ihr Talent habt.«

»Das haben wir immer zu schätzen gewusst.«

Peter versank erneut in seiner Welt. »Audrey ist meine Prinzessin, in der ich so viel von mir sehe. Sie lebt die Träume, die ich mich nie getraut habe zu leben – den Schöngeist, den ich nie zugelassen habe. Die Freiheit, sich nicht zu binden, die Welt zu entdecken, die unterschiedlichen Facetten, die das Leben bietet, auszukosten und dabei frei zu sein. Und dich, Stanley, bewundere ich für das Talent, mit Zahlen zu jonglieren, zu taktieren und zielorientiert zu handeln. Systematisch habe ich dich als Nachfolger aufgebaut und arbeite so gern mit dir zusammen. Es befriedigt mich, gemeinsam mit dir die Visionen für die Zukunft der Good Fortune Securities zu entwickeln. Wir tragen sicher darüber unsere Kämpfe aus, aber das ist normal.«

Stanley klopfte seinem Vater auf den Rücken. Er wusste nicht, was er sagen sollte. Zum Glück konnte Peter nicht seine vorherigen Gedanken lesen. Es hätte ihm den Rest gegeben. Er war nicht zu stoppen.

»Ich bin stolz, dass du diese wunderschöne und intelligente Frau geheiratet hast, die du liebst. Ihr lebt das neue Jahrhundert, schert euch nicht um die üblichen Konventionen. Ihr arbeitet zusammen, kümmert euch um die Kinder und genießt das Leben. Bitte behaltet dieses Privileg bei. Andrew und Grace sind meine ersten Enkel. Ich liebe sie.« Er seufzte tief. »Und Miranda ... Tja, es ist nicht mehr die innige Liebe, mehr eine Vertrautheit, die manchmal langweilt und doch wieder bindet. Wir haben eine bewegte Geschichte zusammen, die auf einer wilden Studentenparty begonnen, viele Höhen und Tiefen gesehen hat und hoffentlich nicht jetzt endet. Die Hippie-Zeit ...«

Die Vorstellung von seinem Vater als Hippie in bunten Hemden und mit langen Haaren, womöglich noch einem Joint im Mund, trieb Stanley ein Lächeln ins Gesicht.

»Ich habe eine Stinkwut auf François Lombardi. Wie kann er sterben und dieses Chaos hinterlassen? Mit einem lebenden Konkurrenten kann man sich auseinandersetzen, Fragen stellen, Diskussionen haben ... Ein Toter stellt dich vor vollendete Tatsachen!«

Über diesen Aspekt hatte Stanley bisher nicht nachgedacht.

»Und den Söhnen von François habe ich über unsere Holding den Überbrückungskredit bereitgestellt, ihre Bank erhalten. Vielleicht sind es ja doch *meine* Kinder, für die ich es tue?«

»Dad, jetzt wirst du sarkastisch.«

Der Alkohol und die Gedanken, die Peter seit gestern bewegten, zeigten einen deutlichen Effekt. Seine Kräfte schwanden. »Die Jahre mit euch kann mir niemand mehr nehmen, aber alle meine Träume für die Zukunft … François Lombardi soll froh sein, dass er nicht mehr lebt. Mit ihm hätte ich ein Hühnchen zu rupfen gehabt!« Peter schwieg einen Moment. »Weißt du, Stanley, Hass und Verständnis, Angst und Verzweiflung geben sich im Sekundenabstand die Hand. Ich versuche ernsthaft, über meinen Schatten zu springen, aber es tut sehr weh.«

Stanley lief beim Geständnis seines Vaters eine Gänsehaut über den Rücken, und er legte ihm den Arm über die Schulter. »Du hast mir beigebracht, ein Problem nach dem anderen zu lösen, damit sie sich nicht als unbezwingbarer Wall auftürmen. Ich fahre dich nach Hause, wo du hingehörst, und dort schläfst du dich aus. Morgen früh sieht die Welt wieder freundlicher aus.«

Kapitel 77

Pascal blieb mit den Sutters am Tisch auf der Terrasse sitzen. Die Sonne stand im Zenit und spiegelte sich im Meer. Das blaue Wasser kräuselte sich nur leicht und glitzerte an der Oberfläche wie von Tausenden Diamanten übersät. Der Pool blubberte leise im Hintergrund. Ein paar Vögel zwitscherten aufgeregt. Kein Autolärm, keine hektische Betriebsamkeit einer Großstadt. Es war unwirklich friedlich.

Nachdem Christian außer Sichtweite war, suchte Pascal vorsichtig das Gespräch. »Es kommt mir gelegen, dass wir allein sind. Adrienne hat mir relativ ausführlich die Situation in Genf aus ihrer Sicht geschildert. Obwohl sie nur die wichtigsten Punkte faktisch und sachlich beschrieben hat, klang es im Unterton dramatisch. Sie hat mir ans Herz gelegt, euch zu vertrauen. Es gibt Dinge, die ich nicht vor meinem Bruder besprechen möchte.«

Roland Sutter antwortete ruhig und schaute Pascal dabei in die Augen. »Vertrauen halte ich für unabdinglich, und ich bin froh, dass du offen reden willst. Adrienne ist eine tolle Frau, die ich bewundere. Sie hat richtig gehandelt.«

»Das sehe ich auch so«, bestätigte Pascal die Einschätzung. »Seit ich Hals über Kopf aus Genf geflohen bin, arbeite ich logischerweise an der Lösung des Levy & Lewitt-Problems. Mir sind in vielen Dingen durch diese unrühmliche Flucht-Aktion die Hände gebunden, aber daran kann ich nichts mehr ändern. In Dubai habe ich genug Zeit gehabt nachzudenken. Ich möchte privat und beruflich einiges in meinem Leben ändern. Zuvor muss ich aber alle offenen Punkte klären. Bei meinen Recherchen bin ich auf Tatsachen gestoßen, die ich nicht im Ansatz geahnt habe.«

Roland Sutter war Psychologe genug, um zu verstehen, dass er Pascal reden lassen musste. Er lehnte sich zurück und konzentrierte sich auf die Worte seines Gegenübers.

»Ich habe ein Problem mit Christian. Er hat Geheimnisse, und ich bin nicht sicher, inwieweit ich ihm noch vertrauen kann.«

»Geheimnisse zu haben scheint in dieser Familie zu liegen«, fügte Nadine zwinkernd ein.

»Leider ja.« Er beugte sich näher zu Nadine, verlor trotzdem Roland Sutter nicht aus den Augen, denn er wollte seine Reaktion beobachten. »Nadine, Adil hat für mich die Computer aller involvierten Personen in Genf gehackt, inklusive der Polizei. Er hat Kopien der Festplatten in seinem Büro und steht hundertprozentig auf meiner Seite. Bitte schau dir die Dokumente an. Adil kann nichts auf Deutsch lesen.«

Nadine machte vor Überraschung große Augen. »Er hat den Polizeicomputer in Genf gehackt?« In ihren Worten schwang die Verurteilung deutlich mit.

»Adil ist ein absoluter Profi. Wir mussten einen Ansatz finden. Er hat nur den Ordner Widmann/Lombardi heruntergeladen. Ich habe sicher Fehler gemacht, aber wenn ich weiter in der Bank und mit der Familie arbeiten will, müssen diese Dinge einmal geklärt werden. Ich weiß, es ist nicht der richtige Zeitpunkt, aber wann ist dafür der richtige Zeitpunkt?«

Roland Sutter hatte die Antwort sofort parat. »Eigentlich nie.«

»Danke, genau deswegen weiche ich nicht von diesem Plan ab. Trotzdem möchte ich vorsichtig sein und keine neuen, unnötigen Probleme kreieren.«

»Welche anderen Computer hat Adil gehackt?«, fragte Nadine.

»Christians, Fabians, Thomas Widmanns und meinen in der Bank. Zusätzlich den Laptop von Thomas, den ich bei meiner Flucht mitgenommen habe.«

»Was ist mit Joels Computer?«

»Der hat eine spezielle Firewall, durch die Adil von außen nicht eindringen kann.«

Nadine stutzte. »Der Computer von Joel in der Bank ist anders gesichert als eure?«

»Ja.«

»Das ist verdächtig. Warum sollte er seinen Computer zusätzlich sichern, wenn er nichts zu verbergen hat?«

»Eine gute Frage, Nadine.«

»Ich verstehe die Rolle von Joel bei allen Ereignissen noch nicht genau«, warf Roland Sutter ein.

»Ich auch nicht«, erwiderte Pascal, »und ich habe alles gelesen, was mir zur Verfügung stand. Nadine, du wirst die Zeit dazu nicht haben, konzentriere dich auf den Ordner der Polizei.«

»Dir ist klar, dass wir davon offiziell nichts verwenden können?«

»Sicher, aber es wird uns später helfen, den Bericht *richtig* zu schreiben und eine Taktik auszuarbeiten.«

Roland Sutter schwieg. Pascals Offenheit über den Hacker behagte ihm nicht.

»Kann ich kurz zu Ende erklären? Ich weiß nicht, wie lange Christian uns allein lässt.«

Roland Sutters Handbewegung deutete Nadine zu schweigen und Pascal fortzufahren.

»Meine Frau Francesca hat sich gestern in New York mit Ted Blumfeld getroffen. Er war nicht in den Anden im Urlaub.

Diese Ausrede brauchte er für ein Alibi, um vor uns Lombardis formell verbindlich abzutauchen. Damit ist sicher, dass an dem Geschäft etwas nicht stimmt.«

»Ted Blumfeld soll den Margin Call manipuliert haben?« Roland Sutter machte seinen Zweifeln bereits in der ersten Frage Luft.

»Ich bin nicht sicher«, sagte Pascal. »Finanziell hat er wenig Vorteile davon. Der Aufwand ist hoch. Es muss mehr dahinterstecken. Meiner Meinung nach kann man sich nur mit der Bewertung der Immobilien Spielraum verschaffen.«

»Genau davon gehe ich auch aus. Bisher haben diese Unterlagen gefehlt. Hast du sie vorliegen, Pascal?«

»Die sollten mit den kompletten Papieren für den Margin Call in Genf sein. Wahrscheinlich befinden sie sich auf Joels Schreibtisch. Ich würde ihn jedoch von meinen Untersuchungen und Gedanken ausschließen.«

»Die Geschichte an sich und ihre Beziehungen untereinander sind extrem kompliziert«, kritisierte Nadine vorsichtig. »Wie wollt ihr das in der Kürze der Zeit lösen?«

»Francesca fliegt heute von New York über Genf nach Dubai und holt den Originalprospekt aus meinem Safe zu Hause. Sie wird morgen Abend hier landen. Damit können wir unsere Nachforschungen starten. Sie ist eine gewiefte und intelligente Anwältin, gemeinsam sollten wir einen Ansatz finden.«

»Eine fantastische Idee. Francesca engagiert sich enorm. Mir gegenüber hat sie sich sehr bedeckt gehalten und die Ahnungslose gespielt.«

»Ich habe keine andere Möglichkeit gesehen und sie darum gebeten.« Pascal schaute erst Roland Sutter und dann Nadine eindringlich an. »Nadine, schließ dich mit Adil und seinen Ideen kurz. Du hast grünes Licht von meiner Seite. Was er dir vorschlagen wird, möchte ich Christian im Moment verheimlichen. Lasst uns offiziell an dem Statement für die Polizei sowie dem Nachweis der Manipulation an dem Video arbeiten und den Überbrückungskredit sichern.«

Nadine nickte.

»Ich weiß nicht, welche Punkte Christian später ansprechen wird. Wir haben keinen Plan ausgearbeitet«, warnte Roland Sutter. »Darf ich fragen, warum du deinem Bruder nicht vertraust?«

»Bist du sicher, das wissen zu wollen?«

Roland Sutter zuckte mit den Schultern. »Ich bin weder gegen oder für jemanden. Ich arbeite im Auftrag von François, möchte das Problem mit Levy & Lewitt lösen und deine Unschuld beweisen. Je mehr wir wissen, umso mehr Lösungsmöglichkeiten bieten sich.«

Das leuchtete Pascal ein. »In Kurzform: Christian hat mich nach seinem Rücktritt als CEO der Lombardi Bank abgelehnt und dafür Thomas Widmann in die Bank gebracht. Er schloss einen Deal, dass Thomas ihn über wichtige Entscheidungen informieren und sich mit ihm abstimmen musste. Ob er von dem Geschäft mit Levy & Lewitt wusste, ist die große Frage. Aber: Aus welchem Grund sollte Thomas Widmann es ihm verschwiegen haben?«

»Er hat die Lombardi Bank indirekt all die Jahre geführt?« Roland Sutter wurde sehr nachdenklich.

»Ich habe keine Ahnung, wie das in der Praxis abgelaufen ist. So ahnungslos, wie Christian über die Ereignisse zu sein scheint, ist er meines Erachtens nicht.«

»Was noch?«

»Nach dem Skandal der Good Fortune Securities in Hongkong, der zu seinem Rücktritt geführt und an dem er nachweislich keine Schuld hatte, überschrieb ihm Huang Fu Chen Aktien im Wert von zehn Prozent seiner Investmentbank.«

»Christian besitzt zehn Prozent der Bank, die wiederum der Lombardi Bank den Überbrückungskredit stellt?«

»Ja. Niemand wusste davon, nicht mal François.«

Roland Sutter schüttelte den Kopf. »Die beiden alten Patriarchen schieben Anteile an ihren Unternehmen hin und her wie andere Leute Sessel. Was wollen sie damit erreichen?«

»Vielleicht ihr schlechtes Gewissen beruhigen oder sich Loyalität und Wissen einkaufen? Das Erbe, das François den Zwillingen hinterlässt, ist riesig ... Christians Hedgefonds wurde übrigens mit hundert Millionen US-Dollar aus der GFS aufgelegt.«

»Auch noch? Dann ist Christian stark in die GFS eingebunden.«

»Ganz meine Meinung.« Pascal konnte sehen, dass Roland Sutter völlig überrascht war.

»Was meinst du, wie neutral hat Christian für die Lombardi Bank verhandelt?«

»Ich denke nicht, dass das ein Problem war. Sein Anteil an der Lombardi Bank ist wesentlich höher und mehr wert, als die zehn Prozent der GFS. Christian will unserer Bank nicht schaden, da bin ich mir sicher. Es wäre aber interessant, von Fabian zu hören, wie die Verhandlungen im Detail abgelaufen sind.«

Die Haushälterin informierte Pascal darüber, dass Adils Fahrer für Nadine da sei.

Nadine erhob sich und zwinkerte Pascal zu.

»Ich habe verstanden. Wir brauchen Zugang zu Joels Computer, und Adil hat eine Idee?«

»Du fügst schnell Details zu einem Ganzen zusammen ...«

Nachdem Nadine gegangen war, schaute Roland Sutter Pascal sehr ernst an. »François muss Adrienne in seinen letzten Minuten erzählt haben, dass Christian Geheimnisse hat.

Vielleicht wusste er doch von den Deals in Hongkong oder hat während seines Treffens mit Huang Fu Chen in Dubai davon erfahren. Er schaffte es nicht mehr, Adrienne zu sagen, worum es ging. Vielleicht wollte er es auch nicht. Es macht sie verrückt. Sie hat mich beauftragt, Christians Geheimnisse ausfindig zu machen. Angeblich wissen du und Huang Fu Chen mehr. Es ist sehr verwirrend.«

»Wem sagst du das ... Ich bekomme die Informationen auch nur scheibchenweise.«

Über die offenen Worte knüpften die Männer Vertrauen zueinander.

»Christian ist wieder der CEO der Lombardi Bank. Ich bin sicher, er wird im Interesse der Bank verantwortungsvoll handeln. Willst du wirklich alle diese Punkte heute ansprechen?«, fragte Roland Pascal.

»Ich schwanke. Christian hat unser Vertrauen missbraucht.«

»Mit Sicherheit, vor allem auch Adriennes. Ich würde trotzdem vorschlagen, wir konzentrieren uns zuerst auf die Rolle von Joel Silverstein. Wir können nicht an allen Fronten gleichzeitig angreifen. An Joel bin ich bisher nicht herangekommen. Er scheint überall involviert zu sein, und ich hoffe, dass wir zwei Fliegen mit einer Klappe schlagen können. Ich möchte deine Unschuld am Tod von Thomas Widmann nachweisen und verstehen, welche Rolle Joel bei dem Geschäft mit Levy & Lewitt gespielt hat.«

Pascal stimmte uneingeschränkt zu. Da alles besprochen war, ging er in die Küche und holte zwei Corona. Als er zurückkam, lief Christian die Stufen zur Terrasse hoch. »Magst du auch ein Bier?«

»Gerne, ich bin durstig nach dem Strandspaziergang. Es ist übrigens wunderschön hier.«

Die drei tranken schweigsam ihr Bier.

»Können wir beginnen, deinen Deal mit Levy & Lewitt zu analysieren?«, fragte Christian seinen Bruder und redete weiter, ohne eine Antwort abzuwarten. »Ich verstehe, dass du Kundengelder von Hold-Mail-Konten mit Ermessensspielraum im Portfolio dazu verwendet hast, die MBS von Levy & Lewitt zu kaufen. Ihr habt zweihundert Millionen Dollar eingesammelt und achthundert Millionen finanziert. Warum hast du die Firma MOF zwischengeschaltet und nicht direkt MOF 1 von Levy & Lewitt verkauft? Was war deine Motivation in dem Geschäft? Ich verstehe das Verhältnis von Risiko, Gewinn und Struktur leider nicht, ohne dir betrügerische Absichten unterstellen zu müssen.«

Pascal überlegte und drehte dabei die leere Corona-Flasche hin und her. »Fragst du mich als Bruder oder als neuer CEO der Bank?«

»Das macht für mich keinen Unterschied.«

»Ich muss etwas ausholen. Im Sommer 2008 habe ich Judith zufällig in Genf wiedergetroffen. Wir wollten es anfangs beide nicht, aber die Liebe erwischte uns noch einmal voll. Schon nach kurzer Zeit war klar, dass wir es dieses Mal richtig machen wollten. Das Thema Joel kochte wieder hoch. Judith hat Angst vor ihrem Vater.«

»Was hat das mit dem Levy & Lewitt-Deal zu tun?«, unterbrach Christian seinen Bruder ungeduldig.

»Kann ich ausreden? Du hast nach meiner Motivation gefragt. Ich versuche, deine Frage ehrlich zu beantworten.« Der Ärger und die leichte Aggression in Pascals Stimme waren nicht zu überhören. »Joel wurde ein ständiger, unliebsamer Begleiter in unseren Gesprächen. Ich habe verstanden, dass Judith und ich nur eine Chance haben, wenn Joel nicht mehr Partner der Lombardi Bank und somit Teil unseres Lebens ist. Zur gleichen Zeit fiel der erste MBS-Deal von

Thomas Widmann mit Levy & Lewitt in den Keller. Ich begann, Verhandlungen mit Ted Blumfeld zu führen. Plötzlich offerierte er mir diesen speziellen Deal. Eine unglaubliche Gewinnchance, die ich nicht verstreichen lassen konnte. Die Börsenkurse waren bis Anfang 2007 schnell gestiegen, die Kunden fragten nach Gewinnmodellen aus den USA. Sie wollten Geld verdienen, das Risiko sollte aber nicht zu hoch sein. Die Dinge schienen sich perfekt zu ergänzen. Ich hatte die Idee, eine Firma zwischen den Levy & Lewitt-Deal und die Lombardi Bank zu stellen. Damit strukturierte ich das Investment für die Kunden sicherer. Wir garantierten acht Prozent Rendite über vier bis fünf Jahre. Damals ging ich davon aus, dass sich bei normaler Wertentwicklung – das hohe Leverage einbezogen, was unseren Gewinn theoretisch vervielfachte und nach dem Abzug der Finanzierung – der Wert mehr als verdoppeln sollte. Nach meiner Kalkulation hätten wir mit MOF 1,48 Milliarden US-Dollar Gewinn machen sollen.«

»Und was wolltest du mit dem Geld? Denn an die Kunden brauchtest du vertragsgemäß nur die vereinbarte Rendite auszuzahlen ...«

»Joel Silverstein als Partner auskaufen.«

Christian begann zu lachen. »Wie naiv bist du, Pascal? Warum sollte er seine Anteile an dich verkaufen?«

Pascal ärgerte sich über Christians erneute Unterbrechung.

Was nimmt er sich eigentlich heraus? Christian ist lange nicht der Saubermann, der er vorgibt zu sein, oder hat er das aus seiner Wahrnehmung komplett verdrängt? Ich werde versuchen, ihn mit seinen eigenen Waffen zu schlagen.

»Du bist zwar wieder der CEO, aber warst fast zehn Jahre nicht im täglichen Geschäft aktiv. Es ging nicht nur um mein

Interesse an Judith. In den letzten Jahren wurde es immer schwieriger, mit Joel zu arbeiten. Sprich mit Fabian oder anderen Mitarbeitern, sie werden dir das bestätigen. Joel steckt seine Nase in alle Geschäfte, weiß alles besser und vergisst dabei, dass er bald siebzig Jahre ist. Wie lange will er das noch machen? Auf der anderen Seite braucht unsere Bank jüngere Manager in der Verantwortung, die sich den neuen Anforderungen des Marktes stellen und den Veränderungen gewachsen sind. Wir können nicht an dem alten Weg festhalten, dann gehen wir irgendwann ein. Viele Abläufe in der Lombardi Bank sind nicht mehr zeitgemäß.«

»Abläufe und Strukturen kann man anders ändern, dafür muss man nicht dieses Risiko eingehen …«

»Ja, ich wollte Joel seinen Anteil abkaufen. Seine zwanzig Prozent entsprechen etwa einer Milliarde Dollar. Mein Plan war, ihm etwas mehr zu zahlen und zeitgleich irgendeinen internen Skandal zu kreieren. Ich gebe zu, ich wollte ihn provozieren. Wir Lombardis haben als Partner Vorkaufsrecht für seine Anteile. Du weißt selbst, wie schwierig es für eine kleine Privatbank ist, diese Summe bereitzustellen. Es war in unserem Interesse als Lombardi Familie und gut durchdacht. Ich wollte mich nie persönlich bereichern.«

Christian war aufgestanden und lief einige Schritte durch den Garten. »Ein nobler Ansatz. Es hat aber nicht geklappt. Jetzt müssen wir als Familie den Preis bezahlen und Anteile an der Bank verkaufen. Im Moment hat Fabian in Hongkong aus meinem Anteil die zehn Prozent an die GFS in einem Blind Trust überschrieben. Das werden aber deine zehn Prozent werden.«

»Und das bestimmst du? Was, wenn mein Geschäft gut gegangen wäre? Dann hätten mir Joels zwanzig Prozent gehört?«

»Eine müßige Frage … Das hat François noch bestimmt. Warum bist du so aggressiv?«

Pascal, der gerade dabei war, sich zu öffnen und zu erzählen, was er von Francesca wusste, klappte zu wie eine Auster. Er war entsetzt. Wie konnte sein Bruder in dieser Situation so materiell orientiert sein und ihm selbiges vorwerfen?

Pascal hatte den E-Mail-Verkehr gelesen, als er sich durch Adil in den Computer eingehackt hatte. Christian hatte seinem Vater vorgeschlagen, Pascals zehn Prozent für den Überbrückungskredit zu benutzen und Fabian zur Information cc gesetzt. François wollte es offen lassen, bis Pascal zurückkäme und sein Motiv geklärt wäre.

Zum Glück fielen Pascal Adriennes Worte ein. Er schluckte seine heftige Erwiderung herunter und brachte stattdessen einen anderen Gedanken zur Sprache. »Warum habt ihr den Anteil in einem Blind Trust überschrieben?«

»Weil ich davon ausgehen musste, in der Kürze der Zeit keine Zustimmung von der FINMA zu bekommen. So haben wir das Problem geschickt umgangen.«

»Die Hongkong-Chinesen können damit machen, was sie wollen. Im Blind Trust verlieren wir die Kontrolle, wem die Anteile wirklich gehören. Theoretisch könnten sie diese weiterverkaufen. Hier bist du gutgläubig, Christian. Die GFS ist eine Investmentbank, die brokern.«

»Ich hatte keine Alternative und will nicht mehr darüber reden. Seit Wochen dreht sich alles nur um dieses Thema«, versuchte Christian unmissverständlich die Diskussion über den Blind Trust abzuschließen. »Ich kann das alles nicht mehr hören. Da deine Berechnungen nicht aufgegangen sind, sollten wir versuchen herauszufinden, ob, warum und was Levy & Lewitt an dem Geschäft gedreht hat. Was könnte das Motiv von Ted Blumfeld sein? Er verdient seine Provision, und vielleicht zahlt ihm jemand etwas zusätzlich, aber wer? Er hat von unserem Untergang persönlich nichts.«

»Geschickter Themenwechsel, du hast nichts verlernt. So weit war ich auch. Wir müssen herausfinden, wer hinter den MBS steht. Wer hat sie bei Levy & Lewitt aufgelegt? Welche Immobilien sind enthalten? Was waren diese 2006 und was sind sie heute wert? Wie viel wurde finanziert? Wer profitiert von diesem Chaos? Und hat dieser Unbekannte Einfluss auf Levy & Lewitt oder Ted ausgeübt?«

»Du kannst die Arroganz im Ton weglassen, Pascal.« Ich war nie ein Investmentbanker in New York, aber auch Privatbanker aus Genf verstehen den Zusammenhang.«

Die Spannung zwischen den Brüdern wurde greifbar.

»François hat Ted gebeten, komplette Vertragsunterlagen zu schicken, inklusive des Prospekts. Die Antwort liegt also auf dem Tisch von Joel. Hattest du keinen Prospekt? Das wäre einfacher, als über Joel zu gehen.«

»Ich hatte einen, aber weiß nicht, wo ich ihn abgelegt habe. Wie viel Zeit bleibt uns, Levy & Lewitt eine Unregelmäßigkeit nachzuweisen?«

»Laut Vereinbarung bis Freitag, den 21. Februar, praktisch maximal bis Mittwoch. Wir müssen ja am Freitag zahlen ...«

»Wirst du in Genf daran arbeiten?«

»Warum bist du so erpicht darauf? Es ist in der Kürze der Zeit unmöglich, alles herauszufinden.«

»Es wäre einen Versuch wert. Ich gehe davon aus, dass auch wir ein Rücktrittsrecht vom Vertag des Überbrückungskredits haben. Ich wäre froh, wenn wir Levy & Lewitt eine Unkorrektheit im Vorgehen nachweisen könnten. Dann könnten wir den Margin Call auf Eis legen, bis alles geklärt ist.«

»Und dann? Ich kenne dich, Pascal. Was schwebt dir wieder für ein krummer Deal vor?«

»Wenn du nicht mein Bruder und mein Chef wärst, würde ich dich ein Arschloch nennen. Ich zerbreche mir den Kopf, und du beschimpfst mich grundlos. Hör mir wenigstens zu! Mir gefällt die Idee, den Kredit mit der GFS zu regeln, nicht.«

»Warum?«

»Nach dem Erbe und durch den Überbrückungskredit besitzen die Hongkong-Chinesen dreißig Prozent unserer Bank. Huang Fu Chen wird nicht mehr lange dabei sein, er ist alt. Mit dem Erbe von François kommt Stanley in eine extrem starke Position. Er hat nicht dieselben Werte und Zielstellungen wie die Generationen vor ihm. Stell dir vor, er würde sich mit Joel zusammenschließen. Damit wäre unsere Mehrheit in der Bank dahin. Haben wir eine Alternative für die GFS?«

»Konkret nur den Vorschlag von Joel, das amerikanische Konsortium.«

»Wie lautet er?«

Christian winkte ab. »Vergiss es. Die wollten anfangs dreißig Prozent der Bank und sind angeblich auf zwanzig Prozent runtergegangen. Das würde aber bedeuten, vierzig Prozent stehen unter dem Einfluss von Joel. Dann akzeptiere ich lieber die Hongkong-Chinesen mit zehn Prozent, einer Option auf weitere zehn Prozent und höhere Zinsen bei weniger Zeit. Warum sollte Stanley sich mit Joel zusammenschließen? Er kennt ihn nicht …«

»Umso wichtiger ist es, Fabian zu erreichen und klarzustellen, dass wir seine Familie sind. Wenn er sich über diese Vorfälle von uns distanziert und sich auf die Seite der GFS stellt, vielleicht noch als Audreys Mann, wären sie hypothetisch schon bei fünfzig oder siebzig Prozent.«

»Darüber habe ich noch nicht nachgedacht. Ich muss meine Prozente von Fabian schnellstens wieder auf mich umschreiben lassen.«

»Das ist deine Sache. Ich halte es für wichtiger, den Kontakt zu Fabian zu erhalten und ihn aktiv einzubeziehen, damit diese Idee in ihm gar nicht erst auftaucht. Hast du wirklich verstanden, dass durch das Erbe alle Karten neu gemischt sind?«

Christian stand wieder vom Tisch auf und ging ins Haus. Roland Sutter legte seine Hand auf Pascals Schulter. »Du hast in vielen Punkten recht, bleib bitte ruhig. Ich verstehe, was in dir vorgeht. Ihr bringt mich mit euren internen Kämpfen zwischen Baum und Borke.«

Pascal nickte. »Unabhängig von dem, was heute hier geschieht, kannst du Fabian bitte in meinem Namen kontaktieren und ihm meine italienische Handynummer geben? Ich muss dringend mit ihm reden.«

»Das mache ich.«

Als Christian nach einigen Minuten wieder zurückkehrte, war er blass. »Ich habe eine E-Mail von Huang Fu Chen erhalten. Er macht es zur Bedingung, dass Audrey und Stanley für den Erbteil als offizielle Partner der Lombardi Bank geführt werden, damit der Überbrückungskredit zu den unterschriebenen Konditionen erhalten bleibt.«

»Das sind gleich zwei schlechte Nachrichten. Sie nehmen das Erbe an und haben sofort verstanden, wie sie sich für die Zukunft positionieren müssen«, erwiderte Pascal gereizt.

»Kannst du endlich aufhören, uns für den Deal mit der GFS zu kritisieren? Ohne deine geheime Aktion wären wir nie in die Situation gekommen!«

Pascal war aufgesprungen.

Roland Sutter folgte sofort und drückte ihn harsch wieder

auf den Sitz. »Schluss jetzt, ansonsten lege ich mein Mandat nieder! Wir brauchen eine Lösung und keine Hahnenkämpfe. Ihr seid Brüder! Ich habe einen Vorschlag.«

Es herrschte gespannte Stimmung am Tisch. Roland Sutter senkte seine Stimme und sprach leise. »Christian fliegt morgen direkt nach Zürich anstatt nach Genf. Mach bitte sofort einen Termin mit der FINMA in Bern. Uns bleiben nur wenige Tage Zeit. Ob der Kredit gut oder schlecht ist, steht nicht mehr zur Debatte. Es gibt heute keine Alternative. Sichere ihn, damit habt ihr eine Zukunft. Ich werde mit Nadine nach Genf fliegen und zur Polizei gehen. Wir werden heute Abend Pascals Bericht schreiben. Was immer Nadine von Adil an Beweismaterial an der manipulierten DVD mitbringt, werden wir dort vorlegen. Wir müssen erreichen, dass die Fahndung nach Pascal aufgehoben wird. Dann kann Pascal am Sonntag zur Beerdigung von François nach Genf kommen und ab Montag wieder in der Bank sein. Gemeinsam können wir in Genf mit allen unseren Ressourcen daran arbeiten, den Fehler oder die Unregelmäßigkeit in MOF 1 zu finden.« Roland Sutter unterbrach seine kleine Rede und trank sein Corona aus. »Wenn ihr damit einverstanden seid, bleibe ich. Ansonsten genieße ich ein paar Stunden Dubai, und das war's für mich. In meiner Firma arbeiten wir professionell. Euer Verhalten artet in einen Zirkus aus.«

Christian reagierte zuerst. »Entschuldigt, aber ich bin übermüdet und überreizt. Ich werde den Termin in Bern arrangieren und meinen Flug umbuchen. Dann lege ich mich für eine Stunde hin. Ich habe mein Limit auf allen Ebenen lange überschritten. Einverstanden, Pascal?«

Der nickte. »Ja, ich beginne, an meinem Bericht zu arbeiten. Jeffrey hat für heute Abend übrigens ein BBQ organisiert.«

»Dann sind wir uns einig. Das ist endlich im Sinne von François«, fasste Roland Sutter zusammen. »Es ist normal, dass einmal Streit aufkommt, aber wir dürfen nicht das eigentliche Ziel aus den Augen verlieren. Ich werde für eine Stunde am Strand spazieren gehen. Wenn Nadine zurück ist, gib mir bitte über mein Handy Bescheid.«

Kapitel 78

Freitag, 18. Februar 2011

Stanley folgte nach einem langen Tag im Büro unmotiviert dem Wunsch seines Großvaters nach einem sofortigen Treffen. Huang Fu Chen hatte ihn zu sich nach Hause zitiert. Stanley erwartete eine weitere Diskussion über die Familie und wurde dessen überdrüssig. Abschlagen konnte er die Bitte jedoch nicht, dafür hatte der alte Patriarch zu viel Autorität.

Huang Fu Chen kam wie üblich sofort zur Sache. »Stanley, ich möchte mit dir über die Zukunft der GFS sprechen. Die Geschehnisse um die Lombardis in Genf waren ein Warnschuss für mich, nichts mehr auf die lange Bank zu schieben.«

»Geschäftlich oder privat?«, witzelte Stanley, denn er kannte den ausgeprägten Sinn seines Großvaters für Humor. »Ich nehme an, Miranda hat mit dir gesprochen, bevor sie die Bombe hat platzen lassen.«

»Davon kannst du ausgehen. Ich wusste es aber schon vorher …«

»François Lombardi ist wirklich unser biologischer Vater?«

»Das weiß nur deine Mutter, und selbst da bin ich mir nicht sicher … Ich habe François Lombardi vor knapp zwei Wochen in Dubai getroffen. Er gestand mir nach sechsunddreißig Jahren die Affäre mit allen Konsequenzen. Wir verbrachten einen langen Abend mit intensiven Diskussionen über die Vergangenheit. Er hat von den Geschehnissen in Genf berichtet und mich um Hilfe für die Lombardi Bank gebeten. Zu schade, dass er plötzlich gestorben ist. François war ein kluger Mann, der deine Mutter geliebt und verehrt hat. Ich habe ihn sehr geschätzt. Er hat mir geschäftlich geholfen, meine Holding zu etablieren und mich mit seinem Fachwissen und menschlichen Fähigkeiten bereichert.«

Das respektvolle Statement seines Großvaters über François erstaunte Stanley. Nur wenige Menschen schafften es, Huang Fu Chen zu beeindrucken.

»Peter ist anderer Meinung, ihm geht es nicht gut.«

»Peter hatte immer Probleme mit Veränderungen. Hast du ihn inzwischen über das Meeting in Shanghai und die Tatsache, dass wir eventuell die Lizenz für China gewinnen, informiert?«

»Nein, ich wollte abwarten, bis wir wirklich die Zusage haben. Ich muss noch ein kniffliges Detail lösen.«

»In Ordnung. Zur eigentlichen Sache. Mit deinem Einverständnis werde ich Peter in der kommenden Woche als Geschäftsführer der GFS entlassen und dich an seiner Stelle berufen. Du wirst die Verantwortung für die GFS als CEO und Mehrheitseigentümer übernehmen.«

»Ist das dein Ernst?«, fragte Stanley ungläubig nach.

»Es hat mich einige schlaflose Nächte mit erschöpfendem Grübeln gekostet. Letztendlich bin ich zu dem Schluss gekommen, dass ich die Geschäfte endgültig abgeben und meinen kompetenten Nachfolger berufen muss. Ich werde neunzig Jahre. Du bist jung, stark, erfolgreich und ein echter Chen. Miranda ist deine Mutter, egal, wer dein Vater ist, und Blut ist dick. Du bist mein einziger männlicher Enkel und fähig, die Firma in den nächsten Jahrzehnten zu führen.«

»Das kommt unerwartet schnell für mich.«

»Das Leben ist voller überraschender Wendungen. Spaß beiseite. Mit Jade hast du eine kluge Frau an der Seite, die dich unterstützen wird. Mir hat es imponiert, wie sie mit den Bürokraten in Peking und Shanghai um die Lizenz in China gekämpft hat. Ihr hattet sicherlich Glück, dass die Lombardis in diese Situation kamen und die Dinge sich fügten, wie sie sind. Aber auch bei den Verhandlungen mit den Genfern hast du taktisches Geschick bewiesen, mir zu signalisieren, das Meeting zu unterbrechen und in der Zwischenzeit hinter den Kulissen die Fäden zu ziehen ... Dadurch sind wir in der Lage, den Funktionären in Shanghai zu geben, was sie wünschen. Glück hat nur der Tüchtige.«

Stanley nickte nachdenklich.

»Es ist eine Bedingung an deine Ernennung geknüpft.«

Darüber war Stanley nicht überrascht. »Welche?«

»Du und Audrey verzichtet auf das Erbe von François Lombardi. Was in unserer Familie passiert, bleibt in unserer Familie. Wir brauchen diesen Anteil nicht, und ich will keinen Skandal in Hongkong. Es war ein langer Weg für mich vom Flüchtling zum Tai-Pan. Ich habe es – in den letzten Jahren mit eurer Hilfe – durch harte Arbeit, Kreativität, riskante Investments und die richtige Führungsstrategie geschafft. Diesen Ruf will ich unbeschädigt an euch weitergeben. Er soll nicht durch ein Erbe infrage gestellt werden. Noch dazu von einem Europäer, der mit meiner Tochter eine Affäre hatte. Das ist ein Skandal an sich, aber nicht mehr zu ändern.«

»Dein Ruf ist dir viel wert.«

»Alles. Das ist unsere Kultur. Face Value.«

Stanley verstand, dass er hier und jetzt seinem Großvater widersprechen musste, wenn er seine eigenen Pläne umsetzen wollte. Huang Fu Chen akzeptierte eine ebenbürtige Argumentation. Jedoch etwas hinter seinem Rücken oder gegen seinen Willen einzufädeln, war ein geschäftliches Todesurteil. Noch nie hatte er in einer grundlegenden Entscheidung gegen seinen Großvater opponiert. »Audrey und ich haben über die Erbschaft nachgedacht und sind uns einig, das Erbe annehmen zu wollen.«

Der Widerspruch kam für Huang Fu Chen unerwartet.

Stanley wartete, bis er die entscheidende Frage stellte.

»Ihr braucht das Geld nicht. Wieso?«

»Um die letzte Hürde für die Lizenz zu nehmen. Wenn wir durch das Erbe zwanzig Prozent mehr Anteile an der Lombardi Bank besitzen, können wir dem chinesischen Regierungsunternehmen weitere zehn Prozent in einem Blind Trust verkaufen. Damit bekommt Mr. Shang Li exakt, wonach er gefragt hat, und wir sichern uns endgültig diese Lizenz.«

»Erkläre mir das bitte genauer. Ich dachte, das wäre inzwischen geregelt.«

»Das chinesische Regierungsunternehmen kauft bisher zehn Prozent der Lombardi Bank in einem Blind Trust, was exakt dem Überbrückungskredit entspricht. Sie forderten aber von Beginn an mindestens zwanzig Prozent für die Lizenz. Ich habe zugesagt, mich um weitere zehn Prozent zu bemühen, und gehofft, dass die Lombardi Bank mit der Rückzahlung im kommenden Jahr in Schwierigkeiten gerät. Das ist riskant und dauert zu lange. Der zweite Punkt ist, dass dieses chinesische Regierungsunternehmen offiziell nicht als Teilhaber auftreten kann, denn unser Anteil für den Überbrückungskredit ist in einem Blind Trust. Christian wollte absolut verhindern, dass die FINMA von der Verschiebung der Anteile erfährt. Ihre Zustimmung steht in den Sternen. In der Zukunft planen die Chinesen aber, Geschäfte, die sehr diskret ablaufen müssen, über die Lombardi Bank abzuwickeln. Wie soll das funktionieren?«

»Es klickt bei mir, Stanley«, unterbrach Huang Fu Chen seinen Enkel. »Jetzt, da Audrey und du erbt und François Lombardi, wie er behauptet, euer Vater ist, hat die FINMA wenig Argumente. Es dürfte schwierig sein, den wohlhabenden Kindern eines Schweizers diese Partnerschaft in der Lombardi Bank zu verweigern, die noch dazu Teil seines Testaments ist …«

»Genau darauf wollte ich hinaus. Wenn wir offiziell als Partner auftreten können, kann ich über unseren verbleibenden Anteil die Interessen des chinesischen Regierungsunternehmens vertreten. *Alles* fällt perfekt zusammen. Durch die Erbschaft und den Überbrückungskredit besitzen wir mindestens dreißig Prozent an der Lombardi Bank. Wir verdienen uns zusätzlich eine goldene Nase an den Aufschlägen beim Weiterverkauf. Das wiederum gibt uns den nötigen Cash Flow für die Expansion in China. Außerdem habe ich Audrey versprochen, ihren Anteil umsichtig und nicht gegen die Interessen der Lombardis zu verwalten. Sie liebt Fabian wirklich.«

Huang Fu Chen war aufgestanden. Die Arme auf dem Rücken verschränkt lief er durchs Büro. »Christian weiß bereits davon?«

»Nein. Ich wollte erst mit dir darüber reden.«

»Mir gefällt der Fakt nicht, dass ihr die Erbschaft annehmen wollt, aber ich verstehe deine Begründung. Das ist brillant. Manchmal muss man seine Meinung ändern. Wie wir das in Hongkong regeln, klären wir später. Vielleicht haben wir Glück, und ihr erbt, ohne François' leibliche Kinder zu sein. Wenn wir das Risiko eines kleinen Skandals eingehen, lass uns sicherstellen, dass deine Strategie mit der offiziellen Partnerschaft aufgeht.«

»Wie willst du das machen?«

»Ganz einfach. Ich informiere Christian Lombardi darüber, dass der Überbrückungskredit nur zu den gegenwärtigen Konditionen erhalten bleibt, wenn du und Audrey als offizielle Teilhaber der Lombardi Bank für das Erbe aufgeführt werdet. Wie er das mit der FINMA regelt, ist sein Problem. Christian steht unter enormem Zeitdruck, denn die Margin ist aufgerufen, seine Alternativen begrenzt. Wir fordern zusätzlich nur ein, was uns laut François' Erbe zusteht.«

»Danke.«

»Danke dir, Stanley. Du hast wirklich Courage bewiesen, mir zu widersprechen. Du zeigst beste Führungsqualitäten, und darauf bin ich stolz.«

Stanley versteckte sein befreites Lächeln nicht. »Und Peter? Was wird aus ihm?«

»Peter ist dreiundsechzig Jahre, kann in Rente gehen und sein Leben genießen. Ich werde ihn großzügig abfinden.«

»Das wird ihn umhauen, damit rechnet er nicht. Die GFS ist sein Leben.«

»Ich habe bereits einen Vertrag aufgesetzt«, sagte Huang Fu Chen und zeigte auf die Papiere, die vor ihm lagen und ignorierte Stanleys Einwand völlig. »Wir müssen nur gemeinsam bei unserem Anwalt unterschreiben, danach ist die Übergabe meiner Anteile an dich rechtsgültig.«

»Du sprichst von Mehrheitseigentümer … Heißt das, es gibt noch andere Teilhaber? Ich nahm an, die GFS gehört komplett dir.«

»Es gibt exakt einen, der zehn Prozent besitzt. Christian Lombardi.«

»Christian Lombardi? Wie kommt er dazu?«

»Ich habe ihm die Aktien kurz nach dem Skandal mit bestimmten Auflagen überschrieben. Christian musste ohne Schuld – ich habe ihm unter anderem Unterlagen und Dokumente vorenthalten – einen heftigen Preis bezahlen und als CEO der Lombardi Bank in Genf zurücktreten. Die gesamte Geschichte war kompliziert. Joel Silverstein hat auch einen erheblichen Anteil an seinem Rücktritt, das erzähle ich dir ein anderes Mal. Für einen Karrieremann von Christians Kaliber bedeutete es den schlimmsten Abstieg. Er wurde innerhalb einer Woche vom Chef der florierenden Lombardi Bank ohne Schuld in die Bedeutungslosigkeit gestoßen. Nichts blieb ihm – kein Posten, kein Titel, keine Macht, keine Verantwortung –, eine schlimme Kombination für einen fähigen Mann in seinem Alter.«

»Weiß Peter davon?«

»Nein. Es gab keinen Grund, ihn einzuweihen.«

Stanley war beeindruckt, wie sein Großvater alles um ihn herum beherrschte. »In den kommenden Jahren muss ich noch viel von dir lernen.«

Huang Fu lehnte sich zufrieden in seinem Sessel zurück.

Stanley war nun selbstbewusster. Er bemitleidete seinen Vater, haderte mit dem harschen Weg von Huang Fu Chen und versuchte zu vermitteln. »Ich befürchte, das wird Peter nach der Nachricht von Miranda zerstören. Er ist ein guter Vater, hat mir alles beigebracht, was ich kann ... Sollten wir ihn nicht mit Würde selbst zurücktreten lassen?«

»Das Leben ist nicht fair, Stanley, das wirst du auch noch lernen. Die Welt da draußen ist ein Dschungel, in dem es zu überleben gilt. Manchmal muss man über private Gefühle hinwegsehen. Peter ist ohne Frage ein feiner Mensch und guter Vater, aber in wichtigen, visionären Entscheidungen zu schwach. Er wird sich nicht mehr ändern.«

»Kannst du mir näher erklären, was du damit meinst?«

Huang Fu Chen war nicht glücklich über die Fragen von Stanley, musste aber anerkennen, dass er seinen Vater ehrlich respektierte. Diese loyale Wertschätzung hatte er von allen Familienmitgliedern gefordert, also war er seinem Enkel eine Erklärung schuldig. »Miranda ist kapriziös, seit die beiden zusammen sind. Peter hat weggeschaut, und sie hat ihm auf der Nase rumgetanzt. Sie hat alle wichtigen Entscheidungen getroffen. Das ist privat, zeigt aber viel über seinen Charakter. Ich habe ihm zu Beginn seiner Karriere Firmenanteile bei entsprechender Performance versprochen. Peter hat die GFS in fünfunddreißig Jahren zu dem Unternehmen gemacht, das es heute ist. Anteile besitzt er trotz der Performance nicht. Er hat den Fakt weder erwähnt noch danach gefragt. Sicher hat er Millionen verdient, aber warum hat er nicht darauf bestanden, Partner zu werden? Er kannte das Geschäft doch besser als ich ... Ein Führer ohne wirkliche Macht kann schnell abgesetzt werden, was in dieser Sekunde passiert. Er mag das Risiko der Expansion nach China nicht, eine andere Chance, die er verschläft. Er ist ein fantastischer Manager, aber du kannst mehr. Du bist ein wahrer Entrepreneur, ein Macher, ein Chen.«

Stanley wurde das Lob peinlich.

»Mit der Entscheidung, dich zu berufen, ebne ich für meine Firma den Weg in eine gesicherte Zukunft. Die Komplikationen mit Peter – privat wie geschäftlich – sind vorprogrammiert. Ich agiere und habe mit neunzig keine Zeit mehr zu verschenken.«

»Ich fühle mich geehrt und hoffe, deinen hohen Erwartungen gerecht zu werden.«

Huang Fu Chen klopfte seinem Enkel aufmunternd auf die Schulter. »Das wird schon, keine Sorge. Noch etwas. Die Beerdigung von François findet am Sonntag in Genf statt. Unter den gegebenen Umständen sollten wir daran teilnehmen, außer Peter natürlich ... Abflug ist am Samstagnachmittag um sechzehn Uhr. Ich habe unsere Gulfstream vorbereiten lassen. Miranda und Audrey wissen Bescheid. Fabian fliegt auch mit uns. Bist du mit Jade dabei?«

»Natürlich.« Diesmal zeigte Stanley sein Erstaunen nicht.

Kapitel 79

Roland und Nadine Sutter änderten wie angedacht ihren Rückflug von Zürich nach Genf. Sie planten, Pascals Version der Ereignisse als offizielle Aussage der dortigen Polizei vorzulegen und zu erreichen, dass aufgrund der neuen Beweislage die Fahndung nach Pascal wegen Mordverdachts aufgehoben wird. Das würde ihm ermöglichen, nach Genf zurückzukehren und an der Beerdigung seines Vaters teilzunehmen. Zusätzlich würde er zur Aufklärung der fragwürdigen Umstände des Todes von Thomas Widmann und des Margin Call effektiver beitragen können.

Pascal arbeitete die halbe Nacht gemeinsam mit Roland Sutter an dem Bericht für die Polizei. Nadine konnte durch Adils Hilfe inzwischen glaubhaft dokumentieren, dass die Überwachungs-DVD manipuliert worden war. Es lag auf der Hand, dass die Manipulation nur in Joels Auftrag erfolgt sein konnte. Er war laut Pascals Schilderung vor ihm in der Bank gewesen. Dieses wichtige Detail für die Aufklärung der Vorfälle versuchte er zu vertuschen. Damit war nicht automatisch gesagt, dass Joel auch der Mörder von Thomas Widmann war, aber Pascals Unschuld wäre bewiesen.

Christian hatte sich während der Diskussionen in Dubai daran erinnert, dass Joels Gesicht am Morgen leicht geschwollen war. Pascals Erklärung, er habe Joel eine gerade Rechte verpasst, um fliehen zu können, belegte dies und bildete das Fundament ihrer Strategie. Die große Frage war, hatte die Polizei diesen Fakt bemerkt und notiert?

Die Sutters trafen Hauptkommissar Baumet und Favre ohne Voranmeldung im Polizeirevier. Als sie sich vorstellten, runzelte Baumet seine Stirn. »Privatdetektiv mit Schwerpunkt Wirtschaftskriminalität ... Warum arbeiten Sie dann am Fall Thomas Widmann/Pascal Lombardi, bei dem es um Mord geht?«

»Wir recherchieren für François Lombardi in einer anderen Angelegenheit. Pascal haben wir durch einen anonymen Hinweis gestern gefunden, purer Zufall. Heute sind wir bei Ihnen.« Roland Sutter schwächte ihre Position absichtlich. Er wollte Baumet keinen Fehler nachweisen, sondern ihn auf seine Seite ziehen. Das Verhältnis zwischen Privatdetektiven und Polizei war traditionell gespannt und mit Vorurteilen behaftet. »Wir haben gestern ausführlich mit Pascal gesprochen und seine schriftliche Stellungnahme zu den Ereignissen dabei, handschriftlich und unterschrieben.«

»Wo hält sich der gute Pascal auf?«

»Darf ich vorschlagen, dass wir uns zuerst auf die Fakten konzentrieren?«

»Nur weil heute Freitag ist, wir mit Arbeit überladen sind und den Fall abschließen wollen«, knurrte Baumet. »Thomas Widmann ist lange unter der Erde und hält uns immer noch auf Trab. Favre, bringen Sie bitte den Ordner vom Fall Widmann/Lombardi rüber.«

Baumet saß ein paar Minuten still und las den Bericht von Pascal. Gelegentlich nickte er zustimmend. »Eine schlüssige Beschreibung, aber kein Beweis für Pascal Lombardis Unschuld. Favre, ich fasse kurz für Sie zusammen: Pascal Lombardi behauptet, dass Thomas Widmann zum Zeitpunkt seines Eintreffens in der Bank bereits tot gewesen sei. Joel Silverstein erschien angeblich kurz nach ihm in Widmanns Büro, habe Pascal dort gesehen und ihm daraufhin einen Mord in die

Schuhe schieben wollen. Die beiden hätten heftig gestritten. Pascal sei ausgetickt und habe Joel mit der rechten Faust ins Gesicht geschlagen. Danach sei er geflohen und begründet es mit einer Kurzschlussreaktion. Was halten Sie davon?«

Favre blätterte in den Akten. »Das könnte theoretisch stimmen, schließt aber nicht die Möglichkeit aus, dass Pascal oder Joel Thomas Widmann vorher getötet haben. Davon abgesehen, ganz koscher fand ich den Silverstein nie … Er war zu abgebrüht nach unserer Ankunft in der Bank. Hier, Baumet, ich habe die Notiz von Ihnen gefunden: ›Gesicht von Joel Silverstein wirkte angeschwollen, leichter Bluterguss auf dem rechten Jochbein … Behauptete, aus Versehen gegen seine voll verglaste Verandatür gelaufen zu sein, weil er seine Brille nicht finden konnte …‹«

Die Sutters spürten das Wohlwollen der Beamten, ihrer Darstellung zu folgen.

Nadine wollte die Gelegenheit nicht ungenutzt verstreichen lassen. »Ich bin die IT-Spezialistin im Unternehmen meines Vaters und kann eine noch schwerwiegendere Lüge von Joel beweisen.«

Favre konnte sich ein Grinsen angesichts ihrer äußeren Erscheinung nicht verkneifen.

»Darf ich Ihren Computer benutzen? Wir brauchen eine hohe Auflösung.«

»Selbstverständlich.«

Nadine schob die DVD in das Laufwerk. »Als ich die Bilder dieser DVD das erste Mal gesehen habe, sind mir im schwarzen Bereich – von sechs Uhr fünfzehn bis sechs Uhr fünfundvierzig und sieben Uhr fünfzehn bis sieben Uhr fünfundvierzig wechselnde Schatten aufgefallen, die mich skeptisch machten. Mit Hilfe eines Kollegen haben wir die Aufnahmen stark vergrößert und gleichzeitig verlangsamt. An diesen Rändern und Schatten hier erkennt man, dass mit *Ausschneiden und Einfügen* gespielt wurde. Mit anderen Worten, die Aufzeichnungen der DVD wurden manipuliert. Auf den ersten Blick gut gemacht, aber nicht gut genug für einen wirklichen Profi ...«

Roland Sutter hakte ein. »Damals war ich nicht sicher und habe vor allem die Tragweite nicht verstanden. Es fehlten die Informationen von Pascal. Heute weiß ich, dass Joel Silverstein mit Sicherheit seine wahre Ankunftszeit verschleiern wollte. Wir haben ihn nie in die Bank kommen sehen, und er war nach Pascals Aussage definitiv anwesend.«

Favre nickte. »Die Aufzeichnungen stoppen gegen neun Uhr, mit der Frage haben wir uns nie befasst. Sehr gut beobachtet.«

»Joel behauptete uns gegenüber, die Bank um neun Uhr fünfzehn betreten zu haben. Das müsste auf späteren Videos dokumentiert sein. Haben wir das überprüft, Favre?« Hauptkommissar Baumet war plötzlich hellwach.

»Bisher nicht. Wir hatten nur die Videos bis neun Uhr am Morgen vorliegen. Da der Tod von Thomas Widmann laut Obduktion mit Sicherheit vor neun Uhr eingetreten ist, erschien das nicht wichtig. Wissen Sie, wie lange die Tapes in der Bank aufbewahrt werden?«, fragte er Roland Sutter.

Der schüttelte den Kopf. »Ich bezweifle, dass die Bänder dort länger als zwei Wochen liegen. Das könnte knapp werden.« Sutter fuhr mit seinen Erläuterungen fort. »Wer von den Lombardis hätte Interesse, Pascal einen Mord in die Schuhe zu schieben? Die neue Sachlage könnte auch den BlackBerry ohne Fingerabdrücke erklären. Joel hat ihn gesäubert und wieder an den Tatort gebracht, denn Pascal hat den BlackBerry nicht in Widmanns Büro finden können.«

»Wieso hat er ihn gesucht?« Hauptkommissar Baumet gab sich noch skeptisch.

»Er wollte die SMS mit seiner Terminbestätigung löschen ...«

»Ah, schau an. Ein bisschen kriminelle Energie hat Pascal aber doch. Was meinen Sie, Favre?«

»Wir sollten alle Beteiligten noch einmal getrennt verhören. Warum laden wir sie nicht gleichzeitig im Revier vor oder noch besser, sammeln sie gemeinsam in der Bank ein? Wir bluffen und stellen alle vor die vermeintlich vollendete Tatsache, dass Joel Silverstein der Mörder von Thomas Widmann ist. Dann schauen wir, wer Nerven zeigt. Allein kann der Silverstein das nicht durchgezogen haben.«

Baumet wiegte seinen Kopf hin und her, während er selbst durch die Akte blätterte. »Dann müssen wir Sicherheitschef Hans Zimmerli, die beiden IT-Angestellten Pierre Jeunot und Alain Sanders, Genevieve Pasquier, die Thomas Widmann gefunden hat, und Joel Silverstein vorladen.« Er schaute auf die Uhr. »Gleich dreizehn Uhr, wir müssen zügig handeln. Mir erscheint ihre Darstellung plausibel, und wir treten in dem Fall auf der Stelle. Warum sollten wir Pascals Version nicht eine Chance geben? Vorladen dauert mir zu lange. Wir überraschen sie in der Bank und nehmen ihnen damit auch die Gelegenheit, sich abzusprechen. Nadine, können Sie Favre technisch so fit machen, dass er die IT-Jungs beeindrucken kann? Bringen Sie ihm doch bitte ein paar Fachbegriffe und Tricks bei ...«

Nadine schaute zu ihrem Vater.

Der verstand und senkte seine Augenlider zur Bestätigung.

»Wenn es Ihnen hilft, bleibe ich hier und werde Favre unterstützen, in den technischen Fragen, meine ich.«

»Favre?«

Der schaute genüsslich an Nadine auf und ab. »Gern.«

»Herr Sutter, ich bitte Sie, sich zu unserer Verfügung zu halten. Bleiben Sie in Genf?«

»Ich treffe Adrienne Lombardi später, bin bis heute Abend in Genf. Kann ich Ihnen noch eine Insider-Information stecken?«

»Wenn es zur Aufklärung beiträgt.« Baumet lächelte verschmitzt.

»Das weiß man immer erst hinterher.«

»Stimmt.«

»Genevieve Pasquier und Joel Silverstein haben seit Langem ein Verhältnis oder eine Affäre, je nachdem, aus welchem Blickwinkel man es betrachtet. Es ist ein offenes Geheimnis in der Bank.«

»Die beiden sind ein Paar?«

»Nein, das wäre zu viel gesagt.«

»In meinem Alter würde man das als *Friends with Benefits* bezeichnen. Verstehen Sie, was ich sagen will?«, fragte Nadine cool.

»Das versteht man auch in meinem Alter noch.« Favre zwinkerte.

»In Ordnung. Lassen Sie bitte Ihre Handynummer bei meiner Sekretärin, Herr Sutter.« Baumet drängelte, die Diskussion zu beenden. Er wollte aktiv werden. Eine letzte Frage an Roland Sutter konnte er sich jedoch nicht verkneifen. »Verraten Sie mir, wo sich Pascal aufhält? Das wäre ein weiterer, nützlicher Insider-Tipp.«

»Heben Sie die Fahndung auf. Pascal Lombardi hat Thomas Widmann nicht umgebracht.«

»Das werden wir nach den Befragungen entscheiden. Die manipulierte DVD ist ein starkes Indiz. Ich tendiere, Ihnen zuzustimmen.«

»Dann verrate ich es später.«

Kapitel 80

Christian hatte zwar in Dubai eine Nacht gut geschlafen, aber den Jetlag, verbunden mit den permanenten Reisen über die letzten Wochen, konnte er nicht abschütteln. Sein Körper war völlig durcheinander, als er am Freitagvormittag in Zürich landete. Er rekapitulierte seine Woche.

Sonntag und Montag habe ich die halbe Nacht im Krankenhaus verbracht, Vater ist gestorben. Dienstag bin ich nach Hongkong geflogen. Mittwoch führte ich dort mit Miranda und Fabian unangenehme Gespräche, bevor ich nachts den Flieger nach Dubai genommen habe. Donnerstag diskutierte ich mit Pascal und den Sutters, bis ich abends im Bett kollabiert bin. Heute habe ich in aller Frühe wie in Trance nach Zürich eingecheckt. Kein Wunder … Eine Woche muss ich noch durchhalten, dann brauche ich ein paar Tage Urlaub. Ich möchte nur schlafen …

In zwei Stunden war er mit dem Leiter des Geschäftsbereichs Privatbanken der FINMA in der Berner Einsteinstrasse verabredet. Er musste sich sputen, denn von Zürich bis Bern würde er mit dem Auto mindestens neunzig Minuten benötigen. Christian hatte einen privaten Chauffeur gebucht. Er wollte die Zeit nutzen, um sich auf das Gespräch mit Mark Jenkins vorzubereiten, denn er kannte ihn nicht persönlich. Christian googelte ihn, um einen optischen Eindruck und einige Eckdaten über seine Karriere zu erfahren. Die FINMA war erst 2007 gegründet worden. Mark Jenkins war ihr zweiter Chef.

Huang Fu Chen hatte Christian in Hongkong ein klärendes Gespräch verweigert. Dafür hatte er gestern Nachmittag von ihm per E-Mail überraschend eine Nachricht erhalten, dass Stanleys und Audreys offizielle Teilhaberschaft an der Bank nun eine Bedingung sei, damit der Überbrückungskredit, wie unterzeichnet, erhalten bleibe. Da Christian an ihrer Erbschaft nichts ändern konnte, musste er versuchen, dieses Argument der FINMA gegenüber zu nutzen, um den für die Lombardi Bank existentiellen Kredit zu sichern. Er ging davon aus, dass die Hongkong-Chinesen nun interessiert sein würden, die Lombardi Bank wieder so erfolgreich zu machen, wie sie einst war.

Punkt dreizehn Uhr öffnete Mark Jenkins' Sekretärin die Tür und führte Christian ins Besprechungszimmer. Jenkins begrüßte ihn zuvorkommend und sprach Christian sein Beileid zum Tod von François aus. Erst danach nahm er hinter seinem Schreibtisch Platz und deutete auf den Sessel auf der gegenüberliegenden Seite. »Setzen Sie sich bitte, Herr Lombardi. Was kann ich für Sie tun?«

»Es gibt eine Menge Veränderungen in der Lombardi Bank.«

»Und eine Menge Ärger, wie der Buschfunk trommelt«, warf Mark Jenkins ein. »Seien Sie bitte offen und ehrlich, Herr Lombardi, wir wissen, was in unseren Banken abläuft.«

»Ging das Bankgeheimnis bereits auf der ganzen Linie flöten?«, versuchte Christian zu scherzen, um die formale Distanz aus dem Gespräch zu nehmen.

Jenkins lächelte kühl. »Für spezielle Dinge hat es das nie gegeben. Ich habe hier gelernt, dass das Schweizer Bankgeheimnis per Aussage ein Bank-Kunden-Geheimnis ist. Es schützt den Kunden, jedoch nicht die Bank.«

»Mit dieser Definition haben Sie natürlich recht. Als

Schweizer hätten Sie es nicht so direkt angesprochen«, gab Christian schlagfertig, aber in sanftem Ton zurück.

»Entschuldigen Sie, ein bisschen britischer Humor ist auch nach Jahren im Ausland hängengeblieben.«

Beide lächelten mild.

»Sie meinen mit Ihrer Anspielung unseren Margin Call?«

»Es geht in diese Richtung.«

»Das war eine typisch Schweizer Antwort. Ich sehe, Sie beherrschen beide Seiten perfekt, Kompliment.«

Beide Männer hatten in diesem verbalen Wortgeplänkel ihre Grenzen ausgetestet. Sie wussten nun, dass der andere sein Fach verstand.

»Wir haben, wie Sie zugegebenermaßen wissen, einen Margin Call von Levy & Lewitt. Die Verhandlungen über einen Überbrückungskredit von der Good Fortune Securities in Hongkong waren so gut wie abgeschlossen. Mit dieser Investmentbank sind wir seit fünfunddreißig Jahren geschäftlich und privat verbunden.«

»Was steht dem Vertragsabschluss noch im Weg?«

»Minuten vor seinem Tod gestand mein Vater erstmals, dass die Enkelkinder des Besitzers der Good Fortune Securities auch gleichzeitig seine Kinder sind. François hat ihnen testamentarisch unanfechtbar zwanzig Prozent der Lombardi Bank zu gleichen Anteilen vererbt. Die offizielle Anerkennung dieser Kinder als Partner der Lombardi Bank ist nun eine neue Bedingung, damit der Vertrag – wie verhandelt – bestehen bleibt.«

Mark Jenkins hörte Christian konzentriert zu.

»Ich ersuche die FINMA hiermit, Audrey und Stanley McGraham als offizielle Teilhaber mit allen Rechten und Pflichten in unserer Lombardi Bank Cie. zu führen.«

Jetzt schaute er Christian Lombardi jedoch irritiert an.

»Habe ich richtig verstanden, die Enkel des chinesischen Besitzers sind gleichzeitig die Kinder von François? War Ihr Vater mit dessen Tochter liiert?«

»Richtig, die Enkel des chinesischen Besitzers sind die leiblichen Kinder von François. Die zweite Antwort ist komplizierter. Offiziell war François nicht mit der Mutter der Kinder liiert. Sie unterhielten vor sechsunddreißig Jahren eine kurzzeitige Beziehung.«

Mark Jenkins musterte Christian pikiert. »Das heißt, Sie haben diese Woche unerwartet neue Geschwister bekommen?«

»Kann man so sagen. Der Klapperstorch brauchte fünfunddreißig Jahre für die Reise von Hongkong nach Genf.«

»Die Good Fortune Securities gehört diesen Kindern? Wie alt sind sie? Bei zwei Kindern muss man eine Weile zusammenleben.«

»Die GFS gehört ihrem Großvater Huang Fu Chen. Audrey und Stanley McGraham sind Zwillinge. Audrey ist eine Künstlerin, hat mit Banking nichts am Hut. Stanley McGraham ist Direktor der GFS, ein Investmentbanker. Ich gehe davon aus, dass er per Vollmacht für Audreys Anteil Stimmrecht haben wird. Die Familienbande sind traditionell sehr stark, und die Zwillinge verbindet eine besonders enge Beziehung.« Mark Jenkins zeigte keine weitere Reaktion, und Christian setzte seine Erklärungen fort. »Wie wir Stanley McGraham in das tägliche Geschäft integrieren, haben wir bisher nicht besprochen. Es war einfach keine Zeit ...«

»Eine Verquickung, die gleichzeitig positiv wie negativ ist ... Können Sie keinen anderen Investor finden? Ich meine, mit weniger familiären Komplikationen?« Die Frage war aus der Sicht von Mark Jenkins durchaus berechtigt.

»Als wir die Verhandlungen aufgenommen haben, ahnten

wir davon nichts. Die beiden alten Patriarchen haben den Deal eingefädelt. Außerdem stand François' Tod nicht auf unserer Liste.«

»Verstehe«, beeilte sich Jenkins peinlich berührt beizupflichten.

»Und die Zeit, einen anderen Investor zu finden, ist nicht mehr ausreichend.«

»Da bin ich anderer Meinung. Gestern hatte ich ein kurzes Meeting mit Joel Silverstein. Er hat mir erzählt, dass Ihre Bank ein amerikanisches Konsortium gefunden hat, das Ihnen den Kredit zur Verfügung stellen würde. Nur als letzte Option. Erwägen diese eine Beteiligung, und er würde für ihre Loyalität bürgen ...«

»Joel Silverstein war gestern hier? Ich habe ihm keine Genehmigung für Verhandlungen mit der FINMA gegeben.«

»Kein Grund zur Aufregung. Joel und ich kennen uns lange. Wir haben zusammen zu Mittag gegessen.« Mark Jenkins ärgerte sich über seinen Fauxpas. »Es war mehr ein informatives Gespräch unter Freunden, ein Abtasten der Möglichkeiten, wenn Sie verstehen, was ich meine.«

Christians Gesichtszüge verhärteten sich. »Ich werde diesen Alleingang später mit Joel Silverstein diskutieren. Können wir jetzt zu meinem Antrag zurückkommen?«

»Selbstverständlich.« Jenkins nestelte mit Papieren auf seinem Schreibtisch, um den Faden wiederzufinden. »Herr Lombardi, Ihnen ist sicherlich bekannt, dass wir extrem skeptisch sind, was neue Teilhaber dieser besonderen Gesellschafterform betrifft. Es sind enorme Verpflichtungen damit verbunden. Falls ein Haftungsfall eintritt, können wir diesen im Ausland schwer vollstrecken, wenn es sich nicht um Schweizer Bürger handelt. Um diese Möglichkeit überhaupt eruieren zu können, brauchen wir eine komplette, notariell beglaubigte Aufstellung des Besitzes von Audrey und Stanley McGraham: Firmenanteile, Immobilien, Bankkonten, Sonstiges … Wenn sie Deutsche, Holländer oder Franzosen wären, aber ausgerechnet Chinesen?«

»Das sagen Sie als Brite?«

»Vielleicht genau deswegen.«

»Darf ich Sie daran erinnern, Herr Jenkins, dass diese Hongkong-Chinesen die Kinder von François Lombardi sind? Damit besitzen sie automatisch ein Anrecht auf die Schweizer Staatsbürgerschaft.«

Mark Jenkins wurde unsicher. »Eine Möglichkeit, *indeed* …«

Dass er mit dieser Fügung unglücklich war und ihm ein englischer Ausdruck in sein ansonsten perfektes Deutsch rutschte, konnte Christian unschwer an seiner Haltung ablesen.

»Bisher steht für diese Vaterschaft nur die Behauptung von François Lombardi im Raum, den wir offensichtlich nicht mehr dazu befragen können.«

»Herr Jenkins, wir haben bereits einen Vaterschaftstest in Hongkong in Auftrag gegeben.« Christian wurde ungeduldig.

Als wenn nicht alles schon kompliziert genug wäre. Jetzt macht die FINMA auch noch Probleme.

»Dann sollten wir das Ergebnis abwarten.«

»Herr Jenkins, ob die Zwillinge Audrey und Stanley McGraham François' leibliche Kinder sind oder nicht, ändert nichts an dem Fakt der Erbschaft und damit der Teilhaberschaft. Es würde sie lediglich vereinfachen. Können Sie mir einen vernünftigen Grund nennen, warum mein Vater ihnen ansonsten eine Milliarde US-Dollar vererbt?«

»Ich habe weder Millionen noch Milliarden zu vererben, deswegen habe ich mir diese Frage nie gestellt.«

»Es geht ums Prinzip. Die Summe unterstützt meine Argumentation nur.«

»Herr Lombardi, bei allem Respekt und aller Logik, wir müssen das gründlich prüfen, und das wird einige Monate dauern.«

»Absolut unmöglich.« Erstmals hob Christian Lombardi seine Stimme. Bisher hatte er freundlich mit Mark Jenkins verhandelt, aber nun musste er einen Punkt klarstellen. »Wenn die Schweizer Nationalbank und die FINMA keinen Skandal wollen, sollten sie schnellstens zustimmen. Unser Überbrückungskredit ist seit gestern an diese Bedingung geknüpft. Der Margin Call steht bis kommenden Freitag. Wir haben nur eine Woche Zeit. Das ist zu wenig für taktische Manöver!«

»Sie wollen doch keinen Druck auf mich ausüben, Herr Lombardi?«

Was für ein Theater! Sicher lote ich aus, wie schnell ich die FINMA zu einer Entscheidung motivieren kann …

»Natürlich nicht«, antwortete er höflich lächelnd. »Ich wollte nur die bestehende Situation und unsere leider begrenzten Alternativen zweifelsfrei darstellen.«

Die beiden Männer schauten sich abschätzend in die Augen.

»Der Überbrückungskredit steht und fällt mit Ihrer Genehmigung. Erteilen Sie diese im besagten Zeitrahmen, können wir unser Problem mit Levy & Lewitt diskret lösen. Die Alternativen dazu wären ein handfester Skandal oder eine Gruppe gieriger Amerikaner als Teilhaber. Haben die Schweizer Großbanken nicht schon genug schlechte Erfahrungen mit der amerikanischen Administration gemacht?«

»Herr Lombardi, das kann man doch nicht in einen Topf werfen!« Mark Jenkins zeigte sich entrüstet.

»Am Ende stehen dieselben Leute oder dasselbe System

dahinter. Da würde ich zur Abwechslung den Hongkong-Chinesen eine Chance geben, die eventuell zu fünfzig Prozent Schweizer sind.«

Mark Jenkins rieb sich lange die Nase. »Ich habe einen anderen Vorschlag. Alternativ könnten Sie die Rechtsform der Lombardi Bank in eine Holding ändern, deren Aktien Sie besitzen. Dafür müssten Sie nur das Grundkapital der Lombardi Bank um ein Vielfaches aufstocken. Damit würde die besondere Form der Haftpflicht automatisch entfallen. Wem die Aktien Ihrer Bank gehören, können wir nicht beeinflussen und demzufolge bedarf es keiner Genehmigung.«

»Eine interessante Idee für die Zukunft, aber mit dem Margin Call im Rücken, der unsere Barreserven aufbraucht und die Wochen, die vergehen, ehe das juristisch geklärt ist, heute leider kein gangbarer Weg.«

Jenkins stimmte Christian nachdenklich zu. »Lassen Sie die Unterlagen bitte hier. Wir werden übers Wochenende prüfen. Jeder Bescheid wird selbstverständlich nur unter Vorbehalt getroffen. Diese Anfrage ist absolut grenzwertig für die konservative Schweiz.«

Kapitel 81

Hauptkommissar Baumet machte diesmal kurzen Prozess. Ohne Vorankündigung erschien er gemeinsam mit Favre in der Lombardi Bank. Er trommelte Joel Silverstein, Genevieve Pasquier, Hans Zimmerli, Pierre Jeunot und Alain Sanders innerhalb weniger Minuten im Besprechungszimmer zusammen.

In knappen Worten erklärte er, dass alle Anwesenden freiwillig auf das Polizeirevier zu einer Befragung könnten oder er ansonsten einen Haftbefehl vorlegen würde. Es hätten sich grundlegend neue Erkenntnisse im Fall Thomas Widmann ergeben.

Joel Silverstein rastete aus. »Welche neuen Fakten gibt es, um diese Vorgehensweise zu rechtfertigen? Ist Thomas Widmann doch umgebracht worden? Ich habe keine Zeit für irgendwelche Spielchen. Sie unterbrechen den Arbeitsablauf der Bank, und ich werde Sie für die Folgen verantwortlich machen.« Er wollte offensichtlich Druck in seiner Funktion als Anwalt ausüben, um Zeit und Informationen zu gewinnen.

Hauptkommissar Baumet blieb unbeeindruckt. »Kein Kommentar«, blieb seine einzige Äußerung. Er kam Joel keinen Zentimeter entgegen und kreierte dadurch eine spannungsgeladene Atmosphäre. Mit seinen wenigen Trümpfen manövrierte Baumet geschickt.

Favre hielt sich bewusst im Hintergrund und beobachtete die Reaktionen der Betreffenden genau.

Genevieve Pasquier, Pierre Jeunot und Alain Sanders stand der Schreck ins Gesicht geschrieben. Sie waren nervös. Hans Zimmerli wirkte gelangweilt. Am Ende stimmten sie alle zu, freiwillig auf das Polizeirevier mitzukommen.

Baumet hatte dafür gesorgt, dass die Mitarbeiter der Lombardi Bank seit seinem Auftauchen zu keinem Zeitpunkt allein unter sich waren. Niemand konnte ungehört von einem Polizeibeamten mit einem Kollegen reden. Auf dem Revier trennte er alle, indem er sie in verschiedenen Büros unterbrachte.

Die Befragung von Hans Zimmerli ergab nichts, ebenso die von Alain Sanders.

Genevieve Pasquier blieb hartnäckig bei der ersten Version ihrer Befragung, wie sie Thomas Widmann gefunden hatte.

Baumet spürte ihr Unbehagen und hinterfragte alle Details immer wieder, wollte sie verunsichern. Bei einer scheinbar belanglosen Frage ergab sich überraschend eine Möglichkeit einzuhaken. »Wann genau kam Joel Silverstein an dem besagten Morgen ins Büro?«

»Das kann ich Ihnen nicht sagen, auch wenn Sie noch öfter fragen. Er war bereits vor mir da. Das kommt selten vor, aber an diesem Tag ein Fakt.«

»Wie soll ich Ihre letzte Bemerkung verstehen?«

»Joel arbeitet normalerweise am Abend lange und kommt dafür morgens etwas später.«

»Gibt es dafür einen besonderen Grund?«

»Wall Street öffnet und schließt später als Genf.«

»Wie gut kennen Sie Joel?«

»So gut man sich eben kennt, wenn man fünfundzwanzig Jahre zusammen arbeitet. Normalerweise wissen Sekretärinnen mehr als Ehefrauen, aber ich bin weder das eine noch das andere ...«

»Guter Vergleich, Frau Pasquier. Wie würden Sie Ihr intimes Verhältnis zu Joel beschreiben?«

Genevieve stieg eine leichte Röte ins Gesicht. »Wie kommen Sie darauf zu behaupten, dass wir ein intimes Verhältnis haben?«

»Das hat der Buschfunk der Lombardi Bank getrommelt.«

»Hat der eine Quellenangabe?«

»Wenn Sie darauf bestehen: Fabian, Christian, Pascal Lombardi ...«

Genevieve wurde das Thema peinlich. Sie versuchte abzuwiegeln. »Wir sind beide Single und verbringen gelegentlich einen netten Abend zusammen.«

Es fiel Baumet schwer, ernst zu bleiben, denn er konnte seine visuelle Vorstellung nicht unterdrücken.

Sie treffen sich offensichtlich zum Sex. Genevieve Pasquier ist zweifelsohne eine elegante Dame, aber bereits sechzig Jahre alt und Joel Silverstein kein Adonis. Hat das in dem Alter noch nicht aufgehört? ...

»Dann wissen Sie sicherlich auch, wo die Schwellungen in Joels Gesicht herkamen?«

»Welche Schwellungen? Mir sind keine aufgefallen. Ich habe ihn an dem Morgen nur kurz gesehen. Nachdem ich Thomas Widmann gefunden hatte, bin ich in Ohnmacht gefallen.«

»Warum decken Sie Joel?«

»In keiner Weise decke ich irgendjemand! Was unterstellen Sie mir eigentlich?« Genevieve entrüstete sich geziert.

»Es gibt ein verwirrendes Detail, das wir nur mit Ihrer Hilfe aufklären können. Wer hat das Handy von Widmann wieder an den Tatort zurückgebracht?«

»Woher soll ich das wissen?«

»Sie waren die einzige Person, die die ganze Zeit gemeinsam mit Thomas Widmann im Raum war. Vielleicht haben *Sie* alles nur gespielt und sind in Wirklichkeit schuldig oder zumindest beteiligt?!«

»Also das verbitte ich mir aber wirklich! Thomas Widmann war mein Chef!«

»Dann beantworten Sie meine Frage. Ich weiß, dass Sie uns die Wahrheit verschweigen, denn wir haben die anderen Parteien bereits vernommen. Überlegen Sie sich Ihre Antwort genau, Frau Pasquier, in Ihrer Position …« Baumet setzte Genevieve unter enormen Druck, ohne einen konkreten Hinweis zu haben.

Sie schluckte tief, bevor sie Baumets Frage flüsternd beantwortete. »Joel hat den BlackBerry in die Seitentasche von Thomas Widmanns Anzug gleiten lassen.«

»Können Sie das bitte in einer Lautstärke wiederholen, die ich verstehen kann?«

Genevieve richtete ihren Oberkörper auf und schaute Baumet stolz an. Deutlich artikuliert erklärte sie mit der monotonen Stimme einer Nachrichtensprecherin: »Ich bin aus meiner Ohnmacht aufgewacht, als Joel die Polizei angerufen hat. Wie Sie wissen, lag ich auf dem Teppichboden. Ich habe versucht, mich zu orientieren, geblinzelt und meine Augen geöffnet. Dabei habe ich gesehen, wie ein weißer BlackBerry aus Joels Hosentasche fiel. Er hat ihn aufgehoben, mit seinem Taschentuch gesäubert und danach in die rechte Tasche von Thomas Widmanns Anzug gleiten lassen.«

Baumet kratzte sich am Hinterkopf. Damit hatte er nicht gerechnet.

Genevieve Pasquier sprach schon weiter. »Vor Schreck habe ich meine Augen sofort wieder geschlossen. Ich wollte verhindern, dass Joel mitbekommt, dass ich die Szene beobachtet habe.«

»Warum?«

»Das fragen Sie?! Es bringt doch nur Ärger! Joel ist mein Kollege und Freund.«

»Haben Sie uns sonst noch etwas Neues zu dem Fall zu sagen? Sie wissen, dass Sie uns ein wichtiges Detail verschwiegen und damit Joel Silverstein geschützt haben!«

Genevieve schüttelte traurig den Kopf. »Nein. Und es hat mich übrigens nie jemand danach gefragt.«

»Darüber reden wir später.« Baumet sah deutlich, wie peinlich ihr die Situation war. Sie fühlte sich schuldig. Mehr wusste sie nicht. Er beeilte sich, das Gespräch zu beenden.

Diesen wichtigen Fakt wollte er unbedingt Favre mitteilen, bevor beide in das Gespräch mit Joel gingen.

Favre wartete schon in seinem Büro. Sein zufriedener Gesichtsausdruck verriet Baumet, dass auch er etwas herausgefunden hatte.

»Erfolgreich?«, fragte Baumet trotzdem und mimte den Unwissenden.

»Ja, ich habe eine kleine Überraschung in petto. Und Sie?«

»Dito. Wer beginnt?«

»Wie gehabt, Alter vor Schönheit.« Favre schaute Baumet gespannt an. »Ich höre, Hauptkommissar.«

»Genevieve Pasquier hat zuerst ihr intimes Verhältnis mit Joel Silverstein bestätigt. Danach habe ich sie unter Druck gesetzt, und sie hat gestanden.«

»Gestanden?«

»Gesehen zu haben, wie Joel den BlackBerry mit einem Taschentuch gründlich gesäubert und danach in Widmanns Anzug gesteckt hat. Nachdem er uns telefonisch informiert hatte ...«

»Voilà, jetzt kommt Schwung in unsere Ermittlungen. Steckt doch der Silverstein dahinter ...«

»Abwarten. Was hat sich bei Ihnen ergeben, Favre?«

»Während meines Verhörs mit Pierre Jeunot habe ich ihn von Nadine Sutter komplett durchchecken lassen. Das ist ihr Job, den sie für eine Frau übrigens par excellence beherrscht. Innerhalb weniger Minuten fand sie heraus, dass Jeunot hundertfünfzigtausend Dollar Schulden hat. Er spielt in Online-Kasinos und kann sich nicht mäßigen. Ich habe das als Anhaltspunkt genommen, um ihn wirklich in die Mangel zu nehmen. Nach einer Viertelstunde hat er mit Tränen in den Augen gestanden, dass er die DVD manipuliert hat – im Auftrag von? Du hast drei Antworten frei.«

»Joel Silverstein!«

»Bingo! Der ihm dafür einhunderttausend Dollar gezahlt hat.«

Baumet pfiff durch die Zähne. »War es lange geplant?«

»Nein. Nach Aussage von Pierre Jeunot kam Joel am Morgen völlig aufgelöst zu ihm ins Büro. Hektisch erklärte er, was zu manipulieren war. Pierre Jeunot blieb so wenig Zeit, dass er ein bisschen gepfuscht hat. Das Ergebnis ist bekannt. Wir hatten Glück, dass die Sutters heute hier aufgekreuzt sind.«

»Pascal Lombardi ist definitiv nicht der Mörder von Thomas Widmann. Damit stehen wir wieder am Beginn.«

»Welches Motiv hätte Joel Silverstein, Thomas Widmann umzubringen?«, stellte Favre die Gegenfrage.

»Das müssen wir herausfinden.« Baumet schaute auf die Uhr. »Wenn wir fair sind, kümmere ich mich zuerst darum, dass die Fahndung nach Pascal Lombardi aufgehoben wird. Er sollte die Möglichkeit haben, zur Beerdigung seines Vaters nach Genf zu kommen. Roland Sutter hat versprochen, uns seinen Aufenthaltsort zu nennen. Vielleicht kann uns Pascal bei der Lösung des Falls weiterhelfen.«

Favre nickte. »Gute Idee. Lass Joel noch ein bisschen schmoren. Ich hole uns in der Zwischenzeit ein Sandwich.«

Kapitel 82

Erst kurz nach sechzehn Uhr betraten Hauptkommissar Baumet und sein Kollege Favre das kleine Büro, in dem sich Joel seit über neunzig Minuten aufhielt.

»Wie lange wollen Sie mich noch hier festhalten? Meinen Sie, ich habe nichts anderes zu tun?«, attackierte er die Polizisten aggressiv.

Die setzten sich Joel gegenüber und musterten ihn kalt. Sie hatten vereinbart, die Rollen zu tauschen. Favre stellte die Fragen, und Baumet würde nachhaken.

Joel lehnte sich demonstrativ im Stuhl zurück, kreuzte seine Arme vor der Brust und schlug die Beine übereinander. Er schien seiner Sache ausgesprochen sicher zu sein.

Baumet zählte im Stillen die Zigarettenstummel im Aschenbecher. Es waren elf.

Kettenraucher oder nervös? Das verspricht, interessant zu werden …

»Um welche Uhrzeit sind Sie am 4. Februar in die Bank gekommen?«, eröffnete Favre das Gespräch.

»Darauf habe ich damals bereits geantwortet, früher als üblich. Werde ich auf einmal verdächtigt?«

»Beantworten Sie bitte die Frage.«

Joel hob seine Mundwinkel zynisch-arrogant. »Ich kann mich nicht mehr genau erinnern, es wird gegen neun Uhr am Morgen gewesen sein.«

»Es muss nach neun Uhr gewesen sein, denn ansonsten hätten wir Sie auf dem Video gesehen. Oder sind Sie früher gekommen, vielleicht zwischen sieben Uhr fünfzehn und sieben Uhr fünfundvierzig, als der zweite Blackout war, oder sogar schon beim ersten, gegen sechs Uhr dreißig?« Favre konfrontierte den Anwalt mit Fakten, die er selbst geschaffen hatte.

Joel schüttelte den Kopf. »Es hat sich in der Zwischenzeit so viel ereignet, ich weiß es nicht mehr.«

»Sich nicht zu erinnern spricht niemals für Sie, das muss ich Ihnen nicht erklären, oder?«, warf Baumet ironisch ein.

Joel reagierte nicht.

»Wann haben Sie Thomas Widmann das letzte Mal gesehen?«, fragte Favre weiter.

»Am Abend zuvor bei den Lombardis.«

»Und Sie haben sein Büro erst betreten, nachdem Genevieve Pasquier um Hilfe geschrien hat?«

»Ja.«

Favre blickte zu Baumet.

Der musterte Joel Silverstein noch einmal lange und intensiv, bevor er aufstand und einige Schritte im Raum auf und ab lief. »Sie lügen wie gedruckt, Herr Silverstein. Ich verhafte Sie hiermit vorläufig.«

»Lächerlich! Auf welcher Grundlage?«

Baumet stützte sich mit beiden Armen auf den Tisch und beugte sich nah zu Joel. »Wie erklären Sie mir, dass Sie im Besitz von Widmanns BlackBerry waren? Sie haben ihn erst nach seinem Tod wieder in seinen Anzug gesteckt, ohne jeden Fingerabdruck. Was verheimlichen Sie uns?«

Äußerlich war Joel noch stoisch ruhig. Seine Gedanken rasten aufgeregt an den Tatort zurück.

Unmöglich, dass die Polizei davon Kenntnis hat ... Ich war allein in Widmanns Büro, nur die bewusstlose Genevieve ... Hat sie etwas gesehen und mich bei der Polizei verraten?

Er kam gar nicht mehr dazu, den Gedanken zu Ende zu führen.

Favre griff ihn erneut an. »Die Schwellungen in Ihrem Gesicht interpretieren wir unter diesen Umständen anders. Hatten Sie eine Auseinandersetzung mit Widmann, bevor Sie ihm seine Hand mit der Pistole an die Stirn zum Selbstmord gehalten haben? Bei dem Restalkohol in seinem Blut dürfte das selbst für Sie nicht schwer gewesen sein!«

Joel hörte das Blut in seinen Adern rauschen und lernte er eine neue Emotion kennen: pure Angst.

Wann habe ich einen Fehler gemacht? Es kann nur von Genevieve kommen. Sie muss gegen mich ausgesagt und sich auf die Seite der Lombardis gestellt haben, unglaublich! Wie viele Nächte habe ich in diese Frau investiert. Dafür wird sie büßen …

Joel musste akzeptieren, dass plötzlich alle Indizien gegen ihn sprachen. Er war zur Tatzeit in der Bank gewesen. Er hatte Widmanns BlackBerry gesäubert, ihn zurückgegeben, und er hatte einen leichten Bluterguss im Gesicht gehabt … Das konnte ganz eng werden. An der Stelle verwandelte sich seine Arroganz in Gesprächsbereitschaft. »Sie glauben der Aussage einer einsamen, etwas skurrilen Frau, die sich an mir rächen will?«

»Warum sollte sich Genevieve Pasquier an Ihnen rächen wollen?«, fragte Favre.

Endlich nahm das Verhör Fahrt auf.

»Weil ich ein Verhältnis mit ihr hatte und es beendet habe. Sie will es nicht wahrhaben, gekränkte Eitelkeit …«

»Das ist Ihre Interpretation. Sie hat zugegeben, eine Affäre mit Ihnen zu haben, es aber mehr auf eine freundliche, sexuelle Angelegenheit reduziert. Bei mir hat sie nicht den Eindruck einer einsamen Frau mit Rachegelüsten hinterlassen.

Frau Pasquier ist eine intelligente Frau, die ihre Worte genau abwägt.«

»Eben. Deswegen lässt sich ihre Aussage debattieren und ist kein Beweis für meine Schuld. Diese Frau ist befangen!«

»Genau wie Pierre Jeunot, der ausgesagt hat, das Video aus der Überwachungskamera der Tiefgarage in Ihrem Auftrag manipuliert zu haben?«

»Warum sollte er das tun? Eine neuerliche Unterstellung, die Sie aus der Luft gegriffen haben.«

»Nein, Herr Silverstein. Das Netz zieht sich zu. Sie haben dafür seine Spielschulden bezahlt. Verdammt noch mal, halten sie uns für weltfremd?«

Joel strich sich mit der Hand über die Stirn und fingerte eine Marlboro aus dem Päckchen. »Das lässt sich alles logisch erklären.«

»Auf diese Erklärung bin ich gespannt. Warum haben Sie das bisher nicht getan?« Baumet machte aus seinem Ärger keinen Hehl.

»Es bestand kein Anlass, denn ich habe Thomas Widmann nicht umgebracht.«

»Dann lassen Sie sich Zeit und überlegen sich Ihre Aussage gut. Wegen Manipulation der Überwachungsvideos und Falschaussagen im Bezug auf den Tod von Thomas Widmann werden Sie verdächtigt, an seinem Tod zumindest beteiligt gewesen zu sein. Diese Nacht verbringen Sie in Untersuchungshaft. Wir sprechen uns morgen früh wieder.«

»Das können Sie nicht tun! Ich verlange sofort meinen Anwalt!«

»Ihren Anwalt können Sie jederzeit kontaktieren. Wir haben jetzt Feierabend. Bis morgen, Herr Silverstein.«

Kapitel 83

Francesca checkte nach dem Skype-Telefonat mit Pascal sofort alle Flugmöglichkeiten. Wollte sie am Freitagabend in Dubai ankommen und in Genf einen Zwischenstopp einlegen, musste sie den British-Airways-Flug nach London für dieselbe Nacht buchen. Es gab keine andere Verbindung von New York, der Zeitunterschied und die Entfernung zwischen beiden Städten war einfach zu groß. Da Pascal sie unbedingt mit dem Prospekt in Dubai brauchte, buchte sie kurzentschlossen.

Dann packte Francesca rasch einige Sachen und hinterließ eine Nachricht in ihrer Firma, dass sie wegen einer dringenden, nicht vorhersehbaren Familienangelegenheit kurzfristig nach Europa fliegen musste. In einer Woche wäre sie spätestens wieder zurück und bis dahin per E-Mail zu erreichen. Die Zeit bis zum Abflug wurde trotzdem knapp.

Im Flugzeug schlief sie auf der Stelle ein und kam ausgeruht in London an. Nach einer Stunde Aufenthalt flog sie weiter nach Genf, wo sie um zwölf Uhr fünfzig pünktlich landete.

Es blieben ihr genau neunzig Minuten, um vom Genfer Flughafen zur Altstadt zu fahren, Pascals Safe zu öffnen, den Prospekt mitzunehmen und im selben Taxi wieder zurück zum Flughafen zu rasen. In der Rue de la Servette stockte der Verkehr wegen einer Baustelle. Erst ab Place Neuve lief es wieder flüssiger. Ihr blieben noch fünfundvierzig Minuten, als sie vor Pascals Haustür stand. Der einzige Fahrstuhl war vorübergehend wegen einer Möbellieferung blockiert. Francesca rannte die Treppen hinauf. Mit zittrigen Händen schloss sie die Tür auf und sah sich kurz um.

Im Wohnzimmer stand ihr Hochzeitsfoto auf dem Sideboard. Sie schüttelte den Kopf, freute sich aber darüber. Auch Pascal hatte sie nicht vergessen ... Zügig öffnete sie den Safe, nahm den Prospekt heraus und saß fünf Minuten später wieder im Taxi.

Sie erreichte das Gate für den Flug nach Dubai exakt fünf Minuten, bevor es geschlossen wurde.

Es war Francescas erster Besuch in Dubai und auch ihr erster Flug im neuen Airbus A 380 von Emirates Airline in First Class. Sie scherte sich weder um offerierte Drinks, noch um Essen oder das umfangreiche Entertainment-Programm. Dagegen genoss sie das Duschen in zehntausend Metern Höhe mit warmem Wasser und einem beheizten Fußboden im Bad. Sie wusch sich die Haare, föhnte sie, legte ein leichtes Make-up auf und wechselte von ihren warmen Wintersachen in eine lässige Jeans mit Seidenbluse und einer Strickjacke darüber.

Gut gelaunt fragte sie sich amüsiert, auf welches Abenteuer sie sich eingelassen hatte. Francesca hatte mit ihrem Mann seit drei Jahren keinen gemeinsamen Abend mehr verbracht. Allein die Formulierung *ihr Mann* ließ sie stutzen. Wie lange hatte sie diesen Ausdruck nicht mehr benutzt?

Zurück an ihrem Fensterplatz in der zweiten Reihe, blätterte sie nachdenklich durch den Prospekt aus Pascals Safe. Als Anwältin konnte sie Prospekte wirklich lesen, verstand versteckte Formulierungen oder sah, was absichtlich nicht erwähnt wurde. Dieser Prospekt war professionell aufgesetzt, typisch Levy & Lewitt. Die Liste der Eigentümer der Immobilien war kurz. Sie bestand aus sechs Firmen, alle in Delaware gelistet – Profis. Die Immobilien befanden sich in besten

Lagen von Manhattan, überwiegend Büros, Penthäuser und luxuriöse Apartments, wie sie an den Adressen unschwer erkennen konnte. Francesca wunderte sich, dass die Finanzierungen der Top-Immobilien in MBS zusammengefasst waren. Es machte keinen Sinn. Wenn diese Eigentümer ihre Verbindlichkeiten nicht bezahlen konnten und die Immobilien zurück an die Bank fielen, wäre es ein Leichtes, diese mit Gewinn zu veräußern. Pascal hatte seine Due-Diligence gemacht. Typischerweise fand man in MBS Hypotheken von Schuldnern mit schlechtem Kredit-Rating auf lausige Immobilien, die sich obendrein in ziemlich miesen Regionen in den USA wie Detroit oder Las Vegas befanden. Francesca begann, Pascals Zweifel und seinen Frust ansatzweise zu verstehen. Wenn sie genau darüber nachdachte, war das Geschäft eigentlich zu sauber. Über diese Grübeleien schlief sie schließlich ein und wurde von einer netten Stewardess erst beim Landeanflug auf Dubai geweckt.

Pascals Herz klopfte aufgeregt, während er am Flughafen ungeduldig auf Francesca wartete. Als sie endlich vor ihm stand, umarmte er sie und ließ sie nicht wieder los. »Ich bin so froh, dass du gekommen bist, danke.« Er lehnte seinen Oberkörper weit zurück und musterte sie neugierig von oben bis unten, ohne seine Hände von ihren Schultern zu lösen. »Du siehst umwerfend aus und gar nicht müde. Hast du im Flieger geschlafen?«

»Das kann man wohl sagen. Das erste Mal beim Nachtflug von New York nach London, und eben bin ich auch erst kurz vor der Landung aufgewacht. Ich sollte öfter erste Klasse fliegen. Ein flaches Bett im Flugzeug ist ein Luxus, an den man sich gewöhnen kann.«

»Es sei dir gegönnt. Ich habe auch geschlafen, nachdem ich heute Morgen meinen Bruder und die Sutters in die verschiedenen Flieger verfrachtet hatte.«

»Wie verlief das Gespräch mit deinem Bruder?«

»Eine lange Geschichte ... Wir haben gestern den ganzen Tag und die ganze Nacht durchgearbeitet und einen verrückten Plan entwickelt.«

Francesca zog fragend ihre Stirn in Falten.

»Fast legal und schon mit ersten Erfolgen. Erzähle ich dir später.« Pascal nahm Francesca ganz natürlich an der Hand und zog ihren kleinen Trolley, während sie zum Auto liefen. »Magst du essen oder etwas trinken gehen?«

»Vielleicht morgen. Heute würde ich gern in Jeffreys Haus fahren, eine Flasche Wein aufmachen und dich für mich allein haben.«

Pascal feixte. »Damit kann ich gut leben ...«

»Oh Pascal, immer noch der große Junge ... Es redet sich besser zu Hause. Wir haben uns drei Jahre nicht gesehen.«

»Stimmt, viel zu lange. Warum eigentlich?«

Sie lächelten sich vielsagend an. Schweigsam fuhren sie vom Flughafen auf Palm Jumeirah. Francesca sog alle Eindrücke des nächtlichen Dubai in sich auf. Pascal respektierte, dass sie es nicht mochte, wenn man ihre ersten Wahrnehmungen störte. Sie liebte es, einen Platz, eine Stadt oder eine Landschaft zu spüren und selbst zu entdecken.

Jeffrey wartete bereits vor seiner Villa und umarmte Francesca herzlich. »Wir haben uns auch zu lange nicht gesehen. Jetzt sind wir drei New Yorker in Dubai vereint. Wer hätte das gedacht. Ich lasse euch gleich allein, ihr habt sicher eine Menge zu besprechen, aber zuvor stoße ich noch mit euch an. Pascal hat mir verraten, du magst lieber Wein als Champagner. Ich habe einen guten Rotwein geöffnet.«

»Stimmt. Gibt's was zu feiern? Ich hatte erwartet, dass ihr trauert.«

»Pascal hat es dir noch nicht gesagt?«

Francesca schaute beide abwechselnd fragend an. »Nein.«

»Die Fahndung nach Pascal wegen Mordverdachts ist aufgehoben, dafür hat die Polizei Joel Silverstein in Untersuchungshaft genommen.«

»Das ist ein triftiger Grund, einen guten Wein zu öffnen!« Francesca küsste Pascal auf die Wange. »Ich bin froh und erleichtert für dich.«

»Weil ich kein Mörder bin oder weil Joel jetzt verdächtigt wird?«

»Joel interessiert mich nicht, und ich habe nie daran gezweifelt, dass du kein Mörder bist. Trotzdem gut zu wissen, dass die Polizei es auch so sieht.«

Sie tranken die Flasche Wein in einer Stunde, die zwischen alten Anekdoten über ihre New Yorker Zeit verflog. Dann verabschiedete sich Jeffrey diskret. Es war halb zwei am Morgen.

»Ich habe riesigen Hunger. Wenn ich darüber nachdenke, habe ich seit New York nur ein paar Nüsse geknabbert und ein Sandwich gegessen. Der schwere Wein macht mich beschwipst, wollen wir etwas kochen?« Francesca schaute in Jeffreys Kühlschrank. »Pasta? Ich kann weder Fleisch noch Fisch entdecken. Ein Camembert steht noch zur Auswahl.«

»Pasta, Käse und Wein sind immer eine Option.« Pascal fühlte sich in Francescas Gegenwart wohl. »Wie früher? Du kochst die Pasta, und ich decke den Tisch und kümmere mich um Käse und Wein?«

Francesca schenkte ihm ihr schönstes Lächeln. Als er ungeschickt versuchte, die Servietten zu falten, legte sie zärtlich ihre Hand auf seinen Arm. Sie schaute ihm in die Augen und fragte sanft: »Wie geht es dir wirklich?«

Pascal hielt in der Sekunde inne, war dankbar für die ehrliche Frage. Die anfängliche Befangenheit war lange verflogen. »Ich fühle mich wie ein Haufen Scheiße ...«

Francesca nickte nachdenklich. »Ich dachte mir so was nach deinen E-Mails. Komm ganz nah, bitte.«

Pascal umarmte Francesca und presste sie wortlos an sich. Ein wohlbekannter Körper und Vertrauen, das über Jahre gewachsen war. Es brauchte keine Erklärung. Sie standen für einige Minuten bewegungslos, hielten sich einfach gegenseitig fest. Es fühlte sich gut an.

»Wir haben es verdaddelt, stimmt's? Bei dir ist auch nichts Besseres nachgekommen?«

Francesca schluckte bewegt und nickte. »Anfangs bin ich mit verschiedenen Männern ausgegangen. Es waren attraktive oder intelligente und erfolgreiche Männer, die mich geliebt haben. Mein Herz konnte keiner erobern. ›Nett, aber letztendlich langweilig und bedeutungslos‹, pflegte ich meinen Freundinnen zu sagen. Seit über einem Jahr habe ich keine Beziehung mehr gehabt. In mancher einsamen Nacht habe ich mich gefragt: Warum? ... Und konnte keine Antwort finden. Das Leben, der Alltag, die Verletzungen durch die verlorenen Babys, Frust ...«

Pascal fuhr mit den Fingern zärtlich durch Francescas dunkelblondes Haar. »Du trägst es kürzer, halblang steht dir.« Dann gab er ihr einen zärtlichen Kuss auf die Lippen.

Automatisch fanden sich ihre Zungen. Sie küssten und küssten sich, bis es kein Halten mehr gab. Ihre Hände, ihre Körper, ihre Sinne entwickelten ein Eigenleben.

Pascal war geistesgegenwärtig genug, auf dem Weg ins Schlafzimmer den Herd auszuschalten.

Kapitel 84

Nacht von Freitag, 18. Februar 2011, auf Samstag, 19. Februar 2011

Nadine verabschiedete sich innerlich jubelnd von Favre und Baumet, nachdem diese ihr Verhör mit Joel Silverstein beendet hatten. Die Polizisten hatten zuvor erzählt, dass Joel wegen Mordverdachts an Thomas Widmann über Nacht in Untersuchungshaft bleiben müsste und damit die Fahndung nach Pascal aufgehoben war. Ihr Plan war aufgegangen! Ein Erfolg, der sie beflügelte. Sofort schrieb sie eine SMS mit der fantastischen Nachricht an Pascal. Die Umstände hätten für ihre nächste geplante Aktion nicht besser sein können.

Während sich ihr Vater mit Adrienne Lombardi traf, spazierten Adil und Nadine durch Genf. Sie hatten einige Stunden zu überbrücken, bevor sie ihren geheimen, nur mit Pascal abgestimmten Coup in der Lombardi Bank starten konnten.

Für Adil war es der erste Besuch in der größten Stadt des französischen Teils der Schweiz. Die Innenstadt mit ihren kleinen, belebten Straßen fand er beschaulich und auf nette Art provinziell. Durch die exklusiven Boutiquen, teuren Uhren- und Schmuckgeschäfte, die Hotels, Touristen und vielen Banken wollte Genf sich den Anstrich einer Weltstadt geben.

Adil fror und hatte seine Baseballkappe tief ins Gesicht gezogen. Nadine führte ihn am See entlang in Richtung Lombardi Bank. Einige Kinder fütterten Schwäne an der Promenade, viele Spaziergänger waren an diesem Freitagabend jedoch nicht unterwegs.

»Du bist unser Wetter im Februar nicht gewohnt«, neckte Nadine Adil. »Dabei sind die Temperaturen heute im Plus-Bereich.«

»Du hast gut reden. Ich war bis gestern nicht auf einen Wintertag in der Schweiz vorbereitet. Meine Sneakers wärmen nicht. Lach nicht, ich habe mir vorhin erst einmal Socken gekauft und weiß, dass ich unmöglich aussehe.«

»Du hast ja kein Date.«

»Schade eigentlich.« Adil zwinkerte Nadine zu und nahm sie freundschaftlich in den Arm.

»Lass uns kurz die Lombardi Bank von außen anschauen, den Eingang zur Tiefgarage finden, und dann gehen wir was essen.«

»Super. Ich habe Hunger und Appetit auf etwas Deftiges. Was ist eure Spezialität?«

»Da gibt es einige. Hast du schon mal ein Käsefondue gegessen?«

»Nein. Ich kenne nur Fondue Chinoise und fand das eklig.«

»Bist du Vegetarier?«

»Nein, aber ich esse selten Fleisch und nicht in Brühe gekocht.«

»Dann lass uns in eins meiner Lieblingsrestaurants gehen. Sie servieren das beste Käsefondue in Genf, cremig, heiß und yummi. Es sieht wie ein heruntergewirtschaftetes französisches Bistro aus, mit kleinen, alten Stühlen und Tischen, Häkelgardinen und Schwarz-Weiß-Fotos an den Wänden. Urgemütlich und immer voll.«

»Wie heißt es?«

»*Café du Soleil* in Petit-Saconnex, Freunde haben mich vor Jahren mitgenommen.«

»Klingt nach einer Abwechslung auf meiner Speisekarte. Kann ich in Jeans gehen?«

»Klar, das ist ein einfaches, rustikales Restaurant. Passt zu uns.«

Während sie wenig später genüsslich das Brot in cremigem Käse rührten, erzählte Nadine Adil ausführlich, was sich heute auf dem Polizeirevier abgespielt hatte. Danach gab Adil witzige Geschichten von seiner Arbeit zum Besten.

Die Zeit verflog. Kurz nach einundzwanzig Uhr machten sie sich auf den Weg zur Bank.

Nur Pascal und die Sutters wussten, dass Adil am Morgen auch nach Genf geflogen war. Er wohnte mit ihnen im Hotel *Metropole*, nur wenige Minuten Fußweg von der Lombardi Bank entfernt.

Adil und Nadine planten, gegen zweiundzwanzig Uhr der Bank und speziell Joels Büro einen Besuch abzustatten, um die Firewall an Joels Computer zu knacken.

Pascal hatte Nadine seine elektronische Lesekarte und alle Schlüssel gegeben, sodass sie ungehinderten Zugang zu den Büros in der obersten Etage hatten. Falls eine kritische Situation entstehen sollte, erledigten sie offiziell den Auftrag von Pascal, seinen Computer und Unterlagen aus der Bank zu holen. Im Zweifel hatten sie sich im Büro geirrt. Eine schwache Story, aber besser als keine.

Roland Sutter war argwöhnisch, was Joels Aktivitäten betraf, genehmigte diese Aktion aber nicht. Es ging gegen seine Prinzipien. Spät am Abend in Dubai – Christian schlief schon lange in seinem Bett – hatte er auf Bitte von Pascal zähneknirschend zugestimmt wegzuschauen. Adil versprach, im Falle eines Problems diese Aktion auf seine Kappe zu nehmen.

Nadine bestand darauf, Adil zu unterstützen, was nicht unbedingt die Billigung ihres Vaters fand. Er ließ sie dennoch gewähren, denn Adil hatte ihnen viel geholfen, und er war Roland Sutter sympathisch.

Nadine und Adil fanden Joels Büro ohne Probleme. Adil brauchte nur wenige Minuten, um sein Programm auf Joels Computer aufzuspielen. Die ausgeklügelte Software übernahm automatisch und unsichtbar für jeden späteren Benutzer ein Hostile Takeover der Festplatte.

Durch Pascals Hinweise und eine spezielle Software gelang es Adil ebenso schnell, den Safe von Joel zu öffnen. Hier fanden sie viele Unterlagen, die Adil und Nadine nicht in ihrer Wichtigkeit deuten konnten und nebenan in Pascals Büro kopierten. Aufmerksam legten sie alles an seinen Platz zurück. Zu ihrer großen Überraschung fanden sie einen Mini-Safe in diesem Safe, den sie nicht öffnen konnten. Was versteckte Joel dort?

Es bedurfte danach nur weniger Worte von Adil, Nadine zu überzeugen, doch eine winzige Kamera in Joels Büro zu installieren. Damit konnten sie ihn beobachten, seine Gespräche mithören und mit ein bisschen Glück den Code für den zweiten Computer knacken. Bereits fünfundvierzig Minuten nach ihrem Eintreffen verließen sie wieder ungesehen die Lombardi Bank.

Zurück im Hotel *Metropole* gingen sie in Adils Zimmer. Beide waren extrem neugierig, was auf Joels Computern zu finden sein würde. Adil fuhr seinen Laptop hoch, gab eine lange Zahlenfolge als Passwort für das Programm ein, und Joels Festplatte wurde sichtbar: Eine sauber angelegte Mischung von Ordnern. Sie überflogen die Namen. Es gab einen Ordner Lombardi Bank mit hunderten Unterordnern. Ein Ordner Levy & Lewitt existierte nicht.

»Wenn Joel wichtige Informationen geheim hält, dann sicher nicht auf dem Computer der Bank. Sie werden sich in dem Mini-Safe befinden. Er ist groß genug, um einen Laptop und brisante Papiere zu verstecken«, argumentierte Nadine logisch, doch enttäuscht.

»Joel ist ein intelligenter, mit allen Wassern gewaschener Anwalt. Habt ihr ernsthaft erwartet, dass er seine Geheimnisse geordnet auf der Festplatte seines Bankcomputers abgelegt hat?« Adil scrollte bereits weiter. Plötzlich stoppte er und grinste. »Ich habe es geahnt …«

»Wovon redest du?«

»Wie Pascal Joel beschrieben hat, hätte ich darauf gewettet, dass er irgendeinen sexuellen Fetisch hat.«

»Und?«

»Es gibt einige Videos hier.«

»Wie bitte?«

»Du bist überrascht? Ich habe das schon oft gesehen, mich wundert nichts mehr.« Adil klickte eins an.

Es trug den vielsagenden Titel *Genevieve, Weihnachtsritt 2010.* Genevieve und Joel waren beide in rotem Lack gekleidet. Er in einem engen Anzug, sie in einem Minikleid mit langen Stiefeln, gewisse Stellen waren freigelassen. Ihre eher kleinen Brüste wurden von einem Wonderbra künstlich nach oben gepresst und gaben den Blick auf große Brustwarzen frei, an deren Nippeln ein Ring baumelte. Joel versteckte seine Genitalien nur dürftig, und seinen Hintern bedeckte lediglich ein roter Lackstring. Seine Beine steckten ebenfalls in roten Lackstiefeln, die knapp unter seinem Gesäß endeten.

»Sexy kann ich das nicht nennen«, kommentierte Nadine angeekelt.

»In dem Alter sieht das pervers aus«, frotzelte Adil.

»Nicht nur in dem Alter …«

Genevieve dominierte Joel. Mit einer Peitsche schlug sie wieder und wieder auf seinen nackten Hintern. Er genoss es sichtlich, fragte wimmernd nach mehr, bis blutige Striemen sichtbar wurden. Dann bettelte er darum, gefesselt zu werden. Sie band seine Arme und Beine mit dicken Seilen fest und begann, mit einer Feder und ihrem Mund mit seinem Glied zu spielen. Kurz bevor er kam, schwang sie sich auf ihn, ritt und peitschte, bis sie beide laut schreiend zusammenbrachen.

»Das ist kein wirklicher SM-Sex. Das ist eine Mischung aus in Lack gepressten wilden Fantasien. Abgefahren.«

»Woher weißt du das?« Das Video hatte Nadine aus der Fassung gebracht.

»Du willst nicht wissen, was ich schon auf Festplatten gefunden habe. Das ist harmlos, und beide wollen es.«

»Entschuldige, Adil, um in der Sprache der Bilder zu bleiben kann ich nur sagen, die ficken, bis ihnen das Gehirn rauskommt ... Ich war mir sicher, dass es sich bei dem Verhältnis von Joel und Genevieve nicht um Liebe handelt, zumindest nicht im klassischen Sinne mit dem Plan einer gemeinsamen Zukunft und Aussicht auf eine Wohnung mit Weihnachtsbaum, aber das haut mich doch um.«

Adil winkte ab. »Vergiss es, die Welt ist voller Menschen mit abartigen Fantasien und Praktiken. Interessant, dass du Liebe mit Aussicht auf eine gemeinsame Wohnung mit Weihnachtsbaum definierst. Finde ich süß.«

Nadine wurde verlegen.

»Schon klar. Teilst du mit jemandem eine Wohnung?«

»Nicht mehr.« Nadine beeilte sich, das Thema zu wechseln. »Was machen wir jetzt mit diesen Informationen? Kann ich die Festplatten haben, um mit meinem Vater und Pascal daran zu arbeiten?«

»Sicher. Ich lasse dir meinen Laptop hier. Da ist ansonsten

nichts drauf. Die Zugangsdaten der Kamera habe ich in Dubai. Vielleicht bringst du ihn mir eines Tages zurück?«

»Als Weihnachtsgeschenk unterm Tannenbaum?« Nadine hatte ihre Schlagfertigkeit wiedergefunden.

Beide kicherten.

»Warum nicht. Ich finde dich sehr sympathisch und habe noch nie mit einer Frau so professionell gearbeitet. Du weißt, wie du mich elektronisch erreichen kannst und wo ich physisch wohne … Park Place Tower auf der Sheikh Zayed Road.«

»Apartment 3705 mit toller Aussicht«, ergänzte Nadine grinsend. »Zahlen merke ich mir gut. Wann fliegst du wieder?«

»Morgen früh. Bei uns ist am Sonntag das Wochenende vorbei, und ich habe diese Woche viele Termine.«

Kapitel 85

Samstag, 19. Februar 2011

Ein schwarz maskierter Mann zog Pascal unter Wasser. Er bekam keine Luft mehr und wollte sich wehren. Unerwartet fühlten sich seine Arme und Beine bleischwer an. Sein Körper war wie gelähmt, er konnte sich nicht bewegen und kämpfte verzweifelt um Kontrolle. Pascal brauchte dringend Sauerstoff, spürte, wie seine Kräfte schwanden. Panik stieg in ihm auf. Plötzlich sah er in einem Flashback, wie Ted Blumfeld und Joel Silverstein die Szene gemeinsam über einen Monitor verfolgten und sich lachend auf die Schenkel schlugen. In Todesangst, wütend und mit letzter Kraft stieß er den Mann von sich.

Pascal schreckte mitten in der Nacht schwer atmend und schweißüberströmt aus diesem Albtraum auf. Irritiert schaute er sich um. Francesca schlief tief neben ihm. Ein Bein hatte sie über die Bettdecke geschlungen, ihre typische Schlafstellung. Pascal lächelte glücklich über dieses Bild. Gleichzeitig versuchte er, den wiederkehrenden Traum aus seinem Kopf zu verdrängen und nochmals einzuschlafen. Erfolglos, die Bilder verfolgten ihn hartnäckig.

Er stand leise auf, wickelte sich ein Handtuch um die Hüften und schlich die Treppe hinunter. In der Küche trank er ein Glas Wasser und aß eine Banane. Dann legte er sich im Garten ins Gras unter die Palmen. Es dämmerte. Er befand sich im Nirwana zwischen Schlaf und Wachsein. Irgendwann spürte er einen Kuss auf der Stirn.

Francesca beugte sich über ihn. In den Händen hielt sie eine Flasche Champagner und zwei Gläser. »Ich habe dich gesucht. Konntest du nicht schlafen?«

»Ich hatte einen Albtraum, wollte dich nicht wecken.«

»Hoffentlich nicht wegen letzter Nacht?«, fragte sie schelmisch zurück und deutete auf den Champagner. »Die habe ich im Kühlschrank gefunden. Ich finde, wir haben viele Gründe anzustoßen.«

Pascal richtete sich verschlafen auf. »Wenn du meinst ...« Er zog Francesca nah zu sich, küsste sie, fuhr mit seinen Händen unter ihr T-Shirt und streichelte liebevoll ihre Brüste.

»Nach so vielen Jahren ohne Sex mit meinem Mann bin ich schüchtern geworden.«

»Den Eindruck hatte ich vor ein paar Stunden nicht.« Glücklich hielt er Francesca in den Armen.

Sie sahen die Sonne aufgehen, hingen ihren Gedanken nach und tranken schweigend den Champagner. Ein Kanufahrer paddelte auf dem Meer vorbei. Die Vögel zwitscherten. Der Pool blubberte seine Melodie vor sich hin. Ein neuer Tag brach an. Idyllisch. Friedlich.

»Pascal, hast du Angst?«

»Nein, zusammen sind wir stark, unschlagbar. Ich habe nur Angst, dich wieder zu verletzen. Du bist das Wertvollste und Beste, was ich habe, und das Verrückte daran ist, du bist meine Frau. Wie konnten wir uns bloß verlieren? Zehn Jahre, Francesca ...«

»Jetzt sind wir wieder vereint. Der Rest liegt an uns, es hätte schlimmer kommen können. Ich glaube, wir haben eine gute Chance auf weitere fünfzig Jahre zusammen ...«

Pascal zog Francesca noch näher an sich und küsste sie zärtlich. »Darauf trinken wir noch ein Glas. In Dubai können wir uns nicht am Strand lieben. Selbst wenn alle meine Sinne danach rufen, es ist ein muslimisches Land.« Minuten später nahm er sie auf den Arm, und beide verschwanden kichernd im Haus.

Später, am Mittag, gönnten sie sich ein großes Frühstück am Pool und redeten ... Es gab unendlich viel zu erzählen. Die Zukunft sparten sie im Detail noch aus.

»Kommst du mit zur Beerdigung meines Vaters nach Genf? Sie findet morgen Nachmittag statt, wir müssten am Morgen abfliegen.«

»Bist du sicher, dass du das willst? Deine ganze Familie und halb Genf wird versammelt sein.«

»Genau deswegen. Wir machen von Beginn an Nägel mit Köpfen. Ich würde mich freuen. Ansonsten komme ich in ein paar Tagen nach New York oder wo immer du auf der Welt bist. Ich lasse dich nicht wieder gehen.«

»Was ist mit Judith? Du solltest mit ihr reden, bevor wir unsere Ehe offiziell wieder aufleben lassen.«

»Das sollte ich, aber es bleibt keine Zeit. Morgen ist schon Sonntag, vergessen?«

»Ich habe durch den Zeitunterschied das Gefühl für die Wochentage verloren, aber ...« Pascal unterbrach ihren Erklärungsversuch mit einem Kuss. »Wir sind wieder verrückt und glücklich, deswegen spielt die Zeit keine Rolle mehr. Gib es einfach zu.«

Francesca boxte ihn zärtlich in den Bauch.

»Ich verspreche dir, dass ich das Gespräch mit Judith hinter mich bringe, sobald sich die Gelegenheit bietet, denn ich möchte mich respektvoll von ihr trennen. Diese Aussprache kann ich nicht am Telefon führen. Wahrscheinlich fliege ich kommende Woche mit Christian nach New York zum

Meeting mit Levy & Lewitt, denn am Freitag läuft die Frist für den Margin Call ab. Das wäre eine gute Möglichkeit.«

Francesca nickte zustimmend.

»Und vergiss bitte nicht, wir hielten unsere Beziehung auf ihren Wunsch geheim. Niemand wird Judith während der Beerdigung an meiner Seite vermissen. Ganz im Gegenteil. Es scheint logisch und normal, dass meine Frau diesen Platz einnimmt. Jeder in der Familie weiß, dass du ein gutes Verhältnis zu François hattest. Dein Erscheinen zeugt ihm gegenüber von Hochachtung und Respekt.«

»Überredet, ich komme mit. Du hast in Genf sicher eine Menge zu klären und brauchst eine gute Anwältin an deiner Seite.« Sie zwinkerte Pascal zu. »Ich habe aber keine schwarze Kleidung dabei.«

Pascal zwinkerte zurück. »Wir fahren nach dem Essen in die Dubai Mall und kaufen, was du brauchst. Dort gibt es an materiellen Dingen alles, was Frau sich wünschen kann. Wir hatten früher viel Spaß, wenn wir zusammen shoppen waren. Und was ich fürs Herz, die Seele und andere Bedürfnisse brauche, habe ich bereits hier am Tisch.«

Francesca strich sich eine Haarsträhne aus dem Gesicht, strahlte glücklich. »Lass uns vorher ein wenig arbeiten. Kläre mich zumindest endlich über dein Motiv auf. Die vielen W's: wo, warum, wieso, weswegen, wann, wer …«

»Nur wenn du mir versprichst, nicht böse zu sein.«

»Dass Judith ein Grund war, habe ich bereits bei unserem Skype-Anruf rausgehört. Du kannst frei reden. Das war früher unsere Stärke und sollte es auch in Zukunft bleiben.«

Pascal erklärte ihr die Vorgeschichte wie zwei Tage zuvor seinem Bruder und Roland Sutter. Francesca zeigte sich verständnisvoll über den Fakt, dass er Joel auskaufen wollte. »Das mit Kundengeldern zu machen, ist nicht die feine Art.«

Pascal reagierte auf den Einwurf leicht gereizt. »Schau, Francesca, ich habe mit der Zwischenschaltung von MOF den Kunden nicht einfach nur Gewinne vorenthalten. Ich habe das riskante Geschäft mit den MBS für sie entschärft, es auf einen Privatbank-Level gebracht, wenn du so willst – Sicherheit vor Risiko. Kunden, die mit MBS aggressiv verdienen wollen, kaufen sie direkt von einer Investmentbank, da gibt es genügend Angebote. Dafür müssen sie aber eine größere Menge Geld investieren und tragen das volle Risiko. Ich habe wirklich an mein Investment geglaubt. Die Immobilien sind spitze, die Preise schienen in Ordnung. Ich war sicher, einen großen Gewinn zu erzielen. Es war gegen Joels Partnerschaft, aber für die Bank.«

»Wirklich?« Francesca war noch nicht überzeugt.

»Du kannst kritisieren, dass Kundengelder die Grundlage waren. Aber ohne die AAA-Bonität der Lombardi Bank und unsere persönliche Haftung hätten wir nie dieses Leverage erhalten. Meine Kunden haben davon profitiert. Ihre Rendite ist über fünf Jahre mit acht Prozent vertraglich festgeschrieben. Vierzig Prozent Gewinn sind eine Menge Geld in diesen Zeiten. Die schlaflosen Nächte und das Risiko habe ich im Namen der Bank übernommen. Der Deal ging schief, die Kunden haben trotzdem ihre Rendite, was ist daran so schlimm? Wir decken den Ausfall komplett ab. Ich zahle den Preis. Frag meine Kunden, ob sie zufrieden sind? Natürlich. Sie würden morgen wieder unterschreiben und ärgern sich nur, nicht mehr investiert zu haben. Wer ist hier der Bösewicht?«

»Nach außen wirst du es immer sein, und auch Christian denkt so. Wie wollt ihr in Zukunft zusammenarbeiten?«

Pascal stöhnte. »Darüber mache ich mir heute keine Gedanken. Es wird sich finden, und da sind vorher noch ganz andere Dinge zu klären. Ich habe aber eine Menge Geld verloren. Liebst du mich noch?«

Francesca kickte Pascal in die Seite. »Darüber muss *ich* eine Nacht schlafen«, antwortete sie im selben geschäftlichen Tonfall, in dem zuvor Pascal ihre Frage beantwortet hatte.

Beide lachten entspannt. Das wirkliche Leben war gerade ganz weit weg.

»Lass mich den Prospekt und meinen Laptop holen. Jetzt interessiert mich noch mehr, wer hinter diesen Immobilien steht. Ich habe im Flieger bereits angefangen zu lesen. Fachlich gibt es am Prospekt nichts auszusetzen.«

»Das weiß ich. Warum glaubt eigentlich jeder, dass ich leichtgläubig in diesen Deal geschlittert bin? Dazu bin ich zu lange im Geschäft.«

Francesca überhörte die Frage. Wieder zurück, las sie laut: »Die Immobilien werden von sechs Firmen gehalten, die alle in Delaware gelistet sind. Rich-Inc., Victory-Investments, Icon-Invest, Esprit-Corporation, Liberty-Invest und Sanctus.«

»Was sind das für schräge Namen? Lass uns nachforschen.«

Francesca tippte Rich-Inc. in Google ein. »Ich finde, die Namen sind im Einzelnen in Ordnung. Nur wenn man sie hintereinander vorliest, erscheinen sie paradox. Okay, es gibt eine Firma in Bernville, die diesen Namen führt. Ich befürchte, die hat nichts mit unserer Rich-Inc. zu tun. Laut Website ist sie die Nummer eins für alle Bedürfnisse der Industrie wie feuerfeste Installation, Bau, Keramik und so weiter, also keine brauchbare Information.«

»Das kommt vor. Du hast recht, am Ende sind die Firmen gegründet worden, um Immobilien zu halten. Versuch es mit Victory-Investment. Das tönt mehr nach einem Ego-Trip.«

Francesca las. »Top Victory Investment Limited arbeitet als Distributor von Computer-Monitoren und TV-Flachbildschirmen. Das Unternehmen befindet sich in Tsim Sah Tsiu, Hongkong. Alternativ habe ich Victory Investment Strategien zu bieten. Eine unabhängige Organisation für Finanzdienstleistungen in Cleburne, Texas.«

Pascal lachte. »Das ist ja verrückt. Versuch es mit der nächsten Firma.«

»Icon-Invest ist innerhalb der weltweit tätigen Icon International Group für die Erweiterung und Intensivierung des Geschäfts mit Neu- und Gebrauchtcontainern verantwortlich. Der Firmensitz befindet sich in Hamburg, Deutschland.«

»Klingt nach einer soliden deutschen Firma, hilft uns aber auch nicht weiter.«

»Yep.« Jetzt schmunzelte Francesca. »Esprit-Corporation. Hey, die Firma gibt es auch. Esprit-Corporation managt in Übersee geistige Rechte, schützt Patente, Design und Marken. Ihr Schwerpunkt liegt in der Anmeldung und Registrierung dieser Rechte und der Patentanwälte in Japan, Tokio.«

»Das passt auch nicht zu unseren Immobilien in Manhattan. Was hast du noch zu bieten, Schatz?«

»Liberty-Investment. Diese Firma befindet sich in Dubai, welch ein Zufall. Hier steht: ›Willkommen zu Liberty Investment Company, Vereinigte Arabische Emirate.‹ Die haben sogar das Gebäude nach der Firma benannt oder umgedreht. Die Büroadresse lautet Liberty Tower. Sie haben eine Vision und Mission.«

»Was ist ihre Vision?« Pascal witzelte nur noch.

»Sie bilden ein Konglomerat, das sich auf qualitativ hochwertige Investments konzentriert und dabei sozial agiert, natürlich für den langfristigen Nutzen der Vereinigten Arabischen Emirate und ihrer Menschen. Typische Prospekt/Webseiten-Sprache, gekünstelte Sätze ohne jede Aussage.«

»Da spricht eine ärgerlich werdende Anwältin. Lass uns das Theater beenden. Das bringt nichts.«

»Einen Namen haben wir noch. Vielleicht ereilt uns die Erleuchtung hier. Der Name verspricht viel – Sanctus. Google sagt uns leider nichts über das Geschäftsfeld, auf dem diese heilige Firma tätig ist. Dafür ist die Adresse der Hammer: Sugar Loaf in West Palm Beach. Das passt zwar zum Namen, ist aber ansonsten eine weitere Null-Nummer.«

»Francesca, wir hatten gerade Spaß, doch die Sache ist bitterernst. Ich glaube nicht an Zufälle. Die Firmen im Prospekt halten luxuriöse Immobilien und Büros in den besten Lagen von New York. Es gibt keine Informationen über sie. Da stimmt etwas nicht.«

»Übers Internet kommen wir nicht weiter. Auskunft über diese Firmen können wir nur direkt in Delaware erhalten.«

»Weißt du, wie das funktioniert?«

»Ja, nicht einfach und mit Sicherheit nicht am Wochenende. Ihr habt mit dem Margin Call einen triftigen Grund, eine offizielle Anfrage zu stellen und eine Antwort zu erwarten. Ich kann ein Schreiben vorbereiten und als Firmenmail versenden. Dafür brauche ich aber ein Mandat von der Lombardi Bank. Wenn ich meine Kanzlei vorschiebe, muss ich den offiziellen Weg gehen.«

»Verständlich. Das besorge ich dir von Christian. Ich schlage vor, wir geben diese Details auch an die Sutters. Die benutzen noch andere Kanäle, wenn es um Nachforschungen geht.«

»Pascal, je länger ich darüber nachdenke, umso sicherer bin ich, dass mit den Firmen etwas nicht stimmt. Warum hast du nicht eher nachgefragt?«

»Weil ich bis vor drei Wochen angenommen habe, dass alles nach Plan läuft.«

»Das wird zeitmäßig knapp, aber es ist einen Versuch wert. Ich schreibe die E-Mail, und du kannst uns die versprochene Pasta von gestern Nacht kochen. Ich habe schon wieder einen Mordshunger.«

»Das kann nur an deinem wiedererwachten Sexualleben liegen«, feixte Pascal und umarmte Francesca zärtlich.

Sie schubste ihn leicht von sich. »Nicht schon wieder, vielleicht nach dem Essen ... Wir müssen auch noch shoppen. Wann schließen die Geschäfte hier?«

»Nicht vor zweiundzwanzig Uhr, es bleibt uns genügend Zeit für alles ...«

Kapitel 86

Joel Silverstein zeigte sich am nächsten Morgen überraschend kompromissbereit. Er schilderte Hauptkommissar Baumet und Favre die Ereignisse in der Lombardi Bank detailliert aus seiner Sicht. »Ich gebe zu, sehr zeitig in der Bank gewesen zu sein, da ich mit Thomas Widmann wichtige Dinge zu besprechen hatte. Unsere Diskussion war leidenschaftlich, bezog sich jedoch ausschließlich auf bankinterne Details.«

»Wann genau haben Sie die Bank betreten?«, hakte Baumet sofort ein.

»Sechs Uhr dreißig.«

»Sechs Uhr dreißig? Hmm. Hatte Thomas Widmann Fehler gemacht?«

»Deswegen haben wir debattiert. Thomas Widmann hatte geschäftlich sogar schwerwiegende Fehler begangen. Dies hat er eingesehen. Gegen Ende der Diskussion verließ er sein Büro urplötzlich, weil er sich übergeben musste. Ihm ging es körperlich nicht gut. Der Restalkohol, den man später in seinem Blut gefunden hat, bestätigt das. Er hatte eine unglaubliche Fahne und war alles andere als nüchtern.« Joel schob seine Brille höher auf den Nasenrücken und zog an seiner Marlboro. »In der Zwischenzeit erhielt Thomas eine Nachricht auf seinem BlackBerry. Ich war neugierig. Es war eine SMS von Pascal. Er bestätigte seine Ankunft in Genf und das Meeting in Widmanns Büro um acht Uhr dreißig. Danach habe ich den BlackBerry aus Versehen in meine Hosentasche gesteckt. Eine Gewohnheit, auch ich war durch den Wind.

Die Lombardis hatten mich nicht über Pascals Rückkehr informiert. Er weilte in Paris und war angeblich nicht zu erreichen. Es gibt Kommunikationsprobleme zwischen uns. Deswegen bin ich um acht Uhr dreißig wieder in Thomas Widmanns Büro gegangen. Dort habe ich Widmann in einer Blutlache auf dem Schreibtisch liegen sehen. Tot! Daneben tippte Pascal hektisch an Widmanns Computer. Zu welchen Schlussfolgerungen würden Sie da kommen?«

»Was für Probleme haben Sie mit den Lombardis?«, fragte Baumet neugierig und unterbrach Joels Redefluss.

»Kann ich dazu später kommen?«

Baumet nickte.

»Ich bin ausgetickt und habe Pascal beschuldigt, Widmann umgebracht zu haben. Er hat das bestritten und war mir gegenüber verbal aggressiv. Es entwickelte sich eine hitzige Konfrontation, in der ein Wort das andere gab. Völlig unerwartet traf mich plötzlich seine Faust mitten im Gesicht. Ich bin gefallen und erst nach Minuten wieder zu mir gekommen. Pascal hatte mich niedergeschlagen und war verschwunden. Noch mal zu meiner vorherigen Frage: Welche Schlüsse würden Sie ziehen? Ich bin die Fakten durchgegangen und sah mich plötzlich in der fatalen Situation, als Mörder in Frage zu kommen. Ich war zur Tatzeit im Büro. Danach habe ich versucht, das mit der Manipulation der Videos zu vertuschen.«

Favre wollte aufbrausend etwas erwidern, doch Baumet deutete ihm zu schweigen und Joel fortzufahren.

»Nachdem Genevieve Thomas Widmann gefunden, ich die Polizei und den Notarzt informiert hatte, wurde mir schlecht. Ich wischte mir mit meinem Taschentuch die Schweißperlen von der Stirn. Dabei fiel der BlackBerry aus meiner Hosentasche. Können Sie sich meinen Horror vorstellen? Reflexartig, ohne über die Konsequenzen nachzudenken, säuberte ich das

Handy von Fingerabdrücken und steckte es in Widmanns Anzugtasche. Den Rest kennen Sie.«

»Warum haben Sie uns nicht gleich die Wahrheit erzählt?«

»Weil ich auf diesem Gebiet kein Profi bin.«

»Das ist eine lächerliche Ausrede. Die Polizei verlangt nur, dass Fragen zum Tathergang wahrheitsgemäß beantwortet werden. Sie sind Anwalt. Warum sollen wir Ihnen diese Geschichte heute so abnehmen?«

»Weil es die Wahrheit ist.«

Baumet und Favre sahen sich an.

»Ich muss Ihnen zugutehalten, dass sich Ihre Beschreibung mit der von Pascal Lombardi und Genevieve Pasquier deckt. Wir haben weder am Körper von Thomas Widmann noch in seinem Büro Spuren einer körperlichen Auseinandersetzung gefunden. Ein Selbstmord wäre also durchaus möglich. Geben Sie uns einen triftigen Grund, warum Thomas Widmann sich das Leben genommen haben könnte.«

»Das betrifft Interna der Lombardi Bank, und ich bin nicht befugt, Ihnen diese Details zu offenbaren.«

»Wer, wenn nicht Sie als der Anwalt der Bank?«

Joel seufzte und überlegte. »Wenn ich Ihnen das Motiv liefere, kann ich davon ausgehen, dass Sie es diskret und als anwaltliches Geheimnis behandeln? Es betrifft die Zukunft der Bank. Ich möchte nicht noch mehr Ärger mit den Lombardis.«

»Es betrifft vor allem Ihre Zukunft, Herr Silverstein.«

»Thomas Widmann war an einem Geschäft beteiligt, oder besser, hat es genehmigt, bei dem die Lombardi Bank nächste Woche achthundert Millionen Dollar verliert. Der Verlust fällt in seinen Verantwortungsbereich.«

Baumet ließ laut Luft ab. »Eine Menge Geld, davon hätte er sich nie mehr erholt.«

»Sie sagen es.«

»Wer war noch in das Geschäft involviert?«

»Pascal Lombardi.«

»Und Sie?«

»Ich habe damit nichts zu tun. Pascal ist der Leiter der Asset-Management-Abteilung der Bank. Alle großen Investmententscheidungen werden von oder mit ihm getroffen.«

»Warum ist er Ihrer Meinung nach geflohen?«

»Ich nehme an, weil er das Problem der achthundert Millionen Dollar lösen wollte und auch nicht von der Polizei als Verdächtiger festgenommen werden wollte.«

»Lassen Sie mich kurz telefonieren.«

Baumet verließ den Raum und rief Roland Sutter an. Der bestätigte unter dem Siegel der Verschwiegenheit den Sachverhalt. Nach zehn Minuten war Baumet wieder zurück. Er setzte sich nah zu Joel Silverstein und schaute ihm in die Augen. »Für die Manipulation von Beweismaterial und einer Falschaussage werden Sie sich verantworten müssen. Vom Verdacht auf Mord kann ich Sie freisprechen. Sie können nach Hause gehen.«

Ohne eine weitere Frage stand Joel auf und ging.

Nachdem Joel Silverstein das Büro verlassen hatte, fragte Favre Baumet erstaunt, warum er Joel so schnell entlassen hatte.

»Roland Sutter hat den Bericht von Joel Silverstein in allen Punkten bestätigt. Joel hatte meiner Meinung nach kein Motiv, Thomas Widmann zu töten. Alle Indizien deuten auf Selbstmord. Wir schließen hiermit den Fall, die Akte und genießen unser Wochenende.«

Favre nickte. »Chef, trotzdem glaube ich, dass zwischen Joel und Pascal oder der Bank vieles im Argen liegt. Da ist keiner ehrlich«, resümierte er im Hinausgehen.

»Das sehe ich auch so. Aber diese Kämpfe lassen wir Joel Silverstein und die Lombardis austragen. Das fällt nicht in unseren Verantwortungsbereich, um mit seinen Worten zu sprechen.«

Kapitel 87

Judith hatte Anfang der Woche von ihrem Vater erfahren, dass die Beerdigung von François Lombardi für Sonntag angesetzt war und darauf bestanden, teilzunehmen.

Sie hatte seit der einen, letzten E-Mail nichts mehr von Pascal gehört und sorgte sich. Normalerweise war er es, der die Beziehung mit seinen Anrufen, E-Mails, BBMs und geplanten Wochenenden am Laufen hielt. Seit Pascal sich aufgrund der Ereignisse zurückgezogen hatte, herrschte Funkstille. Judith hatte täglich versucht, ihn zu kontaktieren. Er reagierte weder auf E-Mails noch auf Anrufe. Sie ärgerte sich darüber, auch wenn sie sich hartnäckig einredete, dass er sich nicht melden konnte, solange er von der Polizei gesucht wurde.

Der Tod von François traf Judith in verschiedener Hinsicht. Er erinnerte sie schmerzlich daran, dass alles im Leben vergänglich ist. Gleichzeitig lieferte die Beerdigung ihr gegenüber Aron einen plausiblen Grund, wieder nach Genf zu fliegen. Judith informierte Joel über ihre Ankunft in Genf für Samstagabend.

Irgendjemand in der Lombardi Familie muss doch wissen, wo Pascal sich aufhält? Vielleicht kann ich bei meinem Besuch Kontakt mit Adrienne herstellen. Ob ich sie einweihe, dass Pascal und ich wieder ein Paar sind?

Mit Aron hatte sie bezüglich der Scheidung erneut nicht geredet. Sie fand, es war nicht der beste Zeitpunkt. Ihr Gewissen beruhigte sie mit dem Gedanken, dass ihr dafür Zeit bleiben würde, wenn Pascal wieder auf der Bildfläche erschien.

Ihr Vater musste Aron von ihrem letzten Gespräch erzählt haben, denn er hatte sich seitdem rührend um sie bemüht. Er kam früher aus dem Büro nach Hause, verbrachte Zeit mit Sophia und führte Judith in feine Restaurants zum Essen aus. Sie planten einen gemeinsamen Urlaub in der Karibik und schliefen wieder miteinander. Es war wie in ihren ersten Monaten, als Judith wirklich in Aron verliebt war. Wenn da nicht der wunderschöne Ring mit dem Versprechen an Pascal wäre ...

Als Judith müde von dem langen Flug aus New York in Vandoeuvres ankam, traf sie auf einen mürrischen Joel.

Er erzählte ihr entrüstet, dass er die letzte Nacht im Untersuchungsgefängnis verbracht hatte und regte sich pausenlos über die Unverschämtheit der Polizei auf.

»Sie können dich nicht ohne Grund festgehalten haben, welches Indiz hast du ihnen geliefert?«, fragte sie hellhörig nach.

»Ich habe die Überwachungs-DVD manipulieren lassen und habe den BlackBerry von Thomas Widmann zufällig in meiner Hosentasche gehabt.«

»Und da wunderst du dich?«

»Natürlich, denn ich habe Widmann nicht umgebracht. Warum sollte ich? Der einfältige Pinsel wäre sowieso gefeuert worden, sobald Christians Haftfrist dieses Frühjahr abgelaufen wäre. Ganz im Gegenteil, sein Tod war ein herber Rückschlag für mich.«

»Wieso?«

»Das ist eine lange Geschichte, ein anderes Mal. Bist du in der Lage, mit mir ein vernünftiges Gespräch über Aron zu führen?«

Diese Frage überraschte Judith. »Warum nicht.«

»Du hast dich beim letzten Besuch über Aron und seine langen Arbeitszeiten beschwert. Dein Mann arbeitet für mich. Ich habe ihn in den letzten Monaten mit einer Terminfrist unter Druck gesetzt. Er hat keine Freundin.«

»Woher willst du das wissen? Seit wann besitzt du eine große Firma in New York?«

»Schon sehr lange. Mein Großvater Julius hat sie aufgebaut, und ich führe sie seit seinem Tod.«

»Gut zu wissen. Was macht diese Firma? Ist Aron wirklich ein Banker?«

»Sicher. Ein extrem guter Investmentbanker. Er ist so klug, dass er nicht für eine der großen Banken, sondern für mich arbeitet.«

Judith überlegte. »Dann hat sein Vater auch schon für dich gearbeitet. Er hat das Geschäft von ihm übernommen, zumindest hat er mir das erzählt.«

»Stimmt.«

»Was macht ihr?«

»Gute Geschäfte ...«

»Willst du mich veräppeln?« Judith ärgerte sich.

»Nein, aber wir haben vor Jahren schon viel in Apple investiert, ertragreich.« Joel lächelte erstmals.

»So witzig ...«

»Du bist angespannt, Judith. Warum? Dein Leben ist geregelt.«

»Wie meinst du das?«

»Dein Geschäft läuft gut, Sophia fühlt sich zu Hause wohl, dein Mann sorgt für dich. Was willst du mehr?«

»Vielleicht gehört ein bisschen mehr dazu, um glücklich zu sein?«

Joel schüttelte missbilligend den Kopf. »Frauen sind nicht zu befriedigen.«

»Männer in deinem Alter verstehen nicht mehr, was wir wollen«, gab Judith patzig zurück. »Kann ich dich was fragen? Mir kommt gerade eine Idee, die mir Angst macht.«

»Frag, was immer du auf dem Herzen hast. Ich wollte schon lange mit dir reden.«

»War es ein abgekartetes Spiel, dass ich Aron damals in New York getroffen habe? Hast du ihm gesteckt, was ich mag, sodass er es einfach mit mir hatte?«

»Judith, ich habe dich deinen ersten Ehemann frei wählen lassen, und es endete in einem Desaster, privat und geschäftlich. Ich liebe dich, und deswegen habe ich dem Glück ein wenig auf die Sprünge geholfen. Du solltest mir dankbar sein.«

»Du gibst zu, unser Zusammentreffen arrangiert zu haben?«

»Das machen Eltern auf der ganzen Welt seit Jahrhunderten, übrigens zum Vorteil ihrer Kinder.«

Judith wurde richtig sauer. »Woher willst du wissen, was das Beste für mich ist? Mein italienischer Mann war nur zweite Wahl. Ich habe Pascal Lombardi geliebt. Du hast mit Mama alles daran gesetzt, uns auseinanderzubringen und es letztendlich geschafft. Pascal war meine große Liebe, falls du das vergessen hast.«

Joel lächelte jovial. »Judith, wenn es zwischen euch die große Liebe gewesen wäre, hätte ich euch nie auseinanderbringen können. Vergiss endlich die sogenannte *große Liebe*. Die gibt es nur auf Zeit oder in Filmen. Miteinander leben heißt, sich zu arrangieren. Wie lange brauchst du noch, um das zu verstehen? Hör endlich auf, naiv und romantisch zu sein, du bist doch inzwischen über vierzig!«

»Wie kannst du so herzlos sein? Pascal war meine große Liebe!«

... *und ist es noch*, fügte sie in Gedanken hinzu.

Joel schüttelte erneut den Kopf, ließ seine Tochter aber weiterreden.

»Du verfolgst deine Ziele extrem egoistisch«, warf sie ihrem Vater ärgerlich vor. »Wir zählen für dich nur, wenn wir in deinem Sinn funktionieren! Hast du dich je gefragt, was es für meine Zukunft bedeutete, als du mich von Pascal getrennt hast?«

»Ja, das war das Beste für dich. Ein Lombardi-Mann und eine Silverstein-Frau passen aus vielerlei Gründen nicht zusammen. Es hätte früher oder später richtig gekracht, und davor habe ich dich bewahrt. Nebenbei bemerkt, dafür, dass er deine große Liebe war, hast du in Italien mit zu vielen Männern geschlafen ...«

Judith schluckte. Das hatte gesessen. »Woher willst du das wissen? Hast du mich in Florenz kontrollieren lassen?«

»Glaubst du im Ernst, dass ich meine hübsche Tochter, intelligent und aus bestem Haus, unbeaufsichtigt nach Italien zu diesen Mafiosi-Machos gelassen habe?«

Judiths Augen wurden immer größer. »Dann lass mich bitte noch was klarstellen. Du wusstest genau, was in Italien bei meiner Scheidung ablief. Direkt konntest du nicht eingreifen, weil ich es aus Stolz abgelehnt hätte. Ganz zufällig hast du Aron eingeführt, den erfolgreichen, großzügigen Banker, der mich im Handumdrehen verführt hat und mich auf der Stelle heiraten wollte. Nebenbei hat er aus deiner Portokasse meine Schulden bezahlt und mit zwei Millionen Euro den Streit um das Sorgerecht für Sophia in Luft aufgelöst, richtig?«

»Es wird Zeit, dass du es begreifst. Geht es dir heute nicht viel besser als mit dem kleinen Italiener, der nur über dich aus seiner unteren Mittelschicht herauskam?«

»Du bist so bösartig, und deine Arroganz ekelt mich an! Kein Mann war je gut genug für mich oder meine Schwester.«

»Nein, Judith, realistisch. Du kennst mein Mantra, ich wiederhole es gern: Das Schicksal eines Menschen ergibt sich aus dem eigenen Anspruch, bestimmte Dinge zu erschaffen, zu korrigieren, zu erreichen oder für immer auslöschen zu wollen.«

»Du hast sie nicht mehr alle ... Ich muss mich wirklich fragen, welche Rolle ich in deinem Schicksalsplan spiele. Welchen Script hast du für Aron und mich vorgesehen? Er scheint ja aus deiner Schule zu kommen, das smarte Kerlchen. Was zeichnete Aron aus, dass du ihm deine Tochter auf dem Präsentierteller offeriert hast? Qualifizierte er sich als gläubiger Jude, als Banker, als Amerikaner oder weil er wie ein Sklave für dich arbeitet?«

Joel war unbeeindruckt von Judiths Vorwürfen. »Sicher beantworte ich dir diese Frage. Das Silverstein-Vermögen wurde über viele Generationen Schritt für Schritt aufgebaut. Ich führe und vergrößere dieses Imperium seit fünfundzwanzig Jahren allein.«

»Was hat mein Glück mit diesem Imperium zu tun?«, unterbrach Judith den Erklärungsversuch ihres Vaters schnippisch.

»Wer wird eines Tages meine Geschäfte weiterführen? Du und deine Schwester, ihr seid hoffnungslose Träumer. Aron hat zumindest die Persönlichkeit und Intelligenz dazu. Ich habe ihn über seinen Vater als Nachfolger aufgebaut. Macht ein Baby zusammen, vermischt das Blut, das kann doch nicht so schwer sein! Gib deinem Tingeltangel-Leben endlich einen Sinn und ziehe zumindest dein Kind vernünftig groß. Du wirst mit ihm zusammenbleiben müssen, ob es dir passt oder nicht! Ich bin gestraft, nur Töchter zu haben ...«

Judith setzte sich. Sie war baff über die brutale Planung und die Eingriffe in ihr Leben. Bei allen schockierenden Fakten: Am meisten entsetzte sie, dass ihr Vater wirklich glaubte, das Richtige getan zu haben.

Joel redete bereits weiter. »Lass mich ausholen. Ich habe dir nie erzählt, wie ich unsere Familiengeschichte erfahren habe. Auch meine Wahlmöglichkeiten waren beschränkt. Es gibt Dinge, die man der Familie zuliebe tun muss, für die nächsten Generationen.

Es war 1986. Ich spazierte mit Julius, er war damals bereits neunzig Jahre alt, durch den Berliner Tiergarten. Julius setzte sich vorsichtig auf eine abgelegene Parkbank und zog seinen altmodischen Spazierstock zwischen seine dünnen Beine. Sein Atem ging etwas schneller, und kleine Schweißperlen zeichneten sich auf seiner hohen Stirn ab. Er verschnaufte und begann scheinbar harmlos, eine alte Familienanekdote zu erzählen. Ich verehrte Julius, seit ich ein kleiner Junge war, und hörte aus Höflichkeit einfach zu.

Es war allein schon eine abenteuerliche Geschichte, wie Julius 1930 als junger Banker Henri Lombardi kennenlernte und innerhalb von sechs Monaten einen Anteil an der damals schwächelnden Lombardi Bank aus Genf kaufte. Gleichzeitig veräußerte er den Anteil der Silverstein-Familie an der Thillman Hansebank an einen Hamburger Geschäftsmann gewinnbringend und siedelte mit seiner jungen Familie von Deutschland in die Schweiz um. Damit hatte er einen unglaublich klugen Schachzug getan, der die Familie rückblickend vor dem Nazi-Terror in Sicherheit brachte. Und er sicherte auch das bestehende Vermögen unserer Familie, denn in Deutschland wären wir wenige Jahre später enteignet worden. Mein Großvater war für mich ein Genie – als Mensch und vor allem als Banker. Außerdem bewunderte ich ihn für seinen Erfolg, seine Voraussicht in Geschäften, seine kalkulierte Risikobereitschaft und sein scheinbar unerschöpfliches Wissen. Er hatte einen nie endenden Elan, vorwärts zu gehen, aber was er mir an dem Tag offenbarte, lag jenseits meiner kühnsten Erwartungen.

Die Männer der Familie Silverstein hatten über Generationen geschickt Vermögen angehäuft, sodass der schnöde Mammon an sich keine Motivation mehr darstellte. Die philosophischen Grundfragen, an denen sich letztendlich alle Menschen messen lassen müssen, inspirierten sie: Gerechtigkeit, Wahrheit, Ehre, Macht und Loyalität und Liebe zur Familie. Später am Abend, nach Stunden intensivster Unterhaltung zu Hause in seinem Penthouse, begann ich, mir ein immer klareres Bild zu machen.

Julius investierte zuerst geschickt in eine Privatbank in der neutralen Schweiz, die Lombardi Bank, und baute nebenbei über fünfundfünfzig Jahre hinweg in Amerika diskret ein Imperium auf, von dem niemand einen Schimmer hat. Er verkörperte als deutsch-jüdischer Immigrant mehr typische Eigenschaften eines Bankiers als alle Schweizer Privatbanker zusammen. Und ich kenne viele …

Er sieht erschöpft aus, habe ich damals voller Ehrfurcht gedacht, nachdem er seine lange Erzählung beendet hatte.

Trotzdem forschten Julius' wache Augen bereits neugierig nach einer Reaktion in meinem Gesicht. Er gab mir Zeit.

Bei Sonnenaufgang versprach ich ihm ehrfürchtig, sein Vermächtnis fortzusetzen. Ich bin dabei, es einzulösen.«

Judith war von der Geschichte ihrer Familie beeindruckt. Mit leiser Stimme, fast zögernd, stellte sie ihre nächste Frage. »Hast du dir schon mal überlegt, dass Aron mich vielleicht nur wegen meines Erbes geheiratet hat? Aron ist kein Engel.«

»Natürlich habe ich daran gedacht. Er wird nur etwas erben, wenn ihr ein gemeinsames Kind habt. Der Großteil meines Erbes wird in einem Trust direkt an meine Enkelkinder gehen. Ich hoffe immer noch auf einen Jungen von dir. Du und deine Schwester, ihr könnt bestens von der Dividende leben. So viel Geld könnt ihr gar nicht ausgeben. Im Falle einer Scheidung erhält Aron nur den Pflichtteil. Das habe ich vor eurer Eheschließung bereits notariell mit ihm geregelt.«

»Wie romantisch du mich verkauft hast, unglaublich!« Judiths Ärger kochte wieder hoch. Gleichzeitig verstand sie ihr unlösbares Dilemma. Tränen stiegen ihr in die Augen. Sie musterte ihren Vater eine Weile entsetzt, bevor sie aufstand, auf dem Absatz kehrtmachte und die Tür geräuschvoll hinter sich zuschlug. Die Knie drohten ihr nachzugeben. Sie konnte die aufsteigende Übelkeit gerade noch unterdrücken. Vor ihrem Vater wollte sie sich keine Blöße geben.

Kapitel 88

Sonntag, 20. Februar 2011, 15 Uhr

Es war ein milder, sonniger Februartag, und das Thermometer zeigte acht Grad Celsius über dem Gefrierpunkt. Etwa zweihundert Menschen hatten sich auf dem Cimetière des Rois eingefunden, um François Lombardi die letzte Ehre zu erweisen.

Pascal fröstelte trotzdem. Der Temperaturunterschied zwischen Genf und Dubai betrug über zwanzig Grad. Er versteckte sich hinter einer Sonnenbrille, seinem tief ins Gesicht gezogenen Hut und hochgeschlagenem Mantelkragen. Francesca, die sich bei ihm eingehakt hatte, trug ebenfalls eine dunkle Sonnenbrille und hatte ein warmes Tuch über ihre blonden Haare gelegt. Beide liefen bewusst am Ende des Trauerzuges. Außer der Familie Lombardi und den Hongkong-Chinesen wusste niemand, dass die Fahndung nach Pascal aufgehoben war. Würde man ihn erkennen, wäre das zweifelsohne die Überraschung der Beerdigung und würde die Aufmerksamkeit auf ihn lenken, was er vermeiden wollte.

Fabian hielt sich mit den Chen-McGrahams ebenfalls am Ende des Trauerzuges. Miranda und Huang Fu Chen waren froh, dass Fabian sich um sie kümmerte, da sie weder mit dem Ablauf einer Beerdigung in Europa vertraut waren, noch jemand von den Anwesenden kannten.

»Siehst du Joel dort vorn?«, flüsterte Pascal Francesca ins

Ohr. »Die Frau neben ihm ist Judith. Ich wusste nicht, dass sie aus New York zur Beerdigung einfliegen würde.«

»Wahrscheinlich hat sie durch ihren Vater davon erfahren und ist gekommen, um Kontakt mit dir herzustellen.«

»Sie konnte nicht ahnen, dass ich heute hier sein würde. Ich werde nachher ein Treffen mit ihr vereinbaren und alles hinter mich bringen. Am liebsten schon morgen.«

Francesca schaute skeptisch. »Sie wird nicht erfreut sein, mich hier zu sehen. Sie hoffte sicher, von deiner Familie etwas über dich zu hören. Ich bin gespannt, wie sie reagieren wird, wenn sie uns zusammen sieht. Noch hat sie dich nicht entdeckt.«

Pascal nickte und drückte Francesca einen sanften Kuss auf die Stirn.

Dann lauschten sie gemeinsam Fabians leisen Erklärungen für die Hongkong-Chinesen.

»Den Cimetière des Rois, im Stadtteil Plainpalais gelegen, nennt man auch den Friedhof der Könige. Er wird seit dem 19. Jahrhundert als Begräbnisstätte für prominente Bürger der Stadt genutzt«, erklärte er beflissen und hielt dabei Audreys Hand fest in seiner. »François wird neben bekannten Persönlichkeiten wie dem Reformator Johannes Calvin, dem Schweizer Psychologen Jean Piaget, General Guillaume-Henri Dufour oder dem argentinischen Komponisten Alberto Ginastera ruhen. Es ist eine letzte große Ehre, die ihm die Stadt Genf erweist.«

Plötzlich erkannte Stanley Pascal und kam mit Jade geradewegs auf ihn zu. »Du hast dich gut unter dem Hut versteckt. Inkognito? Mein Beileid ...«

Pascal lächelte freundlich. »Danke. Ich will keine Aufmerksamkeit. Es ist François' Tag, und ich bin einfach nur froh, hier zu sein.«

»Das glaube ich dir aufs Wort. Ich habe von Fabian gehört, dass du in Dubai untergetaucht warst.«

»Das ist übrigens meine Frau Francesca, die in New York lebt.« Mit der Vorstellung von Francesca ging Pascal geschickt einer Antwort und weiteren Fragen von Stanley aus dem Weg.

»Angenehm.« Die Verblüffung war ihm anzusehen. Er hatte Francesca noch nie getroffen. »Das ist meine Frau Jade Lam. Zugegeben, nicht der beste Anlass für die erste Begegnung. Ich freue mich, Sie kennenzulernen.«

Jetzt kamen auch Fabian, Audrey, Miranda und Huang Fu Chen, um Pascal und Francesca zu begrüßen und ihr Beileid zu bekunden.

Pascal schüttelte Hände und küsste Wangen. Dann zog er Fabian zur Seite. »Wir müssen in Ruhe reden, danke für alles. Ich verstehe, dass du sauer bist. Gib mir die Chance, alles zu erklären. Morgen werde ich es nicht schaffen, aber so schnell wie möglich ...«

Fabian nickte. »Geht klar. Ich bin froh, dass du wieder in Genf bist. Hast du ein Handy?«

»Ja. Meine alte Nummer.«

»Ich rufe dich an. Es passiert so viel, ich muss mich auch mit Christian abstimmen. Ich war seit einer Woche nicht mehr an meinem Schreibtisch. Wir müssen uns dringend alle zusammensetzen.«

»Ich weiß. Arrangiere es bitte.«

»Hast du Judith gesehen?«

»Ja, das kläre ich morgen zuerst.«

Fabian schüttelte leicht seinen Kopf.

Pascal verstand die Missbilligung.

»Du bist mit Francesca hier? Sie ist extra aus New York gekommen?«

Pascal nickte. »Francesca kam mit mir aus Dubai. Wir arbeiten gemeinsam an der Aufklärung des Problems mit L&L. Mir geht es besser, als die Umstände vermuten lassen, alles findet sich. Und du? Glücklich verliebt?«

Fabian zog Audrey fest an sich. »Stimmt. Es sind auch positive Dinge in den letzten Wochen geschehen. Du kennst Audrey?«

»Kennen ist übertrieben. Wir sind uns vor ein paar Jahren auf einem Empfang in Hongkong begegnet.«

»Eigentlich müsste ich enttäuscht sein, dass du mir nie von ihr erzählt hast.« Fabian zwinkerte Pascal zu.

»Es ist lange her, und jetzt habt ihr euch ja gefunden.«

Stanley und Jade hatten unterdessen Francesca in ein Gespräch verwickelt. »Warum leben Sie in New York?«

»Ich arbeite dort als Anwältin. In Hongkong war ich schon seit Ewigkeiten nicht mehr. Ich habe gehört, dass sich viel verändert hat, seit die Briten gegangen sind.« Sie schwenkte die Richtung des Gesprächs weg von ihrer Person.

»Stimmt. Vor allem in der Administration der Stadt. Die Festland-Chinesen sind inzwischen die größten Investoren, und es wird mehr Kantonesisch gesprochen. Aber Hongkong bleibt Hongkong, extravagant und verrückt.«

Stanley senkte seinen Kopf und fragte Francesca leise: »Ist der ältere Herr, der zwei Reihen hinter Christians Familie läuft, Joel Silverstein?«

»Ja, wenn Sie den kleinen Mann mit der dicken Brille im dunkelgrauen Mantel meinen?«

»Genau der, danke. Und die attraktive Brünette neben ihm?«

»Das ist seine Tochter Judith.«

»Die Judith …?«

»Ja.«

Die beiden tauschten einen vielsagenden Blick.

»Zur Beerdigung lädt man nicht ein. Jeder kann kommen, da müssen Sie wohl durch.«

Francesca lächelte, anstatt zu kommentieren.

Christian führte den Zug der Trauernden an, rechts neben ihm schritt seine Frau Adrienne. Die älteste Tochter Fiona mit ihrem Mann Stefano und Sohn Lucas liefen links neben Christian. Chiara, ihre jüngste Tochter, hatte sich bei ihrer Mutter eingehakt. Sie zog durch ihr attraktives Äußeres die Blicke der Männer auf sich. Ihr auffallend großer schwarzer Hut, der die dunkle Lockenmähne nur ansatzweise bändigte, und ihre vollen roten Lippen passten eher auf eine Pariser Haute-Couture-Show als auf eine Beerdigung.

Dann folgten die Beauftragten der Stadt Genf und Joel Silverstein. An seiner Seite schritt überraschenderweise seine Tochter Judith. Pascal sah Monica Carlucci mit ihrem Vater. Hauptkommissar Baumet war zusammen mit seinem Kollegen Favre gekommen. Viele Mitarbeiter der Lombardi Bank und die Führungsetagen der Genfer Privatbanken waren anwesend. Die Presse war vollständig vertreten. In einem Satz: Das Who Is Who von Genf gab sich ein Stelldichein.

Pfarrer Javier hielt eine bewegende Rede, die kaum ein Auge trocken ließ. Er würdigte die Verdienste François' und seine Qualitäten als Mensch und Banker, ohne in Klischees abzugleiten. Es war eine würdige Veranstaltung, die nach einer Stunde zu Ende ging.

Im Anschluss an die Beerdigung hatte die Genfer Private Banking Association im Andenken an die Verdienste von François Lombardi zu einem Cocktail in die feine *Societé de lecture* in der Altstadt geladen. Der Salon dieses prächtigen alten Herrenhauses aus dem 18. Jahrhundert war dem Anlass angemessen. Man sprach leise, erzählte sich Geschichten von François' und die Worte »Erinnerst du dich ...« und »Weißt du noch …« waren überall zu hören. Gleichzeitig war es eine gute Gelegenheit zum Netzwerken, die rege genutzt wurde.

Alle Lombardis nahmen nonstop Beileids-Bekundungen und beste Wünsche für die Zukunft entgegen. Viele Fragen drehten sich um Pascal, der sich nun nicht mehr versteckte. Er stand an der Seite von Christian und Fabian.

Es sprach sich wie ein Lauffeuer herum, dass er am Tod von Thomas Widmann unschuldig war und die Polizei die Fahndung und alle Verdächtigungen gegen ihn aufgehoben hatte. Wirklich neugierige Fragen traute sich so kurz nach der Beerdigung aus Respekt niemand zu stellen. Einen besseren Einstand hätte es für Pascal nicht geben können.

Unerwartet tauchte Judith neben ihm auf und verbarg nicht, wie angefressen sie war. »Schön zu sehen, dass es dir gut geht. Es überrascht mich, dass Francesca offiziell als deine Frau hier erscheint.«

Pascal blickte Judith ernst an. »Sie hatte einen engen Kontakt zu François, beide mochten sich. Übrigens habe ich gehört, dass du offiziell einen Ehemann hast, mit dem man dich in New Yorker Restaurants sieht.«

»Pascal, was ist los mit dir? Seit knapp drei Wochen habe ich nichts von dir gehört und …«

»Berechtigt, denn nach mir wird erst seit Freitagabend nicht mehr gefahndet. Ich hatte vorher keine Chance, dich zu kontaktieren.«

»Ist ja gut. Mein Beileid für François.«

»Danke, dass du daran denkst … Judith, dieser Empfang ist nicht der richtige Platz, um zu reden. Können wir uns morgen treffen? Wir müssen einiges besprechen.«

»Genau das wollte ich dich auch fragen.«

»Treffen wir uns bei *Robertos* zum Lunch, zwölf Uhr dreißig?«

»Wohnt Francesca bei dir?«

Pascal reagierte nicht auf diese Frage, wartete auf eine Antwort von Judith.

»Zwölf Uhr dreißig ist okay.«

Als Pascal Joel Silverstein auf Judith zukommen sah, beendete er das Gespräch abrupt. Mit ihm wollte er sich heute nicht unterhalten. »Bis morgen, Judith.« Kaum hatte er sich von Judith abgewandt, war er bereits in ein neues Gespräch verwickelt.

Francesca stand zusammen mit Adrienne und ihren Töchtern und hatte den Dialog aus der Distanz beobachtet.

Zwischen Judith und Pascal ist das letzte Wort noch nicht gesprochen. Sie wird es ihm nicht leicht machen. Zum Glück ist sie verheiratet…

Dann beobachtete sie, wie Joel seine Tochter am Arm aus dem Raum führte. Die Differenzen zwischen den beiden waren offensichtlich.

»Treffen wir uns morgen Mittag bei mir im Büro?«, fragte Adrienne Francesca. Sie hatte ihre Blicke wandern sehen und wollte sie ablenken. »Ich würde gern allein mit dir reden, ohne Männer, habe aber ansonsten einen Tag voller Termine.«

»Ich habe Zeit und viel auf dem Herzen, zwölf Uhr passt gut.«

Die beiden Frauen lächelten sich verständnisvoll an.

Francesca gesellte sich danach zu Fabian, der unzertrennlich von Audrey war und ihre Hand nie losließ.

»Schön, euch so verliebt und glücklich zu sehen. Habt ihr alle Neuigkeiten verkraftet?«, fragte sie leise.

»Morgen oder spätestens Dienstag soll das Ergebnis des Vaterschaftstests feststehen. Es wird unsere Beziehung neu definieren«, flüsterte Audrey zurück. »Wir sind nervös, obwohl es an unserer Liebe nichts ändern wird.«

»Ich drücke euch beide Daumen, dass François sich geirrt hat. Er war ein außergewöhnlicher Mensch, ich mochte ihn sehr gerne.«

Audrey nickte. »Ich hatte das Glück, einen Abend mit ihm und Fabian verbringen zu können und fand ihn wundervoll. Ich sagte Fabian anschließend, dass ich ihn um seinen Großvater beneide. Er unterscheidet sich im Charakter sehr von Huang Fu Chen, den ich auch sehr mag. Ich bin sauer auf meine Mutter.«

Francesca sagte aus Höflichkeit nichts zu Audreys letzter Bemerkung. Sie ließ die Turteltauben allein und nippte an einem Glas Champagner.

Stanley und Jade hatten keine Berührungsängste. Sie mischten sich unter die Banker und fachsimpelten mit jedem, der ihren Weg kreuzte.

Wenig später beobachtete Francesca, wie Joel Silverstein Stanley ansprach. An der Körpersprache konnte sie erkennen, dass sie sich einander vorstellten. Das Gespräch war kurz und erweckte den Anschein, als ob beide ein Meeting vereinbart hätten.

Was will Joel Silverstein von Stanley? Weiß Joel, dass Stanley und Audrey eventuell François' Kinder sind und einen Anteil an der Bank erben? Bis auf die Sutters und den Notar wusste nur die Familie davon, und sie hatten abgesprochen, dass es vorerst dabei bleiben sollte.

Die Lombardis hofften, dass François dieses Detail zu heilig gewesen war, um es mit einem Geschäftspartner geteilt zu haben.

Seit Joel von der Polizei verhaftet und wieder freigesprochen war, hatte es keinen Kontakt zwischen ihm und den Lombardis gegeben. Es lagen Spannungen in der Luft, und die kommenden Tage würden ereignisreich werden. Die

Gerüchteküche brodelte, und Francesca wusste mehr, als ihr lieb war.

Nach zwei Stunden neigte sich der Empfang dem Ende zu. Die ersten Gäste verabschiedeten sich.

Francesca sehnte sich danach, wieder mit Pascal allein zu sein. Die Tage in Dubai hatten sie so eng wie früher zusammenkommen lassen. War es nur ein Gefühl, entstanden aus den Ereignissen, oder wirklich Liebe für den Rest ihres Lebens?

Kapitel 89

Montag, 21. Februar 2011

Pascal wartete schon eine Viertelstunde auf Judith. Ungeduldig hatte er in der Zwischenzeit für beide Caprese-Salat bestellt, trank ein Wasser und schaute sich um. Das *Restaurant Robertos* in der Genfer Innenstadt war immer gut besucht, zum Lunch vor allem von Geschäftsleuten.

Klassisch schick, ein bisschen altmodisch. Hier hat sich seit Ewigkeiten nichts verändert. Schön, dass etwas Bestand hat.

Pascal trauerte tief um seinen Vater. Diese Trauer legitimierte sein Verhalten nach außen. Tief in ihm brodelte es seit Wochen aus anderen Gründen. Pascal fühlte sich, als ob man ihm den Boden unter den Füßen weggezogen und dabei gleichzeitig das Tuch von den Augen gerissen hatte. Sein Leben stand Kopf, und er hinterfragte alles – Beruf, Privatleben, Familie und seine Zukunft. Noch schwebte er und suchte Halt, spürte aber bereits, dass er für die anstehenden Veränderungen bereit war. Heute würde er einen weiteren Schnitt machen. Ihm war nicht einmal wehmütig zumute, er wollte es einfach hinter sich bringen.

Judith rauschte herein. »Entschuldige …«

»Schon okay, Judith, setz dich.« Pascal lächelte freundlich.

Judith bemerkte in dem kurzen Satz sofort die Distanz von seiner Seite. Irritiert begrüßte sie ihn mit den üblichen drei Küsschen auf die Wange. Die Macht der Gewohnheit, wenn sie in der Öffentlichkeit waren. Elegant legte sie ihren Mantel ab und ließ dabei den Blick durchs Restaurant schweifen. Zufrieden, kein bekanntes Gesicht zu entdecken, setzte sie sich. »Endlich sind wir allein. Ich habe dich vermisst und mir große Sorgen gemacht. Wo warst du in den letzten Wochen?«

Der Ober servierte ihre Salate.

»Du hast schon bestellt? Bist du in Eile?«

»In Dubai.«

»Dubai?«

»Ich kann darüber nicht im Detail reden. Wie geht es dir? Alles in Ordnung mit Sophia?«

»Sophia geht es gut. Ihr Geburtstag am 23. April fällt in diesem Jahr mit dem Osterwochenende zusammen. Wir werden eine Woche in Florenz verbringen. Sie freut sich darauf.«

»Schön. Wie geht es Aron?«

»Was soll diese Frage? Was ist eigentlich los mit dir?« Judith schaute Pascal genervt an. »Hast du mich nicht vermisst? Wir hatten seit Paris keinen Kontakt, und gestern auf der Beerdigung hast du dich mir gegenüber verhalten, als sei ich eine entfernte Bekannte ... Keine einzige nette Geste oder ein lieber Blickkontakt von deiner Seite.«

»Hast du mit Aron gesprochen?« Pascal ignorierte konsequent alle Fragen von Judith.

Judith schwante plötzlich, dass sich etwas Entscheidendes zwischen ihnen verändert hatte. Beschämt senkte sie ihren Blick. Es wirkte, als ob sie vor Schuldbewusstsein den Kopf einzog. »Nein. Ich hatte nicht den Mut, wollte vorher noch einmal mit dir reden. Es gibt ...«

Pascal unterbrach sie. »Judith, wir haben in Paris darüber ausführlich diskutiert. Ich habe dir ein Ultimatum gesetzt. Anstatt deinem Mann reinen Wein einzuschenken, gehst du mit ihm in Nobelrestaurants in New York zum Essen. Dabei haltet ihr wie frisch Verliebte Händchen. Weißt du eigentlich, was du tust? Du betrügst mich mit ihm und ihn mit mir!«

Judith wollte etwas zu ihrer Verteidigung erwidern, aber als sie in Pascals Augen blickte, verstand sie, dass Schweigen die klügere Option war. Er hatte keine bloße Vermutung in den Raum gestellt. Irgendjemand musste sie mit Aron gesehen und es ihm erzählt haben.

»Ich war in den letzten beiden Wochen viel allein und in Momenten verzweifelt. Diese Zeit habe ich genutzt, um Entscheidungen zu treffen.«

Judith senkte den Kopf nicht wieder, änderte nur den Blickwinkel ihrer Augen. Sie schaute auf Pascals Hände, denn sie spürte mit der sicheren Intuition einer Frau, dass das Gespräch und ihre Beziehung eine fatale Wendung nehmen würden.

»Weißt du, Judith, es ist gut, dass du bisher nicht mit deinem Mann gesprochen hast. Ich habe genug von diesen Spielchen und beende unsere Affäre hier und jetzt.«

Erschrocken blickte Judith in Pascals Gesicht. Seine letzten Worte gaben ihr einen Stich ins Herz. »Wie bitte? Wir haben keine Affäre, ich liebe dich. Es ist keine drei Wochen her, da hast du mir in Paris einen Heiratsantrag gemacht!«

»Falsch interpretiert. Damals habe ich frustriert gesagt, dass ich dir einen Antrag machen wollte. Vorausgesetzt, du hättest mit deinem Mann über Weihnachten eure Scheidung besprochen.«

»Das meinst du doch nicht ernst? Du hast mir den Ring geschenkt …«

Pascal hielt Judiths Blick stand. »Doch, Judith, ich meine, was ich sage. Du hattest deine zweite Chance für drei Jahre und hast sie verpasst. In mir ist etwas zerbrochen. Ich habe noch Gefühle, aber mein Vertrauen in dich habe ich verloren. Ohne Vertrauen kann ich nicht lieben. Den Ring kannst du als Erinnerung behalten. Sieh ihn als Freundschaftsring an.«

Judith massierte sich den Nacken. Sie konnte Pascal nicht in die Augen sehen. »Ich hatte gestern eine heftige Diskussion mit meinem Vater. Zum ersten Mal habe ich begriffen, wie er mich beeinflusst und in meinem Leben intrigiert hat. Wie zum Teufel konnte alles nur so schiefgehen?«

Pascal begann seinen Salat zu essen. »Guten Appetit. Wir haben oft darüber geredet. Judith, ich habe eine endgültige Entscheidung getroffen.«

Judith warf trotzig ihren Kopf zurück. »So einfach kannst du es dir nicht machen. Ich bin in der achten Woche schwanger und habe mich vorhin übergeben müssen. Deswegen kam ich zu spät.«

»Schwanger? Von mir?«

»Von wem sonst? Es muss in Gstaad passiert sein, als wir Anfang Dezember für ein paar Tage zum Skifahren waren.«

»Ich dachte, du nimmst die Pille?«

Judith druckste. »Im Oktober habe ich die Pille abgesetzt. Ich war unzufrieden, dass ich nie den Mut hatte, mit Aron zu reden und wollte das Schicksal herausfordern.«

»Ohne mit mir darüber zu reden? Schon wieder ein Vertrauensbruch! Verstehst du wirklich nicht, wie eine Beziehung, ein *Miteinanderleben* funktioniert?«

Die Kritik prallte an Judith ab. »Vor drei Wochen hast du mich angefleht, dass du dir ein Kind wünschst, mit mir eine Familie gründen willst … Und jetzt, wo du es haben kannst, willst du nichts mehr davon wissen!«

»Richtig, vor drei Wochen, offiziell und geplant. Du bist eine verheiratete Frau. Woher soll ich wissen, dass ich der

Vater bin und nicht Aron? Ups, das Thema kommt mir bekannt vor …«

»Wie meinst du das?«

»Ach nichts.« Pascal winkte ab.

»Das Leben verläuft nicht immer geradlinig nach Plan! Vertraust du mir nicht oder meinem Vater, und ich muss dafür herhalten? Mit den Problemen der Lombardi Bank habe ich nichts zu tun!«

»Oh, Judith, du hattest alle Zeit der Welt. Meine Entscheidung hat nichts mit deinem Vater zu tun, und du musst die Dinge nicht durcheinanderwerfen … Ich habe Vorbehalte gegen ihn und bereue nicht, dass ich ihm während unserer Auseinandersetzung einen rechten Haken verpasst habe. Es hat zwar meine niedersten Instinkte nur kurzzeitig befriedigt, aber …«

»Was aber?«

»Du bist seine Tochter und konntest dich nie gegen ihn durchsetzen. Ich weiß nicht, inwieweit er dich in seine Pläne eingebunden hat. Wie soll ich dir vertrauen, wenn du nicht mal offen und ehrlich in den grundlegenden Themen unserer Beziehung bist? Wusste er von uns?«

Judith zuckte mit den Schultern, ihr Blick verklärte sich. »Du redest bereits in der Vergangenheit. Von mir nicht. Du lässt mich wirklich mit unserem Baby allein?«

Jeder von uns stellt andere Fragen in den Vordergrund … Unser Baby, nachdem sie mit Aron in aller Öffentlichkeit flirtet! Sie hat keine Skrupel, wie ihr Vater! Ich werde Judith mit den Fakten über ihre Scheidung konfrontieren. Mal schauen, wie sie dann reagiert. Wir reden aneinander vorbei. Ging das schon lange so?

Pascal strich Judith übers Haar. »Du bist nicht allein. Du hast Sophia, deinen Mann Aron und deine Mutter in New

York, eine wirkliche Familie und zusätzlich deinen Vater hier. Alle werden sich über ein Baby freuen.«

»Ich traue weder meinem Vater noch meinem Mann, von Liebe will ich gar nicht erst reden! Und das Baby ist von dir, Pascal, ob es dir jetzt noch passt oder nicht!«

»Ich fürchte, deine Zweifel sind berechtigt. Offensichtlich hat dich jeder für seine eigenen Interessen benutzt, und doch war es am Ende stets deine Entscheidung. Du hast es zugelassen und bist kein kleines Kind mehr, sondern eine Frau von zweiundvierzig Jahren. Jetzt wirst du erwachsen, das freut mich.«

»Und du kneifst im brenzligsten und wichtigsten Augenblick unserer Beziehung, typisch Mann«, fauchte Judith verletzt zurück, bevor sie in leises Schluchzen ausbrach.

Pascal nahm Judith schützend in seine Arme und ließ sie weinen. Seine Gedanken drehten sich plötzlich intensiv um die Frage, was aus dem ungeborenen Baby werden sollte.

Was, wenn es wirklich meine Tochter oder mein Sohn ist? Ich will einen frischen Start mit Francesca und nun diese Nachricht. In einem Punkt muss ich Judiths Einschätzung von Paris zustimmen. Unser Timing passt überhaupt nicht. Alles passiert immer wieder zur falschen Zeit.

Während er nachdachte, streichelte er Judith über den Rücken.

Als sie sich beruhigt hatte, begann sie hysterisch auf Pascal einzureden. »Ich lasse mich sofort von Aron scheiden, will dich nicht verlieren. Wir bekommen ein Baby! Hast du begriffen, was das bedeutet?«

Pascal warf einen verstohlenen Blick auf seine Uhr, ließ den Wortschwall über sich ergehen. Die Auseinandersetzung mit Judith gestaltete sich unerwartet schwierig. Francesca wusste, dass er mit Judith abschließen wollte. Das Baby würde neue Diskussionen und Probleme bringen …

Judith kämpfte. »Pascal, ich stand immer auf deiner Seite. Jeder kann mal einen Fehler machen.«

»Du meinst, du konntest Aron nicht verlassen, weil er deine Schulden in Italien bezahlt und Sophias Vater mit zwei Millionen Euro aus dem Prozess um das Sorgerecht quasi ausgekauft hat?«

Jetzt starrte Judith Pascal schockiert an. »Woher weißt du das?«

»Irgendwann kommt die Wahrheit ans Licht. Vielleicht hättest du mir reinen Wein einschenken sollen. Aus deinem Mund mit einer guten Erklärung hätte ich es vielleicht geschluckt.«

»Vielleicht … Diese Dinge sind passiert, bevor ich dich wiedergetroffen habe. Das hat nichts mit unserer Beziehung zu tun. Wie kannst du mir das vorwerfen? Ich musste damals meine Scheidung und die damit einhergehenden Verbindlichkeiten lösen.«

»Sicher, aber das hat dich die gesamte Zeit an Aron gebunden. Du hast es gewusst und instinktiv so gehandelt, wie du erzogen worden bist. Jetzt bleib deiner Linie treu, halte es Aron zugute. Du bist seine Ehefrau.«

»Ich liebe Aron nicht.« Judiths Antwort kam patzig wie von einem Teenager.

Pascal schüttelte den Kopf. »Das höre ich seit drei Jahren, ohne dass du etwas dagegen unternommen hast. Genug. Bitte, mach es uns nicht noch schwerer, als es ohnehin ist.«

Judith wusste in dem Moment, dass sie die Diskussion über ihre Beziehung nur offenhalten konnte, wenn sie Pascals Vertrauen zurückgewann. Sie hatte einen einzigen Joker in der Hand und keine Ahnung, was die Information wirklich beinhaltete. Sie spielte ihn ohne Zögern. »Pascal, ich vertraue dir etwas an, was meinem Vater wahrscheinlich geschäftlich das Genick brechen wird.«

»Ich möchte es nicht hören, Judith, mit deinem Vater werde ich allein fertig.«

Judith ließ sich nicht beirren. »Gestern habe ich zufällig ein Telefongespräch zwischen ihm und Aron mitgehört. Ich konnte nur die Worte von Joel verstehen, aber es ging um einen Deal, der der Lombardi Bank schaden wird. Sie hecken irgendetwas Großes gegen euch aus. Ich weiß auch erst seit vorgestern, dass Aron für eine große Firma meines Vaters in New York arbeitet, Silver-Invest.«

»Du brauchst nichts zu erfinden«, versuchte Pascal sie abzuwimmeln. »Wie soll dein Vater in New York eine Firma führen, während er als Partner in Genf aktiv ist und kaum Zeit für alle Dinge hier hat. Judith, dein Vater ist siebzig Jahre alt!«

In der Sekunde fiel Pascal ein, dass auch Francesca die Firma Silver-Invest erwähnt und er den Namen zuvor schon einmal gehört hatte. In der Hektik der Ereignisse war ihm ein wichtiger Fehler unterlaufen. Er hatte schlicht vergessen, Silver-Invest nachzugehen.

Ich muss Roland Sutter sofort beauftragen herauszufinden, was es mit dieser ominösen Firma auf sich hat, deren Name wiederholt auftaucht.

»Du hast keine Ahnung, wer mein Vater wirklich ist. Er hat auch den Namen Ted Blumfeld fallen lassen.« Judith gab sich nicht geschlagen.

»Sicher, Ted Blumfeld ist mein Counterpart von Levy & Lewitt, mit dem wir gerade verhandeln, und dein Vater ist in diese Verhandlungen eingebunden. Nichts Ungewöhnliches. Es stört mich vielleicht, dass er vertrauliche Informationen an Aron weitergibt, aber es ist kein Geheimnis.«

Judith zuckte resigniert mit den Schultern. »Du willst es nicht hören. Beschuldige mich später nicht, dass ich nicht offen und ehrlich war. Diesmal habe ich es versucht.«

Die Diskussion begann Pascal zu nerven. »Judith, ich habe meine Entscheidung getroffen, was unsere Beziehung betrifft. Das Baby verändert die Situation nur bedingt. Du musst zuerst für dich entscheiden, ob du das Kind behalten willst, ohne mich und mit Aron. Ich hoffe, du bist wirklich sicher, wer der Vater ist.«

Judith schaute entrüstet, erwiderte aber nichts.

»Gib mir ein paar Tage Zeit, darüber nachzudenken, wie wir das mit dem Baby regeln. Ich bin Ende der Woche in New York, da können wir noch einmal reden. Falls du von Aron etwas über Silver-Invest herausfindest, wäre es hilfreich für mich und die Lombardi Bank. Wir können schlecht zwei Tiefschläge zur gleichen Zeit verdauen. Du kannst mich über unsere alte E-Mail-Adresse erreichen. Sei nicht böse, aber ich bin in Eile, habe noch andere, wichtige Termine zu erledigen. Pass gut auf dich auf.« Pascal küsste Judith auf die Stirn und verließ das Restaurant.

Ich brauche dringend ein paar Minuten allein und will Judith gegenüber keine sentimentalen Gefühle zeigen. Sie würde es zu ihrem Vorteil nutzen. Innerlich habe ich mit Judith gebrochen, aber was soll aus dem ungeborenen Baby werden? Ich habe mir so sehr ein Kind gewünscht... Was verbindet Aron Friedemann, Joel Silverstein, Ted Blumfeld und Silver-Invest wirklich?

Kapitel 90

Adrienne führte Francesca stolz durch ihr Büro. Sie erläuterte dabei den Aufbau und die Themen der kommenden Ausgabe ihres Magazins, bevor sie sich mit einem Espresso in Adriennes privaten Teil des Büros zurückzogen.

»Die letzten Wochen waren extrem hart. Es sind viele einschneidende Dinge passiert. Es wird Zeit, dass jetzt Ruhe einkehrt. Ich beschwere mich selten und kann eine Menge Stress bewältigen, aber ich bin am Limit.«

»Das merkt man dir nicht an, nach außen hast du alles super im Griff.« Francesca machte ihrer Schwägerin gerne dieses Kompliment. »Aber es ist uns starken Frauen eigen, dass es hinter der Fassade oft anders aussieht. Was bedrückt dich?«

»Christian.«

»Christian?« In die Betonung des Vornamens hatte Francesca ihre ganze Ungläubigkeit gelegt. »Für Pascal und mich seid ihr das Traumpaar schlechthin.«

Adrienne lächelte müde und winkte ab. »Das waren wir mal. Ich bin unsicher, und da beginnt das eigentliche Problem. Angeblich hat Christian Geheimnisse vor mir.«

»Haben das nicht alle Partner? Zu einem gewissen Maße halte ich das sogar für richtig. Befürchtest du, er hat eine Affäre?«

»Nach vierzig Jahren Ehe stelle ich mir erstmals viele Fragen. Ich hielt unsere Beziehung für gut, bis François mich mit einer Bemerkung wachgerüttelt hat und ich wirklich auf Feinheiten und Kleinigkeiten geachtet habe.«

»Wie meinst du das? Ich bin nicht sicher, dass ich dir folgen kann.«

»Zu Beginn unserer Ehe sind wir viel gereist und haben unsere Karrieren angeschoben. Jeder Schritt war spannend und neu, Erfolge stellten sich schnell ein. Das Leben war abwechslungsreich wie ein bunter Blumenstrauß. Dann wurden die Kinder geboren, erst Fabian, einige Jahre später Fiona, die Familie wuchs. Danach wurde das Geschäft dominant. Wir waren beide in der Verantwortung, gesellschaftliche Verpflichtungen wuchsen, Prioritäten verschoben sich. Schließlich kam unsere Nachzüglerin Chiara zur Welt, eine willkommene Überraschung. Zwischen Fabian und Chiara liegen vierzehn Jahre Altersunterschied. Ich hatte ein Baby, ein Kleinkind und einen Teenager und bin rotiert, um alles im Griff zu behalten. Gleichzeitig habe ich meine eigene Firma auf die Beine gestellt. Als Chiara ein Teenager war, Fabian das Studium abgeschlossen hatte und Fiona zu studieren begann, hatten wir unsere besten Jahre. Dann kam der überraschende Rücktritt von Christian mit allen damit verbundenen Problemen. Jetzt forderte er meine Aufmerksamkeit. Wir stellten unser Leben um. Christian startete den Hedgefonds, suchte gute Deals, war oft in Asien und trotzdem irgendwie in die Lombardi Bank involviert... So verging ein Jahr nach dem anderen, und vor einigen Tagen feierte ich meinen sechzigsten Geburtstag. Er fiel mit Pascals Verschwinden und dem Selbstmord von Thomas Widmann zusammen, ein weiterer Augenöffner. Ich verstand plötzlich, dass wir seit vierzig Jahren ununterbrochen wie Mäuse in einem Laufrad rennen. Nichtsdestotrotz war ich zufrieden, bis mir François auf dem Sterbebett erzählte, dass mein Mann Geheimnisse hat. Gleichzeitig nahm er mir das Versprechen ab, die Familie zusammenzuhalten. Was soll ich davon halten? Die letzten Wochen haben mich geschafft. Ich bin froh, wenn am Freitag in New York alles unterschrieben ist.«

Francesca umarmte Adrienne spontan. »Du hast so viel erreicht. Lehn dich einmal zurück und lass die anderen ihre Probleme lösen.«

»Wenn etwas in mir bohrt, finde ich keine Ruhe.«

»Was willst du machen, Christian nach diesen Geheimnissen fragen?«

Adrienne schüttelte energisch den Kopf. »Wenn Christian reden wollte, hätte er es längst getan, und das beunruhigt mich. Ich habe Roland Sutter beauftragt nachzuforschen. Angeblich weiß auch Pascal darüber Bescheid. Bisher ergab sich keine Gelegenheit, mit ihm zu reden. Weißt du, worum es geht? Hat er vielleicht in Dubai etwas erwähnt?«

Francesca zögerte und Adrienne verstand auf der Stelle. »Bitte, sag mir, was du weißt. Ich höre es lieber von dir als von Roland Sutter. Ist es privat oder geschäftlich?«

»Es bleibt zwischen uns?«

»Versprochen. Ich werde sicher nicht mit Christian reden, bevor sich die Dinge beruhigt haben.«

Francesca nickte. »Der positive Teil ist, es geht ausschließlich ums Geschäft. Der negative, es beeinflusst die Zukunft der Bank und unsere Beziehungen untereinander.«

Adrienne war dennoch erleichtert, was Francesca nachvollziehen konnte. »Worum geht es genau?«

»Pascal besitzt Dokumente, aus denen hervorgeht, dass Christian ihn damals als neuen CEO der Lombardi Bank abgelehnt hat. Dafür hat er Thomas Widmann ins Spiel gebracht. Mit Thomas wiederum hatte er eine Vereinbarung getroffen, dass er über alle wichtigen Entscheidungen oder Veränderungen in der Bank seine Zustimmung einholen musste. Damit blieb er unter Kontrolle.«

»Wie hat das funktioniert? Du meinst, Christian wusste auch von dem Geschäft mit Levy & Lewitt?«

»Beide Fragen kann ich nicht beantworten. Das kann nur dein Mann. Die Frage, die Pascal sich gestellt hat, lautete anders. Warum sollte Thomas Widmann Christian dieses Geschäft verschwiegen haben?«

Adrienne seufzte. »Was noch?«

»Den größten Vertrauensbruch hat er gegenüber François begangen. Christian hat ihm vorenthalten, dass Huang Fu Chen ihn für seinen erzwungenen Rücktritt fürstlich abgefunden hatte.«

»Er hat Geld bekommen? Davon weiß ich nichts.«

»Indirekt, ihm gehören seitdem zehn Prozent der GFS. Zusätzlich stellten sie ihm einhundert Millionen US-Dollar als Startkapital für seinen Hedgefonds.«

Adriennes Augen weiteten sich. »Du glaubst mir, dass ich davon das erste Mal höre?«

»Ja.«

Sie seufzte tief. »Danke, Francesca. Obwohl das wirklich schwerwiegende Vertrauensbrüche innerhalb der Familie sind, nimmst du mir eine Riesenlast von den Schultern. Jetzt weiß ich zumindest, worum es geht. Keine Angst, ich werde Christian gegenüber nichts erwähnen. Das muss ich alles erst verdauen. Es tut mir leid für Pascal ...«

Beide schwiegen eine Weile und dachten über das Gehörte nach, bis Adrienne Francesca nach ihrem Leben fragte: »Nun erzähl du. Wie ist es dir in den letzten Jahren ergangen? Bist du wieder fest mit Pascal zusammen?«

»Wir haben starke Gefühle füreinander. Pascal trifft sich gerade mit Judith und will diese Affäre beenden, eine Beziehung kann man das ja schlecht nennen.«

Adrienne hörte die leichte Besorgnis und Eifersucht, die

unterschwellig in Francescas Stimme mitschwang. »Ich habe erst im Zuge dieses ganzen Durcheinanders davon erfahren. Bis auf François wusste niemand in der Familie von Judith«, versuchte sie Francescas Besorgnis zu zerstreuen.

»Ich kann ihr keinen Vorwurf machen, was das Ende unserer Ehe betrifft. Wenn ich zurückdenke, war lange nur meine Karriere und es *zu schaffen*, was immer das bedeutet, mein Hauptziel. Pascal hat mich unterstützt und war stolz auf mich. Dann wollte er unbedingt Kinder. Ich habe es weggeschoben und war froh, dass es nicht gleich geklappt hat. Die Jahre flogen dahin, plötzlich war ich Mitte dreißig, und es passierte nicht. Der Druck erhöhte sich. Die folgenden medizinischen Prozeduren waren unangenehm und nervig. Ich hatte keine Torschlusspanik und fühlte mich von allen überfahren. Von einem Augenblick auf den anderen wurde ich das Gefühl nicht mehr los, meiner Firma, Pascal, den Ärzten, aber nicht mehr mir zu gehören.«

Adrienne nickte verständnisvoll.

»Ich hatte ein Burnout, brauchte eine Auszeit und habe sie mir genommen. Dabei drifteten wir auseinander, langsam, unmerklich. Die Dinge in Hongkong passierten etwa zur gleichen Zeit. François bat Pascal, nach Genf in die Lombardi Bank zu kommen, und wir trennten uns freundschaftlich. Heute frage ich mich, ob uns überhaupt bewusst war, wie einschneidend und endgültig dieser Schritt war.«

»Und wie ging es weiter?«

»Anfangs genoss ich das Alleinsein und die Freiheit, mich ein bisschen hängen zu lassen. Ich traf durch meine Arbeit gute Männer und ging mit ihnen zum Essen. Danach sonderte ich aus. Mit den Interessanteren unternahm ich Kurztrips, und mit den Besten schlief ich während dieser Reisen. Mein Herz blieb unberührt. Es war mehr ein Abenteuer, ein

Nachholen der Studentenzeit, als ich all dies nicht getan habe. Am Ende strapazierten sie mich mit ihren Ansprüchen. Sie wollten, dass ich mich scheiden lasse und eine Familie mit ihnen gründe.«

»Dann waren sie ehrenwert und verliebt, sei nicht so hart.«

Francesca wiegte den Kopf zur Seite und lächelte. »Hmm, oder gelangweilt von sich selbst und ihren Jobs und unfähig, allein zu leben. Ich will nicht ungerecht sein. Am Ende war ich nicht bereit, ihren Rucksack zu teilen.«

»Dann hättest du auch mit Pascal zusammenbleiben können«, ergänzte Adrienne Francescas Gedanken.

»Eben.«

»Warum habt ihr nicht eher geredet?«

»Das frage ich mich gerade ... Stolz? Als Pascals Anruf mit der Bitte um Hilfe kam, habe ich mich gefreut. Das bedeutete, er vertraute mir und hatte mich nicht vergessen.«

»In Dubai seid ihr euch wieder nähergekommen?

Francesca nickte, und ein glückliches Lächeln zierte ihr Gesicht. »Wir haben uns nur leicht berührt, und es schlug ein wie der Blitz. Wenn man älter wird, hat die Liebe etwas für sich, es wird anders.«

»Wie meinst du das? Du bist noch keine fünfzig ...«

»Befriedigender, inniger, relaxter. So gut waren wir nie vorher zusammen.«

»Vielleicht brauchen Christian und ich auch so eine Auszeit. Ich hatte seit vierzig Jahren keinen anderen Mann.«

»Ehrlich? Nicht mal eine kleine Affäre?«

Adrienne verneinte. »Ich war glücklich und ausgefüllt mit meinem Mann und den Kindern, meinem Magazin, der Familie, mit meinem Leben. Aber diese wenigen Worte von François haben diese lange Zeit und diese gelebte Sicherheit ins Wanken gebracht.«

»Vielleicht musst du einfach relaxen und ein bisschen loslassen. Du sagst sehr oft *meine* ... Besitzanspruch engt ein und ist anstrengend.«

»Das ist mir nie aufgefallen. Danke.«

»Wir hätten den Kontakt nicht abreißen lassen sollen. Vorbei ist vorbei, machen wir es in der Zukunft besser?«

Adrienne nahm die jüngere Francesca in den Arm. »Ich mag dich und wünsche mir, dass du mit Pascal wieder glücklich wirst.« Sie bat ihre Sekretärin, ihnen einen weiteren Espresso zu bringen. »Kann ich dich was ganz anderes fragen? Ich lasse gerade einen Artikel über die Lombardi Bank schreiben. Den Auftrag habe ich an eine fähige Journalistin gegeben. Jetzt hat die Polizei offiziell den Selbstmord von Thomas Widmann bestätigt. Wir müssen also auch darauf kurz eingehen. Ich habe mir Gedanken zum Tod von Thomas gemacht. Sicher war er in das Geschäft mit Levy & Lewitt involviert, aber nicht mehr als Pascal. Deswegen bringt man sich heute nicht mehr um. Da müssten ganze Führungsetagen von Konzernen ins Grab springen. Warum setzt ein Mensch, der vermeintlich alles hat, seinem Leben ein Ende?«

»Eine gute Frage. Pascal und ich haben in Dubai auch darüber geredet. Die Zustimmung zu dem Deal mit Levy & Lewitt war seine letzte Chance, um die Bank gewinnmäßig dahin zu bringen, wo François sie haben wollte. Thomas Widmann wusste, dass Christians Haftungsfrist ausläuft, und wenn er keine positiven Resultate vorlegen könnte, würde wieder Christian oder Pascal die Führung übernehmen. Er stand unter Druck von allen Seiten: von Joel, Pascal, Christian, François und wahrscheinlich am meisten von sich selbst. Offensichtlich war er dem nicht gewachsen.«

»Du hast einen guten Punkt erwähnt, Druck. Ich möchte

im Magazin nicht in Details gehen, aber das ist ein überaus interessanter Ansatz.«

Francesca nickte. »Ich habe es oft gesehen – natürlich nicht bis zu diesem Extrem –, wenn ich große Mandanten vertreten habe, die in geschäftlichen Schwierigkeiten waren. Die Topmanager von großen Unternehmen haben selbstverständlich auch menschliche Gefühle und Empfindungen, die sie aber oft verbergen müssen. Der Druck, perfekt zu sein und den Schein zu wahren, ist groß: Öffentliches Erscheinungsbild, Machtanspruch, Aktionäre, Gewinnmargen ... Dadurch stoßen diese Menschen früher oder später an ihre gefühlsmäßigen und körperlichen Grenzen. Dazu gesellen sich unausgeglichene Lebensführung mit wenig Schlaf, viele Reisen mit Jetlag, ungesunde Mahlzeiten, zu viel Alkohol, wenig Sport. Nicht zu unterschätzen, sie müssen permanent erreichbar sein. Der BlackBerry oder das iPad ist ihr engster Begleiter. Selbstmord ist ein radikaler Weg, offline zu gehen und alles hinter sich zu lassen. Sie ziehen bildlich gesehen den Stecker.«

»Francesca, das war eine perfekte Beschreibung. Darf ich deine Worte verwenden?«

»Selbstverständlich. Aber noch wichtiger ist mir, dass wir gut auf unsere Männer aufpassen, versprochen?«

Kapitel 91

Peter McGraham suchte nach seiner Aussprache mit Stanley am Freitagmorgen sofort das DNA-Labor in Hongkong auf, bei dem seine Kinder Haarproben und Speichel abgegeben hatten. Als Vater von Audrey und Stanley konnte er ebenfalls auf einen DNA-Test bestehen. Das Labor prüfte nun, ob François Lombardi oder Peter McGraham der leibliche Vater der Zwillinge war.

Allein die vage Vorstellung, François Lombardi nicht nur als Konkurrenten um die Liebe seiner Frau, sondern als Vater *seiner* Kinder in Betracht ziehen zu müssen, stieß einen tiefen Stachel in sein Ego.

Peter verbrachte danach ein unruhiges Wochenende in Hongkong. Um sich abzulenken, holte er sein Golfbag aus der Garage und fuhr den langen Weg vom Peak nach Clearwater Bay. In dem etwas außerhalb, landschaftlich wunderschön gelegenen Golf und Country Club gehörte die Familie McGraham zu den Gründungsmitgliedern.

Als gebürtiger Schotte war Peter mit Golf aufgewachsen und in seiner Jugend ein passabler Spieler gewesen. Seit Jahren hatte er seine Schläger nicht mehr angefasst, entsprechend schlecht fiel sein Score aus. Es war ihm egal, er freute sich über gute Schläge und ein wunderschön gespieltes Par am taktisch schwierigen achtzehnten Loch. Gleichzeitig killte es die Zeit der Ungewissheit. Peter traf alte Bekannte wieder, saß mit ihnen nach der Runde im Clubhaus, trank ein Bier, schwatzte und wiederholte das am Sonntag.

Am Montagmittag erhielt Peter McGraham überraschend einen Anruf des Labors mit der Bitte, das Ergebnis persönlich abzuholen. Ihn beschlich sofort ein ungutes Gefühl. Da die Sekretärin keine seiner bohrenden Fragen beantworten konnte, lenkte er schließlich zähneknirschend ein.

Stilvoll ließ er sich vom Fahrer der Familie in seinem dunkelblauen Bentley S 1 RRM Saloon Baujahr 1956 zum *Peninsula Hotel* chauffieren. Das traditionsreiche Hotel war die feinste Adresse auf dieser Seite Hongkongs. Der Portier des Hotels kannte Peter, und sein wunderschöner Oldtimer war ein gern gesehenes Fotomotiv für die zahlreichen Touristen des Hotels.

Peter verschwand in der Lobby, durchquerte zügig die Shopping Arkaden und nahm den Ausgang an der Rückseite des Hotels. Im Gewusel von Tsim Tsa Tsui nahm er ein Taxi zum Lu Plaza 2 in der Wing Yip Street in Kowloon, wo sich das Labor befand.

An der Rezeption wartete Jennifer Leong schon auf Peter und begrüßte ihn ausnehmend freundlich. Die junge Chinesin, er schätzte sie auf Anfang dreißig, stellte sich als Assistentin des Managers vor. »Danke, dass Sie die Mühe des Besuchs auf sich genommen haben. Wir haben ein so ungewöhnliches Resultat, dass wir uns nicht getraut haben, es Ihnen per Post zu senden oder per Anruf mitzuteilen. Folgen Sie mir bitte in mein Besprechungszimmer.« Jennifer lief zügig vor Peter her und öffnete die Tür.

Es rumorte in Peters Magen. Mühsam hatte er übers Wochenende die nagende Angst, nur überschattet von Eifersucht und Wut, unterdrückt. Sie etablierte sich jetzt als dominierendes Gefühl. Peter hasste es. Kaum hatten sie sich gesetzt, fragte er Jennifer: »Was ist ungewöhnlich am Resultat? Bin ich der Vater meiner Zwillinge oder nicht?«

Jennifer musterte ihn besorgt. »Sie sind der Vater von Audrey, aber nicht der von Stanley.«

Es dauerte eine Minute, bevor Peter den vollen Umfang des Gesagten erfasste. Zuerst registrierte sein Gehirn erleichtert die Worte, *»Sie sind der Vater von Audrey«*, bevor der zweite Teil der Antwort, *»aber nicht der von Stanley«*, sein Bewusstsein erreichte. Ihm wurde schwindlig.

»Wir hatten noch nie einen solchen Fall«, hörte er Jennifer aus der Ferne sagen.

»So etwas gibt es doch gar nicht! Wer ist der Vater von Stanley? Meine Kinder wurden am selben Tag geboren!«, stellte Peter aggressiv klar.

Jennifer nickte. Sie verstand den Gefühlsausbruch, hatte mit einer heftigen Reaktion gerechnet. Es war nicht das erste Mal, dass sie einem vermeintlichen Vater die Nachricht beibringen musste, dass er biologisch nicht selbiger war. Sie legte ihre Hand behutsam auf den Arm von Peter McGraham und wählte ihre Worte vorsichtig. »Wie Sie wissen, haben wir die Vaterschaft Ihrer Zwillinge gegen zwei Proben getestet. Dadurch können wir mit Sicherheit sagen, dass der Vater von Stanley François Lombardi ist.«

Peter schaute die junge Frau verwirrt an. »Wie funktioniert das biologisch? Ich verstehe nichts mehr. Besteht die Möglichkeit, dass Sie sich vertan haben? Können Sie mir das erklären?«

Jennifer konnte die emotionale Reaktion ihres Klienten gut nachvollziehen. »Deswegen wollten wir mit Ihnen sprechen. Wir haben den Test auf unsere Kosten ein zweites Mal durchführen lassen und zusätzlich einen Geschwistertest durchgeführt. Fehler von unserer Seite können wir ausschließen, die Resultate im Quertest decken sich. Audrey und Stanley haben dieselbe Mutter, aber nicht den gleichen Vater.«

Peter schwieg.

Innerhalb einer Sekunde schien er um Jahre zu altern. Die Energie wich aus seinem Körper, seine Schultern fielen nach vorn.

Jennifer Leong scheute sich, Peter McGraham anzuschauen. Das Thema war ihr sichtlich unangenehm.

»Das bedeutet, dass meine Frau am selben Tag mit mir und dem anderen Mann Geschlechtsverkehr hatte?«, fragte er schließlich stockend nach. Der tiefe Sarkasmus im Ton überspielte die Verzweiflung und den Scham in der Frage nur leicht. Peter war jede Farbe aus dem Gesicht gewichen.

Jennifer versuchte, seine Gefühle nicht noch mehr zu verletzen. »Der Zeitraum, in dem Eizellen einer Frau befruchtet werden können, beträgt zwei bis vier Tage. Das Sperma oder einzelne Samenfäden können sich fünf bis maximal sieben Tage im Eileiter einer Frau aufhalten. Das heißt konkret, dass die Mutter der Kinder während dieser Zeitspanne Geschlechtsverkehr mit Ihnen und dem anderen Mann gehabt haben muss, nicht zwangsläufig am selben Tag. Jeder von Ihnen hat im selben Zyklus eine Eizelle erfolgreich befruchtet.«

»Sie brauchen sich für das Resultat oder die pikanten Umstände nicht zu entschuldigen. Das obliegt meiner Frau.« Peter überlegte, bevor er seine nächste Frage stellte. »Gibt es andere solche Fälle?«

»Wir hatten noch keinen, haben aber in der Literatur Hinweise auf identische Fälle gefunden.«

»Interessant.«

»Wissenschaftlich gesehen für uns auf jeden Fall, für Sie und Ihre Kinder ist das Resultat eher tragisch, nehme ich an.«

Peter McGraham ließ resigniert den Kopf hängen.

Jennifer Leong stellte ihm ein Glas Wasser auf den Tisch und war froh, den Sachverhalt medizinisch erklären zu können. »Es gibt wesentlich mehr sogenannte Kuckucks-Kinder, als die meisten Menschen ahnen. Die Väter müssen der Mutter ihres vermeintlichen Kindes gegenüber misstrauisch sein, ehe sie einen solchen Test durchführen lassen. Zwillinge sind von Natur aus seltener, und noch sporadischer wird ein Test angefordert. Es erscheint zu bizarr.«

Peter starrte weiter vor sich hin.

»Wir hätten Ihnen aufgrund Ihrer Probe eindeutig sagen können, dass Audrey Ihre Tochter ist und Stanley nicht Ihr Sohn. Nur durch diese zweite Probe konnten wir verschiedene andere Tests durchführen und den Vater von Stanley eindeutig benennen. Wo haben Sie diese Probe her?«

»Aus Genf. Die Familie von François Lombardi bestand auf diesen Test. Er ist letzte Woche verstorben und hat meinen ...«, Peter stockte und korrigierte sich, »... den Zwillingen eine große Erbschaft hinterlassen.«

»Ich kenne die Gesetze in der Schweiz nicht, aber ich nehme an, bei diesem Ergebnis wird die Familie Lombardi auf einen weiteren Test für Stanley bestehen.«

»Das interessiert mich weniger. Haben Sie die Resultate schriftlich?«

Jennifer Leong erhob sich und holte einen weißen DIN-A4-Umschlag aus der Schublade ihres Schreibtisches, wo alle Ergebnisse aufbewahrt wurden. »Bitte, Herr McGraham. Wenn Sie weitere Fragen haben, können Sie mich jederzeit kontaktieren.«

Peter konnte sich später nicht erinnern, wie er ins *Peninsula Hotel* zurückgekehrt war. Seine Wut auf Miranda war unermesslich. Obwohl es erst siebzehn Uhr war, ging er ins *Felix*, das bekannte Bar-Restaurant im Hotel, und bestellte einen Whisky. Dann öffnete er den Umschlag und las einige Male das Ergebnis. Es änderte sich nicht und war auch schwarz auf weiß unfassbar.

Miranda hatte mit François Lombardi und ihm gleichzeitig geschlafen! Ob zwischen dem Geschlechtsverkehr ein, zwei oder drei Tage gelegen hatten, änderte nichts an Mirandas Betrug. Es ekelte ihn selbst nach sechsunddreißig Jahren.

Plötzlich verstand Peter viele Zusammenhänge. Er erinnerte sich genau, wie unbeschwert und zufrieden Miranda damals vom Asien-Trip mit François Lombardi zurückkam. Es war nicht das Sightseeing und die Kultur, es waren die Nächte, die sie zum Strahlen gebracht hatten. Er war ein Idiot gewesen und kochte vor Wut. Jetzt wurde ihm auch klar, warum Miranda am Beginn ihrer Ehe sexuell zurückhaltend und inaktiv gewesen war. Das änderte sich erst Jahre nach der Geburt der Zwillinge.

Der zweite Whisky war ein doppelter. Danach freute Peter sich, dass zumindest Audrey seine Tochter war. Seine Prinzessin! Er hatte sich nicht getäuscht, als er so viel von ihm in ihr sah. Audrey würde erlöst sein, stand doch nun ihrer Beziehung zu Fabian Lombardi nichts mehr im Wege. Der Name Lombardi stieß Peter jetzt bitter auf.

Warum muss sich Audrey ausgerechnet in einen Lombardi verlieben? Hat sie das von ihrer Mutter geerbt? Ich muss in Zukunft mehr auf sie aufpassen und werde nicht zulassen, dass sie verletzt wird. Und Stanley? Was wird aus unserer Beziehung? Stanley ist biologisch François Lombardis Sohn. Geht er deswegen manchmal aggressiv gegen mich vor? Sind das versteckte Gene, die er nicht ausschalten kann? Er ist brillanter in seinem Denken, als ich es je war, und viel charmanter.

Da hat sich die Biologie eindeutig durchgesetzt. Warum habe ich das nie gesehen?

Nach einem dritten Whisky und einer Packung Chips überlegte er, wie spät es in Genf war. Peter rechnete sieben Stunden zurück – Mittagszeit. Er wusste, dass Stanley und Huang Fu Chen ein Meeting mit den Lombardis am Montag vereinbart hatten und anschließend wieder nach Hongkong zurückfliegen würden. Er rief Stanley an.

Nach einer Minute Smalltalk fragte Stanley, ob alles in Ordnung sei. »Deine Stimme klingt belegt.«

»Das weiß ich noch nicht. Kannst du reden?«

»Ja, ich bin allein in meinem Hotelzimmer. Was ist passiert?«

»Es geht um das Ergebnis des Vaterschaftstests.«

»Und? Gute Nachrichten?«

»Audrey ist meine Tochter.«

»Daran haben wir nie gezweifelt.« Stanley klang erleichtert.

»Ich weiß. Aber du bist nicht mein biologischer Sohn. Dein Erzeuger war François Lombardi. Das ist der schlechte Teil der Nachricht.«

Stanley schwieg einen Moment. »Du meinst, Audrey und ich sind als Zwillinge geboren worden und haben unterschiedliche Väter?«

»Laut dem DNA-Test und der Aussage der Verantwortlichen im Labor gibt es das. Selten, aber ihr seid kein Einzelfall.«

»Sind wir noch Zwillinge?«

»Damit habe ich mich nicht befasst. Ich halte mich am dritten Whisky fest. Geschwister seid ihr auf jeden Fall, denn ihr habt die gleiche Mutter.«

»Puh, das muss ich erst verarbeiten. Das stellt alles auf den

Kopf. Damit hätte ich nie gerechnet. Danke, dass du angerufen hast.«

»Ich musste die Nachricht loswerden. Stanley, für mich bleibst du mein Sohn, das wollte ich noch einmal klar sagen.«

»Danke, Dad, darüber haben wir in Hongkong schon gesprochen. Ich muss jetzt auflegen, wir haben gleich ein Meeting mit Joel, Christian und Fabian wegen des Überbrückungskredits.« Stanley wechselte übergangslos zur Tagesordnung.

Er hatte die Bedeutung der Nachricht anscheinend nicht wirklich erfasst oder wollte sie verdrängen.

Peter respektierte seine Reaktion. »Warum habt ihr deswegen ein Meeting? Den Vertrag haben Fabian und ich doch letzte Woche in Hongkong unterschrieben?«

Stanley hatte vergessen, dass Peter nichts von den neuen Konditionen wusste, die Huang Fu Chen den Lombardis auferlegt hatte. »Du hast recht. Es geht nur um die Details, wie wir die zehn Prozent in dem Blind Trust in Zukunft managen und darum, Joel zu informieren.«

»Gut. Zurück zum Grund meines Anrufs. Ich war nicht sicher, ob Audrey mit Fabian oder euch zusammen ist. Überbringst du ihr die gute Nachricht?«

»Auf der Stelle, wenn wir unser Telefonat beendet haben. Soll ich Miranda auch Bescheid sagen?«

»Das ist mir egal. Mit ihr spreche ich, wenn sie wieder in Hongkong ist. Kommt ihr wie geplant zurück?«

»Ja. Wir fliegen heute am späten Nachmittag und landen morgen Mittag Hongkong-Zeit.«

»Ich habe eine Bitte. Kommt ihr beide morgen als Erstes bei mir im Büro vorbei? Ich möchte kurz mit euch reden.«

»Machen wir, Dad, versprochen.«

»Guten Flug und küss Audrey von mir. Wir sehen uns morgen.«

Peter war erleichtert, dass Stanley natürlich reagierte und ihn spontan weiter Dad genannt hatte. Er wollte Stanley nicht verlieren. Musste er Miranda verzeihen, um die Familie nicht zu zerstören? Diese Frage ging heute zu weit.

Stanleys erstes Telefonat erreichte nicht Audrey, sondern Huang Fu Chen.

Seinen Großvater schockierte das Ergebnis ebenso. Er war wütend auf Miranda, nannte es eine Schande für die Familie. Da das Resultat nicht zu ändern war, gab er Stanley klare Anweisungen. »Sende Audrey bitte eine SMS, dass Peter ihr leiblicher Vater ist. Mehr braucht sie im Moment nicht zu wissen. Es wird sie glücklich machen. Die Überraschung, dass du ein Chen-Lombardi bist und der Halbbruder von Christian und Pascal heben wir uns für einen passenden Moment auf. Die Lombardis werden entsetzt sein.«

»Ich bin es auch, und Peter geht es nicht gut.«

»Deine Gefühle musst du jetzt hintanstellen. Bisher hatte diese Vaterschaft auch keinen Einfluss auf dein Leben. Wir reden auf dem Rückflug, wie wir den Schaden in Hongkong begrenzen können. Ich will keinen Eklat.«

Kapitel 92

Pascal war am Morgen bei der Genfer Polizei vorstellig geworden. Hauptkommissar Baumet hatte ausdrücklich darauf bestanden, dass er seine schriftliche Aussage persönlich bestätigte.

Baumet und Favre gingen die Minuten von seiner Ankunft in der Lombardi Bank bis zu seiner Flucht minutiös mit Pascal durch. Danach bestätigte er den riesigen Verlust der Lombardi Bank in einem Geschäft und die Verantwortlichkeit von Thomas Widmann und ihm.

Baumet akzeptierte die Argumentation, dass Pascal kein Motiv hatte, Thomas Widmann zu töten. Im Gegenteil. Widmanns Tod erschwerte Pascals Situation gegenüber Levy & Lewitt und den anderen Partnern der Lombardi Bank. Die Indizien deuteten von Beginn an auf Selbstmord hin. Nur durch Pascals Flucht und die manipulierte DVD hatte sich der Verdacht gegen ihn erhärtet. Baumet hielt Pascal eine gehörige Standpauke, wie er sich zukünftig zu verhalten hätte. Seine Beschreibung der Geschehnisse deckte sich mit Joels und allen anderen Aussagen und Fakten. Seine Version erschien plausibel.

Glücklicherweise fragten die Polizisten Pascal nicht, wie er nach Dubai gereist war. Anscheinend gingen sie davon aus, dass er legal mit seinem Pass unterwegs gewesen war, da sich die Fahndung nach ihm auf die Schweiz beschränkt hatte. Seine zweite Identität blieb ihnen verborgen.

Baumet sprach Pascal offiziell von jeder Schuld am Tod

von Thomas Widmann frei. Der Fall war damit geklärt. Es handelte sich um Selbstmord. Das endgültige Motiv blieb der Polizei schleierhaft. Man vermutete eine Kombination aus geschäftlichen und privaten Schwierigkeiten, daraus folgend eine Kurzschlussreaktion unter dem Einfluss von starkem Alkohol. Die Akte wurde geschlossen.

Christian führte am Morgen das lange fällige Gespräch mit Joel. Er entschuldigte sich für das Durcheinander der abgesagten Termine und Reisen. In nonchalantem Ton, wie man ein unwichtiges Detail nebenbei fallenlässt, teilte er Joel mit, dass die Lombardi Bank einen Überbrückungskredit mit der Good Fortune Securities in Hongkong unterzeichnet hatte und legte eine Kopie des Vertrages auf seinen Schreibtisch. Den Umstand, dass der Kredit infrage stand, solange die Zustimmung der FINMA für die Partnerschaft von Stanley und Audrey ausstand, verschwieg er.

Die Lombardis hatten auch beschlossen, Joel nichts von der Erbschaft zu erzählen. Aus diesem Grund erwähnte Christian auch Joels Meeting mit Mark Jenkins von der FINMA und seinen Ärger darüber noch nicht.

Während Christian redete, trat Joel der kalte Schweiß auf die Stirn. Das brachte seinen gesamten Plan zum Wanken! Vor die vollendete Tatsache eines unterschriebenen Überbrückungskredits gestellt zu werden, traf ihn unerwartet. Er wollte auf der Stelle ansetzen und sich beschweren.

Christian ließ sich jedoch auf keine Diskussion ein. Er schmetterte Joels Widerspruch bereits im Ansatz mit der Begründung ab, im Anschluss weitere Termine zu haben. Dafür lud er Joel um vierzehn Uhr zu einem Meeting mit Stanley McGraham, Jade Lam und Huang Fu Chen in sein

Büro ein. Dort könnte Joel seine Bedenken oder Fragen anbringen. Fabian wäre auch anwesend und Pascal, falls er auf dem Polizeirevier seine Aussage mit Hauptkommissar Baumet abgeschlossen hätte.

Als Christian Sekunden später sein Büro verlassen hatte, musste Joel sich setzen. Ihm war schlecht. Eine Weile verharrte er regungslos. Nur sein Gehirn arbeitete wie üblich auf Hochtouren. So kurz vorm Ziel ließ er sich nicht abfangen. Jetzt hieß es, schnellstens zu improvisieren. Es musste eine Lösung geben!

Kapitel 93

Nach der Beerdigung am Sonntag hatten Pascal und Roland Sutter vereinbart, sich am Montag um vierzehn Uhr im *Hotel Metropole* zu treffen. Da Christian von der Nachtaktion in der Lombardi Bank nichts wusste, konnte er nicht eingeweiht werden. Wenn das Ergebnis dieses Vorgehen rechtfertigte, würden sie dies umgehend nachholen.

Roland Sutter merkte sofort, dass Pascal etwas belastete. »Was ist dir über die Leber gelaufen? Hat Hauptkommissar Baumet Probleme gemacht?«

Pascal verneinte. »Unter den gegebenen Umständen war er konstruktiv und effizient. Der Fall Thomas Widmann ist offiziell abgeschlossen. Es hat sich eine private Komplikation ergeben, über die ich nicht reden möchte.«

»Bist du sicher, dass es für unsere Aufklärung nicht relevant ist?«

»Das Drumherum schon.« Pascal war unschlüssig. »Ich war eben mit Judith beim Lunch. Sie hat zwei Dinge behauptet, die mir keine Ruhe mehr lassen.«

Roland Sutter fasste Pascal freundschaftlich an der Schulter. »Uns bleiben vier Tage Zeit. Ich muss dir nicht erklären, was für euch auf dem Spiel steht …«

»Nein. Es handelt sich um eine chaotische Folge von Informationen und Vermutungen. Ich bin nicht sicher, ob sie einen Wert haben.«

»Es geht um Judith?«

»Nein, um die Bank, aber die Hinweise kamen erst von ihr,

nachdem ich unsere Beziehung beendet hatte. Es ist müßig, darüber nachzudenken, ob sie diese erfunden hat.«

»Ein Grund mehr, uns das Problem gemeinsam analysieren zu lassen. Du bist befangen.«

»Und ärgerlich. Okay, angeblich plant Joel Silverstein mit Judiths Mann Aron Friedemann irgendeinen Deal, der der Lombardi Bank massiv schaden könnte. Worum es geht, wusste sie nicht. Der Name Ted Blumfeld sei gefallen, aber da hat Joel sicher über den Margin Call geredet. Judith behauptete außerdem, dass Joel von seinem Großvater ein Imperium in New York geerbt habe. Mir ist nicht klar, wie ein siebzigjähriger Partner und Anwalt in der Lombardi Bank seinen Job machen und noch ein weiteres Unternehmen in New York führen kann. Irgendwann muss er ja mal schlafen. Judiths Mann Aron arbeitet in dieser Firma für ihn. Da Aron wohlhabend ist, muss die Firma reichlich abwerfen.« Pascal pausierte, um sich zu sammeln und nichts zu vergessen. »Wir sollten die Beziehungen zwischen den Familien Silverstein, Blumfeld und Friedemann prüfen. Dieses Dreiecksgeflecht gefällt mir nicht. Den ersten Hinweis dazu hatte mir Francesca vorige Woche gegeben. Er ist im Durcheinander der Ereignisse untergegangen.«

»Was hat Francesca herausgefunden?«, fragte Roland Sutter konzentriert nach.

»Sie hat auf mein Drängen Nachforschungen in New York über Ted Blumfeld und Judith angestellt. Aron erschien als Judiths Mann zufällig auf der Bildfläche. Er stammt aus einer alten jüdischen Bankerfamilie. Sein Vater leitete eine Firma namens Silver-Invest, die in Delaware gemeldet ist und ein Büro in der 96. Straße/Amsterdam Avenue unterhält. Seit acht Jahren arbeitet auch Aron dort und übernahm von seinem Vater vor drei Jahren die Position als Managing Director.

Francesca hat ein Archivfoto von David Friedemann, Arons Vater, und Joel Silverstein gefunden. Da gibt es eine alte Verbindung. Francesca fragte daraufhin, ob mir der Name Silver-Invest etwas sage. Sie konnte nicht mehr als die Firmenadresse finden. Es gibt keine Website oder andere Einträge. Heute hat auch Judith diesen Namen erwähnt. Das Imperium ihres Vaters soll Silver-Invest heißen. Wir müssen unbedingt herausfinden, was das Geschäftsfeld dieser Firma ist und ob sie Joel wirklich gehört.«

»Die Verbindung liegt doch auf der Hand. Aron arbeitet für Joel, dessen Firma Silver-Invest heißt, abgeleitet von Silverstein. Und wieder eine Firma aus Delaware«, schlussfolgerte Nadine aufgeregt.

»Nicht so schnell, Nadine. Nicht alles, was logischerweise auf der Hand liegt, entspricht auch den Tatsachen. Von der Richtigkeit dieser Vermutungen könnte viel in unserer Strategie abhängen«, beschwichtigte sie ihr Vater. »Wie passt Ted Blumfeld ins Bild?«, fragte er Pascal.

»Laut Francescas Nachforschungen immigrierte sein Großvater 1934 von Hamburg nach New York. Er war ein Kunde der Thillman Hansebank Hamburg und hat sein Vermögen aus Deutschland über Julius Silverstein von 1931 bis 1933 via Lombardi Bank Genf nach Amerika transferiert. Das Konto bei der Lombardi Bank hat er 1951 geschlossen.«

Pascal und Roland Sutter tauschten einen besorgten Blick aus.

»Da ist eine Menge zu prüfen. Die Prioritäten liegen klar auf Silver-Invest und den noch unklaren Zusammenhängen in den Beziehungen zwischen Joel, Ted Blumfeld, Aron Friedemann und der Thillman Hansebank. Das sind wichtige Informationen von Judith, die Francescas lose Vermutungen der Zusammenhänge bestätigen.«

Pascal nickte. »Vielleicht war ich in diesem Punkt Judith gegenüber ungerecht. Was habt ihr auf Joels Computer gefunden?«, fragte er Nadine. »Der *Besuch* verlief problemlos? Wo ist Adil?«

Nadine lächelte verschmitzt. »Adil ist ein cooler Profi und schon am Samstag wieder nach Dubai geflogen. Danke für den Kontakt.«

»Gern. Er hat uns beiden geholfen.«

»Wir haben interessante Sachen auf Joels Computer gefunden, aber nichts, was wirklich einen schlüssigen Hinweis über seine Position in dem Levy & Lewitt-Geschäft gibt.« Sie schob Pascal die Access-Karte und Schlüssel über den Tisch. »Dafür kennen wir jetzt aber einige Geheimnisse von Joel.«

Pascal schaute erst Nadine, dann Roland Sutter fragend an. »Und?«

»Es gibt etwas, was ich nicht beschreiben kann. Du musst es selbst sehen«, beantwortete Nadine Pascals Frage, drehte den Laptop und öffnete den Ordner *Genevieve Weihnachtsritt 2010*.

Pascal schaute sich das Video mit immer größer werdendem Entsetzen an und stoppte es nach kurzer Zeit. »Zum Glück sind Geschmäcker und Vorlieben verschieden. Mich interessiert das Sexleben der beiden nicht, aber damit hat Joel Genevieve in der Hand. Dieser Mann ist gefährlich.«

»Darüber haben wir auch diskutiert.«

»Der Name Silver-Invest ist in keinem Ordner aufgetaucht?«

»Nein, ist mir nicht aufgefallen. Ich werde gleich noch einmal übers Suchprogramm gezielt forschen.«

»Wir haben dafür E-Mail-Verkehr mit einem Anwalt aus China gefunden. Sein komplizierter Name ist mir entfallen. Es ging um die Good Fortune Securities. Joel scheint Christian in der Tat verraten zu haben. Dafür hat der Anwalt ihm bei einem Geschäft in China geholfen. Joel hat seine Finger weltweit im Spiel.« Roland Sutter runzelte seine Stirn, als er weiter zusammenfasste. »Wir sind noch nicht zum Kern vorgedrungen. Ein entscheidender Punkt fehlt uns. Fest steht, Joel ist ein totaler Kontrollfreak. Er bewahrt alle Unterlagen elektronisch oder per Papier auf, führt Dossiers. Es würde ihm zum Verhängnis werden, wenn jemand den Safe im Safe knacken könnte.«

»Es gibt einen weiteren Safe?« Pascal sprang sofort auf diese Bemerkung an.

»Haben wir das zu Anfang nicht erwähnt?« Nadine schlug sich leicht mit der Hand an die Stirn.

»Nein, ich höre zum ersten Mal davon.«

»Entschuldige. Adil konnte mit seiner Software und deinen Hinweisen den Banksafe in Joels Büro öffnen. Dort befand sich neben unzähligen Unterlagen zu unserer Überraschung ein weiterer Safe. Klein, das neueste Modell und nicht einfach zu knacken. An die wirklichen Geheimnisse von Joel sind wir also nicht gekommen. Aber was wir gefunden haben, hat es ja bereits in sich.«

»Das stimmt wohl. Haben wir eine halblegale Möglichkeit, an den anderen Safe heranzukommen?« Pascal fragte Roland Sutter und beobachte Nadine aus den Augenwinkeln.

»Keine Chance. Nur wenn die Polizei einen Durchsuchungsbefehl hätte. Aus welchem Grund sollte ein Staatsanwalt diesen ausstellen?«

Pascal wurde nachdenklich. In Nadines Augen hatte er ein Aufblitzen gesehen. Er nahm sich vor, sie später danach zu fragen. In Dubai hatte er verstanden, dass sie bereit war, vorsichtig den legalen Weg zu verlassen, wenn es zur Aufklärung eines Falles beitrug. »Ich wüsste zu gern, was in diesem kleinen Safe ist.« Dann wechselte er das Thema. »Habt ihr etwas zu den Firmen in Delaware herausfinden können?«

»Leider nicht. Das einzige Steuerparadies der USA hält sich mit Auskünften stark zurück. Meine Ex-Frau ist Amerikanerin und arbeitet für Homeland Security. Ich habe sie um Hilfe gebeten.«

»Denkst du, sie kann mehr herausfinden?«

»Innerhalb der Staaten geht es vielleicht schneller. Sie schuldet mir etwas. Wir helfen uns gelegentlich beruflich aus. Schließlich haben wir eine gemeinsame Tochter, die mit mir arbeitet. Das verbindet und hilft.«

Der Hinweis auf seine Tochter ließ in Pascal die angebliche Schwangerschaft mit Judith wieder aufleben. Wie sollte er das bloß regeln?

»Ich habe Adil auch die Namen der sechs Firmen gemailt. Wenn ich richtig verstanden habe, wäre eine Unregelmäßigkeit im Prospekt oder im Vertrag die letzte Chance, den Margin Call abzuwenden.«

»Richtig.«

Roland Sutter war aufgestanden, resümierte. »Wir haben eine Menge an legalen und weniger legalen Informationen, Vermutungen, Fragen und nur noch wenig Zeit. Ich habe mit Nadine viele Nachforschungen angeschoben. Wir warten auf Rückmeldungen. Wir werden jetzt Silver-Invest über alle unsere Ressourcen gründlich prüfen. Ich schlage vor, wir treffen uns am Mittwoch und beraten dann, wie wir in New York vorgehen.«

»Das hängt sicher von euren Ergebnissen ab«, erwiderte Pascal.

»Die kann ich heute nicht vorhersagen. Nadine und ich werden Mittwoch früh wieder in Genf sein. Arrangierst du das Meeting?«

Pascal nickte. »Wahrscheinlich mit Christian, Fabian und Francesca. Unabhängig davon, was sich noch ergibt: Für mich steht fest, dass Joel nicht mehr der Anwalt der Bank sein kann.«

»Das müsst ihr in der Familie regeln. Ich würde ihm nicht vertrauen, aber vergiss nicht, dass wir die Daten von seinem Computer offiziell nicht als Beweise verwenden können.«

Pascal schaute auf die Uhr. »Ich muss dringend in die Bank, treffe Fabian. Ihr könnt mich jederzeit erreichen. Danke für die Arbeit.« Er zwinkerte Nadine unauffällig zu und lenkte ihren Blick auf den Tisch. »Was immer für die Nachforschungen getan werden muss, ihr habt meine Erlaubnis.«

Kapitel 94

Christian hatte am Mittag per E-Mail die ersehnte Nachricht von Mark Jenkins erhalten. Die FINMA akzeptierte bis zur abschließenden Prüfung unter Vorbehalt Audrey und Stanley McGraham als neue Teilhaber der Lombardi Bank. Gleichzeitig verstand er, dass die Schweizer Finanzbehörde der Lombardi Bank damit half, einen öffentlichen Skandal zu verhindern und sich trotzdem alle Optionen für eine spätere Revision der Entscheidung offenhielt. Damit konnte er umgehen und informierte Huang Fu Chen über das positive Ergebnis.

Entsprechend entspannt erläuterte Christian Huang Fu Chen, Stanley und Jade eine Stunde später ausführlich Struktur, Arbeitsabläufe und die lange Tradition der familieneigenen Bank während eines Rundgangs. Den Hongkong-Chinesen sollte bewusst sein, in welcher exklusiven Institution sie ihre Erbschaft gemacht hatten. Um nach den unruhigen Wochen nicht für zusätzliche Verwirrung zu sorgen, stellte Christian seine Gäste den Mitarbeitern als alte Freunde der Familie und Investmentpartner vor. Alle waren sehr angetan.

Traditionell ergriff Huang Fu Chen als Ältester das Wort und machte aus seiner Bewunderung keinen Hehl. »Unser Geschäft in Hongkong wird effizient und ohne Brimborium geführt. Wunderschöne Büros mit alter Kunst und echten Stilmöbeln gibt es bei uns nicht, dafür sitzen wir viele Etagen höher. Es freut mich, dass wir aus beiden Büros direkt aufs

Wasser schauen. Das bedeutet gutes Feng Shui, unerlässlich für erfolgreiche Geschäfte.«

Einige Minuten verspätet betraten sie das Besprechungszimmer, in dem Joel mit angespannter Miene bereits wartete. Höflich reserviert begrüßte er die Hongkong-Chinesen.

Nachdem Christian den Zweck des Meetings kurz erklärt hatte, sprach Joel Huang Fu Chen und Stanley direkt an. »Ich muss klarstellen, dass ich bis vor wenigen Stunden nichts vom Überbrückungskredit mit der GFS gewusst habe. Als Partner und Anwalt bin ich übergangen worden. Dadurch wurde mir die Chance verwehrt, Einfluss auf die Vertragsgestaltung zu nehmen. Ich bin mit Details des Vertrages nicht einverstanden.«

Die Hongkong-Chinesen wechselten überraschte Blicke untereinander, überließen es jedoch Christian, auf Joels Einwand zu reagieren.

»Joel, wie François in einem Gespräch dir gegenüber vor zwei Wochen erwähnt hatte, haben wir mit unserer Stimmenmehrheit im Interesse der Bank gehandelt. Wir schätzen deine Meinung, aber in diesem Fall war sie nicht relevant. Um ein Veto einzubringen, ist dein Anteil zu klein und ebenso, um einen anderen Investor ins Boot zu holen.«

»Theoretisch hast du recht. Es geht mir aber auch ums Prinzip und den Ton. Dass ihr mich nie in den Entscheidungsprozess einbezogen habt, nehme ich euch übel. Das können wir später intern regeln. Dem Inhalt des Vertrages, vor allem den Konditionen, kann ich nicht zustimmen. Darüber müssen wir heute diskutieren.«

»Was stört dich?«, fragte Christian zurück.

»Du hast mehrere Fehler zugelassen. Wie kannst du zehn Prozent in einem Blind Trust verhökern und gleichzeitig hohe Zinsen sowie nur ein Jahr Zeit für die Rückzahlung von siebenhundert Millionen US-Dollar akzeptieren?« Überheblichkeit und Arroganz schwangen in Joels Stimme.

Die dreiste Wortwahl vor den chinesischen Geschäftspartnern, in deren Kultur es in Verhandlungen wichtig war, das Gesicht nicht zu verlieren, zeigte Christian, dass Joel auf eine Konfrontation aus war. Er ärgerte sich. Unter hoher Anspannung wiederholte er ruhig seine Worte noch einmal. »Die Familie hätte dich immer überstimmt. Pascal wird aus seinem Anteil für die zehn Prozent aufkommen, die wir der GFS in dem Blind Trust überschrieben haben. Deine persönliche Belastung ist also sehr gering. Liegt das nicht in deinem Interesse?«

Huang Fu Chen spürte die Spannung zwischen den beiden Partnern und mischte sich in die Diskussion ein. »Diese Vereinbarung ist auf François' Einwirken hin entstanden, auf das ich explizit eingegangen bin. Würde die lange Geschäftsbeziehung zwischen uns nicht existieren, hätte ich diesem Überbrückungskredit niemals zugestimmt. Oder würden Sie in Zeiten wie diesen einer Ihnen unbekannten Bank nur aufgrund der Bilanz so viel Geld innerhalb einer Woche zur Verfügung stellen?«, spielte er den Ball geschickt zu Joel zurück.

»Wollten Sie indirekt sagen, dass Banken Bilanzen relativ leicht frisieren können?«

»Das ist Ihre Interpretation. Ich wollte klarstellen, dass nur mein Vertrauen in François und seine Kinder dieses Geschäft von unserer Seite ermöglicht hat.«

»Das machen Sie nicht aus Nächstenliebe. Ich hatte ebenfalls einen Investor gefunden. Die Zinsen wären halb so hoch gewesen, der Zeitraum der Rückzahlung ein Jahr länger, und der Investor hätte eine Option auf zwanzig Prozent der Bank gehabt.«

»Sie beantworten meine Frage nicht. Wie ich erfahren habe, beträgt der Wert der Lombardi Bank etwa fünf Milliarden Dollar. Zehn Prozent Anteile sind dann eine Menge Geld und gleichen wenige Prozent Zinsen locker aus.«

»Die GFS hat eine Option auf weitere zehn Prozent in den Vertrag einschreiben lassen.«

»Sicher, aber nur im Fall der Fälle, dass nicht zurückgezahlt werden kann. Die Option kann nicht einfach gezogen werden. Ein großer Unterschied im Kleingedruckten, das wissen Sie genau.«

»Die Verträge sind unterschrieben, wir können die Diskussion hier beenden.« Christian versteckte seinen Groll über das brüske Verhalten von Joel nicht.

»Wenn du meinst, dass das zum Vorteil der Bank ist ... Heißt das, wir zahlen die volle Margin an Levy & Lewitt zurück?« Der zynische Tonfall war nicht zu überhören und lockte Christian aus der Reserve.

»Das ist eine Möglichkeit. Roland Sutter und sein Team untersuchen noch, ob alle Angaben im Prospekt und im Vertrag von Levy & Lewitt korrekt waren.«

»Zweifelt ihr daran?«, fragte Joel.

»Würden wir es sonst untersuchen?«

»Warum wurde ich als Anwalt darüber nicht informiert? Was wird hier schon wieder hinter meinem Rücken gedreht?«

Christian biss sich auf die Lippe. Ihm hätte diese Bemerkung Joel gegenüber nicht rausrutschen dürfen. Jetzt würde er permanent nachhaken. Zu spät ... Er musste es wieder zurechtbiegen. »Wir haben bereits am Freitag ein Meeting in New York mit Levy & Lewitt für die Rückzahlung und Klärung offener Fragen vereinbart. Die Chance, dass etwas nicht korrekt war, ist gering. Trotzdem müssen wir gründlich prüfen. Auch das sollte in deinem Sinn sein ...«

»Ich bestehe darauf, bei diesem Meeting anwesend zu sein!«

»Können wir das im Anschluss diskutieren?«

»Absolut nicht! Wer fliegt nach New York?«

»Das ist nicht endgültig entschieden, wahrscheinlich Pascal und ich.«

»Ich bestehe darauf, ebenfalls anwesend zu sein! Wenn ihr mich nicht als Anwalt der Bank in New York wollt, dann zumindest als Partner!«

Christian gab nach, da ihm kein vernünftiges Gegenargument einfiel und die Situation vor den Hongkong-Chinesen peinlich wurde. Ihm waren die argwöhnischen Blicke zwischen Jade und Stanley nicht entgangen. »In Ordnung, Joel, du bist in New York dabei. Entschuldige, dass wir in der Hektik der Ereignisse vergessen haben, dich stärker einzubinden.«

Joel warf Christian einen bösen Blick zu, denn auch er hatte in einem Tonfall geantwortet, der Bände sprach.

In dem Moment betrat Fabian das Büro. Ihm war es nach dem Treffen mit Audrey im *Café Central* leicht ums Herz. Die fantastische Nachricht, dass Peter ihr Vater war und sie ihre Beziehung problemlos weiterführen konnten, machte Fabian zum glücklichsten Menschen auf dieser Welt. Nonchalant entschuldigte er sich für seine Verspätung mit zu viel Arbeit und zwinkerte Stanley zu. Der verstand das Dankeschön für die Übermittlung der guten Nachricht. Durch diese Unterbrechung und seine augenscheinlich gute Laune baute Fabian unbewusst die Spannung im Raum etwas ab.

Joel nahm den Faden wieder auf, nachdem Fabian sich gesetzt hatte. »Wir haben ein verbrieftes Rücktrittsrecht vom Überbrückungskredit innerhalb von zehn Tagen. Die Frist ist noch nicht abgelaufen. Wenn du diese Klausel eingefügt hast, gibt es andere Optionen. Dürfte ich erfahren, welche?«

Christian blickte Joel verständnislos an. »Worauf willst du hinaus? In jedem guten Vertrag befindet sich eine ähnliche Klausel.«

»Nicht, wenn man den Überbrückungskredit um jeden Preis braucht, denn sie birgt ein Risiko für uns. Was machst du, wenn die GFS zurücktritt? Die Klausel ist hochgradig riskant.«

»Wir sind doch nicht auf dem Jahrmarkt«, mischte sich Stanley nun ein. »Was unterstellen Sie uns, Joel?«

»Ich hoffe, dass es nur Unterstellungen sind. Es gibt auch die Möglichkeit, Levy & Lewitt die MBS zurückzugeben und sie gegen uns klagen zu lassen. Das würde zumindest die Zweifel der Familie Lombardi schlüssig erklären. Ich verstehe deine Strategie nicht, falls du eine hast«, griff Joel Christian erneut an.

»Du weißt genau, das wäre das Ende unserer exzellenten Reputation als Privatbank. Die Kunden würden uns scharenweise davonlaufen. Das ist keine Alternative.«

»Hat die FINMA die GFS als Partner bestätigt?«

Christian reagierte auf die Fragen von Joel genervt. »Muss ich dir erklären, dass man für einen Anteil in einem Blind Trust keine Zustimmung benötigt, da der Begünstigte nicht genannt wird?«

»Exakt auf diesen Punkt, dieses Risiko, wollte ich mit meiner ersten Frage hinweisen. Was machst du, wenn die GFS diesen Anteil weiterverkauft? Ihr besteht blind auf einen Partner, den ihr kennt. Welche Garantie gibt es dafür, dass die GFS in unserem Sinne handeln wird?«

»Die Verträge sind unterschrieben. Danke für deine Hinweise, Joel, ich werde sie im Hinterkopf behalten. Eigentlich wollten wir in diesem Meeting nur über das Thema diskutieren, wer die Anteile in dem Blind Trust verwaltet und wie wir das praktisch organisieren. Können wir endlich zum Thema kommen?«

»Macht das nach der Erbschaft überhaupt noch Sinn? Es sind doch jetzt wesentlich mehr Anteile zu verwalten und zusätzliche Entscheidungen zu treffen«, fragte Fabian unüberlegt. Er konnte nicht ahnen, welche Kettenreaktion seine Bemerkung aus Unwissenheit über den Gesprächsverlauf nach sich ziehen würde.

Christian schaute ihn fassungslos an.

Joel stand der Mund offen.

Fabian erschrak. Er hatte in seinem Glück vergessen, dass Joel nichts von der Erbschaft wusste und erkannte sofort, welch eklatanten Fehler er begangen hatte.

Alle schwiegen pikiert, bis Stanley aufstand. Während er sprach, schaute er Joel an. »Ich wollte es euch erst nach diesem Meeting mitteilen, aber da Fabian das Thema nun angesprochen hat ... Laut DNA-Test bin ich der leibliche Sohn von François Lombardi. Zusammen mit meiner Schwester Audrey habe ich zwanzig Prozent der Bank geerbt. Als Sohn und Erbe von François Lombardi kann mich die FINMA als Partner nicht ablehnen. Damit sind hoffentlich Ihre Zweifel bezüglich der Glaubwürdigkeit unseres Investments auch zerstreut, Joel.«

»Du bist der Sohn von François Lombardi und erbst Anteile der Bank?« Joel war vom förmlichen Sie zum Du gewechselt.

Durch diese Nachfrage zeigte sich den Lombardis, dass Joel nicht von François eingeweiht worden war. Die Geheimhaltung dieses Details wäre ihnen also noch eine Weile gelungen, hätte Fabian sich nicht verplappert.

Christian wollte weitere Fragen unterbinden und wies Joel zurecht. »Joel, das sind familiäre Dinge, die dich nichts angehen. Es ist richtig, Stanley ist François' Sohn. François hat es uns erst wenige Minuten vor seinem Tod gestanden. Wir haben sofort einen DNA-Test in Hongkong machen lassen. Ich nehme an, Stanley hat heute das Ergebnis erhalten.«

Der nickte zur Bestätigung. »Der Test hat François' Behauptung eindeutig bestätigt.«

»Ein DNA-Test in Hongkong wird von Schweizer Gerichten nicht anerkannt«, erwiderte Joel sofort.

»Das wissen wir und haben, ohne das Ergebnis aus Hongkong zu kennen, heute Morgen bereits einen zweiten Test in der Zweigstelle des Lausanner Instituts Centre Universitaire Romand de Médecine Légale im Labor der Universität Genf beantragt. Das hat aber mit dir nichts zu tun.«

»Das geht mich als Partner der Lombardi Bank sehr wohl etwas an. Nicht, dass ich etwas gegen diese Erbschaft habe, aber es ist mein Recht, über die Struktur der Partner informiert zu sein. Außerdem müssen wir der FINMA rechtlich akzeptable Vorschläge vorlegen. Das ist meine Verpflichtung als Anwalt.«

Die Atmosphäre blieb angespannt.

Erst jetzt wurde Christian die Bedeutung der Worte für Fabian bewusst.

Das wird die befürchteten Konsequenzen für seine Beziehung mit Audrey haben. Kam er deswegen zu spät?

Er schaute Fabian an. Der lächelte zufrieden zurück. Keine Anzeichen von Ärger oder Schmerz waren in seinem Gesicht zu erkennen. Fabian strahlte. Christian verstand die Welt nicht mehr. Was hatte er übersehen? Joels Stimme brachte seine Gedanken wieder zum eigentlichen Thema zurück.

»Dann besitzt ihr in Hongkong mit dem Überbrückungskredit jetzt dreißig Prozent der Lombardi Bank. Euer Anteil ist größer als meiner und eine interessante, neue Fügung.

Dann ist wohl an dem Vertrag nichts mehr zu ändern. Es liegt in eurem Interesse, dass die Lombardi Bank überlebt.«

Christian war anfangs nicht glücklich darüber gewesen, dass Pascal an diesem ersten Meeting der neuen Partner nicht teilnehmen konnte. Inzwischen war er froh, dass Pascal und Joel hier nicht das erste Mal nach ihrer Auseinandersetzung vor Stanley zusammengetroffen waren.

Unter den neuen Voraussetzungen hätte diese Diskussion viel explosiver verlaufen können, denn Pascal hegt die gleichen Bedenken wie Joel über den Vertrag mit der GFS. Pascal und Stanley ähneln sich in ihrer hitzköpfigen Art. Kein Wunder, sind sie, nein, wir doch Halbgeschwister ... Die Führung dieses Teams wird nicht einfach werden. Ich muss sicherstellen, dass Stanley und Pascal an einem Strang ziehen. Die Hongkong-Chinesen müssen auf unserer Seite stehen. Sollten sie sich mit Joel zusammenschließen, verlieren wir unsere Vormachtstellung in der Bank. Wir müssen noch viel abklären, bevor wir am Donnerstag nach New York fliegen. Die Zeit läuft uns davon.

»Dann können wir in der kommenden Woche besprechen, wie wir diese neue Partnerschaft mit Leben füllen und alles Geschäftliche regeln, nachdem wir das Problem mit Levy & Lewitt geklärt haben?«

»Das halte ich für einen vernünftigen Vorschlag«, beantwortete Huang Fu Chen die Frage, die Christian in den Raum gestellt hatte. »Bis dahin kann sich jeder eine Meinung bilden und die Tatsachen verdauen. Am Ende sind wir alle Partner derselben Bank. Wir sollten in eine Richtung gehen und unterschiedliche persönliche Interessen zurückstellen. Ich gehe davon aus, dass Stanley als neuer Partner und Vertreter der GFS ebenso in New York anwesend sein wird. Nach den Verhandlungen mit Levy & Lewitt könnt ihr die heutige Diskussion weiterführen, dann fliegt niemand umsonst durch die halbe Welt.« Mit der Bemerkung beendete Huang Fu Chen das spannungsgeladene Meeting und gab klar zu verstehen, wie er über die internen Streitigkeiten dachte. »Wir müssen uns beeilen, um den Slot für unseren Abflug nicht zu verpassen.« Er erhob sich und verschaffte allen einen passablen Abgang.

Niemand im Raum hatte die leiseste Vorstellung, was für Szenarios sich in Joels Kopf abspielten. Seine Gedanken überschlugen sich …

Kapitel 95

Dienstag, 22. Februar 2011

Stanley und Audrey fuhren nach ihrer Ankunft in Hongkong direkt zu Peter ins Büro.

Erleichtert schloss Peter Audrey in seine Arme. »Ich bin so froh, dass du meine Tochter bist. Alles andere hätte mir das Herz gebrochen.«

»Mir auch, Dad. Ich liebe dich.« Audrey gab ihrem Vater einen Kuss auf die Wange. »Dass Stanley der Sohn von François sein soll, geht nicht in meinen Kopf. Für mich wird er immer mein Zwillingsbruder bleiben. Wie verkraftest du das?«

Peter ließ seine Hand auf Audreys Schulter liegen. »Es tut weh, aber ich kann das Resultat nicht ändern. Wie gesagt, für mich bleibt ihr beide meine Kinder und gleichwertig«, fügte er mit einem Seitenblick auf Stanley hinzu. »Meine Gefühle für euch verändert ein DNA-Test nach fünfunddreißig Jahren nicht.«

Stanleys Magen verkrampfte sich. Vor ein paar Tagen hatte er seinem Vater versprochen, dass sich zwischen ihnen nichts ändern würde. Aber seit er wusste, dass François Lombardi sein leiblicher Vater war, hatten sich seine Empfindungen verschoben; wirklich beschreiben oder gar erklären konnte Stanley das neue Gefühl jedoch nicht. Es verwirrte ihn. Obwohl er François Lombardi nie getroffen hatte und er nur genetisch sein Vater war, spürte Stanley eine gewisse Verbindung zu ihm, konnte sich als Lombardi-Sohn sehen. Oder bildete er sich das nur ein, weil er gerade auf seiner Beerdigung gewesen war? Stanley wollte Peter nicht noch mehr verletzen und überbrückte geschickt diesen Moment, indem er fragte, ob das Ergebnis Einfluss auf seine Ehe mit Miranda haben würde. Diese Frage war indiskret und direkt, aber das Thema beschäftigte Audrey und ihn.

Peter zuckte resigniert mit den Schultern. »Ich habe seit Mirandas Offenbarung nicht mit ihr gesprochen. Meine Enttäuschung und mein Ärger sind groß, deswegen werde ich unsere Ehe ein paar Wochen oder Monate auf Eis legen. Erst wenn ich wieder zu einer normalen Diskussion ohne Emotionen mit eurer Mutter fähig bin, werde ich entscheiden. Die Tatsache, dass ihr unterschiedliche Väter habt, muss Miranda sicher auch erst verdauen.«

»Sie war sehr zurückhaltend in Genf. Die meiste Zeit hat sie mit Huang Fu Chen und Jade verbracht, oder sie war allein in der Stadt spazieren. Mit den Lombardis hat sie nur das Notwendigste geredet«, erzählte Audrey ihrem Vater.

»Wir können die Augen nicht davor verschließen, dass eure Mutter und François Lombardi sich einmal geliebt haben. Miranda hat sich nie mit ihm versöhnt. Nun zu erfahren, dass sie François seinen Sohn vorenthalten hat, wird ihr Gewissen belasten.«

»Bist du dir da sicher?«, fragte Stanley. »Ich habe da meine Zweifel.«

»Ich verstehe deinen Unmut, aber deine Mutter ist nicht herzlos. Bei allen Fehlern und Extravaganzen, sprich ihr zu, dass sie ein Gewissen hat.«

»Ich verstehe nicht, warum du sie noch verteidigst. Sie hat dich eiskalt betrogen.«

»Vor sechsunddreißig Jahren, was ich rückwirkend nicht mehr ändern kann. Zumindest hatte ich euch und viele gute Jahre mit ihr. Was sich an Konsequenzen aus der Affäre mit François ergibt, werden wir sehen.«

»Dad, ich werde in ein paar Wochen zu Fabian nach Genf ziehen.« Audrey konnte diese freudige Nachricht nicht mehr zurückhalten, wollte sie mit ihrem Vater teilen. »Wir sind glücklich und möchten zusammenleben.« Audrey sprühte vor Energie und Lebenslust. Die Liebe zu Fabian ließ sie aufblühen. Ihre Welt war in Harmonie.

»Geht das nicht ein bisschen schnell? Was wird aus deiner Galerie, deinen Künstlern und Projekten in Hongkong?«

»Wir werden oft nach Hongkong kommen. Die GFS hat mit der Lombardi Bank wieder eine starke Verbindung. Ich treffe Ivy in einer halben Stunde und werde ihr die Führung der Galerie anbieten.«

Peter umarmte seine Tochter. »Du bist intelligent und erwachsen genug, die richtigen Entscheidungen für dein Leben zu treffen. Versuch auf deine innere Stimme zu hören, die schwingt meist im richtigen Ton. Ich würde mich freuen, wenn du die Zeit findest, dass wir einmal ungestört miteinander reden können. Du wirst mir hier fehlen.«

Audrey umarmte ihren Vater, gab ihm einen weiteren Kuss auf die Wange und war verschwunden.

»Ich habe deine Schwester selten so glücklich gesehen«, stellte Peter zufrieden fest.

»Stimmt, Audrey schwebt im siebten Himmel«, bestätigte Stanley. »Gönnen wir es ihr, die Realität wird sie schneller einholen, als ihr lieb ist.«

Peter konnte Stanleys Schwierigkeiten mit der neuen Situation nachvollziehen. Er zeigte vorsichtig Interesse. »Wie haben die Lombardis auf das unerwartete Ergebnis reagiert? Bist du als später Bruder willkommen?«

»Es blieb uns keine Zeit, darüber zu reden. Sie haben es gelassen aufgenommen, da es ja an der Erbschaft nichts ändert und auch in ihrem Leben nicht. Wir werden in New York Gelegenheit für ein privates Gespräch haben. Jade und ich haben überlegt, im Sommer für ein paar Wochen mit den Kindern die Schweiz zu besuchen. Wir würden gemeinsam einen Teil meiner Vergangenheit erkunden und könnten die Lombardis kennenlernen. Aber das ist nur eine erste Idee. Es muss von allen erst verarbeitet werden. Die Lombardis haben gerade andere Probleme zu lösen.«

»Welche? Den Margin Call mit Levy & Lewitt können sie doch jetzt regeln.«

»Während des Meetings mit Joel sind große Unstimmigkeiten aufgetreten. Im Verhältnis zwischen Joel und den Lombardis knirscht es gewaltig. Er wusste bis gestern nicht, dass wir den Überbrückungskredit stellen.«

»Warum bin ich darüber nicht überrascht? Nicht die einfachste Familie, in die du da hineinrutschst.«

Stanley ließ die Bemerkung unkommentiert. »Ein anderes Thema. Huang Fu Chen möchte etwas mit uns besprechen. Er und Jade sollten in wenigen Minuten hier sein. Passt dir das?«

»Haben wir eine Chance abzulehnen, wenn der alte Patriarch ruft?«, antwortete Peter lächelnd.

Sie tranken einen Kaffee und redeten über die Entwicklung der Märkte in den letzten Tagen. Es hatte sich nichts Entscheidendes getan.

Peter blieb nicht verborgen, wie unruhig Stanley war.

Eine Viertelstunde später erschienen Huang Fu Chen und Jade im Büro. Unverblümt, wie es seine typische Art war, kam Huang Fu Chen nach der Begrüßung und einigen Worten über die Beerdigung in Genf zur Sache. »Peter, mir ist klar, dass die letzten Tage und der Fakt, dass du nicht der biologische Vater von Stanley bist, für dich nicht einfach zu verkraften waren. Übrigens für uns alle nicht. Ich versuche, aus den Geschehnissen zu lernen, und habe Konsequenzen daraus gezogen.«

»Was hat es mit dir, mir und der GFS zu tun, dass Stanley laut DNA ein halber Lombardi ist?«, fragte er überrascht.

»Darum geht es nur bedingt. Ich will darauf hinaus, dass uns nicht nur bewusst sein sollte, dass wir alle sterblich sind, sondern wir auch aktiv Vorsorge treffen müssen. Ich bin neunzig Jahre, und mir bleibt wenig Zeit, den Werdegang meiner Firmen zu beeinflussen. Deswegen habe ich entschieden, dass Stanley ab heute der neue CEO der GFS und Jade Leiterin der Investmentabteilung ist. Um keine Konflikte in der Familie zu schaffen, entbinde ich dich mit sofortiger Wirkung von deinen bisherigen Funktionen. Selbstverständlich finde ich dich großzügig für deine Verdienste ab. Du kannst ab morgen beruhigt das Leben genießen.«

Peter schaute zu Boden und spielte eine Weile mit seinen Händen, die plötzlich zitterten. »Selbstverständlich wäre gewesen, mit mir darüber zu diskutieren. Ich habe diese Firma über fünfunddreißig Jahre aufgebaut, und jetzt schiebst du mich von einem Tag auf den anderen ab?« Seine Stimme vibrierte. »Du setzt Stanley genau in dem Moment auf meine Position, in dem ich erfahre, dass ich ihn zwar großgezogen habe, er aber nicht mein leiblicher Sohn ist? Begreifst du, was du mir damit antust?«

Huang Fu Chen antwortete kurz und trocken. »Du hast über Jahrzehnte versäumt, dein Fachwissen, deine Fähigkeiten und meine damalige Abhängigkeit von dir in diesem

Geschäft in eine stabile Machtposition umzuwandeln. Heute bist du ersetzbar, und diese neue Strategie passt besser in meine Zukunftspläne. Das ist nichts gegen dich persönlich, schlicht der Gang der Dinge oder auf Französisch: C'est la vie.«

»Wie bitte? Du legst meine absolute Loyalität zur Familie und zur Firma als Schwäche aus? Sicher hast du auch von Anfang an gewusst, dass Miranda mit François Lombardi ein Verhältnis hatte und alles gedeckt. Passte das damals noch nicht in deine Zukunftspläne?«

Huang Fu Chen blieb trotz der berechtigten Vorwürfe stoisch. »Ich verstehe deine Frustration. Gerade weil du mein Schwiegersohn bist, müssen klare Verhältnisse herrschen. Von der Affäre habe ich nichts gewusst und bin von Miranda enttäuscht, aber das ist eine andere Geschichte. Genieße das Leben und unternimm Dinge, die du versäumt hast, als du jung warst. Wir sind geschäftlich miteinander fertig.«

Peter verstand, dass er an der Entscheidung von Huang Fu Chen nichts ändern konnte. Jetzt wurde ihm klar, woher Stanleys Anspannung kam. »Du hast von der Entscheidung gewusst?«, fragte er ihn vorwurfsvoll.

»Peter, versuche nicht, Stanley für deine früheren Fehler verantwortlich zu machen. Er hatte keine Chance abzulehnen.« Huang Fu Chen wurde ungehalten. Instinktiv verstand er, dass er Stanley schützen musste. Er erklärte Peter mehr, als er eigentlich wollte. Am Ende verdiente er es, mit einer guten Ausrede abgefunden zu werden. »Stanley und Audrey erben zehn Prozent der Lombardi Bank. Nach Schweizer Recht müssen sie Besitz nachweisen, um als Teilhaber von der FINMA akzeptiert zu werden. Ich überschreibe ihnen jeweils vierzig Prozent der GFS. Es gibt nichts zu diskutieren.«

Peter konnte diesem Argument nichts entgegensetzen, schluckte aber trotzdem. »Ich bin sofort entlassen?«

»Es sind Dokumente für den Rücktritt zu unterschreiben. Ich habe einen Vorschlag für deine Abfindung beigefügt. Es hilft niemandem, wenn wir den Prozess in die Länge ziehen.«

»Kann ich den Vertrag lesen?«

Huang Fu Chen händigte ihm die Mappe mit den Dokumenten aus.

Peter überflog den Abfindungsvertrag. Im Büro herrschte bedrückte Stille.

»Du scheinst ein schlechtes Gewissen zu haben«, wandte er sich schließlich an Huang Fu Chen und klappte die Mappe zu. »Meine Abfindung ist großzügig. Stanley zuliebe werde ich nicht streiten. Kann ich gleich unterschreiben und diese peinliche Prozedur hinter mich bringen?«

Huang Fu Chen nickte, öffnete die bordeauxfarbene Ledermappe wieder und setzte seine Unterschrift als Erster unter den Vertrag. Peter folgte, Stanley und Jade unterschrieben als Zeugen.

»Ich komme morgen zurück und packe. Viel Glück.« Peter nickte Stanley und Jade zu und verließ abrupt sein Büro.

»Kinder, jetzt schaut nicht so bedrückt. Ich habe diesen Generationswechsel von langer Hand geplant, und letzte Woche kamen mir die Umstände entgegen. Peter wird es verkraften, das Leben geht immer weiter.«

Stanley haderte mit der harten Entscheidung. »Peter hätte einen besseren Abgang verdient …«

Die Augen von Huang Fu wurden zu kleinen Schlitzen. »Jetzt hör gut zu, mein Junge. Vor deiner Ernennung zum CEO der GFS habe ich darauf bestanden, das Erbe von François Lombardi auszuschlagen. Du hast mich mit guten Argumenten vom Gegenteil überzeugt. Es wäre töricht, die Lizenz der GFS in China und damit Jahrzehnte von erfolgversprechendem Geschäft zu riskieren. Selten genug spielen die Bälle im Leben so einfach in deine Richtung.«

Stanley nickte.

»Die Problematik mit der FINMA habe ich vorhin Peter erläutert. Nur als Partner kannst du die Erbschaft im Sinne der chinesischen Regierungsbehörde nutzen.«

»Ja.«

»Peter ist gegen das Investment in China. Akzeptiere, dass ich gar keine andere Wahl hatte. Ich kann dich nicht zum Besitzer einer Firma machen, in der Peter das Sagen hat. Noch dazu, wo ihr in einem der wichtigsten Punkte in euren Meinungen auseinandergeht. Das wäre fatale Inkonsequenz. Wer das eine will, kann das andere nicht ausschließen. Sicher hätte Peter einen anderen Abgang verdient. Hätte es am Ende an den Fakten etwas geändert? Nein. Es ist bereits erledigt. Du wolltest von mir lernen? Das war die erste Lektion – sei konsequent, denke strategische Entscheidungen bis zum Ende durch, und führe sie unverzüglich aus.«

Stanley und Jade saßen wie kleine Kinder vor Huang Fu Chen.

»Akzeptiert.«

Huang Fu Chen machte nun, nachdem die Angelegenheit geklärt war, aus seinen weiteren Zielen keinen Hehl. »Teilhaber einer Schweizer Bank zu sein halte ich für eine exzellente Idee. Damit sichern und erweitern wir unser Portfolio nach Zentraleuropa. Die geforderte Vermögensaufstellung der FINMA ist für euch als Haupteigentümer der GFS kein Problem mehr. Es ist mir wichtig, dass die FINMA uns wohlwollend akzeptiert. Mit dieser Art von Behörden sollte man ein freundschaftliches Verhältnis pflegen.«

»Dem kann ich folgen«, lenkte Stanley ein weiteres Mal ein.

»Um auf die GFS zurückzukommen ... Ich behalte meinen Zehn-Prozent-Anteil, um Vorstandsmitglied zu bleiben und kann euch zu Beginn hilfreich zur Seite stehen. Genauso verhält es sich mit Christian Lombardi, der wichtiges Knowhow und eine Menge Erfahrung im Investmentbereich einbringt. Deswegen überschrieb ich ihm vor zehn Jahren den Anteil an der GFS. Ich gewann einen Freund, der ansonsten zum Feind geworden wäre, und sicherte mir seine Loyalität. Ein altes Spiel, das nie aus der Mode kommt ...«

Jade blickte überrascht zu Stanley und Huang Fu Chen.

Huang Fu Chen bemerkte es wohlwollend, ohne darauf zu reagieren. Er war zufrieden, dass Stanley wie vereinbart Stillschweigen über Christians Teilhaberschaft gehalten hatte und setzte seinen Monolog fort. »Im Moment ignorieren wir den Fakt, dass die Sonderverwaltungszone Hongkong in fünfunddreißig Jahren Geschichte ist und unsere Stadt total unter chinesische Kontrolle fallen wird. Was bis dahin mit China und seiner Führung geschieht, in welche Richtung die Entwicklung geht, steht nicht mal in den Sternen. Stanley sollte deswegen auch konsequent die Schweizer Staatsbürgerschaft beantragen, ob das heute aus eurer Sicht Sinn macht oder nicht. Falls Audrey Fabian heiratet, erhält sie diese automatisch nach einigen Jahren. Im Herzen werdet ihr nie Schweizer werden. Dies ist auch gar nicht das Ziel. Trotzdem besitzt ihr dann einen Hongkong-, einen britischen und einen Schweizer Pass. Das alles ist nicht ausschließlich für euch, sondern könnte vor allem für eure Kinder langfristig von Vorteil sein. Die Geschichte hat bewiesen, dass man in diesen Sachen nie flexibel genug sein kann. Die Welt ist global und zugleich klein geworden. Man kann an einem Platz wohnen, an einem anderen arbeiten und an vielen verschiedenen Orten seine Investments tätigen. Das ist meiner Meinung nach die beste Strategie für die nächsten fünfzig Jahre. Es gibt zu viele verrückte, totalitäre Regimes mit demokratischem Anstrich, die unberechenbar sind, und genauso viele unberechenbare Demokratien. Ich möchte verhindern, dass es einem Mitglied meiner Familie jemals so ergeht wir mir 1949. Von einem Tag auf den anderen fliehen zu müssen, die sicher geglaubte Zukunft zu verlieren und als Nobody wieder beginnen zu müssen ist schwer und tut weh. Mein Alter hat mich gelehrt, dass nie ETWAS ohne Grund deinen Weg kreuzt. Selbst wenn du heute die Bedeutung nicht verstehst, nimm es an, packe es in deinen Koffer, und denke nicht weiter darüber nach. Wenn du das ETWAS eines Tages brauchst, öffnest du den Koffer und nimmst es heraus. So einfach ist das.«

Kapitel 96

Silvia Egli hatte Adrienne gestern angerufen und um ein kurzes Gespräch am kommenden Nachmittag gebeten. Wie zuvor trafen sich die Frauen wieder in *Arthurs Café*. Sie unterhielten sich einige Minuten über die Beerdigung von François und das überraschende Auftauchen von Pascal, bevor Silvia Egli mit ihrem eigentlichen Anliegen herausrückte.

»Ich habe mich auf Ihre Bitte bei meinen Nachforschungen vor allem auf die Familie Silverstein und ihre Geschichte konzentriert. Das Thema Holocaust habe ich mit einbezogen, da es zeitlich und historisch mit dem Eintritt von Julius Silverstein in die Lombardi Bank zusammenfällt. Über die Lombardi Bank selbst brauchte ich nicht viel zu recherchieren. Ihre Unterlagen gleichen einem Archiv. Ich muss für den Artikel nur die Fakten unter dem Themenschwerpunkt 125-jähriges Jubiläum bündeln und François Lombardis Einfluss als Leitfigur über die letzten fünfzig Jahre beleuchten und entsprechend würdigen.«

Adrienne nickte zufrieden. »Genauso habe ich mir das vorgestellt. Was hat sich bei den Recherchen über die Familie Silverstein ergeben?«

»Aus den mir vorliegenden Dokumenten geht klar hervor, dass Julius Silverstein 1930 seine zwanzig Prozent an der Lombardi Bank erworben hat. Ich habe sogar ein altes Foto von Henri Lombardi und Julius Silverstein gefunden. Zwei charismatische Persönlichkeiten, die vor Selbstbewusstsein strotzen.« Silvia reichte Adrienne eine Kopie. »Kennen Sie das?«

Adrienne schaute sich das Foto interessiert an. »Nein, das habe ich noch nie gesehen. Beide sehen elegant und sympathisch aus. Ich habe nie in diese Kartons geschaut und glaube, seit dem hundertjährigen Jubiläum sind sie in der Bank verstaubt.«

»Schade. Sie enthalten interessante Papiere.«

»Wovon reden Sie konkret?«, fragte Adrienne überrascht.

»Ich habe einen handschriftlichen Vertrag gefunden, in dem Henri Lombardi Julius Silverstein 1931 erlaubt, eine kleine Unterfirma der Bank in den USA zu etablieren. Er bestätigte den Namen Silver-Invest und die volle Verantwortlichkeit von Julius. Das Ziel der Firma war es, Investments verfolgter Juden über die Schweiz in die USA weiterzuleiten. Die Firma Silver-Invest wurde von Julius Silverstein im Mai 1931 in Delaware gegründet.«

»Das ist mir neu. Dieser Vertrag befand sich in unserem Archiv?«

»Ja, zwischen Fotos und anderen losen Notizen. Es ist verständlich, dass beide den Vertrag nicht in die offiziellen Dokumente eingefügt haben. Ich habe recherchiert, dass es damals unter Strafe stand, Vermögen aus Deutschland und später aus den okkupierten Gebieten herauszuschaffen. Deutschland führte 1931 die sogenannte Reichsfluchtsteuer ein. Grob umrissen: Juden mussten mindestens ein Viertel ihres Vermögens abgeben, um ausreisen zu können. Diese Steuer wurde 1934 noch verschärft. Natürlich umgingen vor allem die einflussreichen jüdischen Geschäftsleute über Holdings und ein internationales Firmenkonstrukt diese Abgabe. Die Schweiz etablierte sich dabei schnell als ein beliebter ›Parkplatz‹ für diese Gelder. Leider kontrollierte der Schweizer Staat damals seine Banken und arbeitete unrühmlich mit den Nazis auf Informationsbasis zusammen. Es war eine Blütezeit der Schmuggler, Firmengründer und findiger Finanzjongleure. Eine spannende Lektüre, wäre der Hintergrund nicht tödlich ernst. Es erscheint logisch, dass Henri Lombardi und Julius Silverstein vorsichtig agierten. Es liegt mir fern, beiden eine böse Absicht zu unterstellen. Ganz im Gegenteil, sie versuchten im Rahmen ihrer Möglichkeiten, Menschen in schwierigen Zeiten zu helfen.«

Adrienne atmete auf. Sie hatte schon befürchtet, Silvia Egli würde sich auf Kritik und unlautere Geschäfte der Lombardi Bank einschießen.

»In den Fünfzigerjahren verlaufen sich die Informationen über Silver-Invest. Die Firma wurde den sogenannten Dormant-Accounts, den schlafenden Konten, zugerechnet, deren Eigentümer nicht mehr ausfindig gemacht werden konnten.«

»Davon gibt es wohl viele in der Schweiz. Mir war nicht bekannt, dass wir diese Konten auch führen.«

Silvia Egli nippte an ihrem Espresso und sprach weiter. »Es war für mich aufschlussreich zu erfahren, dass Joel Silverstein einer der führenden Anwälte auf Schweizer Seite war, die in den Neunzigerjahren die Verhandlungen zwischen den Schweizer Banken und den USA zur Entschädigung Naziverfolgter geführt haben. Die Schweizer Banken zahlten am Ende 1,25 Milliarden Dollar. Joel Silverstein war als Schweizer Jude mit amerikanischer Familie und deutschem Hintergrund ein wichtiger Verhandlungspartner, den alle Seiten akzeptiert haben. Die Lombardi Bank musste übrigens keine Zahlungen leisten und war nach Joels Aussagen nicht in die Verschiebung jüdischer Vermögen verwickelt.«

Adrienne hob erstaunt ihre Augenbrauen. Sie ahnte, was nun kommen würde. Es lag auf der Hand.

»Dagegen spricht eindeutig der handschriftliche Vertrag

zwischen Julius Silverstein und Henri Lombardi. Ich möchte Ihrer Bank keinen Ärger machen, aber ich kann förmlich riechen, dass sich dahinter eine tickende Zeitbombe verbirgt. Es hat den Anschein, als hielte Joel eine schützende Hand über die Lombardi Bank. Da er jüdischer Abstammung und ein Betroffener ist, wagte niemand, sein Wort anzuzweifeln.«

»Gibt es dafür Beweise?«, fragte Adrienne erschrocken.

Silvia Egli wiegte ihren Kopf nachdenklich. »Wie man es nimmt. Lassen Sie mich meine Ausführungen zu Ende bringen.«

»Selbstverständlich, bitte, Silvia.«

»Joel erwähnte im Zusammenhang der Verhandlungen, unter welchen Umständen seine Familie ihren Anteil an der Thillman Hansebank Hamburg verkaufen musste. Julius Silverstein tat dies rechtzeitig 1930, bevor 1931 in Deutschland das besagte Reichsfluchtsteuer-Gesetz über die Verschiebung von Kapital ins Ausland in Kraft trat und selbiges unter Strafe stellte.«

»Da hatte Julius wahrscheinlich mehr Glück als Verstand. Wer konnte ahnen, dass ein solches Gesetz erlassen würde?«

»Es wird noch interessanter, denn die kleine Thillman Hansebank hat eine faszinierende Geschichte. Es ist die älteste Privatbank Deutschlands, die schon vor zweihundert Jahren mit den Chinesen handelte. Sie hat lange Traditionen im Sponsoring von Kunst und Sport. Eine feine, diskret aus Hamburg heraus geleitete Bank, die in viele Branchen und Geschäfte involviert und trotzdem in der Öffentlichkeit kaum bekannt ist. Ich habe die Thillman Hansebank kontaktiert und durfte im Rahmen meines journalistischen Auftrags dort einige Archive einsehen.«

»Sie sind nach Hamburg geflogen? Hat sich etwas Neues ergeben?«

»Ja. Und diese Fakten bergen Sprengstoff … Julius Silverstein besaß 1930 immerhin dreißig Prozent der Thillman Hansebank. Er verkaufte diese an einen ortsansässigen Kaufmann mit einer faszinierenden Option. Die Familie Silverstein konnte bis zur Jahrtausendwende fünfzehn Prozent zum aktuellen Marktwert zurückkaufen. Julius muss ein unkonventioneller und großer Visionär gewesen sein, 1930 an das Jahr 2000 zu denken. Das ist Science Fiction pur.«

»Unglaublich, etwas so Verrücktes habe ich noch nie gehört. Er hatte eine Option auf siebzig Jahre?«

Silvia Egli nickte. »Es hat den Kaufpreis seiner Anteile 1930 attraktiv gemacht, mit anderen Worten, extrem gedrückt. Der einzig für mich ersichtliche Grund von der Seite des Käufers, diesem Vertrag zuzustimmen. Nazideutschland etablierte sich gerade, und wer konnte damals die Schrecken, die noch kommen sollten, vorhersehen? Und deren Ende, fünfzehn Jahre später?«

»Wurde diese Option je eingelöst?«

Ein zufriedenes Lächeln umspielte den Mund von Silvia Egli. »1980 begann Julius Silverstein mit den Verhandlungen, den maximal möglichen Anteil an der Thillman Hansebank zurückzukaufen.«

»Wie bitte?«

Adriennes perplexe Reaktion, ihre totale Überraschung ging Silvia Egli runter wie Öl. Wegen dieser Momente liebte sie ihren Beruf und akzeptierte die vielen Stunden des mühsamen Recherchierens in Archiven und das Wälzen von unzähligen Dokumenten auf der sprichwörtlichen Suche nach der Nadel im Heuhaufen. Manchmal zahlte es sich aus.

»Die Verhandlungen gestalteten sich schwierig, da der Wert der Anteile durch Währungsreformen, Inflation, Deflation und den Krieg kaum zu bestimmen war. Sie zogen sich über zehn Jahre hin. In der Zwischenzeit starb Julius. Joel hat sie abgeschlossen.«

»Joel besitzt Anteile an einer Privatbank in Deutschland?«

»Ja. Und Sie werden nicht glauben, wie dieser Rückkauf finanziert wurde.«

»Ich mache mich schon mal auf das Schlimmste gefasst. Ich hoffe, nicht von der Lombardi Bank.«

»Nein, offizieller Käufer war eine Firma mit dem Namen Ombrage. Ombrage wiederum gehört zum Firmenkonglomerat von Silver-Invest.«

»Silvia, das sind extrem brisante Recherchen. Wie sind Sie an diese Informationen gekommen?«

»Ein eifriger Mitarbeiter der Hamburger Filiale hat mir auf meine Anfrage die Vertragsunterlagen gezeigt. Die Gründungspapiere der Firmen waren Bestandteil der Finanzierungsunterlagen und des Vertrages. Damit ist eindeutig bewiesen, dass Silver-Invest kein schlafendes Konto Ihrer Bank ist, sondern eine überaus aktive Firma. Sie wissen nichts davon?«

Adrienne schüttelte nachdenklich den Kopf. »Das ist mir absolut neu. Haben Sie das alles schriftlich?«

»Der Mitarbeiter in Hamburg hat mir keine Kopien gegeben, das wäre zu viel verlangt gewesen. Aber diese Unterlagen existieren und sind einzusehen, wenn legal Bedarf besteht. Meine Dokumentation ist noch unvollständig. Ich wollte Sie vorab darüber informieren und mit Ihnen besprechen, wie wir mit den neuen Fakten über Joel Silverstein und dessen Familie in dem Bericht umgehen sollen. Nicht alles scheint hundert Prozent sauber zu sein, wenn man den historischen Kontext zu Grunde legt. Jeder Vertrag an sich ist aus juristischer Sicht jedoch korrekt.«

Adrienne seufzte. »Ich verstehe, worauf Sie hinauswollen.

Ich muss diese Informationen zuerst mit meinem Mann und Pascal besprechen. Falls Joel Vermögen jüdischer Familien oder Klienten unrechtmäßig verwendet hat, wäre er als Partner der Lombardi Bank nicht mehr tragbar. Eventuell hätte sein Verhalten sogar rechtliche Konsequenzen für die Bank, eine Katastrophe … Geben Sie mir bitte die Gelegenheit, das intern und vorab zu klären. Schließlich haben Sie in meinem Auftrag recherchiert.«

»Natürlich gebe ich Ihnen diese Möglichkeit. Trotzdem werde ich weiter nachforschen und hoffe, dass dies im Interesse der Lombardi Bank liegt. Ohne Ihre Kenntnisnahme werde ich aber nichts veröffentlichen.«

»Danke, Silvia. Ich habe mich nicht in Ihnen getäuscht.«

Adrienne bestellte zwei weitere Espressi und überlegte, wie sie Silvia Egli bei der Stange halten und ein wenig vom Thema ablenken konnte. Es bedurfte wenig Fantasie, sich vorzustellen, welche riesigen Komplikationen aus diesen Informationen entstehen könnten. »Wissen Sie, Silvia, man könnte das Thema auch aus anderer Sicht aufziehen. Vergessen Sie einen Moment die Lombardi Bank. Es ist kontrovers, und man redet ungern darüber. Ich beschäftige mich schon länger damit.«

»Worum geht es?«

»Um die Frage, wo wir aus heutiger Sicht berechtigt mit erhobenem Zeigefinger ansetzen, wenn es um Geschichte und eine Beurteilung im Verhalten von Menschen geht und wo wir besser schweigen sollten.«

»Ich verstehe nicht, worauf Sie hinauswollen, Adrienne.«

»Wie gerecht sind die neuen Gesetze? In den letzten Jahren wurden vor allem die Schweizer Banken verteufelt, weil sie Gelder von Menschen verwalten, die weniger Steuern zahlen wollen oder aus Ländern kommen, wo Regierungen nicht stabil sind oder einfach an den sicheren Standort Schweiz glauben. Überlegen Sie mal, Silvia. Hätten die heutigen Regularien der Banken vor zweihundert Jahren existiert, wäre das Britische Empire nie so bedeutend geworden. Ihr heute altes Geld, da oft genug vererbt, investiert und gewaschen, war vor hundertfünfzig Jahren *neureiches* Geld. Entstanden unter anderem – und ich nenne jetzt absichtlich nur die negativen Ereignisse, um die Argumentation zuzuspitzen – aus dem Opiumhandel, Sklavenhandel, Waffenhandel, Kriegen ... Die ganze Palette der Möglichkeiten bestand schon damals aus vielen Facetten. Wo ziehen wir die Grenze?«

»Das ist ein ganz heikles Thema.« Silvia Egli behagte die Wendung des Gesprächs nicht.

Adrienne führte ihre Gedanken fort. »Wie viel Anspruch haben wir durch die Geschichte auf Schadenersatz? Wie lange kann man zurückgehen? Historisch wurde Eigentum immer wieder umverteilt und sicher nicht friedlich und gerecht. Die jüdische Lobby ist groß. In vielen Ländern der Welt werden Menschen, die nicht mit dem System konform gingen und ihr Land verlassen wollten, ihres kleinen Eigentums beraubt. Diese Menschen haben keine Lobby. Haben Sie deswegen weniger Anspruch? Was passiert in Nordkorea? Ist das Geld der russischen Oligarchen, der chinesischen Regierungsbeamten, der nigerianischen Öl- und Diamantenhändler oder der indischen Textil-Produzenten rechtmäßig erworben oder nicht?«

»Da wird es noch heikler ...«

»Genau das will ich sagen. Aber darf man deswegen keine Diskussion anschieben? Natürlich ohne Anspruch auf Rechtmäßigkeit, sondern um die Menschen zum Nachdenken anzuregen. Wir sind alle schnell mit unseren Urteilen oder Vorurteilen, schließen uns oft, ohne gründlich nachzudenken, einer gängigen Meinung an. Man könnte noch ein anderes Thema mit einbeziehen. Ist unsere globale Welt mit den neuen Gesetzen und den vielen Kontrollen für die Menschen besser geworden? Nehmen wir damit nicht die Eigendynamik heraus? Wer bestimmt, was richtig und falsch ist und auf welcher Grundlage? Viele Dinge haben sich früher von allein geregelt, unter Geschäftsleuten ... Heute wird eine Armada von Anwälten und Regulatoren für alle Geschäfte weltweit eingesetzt. Diese Prozeduren und die damit verbundenen Strafen verbreiten Angst. Wir können kein Geschäft in New York, in der entlegenen chinesischen Provinz, in Luanda, Jeddah, Athen oder in Istanbul nach den gleichen Kriterien beurteilen. Jeder Markt, jede Region, jede Kultur folgt historisch eigenen Gesetzen und geht eigene Wege. Wir können nicht die ganze Welt regulieren, ohne jede lokale, kleine Eigeninitiative zu zerstören.«

Silvia Egli lehnte sich zurück. »Zumindest haben wir über ein lange Periode Frieden gehabt. Ob wir wirklich das Beste aus dieser Zeit gemacht haben, wird man in fünfzig oder hundert Jahren beurteilen, rückblickend. Vielleicht ist es der Preis, den wir dafür bezahlen müssen.« Sie zögerte einen Moment, überlegte. »Darf ich ehrlich meine Meinung sagen?«

Adrienne forderte sie dazu auf.

»Sie reden nicht wie die Frau eines CEO einer Privatbank. Sie denken, entschuldigen Sie, wenn ich so direkt bin, schon in eine fast anarchistische Richtung.«

»Das ist nicht meine Absicht. Ich stelle nur Fragen und Gedanken in den Raum. Das bringt mich zum nächsten Punkt. Warum sprechen wir Themen, die uns wirklich bewegen, heute nicht mehr an? Ist es nicht die Basis der Demokratie, unterschiedlicher Meinung zu sein und diese frei zu äußern? Oder noch direkter: Ist das nicht die Grundidee des Journalismus?«

»Als Chefin können Sie in Ihrem Magazin spannende und kontroverse Themenschwerpunkte vorgeben. Mir als Angestellter steht das nicht zu.«

Adrienne stimmte Silvia bedingt zu. »Hätten Sie Lust und Courage, mit mir in dieser Richtung zu arbeiten?«

Silvia Egli wich einer direkten Antwort aus. »Lassen Sie uns diesen Auftrag zu Ende bringen und mich in Ruhe darüber nachdenken.«

Kapitel 97

Dienstagabend, 23. Februar 2011

Nachdem Adrienne ihrem Mann aufgeregt von den Recherchen Silvia Eglis über Joel und die Thillman Hansebank berichtet hatte, rief Christian sofort die Familie zusammen. Treffpunkt war wieder die Bibliothek. Fabian, Pascal und Francesca erschienen, alarmiert durch Christians eindringliche Worte, innerhalb einer halben Stunde.

Adrienne erklärte, dass sie den Tod von François und das anstehende Jubiläum der Bank im Sommer als Vorwand benutzt hatte, um Silvia Egli Nachforschungen über die Familie Silverstein anstellen zu lassen. »Ich habe ihr eine Titelstory in meinem Magazin angeboten, um sie zu motivieren. Ihr wart alle irgendwo auf der Welt unterwegs, die Polizei hatte Zugang zu unseren E-Mails und Computern, und ich wollte einen Beitrag zur Aufklärung leisten.« Dann schilderte sie die überraschenden Erkenntnisse der Journalistin. »Die Familie Silverstein war seit 1896 Teilhaber der Thillman Hansebank in Hamburg. Julius verkaufte diese Anteile 1930, um sich bei der Lombardi Bank einzukaufen. Das ist die uns bekannte Version.«

»Die stimmt nicht?«, fragte Pascal erstaunt.

»Nur teilweise. Julius hatte beim Verkauf der Anteile eine Option in den Vertrag schreiben lassen, dass die Familie Silverstein vor dem Jahr 2000 die Hälfte ihrer Aktien zum aktuellen Marktpreis wieder zurückkaufen konnte.«

»Das ist cooler als in jedem Science-Fiction-Film. 1930 an das Jahr 2000 zu denken, klingt nach einer utopischen Spinnerei«, warf Fabian mit Bewunderung in der Stimme ein.

Adrienne lächelte ihren Sohn an. »Ich habe mit ähnlichen Worten reagiert. Joel muss diese Option und den Schriftverkehr in den Unterlagen nach Julius' Tod gefunden haben oder war von ihm zuvor ins Vertrauen gezogen worden. In den Neunzigerjahren hat er die Anteile der Familie an der Bank zurückerworben. Angeblich geht die Eröffnung der Filiale der Thillman Hansebank in der Berliner Meineckestraße im Jahr 2008 auf ihn zurück.«

»Joel besitzt nicht nur Anteile an der Lombardi Bank, sondern auch an der Thillman Hansebank Hamburg und ist dort aktiv?« Pascal war genauso überrascht wie Adrienne Stunden zuvor.

»Wie aktiv er ist, kann ich nicht einschätzen. Anhand der Unterlagen steht fest, dass er bemerkenswerte fünfzehn Prozent besitzt.«

»Damit erklärt sich endlich schlüssig die Verbindung zwischen den Familien Silverstein und Blumfeld«, kommentierte Francesca. »Ich habe auf Pascals Bitte in New York Ted Blumfeld überprüft und herausgefunden, dass sein Großvater deutscher Nationalität und Jude war. Mit Hilfe von Julius Silverstein konnte er das Vermögen seiner Familie 1931 von der Thillman Hansebank Hamburg über die Lombardi Bank in die Schweiz und anschließend nach Amerika transferieren. Das Konto der Familie Blumfeld bei der Lombardi Bank in Genf wurde 1951 geschlossen.«

Christian schüttelte den Kopf. »Die Geschichte wird immer verworrener. Dann stecken Ted Blumfeld und Joel unter einer Decke? Vielleicht stimmt doch an dem Geschäft mit Levy & Lewitt etwas nicht? Pascal, was wisst ihr noch darüber?«

Francesca und Pascal wechselten einen schnellen Blick. Sie hatten gestern lange darüber diskutiert, wie er Christian auf seinen Deal mit Huang Fu Chen in Hongkong und seine anderen Geheimnisse ansprechen sollte. Pascal stimmte mit Francesca überein, dass diese Woche nicht der richtige Zeitpunkt war, eine Diskussion zu beginnen. Er hatte allerdings abgelehnt, seine Karten vollständig auf den Tisch zu legen, ohne das vorab geklärt zu haben. Im Gegenzug hatte er Francesca versprochen, keinen Keil zwischen Christian und Fabian zu treiben, was er ursprünglich erwogen hatte.

Adrienne bemerkte den Blickwechsel und Pascals Zögern. Sie war mit ihren Erläuterungen lange nicht am Ende. Da Francesca sie eingeweiht hatte, war es auch in ihrem Interesse, diese Geheimnisse zu lüften. Würde Pascal sie ansprechen, erleichterte das ihre private Situation enorm. Sie versuchte zu vermitteln. »Pascal, bitte sag uns, was du herausgefunden hast.«

Pascal schaute sie durchdringend an.

Sie hielt dem Blick stand.

Daraufhin erhob er sich und ging mit den Händen in den Hosentaschen einige Schritte auf und ab. »Es ist sicher heute nicht geschickt, aber für manches gibt es keinen passenden Moment. Ich finde, es ist an der Zeit, dass wir offen miteinander reden. Bisher haben wir nach außen Haltung bewahrt und die Familie geschützt. Das war notwendig und richtig. Wenn die Lombardi Bank mit mir eine Zukunft haben soll, müssen zuerst einige Vorfälle aus der Vergangenheit grundsätzlich geklärt werden.« Pascal wandte sich an Christian. »Ich habe Adil, als ich in Dubai war, beauftragt, die Computer von Thomas Widmann, Fabian, dir und Joel in der Bank zu hacken, weil ich einen Ansatz im Problem mit Levy & Lewitt brauchte. Dabei kamen Tatsachen ans Licht, die mich verstört haben, um es höflich auszudrücken.«

Christian war im Begriff, entrüstet aufzuspringen. Schnell fasste Adrienne seinen Arm und hielt ihn zurück. »Lass Pascal bitte ausreden«, bat sie ihn inständig flüsternd.

Niemandem im Raum war seine heftige Reaktion entgangen.

Pascal wartete ruhig ab, bis Christian mit einem Kopfnicken sein Einverständnis gab, dass er weiterreden sollte. »Bei Fabian und Thomas Widmann haben wir nichts gefunden. Joels Computer ist durch eine spezielle Firewall gesichert, die wir aus der Ferne nicht knacken konnten. Dafür war dein Computer, Christian, sehr aufschlussreich. Willst du es selbst erklären?«

»Nein, sprich alles aus, was du auf dem Herzen oder an Überraschungen parat hast. Ich hoffe, es ist konstruktiv.«

Pascal verstand den unterschwelligen Befehlston, nicht alles preiszugeben. »Es war schockierend zu erfahren, dass du mich 2001 als CEO unserer Bank abgelehnt und dafür Thomas Widmann protegiert hast. Wofür? Um deine Machtposition zu erhalten? Thomas Widmann mutierte dadurch zu einer repräsentativen Witzfigur. Jede wichtige Entscheidung musste er mit dir abstimmen, nur damit du die Bank indirekt weiter führen konntest. Mit mir hätte das nicht funktioniert. Ich gehe davon aus, dass du von dem ersten Fünfzig-Millionen-MBS-Deal gewusst hast und auch von dem Geschäft mit Levy & Lewitt.

»Von deinem MOF 1-Geschäft mit Levy & Lewitt hat Thomas Widmann mir nichts berichtet, kein Sterbenswort«, verteidigte sich Christian spontan.

»Wie auch immer«, entgegnete Pascal, »du hast ihn mit diesem Verhalten in die Enge getrieben. Wahrscheinlich ist er an dem Druck zwischen seiner Position als CEO, dem ständigen Berichterstatten an dich, François' Forderungen und dem eigenen Anspruch zerbrochen.«

»Du willst mir hoffentlich nicht unterstellen, für seinen Selbstmord verantwortlich zu sein? Das wäre lächerlich.«

»Nein. Thomas Widmann hat diese Situation selbst zugelassen. Er wusste von deinen Forderungen und wollte den Posten trotzdem. Aber einen Anteil an seiner Misere solltest du dir zuschreiben. Damit wirst du in Zukunft leben müssen.«

Christian schluckte. »Was hast du noch? Hongkong?«

»Ja. Du hättest zumindest François sagen können, dass dir Huang Fu Chen zehn Prozent der GFS-Aktien als Abfindung überschrieben und deinen Hedgefonds mit hundert Millionen Dollar angeschoben hat.«

»Papa, dir gehören Anteile an der GFS in Hongkong?« Fabian stand die Verblüffung ins Gesicht geschrieben. »Weiß Audrey davon? Ich stehe jetzt wie ein Idiot da!«

»Audrey ist heute nicht mein Problem, entschuldige, Fabian. Wir haben substantielle Angelegenheiten zwischen uns und in der Bank zu klären.«

Fabian schaute auf den Boden, die Worte seines Vaters verletzten ihn, vom Ton nicht zu reden.

»Ich musste Huang Fu Chen damals versprechen, es niemandem zu sagen. Niemandem, klar? Das war die Grundlage unseres Deals. Was weißt du schon von diesen Zeiten, Pascal? Du warst bei Levy & Lewitt in New York und hast Millionen als Investmentbanker gescheffelt.«

Pascal schüttelte fast unmerklich seinen Kopf, setzte sich wieder und hörte Christian einfach zu.

»Du hattest ein spannendes und abwechslungsreiches Leben. Ich hatte dazu nie die Chance. Als ältester Sohn musste ich traditionell die Bank weiterführen. Der Luxus, nach dem Abitur zwei Jahre durch die Welt zu tingeln und nach dem Studium in den USA zu bleiben, blieb mir verwehrt. François hat dir für alles einen Freibrief ausgestellt, weil er sich schuldig fühlte, nie genug Zeit für dich gehabt zu haben. Meine globale Welt hieß Genf, Endstation: CEO Lombardi Bank mit Blick auf die berühmte Fontäne und die französischen Alpen. Wiederkehrende Haltestellen waren der Cologny Golf Club, der jährliche Rotkreuzball, die Société Nautique als Segelverein, die Schweizerische Bankiersvereinigung, dazu langweilige Kunden und die Verpflichtung, gesellschaftliche Kontakte mit den alten, einflussreichen Familien zu halten. Ich habe mich gefügt und zum Glück am Beginn meiner Reise Adrienne getroffen. Irgendwann auf dem Weg habe ich Frieden mit meiner Welt geschlossen, meine Rolle angenommen und mich um die Bank und meine Familie gekümmert. Es war ein beschauliches, luxuriöses Leben, worüber ich mich nicht beschwere, auch wenn meine Worte heute sarkastisch klingen. Der Traum, den der junge Harvard-Absolvent Christian Lombardi geträumt hat, war ein anderer. Das hat weder François noch dich je interessiert.«

Man hätte in der Bibliothek eine Stecknadel fallen hören können. Die Worte von Christian waren ehrlich, die Sicht auf sein Leben unerwartet. Gemächlich stand er auf und blieb vor der alten Pendeluhr stehen. Die meldete sich mit dem gewohnten *Ding Dong* pünktlich zu Wort.

Fast ein Déjà-vu vom letzten Meeting, als François und ich mit Thomas Widmann und Joel diskutiert haben. Unglaublich, was sich in der kurzen Zeit verändert hat.

Christian kam zum Thema zurück. »Ist es nicht verständlich, dass ich mir das nicht von dir Überflieger wieder wegnehmen lassen wollte? Jede Geschichte hat zwei Seiten. Erschwerend kam hinzu, dass ich in Hongkong keinen Fehler gemacht hatte. Huang Fu Chen hat zugegeben, mir absichtlich Informationen vorenthalten zu haben. Dafür die Entschädigung, denn ich stand in der kleinen Welt des Private Banking als naiver Trottel da. Jahrelang beschäftigte mich die Frage, wer dem Anwalt der Gegenseite den Tipp gegeben hat. Huang Fu Chen bestätigte mir erst nach der Beerdigung am Sonntag, dass es Joel war. Bisher habe ich mir Joel gegenüber nichts anmerken lassen, weiter ruhig mit ihm gearbeitet. Ich weiß nicht, wie das in Zukunft funktionieren soll. Dieser Mann hat mich indirekt meine Karriere gekostet und mein Leben substantiell beeinflusst.«

Pascal schaute seinen großen Bruder nachdenklich an. »Zu Joel kommen wir später, aber willkommen im Fanclub. Vielleicht hätte es geholfen, wenn wir vor ein paar Jahren angefangen hätten, miteinander zu reden, anstatt indirekt gegeneinander zu kämpfen.«

»Worüber? Meinem Frust, zwischen allen Stühlen zu stehen?«

Pascal war plötzlich die Ruhe selbst und spürte, wie wichtig es war, den unausgesprochenen Dingen in der Familie endlich auf den Grund zu gehen. »Lass mich dazu meinen Standpunkt darlegen. Ich habe dich um dein Leben und deine Familie mit den Kindern beneidet. Glaubst du ernsthaft, meine Entscheidung, in New York zu bleiben, habe ich aus Spaß an der Freude getroffen?«, fragte er Christian.

Der zuckte nur mit den Schultern.

»Der erste Grund: Francesca und ich hatten geheiratet. Sie fand einen sehr guten Job in New York. Zwanzig Jahre später kann ich stolz sagen, dass Francesca eine fantastische Karriere als Anwältin daraus gemacht hat. Mein zweiter Grund war Joel. Nach der Art und Weise meiner Trennung von Judith konnte ich diesen Mann nicht ertragen, geschweige, unter ihm arbeiten. Ich habe euch die Bank führen lassen und mich zurückgezogen, da ich nichts an seiner Anwesenheit ändern konnte. Grund drei: Kennst du eigentlich das Gefühl, der Familie nur Ärger zu bringen oder zur Last zu fallen? Mutters Tod bei meiner Geburt, François' schlechtes Gewissen mir gegenüber, keiner hatte je Zeit für den Nachzügler Pascal. Ich fühlte mich herumgeschoben, überflüssig, fehl am Platz. Sicher konnte ich zwei Jahre durch die Welt reisen und habe diese Erfahrung genossen. Aber niemand von euch hat sich dafür interessiert. Ich glaube, an diesem Punkt können wir uns die Hände reichen. Euer Leben und die Bank liefen ohne mich. Ich war nicht wichtig. Auch deswegen habe ich meine Energie in Triathlon und meine Karriere in New York gesteckt. Ich wollte mich beweisen – vor mir selbst und vor euch.« Pascal schaute in Francescas Augen und las Liebe und Verständnis darin. Das gab ihm Vertrauen fortzufahren. Jetzt kam der knifflige Teil. »Am Ende geht auch der Deal mit Levy & Lewitt darauf zurück. Ich wollte mich nie persönlich bereichern. Mein einziges Ziel war, diesen lästigen Schatten – genannt Joel – endgültig aus meinem Leben zu entfernen. Dass Joel nicht loyal hinter der Lombardi Bank steht und eigene Interessen verfolgt, habe ich anfangs nur geahnt. Wer seine Tochter verrät und ihre Liebe eigenen Interessen hintanstellt, kann keinem Geschäftspartner gegenüber integer sein. Niemand kann seinen Charakter verleugnen. Blut kommt vor Geschäft, glaube mir das ... Ich könnte die Liste fortsetzen. Mir geht es nicht darum, dich anzuklagen, Christian. Wir haben alle unser Päckchen im Leben zu tragen. Ich habe nur keine Lust auf Scheinheiligkeit mehr. François ist tot, auf seine Gefühle müssen wir keine Rücksicht mehr nehmen. Wir haben jetzt die Chance, alle Missverständnisse zu klären und einen neuen Weg der Zusammenarbeit zu finden. Alternativ verabschiede ich mich als Partner unserer Bank. Ich möchte meinem Leben mehr Sinn geben, als nur Geld zu verdienen. Habt ihr über den Satz mal nachgedacht? Dem Geld dienen – was für ein Schwachsinn! Es muss möglich sein, einen zusätzlichen Wert in dem zu sehen, womit ich den größten Teil meiner Zeit verbringe. Ich schätze unsere Familie, die Tradition der Lombardi Bank und die Verpflichtungen, die damit einhergehen. Aber nur, wenn wir an einem Strang ziehen und auch neue Visionen erarbeiten. Wären unsere Vorfahren nicht mutig gewesen, wären wir noch heute Textilhändler in der Lombardei.« Pascal sah betroffene Gesichter voller Empathie und redete sich alles vom Herzen. »Wir wissen inzwischen sicher, dass Stanley unser Halbbruder ist und sollten uns darüber unterhalten, wie wir ihn in die Familie integrieren. Oder belassen wir es auf der rein geschäftlichen Basis? Den Hongkong-Chinesen gehören durch die Erbschaft und den Überbrückungskredit dreißig Prozent der Bank, Joel zwanzig. Wenn wir nicht aufpassen, sitzen wir bald in der zweiten Reihe.« Am Ende sprach Pascal eindringlich. Selten hatte er einen so engagierten Monolog gehalten. Er appellierte unmissverständlich an seinen Bruder, offen und ehrlich zu sein.

Christian verstand und reagierte. »Ich kann viele der angesprochenen Geschehnisse und Gedanken nachvollziehen. Du hast recht, dass wir diese Punkte in der Familie klären müssen. Es tut mir leid, wenn ich dir unrecht getan habe. Was schlägst du konkret vor?«

»Ich möchte emotional und faktisch spüren, dass ihr mir glaubt, den Deal mit Levy & Lewitt nicht aus Gründen der persönlichen Bereicherung abgeschlossen zu haben. Wenn wir eine Familie sind, die geschlossen hinter der Bank steht, dann tragen wir den Verlust zusammen. Du gibst fünf Prozent aus deinem Anteil, ich fünf Prozent aus meinem, und wir sind quitt. Außerdem bestehe ich darauf, dass wir Joel endlich rausschmeißen. Ich besitze Dokumente, die zeigen, dass er als Partner nicht mehr tragbar ist und arbeite mit Roland Sutter an weiteren Beweisen dafür. Ich bin sicher, in einen tiefen Sumpf gestoßen zu sein. Finanziell wird das nicht einfach. Aber wir können nicht ein bisschen Reform machen. Wenn wir beginnen, Dinge zu ändern, dann sollten wir das konsequent durchziehen.«

Christian nickte und schaute zu Fabian. »Wie denkst du darüber?«

»Ich glaube, Pascal hat wichtige Punkte angesprochen, auch im Hinblick auf die Zukunft und meine Rolle. Ich will mit Audrey leben, sie heiraten und eine Familie gründen. Wir können nicht an zwei Fronten kämpfen, und ich mag nicht zwischen den Familien und der Bank stehen.«

Adrienne, die sich genau wie Francesca während der Diskussion zwischen Pascal und Christian zurückgehalten hatte, schaltete sich nun wieder ein. »Es war überfällig, dieses Gespräch zu führen. Mich würde es freuen, wenn Pascal und Francesca in Genf leben würden. Wenn Joel als Partner nicht mehr tragbar ist, dann schon gar nicht als unser Anwalt. Die Bank braucht einen neuen Anwalt, warum nicht eine Anwältin? Wer vertritt euch offiziell in New York? Joel?«

»Mit Sicherheit nicht«, antwortete Pascal wie aus der Pistole geschossen.

»Würdest du uns vertreten?«, fragte Christian Francesca.

»Wenn ihr das alle wollt, gern.«

Pascals Handy klingelte. Er sah, dass es Nadine Sutter war. »Das muss ich annehmen. Nadine. Es könnte wichtig sein. Besprichst du schon mal mit Francesca New York?«, fragte er im Hinausgehen Christian.

»Nadine, was gibt es Neues?«

»Ich habe eben eine E-Mail von Adil aus Dubai bekommen. Er hat das Rätsel der eigenartigen Firmennamen im Prospekt gelöst.«

»Ehrlich? Wer steht hinter den Firmen?«

»Wir vermuten, Joel Silverstein.«

»Hinter *allen?* Wie kommt ihr darauf? Das wäre unglaublich ...«

»Die Anfangsbuchstaben der Firmennamen im Prospekt ergeben das Wort SILVER.«

»Entschuldige, Nadine, ich komme gerade aus einer hitzigen Familienbesprechung, kannst du mir auf die Sprünge helfen?«

»Okay. Adil hat vor Jahren den Film *Love Guru* gesehen, ein indisch-esoterisch angehauchter Hollywood-Schinken. In diesem Film hat der besagte Guru eine spezielle Analogie benutzt, die Adil auf die entscheidende Idee gebracht hat. Dieser Guru hat das englische Wort Bible aus den Anfangsbuchstaben so erklärt:

B – Basic
I – Instruction
B – Before
L – Leaving
E – Earth«

»Habe ich noch nie gehört. Sprich weiter, was hat das mit uns zu tun?«

»Adil hat mit den Wörtern und Buchstaben von Rich-Inc., Victory-Investments, Icon-Invest, Esprit-Corporation, Liberty-Invest und Sanctus gespielt. Am Ende ergaben die Anfangsbuchstaben der Firmen das Wort *Silver.* Vielleicht ein Hinweis auf Silver-Invest? Es würde zu Joels Überheblichkeit passen, seine Identität versteckt zu zeigen.«

»Das wäre genial. Können wir das beweisen?«

»Mein Vater hat bereits eine Anfrage nach Delaware

gemailt, ob die im Prospekt genannten Firmen zu einer Holding namens Silver-Invest gehören. Könnten wir das nachweisen, wäre klar, dass Joel hinter allem steckt. Vielleicht war das der wichtige Hinweis von Judith, den sie nicht deuten konnte oder den wir nicht verstanden haben. Möglicherweise könntet ihr damit in Richtung Insiderhandel gegenüber Levy & Lewitt argumentieren …«

»Eine fantastische Idee, aber nicht einfach zu realisieren. Und sie setzt voraus, dass Silver-Invest Joel offiziell gehört … Gibt es dazu neue Erkenntnisse?«

»Wir beißen auf Granit. Mein Vater konnte noch keine Bestätigung bekommen.«

»Danke, Nadine, sehr gute Arbeit. Gibt es noch was?«

»Die Thillman Hansebank – Joel besitzt Anteile.«

»Entschuldige, wenn ich dich unterbreche. Die er in den Neunzigern zurückgekauft hat? Adrienne hat diese Infos durch eine externe Recherche erhalten.«

»Genau.«

»Super, dann ist das bestätigt.«

»Joel fliegt morgen schon nach New York. Er hat heute seinen Flug umgebucht und Ted Blumfeld seinen Besuch angekündigt. Die beiden haben telefoniert.«

»Das weißt du durch das Mikro und die Kamera?«

»Ja. Joel hat heute den Safe im Safe geöffnet. Leider stand er in einem Winkel, bei dem ich die Zahlenkombination nicht erkennen konnte. Im Safe lag ein BlackBerry. Mit diesem hat er das Telefonat nach New York geführt. Es befindet sich außerdem ein Laptop darin. Er hat verschiedene Dokumente ausgedruckt und den Laptop danach wieder im Safe versteckt.«

»Du hast meine Access-Karte und den Schlüssel wieder eingesteckt? Ich habe sie nicht vergessen, konnte nur vor deinem Vater nichts sagen.«

»Sicher. Du meinst, im Fall der Fälle …?«

»Ein klares ›Ja‹. Was auf diesem Laptop ist, wüsste ich zu gerne.«

»Okay, wir sehen uns ja morgen. Wir sind am Mittag in Genf.«

Pascal überlegte. Würde er Nadines *Silver*-Theorie den anderen Familienmitgliedern jetzt erklären, würde das neue Spekulationen hervorrufen. Zusätzlich würde es von den angesprochenen Themen ablenken. Er entschied, nur von den bereits bekannten Tatsachen der Thillman Hansebank und Joels Abflug einen Tag früher zu sprechen. Den Rest würde er auf morgen verschieben. Vielleicht bekam Roland Sutter bis dahin die Bestätigung aus Delaware.

Leise öffnete er die Tür zur Bibliothek. Die Unterhaltung stockte auf der Stelle.

»Nichts wirklich Neues. Die Sutters haben die Zusammenhänge mit der Thillman Hansebank aus einer anderen Quelle auch gefunden. Damit ist es bestätigt. Joel fliegt morgen Mittag schon nach New York. Wir könnten die Sutters also in der Bank treffen.«

»Sehr gut. Kommen wir zurück zu Joel. Was für andere Dokumente liegen dir vor?«, fragte Christian neugierig.

»Sind wir uns mit den fünf Prozent für den Überbrückungskredit einig?«

»Wenn deine Antwort nicht wirklich davon abhängt, ja.«

»Auf Joels Festplatte sind Videos, die ihn mit Genevieve Pasquier in Situationen zeigen, die ich schwer in Worte fassen kann.«

Francesca konnte ein breites Grinsen nicht unterdrücken, da Pascal ihr davon bereits erzählt hatte.

»Sexvideos?«, fragte Fabian mehr als Gag, als er Francescas Reaktion sah.

Pascal nickte. »Das Video nennt sich *Weihnachtsritt* und zeigt beide in rotem Lack und obszönen Posen ... Joel ist das Pferd, das von Genevieve gepeitscht und geritten wird. Den Rest überlasse ich eurer Fantasie.«

Fabian prustete los. »Die zugeknöpfte, elegante Genevieve mit Joel in einem SM-Video? In dem Alter? Das will ich mir gar nicht vorstellen«, frotzelte er. »Reicht das aus, um Joel zum Verkauf der Partnerschaft zu bewegen?«

»Das Video ist grenzwertig und stellt eine wichtige Mitarbeiterin im wahrsten Sinne des Wortes bloß. Vielleicht hat Joel Genevieve bereits damit erpresst? Vergesst nicht, dass sie der Polizei die BlackBerry-Story verschwiegen hat. Aber darauf allein würde ich mich nicht verlassen. Wir haben den E-Mail-Verkehr mit dem chinesischen Anwalt der Klägerseite vom Hongkong-Skandal gefunden. Er regelt anscheinend Geschäfte für Joel in China.«

»Was für Geschäfte?«, wollte Christian wissen.

»Das weiß ich noch nicht. Die Sutters untersuchen das gerade. Die beiden Dinge zusammen mit der Aussage von Huang Fu Chen reichen aus. Dazu können wir die enge Verbindung mit Ted Blumfeld und die Unregelmäßigkeiten im Geschäft mit MOF 1 erwähnen. Damit drängen wir Joel in eine Ecke, aus der er nicht einfach raus kann.«

»Er wird euch dafür hassen. Warum sollte er überhaupt seine Anteile an euch verkaufen?«, fragte Francesca.

»Weil in unserer Satzung steht, dass aktive Partner immer Vorkaufsrecht haben«, antwortete Pascal, bevor Christian ein Wort sagen konnte.

»Stimmt, das hattest du in Dubai bereits erwähnt.«

»Und wie finanzieren wir diesen Kauf der Anteile? Wir müssen durch MOF 1 einen Verlust von zirka siebenhundert Millionen Dollar hinnehmen«, warf Fabian ein.

»Wir werden seinen Anteil in Tranchen kaufen und ihn pro Jahr bezahlen«, antwortete Pascal erneut am schnellsten. »Nirgends steht geschrieben, dass cash Pflicht ist. In der Zwischenzeit zahlen wir anteilig seine Dividende. Ich kann ihn nicht mehr in der Bank sehen. Sein Rücktritt wäre ein erster Schritt in die richtige Richtung. Die Sutters recherchieren auf Hochtouren, um eine Unregelmäßigkeit im Vertrag mit Levy & Lewitt zu finden. Es kann kein Zufall sein, dass Joel uns auf Ted Blumfeld genau zu dem Zeitpunkt verwiesen hat, als er einen super Deal in petto hatte, wenn man die familiären Verflechtungen einbezieht. Ich bin optimistisch und sicher, dass sie etwas finden. Wenn wir unseren Kopf bei Levy & Lewitt aus der Schlinge ziehen können, sieht die Geschichte ganz anders aus.«

»Darf ich zu meinen Erläuterungen vom Beginn zurückkommen? Silvia Egli hat mehr brisante Details gefunden, und die passen zum Thema.«

»Sicher«, entschuldigte sich Pascal. »Ich habe dich aus dem Konzept gebracht, ein Wort gab das andere.«

Adrienne zwinkerte Pascal zu, und er merkte, dass sie erleichtert über den Verlauf des Abends war. Sie berichtete vom handschriftlichen Vertrag zwischen Henri Lombardi und Julius Silverstein, der versteckt in den Archiven der Lombardi Bank aufgetaucht war und von der Gründung einer Firma namens Silver-Invest im Jahre 1931 von Julius Silverstein in Delaware.

Pascal schlug entgeistert die Hände über dem Kopf zusammen. »Du besitzt ein Dokument, das belegt, dass Julius Silver-Invest gegründet hat?«, fragte er ungläubig nach. »Adrienne, dann gehört diese Firma heute Joel! Das löst unser Rätsel!«

Weder Christian, Fabian, Francesca oder Adrienne verstanden die Zusammenhänge, wie Pascal an ihren Gesichtsausdrücken erkennen konnte. Aufgeregt erklärte er seine Gedanken. »Judith hat mir am Montag einen Hinweis auf ein angebliches Imperium ihres Vaters mit dem Namen Silver-Invest gegeben, was ich als Wichtigtuerei abgetan habe. Judiths Mann Aron leitet Silver-Invest. Francesca ist in New York bei ihren Nachforschungen auf eben diesen Firmennamen gestoßen.« Pascal war kaum noch zu bremsen. Die Worte flossen nun in rasend schneller Geschwindigkeit. »Nadine hat mir eben erzählt, dass sie von Adil den Tipp bekommen hat, dass die Anfangsbuchstaben der sechs Firmen, die die Immobilien für die Kredite in MOF 1 halten, *Silver* ergeben. Roland Sutter hat bereits in Delaware angefragt, ob diese Firmen zu einer Holding mit Namen Silver-Invest gehören und wer der Eigentümer ist.«

Adrienne ließ ihn seine Gedanken beenden, bevor sie erneut sprach. »Der handschriftliche Vertrag zwischen Julius und Henri gehört zu unserem Archiv und befindet sich momentan noch bei Silvia Egli zu Hause. Die Anteile, die Joel von der Thillman Hansebank zurückgekauft hat, wurden von einer Firma mit Namen Ombrage bezahlt. Der Eigentümer von Ombrage ist Joel. Ombrage wiederum gehört zu einer Holding. Nun haltet euch fest: Silver-Invest! Diese Firmenpapiere liegen in Kopie der Thillman Hansebank in Hamburg vor. Silvia Egli hat sie gesehen.«

»Das sagst du erst jetzt? Das ändert alles! Einer von uns muss nach Hamburg fliegen, um eine Kopie zu erhalten! Damit haben wir Joel endgültig in der Zange!«

»Woher sollte ich von der Wichtigkeit dieser Informationen wissen? Sie werden erst im Zusammenhang explosiv. Außerdem weiß ich das selbst erst seit heute Nachmittag«, entschuldigte sich Adrienne.

»Das war kein Vorwurf. Ich bin erleichtert. Die Hinweise kommen gerade noch rechtzeitig.«

»Langsam.« Adrienne versuchte Pascal zu beschwichtigen. »Der Teufel liegt im Detail. Ich wollte eigentlich auf etwas anderes hinaus. Julius Silverstein hat mit dem Wissen und der Zustimmung von Henri Lombardi illegal jüdische Gelder aus Deutschland in die Schweiz geholt und nach Amerika weitergeleitet. Erinnert ihr euch an den Prozess zwischen den jüdischen Organisationen und den Schweizer Banken in den Neunzigerjahren?«

Alle nickten.

»Mir war bis vorhin nicht klar, wie stark und aus welchem Grund Joel Silverstein als Anwalt in der Geschichte engagiert war. Er hat wohl schützend seine Hand über die Lombardi Bank gehalten und behauptet, dass wir nie große jüdische Konten geführt haben. An seinem Wort zweifelte niemand, zählte seine Familie doch zu den Betroffenen.«

»Jetzt verstehe ich endlich, warum er sich damals so in die schwierigen Verhandlungen reingehängt hat.« Christian war stinksauer. »Silver-Invest ist rechtlich Teil der Lombardi Bank, wahrscheinlich läuft die Firma unter einem Dormant-Account. Joel wollte im eigenen Interesse verhindern, dass jemand darauf aufmerksam wurde. Die Firma schläft aber nicht, sondern ist hyperaktiv.«

»Und damit habt ihr gegen Gesetze verstoßen und wahrscheinlich über Jahrzehnte Steuern hinterzogen«, fasste Francesca die negative Seite der neuen Erkenntnisse treffend zusammen.

»Wir haben von den Aktivitäten nichts gewusst. Mitte der Fünfzigerjahre hat François angefangen, in der Lombardi Bank Verantwortung zu übernehmen«, argumentierte Christian.

»Nichtwissen schützt vor Strafe nicht«, entgegnete Francesca.

»Das sollte uns heute nicht kümmern«, versuchte Pascal die Richtung der Diskussion zu ändern. »Joel bewegt sich, genau wie wir, auf ganz dünnem Eis. Wir haben den Vorteil, dass er von unseren neuen Erkenntnissen keine Ahnung hat. Morgen Vormittag fliegt er nach New York, ist im Flieger nicht erreichbar. Wir brauchen einen neuen Plan für das Meeting mit Levy & Lewitt und dafür die Papiere aus Hamburg. Zuvor müssen wir klarstellen, dass Silvia Egli auf unserer Seite steht.«

»Ich sollte mich schnellstens in eure Statuten und das Schweizer Recht einlesen«, schlug Francesca vor.

»Ein Schritt nach dem anderen. Wir sollten Roland Sutter bitten, morgen nach Hamburg zu fliegen. Er arbeitet offiziell für uns und wird einen plausiblen Grund finden, die Unterlagen einzusehen. Das ist sein Geschäft. Wir täuschen Normalität vor und basteln hier an unserem Plan. Damit haben wir Arbeit genug.«

»Eine brillante Idee«, lobte Christian Pascal.

Die Vorwürfe und Spannungen vom Beginn des Meetings waren vergessen. Endlich herrschte wieder eine konstruktive Arbeitsatmosphäre.

»Nadine kann allein nach Genf kommen und uns über den Rest der Ergebnisse unterrichten. Ich habe inzwischen vollstes Vertrauen in die junge Frau entwickelt. Sie und ihr Vater ergänzen sich fantastisch und stehen immer in Kontakt.« Pascal dachte bereits einen Schritt weiter. »Wie binden wir Silvia Egli an uns? Wir sollten morgen früh sofort alle Unterlagen von ihr zurückfordern.«

»Sie ist eine intelligente, investigative Journalistin und hat mir versprochen, nichts ohne meine Zustimmung zu veröffentlichen. Silvia kam mit diesen Recherchen zu mir, vergesst das bitte nicht. Sie hat uns den entscheidenden Hinweis gebracht. Lasst mich das unter Frauen regeln. Ich habe bereits um eine Woche Zeitaufschub gebeten, und sie ist einverstanden. Ich vertraue ihr.«

»Kannst du sie für dein Magazin einstellen? Damit könnten wir sie wenigstens auf professioneller Ebene kontrollieren. Vertrauen ist gut, aber wenn sie versteht, worum es hier wirklich geht …«, schlug Christian vor.

»Ich denke darüber nach«, beendete Adrienne die Diskussion und wechselte das Thema. »Einen Punkt, den wir nicht vergessen oder unterschätzen sollten, betrifft Genevieve. Warum reden wir nicht einfach mit ihr? Wir könnten taktvoll von dem Video erzählen und fragen, ob Joel sie damit erpresst. Vielleicht erhalten wir auf diesem Weg weitere nützliche Informationen. Ansprechen müssen wir das Thema sowieso, wenn wir sie in der Bank behalten wollen.«

»Wollen wir Genevieve weiter als COO?«, raunte Fabian in den Raum.

»Aufgrund ihres Liebeslebens oder wegen sexueller Praktiken können wir sie nicht entlassen. Das geht uns nichts an. Keiner von beiden ist verheiratet, und den Computer von Joel zu hacken war illegal«, stellte Francesca klar.

»Wie habt ihr eigentlich Joels Computer gehackt? Vorhin hast du erwähnt, dass er mit einer speziellen Firewall gesichert ist«, fragte Christian.

»Nadine hat das vor Ort geregelt, frag besser nicht weiter nach.«

Christian nickte. »Wir können uns nicht von zu vielen wichtigen Mitarbeitern gleichzeitig trennen. Wir haben bereits Pierre Jeunot entlassen. Jetzt steht fest, dass wir Joel Silverstein, die graue Eminenz der Bank über Jahrzehnte, verabschieden. Das wird eine Menge Fragen aufwerfen.«

»Redet doch erst einmal mit Genevieve und entscheidet

danach«, schlug Adrienne vor. »Ich weiß, dass sie lange ein bisschen in François verschossen war, aber da hat jede Frau auf Granit gebissen. Sie ist loyal und arbeitet hart für die Lombardi Bank. Auf eine Art ersetzt die Bank ihre Familie, und sexuelle Bedürfnisse haben Frauen auch mit sechzig Jahren noch, das kann ich bestätigen. Und außerdem: Wenn wir alle dieselben Vorlieben und Geschmäcker hätten, wäre das auch nicht gut.«

»Ich stimme Adrienne grundsätzlich zu, aber das Gespräch mag ich nicht mit ihr führen«, stellte Pascal klar.

»Lasst mich das von Frau zu Frau machen. Ich kenne Genevieve nicht, habe keine Emotionen und vertrete euch als Anwältin in New York. Das gibt mir einen plausiblen Grund, ohne sie weiter bloßzustellen.«

»Gute Idee, Francesca, ich arrangiere das für morgen.« Christian war über den Vorschlag erleichtert.

»Wann soll das Gespräch mit Joel über die Bühne gehen? Ihr müsst ihm offiziell mitteilen, dass er als Partner nicht mehr tragbar ist.« Fabian brachte mit seiner Frage einen weiteren wichtigen Punkt in die Diskussion.

»Je eher, umso besser. Warum nicht in New York?« Christian schaute Pascal an.

»Wir sollten morgen in Ruhe eine Strategie entwickeln. Es ist immer hilfreich, eine Nacht über eine wichtige Entscheidung zu schlafen. Wenn die neuen Erkenntnisse stimmen und wir dadurch Levy & Lewitt einen Insiderhandel nachweisen können, brauchen wir eventuell den Überbrückungskredit nicht. Ich bezweifle, dass die GFS das positiv aufnimmt. Sie hätten gut daran verdient. Vielleicht sollten wir Stanley gegenüber eine Andeutung machen«, argumentierte Pascal. Ein zusätzlicher, kniffliger Punkt, den die Lombardis lösen mussten.

»Nein, so weit vertraue ich ihm nicht.« Christian war ungewöhnlich firm in seiner Ablehnung.

»Wir sollten ihm wenigstens sagen, dass er einen Tag länger für New York einplanen soll, weil wir intern etwas zu regeln haben, bei dem seine Unterschrift als Partner benötigt wird.« Pascal war nicht einfach von seinem Plan abzubringen.

Christian wandte sich an Francesca. »Schaffst du es, in zwei Tagen einen hieb- und stichfesten Vertrag aufzusetzen, dass Joel als Partner ausscheidet?«

»Hast du vergessen, wie amerikanische Anwälte arbeiten? Zur Not lese und schreibe ich Tag und Nacht. Bis Freitag habe ich den Vertrag mit Sicherheit fertig und ohne Option auf einen Rückkauf in siebzig Jahren.«

Sie hatte die Lacher auf ihrer Seite.

»Wer fliegt von uns nach New York? Offiziell halte ich noch deine Anteile, Papa.«

»Meiner Meinung nach muss ein Lombardi in Genf bleiben, damit das Personal keinen Verdacht schöpft. Wir brauchen dringend Normalität im Arbeitsrhythmus. Pascal muss beim Meeting dabei sein, er hat den Vertrag mit Levy & Lewitt unterschrieben, und ich stehe als CEO in der Verantwortung. Außerdem sollte ich im Anschluss das Gespräch mit Joel führen. Weißt du, ob Stanley seine Schwester in New York vertritt?«

Fabian nickte. »Ich glaube schon. Audrey hat von Banking keinen Schimmer. Soll ich Stanley informieren?«

»Lass mich das auf formellem Weg machen, wir müssen als Partner erst noch zusammenwachsen. Dass Stanley unser Halbbruder ist, habe ich zwar rational verstanden, aber da hört es auf.«

»Das sehe ich auch so«, fügte Pascal hinzu.

»In Ordnung, dann halte ich die Stellung in Genf.«

Die Lombardi-Männer waren sich einig, was vor allem Adrienne erleichterte.

»Ich muss meinem Herzen Luft machen«, sagte sie spontan. »Letzte Woche war ich verzweifelt und habe Pascal geschrieben, dass wir nicht nur einen Margin Call von Levy & Lewitt, sondern auch einen in der Familie haben. In eurer Bankersprache habe ich ihn gebeten, dafür zu sorgen, dass wir uns gegenseitig mehr Kredit einräumen. Ich bin dankbar für seine Offenheit und das Gespräch heute Abend. Mein Gefühl sagt mir, dass wir zumindest einen Margin Call vom Tisch haben, vielleicht sogar beide.« Adrienne umarmte zuerst Pascal und Francesca, danach Fabian und ihren Mann.

Christian ließ seine Frau nicht aus dem Arm. »Ich rufe jetzt Roland Sutter an, instruiere ihn, morgen nach Hamburg zu fliegen, und danach hole ich eine gute Flasche Rotwein aus dem Keller. Wir haben mehr als einen Grund zur Erleichterung und sollten auf unsere Familie anstoßen. Wir sind lange nicht dort, wo wir hinwollen, aber wir haben den Durchbruch geschafft.«

Kapitel 98

Mittwoch, 23. Februar 2011

Roland Sutter war nicht bewusst, wie viele Erkenntnisse die Lombardis gestern schon gewonnen hatten, als er in den Flieger nach Hamburg stieg. Er akzeptierte die Änderung seiner Pläne, ohne sich zu wundern. Nach über dreißig Jahren in diesem Geschäft gehörte das für ihn zur Normalität. Er war auf den Flughäfen, an den Bahnhöfen und in den Hotels der Welt zu Hause. Seine Arbeit verstand er als Serviceleistung gegenüber dem Klienten. Den oft extravaganten Wünschen folgte Roland Sutter, solange sie ihm zielführend erschienen.

Die Recherchen der Journalistin Silvia Egli waren brillant wie brisant. Es wurmte ihn, dass sein Team den entscheidenden Hinweis nicht gefunden hatte. Wie hätten sie vermuten können, dass sich des Rätsels Lösung in der Vergangenheit, in den Archiven der Lombardi Bank befand? Es bedurfte immer wieder des kleinen Quäntchen Glücks, und Roland Sutter gönnte es Silvia Egli. Er hatte gestern Abend kurz mit ihr telefoniert. Sie reagierte kompetent und war überaus hilfreich. Bereitwillig übermittelte sie ihm die Kontaktdaten des Mitarbeiters der Thillman Hansebank Hamburg, mit dem sie gesprochen hatte. Er würde sich auf ihre Referenz berufen können.

Nach der Landung schaltete Roland Sutter seinen BlackBerry ein. Sofort sprang ihm die SMS seiner Ex-Frau Sabrina, die für Homeland Security als Intelligence Research Specialist in Washington arbeitete, ins Auge. Sie forderte ihn auf, so schnell wie möglich seine E-Mails abzurufen.

Sabrina muss eine Antwort aus Delaware erhalten und Dokumente mit schweren Anhängen gesendet haben, denn mein Handy lädt die E-Mail nicht vollständig.

Anstatt das nächste Taxi zum Jungfernstieg zu nehmen, wo sich die Zentrale der Thillman Hansebank befand, lief er zum Terminal 2 und checkte in der Lufthansa Senator Lounge ein. Er scherzte routinemäßig kurz mit den Stewardessen. Während Outlook die E-Mails lud, holte er sich eine Cola Light und einen Apfel.

Sabrina hatte die Anfrage in Delaware unter dem Verdacht der Geldwäsche für terroristische Anschläge laufen lassen. Einzig aus diesem Grund erhielt sie umgehend eine Auskunft, die es in der Tat in sich hatte.

Die sechs Firmen in MOF 1 gehören zu einer Holding mit dem Namen Empire. Empire wiederum gliedert sich in das komplexe Firmenkonstrukt namens Silver-Invest ein. Welche weiteren Firmen zu Silver-Invest gehören, wurde nicht erwähnt. Aber Empire und Silver-Invest haben definitiv denselben Besitzer: Joel Silverstein. Ich hoffe, es hilft Dir weiter. Jetzt stehst du wieder in meiner Schuld.;-)

Küss Nadine von mir, Sabrina

Etwa zur gleichen Zeit verfolgte Nadine Sutter an ihrem Laptop die letzten Aktivitäten von Joel vor seinem Abflug nach New York. Er war sichtlich in Eile. Irgendetwas musste in der Nacht vorgefallen sein, denn so hektisch hatte sie Joel noch nie agieren sehen. Sie verfolgte seine Gewohnheiten im Büro seit Montag. Nadine sah, wie er den großen Safe öffnete, den kleinen Safe herausnahm und auf seinen Bürotisch stellte. Das Glück schien auf ihrer Seite zu sein, denn Adil hatte den Fokus der Kamera genau auf den Schreibtisch gerichtet. Joel tippte eine lange Zahlenfolge in das Display. Bingo! Egal wie viele Nummern er als Code benutzte, jetzt eröffnete sich für Nadine die Möglichkeit, mit starkem Zoom anhand seiner Bewegungen die Zahlenfolge zu rekonstruieren. Sie beobachtete weiter, wie Joel einen Lenovo-Laptop aus dem Safe nahm, Dokumente aufrief und ausdruckte. Den Laptop ließ er anschließend wieder im Safe verschwinden, den BlackBerry steckte er zusammen mit allen Ausdrucken in seine Aktentasche. Sofort sandte sie eine SMS an Pascal.

Kann den Code knacken. Laptop im Safe. Nehme den nächsten Flug nach Genf, Ankunft 14 Uhr.

Nur Sekunden später erreichte sie die Antwort von Pascal.

Fantastisch, arrangiere ungehinderten Zugang.

Nadine sandte einen zwinkernden Smiley zurück.

Roland Sutter versuchte, sachlich zu bleiben, während er für die Lombardis und Francesca am Telefon zusammenfasste, was Sabrina Sutter aus Delaware an Dokumenten erhalten hatte.

»Eine Sensation kann ich es nicht nennen, denn das Wort hat einen positiven Anstrich. Es ist mehr eine überraschende Katastrophe. Wir wissen jetzt, dass Empire ein großes Portfolio an Real-Estate-Projekten besitzt. Der geschätzte Wert liegt bei fünf Milliarden US-Dollar.«

Christian war schockiert. »Und *was* gehört der Firma Empire?«

»Halb Manhattan …«

»Halb Manhattan!?«

»Sehr viele Immobilien, vor allem Büros, deren Kredite in den letzten Jahren als MBS zusammengefasst worden sind, und MOF 1 gehört dazu.«

»Wie passt das alles zusammen? Waren Sie schon bei der Thillman Hansebank?«, fragte Christian angespannt.

»Nein, ich bin noch am Flughafen. Ich mache mich aber sofort auf den Weg. Lassen Sie uns später in Ruhe reden. Ich wollte Ihnen vorab nur diese essenziellen Informationen geben.«

Als Christian, Pascal und Francesca eine Stunde später im Büro zusammensaßen und Christian die Neuigkeiten anhand der von Roland Sutter gemailten Dokumente erläuterte, waren alle schockiert. Francesca, wie gewohnt schlagfertig, fand die passende Metapher.

»Joel Silverstein macht seinem Namen alle Ehre. Er ist steinreich geworden, indem er Steine – Immobilien – clever versilbert hat …«

»Fest steht: Silver-Invest ist keine kleine ruhende Firma innerhalb der Lombardi Bank, sondern bildet mit vielen Schachtel- und Offshore-Firmen eine komplexe Holding. Nachweisen können wir bisher nur Ombrage und Empire, aber das genügt«, fasste Pascal zusammen. »Jetzt müssen wir nur noch beweisen, dass Joel uns absichtlich mit MOF 1 vorgeführt hat. Auch dafür habe ich einen Plan.«

Er erzählte Francesca und Christian von der Kamera, dem Mikrofon und dem Safe im Safe in Joels Büro. Als er erwähnte, dass Nadine den Code knacken konnte und sich auf dem Weg nach Genf befand, um den Laptop zu durchsuchen, schritt Christian ein.

Er wollte dieses rechtswidrige Verhalten unterbinden. »Weiß Roland Sutter davon? Ich kann mir nicht vorstellen, dass er diese Aktion genehmigen würde.«

»Nein. Nadine, Adil und ich haben das in Dubai besprochen. Adil war letzte Woche in Genf und hat den technischen Teil ausgeführt. Er hat auch die Firewall von Joels Computer in der Bank geknackt. Ich werde auf jeden Fall diesen Laptop mit Nadine untersuchen. Joel sitzt im Flieger. Er kann uns nicht überraschen. Seine Assistentin habe ich bereits nach Hause geschickt. Genevieve hat später ein Meeting mit Francesca. Es wird nicht länger als eine halbe Stunde dauern. Wenn wir den Inhalt des Laptops kennen, können wir entscheiden, ob die Informationen es wert sind, das Risiko einzugehen, damit zu arbeiten.«

»Joel wird uns hochkantig verklagen. Das lässt er sich niemals gefallen. Wir setzen unseren Ruf aufs Spiel. Der Mann ist gerissener als wir alle zusammen!«, echauffierte sich Christian.

»Sicher ist er gerissen. Deswegen müssen wir auf diesem Weg versuchen, den Verlust von siebenhundert Millionen US-Dollar zu verhindern und Joel endgültig loszuwerden«, hielt Pascal dagegen. »Es ist unsere beste Chance!«

Die Brüder standen kurz vor einem heftigen Streit.

»Ich bin keine Befürworterin von illegalen Aktionen«, warf Francesca schlichtend ein, »aber ich verstehe Pascal. Joel hat wiederholt skrupellos geschriebene und ungeschriebene Gesetze gebrochen. Lasst uns alle Fakten sammeln und danach entscheiden. Wenn ich euch einen Tipp geben darf: Nadine muss unbedingt die Kamera und das Mikro aus Joels

Büro wieder entfernen. Es darf für Joel kein Rechtsbruch von unserer Seite nachweisbar sein.«

»Das schlägst du ernsthaft als Anwältin vor?«

»Christian, die Rechtslage ist verquickt. Solange Silver-Invest zur Lombardi Bank gehört, sind diese Gelder offiziell Teil der Dormant-Konten der Bank. Joel verfügt wahrscheinlich illegal seit Jahrzehnten darüber. Milliarden! Damit können wir Joel unter Druck setzen. Er kann die Lombardi Bank nicht verklagen, ohne seine Vergehen zu erwähnen.«

Christian akzeptierte ihren Einwand zähneknirschend.

»Ich frage mich inzwischen, was Joels Plan ist. Geld hat er genug. Das kann es also nicht wirklich sein. Was sind die tatsächlichen Zusammenhänge hinter diesen Aktionen und Firmen?« Francesca lenkte das Zentrum des Interesses auf einen Punkt, den sie alle bisher nicht einmal angedacht hatten.

»Wir waren zu beschäftigt mit der Abwendung des Margin Call und den anderen Ereignissen in den letzten Wochen. Wir müssen versuchen, sein Motiv zu verstehen. Im Moment spekulieren wir nur. Hoffentlich finden wir den richtigen Ansatz später mit Nadines Hilfe«, beendete Pascal die Diskussion vorläufig.

Kapitel 99

Donnerstag 24. Februar 2011

Joel, Stanley und Jade waren am Donnerstag in New York zu einem über Nacht anberaumten geheimen Meeting verabredet. Um sicherzustellen, dass sie nicht zusammen gesehen wurden, hatte Joel eine Suite im *Peninsula Hotel* gebucht, in dem Jade und Stanley regelmäßig während ihrer New York-Besuche wohnten.

Bei Joels ursprünglichem Plan war, obwohl gut durchdacht, viel schiefgelaufen. Wie schwer kalkulierbar menschliche Reaktionen sind, hatte er schlicht unterschätzt. Die Verkettung unerwarteter Umstände hatte anfangs für, später gegen Joel gespielt. Ohne in Panik zu geraten, folgte er trotz allem geduldig seiner Strategie. Wenn er ehrlich war, bot sich ihm auch keine Alternative. Erst in den letzten beiden Tagen eröffnete sich die Chance, sein Vorhaben erfolgreich zu beenden. Völlig anders als geplant, aber damit konnte er umgehen. Improvisation und schnelle Entscheidungen gehörten zu seinen Stärken.

Joel hatte getobt, als er gestern von Stanley telefonisch erfuhr, dass die Lombardis, während er in Untersuchungshaft saß, mit Hilfe eines indischen Hackers seine Festplatte geknackt hatten. Die absolute Krönung der Frechheit in seinen Augen war, dass sie mit diesen illegalen Informationen jetzt fieberhaft seinen Abgang als Partner vorbereiteten. Das gab ihm den entscheidenden Anstoß, seinen Plan radikal zu ändern und das kurzfristige Treffen mit Stanley zu arrangieren. Er ärgerte sich über seinen Leichtsinn, der von Pierre Jeunot eingebauten Firewall zu vertrauen. Technisch war er nicht beschlagen. Mit der Präzision eines Chirurgen vor einer komplizierten Operation plante Joel deswegen seine nächsten Schritte. Nicht das kleinste Detail überließ er dem Zufall, um am Ende als Gewinner aus diesem Kampf hervorzugehen. Das hatte er seinem Großvater Julius bereits vor Jahrzehnten geschworen.

Nach einer steifen Begrüßung und Geplauder über die Börsenkurse wollte Joel von Stanley genau wissen, von wem er die Information erhalten hatte.

»Christian hatte mich bereits in Genf zu dem morgigen Meeting mit Levy & Lewitt eingeladen, da die GFS den Überbrückungskredit stellt. Gestern bat er mich, einen weiteren Tag im Anschluss in New York einzuplanen. Er deutete an, dass die Lombardi-Familie entschlossen ist, Sie als Partner auszukaufen. Angeblich besitzt er Unterlagen, die Ihnen zum Verhängnis werden können. Zumindest wären Sie inzwischen als Anwalt der Bank inakzeptabel.«

»Hat Christian erwähnt, worum es sich handelt?«

»Nein, er ließ sich keine Details entlocken. Ich bin sicher, dass er mich nur angerufen hat, weil er unsere Zustimmung benötigt, wenn er etwas in der Partnerstruktur ändern will. Das wissen Sie besser als ich ...«

»Sie können davon ausgehen, dass ich meine Rechte bis zur Neige ausschöpfen werde. Wie stellen sich die Lombardis diese Transaktion vor, wo sie doch keinen Cash Flow haben?«

»Fabian deutete Audrey gegenüber an, dass sie eventuell weitere Gelder von uns brauchen. Meine Zwillingsschwester hat mir erzählt, was Fabian ihr im Vertrauen gesagt hat.«

»Das wäre genau was?«, hakte Joel nach.

Stanley berichtete vom Sexvideo und Joels Verrat von Christian an den chinesischen Anwalt vor zehn Jahren bezüglich der besonderen Haftungspflicht der Partner. »Nur nebenbei erwähnte Fabian Unregelmäßigkeiten beim Margin Call. Er bedauerte, dass die Lombardis bisher nichts Konkretes gefunden haben. Sie suchen verzweifelt Fakten.«

Joel nickte und überlegte.

Das sind exakt die Informationen, die sie von meinem Computer ziehen konnten. Stanley scheint ehrlich zu sein, übertreibt nicht. Wenn ich meinen Plan durchziehen will, habe ich auch keine andere Wahl, als ihm zu vertrauen. Ich muss Plan B einläuten, sofort.

»Stanley, ich schlage Ihnen einen Deal vor.« Joel rückte seinen Stuhl näher zum Tisch. »Ich lasse unsere Familie nicht nach über achtzig Jahren auf diese linke Weise von den Lombardis als Partner eliminieren. Haben Sie und die Good Fortune Securities Interesse, meine zwanzig Prozent an der Lombardi Bank zu erwerben? Das würde Ihren Anteil schlagartig auf fünfzig Prozent erhöhen und Sie mit den Lombardis auf eine Stufe stellen.«

»Das kommt darauf an, wie viel Sie für Ihre Anteile verlangen«, antwortete Jade.

»Sie kennen die Bücher der Lombardi Bank durch den Überbrückungskredit bestens. Mein Anteil ist mindestens eine Milliarde US-Dollar wert.«

»Sie müssen an einen aktiven Partner verkaufen, so viel habe ich in Genf gelernt. Diese Summe können die Lombardis durch den Margin Call nie im Leben aufbringen«, erwiderte Stanley nachdenklich.

»Das ist nicht ganz korrekt. Ich kann meinen Anteil in der Familie vererben, aber meine beiden Töchter sind dem Geschäft nicht gewachsen, und ich plane noch eine Weile zu leben. Scheidet diese Möglichkeit aus, muss ich meinen Anteil den anderen Partnern offerieren. Sie haben ein Vorkaufsrecht. Ich bin frei, an den Markt zu gehen, wenn die Teilhaber nicht bezahlen können oder wir keine Einigung im Preis finden. Die einzige Hürde ist dann die FINMA.«

»Und die Zeit«, ergänzte Stanley. »Inwieweit können Sie uns entgegenkommen? Die Milliarden wachsen auch in Hongkong nicht auf den Bäumen.«

Stanley liebte dieses Pokern um Deals. Innerlich feixte er über das Angebot von Joel. Es kam wie gerufen, denn die GFS war für die chinesische Regierungsbehörde scharf auf jeden weiteren Anteil an der Lombardi Bank. Stanley hätte locker eine Milliarde für den Anteil von Joel geboten, wäre dieser ihm nicht mit seiner Offerte zuvorgekommen. Nur aus diesem Grund hatte er Joel die Pläne der Lombardis gesteckt. Er konnte den kleinen Mann nicht ausstehen und fand sein Verhalten schon in Genf widerlich. Es war für Stanley und Jade jedoch ausgeschlossen, ihre Zusage gegenüber Mr. Shang Li und der chinesischen Regierungsbehörde nicht einzuhalten. Das könnte sie unter Umständen die schon sicher geglaubte Lizenz für Mainland China kosten. Insgeheim fand Stanley inzwischen auch Gefallen an der Partnerschaft in der Lombardi Bank. Nach dem Gespräch mit Huang Fu Chen konnte und wollte er seine Erbschaft nicht mehr verkaufen. Zudem hatte er Audrey versprochen, ihren Anteil umsichtig zu verwalten und wegen ihrer Beziehung zu Fabian nicht gegen die Lombardis zu intrigieren. Ein Wort, das er seiner Zwillingsschwester gegeben hatte, konnte Stanley nicht brechen. Aber von all dem ahnte Joel nichts.

»Ich kann Ihnen einen großen Schritt entgegenkommen, wenn Sie mir in einer anderen Sache aushelfen.« Joel nahm seine Brille ab und rieb sich die Augen.

»Wovon reden Sie?«

»Ich brauche Unterschriften von zwei aktiven Partnern, um einen Vertrag aus dem Jahre 1931 aufzulösen. Das ist ein altes, anhängendes Geschäft von meinem Großvater Julius Silverstein. Papierkram, der bei meinem Ausscheiden sowieso geregelt werden muss, um keine ungeklärten Angelegenheiten zu hinterlassen.«

»Worum geht es in dem Vertrag?«, wollte Jade wissen.

Joel schaute die junge Frau väterlich an und lächelte mild. Sie wirkte auf ihn wie ein verspieltes Mädchen. Er unterschätzte die strategischen Fähigkeiten und Cleverness der vierzig Jahre jüngeren Bankerin, die sie geschickt hinter scheuen Gesten und einfachen, klaren Fragen versteckte. Ihre schlichten Kleider mit dem kleinen Jäckchen darüber und Ballerina-Schuhen entsprachen überhaupt nicht seiner Vorstellung einer zähen, europäischen Geschäftsfrau. Er setzte seine Brille wieder auf, bevor er antwortete. »Sie gehen allen Angelegenheiten auf den Grund, das gefällt mir. Es handelt sich um eine kleine Firma, die mein Großvater mit Erlaubnis von Henri Lombardi, dem Großvater von Christian und Pascal, 1931 in den USA gegründet hat. Julius managte diese Firma, wie der Name Silver-Invest widerspiegelt. Er hat sie mir vererbt.«

»Welchen Wert hat diese alte Firma?« Stanley wollte sichergehen, dass sie nicht übervorteilt wurden. Er wusste, Joel war ein gewiefter Verhandlungspartner.

»Silver-Invest hat einen Buchwert von einer Million US-Dollar und ist seit fast siebzig Jahren nicht mehr aktiv. Sozusagen ein schlafender Posten innerhalb der Lombardi Bank, den ich ohne großes Aufheben schließen möchte. Es handelte sich damals um jüdische Konten, was ein heikles Thema in der Geschichte zwischen Deutschland, der Schweiz und den USA war und ist.«

Stanley kannte die Eckpunkte der deutschen Geschichte, hatte aber kein emotionales Verständnis für die komplizierten Zusammenhänge. »Was wären Ihnen diese Unterschriften wert?«

»Haben Sie die Vollmacht, für Audrey zu unterschreiben?«, stellte Joel die Gegenfrage.

»Ja, ich halte eine volle Unterschriftsvollmacht von Audrey.«

»Sehr gut. Dann können wir einhundert Millionen US-Dollar im Preis heruntergehen.«

»Eine Million aus einem ruhenden Vertrag sind Ihnen hundert Millionen Nachlass wert? Was steht hinter diesem Vertrag? Kann ich ihn lesen?« Bei Jade sprangen alle Alarmglocken an.

Da stimmt etwas nicht. Wenn Joel freiwillig einen Abschlag von einhundert Millionen US-Dollar anbietet, muss mehr hinter dieser Firma stecken.

Stanleys Gedanken deckten sich mit denen von Jade.

»Selbstverständlich. Der Originalvertrag ist auf Deutsch. Da Ihre Frage naheliegend ist und auf der Hand lag, habe ich eine zertifizierte Übersetzung vorbereitet. Es gibt noch eine andere Bedingung, die den Discount erklärt. Ich brauche Ihre Zusage heute.«

Stanley und Jade schauten sich an. Keiner von beiden zeigte eine Reaktion. Sie verstanden sich blind.

»Das kommt überraschend, klingt trotzdem interessant«, antwortete Stanley vorsichtig. »Wir müssen mit Huang Fu Chen in Hongkong sprechen. Wie schnell wäre die Zahlung fällig? Könnten Sie uns einen Monat Zeit geben?«

»Klären Sie, was immer an Fragen offen ist. Wenn Sie zustimmen, können wir die Konditionen aushandeln. Ich erwarte sicher keine Transaktion in der kommenden Woche.«

Jade und Stanley verließen die Suite. Bereits im Fahrstuhl wollte Jade aufgeregt beginnen, ihren Plan zu erläutern.

Stanley bedeutete ihr zu schweigen. »Nicht hier, du weißt nie, wer im Fahrstuhl mithört.« Dann flüsterte er in ihr Ohr: »Wir haben den Deal und Joel in der Hand ...« Stanley hatte kaum die Tür hinter ihnen geschlossen, als Jade aufgeregt losredete.

»Wir brauchen niemanden in Hongkong, sondern nur Mr. Shang Li in Shanghai anzurufen und offerieren ihm endgültig den Zwanzig-Prozent-Anteil an der Lombardi Bank für die Summe von 1,3 Milliarden US-Dollar. Den Blind Trust als Rechtsform behalten wir bei, damit besitzen wir das Stimmrecht, und niemand wird von unserem internen Deal erfahren. Bis die chinesische Regierungsbehörde beginnt, ihr Stimmrecht als Partner der Lombardi Bank einzufordern, vergehen sicher zwei oder drei Jahre. Bis dahin haben wir unseren Einfluss in Genf viel stärker geltend gemacht und können das chinesische Regierungsunternehmen als Teilhaber durchdrücken. Die Lombardis haben kein Cash. Sie werden zu kämpfen haben, den Überbrückungskredit an uns zurückzuzahlen. Sollten sie ihn nicht in Anspruch nehmen, verlieren wir den Zehn-Prozent-Anteil an der Lombardi Bank wieder. Was heute ist, wissen wir. Was morgen kommt, ist ungewiss. Lass uns zuerst unseren Deal in China durchbringen. Das ist unsere Priorität für die Zukunft.«

»Langsam, Jade, einen Schritt nach dem anderen«, versuchte Stanley, die Begeisterung seiner Frau zu kontrollieren.

Sie schüttelte den Kopf. »Lass mich bitte ausreden.«

Stanley musste über Jades Enthusiasmus lächeln. Sie hatte sich nicht verändert. Das war eine der Charaktereigenschaften, die er an seiner Frau liebte.

»Joel bieten wir achthundert Millionen Dollar für seinen Anteil. Ich habe das sichere Gefühl, er muss die Partnerschaft vor dem Meeting mit Levy & Lewitt verkauft haben. Durch diesen Zeitdruck wird er zustimmen. Uns kann egal sein, warum …«

Hier hakte Stanley ein. »Du glaubst also auch, dass mit dieser Eine-Millionen-Dollar-Firma Silver-Invest etwas nicht stimmt?«

»Ja, aber interessiert uns das? Selbst wenn sie hundert Millionen wert ist, haben wir damit nichts zu tun und keinen Nachteil.«

Stanley wiegte zögernd seinen Kopf.

Jade war schon wieder bei ihren Überlegungen. »Zwischen Einkauf und Verkauf an das chinesische Regierungsunternehmen verdient die GFS fünfhundert Millionen Dollar. Das reicht aus, um unser Investment-Geschäft in China zu finanzieren. Wenn wir uns in den nächsten Jahren clever in Genf engagieren, sitzen wir so oder so am Schalthebel. Das ist unser Tag.«

Stanley nickte und küsste Jade auf die Stirn. »Du sprichst mir aus dem Herzen. Meine Überlegungen gingen exakt in dieselbe Richtung. Ich schlage vor, dass du mit Mr. Li telefonierst und ich in der Zwischenzeit diesen alten Vertrag lese. Irgendwie fühle ich, dort findet sich das Detail, das die Lombardis verzweifelt suchen. Nur zwischen uns, Jade, falls ich etwas finde, stecken werde ich ihnen den Hinweis nicht. Es wäre aber gut zu wissen, worum es hinter den Kulissen wirklich geht.«

Fünfzig Minuten später waren Stanley und Jade zurück in Joels Suite.

Stanley hatte den Vertrag einige Male gelesen und konnte keine Unstimmigkeit entdecken. Er ging davon aus, dass Silver-Invest den Buchwert von einer Million US-Dollar hatte, wie seit siebzig Jahren in allen offiziellen Bilanzen vermerkt. Eine kleine und unbedeutende Summe, wenn man gerade über fast eine Milliarde verhandelt.

»Der Vertrag scheint in Ordnung. Ich sehe kein Problem darin, ihn zu unterschreiben. Wir bieten Ihnen nach Rücksprache mit Huang Fu Chen für Ihren Anteil an der Lombardi Bank achthundert Millionen US-Dollar und können die gesamte Summe innerhalb von drei Wochen aufbringen.«

Joel gefiel der Verhandlungsstil von Stanley. Er taktierte geschickt und versuchte, alle Seiten zu seinem Vorteil auszuspielen. Trotzdem entschied er spontan, Stanley wissen zu lassen, dass er, Joel, der treibende Kern in den Verhandlungen war und ihn durchschaut hatte. Stanley konnte sicher damit umgehen, solange er seinen offerierten Kaufpreis von achthundert Millionen Dollar durchbrachte.

Vielleicht kann ich durch diesen Schachzug einen weiteren, wichtigen Punkt für mich klarmachen. Ich muss es darauf ankommen lassen. Die beiden sind heiß auf das Geschäft …

»Mir ist bewusst, dass Sie auf meinen Anteil spekuliert haben, Stanley.«

Jade schaute Joel direkt an, ohne eine Miene im Gesicht zu verziehen.

Der lächelte wissend, bevor er weitersprach. »Ansonsten hätten Sie mir die Details vom Plan der Lombardis nicht zugeschanzt. Sie müssen gestern nach unserem Telefonat sofort in den Flieger nach New York gestiegen sein, um dieses Meeting vor den Verhandlungen mit Levy & Lewitt möglich zu machen.«

Stanley ließ sich zu keiner Reaktion bewegen.

»Für ein Veto in einer späteren Situation bezüglich der Lombardi Bank, das ich frei benennen kann, verkaufe ich Ihnen meine zwanzig Prozent für achthundert Millionen US-Dollar. Ich gebe damit zweihundert Millionen Dollar Discount.«

»An welche Art von Veto denken Sie? Können Sie das näher erläutern?«, fragte Stanley irritiert nach.

»Das weiß ich heute noch nicht. An einem Tag oder in einer besonderen Situation meiner Wahl möchte ich, dass Sie Ihren Stimmenanteil in meinem Sinn nutzen.«

»Wir besitzen maximal die Hälfte der Stimmen.«

»Im Moment. Eines Tages wird Fabian Anteile erben. Wie ich ihn kenne, wird er Audrey bald heiraten. Ziehen Sie ihn langsam auf Ihre Seite. Fabian ist nicht so stark wie sein Vater oder sein Onkel Pascal. Sie müssen das heute nicht verstehen. Ich möchte mir nur die Option sichern.«

»In Ordnung. Aber was passiert, wenn ich mit Ihrem Vorschlag oder Veto nicht einverstanden bin?«

»Sie werden einverstanden sein, das ist der Schlüssel zu unserem Deal. Es kann in zwei Jahren, fünf Jahren oder zehn Jahren so weit sein.«

Stanley schaute Jade in die Augen. Sie nickte, ohne mit der Wimper zu zucken.

»Einverstanden. Wie gehen wir vor?«

»Der Vertrag ist vorbereitet, es muss nur die Summe von achthundert Millionen US-Dollar eingesetzt und der Veto-Zusatz geschrieben werden. Haben Sie im Anschluss Zeit, mit mir zu meinem Anwalt zu gehen?«

»Lassen Sie uns bitte den Vertrag in Ruhe lesen und zu unserer Rechtsabteilung nach Hongkong schicken. Wir können nicht ohne Prüfung für achthundert Millionen Dollar unterschreiben.«

Joel reichte Stanley und Jade je ein Exemplar. »Ich habe eine elektronische Kopie, die ich Ihnen per E-Mail senden kann. Sie können diese an Ihre Rechtsabteilung weiterleiten. Treffen wir uns in drei Stunden beim Anwalt zur Unterzeichnung?«

»Die Zeit sollte ausreichen.«

»Die Kanzlei von Davidson & Baker befindet sich nur zwei Blocks vom Hotel entfernt. Hier ist die Karte von Herrn Davidson Senior, falls Sie vorher noch Fragen haben.«

Joel trat auf den Balkon der Hotelsuite und sah auf das geschäftige Treiben in Manhattan herunter. Er liebte die Mischung von exklusiven Boutiquen und Flagship-Stores, Banken, Hotels, Bürohochhäusern und Restaurants in der 5th Avenue. Der Geräuschpegel, die Polizeisirenen, die hupenden Taxis und die vielen hektischen Menschen gehörten für ihn zu New York wie der Central Park. Man spürte den Puls der Zeit, die Macht des Geldes. Hier wurde amerikanische Geschichte geschrieben. Joel gehörte zu den Machern, und bald brauchte er sich nicht mehr zu verstecken. Zufrieden inhalierte er einige Zigaretten und reflektierte.

Ich habe gerade zweihundert Millionen Dollar Discount fantastisch investiert. Silver-Invest gehört mir jetzt auch nach Schweizer Recht. Damit habe ich einen Teil von Julius' Vermächtnis erfüllt. Endlich … Es waren lange fünfundzwanzig Jahre, bis ich diese Unterschriften bekommen habe. Zugleich habe ich mir einen kleinen Einfluss in der Lombardi Bank mit dem Veto erkauft. Mir geht es schon lange nicht mehr um Geld, sondern ausschließlich darum, mein Versprechen an Julius zu erfüllen und meine Macht zu vergrößern. Außerdem liebe ich die Intrige. Ich wollte die Lombardi Bank überneh-

men, das ist mir diesmal nicht gelungen. Aber was nicht ist, kann noch werden. Ombrage ist nur aufgeschoben.

Mit dem Verkauf meiner Anteile an Stanley bringe ich die Lombardis in große Bedrängnis. Nun besitzen die Hongkong-Chinesen einen gleichwertigen Anteil an ihrer Bank. Das wird Christian auf die Palme treiben. Ich muss den Lombardis gegenüber nichts begründen, aber ich freue mich auf ihre Reaktion, wenn sie von dem Deal aus meinem Mund hören. Mich befriedigt, dass ich an einen solventen, professionellen Partner verkauft habe, der dazu ein halber Lombardi ist. Ich habe mich an die Statuten der Bank gehalten, auf die sie solchen Wert legen. Diese Träumer haben noch nicht verstanden, wohin der Zug im 21. Jahrhundert fahren wird.

Jade und Stanley glauben, dass sie den Kaufpreis um zweihundert Millionen heruntergehandelt und eine günstige Partnerschaft erworben haben. Zum Glück haben sie keinen Schimmer von der deutschen Geschichte. Sie haben gerade fünfzehn Milliarden Dollar in Silver-Invest für mich legalisiert. Sie werden sich wundern, was sie dieses Veto in der Zukunft kosten wird. Zusätzlich erhalte ich achthundert Millionen Dollar von der GFS. Es ist immer wieder erstaunlich, wie blind die Gier nach Geld selbst beste Geschäftsleute macht. Das Leben ist voller überraschender Wendungen …

Kapitel 100

Freitag, 25. Februar 2011

Ted Blumfeld, Joel Silverstein und Stanley McGraham hatten sich eine Viertelstunde früher als vereinbart im Konferenzraum der 35. Etage des Levy & Lewitt-Headquarters in der New Yorker Weststreet eingefunden. Während sie einen Kaffee tranken, stellte Joel Stanley McGraham als neuen Partner der Lombardi Bank vor. Bereits in den ersten Augenblicken des Zusammentreffens fiel Joel auf, dass Ted unkonzentriert war und angespannt wirkte.

Mit Stanley hatte Joel sich bereits zeitig am Morgen noch einmal kurz bei seinem Anwalt getroffen. Sie tauschten letzte Dokumente zum vollständigen Abschluss der gestrigen Verhandlungen aus.

Pascal, Christian und Francesca betraten gemeinsam Punkt elf Uhr das Büro. Ihr unerwartet selbstbewusstes und souveränes Auftreten veränderte die Atmosphäre, es knisterte plötzlich. Selbst Ted und Stanley spürten, dass da keine frustrierten Verlierer einliefen. Abgesehen davon war Joel überrascht, Francesca an der Seite der Lombardi-Brüder zu sehen. Als Sekunden später auch noch Melissa Archer-Brown, die Leiterin der Rechtsabteilung von Levy & Lewitt und CEO Nathan Rosenberg erschienen, schwante ihm Schlimmes.

Die Lombardis hatten gemeinsam mit Roland Sutter in den letzten beiden Tagen eine doppelspurige Strategie ausgebrütet. Die neuen Erkenntnisse über Silver-Invest, die sie durch erste Informationen von Roland Sutters Ex-Frau Sabrina gewonnen hatten, zusammen mit den Ergebnissen der Recherchen von Silvia Egli und die illegal auf Joels Laptop gefundenen Dokumente erhärteten Pascals Zweifel an der vollständigen Rechtmäßigkeit des Margin Call. Er beharrte kompromisslos darauf, Levy & Lewitt gegenüber nicht einzulenken und die Margin zu bezahlen, sondern bis zum Schluss um eine andere Lösung zu kämpfen.

Ihre Taktik basierte darauf, Joel und Levy & Lewitt mit diesem neuen Wissen zu überraschen und die geschäftliche Beziehung zwischen Ted und Joel als Insiderhandel und gezielten Set-up gegen die Interessen der Lombardi Bank auszulegen. Durch die komplizierte Rechtslage war es unmöglich, alle Details in der Argumentation zu verwenden. Francesca oblag die schwierige Aufgabe, die beweisbaren Fakten zur richtigen Zeit wohldosiert einzusetzen. Es lastete große Verantwortung auf ihren Schultern. Trotzdem war sie guten Mutes. Was hatten sie zu verlieren? Das Ergebnis konnte sich nicht verschlechtern. Im schlimmsten Fall würde die Lombardi Bank den gesamten Kredit zurückzahlen müssen, und der war über die GFS in Hongkong abgesichert.

Bis tief in die Nacht hatten sie hitzig über die richtige Vorgehensweise diskutiert. Vom Standpunkt Levy & Lewitt aus gesehen war jeder einzelne Schritt für sich gesehen korrekt abgelaufen. Brachte man jedoch die einzelnen Teile in den richtigen Zusammenhang, ergaben diese einen gigantischen Skandal. Francesca feilte – typisch Perfektionistin – wieder und immer wieder an ihrer Wortwahl, bis sie mit dem Ergebnis zufrieden war. Weder Pascal noch sie, die Insider bezüglich der Verhandlungstaktik amerikanischer Banken, gingen davon aus, dass Joel Nathan Rosenberg in seinen Plan eingeweiht hatte. Er konnte zweifelsohne Ted Blumfeld manipulieren, aber den CEO – das überstieg ihre Vorstellung. Im Gegenteil. Sie spekulierten darauf, dass Nathan Rosenberg über die Vorgänge empört sein, als erfahrener Geschäftsmann allerdings einen neuerlichen Skandal seiner Bank verhindern würde. Es sollte auch nicht in seinem Interesse liegen, Joel als langjährigen Klienten ins Messer laufen zu lassen … Die Lombardis waren gründlich vorbereitet, doch es gab viele Unbekannte in ihrer Rechnung. Überraschungen waren garantiert, und der Ausgang war ungewiss.

»Wieso sind Francesca, Melissa Archer-Brown und Nathan Rosenberg hier?«, raunte Joel Christian leise zu, während alle Platz nahmen.

»Francesca vertritt unsere Familie und die Lombardi Bank.«

»Sie vertritt unsere Bank?«

»Pascal würde sich nie von dir vertreten lassen. Überrascht dich das?«, flüsterte Christian zurück. »Du hast am Montag darauf bestanden, als Partner anwesend zu sein … Wir haben Levy & Lewitt am Mittwoch gebeten, dass Melissa Archer-Brown und Nathan Rosenberg an dem Meeting teilnehmen. Du warst im Flieger nicht erreichbar.«

Joel atmete tief durch. Das lief nicht wie erwartet.

Ted Blumfeld eröffnete das Meeting, stellte die Anwesenden vor und legte die Fakten des Margin Call dar. Anschließend bat er einen Vertreter der Lombardi Bank um eine Stellungnahme.

Christian räusperte sich, bevor er zu sprechen begann. »Vor drei Wochen hörte ich erstmals von diesem Geschäft zwischen Levy & Lewitt und der Lombardi Bank. Seitdem ist niemand von uns zur Ruhe gekommen. Thomas Widmann hat Selbstmord begangen, mein Vater ist verstorben, Pascal verschwand ... Seit wenigen Tagen beginnen wir zu erfassen, was wirklich inszeniert wurde.« Er ließ seinen Blick zwischen den Anwesenden hin und her schweifen. »Wie so oft, steckt in jeder schlechten Nachricht auch eine gute. Die schwierigste Lektion für mich war zu begreifen, dass ich niemandem – trotz einer langen und erfolgreichen geschäftlichen Vergangenheit – blind vertrauen kann.« Jetzt schaute Christian bewusst erst Joel, danach Ted und Pascal an. »Die gute Nachricht ist, dass die Wahrheit letztendlich doch ans Licht kommt.« Er suchte noch einmal Pascals Blickkontakt. Der bestätigte mit leichtem Kopfnicken. »Francesca Lombardi wird als Anwältin die Interessen der Familie und der Lombardi Bank vertreten und unsere Version des Geschäfts darlegen.«

Die Aufmerksamkeit verlagerte sich schlagartig auf Francesca. Sie erhob sich, eine alte Gewohnheit aus dem Gerichtssaal. »Wir mussten bei der Untersuchung der Angelegenheit ungewöhnliche Wege in kurzer Zeit finden und bei den Recherchen viele Jahre zurückgehen. Alle Fakten und Punkte, die ich erwähnen werde, kann ich schriftlich anhand von Kopien, E-Mails oder aufgezeichneten Telefonaten belegen.«

Diese unerwartete Eröffnung erhöhte die Spannung.

»Levy & Lewitt legte im Sommer 2006 MBS mit dem Namen MOF 1 auf und verkaufte diese an einen staatlichen Pensionsfonds aus Kalifornien. Ende 2007 signalisierte dieser Fonds, aus dem Geschäft aussteigen zu wollen – in Panik und um jeden Preis. Die Verantwortlichen befürchteten auf dem Höhepunkt der Finanzkrise, dass sich die investierten zwei Milliarden US-Dollar in Luft auflösen könnten. Deshalb nahmen sie einen substantiellen Verlust von einer Milliarde in

Kauf, um die andere Milliarde der Anleger zu retten.« Francesca warf Melissa Archer-Brown einen entschuldigenden Blick zu, bevor sie weitersprach.

Die beiden Frauen kannten und schätzten sich in einer ansonsten von Männern dominierten Welt.

»Im Rahmen unserer Nachforschungen fanden wir ein Telefonat in den Aufzeichnungen der Lombardi Bank, das eine unglaubliche Geschichte ins Rollen brachte. Im Januar 2008 kontaktierte Ted Blumfeld Joel Silverstein in Genf und schilderte die Umstände um MOF 1 zuerst telefonisch, später in einer E-Mail. Wir haben uns daraufhin natürlich gefragt: Was hat Joel Silverstein mit MOF 1 zu tun?«

Joel unterbrach Francesca sofort ungehalten. »Woher haben Sie Zugang zu meinen E-Mails? Meines Wissens ist es erlaubt, einen kollegialen Rat zu geben. Sie wollen doch nicht ernsthaft behaupten, dass ein Zusammenhang zwischen diesem Telefonat und dem späteren Geschäft besteht und diesen Quatsch auch noch schriftlich belegen zu können!«

»Doch, das kann ich«, entgegnete Francesca ruhig. »Darf ich meine Ausführungen fortsetzen?«

»Lassen Sie Francesca Lombardi bitte ausreden, Herr Silverstein«, mischte sich nun Melissa Archer-Brown entschieden ein. »Ich bin an diesen Darlegungen ebenso interessiert. Um rechtliche Formalitäten kümmern wir uns später.«

Ein leichtes Lächeln überflog Francescas Gesicht, während sie sich eine blonde Haarsträhne hinter das Ohr klemmte. »Ich fasse mich kurz, Sie können es später detailliert nachlesen.«

Joel warf Francesca nach dieser Bemerkung einen hasserfüllten Blick zu, der Bände sprach.

»Joel Silverstein half nicht nur theoretisch, er schlug viele Fliegen mit einer Klappe … In besagter E-Mail vom

15. Februar 2008 instruierte er Ted, wie dieser vorzugehen hatte, um die Lombardi Bank als neuen Investor für MOF 1 zu ködern. Konkret: Ted Blumfeld manipulierte den Wert des Fünfzig-Millionen-Dollar-Investments, das Thomas Widmann im Namen der Lombardi Bank 2007 von Levy & Lewitt gekauft hatte, nach unten. Er ließ es bewusst in den Keller stürzen. Danach bot Ted Thomas eine Möglichkeit an, seinen Kopf aus der Schlinge zu ziehen. Er offerierte, dass Levy & Lewitt dieses Investment zum Marktpreis zurückkaufen würde. Im Gegenzug kaufte Pascal Lombardi als Leiter der Asset-Management-Abteilung dasselbe Investment erneut. Durch diesen einfachen, aber immer wieder wirkungsvollen Trick, konnte Thomas Widmann die interne Bilanz der Lombardi Bank bereinigen.«

»Was hat dieses Investment mit dem Margin Call zu tun?« Melissa Archer-Brown schaute auf ihre Uhr.

»Ihr Banker hat den Rückkauf dieses Investments mit der Bedingung verknüpft, dass die Lombardi Bank MOF 1 kauft, also beide Geschäfte gekoppelt. Das ist nicht korrekt. Außerdem hat Ted Blumfeld gleichzeitig ein Geschäft mit der Firma Silver-Invest getätigt. Silver-Invest ist eine komplexe Holding, hinter der Joel Silverstein steht. Joel hat als Partner der Lombardi Bank mehr als einen Interessenkonflikt, was Ted bekannt war. Mit anderen Worten: Wir reden hier über einen klaren Fall von Insiderhandel.«

»Das klingt verwirrend. Können Sie das näher erklären und an Fakten belegen?«, fragte Melissa Archer-Brown skeptisch.

»Joel pushte Ted Blumfeld aus Eigeninteresse, einen anderen Käufer für MOF 1 zu finden. Das war zu diesem Zeitpunkt schwierig, da inzwischen weltweit bekannt war, dass mit MBS Milliarden-Verluste geschrieben wurden. Da kam der Hilferuf von Thomas Widmann aus Genf wie gerufen.«

»Das ist nicht wahr«, wehrte sich Ted energisch. »Als ich Pascal das Geschäft im April 2008 angeboten habe, war es extrem lukrativ.«

Pascal schwieg, ließ sich zu keiner Reaktion hinreißen, und Francesca setzte ihre Ausführungen fort.

»Sicher gehören zu jedem Geschäft zwei Seiten. Aber Pascal Lombardi und Thomas Widmann wollten MOF 1 nicht mehr kaufen, nachdem Ted Blumfeld die persönliche Garantie für das Leverage von achthundert Millionen US-Dollar verlangt hat. Thomas Widmann rief daraufhin zur Rückversicherung seiner Entscheidung den Anwalt der Lombardi Bank und Initiator des ersten Geschäfts – Joel Silverstein – an. Wir haben dieses Telefonat gefunden. Joel forcierte Thomas Widmann eindeutig, diese Garantie zu unterschreiben, ansonsten würde er François Lombardi von den fünfzig Millionen Verlust erzählen. Ist das anwaltliche Beratung?«

»Das sind interne Probleme der Lombardi Bank«, wiegelte Melissa Archer-Brown jede Verantwortung ab. »Damit haben wir nichts zu tun. Warum haben Sie uns hergebeten?«

Francesca sortierte ihre Papiere und sammelte sich. »Der Prospekt von MOF 1, alle Angaben und Zahlen, sowie der Vertrag an sich sind absolut korrekt.«

»Natürlich sind unsere Prospekte fehlerfrei. Dafür beschäftigen wir hochkarätige Anwälte.«

»Wir haben die Immobilien im Prospekt und die Umstände genau untersucht. Die Firmen Rich-Inc., Victory-Investments, Icon-Invest, Esprit-Corporation, Liberty-Invest und Sanctus halten gemeinsam alle diese Immobilien. Sie sind in Delaware gemeldet und gehören zu einer Mutterfirma mit dem Namen Empire. Empire wiederum ist Teil der Silver-Invest Holding, ebenfalls eine Delaware-Firma.«

»Das ist nicht ungewöhnlich und legal. Tausende Firmen

aus den USA und dem Ausland nutzen die Steuervorteile von Delaware«, warf Melissa Archer-Brown ein. Sie war von den Ausführungen nicht überzeugt.

»Das stimmt. Uns stört, dass diese Firmen zu einer bestimmten Holding gehören, nämlich Silver-Invest. Der Besitzer dieser Firma heißt laut dem Register in Delaware Joel Silverstein.«

»Ich verstehe Ihr Problem immer noch nicht.«

Francesca hatte genau mit diesen Einwänden gerechnet. »Ich muss etwas ausholen, um die Zusammenhänge logisch zu erklären. Aus den Grundbucheintragungen haben wir erfahren, dass diese Immobilien seit Jahrzehnten im Besitz von Silver-Invest waren und lange vollständig bezahlt. Erst 2006 gründete Joel die erwähnten Firmen, wechselte offiziell die Eigentumsverhältnisse, ließ die Immobilien neu bewerten und finanzierte fünfzig Prozent davon. Konkret hatten seine Immobilien in MOF 1 zusammen einen Buchwert von vier Milliarden Dollar. Empire erhielt durch die Finanzierung zwei Milliarden Dollar cash. Die Finanzierung wurde von Levy & Lewitt durch Ted Blumfeld gestellt.«

»Das ist absolut legal. Was ich mit meinem Eigentum mache, geht niemanden etwas an.« Joel warf Francesca erneut einen drohenden Blick zu.

Sie ließ sich weder einschüchtern oder beirren. »Joel refinanzierte Immobilien, die lange bezahlt waren. Durch die weltweite Finanzkrise rutschten ein Jahr später alle Preise in den Keller. Die Krise konnte Joel natürlich nicht vorhersehen, aber sie kam ihm gelegen. Er entwickelte einen genialen Plan. Als der Pensionsfonds eine Milliarde US-Dollar Verlust akzeptierte, wurden Joels Kredite um eine Milliarde billiger. Levy & Lewitt erlitt keinen Verlust, da die Finanzierung der Immobilien über MOF 1 an den Pensionsfonds verkauft war und strich den Aufschlag und die Gebühren ein. Der große Verlierer war der staatliche Pensionsfonds, der diese Summe abschreiben musste. Mit anderen Worten: die Altersvorsorge seiner Mitglieder, die wahrscheinlich über Jahrzehnte eingezahlt hatten. Ich unterstelle Joel, dass er danach gezielt nach einem neuen Investor gesucht hat, mit dem er das gleiche Modell noch einmal durchziehen konnte. Hier kam die Lombardi Bank ins Spiel.«

»Das sind alles wilde Unterstellungen und Verschwörungstheorien. Wollen Sie mir nicht noch die Entstehung der Finanzkrise in die Schuhe schieben? Ich kann mir diesen Blödsinn nicht länger anhören«, unterbrach Joel aggressiv Francescas Ausführungen.

»Lassen Sie die Vertreterin der Lombardi Bank bitte ausreden«, wies Nathan Rosenberg Joel zurecht. »Sie können anschließend zu den Vorwürfen Stellung nehmen.«

»Nun stellt sich die Frage, warum sich Pascal Lombardi und Thomas Widmann darauf eingelassen haben? Und warum hat Joel Silverstein als Anwalt der Lombardi Bank dies gedeckt? Nun, jeder der Herren hatte verschiedene Gründe. Ted Blumfeld begeisterte Pascal Lombardi mit einem unglaublichen Geschäftsvorschlag, den er mit dem alten Investment geschickt verknüpft hatte. Pascal Lombardi kam das Angebot aus privaten Gründen und seiner enormen Motivation, als Leiter der Asset-Management-Abteilung erfolgreich zu sein, gelegen. Thomas Widmann wollte schlicht und einfach seinen Job sichern, und zu Joel kommen wir später. Zumindest auf den ersten Blick schien das Geschäft ein Gewinn für alle Beteiligten zu sein.«

»Kann ich davon ausgehen, dass bei dem lukrativen Geschäftsvorschlag MOF 1 mit dem Achtzig-Prozent-Leverage gemeint ist, worüber wir heute verhandeln?«, fragte Nathan

Rosenberg sichtlich genervt von den langen Ausführungen Francescas.

»Ja.«

»Aus dem Fakt, dass ein Mitarbeiter meines Team private Beziehungen nutzt und Investment-Vorschläge unterbreitet, kann man ihm keinen Strick drehen. Den Herren der Lombardi Bank stand frei, diesen Vorschlag abzulehnen. Sie sind beide keine Grünschnäbel. Thomas Widmann war der CEO, und Pascal Lombardi hat zehn Jahre für unsere Firma gearbeitet, ist ein Profi in Investments. Beide wussten, welches Risiko der Gewinnchance gegenüberstand.«

»Ich stimme Ihnen völlig zu.« Francesca ließ sich durch nichts aus der Ruhe bringen.

Nathan Rosenberg rutschte unruhig auf seinem Stuhl hin und her. Er ahnte, dass einiges auf Levy & Lewitt zukam. Er kannte Francesca Lombardi als Anwältin und hatte sie in harten Auseinandersetzungen erlebt. Ihm behagte die Vorstellung nicht, sie auf der Gegenseite zu wissen.

»Manchmal sprechen die Umstände für sich. Die Immobilien wurden vom damaligen Schätzer Tom Collins in seinem Gutachten aus dem Jahr 2006 überbewertet. Unserer Meinung nach bis zu dreißig Prozent, was bei hochpreisigen Immobilien eine enorme Differenz ausmacht. Die Finanzierung von niedrigen fünfzig Prozent für amerikanische Verhältnisse sah auf den ersten Blick risikolos aus. Das war sie nicht, da indirekt fünfundsiebzig Prozent finanziert wurden.«

»Das kann man im Nachhinein leicht behaupten. Im Sommer 2006 boomte der Immobilienmarkt in Manhattan.« Melissa Archer-Brown verteidigte den damaligen Angestellten der Bank.

»Auch da gebe ich Ihnen recht. Aber Ihr neuer Gutachter

Walter Millenberg ließ alle großen Finanzierungen prüfen und kam zu derselben Erkenntnis. Und diese hatte Konsequenzen, denn daraus ging der Margin Call hervor. Quasi über Nacht waren die Immobilienpreise aus dem Jahre 2006 nicht mehr fünfzig, sondern nun fünfundsiebzig oder achtzig Prozent gefallen. Das bedeutete für uns, dass die Kredite der MBS in MOF 1 höher sind als der Wert der Immobilien.«

»Dann ist der Margin Call berechtigt!«

»Entschuldigung, Melissa, aber Sie haben den Kern meiner Aussage nicht verstanden, da ich meine Gedanken nicht zu Ende bringen konnte. Meine Kritik geht nicht in Richtung Delaware oder dass der Margin Call anhand der Zahlen nicht korrekt ist, sondern in Richtung Silver-Invest. Wir müssen uns die Rechtslage und Eigentumsverhältnisse dieser Firma anschauen, denn daraus entstand der Insiderhandel. Die Firmen in der Empire-Holding gehören zu Silver-Invest. Silver-Invest wird von Joel Silverstein gemanagt. Joel verfügt über diese Gelder illegal, denn rechtlich ist Silver-Invest seit seiner Gründung 1931 Teil der Lombardi Bank.«

Unverständnis und Entsetzen war gleichzeitig in die Gesichter von Nathan Rosenberg und Melissa Archer Brown geschrieben. Pascal fiel auf, dass auch Stanleys Augen sich plötzlich weiteten.

Nathan Rosenberg unterbrach Francescas Vortrag. »Frau Lombardi, das klingt wie eine Geschichte aus einer anderen Zeit. All diese Details und wem Silver-Invest gehört, haben jedoch nichts mit unserer Bank zu tun. Wir haben die Immobilien eines Kunden finanziert und diese Kredite zu MBS zusammengefasst, um unser Risiko zu minimieren. Erst 2008 wurden diese der Lombardi Bank – wie sie selbst erwähnt haben – korrekt verkauft. Mit der Firma Silver-Invest haben wir nie verhandelt und nichts zu tun. Ich habe mir die Bücher vor unserem Meeting genau angeschaut. Aron Friedemann war der Vertreter der Firmen, der mit uns diesen Deal geschlossen hat. Jede einzelne Firma hat korrekte Papiere und ist – wie Sie bestätigt haben – in Delaware gemeldet. Die Immobilien existieren, die Aufstellung, die Preise waren in 2006 korrekt. Mit dem Rest, ich wiederhole mich, haben wir nichts zu tun.«

»An Ihrer Stelle würde ich ebenso argumentieren. Doch Ted Blumfeld und Joel Silverstein wussten genau, in welch abgekartetes Spiel sie Levy & Lewitt und die Lombardi Bank involviert hatten.«

Alle Augenpaare starrten gebannt auf Joel.

»Es ist sicher ein internes Problem, das die Lombardi-Familie mit Joel Silverstein zu klären hat, aber es liegt viel Brisanz in dem Sachverhalt. Ich versuche, ihn simpel darzustellen.« Francesca legte eine kurze Pause ein und trank einen Schluck Wasser. »Julius Silverstein, der Großvater von Joel, gründete 1931 die Firma Silver-Invest in Delaware. Ziel der Firma war es, das geht aus einem handschriftlichen Dokument hervor, Gelder von Juden und anderweitig Verfolgten des Naziregimes über die Schweiz und die Lombardi Bank in die Vereinigten Staaten zu transferieren und dort sicher zu investieren. Die Gelder der nicht mehr lebenden Kunden, von denen auch keine Angehörigen gefunden werden konnten, wurden in sogenannte Dormant-Accounts – schlafende Konten – verwandelt. Silver-Invest und seine schlafenden Konten werden seit 1958 mit dem Wert von einer Million Dollar in den Büchern der Lombardi Bank geführt. Das ist der rechtliche Teil in der Schweiz. Diese Angaben entsprechen aber nicht den Tatsachen. Wie wir in den letzten Tagen erfahren haben, ist Silver-Invest überaus aktiv und besitzt über Unterfirmen in der Holding Immobilien im Wert von vier oder fünf

Milliarden US-Dollar. Das bedeutet gleichzeitig, dass die Transaktion zwischen Levy & Lewitt, Joel Silverstein und der Lombardi Bank von Beginn an illegal war und auf unkorrekten Tatsachen basierte. Joel Silverstein wollte eine riesige Summe Geld auf Kosten seiner eigenen Geschäftspartner und Kunden verdienen. Damit schädigte er die Lombardi Bank bewusst. Dazu kommen Verfahrensfehler. Die interne Untersuchung über den Wert der Immobilien in MOF 1 lief über Monate. Warum wurde uns das nicht im Prozess signalisiert? Das wäre die normale Vorgehensweise gewesen. Die Lombardi Bank wurde vor vollendete Tatsachen gestellt und bekam zehn Tage Zeit, einen Kredit von achthundert Millionen US-Dollar zurückzuzahlen. Ted Blumfeld wusste, dass die Lombardi Bank mit der persönlich haftenden Garantie bezahlen musste, wie auch immer ihre Partner das anstellen würden.«

»Worauf wollen Sie hinaus?«, fragte Nathan Rosenberg.

»Lassen Sie mich noch zwei Fakten einfügen, bevor ich zum Ende komme. Wissen Sie, wer der Banker von Tom Collins ist und wo er seine Konten führt?«

»Warum sollte ich das wissen?«

»Tom Collins wurde von Levy & Lewitt Ende 2010 entlassen. Seit Ende 2006 unterhält er ein Konto bei der New Yorker Niederlassung der Thillman Hansebank, das von Joel Silverstein eröffnet wurde. Joel ist Teilhaber dieser Bank mit Stammsitz in Hamburg. Auf dem Konto von Tom Collins befindet sich die stolze Summe von fünfundzwanzig Millionen Dollar. Levy & Lewitt ist für großzügige Bonuszahlungen an seine Banker bekannt, aber dass ein Gutachter von Immobilien diese Summen verdient, ist mir neu. Tom Collins arbeitet heute übrigens für Sanctus Inc., eine der Firmen von Joel Silverstein.«

»Das können Sie belegen?« Nathan Rosenberg war erregt.

»Ja. Den Gipfel des Betrugs habe ich mir für den Schluss aufgehoben. Wir haben einen Vertrag gefunden, in dem Joel Silverstein exklusiv und garantiert das Recht besitzt, MOF 1 von seinem letzten Besitzer zurückzukaufen. Ted Blumfeld hat dieses skandalöse Schriftstück aufgesetzt und im Namen von Levy & Lewitt unterschrieben. Im Klartext: Joel besitzt das Recht, seinen eigenen Kredit zurückzukaufen, den Levy & Lewitt als MOF 1 verkauft hat. Praktisch hat er durch den Pensionsfonds schon eine Milliarde gewonnen und ist dabei, mit der Lombardi Bank noch einmal mindestens fünfhundert Millionen US-Dollar zu verdienen. Theoretisch hat er also 1,5 Milliarden US-Dollar durch *Abschreibungen* verdient. Ohne das moralisch zu bewerten, geben Ihnen diese Umstände nicht zu denken?«

Nathan Rosenberg stand auf und lief einige Male durch das Büro. Es war unübersehbar, wie es in ihm arbeitete. »Sie bringen sehr unterschiedliche Fakten ins Spiel, und Ihre Darstellung erscheint auf den ersten Blick verworren. Ich möchte von Ted Blumfeld für die Beschleunigung der weiteren Diskussion und für mein Verständnis der Sachlage explizit wissen, ob die Tatsachen in Bezug auf diesen letzten Vertrag und den garantierten Rückkauf von Joel Silverstein der Wahrheit entsprechen. Es wird mit Sicherheit eine interne Untersuchung geben. Ted?«

Ted starrte auf einen imaginären Punkt vor ihm, zögerte. Er rang mit sich, spielte in Gedanken das Für und Wider eines Zugeständnisses durch, bis er kapitulierte. »Es stimmt«, nuschelte er leise vor sich hin.

Nathan Rosenberg schlug entrüstet mit der Faust auf den Tisch. »Das darf doch nicht wahr sein!« Zornig lief er um den

Tisch herum und blieb vor Ted stehen. Er schaute ihn verächtlich an, während seine Wortsalve auf ihn niederprasselte. »Ted, Sie sind mit sofortiger Wirkung gefeuert! Verlassen Sie sofort dieses Meeting und unser Haus! Sie kehren nicht an Ihren Schreibtisch zurück. Die Security wird Sie nach draußen begleiten! Das wird schwerwiegende Konsequenzen haben!«

Ted warf Joel einen vielsagenden Blick zu, bevor er den Raum verließ.

Francesca wandte sich nun direkt an Nathan Rosenberg. »Zusammengefasst: Joel Silverstein, Partner der Lombardi Bank und Ihr Kunde, verkaufte ein extrem risikoreiches Investment der Bank, deren Partner und Anwalt er ist, um damit privat Geld zu verdienen. Nach Schweizer Recht gehören ihm weder Empire noch dieses Geld. Er drängte Thomas Widmann nachweislich telefonisch zur Unterschrift in MOF 1. Alles geschieht unter dem Deckmantel von Levy & Lewitt! Gibt es einen skurrileren Set-up?!«

Alle Augen waren erneut auf Joel gerichtet.

»Kein Kommentar zu den Fakten. Was ich privat mache, geht niemanden etwas an. Diese Informationen haben Sie sich illegal beschafft, deswegen haben die Anschuldigungen vor Gericht keinen Bestand. Sie nehmen sich heraus, in meinen Angelegenheiten zu schnüffeln? Das wird nicht ohne Konsequenzen bleiben!«

Nun äußerte sich Pascal erstmals. »Doch, Joel, das geht uns Lombardis etwas an, und ich pfeife auf das Gericht. Du hast Regeln gebrochen und gegen deine langjährigen Geschäftspartner gearbeitet, die dir vertraut haben. Es geht nicht nur darum, dass du mich und Thomas Widmann quasi in das Geschäft hineingestoßen hast. Ich bin mir sicher, die Idee der Bankgarantie und das hohe Leverage kamen von dir! Deswegen hatte ich den Deal abgelehnt, bevor du Thomas Widmann unter Druck gesetzt hast. Es war ein schockierender Augenöffner für mich, nach Jahren diesem überaus interessanten Telefonat zu lauschen! Du hattest einen riesigen Interessenkonflikt, hast ganz bewusst die Lombardi Bank verraten, und Ted Blumfeld beziehungsweise Levy & Lewitt haben dich dabei unterstützt! Seit Jahren spüre ich, dass …«

»Pascal, lass die Emotionen weg«, fuhr Christian seinem Bruder scharf ins Wort. »Francesca, bitte übernimm du wieder.«

»Nein!« Melissa Archer-Brown intervenierte mit einem einzigen Wort entschieden. »Ich verstehe Ihren Standpunkt, aber in der Auslegung kann ich nicht zustimmen. Vielleicht sind diese Anschuldigungen berechtigt, Sie haben aber letztendlich nichts mit dem Margin Call zu tun.« Ihre Stimme klang extrem verärgert. »MOF 1 wurde 2006 unabhängig von jedem Käufer aufgelegt. Sie haben die MBS erst in 2008 erworben, waren der zweite Investor. Stoppen Sie Ihre Unterstellungen in Richtung Levy & Lewitt bezüglich Insiderhandels! Bezahlen Sie Ihre Schulden an uns, und klären Sie den Rest bitte intern mit Joel Silverstein.«

»Levy & Lewitt hat nachweislich am Preis der Immobilien gedreht. Die Preise waren in 2006 viel zu hoch und sind heute weit unter dem Marktpreis angesetzt«, verteidigte Francesca gelassen ihre Strategie.

»Immobilien sind seit jeher volatil. Die Wertigkeit liegt im Auge und Interesse des Betrachters. Besitzer, Käufer, Verkäufer, Mieter oder Gutachter haben noch nie den gleichen Preis für ein Objekt genannt.«

»Ihre Information an meine Klienten erfolgte nicht korrekt. Das ist ein Fakt.«

»Dafür wird Ted Blumfeld sich verantworten müssen.«

Nathan Rosenberg unterbrach den Wortwechsel zwischen den beiden Rechtsvertreterinnen mit einer überraschenden Frage. Francescas leidenschaftliches, auf Fakten basierendes Plädoyer zeigte endlich die erhoffte Wirkung. »Inwieweit können wir mit Ihnen verhandeln?«

Er spürte, dass er den Lombardis entgegenkommen musste. Einen Skandal in der internationalen Presse mit der negativen Schlagzeile *Levy & Lewitt – Manipulationen in Manhattan Real Estate, Schweizer Bank verliert hunderte Millionen US-Dollar* oder noch desaströserem Wortlaut, wollte er um jeden Preis verhindern. Dafür war die Streitsumme unverhältnismäßig klein, die Rechtslage von jüdischem Geld auf Dormant-Konten brisant und das Verhältnis zu Schweizer Banken schon belastet genug. Joel Silverstein gehörte zu den besten privaten Kunden von Levy & Lewitt und war zudem ein alter Freund. Die ganze Geschichte konnte extrem unangenehm werden. Durch diese einlenkende Frage nahm er Melissa Archer-Brown mit der Autorität des CEO den Wind aus den Segeln.

»Wir haben einen Vorschlag ausgearbeitet, der alle Beteiligten das Gesicht wahren lässt. Würden wir über diese Fakten vor Gericht streiten, bekämen Ted Blumfeld, Levy & Lewitt, Joel Silverstein und auch die Lombardi Bank enorme rechtliche Probleme. Vom Image-Verlust mag ich gar nicht reden. Die Lombardi Bank schätzt die Beziehungen zu Levy & Lewitt und ist ebenso bemüht, ihren Namen aus den Schlagzeilen herauszuhalten.«

Francesca schaute Nathan Rosenberg direkt in die Augen und senkte ihre Stimme. »Was halten Sie davon, wenn wir das Geschäft zwischen Levy & Lewitt und der Lombardi Bank ungeschehen machen? Der Gewinn von Joel Silverstein entspricht exakt dem Verlust der Lombardi Bank. Sie schließen die Positionen auf beiden Seiten und lösen mit kleinen juristischen Tricks das Geschäft MOF 1 zwischen Levy & Lewitt und der Lombardi Bank im Nirwana auf. Es hat nie existiert. Die Lombardi Bank würde ihre Investoren unabhängig abfinden.«

Nathan Rosenberg brauchte nicht lange nachzudenken. Levy & Lewitt hatte mit MOF 1 bisher kein Geld verloren. Man hatte an der Finanzierung von zwei Milliarden US-Dollar gut verdient, ebenso an dem Verkauf von MOF 1 an den Pensionsfondss. Den anfallenden Gebühren und Zinsen aus dem Geschäft mit der Lombardi Bank standen ein erneuter Image-Schaden, horrende Anwaltskosten und eventuelle Strafgebühren der SEC gegenüber.

»Wir könnten auf Ihren Vorschlag eingehen, wenn Sie garantieren, dass es seitens der Lombardi Bank keine Klage geben wird. Es gibt keine Gebühren, keine aktiven Dormant-Konten, keine Bestechung ... Was Sie mit Joel Silverstein klären müssen, erledigen Sie intern. Der Name Levy & Lewitt wird in keinem Zusammenhang auftauchen.«

Es war ein Friedensangebot. Francesca hatte clever die Chancen eines langjährigen Gerichtsstreits einer komfortablen Lösung für alle Beteiligten gegenübergestellt.

»Das kann ich garantieren. Die Möglichkeit, alles zwischen uns zu regeln, steht und fällt hier und heute. Melissa Archer-Brown als Rechtsvertreterin und Sie, Herr Rosenberg, haben genug Einfluss, sofort eine Entscheidung zu treffen. Ansonsten geht der Fall die langen Wege der Bürokratie, und das kann sich die Lombardi Bank nicht leisten. Der Margin Call muss heute vom Tisch.«

Nathan Rosenberg schaute fragend zu Melissa Archer-Brown.

Sie nickte zustimmend. »Wir müssen Details rechtlich

abklären, aber es gibt für alles eine Lösung, wenn beide Seiten interessiert sind. Der Margin Call hat sich damit erledigt.«

Nach dieser schnellen, pragmatischen Entscheidung von Nathan Rosenberg herrschte plötzlich eine unheimlich anmutende Stille im Konferenzraum. Sie stand im krassen Gegensatz zu den unterdrückten Gefühlen aller Anwesenden.

Pascal hätte vor Freude laut aufgeschrien. Er beherrschte sich und beobachtete Joel aus den Augenwinkeln. Der schaute konsterniert zu Nathan Rosenberg und presste die Lippen zu einem schmalen Strich zusammen.

Ich wusste, um hier glimpflich herauszukommen, würden wir auf einige glückliche Zufälle angewiesen sein. Diese sind uns gerade zuteil geworden ...

Dann wandte sich Francesca an Joel. »Als Partner der Lombardi Bank haben Sie gezielt Produkte an die Kunden der Bank verkauft oder genehmigt, durch die Sie sich persönlich bereichert haben. Ich muss sicher nicht begründen, dass Sie für uns in allen Funktionen untragbar geworden sind. Damit sich das Geschäft in Stillschweigen auflösen kann, verlangen wir, dass Sie mit sofortiger Wirkung als Partner und Anwalt der Lombardi Bank zurücktreten. Verkaufen Sie Ihre Anteile laut dem geltenden Vertrag. Ich habe alle Dokumente zur Unterschrift vorbereitet. Über die Rechtslage von Silver-Invest und den Geldern dieser Holding verhandeln wir morgen unabhängig.«

»Stopp!«, kategorisch schritt Nathan Rosenberg ein. »Ich kläre den Teil, der Levy & Lewitt und die Lombardi Bank betrifft. Wie Sie sich mit Joel Silverstein einigen, geht uns nichts an.«

»Das verstehen wir. Für uns gehören aber beide Forderungen zusammen, auch wenn sie rechtlich nichts miteinander zu tun haben.«

Wieder richteten sich alle Augen auf Joel. Der war die Ruhe in Person und signalisierte Francesca, ihm den Vertragsentwurf zukommen zu lassen. Erneut füllte gespanntes Schweigen den Raum, während Joel den Entwurf las.

Zur Überraschung von Pascal, Christian und Francesca schien er die Forderungen gelassen aufzunehmen. Nur Stanley kannte den Grund von Joels Abgeklärtheit. Er hatte bisher nichts zur Diskussion beigetragen, was niemanden verwunderte, denn es ging ausschließlich um die Vergangenheit. Dass er absolut schockiert war, bemerkte keiner. Inzwischen hatte Stanley nämlich verstanden, dass er zwar Joels zwanzig Prozent Beteiligung an der Lombardi Bank günstig gekauft hatte, aber der wirkliche Coup Joel gelungen war. SilverInvest war eine milliardenschwere Firma, die Stanley gestern ahnungslos mit seiner Unterschrift für Joel legalisiert hatte. Der Zeitdruck sowie der Preisnachlass ergaben nun Sinn. Warum hatten Jade und er das nicht erkannt? Stanley musste sich eingestehen, dass er auf der ganzen Linie ausgetrickst worden war. Die Lombardis hatten noch keine Ahnung von diesen Tatsachen. Er zollte ihnen innerlich großen Respekt, wie sie sich aus der Affäre zogen und was sie in der kurzen Zeit herausgefunden hatten. Das würde morgen eine haarige Diskussion werden und ein schlechter Start für ihre Zusammenarbeit.

»Kann ich das Dokument modifizieren?«, fragte Joel Francesca.

»Sicher, wenn es im Einklang mit unseren Forderungen steht.«

Joel nickte. »Ich trete rückwirkend mit dem *gestrigen* Datum als Partner, Anwalt und Mitglied des Management-Teams der Lombardi Bank zurück. Ich unterschreibe, dass ich meinen Anteil vertragsgemäß verkaufen werde. Im Gegenzug bin ich von allen Verpflichtungen entbunden. Keine Rechte und keine Pflichten mehr für mich, ein sauberer Schnitt.« Joel schaute die beiden Lombardis und Francesca mit stoischer Ruhe an.

»Sie sind einverstanden?«, fragte Francesca verblüfft.

»Haben Sie ein Problem damit? Ich bin siebzig Jahre alt und habe wirklich genug von dem Theater. Ändert das Datum, ich unterschreibe, und wir können ab sofort getrennte Wege gehen.«

»Ich passe das Dokument gleich auf meinem Laptop an und lasse es von der Sekretärin ausdrucken.«

Melissa Archer-Brown und Nathan Rosenberg verließen gemeinsam den Konferenzraum, um sich abzustimmen, wie sie mit der Liquidierung des Vertrages zwischen Levy & Lewitt und der Lombardi Bank voranschreiten konnten.

Nachdem Francesca das Dokument nach Joels Wünschen geändert hatte, verließ auch sie den Raum, um es ausdrucken zu lassen.

Joel kämpft nicht um bessere Bedingungen? Er will den Anteil, den seine Familie seit 1930 hält, wie in unserem Partner-Vertrag geregelt verkaufen und auf leisen Sohlen verschwinden? Das geht zu glatt! Das entspricht in keiner Weise dem Joel Silverstein, den ich kenne. Sicher müssen wir eine Menge für seinen Anteil bezahlen, aber Geld hat Joel genug. Eigentlich ging es ihm doch immer nur um Macht und Einfluss …

Es rumorte in Pascals Bauch.

Joel drehte seinen Stuhl, als könnte er Pascals Gedanken lesen. »Du hast dich raffiniert aus der Affäre gezogen. So viel Kreativität hätte ich dir nicht zugetraut, zehn Jahre Levy & Lewitt waren eine gute Schule. Du meinst, meine Motivation verstanden zu haben, ohne deine wirklichen Gründe für den

Vertrag mit Levy & Lewitt offenzulegen, und spielst das Opfer. Das entspricht nicht den Tatsachen, denn du warst gierig. Ich sage nur Paul Desmond ...«

Pascal reagierte nicht.

Ich hasse diesen kleinen Mann hinter seinen dicken Brillengläsern. So sehr ich Judith geliebt habe, so sehr verachte ich ihn. Vielleicht muss ich mich aber gerade deswegen um mein Baby kümmern? Mein Kind unter der Fuchtel dieses Mannes, undenkbar. Durch Judiths Schwangerschaft habe ich mich auf lange Zeit mit der Familie Silverstein verbunden. Eigentlich ein Pakt mit dem Teufel.

»Was willst du mir durch die Blume sagen?«, fragte Pascal angewidert.

»Lass meine Tochter endlich mit ihrem Mann glücklich werden. Unsere Familien passen nicht zusammen, das habe ich bereits erkannt, als ihr noch Teenager wart.«

In Pascal kämpften zwiespältige Gefühle. Es gab für ihn keinen Grund mehr, sich vor Joel zu verstecken. »Da hast du recht. Die Lombardi-Familie hat definitiv weniger kriminelle Energie und mehr Ethik als die Familie Silverstein. Julius mag ein Genie gewesen sein, der ursprünglich Gutes im Sinne hatte. Du, Joel, kommst vielleicht an seine Intelligenz heran, bist jedoch meilenweit von seiner Klasse entfernt. Judith besitzt Klasse, und ich kann kaum glauben, dass sie deine Tochter ist. Wahrscheinlich wäre es ihr an meiner Seite besser ergangen, und vielleicht wäre sie heute glücklicher ...«

»Pascal, lass dich nicht zu Äußerungen hinreißen, die du später bereust«, versuchte Christian seinen Bruder zu beschwichtigen. »Du kennst unseren Plan, bitte ...«

Pascal winkte gereizt ab. »Er hat es doch selbst angesprochen. Das muss ich jetzt loswerden.« Er wandte sich wieder

Joel zu. »In den letzten drei Jahren hatten Judith und ich ein Verhältnis. Am vergangenen Montag haben wir uns endgültig getrennt. Abgesehen davon, dass Judith unfähig ist, eine Entscheidung zu treffen, habe ich von der Familie Silverstein und ihren Intrigen genug. Fast wäre ich auch so geworden, nur um dich als Partner der Lombardi Bank endlich loszuwerden. Das war meine Motivation hinter diesem Geschäft, und nur deswegen gab es Paul Desmond und den Setup auf den Bahamas. Ich wollte mich nie persönlich bereichern. Ich wünschte, der Schnitt von eurer Familie wäre so glatt wie deiner mit der Lombardi Bank. Aber Judith ist schwanger. Wir bekommen ein Baby.«

Joels Gesichtsfarbe wechselte zu aschfahl. »Meine Judith trägt dein Kind unter dem Herzen?«

»Das hat sie zumindest diese Woche in Genf behauptet. Damit müssen wir beide leben, bis wir nach der Geburt einen DNA-Test machen können.« Pascal schaute Joel fest in die Augen.

Dem war das Entsetzen über die Nachricht von Judiths Schwangerschaft mitten ins Gesicht geschrieben. »Ich muss hier raus. Das ist ja nicht zu fassen ...« Joel verlor erstmals an diesem Tag die Beherrschung.

»Hättest du mit dieser Nachricht nicht warten können, bis er uns seinen Anteil verkauft hat? Pascal, du bist und bleibst ein Hitzkopf!« Christian war ärgerlich über den Verlauf der letzten Minuten.

»Ich wollte ihn provozieren und gebe zu, dass ich meine Gefühle am Ende nicht beherrschen konnte. Trotzdem bin ich sicher, dass wir irgendetwas übersehen haben. Ein normaler Joel Silverstein würde sich nie so schnell geschlagen geben.«

»Was läuft mit euch Lombardi-Männern und unehelichen

Kindern falsch?« Mit dieser Frage beteiligte sich Stanley erstmals an der Diskussion. »Die Geschichte von Audrey und mir scheint sich gerade zu wiederholen. Wenn ich dir einen Tipp geben darf, Pascal, verheimliche dem Kind und Judiths Mann gegenüber nicht, wer der Vater ist. Ich spreche aus Erfahrung. Es schmerzt auch nach fünfunddreißig Jahren noch. Das Leben von Peter wurde von François Lombardi zerstört.«

Christian hatte eine herbe Erwiderung auf der Zunge. Er schluckte sie herunter, da Francesca wieder in den Konferenzraum trat.

»Alles okay mit euch? Ihr seht eher besorgt als zufrieden aus. Es läuft doch besser als gedacht.«

Pascal umarmte Francesca. Er war froh, dass die Diskussion mit Christian und Stanley für den Moment beendet war. »Danke, du warst großartig. Die Geschichte hätte ohne deine Hilfe ganz anders ausgehen können ...«

Francesca strahlte. »Es wurde Zeit, dass ich dir beweisen konnte, was ich als Anwältin auf die Beine stellen kann.«

»Wie managen wir den Fakt, dass ihr den Überbrückungskredit nicht mehr braucht? Eure Rücktrittsfrist vom Vertrag läuft heute ab. Wir hatten Kosten ...«, fragte Stanley, ohne mit der Wimper zu zucken.

Francesca schaute fragend zu Pascal.

»Euch gehören durch die Erbschaft zwanzig Prozent der Bank. Du bist unser Halbbruder. Wir sind davon ausgegangen, dass wir das in der Familie klären können. Es ist langfristig auch in eurem Interesse«, antwortete Pascal betont freundlich.

»In meiner Familie redet man über wichtige Entscheidungen und stellt sich nicht gegenseitig vor vollendete Tatsachen.«

»Sicher, da pflichte ich dir ohne Abstriche bei. Manche Fakten haben wir aber erst letzte Nacht herausgefunden. Es blieb einfach keine Zeit mehr, dich zu informieren. Wir haben bis heute Morgen an unserer Strategie gebastelt und, wie du sicher bemerkt hast, auch ein bisschen gepokert ... Das wird ein Lernprozess für uns alle.«

»Ich verstehe nicht alle Nuancen in der komplizierten Geschichte und freue mich für euch, dass ihr den Margin Call abwenden konntet. Allerdings haben wir Investoren in den Überbrückungskredit involviert. Siebenhundert Millionen Dollar konnten wir nicht innerhalb einer Woche aus Eigenmitteln bereitstellen. Die werden über diese Fügung nicht glücklich sein. Wir müssen über eine Entschädigung reden.« Stanley gab sich keine Mühe, seine Enttäuschung zu verbergen.

»Können wir das Thema morgen besprechen? Wenn unser Vorschlag an Levy & Lewitt jetzt durchgeht, kündigen wir den Kredit noch heute schriftlich. Vielleicht nehmen wir auch einen Teil davon in Anspruch, um Joels Anteil zu kaufen. Lass uns den Tag und den Deal mit Levy & Lewitt zu Ende bringen und den Rest friedlich später regeln. Ihr werdet keinen finanziellen Verlust haben.«

»Es geht nicht nur um Geld. Aber einverstanden, wir klären das morgen.«

Francesca wandte sich an Christian. »Ich habe die Verträge Joels Wünschen angepasst. Wo ist er?« Sie ahnte nichts von dem heftigen Wortgefecht, das Pascal und Joel gerade ausgetragen hatten.

Christian ging davon aus, dass Pascal Francesca bisher Judiths Schwangerschaft verschwiegen hatte und spielte die Situation herunter. »Keine Ahnung, er wollte kurz raus.«

»Was machen wir mit dem vorgefertigten Kaufvertrag für Joels Anteile an der Bank?«

»Lass ihn bitte erst den Rücktrittsvertrag unterschreiben, und vereinbare für morgen ein Meeting mit ihm. Der Rest geht, wie Nathan Rosenberg passend bemerkt hat, Levy & Lewitt nichts an. Für heute haben wir genug erreicht.«

Francesca nickte, fühlte sich befreit.

»Ich kann nicht glauben, dass wir den Arsch endlich los sind und unsere Beziehungen zu Levy & Lewitt nicht zerstört haben. Dann war nicht alles umsonst, auch wenn wir als Familie einen heftigen Preis bezahlt haben.« Eine tiefe Befriedigung sprach aus Pascals Worten. »Ist es nicht erstaunlich, wie Nathan Rosenberg Joel durch die Vertragsauflösung geholfen hat, den Milliardengewinn vom Pensionsfonds zu behalten? In der Generation sticht keine Krähe der anderen ein Auge aus, da können wir noch was lernen ... Wie viel wird Joel ihm als Kick-back bezahlen?«

»Pascal, so kannst du in Amerika nicht reden und schon gar nicht in diesem Büro! Nathan Rosenberg hat zuerst einen neuerlichen Skandal zwischen einer Schweizer und einer amerikanischen Bank verhindert«, stellte Christian empört fest.

Pascal zuckte mit den Schultern. »Müssen wir jetzt unter uns auch politisch korrekt reden? Ich habe mich schon vorsichtig ausgedrückt. Den wahren Grund, warum sie so zusammenhalten, kennen wir doch genau ...« Da er aber mit dem Ergebnis mehr als zufrieden war, beließ er es dabei. Gelassen stellte er sich an Francescas Seite und streichelte ihr über den Rücken.

Die kleine, intime Geste zwischen den beiden war Joel nicht entgangen, als er leise den Raum betrat. »Kann ich den neuen Vertrag sehen?«, fragte er Francesca kalt.

Sie reichte ihm einen Ausdruck, den er überflog.

»In Ordnung. Ihr beide unterzeichnet als Eigentümer für

die Lombardi Bank?« Joel schaute fragend in die Richtung von Pascal und Christian.

»Ja, ich habe eine Unterschriftsvollmacht von Fabian.«

»Francesca zeichnet als Anwalt und Stanley als Zeuge?«

»Ja.«

Joel zückte seinen Füller und unterschrieb. Allen war unbewusst klar, dass er als erfahrener Anwalt und gewiefter Geschäftsmann genau wusste, was er tat. Niemand wollte die Frage stellen, warum Joel so schnell einverstanden war. Die Freude, dass der Margin Call vom Tisch war und Joel als Partner der Lombardi Bank ausscheiden würde, verklärte den Sinn für tiefere Fragen.

»Viel Erfolg in der Zukunft. Mit dem Rest habe ich nichts mehr zu tun.«

»Können wir dir ein Angebot für deinen Anteil unterbreiten?«, fragte Christian. »Wir müssen uns auch über Silver-Invest unterhalten.«

»Sicher.« Das typisch süffisante Lächeln umspielte wieder seinen Mund.

»Morgen um zehn Uhr in der Kanzlei von Lexington & Sterling? Die Adresse steht auf dem Briefbogen.« Christian wollte keine Zeit verlieren. »Francesca, kannst du Joel bitte den vorbereiteten Entwurf aushändigen?«

Joel nahm das Schriftstück entgegen und ließ es in seiner Aktentasche verschwinden, ohne einen Blick darauf geworfen zu haben.

Nachdem Joel gegangen war, erkundigte sich Pascal nach Melissa Archer-Brown und Nathan Rosenberg. Francesca bot an, nach ihnen zu schauen.

Die Minuten strichen langsam dahin.

Nach einer Viertelstunde erschien sie mit den beiden Levy & Lewitt Executives im Schlepptau. »Wir sind uns in allen Punkten einig und haben den Vertrag bereits aufgesetzt. Levy & Lewitt kommt unseren Forderungen entgegen.«

Erleichterung war in alle Gesichter geschrieben. Nachdem alles unterzeichnet war, verabschiedete sich Stanley überraschend schnell. Er schob andere Geschäfte in New York als Grund vor.

Christian, Pascal und Francesca gönnten sich erschöpft einen späten Lunch. Sie bestellten Champagner.

Christian sprach gelöst einen Toast: »Wir haben aufregende Wochen hinter uns, die unsere Familie und die Bank in den Grundfesten erschüttert haben. Die Lombardi Bank ist gerettet, Joel als Partner ausgeschieden, Ted Blumfeld entlassen und die guten Beziehungen mit Levy & Lewitt sind gesichert. Wir können frisch durchstarten und haben mit Stanley einen neuen Halbbruder und gleichwertigen Partner gefunden. Ich freue mich, wieder als CEO in der Verantwortung zu sein. Noch mehr freue ich mich, dass ihr beide euch als Paar wiedergefunden habt. Wir haben viele Gründe zu feiern. Auf uns!«

Die Gläser klirrten und dem ersten Glas folgten weitere, als sich die Anspannung legte und das Essen serviert wurde.

Warum beschleicht mich das ungute Gefühl, dass schwarze Gewitterwolken über uns schweben und sich jeden Moment zusammen mit großem Donner entladen können?

Pascal war ernsthaft besorgt, während er mit Christian und Francesca feierte.

Kapitel 101

Samstag, 26. Februar 2011

Es war gestern spät geworden. Die Lombardis hatten am Abend noch lange bei Francescas Lieblingsitaliener gesessen und bei Rotwein und Pasta debattiert, wie sie mit dem Fakt umgehen sollten, dass Silver-Invest laut Vertrag Teil der Lombardi Bank war und kein Lombardi sich je darum gekümmert hatte. Weder Großvater Henri noch ihrem Vater François und schon gar nicht Christian und Pascal war je bewusst gewesen, was sich hinter Silver-Invest verbarg.

Julius Silverstein hatte in einer verzwickten und aussichtslos scheinenden politischen Situation ein riesiges Imperium aufgebaut, das Joel später weiterführte. Pascal schätzte das Vermögen von Silver-Invest auf mindestens zehn Milliarden US-Dollar. Damit war die vermeintlich schlafende Firma mindestens doppelt so viel wert wie die Lombardi Bank selbst. Dieser Teil der Verhandlungen würde sich kompliziert gestalten und konnte nur durch einen Kompromiss zwischen beiden Seiten gelöst werden. Es stand geltendes Vertragsrecht gegen Engagement über achtzig Jahre, eine unbestreitbar lange Zeitspanne. Zumindest am Beginn hatte Silver-Invest noble Ambitionen und war als wirkliche Hilfe gegen willkürliche Gesetze der Nazis angelegt gewesen. Wie dieser Kompromiss nun ausfallen sollte, blieb unklar. Was würde Joel vorschlagen oder verlangen? Im Meeting mit Levy & Lewitt hatte er sich am Ende fast kampflos zurückgezogen und eine Niederlage eingesteckt.

Pascal war sicher, dass Joel noch etwas in petto hatte.

Francesca argumentierte, sie könne im Zweifel die Informationen von Joels Laptop nutzen, um einen Konsens zu erzwingen. Verklagen würde Joel die Lombardi Bank nicht, denn er hatte über Jahre nach Schweizer Recht zu viele fragwürdige Transaktionen durchgeführt.

Wie sie den Fall auch drehten und wendeten: Am Ende steckten sie in derselben Sackgasse und beschlossen müde, die Verhandlungen auf sich zukommen zu lassen.

Pascal hatte unruhig geschlafen. Sein Unterbewusstsein hatte auch in der Nacht nach einer schlüssigen Antwort auf das untypische Verhalten von Joel gesucht. Er spürte, dass irgendetwas nicht stimmte. Am Morgen quälten ihn pochende Kopfschmerzen, und das ungute Gefühl hatte sich verstärkt.

Joel erschien eine halbe Stunde verspätet, was die Stimmung nicht hob. »Guten Morgen, ich habe leider verschlafen. Der Jetlag macht mir zu schaffen«, entschuldigte er sich gut gelaunt. »Was offeriert ihr?«

Christian präsentierte Joel die Unterlagen, die Roland Sutter für ihn zusammengestellt hatte. Dazu gehörten die Kopien der Gründungsurkunde von Silver-Invest und der handschriftliche Vertrag zwischen Henri Lombardi und Julius Silverstein. Die Beweislage war eindeutig, ob es Joel passte oder nicht. Jetzt musste im Detail verhandelt werden.

»Wir können uns wieder um die Moral streiten, wie in unserem ersten Meeting, als François und Thomas Widmann noch lebten, aber es gibt für dich keinen Weg aus diesem Vertrag, Joel.«

»Sicher?«, fragte er zurück.

»Einhundert Prozent.« Entgegen seiner überzeugenden Worte nestelte Christian nervös an seiner Krawatte.

Joel schien eher amüsiert. »Ich bin davon ausgegangen,

dass wir zuerst den Preis für meinen Anteil verhandeln wollen.«

»Silver-Invest und dein Anteil an der Lombardi Bank gehören in ein Paket.«

»Wie du meinst. Lasst mich euren Vorschlag hören, denn ich hatte gestern weder Zeit noch Lust, den Entwurf von Francesca zu lesen.«

Das ist schon wieder nicht der Joel, den ich kenne. Normalerweise würde er bis tief in die Nacht tüfteln, um den maximalen Kaufpreis herauszukitzeln. Wann lässt er die Katze aus dem Sack?

Pascal begriff in diesem Moment, dass Joel das Meeting nicht ernst nahm. Letzte Nacht hatte er gedanklich alle möglichen Varianten bis zum Überdruss durchexerziert und konnte doch nur abwarten, was passieren würde.

Francesca bot Joel an, seine Beteiligung über drei Jahre in Etappen für eine Milliarde US-Dollar zu kaufen. In der Zwischenzeit würde er weiter anteilig seine Dividende erhalten. Sie erläuterte Einzelheiten, und als sie auf die Verbindung mit Silver-Invest eingehen wollte, legte Joel seine Hand auf Francescas Arm.

»Darf ich Sie unterbrechen? Ich habe keine Lust mehr auf dieses Theater. Kürzen wir das Meeting ab. Meinen Anteil habe ich bereits verkauft.«

»Wie bitte?«, fragte Christian ungläubig und setzte gereizt hinterher: »Das ist vertraglich unmöglich, wir haben Vorkaufsrecht! Das hast du gestern unterschrieben! Wir werden den Anteil mit Sicherheit gerichtlich einfordern!«

Joel machte keine Anstalten, auf Christians Vorwürfe zu reagieren.

Nach Sekunden der Besinnung stellte Pascal ruhig die einzig logische Frage. »An wen hast du verkauft?«

Joel schaute voller Genugtuung in die Runde der verblüfften Gesichter. Er stoppte bei Stanley und ließ den Blickkontakt während seiner Antwort nie abreißen. »Beruhigt euch, ich habe mich an die Abmachungen gehalten. Die neuen Eigentümer meines Anteils sind Stanley und Audrey McGraham, beide aktive Partner. Mein Anteil geht, wie gewünscht, in eure Familie über.«

Christian und Francesca waren perplex und starrten Stanley fassungslos an.

Der blieb seelenruhig sitzen und ließ den Dingen seinen Lauf.

Pascal reagierte wieder als Einziger. »Ich habe mich gestern schon gewundert, warum du unserem Vorschlag zugestimmt hast, Joel. Jetzt verstehe ich die Zusammenhänge ... Wann hast du verkauft? Ist Audrey in New York?«

»Am Donnerstag. Stanley hat eine Unterschriftsvollmacht für seine Schwester.« Joel zauberte den Vertrag aus der Tasche und legte jedem eine Kopie auf den Tisch. Während Pascal den Wortlaut überflog, analysierte er blitzartig.

Mit Stanley und Audrey haben in der Tat zwei aktive Partner den Anteil von Joel an der Lombardi Bank für achthundert Millionen US-Dollar gekauft. Am Tag vor den Verhandlungen mit Levy & Lewitt entsprach dieser Preis exakt dem Marktwert. Da der Margin Call noch aktuell war, gibt es rechtlich nichts anzufechten.

Erst als Pascal den Anhang las, erfasste er das komplette Ausmaß ihrer Niederlage und ging vor Zorn fast an die Decke. Stanley und Audrey hatten nach dem Kauf des Anteils, als erste Aktion, die Firma Silver-Invest freigegeben! Sie gehörte nun auch nach Schweizer Recht Joel, es gab nichts mehr zu verhandeln!

»Dass du deinen Anteil an die Hongkong-Chinesen verkaufst, kann ich noch nachvollziehen. Aber ihre Unwissenheit eiskalt auszunutzen, um dir Silver-Invest zu sichern, ist inakzeptabel. Diese Firma ist Teil unserer Bank! Damit wirst du nicht durchkommen!«

Joel hatte diesen Moment Jahre herbeigesehnt. Die Worte flossen butterweich und wie von selbst aus seinem Mund. »Laut Vertrag von 1931 benötigt Julius oder sein Nachfolger für die Freigabe von Silver-Invest die Unterschrift von zwei aktiven Partnern der Bank oder alternativ einem Partner und dem CEO. Die habe ich bekommen. Nirgendwo steht geschrieben, dass diese Partner verstehen müssen, was sie unterschreiben. Sicher überstieg es die Vorstellungskraft von Henri, dass es in der Zukunft Partner geben würde, die nicht zur Lombardi-Familie gehören und keine Ahnung über die komplizierten Zusammenhänge der Geschichte haben … Nun, es war am Ende ein halber Lombardi, der den historischen Hintergrund nicht verstand. Das ist rechtlich nicht anfechtbar. Der Vertrag ist vor meinem Anwalt unterzeichnet worden. Zusätzlich war Jade Lam als Zeugin anwesend. Wir haben das Schriftstück anschließend sogar notariell beglaubigen lassen, damit auch nach Schweizer Recht alles passt. Dachtet ihr wirklich, ihr könnt mich so einfach aus der Bank auskaufen?«

Pascal schäumte vor Wut. »Du meinst, Silver-Invest hast du dir clever unter den Nagel gerissen? Darüber ist das letzte Wort noch nicht gesprochen! Mach dich darauf gefasst, dass wir jede legale Möglichkeit prüfen werden, um diese Unterschriften anzufechten. Was mich schon lange interessiert, und diese Frage habe ich dir schon einmal gestellt: Was hast du gegen die Lombardis? Warum brichst du als Anwalt vorsätzlich geltendes Recht?« Artikuliert und stark betont setzte Pascal nach: »Ist es das, was größer ist, als ich es mir vorstellen kann und tiefer geht als persönliche Interessen? Meinst du wirklich, ich verstehe nicht, was die Stunde geschlagen hat? Dein Anteil an der Lombardi Bank ist Peanuts gegen Silver-Invest!«

Christian, Francesca und Stanley konnten der Diskussion inhaltlich nicht mehr folgen, da Pascal seine Worte auf die Auseinandersetzung mit Joel nach Thomas Widmanns Tod bezog.

Joel überlegte, ob er antworten sollte. Schließlich stand er mit seinem typisch süffisanten Grinsen auf. Die Hände in den Hosentaschen vergraben, sprach er zu Pascal in einem überheblichen Ton, der eine Zumutung war. »Bist du wirklich davon überzeugt, dass der Lombardi Bank Silver-Invest gehört? Sicher haben unsere Großväter 1931 diesen Vertrag in guter Absicht geschlossen, aber was danach in der Welt politisch geschah, konnte niemand vorhersehen. Julius baute neben seiner Arbeit in der Lombardi Bank diese Firma allein auf. Er investierte und riskierte eigenes Geld, fand sichere Investments, die Gewinn einbrachten, stellte Personal ein, mietete Büroräume und hat damit unzähligen jüdischen Familien geholfen, ihr Geld vor den Nazis zu sichern. Was hat die Lombardi-Familie damit zu tun? Ihr habt weder einen Dollar noch eine Stunde Arbeit investiert! Nach dem Krieg hat Julius alle erzielten Gewinne an die überlebenden Investoren ausgezahlt. Auf eigene Kosten hat er Nachforschungen anstellen lassen, was aus den Klienten geworden ist, die sich bis 1955 nicht gemeldet hatten. Ausschließlich ihre Gelder hat er in der Firma belassen und re-investiert. Das habe ich von ihm übernommen. Dazu kam unser Eigenanteil, der von Beginn an zwanzig Prozent betrug. Wir haben dieses Imperium über achtzig Jahre aufgebaut. Ihr Lombardis habt damit absolut nichts zu tun. Das Vermögen in Silver-Invest gehört moralisch weder der

Lombardi-Bank noch der Schweiz noch irgendwelchen Hilfsorganisationen. Meine ausgeklügelte Strategie, euch zu schwächen, um die Unterschriften unter den Vertrag zu erhalten, war absolut richtig, das zeigt euer Verhalten heute. Ihr würdet euch sonst alles – ich benutze den gleichen Ausdruck wie du eben – unter die Nägel reißen, ob ihr dafür etwas geleistet habt oder nicht. Von dem Risiko, das Julius persönlich in diesen Jahren auf sich genommen hat, ganz zu schweigen. Das Leben ist komplex und lässt sich nicht immer in Verträge pressen, auf die man nach Jahrzehnten pochen kann! Und zu deiner Frage nach dem Recht, das ich angeblich breche, habe ich eine passende Antwort: Das Recht wechselt häufig in der Geschichte. Es wird immer vom Gewinner oder von der Position des Stärkeren bestimmt und ist ein relativer Begriff.«

Pascal war stinksauer. In manchen Punkten stimmte er zwar insgeheim den Argumenten von Joel zu, aber so vorgeführt zu werden, ging ihm gegen den Strich. »Wenn es von Beginn an dein Plan war, Silver-Invest unrechtmäßig aus der Lombardi Bank auszugliedern, verstehe ich jetzt wenigstens, warum Judith und ich damals keine Chance hatten. Mein Gott, das darf man gar nicht zu Ende denken … Ich bin froh, mit dir und deiner Familie nichts mehr zu tun zu haben! Julius war zweifelsohne ein begnadeter Visionär und ein ehrenwerter Mann. Aber du nicht!« Einmal in Schwung, attackierte Pascal auch Stanley. »Spätestens seit den gestrigen Verhandlungen mit Levy & Lewitt wusstest du genau, was du durch deine Unterschrift …«

»Hört endlich auf, über Dinge zu diskutieren, die der Vergangenheit angehören und stellt euch der neuen Realität«, unterbrach Joel Pascals Vorwurf an Stanley im Ansatz und mischte sich ein letztes Mal in die Diskussion ein. »Ich bin seit Donnerstag nicht mehr Teilhaber der Lombardi Bank. An meiner Stelle habt ihr die Hongkong-Chinesen im Boot, euren selbst gewählten Wunschpartner. Sie besitzen nun vierzig Prozent der Anteile und damit mehr, als euch lieb ist. Durch den abgewendeten Margin Call sind es zu eurem Glück nicht fünfzig Prozent. Positiv außerdem für euch, es bleibt in der Familie – oder wollt ihr die Geschäftsbeziehung mit einer Gerichtsklage gegen euren Halbbruder starten?« Joel genoss jede Sekunde dieser Auseinandersetzung und besaß die Frechheit, Stanley zuzuzwinkern.

Pascal tickte aus. Wütend sprang er auf und ging aggressiv auf Joel zu. Ihre Körper berührten sich fast, als er ihn anschrie: »Bevormunde uns nicht arrogant, und mach, dass du hier rauskommst, du Heuchler! Hinter dem, was dein Großvater an Gutem getan hat, versteckst du heute deine Gier nach Macht und Geld. Ich habe dich schon lange durchschaut!«

Joel blieb unbeeindruckt, ging vorsichtig einen Schritt zurück und sprach seine Gedanken weiter seelenruhig aus. »Ich kann nun endlich offiziell mit meinem Imperium Geschäfte tätigen. Das ist wichtig, denn bisher habe ich das Vermächtnis meines Großvaters nur teilweise erfüllt.« Unerwartet setzte er noch einen obendrauf, indem er eine offene Kriegserklärung aussprach und dabei Pascals Worte benutzte: »Seid jedoch gewiss: Das letzte Wort im Kampf um die Lombardi Bank ist noch nicht gesprochen!«

Pascal vergaß sich, packte Joel am Kragen des Anzugs und schüttelte ihn heftig. Ihre Köpfe kamen sich gefährlich nah.

Endlich wachte Christian aus seiner Schockstarre auf und riss seinen Bruder mit allerletzter Kraft zurück. »Pascal, so klären wir gar nichts!«

Pascal keuchte und schoss vor Wut den Bürostuhl gegen die Tür.

Joel schüttelte sich, zog seinen Anzug zurecht und legte die

Kopien der Verträge unbeeindruckt in seine Mappe zurück. Dann schob er diese über den Tisch zu Francesca. Zufrieden nickend schloss er die Tür hinter sich und ließ die Anwesenden in einem riesigen Dilemma zurück.

Epilog

Ende März 2011

Die Lombardi Bank war gerettet, der Margin Call abgewendet, und trotzdem fiel ein großer Wermutstropfen in die Freude aller. Die Art und Weise, wie Joel sie vorgeführt hatte, war erschreckend. Noch immer rätselten die Lombardis, was der Grund für diesen intensiven Hass von Joel war. Welchen Plan verfolgte er? Sie konnten das große Bild hinter den Ereignissen nicht erfassen …

Joel hatte sein großes Ziel erreicht: Silver-Invest gehörte ihm. Er war unermesslich reich. Die Hongkong-Chinesen besaßen durch seinen strategischen Verkauf weit mehr Anteile an der Bank, als es den Lombardis lieb war.

Es befanden sich jetzt vierzig Prozent Anteile der Lombardi Bank in Asien. Damit war klar, dass ihre Zukunft dort stärker spielen würde als ursprünglich geplant. *Alles* würde sich verändern. Das war die neue Ausgangssituation für die erste Vorstandssitzung in der Ära nach Joel Silverstein.

Christian war und blieb der CEO der Lombardi Bank. Er besaß nach Klärung der rechtlichen Angelegenheiten bezüglich seiner Haftpflicht und dem Erbe von François dreißig Prozent der Aktien.

Pascal leitete die Asset-Management-Abteilung mit der gleichen Anzahl an Aktien.

Fabian führte weiter den Trading Desk und würde sich in

der Zukunft verstärkt um die Geschäfte in Hongkong kümmern.

Genevieve Pasquier blieb COO.

Ab dem Sommer würde Francesca Lombardi die neue Anwältin der Lombardi Bank in Genf sein. Sie hatte ihren Job bei der Kanzlei Lexington & Sterling gekündigt.

Stanley und Audrey McGraham wurden durch die Erbschaft offiziell als Partner der Lombardi Bank von der FINMA bestätigt. Ihnen gehörten nach dem Deal mit Joel vierzig Prozent der Bank.

Dass Stanley zwanzig Prozent dieser Aktien an die chinesische Regierungsbehörde verkauft hatte, wussten die Lombardis noch nicht. Stanley, der dadurch mit Jade die Lizenz für die GFS in China gewonnen hatte und die GFS-Investmentbank in Hongkong und Shanghai leitete, bündelte plötzlich die größte Kraft und entwickelte sich zu einer Schlüsselfigur.

Die offene Kampfansage von Joel im letzten Meeting hatte Stanley jedoch erschüttert. Er begann zu verstehen, dass der geheime Veto-Zusatz, den er Joel vertraglich zugestanden hatte, eines Tages böses Blut schüren könnte.

Fabians Beziehung zu Audrey gewann durch diese Konstellation ungewollt an Brisanz. Würden sie heiraten und er danach ihren Anteil als Ehemann verwalten, würde sich das Kräfteverhältnis wieder klar zugunsten der Genfer Lombardis verschieben, theoretisch ... Fabian saß zwischen allen Stühlen und fand sich genau in der Situation wieder, die er vermeiden wollte.

Christian und Pascal waren zornig, was Stanley mit seiner Unterschrift durch die Freigabe von Silver-Invest angerichtet hatte. Es gab den ersten Krach zwischen den Geschwistern, denn völlige Ahnungslosigkeit nahmen sie ihm nicht ab. Um den Streit nicht eskalieren zu lassen, verzichtete die GFS auf Anweisung von Huang Fu Chen auf alle Ansprüche für eine Ausgleichszahlung wegen des annullierten Überbrückungskredits.

Pascal traf sich mit Judith in New York zu einer letzten Aussprache. Ehrlich bot er an, mit allen Konsequenzen für sein Kind zu sorgen, sollte er nachweislich der Vater sein. Judith stritt überraschend alles ab. Sie behauptete plötzlich, dass sie Pascal mit der Vaterschaft in Genf nur erpressen wollte, um ihn nicht zu verlieren. Der Vater ihres ungeborenen Babys sei Aron. Pascal spürte, dass sie log.

Will Judith nur problemlos zu Aron zurück, der von der Affäre nichts ahnt, oder hat Joel schon wieder seine Finger im Spiel?

Ihm war klar, dass er keine rechtliche Handhabe besaß, einen DNA-Test einzufordern. Judith war eine verheiratete Frau. Die gesamte Situation hinterließ einen faden Beigeschmack.

Einige Tage später sprach Pascal offen mit Francesca über seine Gedanken. »Ich habe gekämpft, viel riskiert, gewonnen und verloren. War es das wert? Ich bin glücklich, dass wir uns wiedergefunden haben und werde dieses Glück mit beiden Händen festhalten. Was ich langfristig in Bezug auf die Lombardi Bank und das ungeborene Baby tun soll, weiß ich noch nicht. Gern würde ich allen und allem gerecht werden, ohne dabei unsere Träume zu verlieren ...«

Francesca hatte keine passende Antwort parat. Sie hielt Pascal einfach fest in ihren Armen. Einen Tag später schob sie ihm beim Frühstück ein kleines Kärtchen zu. Mit rotem Stift hatte sie ein Zitat darauf geschrieben. Sie war sicher, Pascal würde es richtig interpretieren.

Nichtstun ist die allerschwierigste Beschäftigung und zugleich diejenige, die am meisten Geist voraussetzt.
Oscar Wilde

Nachwort und Dankeschön

Mein erstes Buch zu schreiben, erwies sich in jeglicher Hinsicht als Herausforderung. Rückblickend war es hilfreich, dass ich zu Beginn nicht ahnte, wie umfangreich der Prozess sein würde, bis ein gedrucktes Buch im Regal steht, nicht zu reden von Überraschungen und Komplikationen …

Heute überwiegen Stolz und ein befriedigendes Glücksgefühl.

Ich möchte diese Gelegenheit nutzen, um mich bei den Menschen zu bedanken, die mich auf diesem Weg begleitet haben.

Das erste Dankeschön geht an meine Familie. Sie teilte über drei Jahre meine Euphorie und meine Zweifel, lange Tage und Abende am Computer sowie unzählige Umschreibungen. Ich habe vergleichsweise mehr Zeit mit neuen, unsichtbaren Familienmitgliedern verbracht – Pascal, François, Christian, Joel, Francesca oder Adrienne … Sie sind mir ans Herz gewachsen und waren anwesend während vieler Abendessen, begleiteten uns bei Spaziergängen, beim Golfen, folgten uns in den Urlaub oder kamen in nächtlichen Träumen vor. Danke, Michel und Christophe, für eure Liebe und Unterstützung!

Mein erstes professionelles Feedback erhielt ich von James Bonnet, dessen erfrischendes Seminar über Story-Struktur ich in Frankreich besucht habe. Eine fantastische Woche, danke, James und Diana!

Interessante Insider-Informationen über Banking speziell

in der Schweiz, Hongkong und China, MBS, Margin Call usw. haben sich in intensiven Diskussionen mit Bassam herauskristallisiert. Danke für deine geduldigen Erklärungen. Wir haben viele Zigarren darüber geraucht … Ein Highlight war zweifelsohne das Dinner in Hongkong, wo Steven aus New York und Giuliano aus London (zwei erfahrene Banker) spontan ein bühnenreifes Rollenspiel über eine Stunde inszenierten, bei dem sie einen Überbrückungskredit über eine Milliarde Dollar knallhart verhandelt haben. Unvergesslich!

Letzte Klarheit über meine Charaktere habe ich mir im Seminar von Robert Turtak, Direktor der Manhattan Film Akademie, geholt. Danke für den sich wiederholenden Hinweis, konsequent in ihrer Gestaltung zu bleiben …

Schreiben ist eine einsame und langwierige Beschäftigung mit ungewissem Ausgang. Nach den ersten Monaten haben meine Freunde gefragt, warum ich mein Immobiliengeschäft aufgegeben habe und man mich kaum noch sieht … Da ich nicht müde belächelt werden wollte, »outete« ich mich erst, nachdem ich etwas zum Lesen herausgeben konnte.

Meine deutschsprachige Lesegruppe in Dubai hat mich danach enthusiastisch und mit vielen guten Tipps begleitet. Euer Feedback und Lob waren so motivierend! Danke an Conni, Sabine, Brigitta, Rita, Conny, Ricarda und Maren. Genießt es, das Buch jetzt in einem Stück zu lesen. Ihr seid Klasse! :)

Nachdem das Manuskript geschrieben war, stand ich vor der nächsten Schwierigkeit: Wie finde ich einen Verleger? Hier gebührt mein aufrichtiger Dank Rita, Elmar und Nicole, die die Fäden zum Bastei Lübbe Verlag und Stefan Lübbe persönlich für mich gezogen und den sonst mühsamen Weg deutlich abgekürzt haben. Wo stünde ich heute ohne euch?!

Nachdem auch diese Hürde gemeistert war, habe ich mit Daniela Jarzynka eine einfühlsame Lektorin gefunden, mit deren fachkundigem Rat es eine Freude war, dem Manuskript den letzten Feinschliff zu geben.

Von Stefan Bauer habe ich gelernt, wie Frau (mit viel Glück, einem guten Manuskript und richtigem Timing) *vielleicht* ein blaues Kärtchen an seiner riesigen Planungswand erhalten kann. Ich hoffe auf viele »Blaue« in der Zukunft …

Mein abschließendes, nicht minder wichtiges Anliegen gilt den Lesern. Ich danke allen, die das Experiment gewagt haben, das Buch einer neuen Autorin zu kaufen und sich die Zeit genommen haben, es zu lesen! Ich hoffe, dass ich Ihnen abwechslungsreichen und spannenden Lesestoff bieten konnte, der Sie vielleicht auch hier und da schmunzeln ließ. Sollte mir das gelungen sein, treffen wir uns sicher beim nächsten Buch wieder.

Ein riesiges Dankeschön am Ende noch einmal an Stefan Lübbe, der seit unserem ersten Treffen in Köln an mich und mein Buch geglaubt hat. Es stimmt mich traurig, dass Du es nicht mehr publiziert sehen kannst. Wir haben es zu Ende gebracht! Ich bin sehr froh, dass ich mich zu Deinen Lebzeiten ehrlich dafür bedankt habe.

Vielen Dank auch an die vielen mir unbekannten Helfer und Begleiter im Verlag, im Marketing, in Buchhandlungen …

Herzlichst,

Berit Paton Reid
Dubai, Januar 2015